SYLVIA LOTT
Die Frauen vom Inselsalon

SYLVIA LOTT

Die Frauen vom Inselsalon

Roman

blanvalet

Der Verlag dankt dem Stadtarchiv Norderney und besonders Matthias Christian Pausch für die Bereitstellung der historischen Fotos.

Penguin Random House Verlagsgruppe FSC® N001967

2. Auflage
Copyright © 2022 der Originalausgabe by Blanvalet Verlag,
in der Penguin Random House Verlagsgruppe GmbH,
Neumarkter Str. 28, 81673 München
Redaktion: Margit von Cossart
Umschlaggestaltung: www.buerosued.de
Umschlagmotive: Scherl/Süddeutsche Zeitung Photo; www.buerosued.de
LH · Herstellung: sam
Satz: Buch-Werkstatt GmbH, Bad Aibling
Druck und Bindung: GGP Media GmbH, Pößneck
Printed in Germany
ISBN: 978-3-7341-0890-7

www.blanvalet.de

Die Hauptpersonen
rund um
den Inselsalon

Frieda Dirks

Die flachsblonde Fischertochter mit den blauen Augen hat
ein freundliches Naturell, was vielleicht damit zusammenhängt, dass sie unter einer Glückshaube geboren wurde.
Sie lebt mit ihren Eltern, Großeltern, dem älteren Bruder
Dodo und der jüngeren Schwester Rieka in einem Haus in
den Dünen. Zwei ältere Geschwister sind schon verheiratet.
Frieda hilft ihrer Mutter, die als Badedienerin am Damenstrand ein Zubrot für die Familie verdient, aber ihr Traum ist
es, im Friseursalon Fisser zu arbeiten.

Grete Lehmann

Eigentlich Margarete-Viktoria. Mit ihren dunklen, langen
Haaren und ihrem hellen Teint könnte sie aussehen wie
Schneewittchen. Wenn da nicht diese unansehnlichen Ekzeme und der quälende Husten wären. Zusammen mit ihren
Eltern und ihren beiden Brüdern Hans-Heinrich und Eduard
macht sie Urlaub auf Norderney. Ihr ältester Bruder Ludwig ist in der Kolonie Deutsch-Südwestafrika stationiert.
Die Tochter eines Berliner Fabrikanten und einer Adeligen
träumt von einem Leben frei von Zwängen.

Fritz Fisser

Das Oberhaupt des Friseursalon Fisser ist gutmütig, kaisertreu bis in die Bartspitzen und überall auf Norderney beliebt. Auf seinem Frisierstuhl sitzen Prominente wie Reichskanzler von Bülow, aber auch Norderneyer Honoratioren und normale Insulaner. Er beschäftigt neben seiner Frau, Sohn Hilrich und Tochter Frauke auch die Lehrlinge Willy und Menno Willi sowie den Gesellen Erwin.

Jakomina Fisser

Die Matriarchin der Friseurfamilie Fisser. Sie ist abergläubisch, aber sehr vernünftig und geschäftstüchtig. Wenn es um das Glück ihrer Familie geht, wird sie zur (See-)Löwin.

Hilrich Fisser

Der gut aussehende Sohn von Jakomina und Fritz Fisser steckt die schönsten Damenfrisuren und empfiehlt jedem Kunden die passende Bartform. Er möchte nach Berlin, um dort in einem führenden Friseursalon die neuesten Moden kennenzulernen.

Max Lubinus

Der charmante junge Kandidat der Medizin unterstützt die Reformbewegung und die Abkehr von überkommenen Traditionen. Max stammt aus einfachen Verhältnissen, wurde von einem ostfriesischen Pastor auf dem Festland adoptiert und studiert mit einem Stipendium. Er ermutigt Grete, neue Heilmethoden auszuprobieren und sich von Konventionen zu lösen.

Joseph Graf Ritz zu Gartenstein

Der österreichische Adelige arbeitet im diplomatischen Dienst. Er ist ein Bekannter von Gretes Bruder Eduard. Auch mit Grete und Frieda versteht er sich auf Anhieb. Der junge Graf muss eine gute Partie machen, um seine verarmte Familie vor dem Bankrott zu bewahren.

Martin von Welser

Ein Pilot der Berliner Ikarus-Gesellschaft. Er fliegt auf Norderney ein Wasserflugzeug und beeindruckt bei Flugshows mit kühnen Manövern. Der gesellige junge Mann lernt Grete bei einem Besuch der Pferderennbahn der Insel kennen.

Das Wickwief

Die Mittfünfzigerin ist verwitwet und lebt alleine in einem Häuschen in den Dünen. Sie gilt als Wahrsagerin und erlebt manchmal »een Vörlopp« – also eine Vision dessen, was kommen wird. Ihre Zauber und Rituale haben schon der einen oder anderen Insulaner*in geholfen. Zu Frieda hat das Wickwief eine ganz besondere Beziehung.

Jeder braucht jemanden,
den er jederzeit unangemeldet
zum Tee besuchen kann.

Tobias Bohlsen (Großvater der Autorin)

Frieda

Warum nur trug das Mädchen, das in ihrem Alter sein mochte, einen Hutschleier vor dem Gesicht? War die junge Dame so unansehnlich, oder hatte sie Angst, die Sonne könnte ihren Teint verbrennen? Aufmerksam beobachtete Frieda Dirks die beiden Badegäste, wohl Mutter und Tochter, deren Nummern gerade aufgerufen worden waren. Die Ältere wurde von den Badedienerinnen Gesine und Herta abgeholt, während sie noch eindringlich auf das Mädchen einredete.

»Nein, ich will aber nicht!«, hörte Frieda die Jüngere ausrufen.

Sie warf ihr Bündel in den Sand, verschränkte die Arme vor der Brust. Etliche der Damen, die ringsum wie Einsiedlerkrebse in geflochtenen Einzelstrandkörben saßen und darauf warteten, dass ihre Badenummer aufgerufen wurde, unterbrachen irritiert ihre Lektüre. Jetzt stampfte das zarte Wesen auch noch auf. Einen Moment lang fürchtete Frieda, es könnte in der Mitte entzweibrechen – so schmal war seine Taille.

»Du gehst!« Entschieden klappte die Mutter ein Sonnenschirmchen zusammen, das ausnehmend gut zu ihrem eleganten cremefarbenen Kleid passte. »Heute lasse ich keine Ausrede mehr gelten, Margarete. Nur zehn Minuten, die wirst du doch wohl durchhalten. Es ist gut für deine Gesundheit!« Sie bat Gesine und Herta um einen Moment Geduld und wandte sich an Friedas Mutter, die hier – wie unschwer an ihren wadenlangen roten Hosen zu erkennen war – ebenfalls als Badedienerin arbeitete. »Bitte lassen Sie sich nicht erweichen. Scheuchen Sie meine Tochter in die Wellen!«

»Dat kriegt wi woll henn.«

Meta Dirks nickte mit einem wissenden Lächeln, das die beiden kurz über alle Standesgrenzen hinweg als Mütter verband.

Mütter …

Frieda empfand in diesem Moment Stolz auf ihre »Moeder« – eine schöne, aufrechte Ostfriesin war sie, auch ohne Korsett und trotz der wettergegerbten Haut. Das freundliche Lächeln, die hübsche kleine Nase im breiten Gesicht und die blauen Augen hatte sie von ihr geerbt. Meta Dirks strahlte Zuverlässigkeit aus, wie sie da so stand und sich in aller Ruhe eine im Wind flatternde Strähne aus der Stirn strich. Das Haar trug sie zu einem schlichten Dutt verschlungen wie die anderen Insulanerinnen auch, die während der vom frühen Morgen bis um zwei Uhr nachmittags dauernden Badezeit Dienst taten. Nur ein kleines Kopftuch rahmte ihr Gesicht ein, die weiblichen Kurgäste dagegen kamen mit ausladenden Sommerhüten über kunstvoll aufgebauschten Frisuren angerauscht.

An diesem Tag frischte es in Böen auf. Margaretes Mutter bemühte sich, ihren Florentinerhut mit dem Sonnenschirm festzuhalten, mit der anderen Hand steckte sie Meta etwas in die Tasche ihrer Kitteljacke. Ein gutes Trinkgeld hoffentlich, dachte Frieda. Das würde ihre Mutter später in die Büchse werfen, deren Inhalt die Badedienerinnen erst am Ende der Saison untereinander aufteilten. Über die Summe bewahrten sie stets Stillschweigen.

»Geben Sie meinem Fräulein Tochter bitte einen von diesen altmodischen Karren. Sie wissen schon, so einen mit einer

Markise vorm Ausgang.« Im Fortgehen wies sie auf die wartenden Damen, eine vornehmer als die andere. »Nun halte den Betrieb nicht länger auf, Margarete! Unter der Markise kann dich nicht mal Neptun sehen.«

Mit einem Seufzer, der verriet, wie enervierend sie das alles fand, verschwand sie in einem Badekarren. Herta folgte ihr, um beim Auskleiden behilflich zu sein.

Frieda lächelte. Es war doch wieder höchst unterhaltsam am Damenbadestrand! Windgeschützt saß sie auf dem Austritt jenes Karrens, in dem die Badefrauen ihre persönlichen Sachen zu verstauen pflegten, und genoss die wärmende Sonne. Eine leichte Bräune überzog ihre glatte Haut, die Wangen schimmerten rosig. Ihre flachsblonden Zöpfe trug sie neuerdings zu Affenschaukeln hochgesteckt. Schließlich war sie im Frühjahr konfirmiert und mit der Volksschule fertig geworden, also kein Schulmädchen mehr. Nun ging sie erst einmal ihrer Mutter zur Hand. Noch war sie zu jung, um offiziell als Badedienerin arbeiten zu dürfen, aber es gab genug für sie zu Hause zu tun, und sicher würden sich im Laufe der Saison ein paar einträgliche Nebentätigkeiten in einer Pension oder Hotelküche finden.

Zufrieden beobachtete Frieda von ihrem Logenplatz aus das gut organisierte Treiben. Über dem Pavillon auf der Marienhöhe wehte weithin sichtbar die rote Flagge, die signalisierte, dass Männern derzeit der Zutritt zu diesem Abschnitt der Promenade und erst recht natürlich des Strandes verboten war. Ständig wurden neue Nummern für frei gewordene Karren aufgerufen. Zwei Kammerzofen oder Dienstmädchen versuchten, sich für ihre Herrinnen vorzudrängeln. Doch Hedwig, die leitende Badedienerin, behielt den Überblick, sie duldete keine Mogeleien.

Eine weit auslaufende Welle umspülte Friedas herabbaumelnde Füße. Tief atmete sie die prickelnd frische Luft ein – das war doch wesentlich angenehmer, als bei Wind und Wetter im Frühjahr oder Herbst nach glitschigen Wattwürmern zu graben. Dilben nannte man das. Die Erinnerung daran ließ sie erschaudern. Als Kind hatte sie die zappelnde Beute mit klammen Fingern Stück für Stück aufspießen müssen, auf die Haken sämtlicher kurzer Schnüre, die im Abstand von jeweils einem Meter an mehrere hundert Meter langen Leinen befestigt gewesen waren. Diese speziellen Angelleinen hatte ihr Vater damals, als er noch mit ihren beiden Brüdern und einem Bestmann täglich auf Schellfisch rausgesegelt war, an Bojen mit seinem Namen ausgelegt. Harte Arbeit war das gewesen. Auch für die Frauen. Denn sie hatten später alles wieder entwirren, säubern und reparieren müssen.

Ihre Mutter war, die Angelsachen auf dem Kopf balancierend, stets vom und zum Schiff gegangen. Immer hatte ihr Haar streng nach Fisch und Algen gerochen, außer wenn es frisch gewaschen gewesen war. Leider hatte es danach tagelang ziemlich stumpf ausgesehen, weil die Kalkseife, die sie benutzte, einen grauen Film hinterließ. Angeblich gab es jetzt etwas ganz Neues aus dem Ausland, das man Schampuun aussprach. Es schäumte, die Anwendung sollte das reine Vergnügen sein und versprach frischen Glanz. Aber es kostete zwanzig Pfennig. Frieda hatte eine Reklametafel mit einem schwarzen Kopf im Schaufenster von Friseurmeister Fisser gesehen. Ab und an hatte sie auch schon, wenn Kundschaft den Inselsalon verließ, einen feinen Duft erschnuppert. Er erinnerte sie an Veilchen, und darin schwebte noch etwas anderes, etwas wie eine geheimnisvolle Verheißung.

Zu gern würde sie einmal nähere Bekanntschaft mit solchem Luxus machen. Doch die Haare schnitt bei ihnen in der Familie immer die Großmutter, ihr Vater und die Brüder ließen sich einen Bart stehen. Für einen Friseur oder Barbier gab man kein Geld aus.

Ihre Mutter zeigte ans Ende der Karrenreihe. Sie und Tant' Dina führten das trotzige Mädchen dorthin. Bei den meisten der mobilen Umkleiden handelte es sich um neuere Ausführungen, sie verfügten nur über ein Treppchen ins Wasser. Zwei übrig gebliebene Holzkabinen von anno dunnemals jedoch mit halbrunden Markisen als Sichtschutz standen ganz hinten am Damenstrand. Sie benutzte kaum noch jemand.

Die Kurgäste gaben sich mittlerweile lockerer als früher. Das behauptete auch die über siebzigjährige Badefrau Altje, die schon Königin Marie von Hannover aufgewartet und viele Moden gesehen hatte. Wie alle alten Norderneyer erinnerte sie sich gern an die Epoche vor der Preußenzeit, in der Norderney noch zum Königreich Hannover gehört hatte. Drei Jahrzehnte lang hatte König Georg V. jeden Sommer mit Familie und Hofstaat drei Monate auf der Insel residiert. Überall konnte man noch Spuren entdecken, vor allem in der klassizistischen Architektur der Kurbetriebe. Das hatten sie im Heimatkundeunterricht rauf und runter durchgenommen.

Wasserspritzer holten Frieda aus ihren Gedanken. Einige junge Frauen in ihrer Nähe amüsierten sich prächtig. Sie aalten sich wie verspielte Seerobben, kichernd, abgestützt auf ihre Ellbogen nebeneinander in der Brandung. Bei jedem Wellenschlag mischte sich ihr Juchzen in die Geräuschkulisse aus Möwengeschrei und Meeresrauschen. Einige umklammerten beim übermütigen Planschen ein langes Sicherungstau. Schon wieder bekam Frieda Wasser ab. Ihre blaue Hose, die eigentlich ihrem Bruder Dodo gehörte, war schon ziemlich nass. Doch das störte sie nicht sonderlich.

Interessiert beobachtete sie eine allseits bekannte Gräfin, die sich von zwei kräftigen Badedienerinnen ins Wasser tragen und in den Wellen hin und her wiegen ließ. Was für ein Anblick! Eine Woge drückte ihr Salzwasser in die Nase.

»Passt doch auf!« Sie japste vor Empörung.

Andere Damen nahmen ihr Kurbad so, wie sie wohl auch Lebertran schluckten – sie überwanden sich und ertrugen die erschröckliche Tortur des Eintauchens und Standhaltens tapfer im Dienste der Gesundheit. Bis zu zehn Minuten lang. Von einem noch längeren Aufenthalt im Wasser rieten Badeärzte ab.

Kein Mensch schwamm. Nur wenige Leute beherrschten diese Fertigkeit. Aber selbstverständlich gab es an beiden Badestränden der Insel Rettungsschwimmer des jeweiligen Geschlechts.

Margaretes Mutter gab Klopfzeichen. »Ich bin bereit!«

Die Dienerinnen bezogen Stellung, Herta verließ das Holzkabuff. Auf ihr Kommando hin schoben Gesine und sie die hinteren höheren Räder vorwärts, während vorne an der Deichsel zwei andere Badefrauen kräftig zogen. So lange, bis der Karren tief genug in der Nordsee stand. Natürlich achteten sie darauf, dass sie möglichst keinem anderen Karren zu nahe kamen, damit die Badende vor neugierigen Blicken von der Seite geschützt war.

Das verschleierte Mädchen indes verharrte nun vor dem Markisenkarren immer noch bockig wie ein Esel. Mehrere Badewärtinnen umgaben sie. Frieda sprang auf. Sie lief hinüber und stellte sich vor das Mädchen.

»Ich helf dir«, sagte sie, als wäre es das Selbstverständlichste auf der Welt. Behände kletterte sie in den Karren, hielt dem Mädchen ihre Hand hin. »Komm!«

Und das Mädchen folgte ihr. Frieda zog die Vorhänge der kleinen Fenster zu. Sie ließ gerade noch so viel Licht rein, dass man die Ablagen, die Haken und die Sitzbänke an den Längsseiten erkennen konnte. Im Dunkeln war die Fremde sicher weniger verschämt. Frieda schwieg, weil ihre Mutter ihr eingeschärft hatte, dass man die Kundschaft nicht durch Gerede belästigen sollte.

»Wie heißt du?«, fragte das Mädchen mit angenehmer klarer Stimme.

»Frieda. Und du?«

»Margarete-Viktoria, aber die meisten Leute nennen mich Grete.«

»Soll ich dir dein Kleid aufknöpfen?« Es ließ sich vorne öffnen.

»Nein, das kann ich allein, aber gleich beim Korsett kannst du mir helfen.«

Zögerlich begann Grete, sich zu entkleiden. Zuerst entledigte sie sich der Stiefeletten. Dann förderte sie aus ihrem Bündel ein Paar hübsche blaue Badeschuhe mit Bändern hervor, die man über Kreuz um die Knöchel hochbinden musste.

»Das ist aber ein schöner Badeanzug!«, rief Frieda, als Grete einen dunkelblauen Taftzweiteiler mit weißer Bordüre bereitlegte.

»Hab ich bislang nur bei den Warmbädern angehabt. Und das hat schon genug wehgetan.«

»Wehgetan?«, echote Frieda verständnislos. Grete setzte sich, während sie den Schleier entknotete und den Hut abnahm. Im Profil sah sie wunderschön aus, geradezu umwerfend. Das war trotz des Dämmerlichts zu erkennen. Sie hatte ein kluges ovales Gesicht. Helle Haut, dunkle Augen, klassische Nase. Besonders bewunderte Frieda das lange schwarze Haar. Sein Glanz war ihr vorhin schon aufgefallen. »Wie Schneewittchen«, murmelte sie andächtig.

»So?«

Gretes Stimme klang verbittert. Sie wandte sich ihr zu, und Frieda zuckte zusammen. Ein Ausschlag, teils hellrot entzündet, teils dunkel verkrustet, verunstaltete die linke Gesichtshälfte.

»Oh!«

»Hübsch hässlich, nicht? Ekelst du dich jetzt vor mir?«

Frieda brauchte einen Moment, um zu reagieren. Sie setzte sich auf das Bänkchen ihr gegenüber. »Schön ... ist das wirklich nicht. Aber ekeln? Nee.«

»Keine Sorge. Ist nicht ansteckend.«

»Gut.«

»Mein Husten übrigens auch nicht.«

»Oje.« Frieda fing sich wieder. »Viele Leute kommen ja gerade deshalb. Weil sie hier Heilung oder wenigstens Linderung erfahren.« Sie streckte die Hand nach dem in Wellen herabfallenden Haar aus. Es duftete angenehm. »Die sind wirklich prachtvoll!«

»Ich finde deine Farbe viel interessanter.«

»Och, so sehen doch alle aus.«

Grete konnte schon wieder lachen. »Hier auf eurer kleinen Insel vielleicht. Bei uns in Berlin nicht. Sind übrigens interessant geflochten.«

»Ja?« Frieda freute sich, dass sie es bemerkt hatte. »In meiner Klasse waren nur vier von dreißig Mädchen nicht blond.«

»Ach, du hast sicher so eine süße kleine Inselschule besucht, wo alle Jahrgänge in einem Raum unterrichtet werden, oder?«

»Nein!« Frieda schüttelte energisch den Kopf. Sie unterdrückte ein Kichern, weil sie sich das gerade bildlich vorstellte. »Wär wohl ein bisschen eng geworden – mit siebenhundert Schülern und zwanzig Lehrkräften.« Dass manche Kurgäste immer so tun mussten, als ob die Insulaner ein rückständiges, bedauernswertes, aber irgendwie niedliches Völkchen wären, so originell und ursprünglich! Dabei war Norderney schon seit über hundert Jahren ein vornehmes Seeheilbad. Sie hatten neben den zahlreichen Logierhäusern und Familienpensionen mit schmucken Erkern und Veranden Grandhotels, ein Theater und Kureinrichtungen vom Feinsten. Elektrisches Licht erleuchtete abends die Strandpromenade, das Hotel Kaiserhof und das Conversationshaus, strahlender als das sonst übliche Gasglühlicht. Na gut, bei ihnen zu Hause gab's zwar noch Petroleumlampen, aber sämtliche Fahrstraßen auf der Insel waren geklinkert. Alles von der Kanalisation übers Gaswerk bis zum Schlachthof war so modern, wie es nur ging, das hatte ihr Lehrer oft hervorgehoben. Am Hafen von Norddeich stand während der Saison stets ein Schnellzug nach Berlin bereit, für den Fall, dass der Reichskanzler aus seinem Sommerdomizil in die Hauptstadt musste. Ihr Postamt war so groß und einschüchternd wie das einer richtigen Stadt, es verfügte über Telegramm- und Telefonverbindungen zum Festland. Und das dreistöckige Schulgebäude aus kunstvoll gemauerten Klinkersteinen, an dessen Einweihung sie sich gut erinnern konnte, bot neben den Klassen der Volksschule sogar noch ausreichend Platz für vier gehobene Klassen einer Privatschule. Überall im Schulgebäude war bestes Linoleum verlegt. Sie lebten auf Norderney nicht

hinterm Mond. Kein Vergleich zu den rückständigen Moor-
dörfern auf dem ostfriesischen Festland! Warum denn wohl
verbrachten Könige, Kaiser, Fürsten, Offiziere, Fabrikbesitzer
und Künstler mit ihren Familien die schönste Zeit des Jahres
ausgerechnet auf Norderney? Und färbte der Umgang mit
ihnen nicht ab? Frieda sprach zwar mit den Insulanern Plattdeutsch, aber sie hatte gelernt, verschiedene deutsche Dia-
lekte zu verstehen und in gutem Hochdeutsch zu antworten.
Sie bemerkte, dass Grete sie erwartungsvoll anschaute, doch
statt ihr das alles zu erklären, behielt sie ihre Überlegungen
für sich und schluckte ihren Ärger runter. »Willst du dich
nicht weiter ausziehen?«

Seufzend gestattete Grete, dass Frieda ihr das Korsett auf-
schnürte. Jede Lockerung ließ sie freier atmen.

»Hach!« Als sie die mit Fischbein verstärkte Stütze endlich los war, holte sie ganz tief Luft. »Danke dir. Wie alt bist
du, Frieda?«

»Vierzehn.«

»Ich auch.«

Wortlos hielt Frieda ihr die über dem Knöchel gerüschte
Badehose zum Einsteigen hin und musterte verstohlen die
schwellenden Brüste der Gleichaltrigen. Sie waren etwas weniger weit entwickelt als ihre eigenen.

»Könnten wir nicht einfach den Badeanzug nass machen
und so tun, als wäre ich im Wasser gewesen?«, bat Grete.
»Es sieht doch kein Mensch, ob ich unter der Markise in die
Nordsee eintauche oder nicht. Sonst springst du mal kurz für
mich rein, machst ordentlich Lärm und kommst wieder in
die Kabine. Na, was meinst du?«

Frieda schüttelte den Kopf. »Nein, du willst doch, dass die
Kur anschlägt. Dann musst du auch ins kalte Wasser springen.«

Grete ächzte enttäuscht. »Und wenn ich dir dafür eine heiße Schokolade im Café der Victoria-Halle verspreche?« Frieda lachte nur. »Eine Knüppeltorte oder ein Stück Cherry Cobbler beim Hofconditor Hoegel?«

»Ich bin nicht bestechlich.«

Frieda begann, Grete, die nur widerwillig die Arme hochhielt, das Oberteil überzustreifen, so wie sie es sonst bei ihrer kleinen Schwester Rieka machte. Dabei sah sie, dass der Ausschlag sich auch auf dem Bauch, auf dem Rücken und an den Oberarmen ausgebreitet hatte. Und Gretes Brustkorb schien irgendwie verformt zu sein. Die Ärmste, dachte Frieda mitleidig.

Nun verstand sie, wieso das Baden wehtun konnte. Das Salzwasser brannte sicher in den Wunden.

»Es juckt oft fürchterlich, und ich darf nicht kratzen«, erklärte Grete halb peinlich berührt, halb entschuldigend. »Aber manchmal kann ich mich einfach nicht beherrschen, und dann wird's noch schlimmer.«

»Kenn ich. Ich hab mir auch schon Mückenstiche blutig gekratzt. Und richtig fies wird's, wenn dich eine Feuerqualle berührt, das brennt höllisch.« Friedas Blick blieb an Gretes Taille haften. »Was ist denn das für eine tiefe Rille?«

»Das? Meine Schnürfurche!« Stolz warf Grete den Kopf in den Nacken. »Ich trage ein Korsett, seit ich sechs geworden bin, jeden Tag ein paar Stunden. Meine Mutter sagt, sonst gewöhnt sich der Körper später nicht mehr ausreichend dran, und man hat keine Chance auf eine richtig gute Wespentaille. Und auf einen Mann.«

»Wie schrecklich!«, entfuhr es Frieda.

»Na ja, mit meinem Ausschlag und dem Husten krieg ich sowieso keinen«, fügte Grete selbstironisch hinzu.

Sie beugte sich vor, um ihr Haar über dem Kopf zusammenzudrehen.

»Wart's ab. Hast ja noch ein bisschen Zeit.« Frieda reichte ihr eine gewachste gelbe Badehaube mit Pompons. »Bis dahin bist du bestimmt gesund. Fertig?« Grete nickte. Die Haube sah ein bisschen lächerlich aus. Frieda gab den Badefrauen draußen das Klopfzeichen und wandte sich zum Gehen. »Halt dich gut fest, es ruckelt gleich.«

»Kannst du nicht bei mir bleiben?« Plötzlich wirkte Grete wie ein ängstliches kleines Kind.

Frieda überlegte kurz, dann zuckte sie mit den Achseln. »Klar, warum nicht?« Laut rief sie: »Ich bleib drin! Kann losgehen!« Der Karren setzte sich in Bewegung, es war wie Schiffsschaukeln. Sie sahen sich an. Frieda spürte Gretes Anspannung. Dann endlich stand die Badekutsche wieder. Frieda öffnete die Tür zum Meer und ließ die weit vorragende Markise so tief wie möglich hinunter, bis etwa einen halben Meter überm Wasser. »Nun komm. Es macht Spaß!«

Grete warf ihr einen skeptischen Blick zu. Zwei der Badedienerinnen lugten unter der Markise durch. Gleich wich Grete zurück in die Dunkelheit des Karrens.

»Nicht gucken«, bat Frieda anstelle von Grete. »Lasst uns einfach allein.«

»Na gut«, hörte sie ihre Mutter antworten. »Vorne ist der Andrang gerade ziemlich groß. Wir bringen schnell einen anderen Karren rein und kommen dann zu euch zurück.«

»Jupp, alles klar!«

Grete trat wieder vor, sie lächelte zaghaft. »Danke!«

»Es ist nicht tief«, sagte Frieda aufmunternd. »Was soll schon passieren? Trau dich, spring einfach!«

Grete

Grete traute sich nicht. Keine Frage, das hellblonde Mädchen gefiel ihr. Frieda faszinierte sie sogar. Sie wirkte so unglaublich gesund. Zwar sprach sie ein bisschen putzig, norddeutsch breit, und ab und zu unterliefen ihr Fehler wie vielen Menschen, die mit einem Dialekt aufwuchsen und erst in der Schule Hochdeutsch gelernt hatten. Aber alles an ihr machte einen kräftigen, harmonischen Eindruck.

Ihr dagegen zitterten die Knie, der Magen schnürte sich zusammen, das Herz schlug bis in die Kehle hoch. Das Nordseewasser war ihr schon aufgewärmt und gereinigt in der Wanne des Warmbadehauses unheimlich gewesen. Und jetzt sollte sie sich schutzlos in diese ungezähmte Wildnis werfen? Graugrünes Meer, unruhig, brodelnd geradezu, braunweißer Schaum auf den Wellenkämmen, aufgewirbelter Sand – was mochte darin an Seeigeln, Schlangen und Knurrhähnen herumschwimmen? Vielleicht würden gleich Medusen oder Algen ihren Körper umschlingen. Grete fühlte sich mit jeder Sekunde, die sie zögerte, schwächer. Eine Böe fuhr unter die Markise und ließ sie frösteln. Wogen schlugen hart gegen die Karrenwand.

Wozu das alles? Ihr Oberkörper war schwach, ihr fehlte die Stütze des Korsetts. Besaß sie denn überhaupt ausreichend Kraft, um sich minutenlang den Naturgewalten auszusetzen?

»Na los!«, wiederholte Frieda.

Grete zauderte. Sie wollte sich nicht blamieren. Aber deshalb gleich das Leben riskieren? Während sie überlegte, verspürte sie plötzlich im Rücken einen Schubs. Sie verlor den Halt, platschte mit dem Bauch zuerst ins Wasser – und das war kalt, eiskalt, grausam kalt! Schlagartig zogen sich ihre Eingeweide zusammen. Kurz darauf schien es ihr sekundenlang, als loderte ein Feuer unter ihrer Haut auf. Heiß, kalt, heiß … was war denn nun wirklich? Ihre Füße suchten den Grund, fanden ihn, doch eine Welle rollte auf sie zu, riss sie um, sie schluckte das salzige Wasser, stieß gegen ein Wagenrad, spürte den Schmerz, musste husten. Sie hatte nicht mit der nächsten Welle gerechnet, die höher war als die vorherige, und tauchte erneut unter. Die Strömung zog sie mit, verzweifelt versuchte sie, den Kopf hochzubekommen, sie schnappte nach Luft, musste wieder husten und atmete Wasser ein, gurgelte, würgte, schmeckte das Meer in der Nase und im Rachen, es scheuerte regelrecht an ihren Schleimhäuten. Plötzlich bekam sie keine Luft mehr. Der Hustenreiz machte sie wehrlos, drohte sie zu ersticken. Ihr letztes Stündchen hatte geschlagen! Panische Angst stieg in ihr auf. Gleich würden ihr die Sinne schwinden, und das war's dann mit ihrem kurzen langweiligen Leben.

Doch auf einmal fühlte sie, wie ihr jemand unter die Achseln griff. Sie wurde hochgezogen. Gierig schnappte sie nach Luft – der Krampf löste sich. Keuchend, mit rasendem Herzen, nahm sie hinter sich etwas Festes, Lebendiges wahr – Frieda, wie sie dann merkte, Frieda, die sie mit beiden Armen umfangen hielt. Sie standen breitbeinig da, und die Wellen schlugen nicht höher als bis zur Brust. Jetzt spürte Grete einen kurzen heftigen Druck von Friedas Unterarmen unter ihren Rippen. Ein Schwall Wasser schoss aus ihrem Magen empor, sie spuckte und hustete. Frieda zog sie zum Holztreppchen, rückwärts zwei Stufen hoch, hielt sie weiter fest.

Langsam beruhigte sich Grete. Das klatschnasse Haar hing ihr wirr um die Schultern. Sie sah, dass ihre Badehaube schon in die Nordsee hinaustrieb. Ein kleiner gelber Spielball auf den Wellen.

»Adieu!«, murmelte sie.

»Es tut mir leid«, sagte Frieda zerknirscht. »Ehrlich. Ich wollte dir nur einen kleinen Anstupser geben.«

»Ach …« Unwirsch winkte Grete ab. »Lass mich hoch!«

Frieda schüttelte den Kopf. »Du bist doch schon nass«, erklärte sie. »Wenn du jetzt aufgibst, wirst du nie Freundschaft mit dem Meer schließen. Du musst wieder rein. Das ist, wie wenn man vom Pferd gefallen ist.«

»Du meinst: gleich wieder aufsteigen?«

»Richtig.«

»Mensch! Ich hab gerade geglaubt, dass ich sterbe!«

Frieda lachte einfach. »Das wäre allerdings eine beachtliche Leistung. In kniehohem Wasser. Das hat vor dir noch keiner geschafft. Abgesehen vielleicht von ein paar alten Männern, die einen Herzschlag bekommen haben.«

Ganz schön unverfroren. Doch Grete musste grinsen. Irgendwie fand sie Friedas Art erfrischend. Ihre Familie fasste sie meist mit Samthandschuhen an, das war ihr auch nicht recht.

»Wat mutt, dat mutt.« Frieda zwinkerte ihr zu. »Na, was ist?« Sie schob sich an ihr vorbei, glitt zurück ins Wasser und ließ sich treiben. »Versuch's doch mal so.«

»Du spinnst!«

Grete schüttelte den Kopf, sie hockte sich oben aufs Treppchen. Allerdings registrierte sie erstaunt, dass sie gar nicht mehr fror. Im Gegenteil, ein angenehmes Prickeln breitete sich überall in ihrem Körper aus, besonders lebhaft unter der Haut, und damit verbunden war ein völlig ungewohntes herrliches Gefühl von Stärke.

Frieda streckte ihre Arme und Beine aus wie ein Hampelmann. Sie schien zu schweben. Und sie lächelte, als wäre es ein Genuss. Neidvoll beobachtete Grete, wie Friedas Körper sanft gehoben und durch die Wellentäler getragen wurde, ohne dass sie dabei Wasser schlucken musste.

Das wollte sie auch! Frieda und sie tauschten einen Blick.

Grete hielt sich die Nase zu, kniff die Augen zusammen und wagte sich zurück in die Wellen.

»Jiii!«, rief sie in Erwartung des Temperaturschocks.

Doch zu ihrer Überraschung fühlte sich die Nordsee gar nicht mehr kalt an. Auf einmal war es ein Vergnügen, sich gegen den Druck der Wellen zu stemmen, zu spüren, wie das Wasser ihren Leib umspülte und sprudelnd massierte. Frieda lachte sie an, sie lachte zurück. Seit einer Ewigkeit hatte sie nicht mehr so viel Freude empfunden.

Beim Mittagessen auf der luftigen Veranda des Hotel zum Deutschen Hause gleich neben dem Kurtheater saß ihre Familie um denselben Tisch wie jeden Tag, er war für die Lehmanns reserviert. Grete hatte einen Platz mit dem Rücken zu den anderen Gästen gewählt. Sie schaute hinaus auf den Springbrunnen einer kleinen Grünanlage.

»Nächstes Mal sollten wir doch wieder mehr Personal mitnehmen«, bemerkte ihre Mutter.

Ihr Vater Ludwig knurrte, abgelenkt durch die Wirtschaftsnachrichten seiner Berliner Zeitung. »Du hast selbst gesagt, du brauchst das zweite Mädchen nicht unbedingt.«

»Nun ja, Erfahrung macht klug.« Ihre Mutter, sie hieß mit Vornamen Emilie und war eine geborene von Wingenhorst, lächelte müde. »Wir können froh sein, dass Margarete Zutrauen zu diesem Friesenmädchen gefasst hat. Dank Frieda ist es nun kein Problem mehr, sie zu den Kurbädern zu bewegen.« Ein liebevoll prüfender Blick streifte ihre Tochter. »Sie taucht seit ein paar Tagen sogar ohne Markise ins Meer.« Grete nickte. Ohne die Begrenzung konnte man viel besser in den Wellen herumspringen. Sie verlangte aber immer Frieda als Begleitung, sie bestand darauf. »Ich meine, unsere Tochter sieht auch schon viel wohler aus. Ihr Ausschlag hat sich in dieser Woche deutlich abgeschwächt.«

»Dann kannst du ja endlich, wenn wir in ein Lokal gehen, mit dem Zirkus bei der Platzwahl aufhören.«

»Und sie hatte auf Norderney noch keinen einzigen Asthmaanfall, nicht wahr, mein Kind?«

Grete nickte. Die Attacke neulich unter der Markise des Badekarrens unterschlug sie lieber. Sie wollte gern mehr Zeit mit ihrer neuen Freundin verbringen. Am nächsten Vormittag würde sie nicht baden gehen können, weil einige kurärztliche Untersuchungen anstanden. Aber sie hatte sich mit Frieda für nachmittags am Blumenpavillon im Ort verabredet. Unruhig hibbelte sie auf ihrem Stuhl herum. Kinder und Backfische durften nicht ungefragt bei Tisch reden.

»Papa, bitte frag mich etwas.«

Ihr Vater sah ungehalten von seiner Zeitung auf. »Was ist denn, Margarete?«

»Darf ich morgen Nachmittag etwas Zeit mit Frieda verbringen?«

»Frieda, Frieda – seit Tagen höre ich diesen Namen. Wer in drei Gottes Namen ist das?«

»Ich habe dir vorhin erst von ihr berichtet!« Gretes Mutter verdrehte die Augen. »Das kleine Friesenmädchen, das Margarete die Angst vor der Nordsee genommen hat. Sie ist in ihrem Alter, ein nettes aufgewecktes Ding. Ihre Mutter arbeitet als Badedienerin.«

»Badedienerin? Das ist doch kein Umgang.«

»Ihr Vater ist ein richtiger Fischer mit einem eigenen Boot«, hob Grete hervor. »Im Sommer bietet er auch Lustfahrten auf seiner Schaluppe rund um die Insel an, er kann ein Dutzend Gäste mitnehmen. Wollen wir da nicht mal mitsegeln?«

Geräuschvoll schlug ihr Vater die Zeitungsseite um.

»Und wozu möchtest du diese Frieda treffen?«

»Nur so, zum Reden. Und sie will mir Norderney zeigen.«

»Auf der Insel weilen derzeit jede Menge nobelster Familien. Warum reisen wir wohl hierher? Sucht euch neue Bekanntschaften in den besseren Kreisen.« Er blickte seine Tochter streng über den Zeitungsrand an. »Du musst dich immer nach oben hin orientieren, Margarete. Nicht nach unten.«

»Das ist eine wichtige Lebensregel«, bestätigte ihre Mutter.

Die du selbst ja nicht befolgt hast, dachte Grete aufmüpfig. Du hast einfach einen neureichen Bürgerlichen geheiratet statt eines Adligen. Keine Sorge, das wird mir nicht passieren. Aber das eine hatte ihrer Meinung nach überhaupt nichts mit dem anderen zu tun.

»Wir sind doch in den Ferien!«, wandte sie ein.

»Seht euch die Gästelisten an, die in der Inselzeitung veröffentlicht werden.« Ihr Vater begann wieder zu lesen.

»Ich hoffe ja, dass ich hier dem Reichskanzler begegne«, ließ sich Gretes zweitältester Bruder Eduard vernehmen.

Die Familie war schon mehrfach, immer betont unbeeindruckt, auf der Promenade an dessen Domizil, der Villa Fresena, entlangspaziert. Einmal hatte sie Gräfin Maria von Bülow, die Gattin des Kanzlers – geboren als hochadlige Principessa in Rom –, beim Lesen im Liegestuhl auf dem Rasen vorm Haus erblickt. Sie waren stehen geblieben, hatten demonstrativ in die andere Richtung geguckt, zum Strand, wo Kinder auf geführten Eseln ritten oder von Ziegen gezogene Wägelchen lenkten. Und beim Zurückdrehen hatten sie sich ganz viel Zeit gelassen. Aber auch wenn alle Beteiligten sich Mühe gegeben hatten, so zu tun, als wäre die Situation alltäglich – dieselbe Luft zu atmen wie solche Prominenz, das hatte ihr Lebensgefühl doch enorm gehoben.

Gretes Bruder Eduard war vierundzwanzig. Er wollte Diplomat werden. Dass er nach dem Freiwilligen Einjährigen beim Militär und seinem Jurastudium als Eleve im Außenministerium angenommen worden war, hatte er weniger dem Vermögen ihres Vaters als einer Tradition ihrer Familie mütterlicherseits zu verdanken. Die Grafen von Wingenhorst wirkten schon seit Generationen als Beamte im auswärtigen Dienst. Ihr ältester Bruder, der Ludwig hieß wie der Vater und zur Unterscheidung Lulu genannt wurde, strebte allerdings eine Militärkarriere an. Er konnte nicht bei ihnen sein, weil sein Regiment in der Kolonie Deutsch-Südwestafrika in Windhuk stationiert war.

Immer wieder hörte man in letzter Zeit von Aufständen Eingeborener, Hottentotten und Herero, die niedergeschlagen werden mussten. Die Familie machte sich Sorgen um Lulu, aber auch nicht allzu sehr, denn er kämpfte nicht an vorderster Front.

Ihr jüngster Bruder Hans-Heinrich, der gerade sechzehn

geworden war, beschoss heimlich mit Brotteigkügelchen die Angestellte Annemarie am Ende der Tafel. Sie musste in diesen Ferien neben ihren üblichen Aufgaben als Kammerzofe auch ein bisschen die eines Kindermädchens übernehmen. Das letzte hatte sie kürzlich verlassen, das neue trat seinen Dienst erst nach dem Sommerurlaub an. Ihr Hauslehrer befand sich im Urlaub.

»Ihr verwildert uns noch«, sagte die Mutter.

»Du kannst als Backfisch aus besserem Hause nicht frei herumlaufen wie eine Fischertochter«, mischte sich die Mutter ihres Vaters ein. Während der Stunden, die die Großmutter zum Inhalieren heilsamer Nordseeluft auf dem ausladenden Seesteg verbrachte, ließ sie sich von ihrer Gesellschafterin derzeit Johanna Spyris Roman *Heidi* vorlesen. Neulich hatte Grete ihre Omama dabei ertappt, wie sie vor Rührung über die Geschichte ein paar Tränen vergoss. »Aber solch ein Naturkind kann durchaus einen günstigen Einfluss auf die Entwicklung haben. Grete würde vermutlich neue Seiten des Lebens kennenlernen. Ludwig, ich meine, du solltest es noch einmal überdenken.«

Gretes Vater sah seine Frau an. »Emilie, was sagst du?«

»Oh, bitte, Maman, sag ja, ja!«, rief Grete dazwischen. »Wir können hier doch wirklich nicht verloren gehen.«

Ihre Mutter sog lange Luft ein, rang mit sich, atmete hörbar wieder aus. »Also gut, wenn Hans-Heinrich dich begleitet, soll es in Ordnung sein. Aber ihr kommt pünktlich zum Abendessen zurück.«

»Nein!«, protestierte ihr Bruder entsetzt. »Ich hab schon andere Pläne. Erst ist Tennisstunde. Hast du das vergessen? Und danach bin ich mit ein paar Jungs von der Berliner Strandkompanie verabredet, wir wollen zur Seehundbank.«

Die Jungen der Kurgäste fanden sich in den Ferien in nach Landsmannschaften geordneten Regimentern zusammen. Sie exerzierten, musizierten, marschierten mit Fähnlein am Strand auf und ab und fochten mit Holzgewehren in den Dünen wilde Schlachten aus. Einige hatten sich miteinander angefreundet, sie unternahmen auch sonst einiges gemeinsam.

»Och, Heinilein, lass die Jungs sausen! Du bist doch sowieso längst zu groß für solche Spielchen.«

»Du irrst«, bemerkte der Bruder. »Ich bin zu jung. Ich will endlich richtig mitmachen.«

»Zum Glück dauert es noch etwas, bis sie dich lassen«, warf die Großmutter ein.

»Oder robb ein andermal mit denen über die Sandbank! Bitte, Brüderchen«, schmeichelte Grete.

»Um freiwillig den Aufpasser für zwei pickelige Nervensägen zu spielen?«, flüsterte er ihr ins Ohr, damit die Eltern es nicht hörten.

»Du bist gemein!«

Sie versetzte ihm unter dem Tisch einen Tritt vors Schienbein. Wie ungerecht, dass ihr Bruder eigene Pläne machen durfte und sie nicht. Gab es denn keine andere Möglichkeit? Sie überlegte. Ihre Großmutter würde bestimmt nicht auf die Dienste ihrer Gesellschafterin verzichten, und eigentlich war sie auch nicht besonders erpicht darauf, von dieser pomadigen Person überwacht zu werden.

»Eduard«, sprach die Mutter ihren ältesten Sohn an, »könntest du bitte dein diplomatisches Geschick spielen lassen, um den Konflikt zu lösen?«

»Aber gern, Maman«, erwiderte ihr gut aussehender Bruder ironisch. »Ich schlage vor, wir bilden ein Komitee. Das wird in wenigen Sitzungen einen Kompromiss erarbeiten. Selbstverständlich sollte auch eine Delegation der Seehunde Gehör finden.«

»Heiliger Brehm!« Enttäuscht schob Grete ihren Teller von sich fort. »Bis du eine Lösung findest, sind wir längst wieder in Berlin.«

Eduard und Hans-Heinrich grinsten.

»Eduard steht eine große Karriere bevor«, unkte Hans-Heinrich.

»Brüder!« Grete stöhnte auf. »Warum hab ich denn nur Brüder? Ich hätte so gern eine Schwester.«

»Ich verstehe nicht, warum du dich beklagst«, erwiderte ihr Vater trocken. »Drei unserer vier Kinder haben doch eine Schwester.«

Grete fand das überhaupt nicht komisch. Sie neigte den Kopf, starrte auf ihre Damastserviette und schwieg gekränkt. Kein Mensch verstand sie – außer vielleicht Frieda. Und ausgerechnet die würde morgen Nachmittag vergeblich auf sie warten.

Im Inselsalon

Friseurmeister Fritz Fisser liebte Spionagegeschichten, und seine Frau Jakomina war einer der abergläubischsten Menschen auf ganz Norderney. Diese Kombination sorgte dafür, dass dem Paar seit fünfundzwanzig Jahren der Gesprächsstoff nicht ausging.

Als die zum Fülligen neigende Jakomina ihrem Mann an diesem Sommermorgen, wie immer mit makellos aufgesteckter Frisur und blütenreinem Friseurkittel, seine erste Tasse Ostfriesentee ans Bett brachte, war er noch müde, weil er bis spät in die Nacht gelesen hatte. Sie dagegen verströmte eine ungewohnte Unruhe.

»Ich hatte einen sehr merkwürdigen Traum, ganz intensiv und besonders«, verriet sie, während sie auf der Bettkante Platz nahm. »Ich sah unseren Barbierstuhl auf der Buhne für die Segelschiffe stehen. Am äußersten Ende. Das Wetter war durchwachsen, der Himmel bedeckt. Doch ein Sonnenstrahlenbündel drang durch die Wolkendecke und beleuchtete unseren Barbierstuhl wie einen Thron in der bewegten See.«

»Wer saß denn darauf?«

»Niemand. Es lag nur ein gepelltes Ei auf dem Sitz. Was mag das zu bedeuten haben?« Sie nahm ihrem Mann die Bartbinde, die er ihr schlaftrunken reichte, ab und legte sie ordentlich in die Nachttischschublade. »Ich glaub, ich muss unbedingt mal wieder zum Wickwief.«

Die Wahrsagerin, eine Witwe Mitte fünfzig, lebte allein in einem alten Häuschen in den Dünen. Ihr widerfuhr manchmal das, was die Insulaner »een Vörlopp« nannten, einen Vorlauf. Schon mehrfach hatte sie im Voraus den Untergang eines Schiffes, den Tod eines Norderneyers oder einen Wiedergänger gesehen. Sie besaß aber nicht nur das zweite Gesicht, sondern konnte zudem Träume deuten, die andere gehabt hatten. Außerdem wusste sie von allerlei Zauber, mit dem man sich gegen Hexeneinfluss wehren konnte. Der Pastor wetterte in regelmäßigen Abständen gegen sie, gegen dummen Aberglauben, wie er sagte, aber die meisten Insulaner behandelten das Wickwief mit Respekt. Auch wenn längst nicht jeder ihre Dienste in Anspruch nahm – mit ihr verderben wollte es sich niemand.

»Ich finde, von diesem Bild mit der Segelbuhne geht doch etwas Freundliches aus.« Fritz Fisser versuchte sich als Traumdeuter, in der schwachen Hoffnung, seine Frau würde ihr Geld dann nicht zum Wickwief tragen. »Ein Platz an der Sonne dürfte ein gutes Omen sein. Das bedarf keiner weiteren Deutung.« Er setzte sich auf, rieb sich die Augen und genoss den ersten sahnigen Schluck seines Morgentees.

»Meinst du?« Seine Frau knetete unruhig ihre Hände.

»Allerdings.« Ihm fiel der ausführliche Bericht über einen englischen Roman wieder ein, den er quasi mit angehaltenem Atem gelesen hatte. Das Buch *The Riddle oft the Sands* würde übersetzt »Das Rätsel der Sandbank« heißen. Es verkaufte sich nicht nur sensationell gut, es hatte auch die Admiralitäten in Großbritannien wie in Deutschland alarmiert. »Wir müssen auf der Hut sein! Unbedingt. Mehr denn je. Denn es steht zu befürchten, dass britische Offiziere unsere ostfriesische Küste ausspionieren. Sie tarnen sich als Freizeitsegler. Aber heimlich fertigen sie detaillierte Seekarten an, damit die britische Marine uns eines Tages besser überfallen kann.«

Jakomina lächelte milde. Sie war zum Glück die Vernünftige in der Familie. Sie verfügte über ein Gespür für das Wahrscheinliche, konnte die Dinge realistisch einschätzen, vermochte Gefahren frühzeitig auszuweichen und sich gegen Unvermeidliches zu wappnen. Ihre Umsicht zeigte sich schon in Kleinigkeiten. Oft reichte es beispielsweise, drei Paar Stopfnadeln gekreuzt unter die Türschwelle zu legen, um gegen böse Überraschungen gefeit zu sein. Seit sie diese Vorsichtsmaßnahme getroffen hatte, war jedenfalls keine Hexe mehr in ihren Salon gekommen.

Natürlich ließ Jakomina ihren Mann ihre Überlegenheit in diesem Punkte nicht spüren. »Der Tag dürfte noch sehr fern sein, Meister Fisser. Du weißt, dass der König von England der Onkel unseres Kaisers ist. Da gibt's vielleicht mal Kabbeleien und Streit unter Verwandten, aber man führt gegeneinander keinen richtigen Krieg auf Leben und Tod.«

»Dein Wort in Gottes Ohr!« Fritz Fisser nahm den letzten Schluck Tee und zerknabberte die Kandisreste. »Ich wette übrigens, dass der Schriftsteller auf Norderney gewesen ist. Und das Vorbild für die Villa, in der der Spion gefasst wird, der sich am Ende das Leben nimmt, war ganz gewiss die Villa Fresena.«

»Wie aufregend!« Sie nahm ihm die leere Tasse ab. »Ob die Einrichtung wohl gut beschrieben ist?« Die markante Villa gehörte dem Grafen von Wedel und erhob sich am Weststrand. Dort an der Promenade hatte sich der ostfriesische Landadel schon vor Jahrzehnten die besten Grundstücke gesichert und herrschaftliche Sommervillen erbauen lassen.

Der amtierende Reichskanzler Graf Bernhard von Bülow, nach Kaiser Wilhelm II. wichtigster Mann des Deutschen Reiches, pflegte seit Jahren die Villa Fresena zu mieten, um darin samt Gattin, aus Berlin mitgebrachten Dienstboten, Adjutanten und Sekretären den Sommer zu verbringen. Zahlreiche vaterländische Vereine unternahmen Tagesausflüge nach Norderney, um dem Kanzler zu huldigen. Ebenso zahlreiche Fotografien hielten jene erhabenen Momente fest, da er vom Balkon winkte. »Vielleicht kennt der Schriftsteller die Villa von Bildern«, überlegte sie. »Und überhaupt, mein Lieber, bedenke, es ist nur ein Roman.«

»Ich mache mir aber doch Sorgen, seit unser Erzfeind, der Franzose, seine Liebe zu England entdeckt hat. Das neue ›herzliche Einverständnis‹ zwischen den beiden Ländern, diese kürzlich verkündete *Entente cordiale*, ist nicht gut für Deutschland.«

»Nun ja, besprich das mit deinen Honoratioren.« Beim Rasieren der Stammkunden wurde stets lebhaft über Politik disputiert. »Hast du gestern Abend noch ein ernstes Wort mit Hilrich sprechen können?«, lenkte seine Frau auf ein Thema um, das ihr viel mehr am Herzen lag. Ihr Ältester arbeitete im Salon, er würde ihn eines Tages übernehmen. Hilrich war ihr ganzer Stolz, sah blendend aus und beherrschte besser als jeder andere, den Vater eingeschlossen, die Kunst der Ondulation nach Marcel. Zudem hatte er ein Händchen für raffinierte Abendfrisuren und für die typgerechte Bartwahl. Deshalb rissen sich Damen wie Herren darum, von ihm bedient zu werden. Vor großen gesellschaftlichen Ereignissen bestellten ihn vornehme Kunden auch gern in ihr Hotel. Doch nun hatte Hilrich seinen Eltern verkündet, dass er fortwollte. Er plante, längere Zeit in Berlin zu arbeiten, um sich dort in einem führenden Friseursalon den letzten Schliff zu holen. Jakomina Fisser mochte sich gar nicht ausmalen, welchen Gefahren ihr Sohn in der Hauptstadt ausgesetzt sein würde. Letztlich würde es sich wohl nicht verhindern lassen, dass ihr Liebling sich abnabelte. »Es wäre eine Katastrophe fürs Geschäft, wenn er uns jetzt verließe«, sagte sie besorgt.

Erst recht, wo sich vor Kurzem ein Friseur aus Norden erdreistet hatte, eine Filiale auf der Insel zu eröffnen. Damit konkurrierten nun im Sommer schon vier Salons miteinander. Im Winter waren es lediglich zwei. Der Inselsalon blieb durchgehend geöffnet, arbeitete dann nur mit weniger Personal, mit der Kerntruppe rund um die Familie.

Ihre Tochter Frauke war sechzehn Jahre alt, nicht halb so begabt wie Hilrich oder der Vater. Sie verfügte wie ihre Mutter natürlich nur über die begrenzten Kenntnisse, die Frauen als mithelfende Familienangehörige in ein paar mehrwöchigen Kursen der Friseurinnung in Aurich vermittelt bekamen. Eine Lehre durften ausschließlich Männer absolvieren.

Ihr Geselle Erwin – kräftig, rothaarig, die Haut übersät von blassen Sommersprossen – war munter und vielseitig, aber kein Künstler wie Hilrich. Willy, der sympathische, manchmal etwas zu freche Junge, hochaufgeschossen und brünett, der seit zwei Jahren bei ihnen in die Lehre ging, eignete sich mehr fürs Barbieren als fürs Wellenlegen. Auch den zweiten Lehrling, Menno, wegen seiner blonden Locken Kruuskopp genannt, konnte man noch nicht auf jeden loslassen.

Schon mehrfach hatten sie darüber gesprochen, bald eine erfahrene Kraft vom Festland einzustellen, allerdings würden damit auch ihre Ausgaben steigen. Sie trugen schon schwer am Abtrag des Kredits, mit dem der Salon zwei Jahre zuvor modernisiert worden war. Andererseits schien es eine gute Kurzeit zu werden. Man musste sorgfältig abwägen.

Ihr Mann schlug die Federdecke zurück und stand auf. »Du hast schon geschlafen, als ich zu Bett ging.« Er strich über sein langes Nachthemd. »Hilrich hat mir gestern Abend versprochen, dass er erst zum Ende der Saison gehen wird. Nach seinem zweiundzwanzigsten Geburtstag im September.« Erleichtert atmete Jakomina auf. »Ich hab trotzdem schon eine Anzeige in der *Friseur-Zeitung* aufgegeben. Herausragende Kenntnisse auf den Gebieten der Ondulation nach Marcel und des Färbens sind ausdrücklich verlangt.«

»Ach, das ist gut.«

Um beides machte Jakomina gern einen Bogen. Sie war zufrieden, wenn sie Kindern die Haare schneiden, Kämmchen verkaufen und das Mittagessen für alle kochen konnte.

»Was die Bedeutung deines Traumes angeht, Minchen ...«, Fritz Fisser legte einen Arm um ihre Schultern. Er versuchte, sie mit genau jenem Spruch zu beruhigen, den das Wickwief seiner Frau schon oft mit auf den Weg gegeben hatte. »Wenn es so weit ist, wirst du es wissen.«

Frieda

Lilienduft strömte aus dem mit wunderschönen Ornamenten verschnörkelten Blumenpavillon im Ortskern. Frieda wartete schon seit zehn Minuten auf Grete. Das Nachmittagskurkonzert vor dem Conversationshaus, einem lang gestreckten klassizistischen Gebäude, das schräg gegenüberlag, hatte bereits begonnen. Auf von Rabatten gesäumten Wegen spazierten Kurgäste durch die Grünanlage, unterhielten sich oder lauschten den Märschen und Operettenklängen. Frieda ging auf dem angrenzenden Marktplatz auf und ab, umkreise den Pavillon und hielt Ausschau im Arkadengang des Bazar-Gebäudes.

Sie freute sich darauf, Grete gleich ein paar ihrer Lieblingsplätze zu zeigen. Zum Beispiel das Kaap, das Seezeichen Norderneys. Von der hohen Düne aus, auf der es stand, hatte sie als kleines Kind oft mit Mutter oder Großmutter Ausschau nach dem Schiff ihres Vaters gehalten. Noch nie war ihr ein gleichaltriges Mädchen so exotisch und interessant erschienen wie die Berlinerin. Sie wollte erfahren, wie sie lebte, was sie wusste, fühlte und dachte. Irgendwie hatte sie schon jetzt das Gefühl, dass sie sich trotz der Andersartigkeit mühelos mit ihr verstand, vielleicht sogar besser als mit ihren Norderneyer Freundinnen. Sie konnte es nicht richtig in Worte fassen, aber mit der neuen Bekanntschaft verbunden war eine angenehme Aufregung, als würde der Horizont aufklaren.

Überall auf der Insel kannte man Frieda als die Tochter des Fischers Dirk Dirks, der eine Weile als Trinker gebrandmarkt und aus den Dorfkneipen geworfen worden war. Er hatte auf einer amtlichen Säuferliste gestanden, dem »Verzeichnis der Trunkenbolde« der Königlichen Landdrostei Aurich. Zum Glück war ihr Vater seit langer Zeit abstinent, doch der Familienmakel hatte sich tief in ihre Seele eingebrannt.

Man kannte sie allerdings auch als das Mädchen, das mit einer Glückshaube geboren worden war. Ihre Großmutter erinnerte sie daran, wenn sie niedergeschlagen war. Das ist ein gutes Omen, pflegte sie zu sagen. Es sind immer gutmütige Menschen, die so zur Welt kommen. Manche von ihnen besitzen sogar übernatürliche Fähigkeiten.

Von einer seherischen Gabe hatte Frieda bei sich noch nichts bemerkt, sie war sich auch nicht sicher, ob sie so was wirklich haben wollte. Aber die Geschichte mit dem Glückszeichen, die nahm sie gern an. Daran glaubte sie. Ihr würde schon nichts Böses geschehen.

Ein städtisches Publikum, eingehakte Paare, Familien mit Kindermädchen und ältere Herrschaften am Gehstock, schob sich an ihr vorüber. Frieda musste zugeben, einige der Damen waren überaus elegant, geradezu atemberaubend schön.

Ob diese Sache mit der Schnürfurche wirklich so erstrebenswert war? Gretes Mutter gehörte auch zu den Frauen, deren Figur von der Seite wie ein wandelndes S aussah. Der Oberkörper mit vorgewölbter Brust und durchgedrücktem Rücken schien, mehr getrennt als verbunden durch eine schmale Taille, um ein Stück vorversetzt vor dem Unterkörper zu schweben. Frieda versuchte, während sie auf der Kante des Bürgersteigs balancierte, ein paar Schritte auf diese Weise zu gehen. Mit angehaltenem Atem drückte sie die Brust raus, nahm die Schultern straff zurück, zog den Bauch ein. Sie erntete missbilligende Blicke und brach den Versuch mit einem heftigen Ausatmen schnell wieder ab. Wie konnte man nur so gehen? Kein Wunder, dass die feinen Damen ständig ein Riechfläschchen benötigten. Ach herrje, schoss es Frieda durch den Kopf, hoffentlich ist Grete nicht unterwegs in Ohnmacht gefallen!

»Pass doch up!«, rief ein Kutscher.

Frieda wich einem voll besetzten Pferdeomnibus aus, trat in einen Haufen Pferdeäpfel. Während sie ihren Schuh im Gras säuberte, erkannte sie auf der anderen Straßenseite Hilrich Fisser, den blonden Juniorchef des Inselsalons. Das war mal ein gut aussehender junger Mann! Der gefiel ihr. Aber er hatte keinen Blick für sie, und man munkelte auch, er ginge mit Anna, der Tochter des Hotelbesitzers Onno Remmers. Die war schon älter, hübsch und wohlhabend.

Wo blieb denn Grete nur? Ihre Augen suchten den Marktplatz ab. Sie würde sie auch mit verschleiertem Gesicht von Weitem erkennen – an ihrem schönen Haar. Doch weit und breit keine Spur von ihr.

Frieda setzte sich auf eine Parkbank. Sie studierte die Frisuren ringsum, überlegte, wie viele und welche Haarteile die Zofen für ihre Herrinnen wohl benötigten. Natürlich trugen alle einen Knoten, denn woran sonst sollten sie mit großen Haarnadeln ihre Hüte befestigten? Die einen trugen ihn oben auf dem Kopf, die anderen tiefer im Nacken, mal fiel er schlichter aus und mal kunstvoll verschlungen. Daran konnte man schon eine Menge ablesen und auf den Charakter der Trägerin schließen. Ob sie streng war oder verspielt zum Beispiel. Am interessantesten fand Frieda es, die Damen abends zu beobachten, wenn sie zu einem Ball gingen – ohne Hut, mit Federn und Blumen im Haar.

Schon wieder waren zehn Minuten vergangen. Grete würde wohl nicht mehr kommen. Enttäuscht sackte Frieda in sich zusammen. Nahm Grete sie nicht ernst? Wollte sie sich vielleicht sogar lustig über sie machen, indem sie zu ihrer Verabredung nicht erschien? Nein, das glaubte sie eigentlich nicht. Sie hatten einander in die Augen gesehen. Ihr Interesse war ehrlich und echt gewesen.

Frieda wunderte sich selber darüber, dass Gretes scheußlicher Ausschlag sie nicht abstieß. Vielleicht lag es daran, dass sie im abgedunkelten Badekarren die Schönheit erkannt hatte, die darunter verborgen lag. Vielleicht hatte das Sandwurmaufspießen sie auch abgehärtet. Oder lag es vielleicht daran, dass sie damals, als ihre vier Geschwister eines nach dem anderen an Masern erkrankt waren, als Einzige verschont geblieben war und ihrer Mutter bei der Pflege geholfen hatte? Zum Glück waren alle durchgekommen. Ihr ältester Bruder Hero fuhr inzwischen auf einem Fischdampfer und besuchte die Familie nur noch selten. Ihre ältere Schwester Mientje war längst verheiratet und lebte auf Borkum. Nun wohnten nur noch Dodo, sie und Rieka zu Hause. Und natürlich die Großeltern.

Die Kirchturmuhr schlug zur halben Stunde. So lange wartete Frieda sonst auf ihre Freundinnen nicht. Aufmerksam beobachtete sie weiter das Treiben ringsum. Einige Kurgäste waren schon recht seltsam. Sie liefen immer auf den gleichen Wegen durch den Park, und zwar so, als hätten sie ein Lineal verschluckt. Die Herren, Schritt für Schritt mit dem Spazierstock aufstoßend, lüfteten den Hut oder die Prinz-Heinrich-Mütze, sobald sie anderen Gästen begegneten, die sie offenbar kannten. Sie grüßten – da gab es wohl Regeln, wer wen zuerst grüßen musste –, blieben stehen, unterhielten sich etwas und gingen weiter. Bei der nächsten und übernächsten Runde wiederholten sie das Spiel, als hätten sich ihre Wege nicht bereits zigmal gekreuzt. Das musste doch schrecklich langweilig sein! Ungeduldig zippelte Frieda an den Bändern ihrer weißen Haube. Keine Grete. Schade. Dabei hatte sie sich sorgfältiger als sonst angezogen – zum wadenlangen dunkelblauen weiten Rock eine Schößchenbluse, die eigentlich zur Sonntagstracht gehörte. Sogar Schuhe trug sie, als müsste sie zur Schule gehen. Natürlich sah man ihr trotzdem an, dass sie kein Gästekind war.

»He! Was machst du hier?«, schnauzte sie ein Aufseher der Kurverwaltung an.

Sie fuhr zusammen. Dumme Frage.

»Ich sitze hier und warte.«

»Kannst du nicht lesen, du freches Gör?« Er zeigte auf ein Schild, das an der Bank prangte – NUR FÜR KURGÄSTE. »Verschwinde hier, oder ich mach dir Beine!«

Frieda streckte ihm die Zunge raus und lief weg.

Betrübt trottete sie zu Hause durchs Gartentor. Ihre Mutter saß auf einem Binsenstuhl vor der Eingangstür und strippte Johannisbeeren in eine Kumme. »Was ziehst du für 'ne Schnute?«

»Och, Grete ist nicht gekommen …«

»Ihr verbringt jetzt schon viel zu viel Zeit miteinander. Die anderen Badedienerinnen sind längst angesäuert, weil du jeden Tag am Strand mitmachst. Du hast keine Genehmigung«, sagte ihre Mutter streng.

»Aber sonst würde sie doch nicht baden gehen.«

»Ich weiß. Deshalb steck ich ja auch das Geld, das Frau

Lehmann mir für dich gibt, immer in den großen Trinkgeld-topf.« Ihre Mutter sah sie mitfühlend an. »Häng dein Herz nicht an ein reiches, krankes Stadtmädchen. Grete wird dir nur Flausen in den Kopf setzen.« Wie zum Trost reichte sie ihr ein paar reife Beeren. »Freundschaften mit solchen Leu-ten sind nichts für unsereins. Das meint man vielleicht, wenn man jung ist. Aber es kann nicht gut gehen. Bald ist sie wie-der weg.«

Im Inselsalon

Fritz Fisser ging nach draußen und hängte das Zunftzeichen der Friseure, einen blank geputzten Metallteller, oben neben die Eingangstür. Der Inselsalon befand sich in einem weißen Eckgebäude mit umlaufendem Säulengang nahe dem Marktplatz, nicht weit vom Conversationshaus entfernt, im Zentrum des Kurlebens. Eine Weile blieb er stehen wie jeden Morgen, grüßte vorübereilende Bekannte, winkte ins Geschäft gegenüber und atmete tief durch. Die Luft war noch frisch, aber es würde ein schöner Tag werden. Er prüfte die neue Dekoration in beiden Schaufenstern, spiegelte sich im Glas und war zufrieden mit dem, was er sah – einen agilen, mittelgroßen Mann in den besten Jahren, mit blauen Augen und braunem Haar, akkurat seitlich gescheitelt, der Bart kaiserlich in Hochform gebracht.

Und schon tauchte der erste Kunde auf.

»He, Fritz!«

»He, Theo. Allens up stee?«

»Jau, mutt ja. Un sülmst?«

»Geiht.«

Alles in Ordnung? Muss ja, und selbst? Es geht. Der Dialog wiederholte sich täglich. Fritz hielt dem Redakteur der Inselzeitung die Tür auf. Er ging durch den Verkaufsraum, der in der Mitte lag, nach links in den nicht weiter abgetrennten Herrensalon. Theo Weerts nahm Platz, bekam einen Umhang umgelegt und eine Rasierschale gereicht.

»Die russische Handelsdelegation ist eingetroffen«, wusste der Journalist zu berichten, »unter der Leitung von einem ganz hohen Tier, Sergej Witte, er ist der Vorsitzende des russischen Ministerrats. Die sind gestern im Großen Logierhaus abgestiegen.«

Fritz brauchte eigentlich keine Tageszeitung, Theo berichtete ihm immer das Wichtigste. Vor allem wusste er noch mehr, als er im *Inselboten* veröffentlichte. Bei den Verhandlungen, erklärte er, ginge es um Handelserleichterungen und neue Zollvereinbarungen zwischen dem Deutschen Reich und Russland, das durch den gegenwärtigen Krieg mit Japan geschwächt war. Nach und nach trudelten weitere Männer ein, die alle ein Monatsabonnement hatten. Der verwitwete Kurarzt Dr. Hermann Seut in zerbeulten Hosen, schon ergraut, mit Brille und Schnauzbart einem Seelöwen nicht unähnlich. Der Hotelier Onno Remmers, ein strohblonder Hüne, ebenso guter Gastgeber wie Geschäftsmann in den besten Jahren, im Gesangverein der beste Bariton. Und der steifbeinige, gutmütige Jan Gerdes, Besitzer eines Tabakgeschäfts, der nie ohne Stock ausging und seine leeren Zigarrenkisten immer an Kinder aus dem Seehospiz verschenkte. Das schlimme Bein war ihm nach einer Kriegsverletzung anno 1871 geblieben. Na, hat sich ja gelohnt, pflegte er zu kommentieren, wenn jemand sein Mitgefühl wegen der Behinderung ausdrückte. Er hatte mit seinen Kameraden gesiegt und dafür gesorgt, dass die deutschen Königreiche, Herzogtümer und andere Kleinstaaten endlich in einem einzigen Deutschen Reich hatten vereint werden können. Die Einheit des deutschen Volkes, auf das Schönste verkörpert im Kaisertum, das war wohl ein steifes Bein wert.

Man kannte sich, man duzte sich. Theo war der Einzige

mit Spitzbart, Onno und Jan zogen es vor, ihre Manneszierde wie der Kaiser seitlich hochzuzwirbeln.

»Die Russen sind da«, teilte Fritz ihnen mit.

Hilrich, Erwin und Willy begrüßten die Stammkunden, nahmen wie auf Kommando deren beschriftete Rasierbecher mit den persönlichen Utensilien darin vom Regal und begannen mit dem allmorgendlichen Pflegeritual.

»Sie wollen zwei Wochen bleiben. Die Verhandlungen finden wohl beim Reichskanzler direkt in der Villa Fresena statt«, steuerte Onno bei, der durch andere Kanäle bereits über die Neuankömmlinge informiert war. Natürlich bedauerte er, dass die Delegation nicht in seinem Hotel wohnte.

»Deutschland sollte ruhig freundschaftlichere Beziehungen zu Russland pflegen«, meldete sich Hermann zu Wort. »Wir brauchen mehr Verbündete als nur Österreich-Ungarn. Seit die Engländer und Franzosen sich lieben, stehen wir nämlich ziemlich allein auf weiter Flur da.«

»Ganz meine Meinung.«

Fritz verteilte gerade die aufgeschäumte Rasierseife auf Theos Wangen und Hals, als ein schneidiger Hauptmann den Salon betrat. Er stellte sich als Adjutant des Reichskanzlers vor. Vertraulich nahm er den Saloninhaber zur Seite.

»Seine Exzellenz wünscht, sich die Haare schneiden zu lassen«, raunte er.

Fritz wäre beinahe der Pinsel aus der Hand gefallen. Er verbeugte sich mehrfach, eine Hitzewelle durchlief seinen Körper vom Bauch bis in die Ohrläppchen.

»Selbstverständlich. Welch hohe Ehre!« Er überlegte. »Wann? Sollen wir das Geschäft ganz für ihn freihalten? Oder möchte er eine separate Kabine?«

Im Damensalon, der vom Verkaufsraum aus durch eine

Glastür, eine Stufe höher gelegen, nach rechts abging, hatten sie neben mehreren durch Vorhänge abgetrennten Kabinen auch eine, die durch den Hausflur erreichbar war. Das ermöglichte allergrößte Diskretion. Immer wieder kam es nämlich vor, dass eine Kundin beim Friseurbesuch unbeobachtet bleiben wollte.

»Nein, keineswegs. Der Reichskanzler genießt gern einmal die Atmosphäre eines gepflegten Friseursalons.« Der Adjutant sprach kultiviert, leicht schnarrend. »Machen Sie kein Aufhebens.« Dennoch musterte er die Anwesenden scharf. Fritz entging nicht, dass Hilrich seinen Blick mit Bewunderung erwiderte. Dieser Hauptmann verkörperte Stil und militärische Eleganz. Fritz sah seinem Sohn an, was er in diesem Augenblick dachte, und konnte gut verstehen, dass er sich auf Berlin freute. Schließlich war er selbst als junger Friseurgeselle auf der Wanderschaft gewesen, bis nach Paris war er gekommen. »Kennen Sie hier jeden persönlich?«

»Wieso?«, fragte Fritz irritiert. »Ach, Sie meinen …« Natürlich! Der Kanzler musste jederzeit mit einem Attentat rechnen. Sogar auf ihrer Insel, wo die Welt noch in Ordnung war. Bei seinen täglichen Ausritten am Strand und durch die Dünen wurde Bernhard von Bülow stets zur Sicherheit von ein oder zwei Männern begleitet. Meister Fisser richtete sich gerader auf. »Sind alles Stammkunden, Herr Hauptmann.«

»Und dort?«

Er zeigte auf die mit Glasgravur verzierte Tür zum Damensalon. Hilrich öffnete sie, damit er hineinschauen konnte. Dort war um diese Zeit nicht viel Betrieb.

»Nur meine Tochter Frauke«, erklärte Fritz. »Frisiert gerade Frau Meyer von Feinkost Meyer.« Ohne nachzudenken, schlug er die Hacken zusammen, verfiel in eine knappe militärische Sprache. Schließlich hatte er gedient. »Besondere Vorlieben zu beachten?«

Der Hauptmann musterte das Regal hinter dem Verkaufstresen. Dort standen etliche Packungen mit der ES IST ERREICHT! genannten Spezialbartpflege von François Haby, dem französischen Hoffriseur Kaiser Wilhelms II.

»Nein, wie ich sehe, führen Sie die richtige Bartwichse.« Er studierte die Preistafel. »Was macht das?«

»Selbstverständlich … gar nichts. Es ist mir eine hohe Ehre«, stammelte Fritz.

Doch der Adlatus des Kanzlers zückte seinen Geldbeutel und entrichtete einen mehr als großzügigen Betrag. »Erwarten Sie ihn in zirka fünfzehn Minuten. Guten Tag.«

Mehrstimmiger Glöckchenklang begleitete seinen Abgang.

»Guten Tag. In zirka fünfzehn Minuten, sehr wohl«, murmelte Fritz.

Theo hielt noch die Barbierschale unterm Kinn, er schloss aber endlich seinen Mund. »Allerhand, mein Lieber«, sagte er beeindruckt. Seifenschaum tropfte herab. Doch er schmunzelte. »Schleif mal flugs deine Messer. Aber nicht zittern, das würde dich teuer zu stehen kommen.«

Noch stand Fritz da wie festgefroren. »Wart eben, Theo.«

»Du glaubst doch nicht, dass ich jetzt aufsteh und weglaufe? Das lass ich mir nicht entgehen.«

Dem Friseurmeister gingen gleich mehrere Lichter auf. »Willy, fegen!«, kommandierte er. »Erwin, putz die Spiegel! Kruuskopp, kämm dich ordentlich!«, und dann flitzte er hinaus durch den Flur, der hinter dem Verkaufsraum begann, in ein Zimmer, das sowohl Küche als auch Aufenthaltsraum für alle war. Jakomina instruierte gerade das Hausmädchen Else, wie es das Gemüse für den Mittagseintopf schneiden sollte.

»Minchen, du hast richtig geträumt mit deinem Platz an der Sonne!« Fritz umarmte sie stürmisch. »Jetzt verstehe ich alles.« Überrascht sah sie ihn an. »Wer hat gesagt: ›*Wir wollen niemand in den Schatten stellen, aber wir verlangen auch unseren Platz an der Sonne*‹?«

»Na, unser Reichskanzler natürlich«, antwortete sie.

Das geflügelte Wort kannte jedes Kind. Damit hatte von Bülow schon vor Jahren im Reichstag das zum Ausdruck gebracht, was sich alle Deutschen wünschten – eigene Kolonien in südlichen Gefilden, genau wie Holland, England, Frankreich und wer noch alles auch.

»Richtig, mein Minchen. Und wo liegt die Segelbuhne, von der du geträumt hast?«

»Am Weststrand, vor der Villa Fresena.«

Woraus lief das alles hinaus? Weshalb war ihr Mann so aufgedreht?

»Wer wohnt dort?«

»Na, der Reichskanzler!«

Was sollte die Fragerei?

»Siehst du. Jetzt die Preisfrage: Wer wird wohl gleich auf dem Barbierstuhl von Meister Fisser die Haare geschnitten bekommen?«

Ein triumphierender Blick aus seinen blauen Augen machte ihr schlagartig klar, was bevorstand.

»Doch nicht *er* persönlich?«

»Jawoll.« Stolz zwirbelte Fritz seine Bartenden in die Höhe. Er hatte schon einigen Berühmtheiten den Kopf gewaschen, aber das wäre die Krönung. »Nun eile, liebe Frau, bereite Tee und Kaffee zu, hol frische Kittel. Wir wollen uns nicht blamieren.«

Sie hielt eine Hand vor den Mund, um nicht vor Freude

aufzuschreien. Eine bessere Reklame konnten sie sich nicht wünschen. Was für ein Jammer, dass Theo, der Zeitungsmann, gleich nicht einfach eine Fotografie vom Kanzler in ihrem Salon machen durfte. Aber Jakomina wusste, dass eine Vereinbarung zwischen Presse und Prominenz existierte – Fotos nur nach Absprache, Veröffentlichung nur nach vorheriger Genehmigung. Egal, sie würde schon dafür sorgen, dass es sich herumsprach.

»Else«, rief sie, »lauf schnell zu Braams Buchhandlung und kauf eine Postkarte mit unserm Kanzler drauf.«

Junior Hilrich überprüfte sein Aussehen im Spiegel, als Fritz zurück in den Salon kam. Er straffte die schlanke, hochgewachsene Figur. Wie immer saß alles akkurat, das Haar glänzte goldblond, kein Teeblatt hing ihm zwischen den Zähnen. Seine Schwester Frauke dagegen, nicht hässlich, nicht schön, etwas mollig, brauchte dringend einen frischen Kittel. Mit ein paar Kammbewegungen glättete Hilrich die krisselig abstehenden Härchen, die ihrem hochgesteckten Knoten entwichen waren. Mit schnellen Fingerdrehs brachte er ihren in Korkenzieherlocken gelegten Pony in Ordnung. Frau Meyer bat darum, den Platz zu wechseln. Sie wollte näher an der Tür sitzen, und der Vorhang sollte bitte nicht vorgezogen sein.

Fritz versuchte, sich seine Aufregung nicht anmerken zu lassen, als Graf Bernhard von Bülow den Inselsalon kurz darauf betrat. Ein Grandseigneur, eine Erscheinung – nicht besonders groß, aufrecht, mit Bäuchlein und dünnen Beinen, Goldkette an der Weste. Das kantige Gesicht des gutmütigen Genießers war von der Sonne rotbraun gefärbt, er hatte kluge Augen, wirkte zufrieden mit sich und der Welt. Fritz fiel eine Karikatur aus dem politischen Witzblatt *Kladdera-*

datsch ein, die den Kanzler in einem ganz ähnlichen Herrensalon wie dem seinen gezeigt und als eitlen Stenz charakterisiert hatte. »Der elastische Kanzler« oder »Bismärckchen« hieß er im Volksmund. Gegen ihn sei ein Aal ein Igel, spotteten manche. Aber die meisten Leute, Fritz eingeschlossen, schätzten seine weltgewandte, lässige Art. Und ein Diplomat, der nicht geschmeidig sein konnte, der hatte doch wohl seinen Beruf verfehlt.

Die Gespräche verstummten, Zeitungsleser blickten auf, Personal und Kunden verbeugten sich.

»Guten Tag! Bitte, lassen Sie sich nicht stören«, bat von Bülow liebenswürdig und nahm, nachdem er sich einen Pudermantel hatte umlegen lassen, am Becken zum Haarewaschen Platz. Sein Adjutant setzte sich in die Warteecke, wo Zeitungen in Haltern hingen.

Fritz bemühte sich, zwar äußerst zuvorkommend, doch nicht servil zu sein. Der Kanzler nahm ihm rasch die Befangenheit, indem er ein paar launige Sätze über den Sturm verlor, der in der Nacht einige Blumentöpfe, auch vor der Villa Fresena, umgeweht hatte.

»Nur etwas nachschneiden, bitte.«

Fritz war sich seiner Verantwortung bewusst. Der Kanzler würde mit seinem Haarschnitt die Verhandlungen der deutschen Delegation mit den Russen leiten.

»Also nur ein wenig kürzer?«, fragte er sicherheitshalber nach.

»Genau das meine ich«, bestätigte von Bülow und betonte: »Nur wenig, nur wenig.«

»Tee oder Kaffee, Exzellenz?«

»Nein danke.«

Der Friseur massierte ihm die Kopfhaut. Unter den

Fingerspitzen spürte er, wie es seinem Kunden es gefiel! Ja, der Mann verstand zu genießen. Das sprach für ihn. Sollten andere ihn ruhig eitel nennen. Wie jeder wirklich gute Friseur kannte Fritz sich aus mit der menschlichen Seele. Ihm war klar, dass von Bülow sich verhandlungssicherer fühlen würde, je mehr sein Äußeres stimmte. Wie oft mochte in der Weltgeschichte wohl schon der Ausschlag zum Besseren oder Schlechteren letztlich auf die Leistung eines Friseurs zurückzuführen gewesen sein?

»Den Scheitel nicht exakt in der Mitte, sondern etwas seitlich, richtig?«

»Nur der Philister schwärmt für absolute Symmetrie«, antwortete der Kanzler mit einem Zwinkern.

Er hatte feines Haar, dunkelblond, an den Schläfen und im Nacken bereits ergraut. Da brauchte man nichts auszudünnen.

Nach der Haarwäsche begann das Spiel von Kamm und Schere. Fritz war froh, dass nun keine weiteren Anweisungen folgten. Denn wenn er erst einmal am Werk war, kannte er kein Oben und Unten mehr, dann zählte nur das Ergebnis. Ungern ließ der Meister sich in diesem Stadium durch Nachfragen aus seiner Versenkung reißen und von seinem inneren Schneideplan abbringen. Das helle Klimpern entspannte den Kanzler ganz offensichtlich. Geschlossene Augen, ein sanftes Lächeln und ruhiger Atemfluss signalisierten Fritz Wohlbehagen. Er fühlte sich ermutigt, die Situation unterhaltsamer zu gestalten, und begann zu plaudern. Voller Begeisterung sprach er vom Wachsen und der Herrlichkeit der deutschen Flotte, teilte seine Sorge wegen britischer Spione mit, erwähnte den Spionageroman, der auch in Berlin viele Offiziere in Aufregung versetzt hatte.

»Jeder ausländische Segler in unseren Inselhäfen müsste sofort von der Hafenmeisterei weitergemeldet werden«, schlug er vor, während er ein vorwitziges borstiges Haar der gräflichen Augenbraue kürzte. »Und man muss unbedingt einen Keil zwischen England und Frankreich treiben.«

Der Kanzler reagierte nicht. Fritz überlegte, ob seine Ausflüge in die hohe Politik möglicherweise als nicht angemessen erschienen. Schweigend verlieh er dem Schnurrbart mit winzigen Korrekturen in den Spitzen und etwas Pomade an den Seiten einen kecken, doch eleganten Außenschwung.

Dann begann er erneut zu plaudern, diesmal wählte er unverfängliche Themen. Er erkundigte sich nach dem Wohlbefinden des niedlichen schwarzen Reichspudels Mohr und des braunen Wallachs Hans.

»Der Hund ist wohlauf, das Pferd ebenso«, erwiderte von Bülow. »Wir reiten jeden Tag aus. Am liebsten bei Ebbe, weil wir dann mehr Platz auf der kleinen Insel haben.«

Fritz sah sich selbst im Spiegel dankbar lachen, seine beiden großen Hasenzähne wurden sichtbar. Jakomina behauptete immer, sie würden ihm etwas Gewitztes geben, manchmal nannte sie ihn deshalb Mucki.

»Eine heiße Gesichtskompresse gefällig?«

»Nur zu.«

Als der Kanzler unter dem feuchten Tuch den Kräuterduft eines ätherischen Öls einatmete, schwoll das Gemurmel im Salon wieder etwas an. Scheren klimperten, Rasiermesser schabten, Wasser rauschte, Männer lachten leise. Der Adjutant unterhielt sich mit Hilrich über Bartpflege im Allgemeinen und im Speziellen. Es war warm, es dampfte, es roch angenehm. Fritz liebte seinen Inselsalon.

»Zum Abschluss eine kleine Nacken-Schulter-Massage?«

Als Antwort erhielt er ein zustimmendes Brummen. Der Vatermörder genannte hohe Hemdkragen stand dem Vorhaben im Wege, aber die Schultern ließen sich durch den Schutzumhang und das feine Tuch des Sommerjacketts gut kneten. Fritz konzentrierte sich ganz darauf.

Dieser Tag würde zu den Höhepunkten seines Lebens zählen – sofern der Kanzler, ein Mann von Welt, der Friseure in Paris, Wien und Rom kennengelernt hatte, sich am Ende zufrieden zeigte. Eigentlich zweifelte Fritz nicht. Jedenfalls nicht daran, dass seine Leistung hervorragend war. Andererseits hatte er auch schon erlebt, dass Herrschaften mit völlig falschen Vorstellungen zu ihm gekommen waren, dass sie von zu Hause etwas anderes kannten oder sich auf seine Frage »Na, wie soll's werden?« missverständlich ausgedrückt hatten. In solchen Fällen erwartete ihn dieser überaus peinliche Moment, wenn er mit dem Spiegel die fertige Frisur von hinten zeigte oder den Drehstuhl rotieren ließ und der Kunde, statt Begeisterung, Freude oder wenigstens moderate Zustimmung zu zeigen, plötzlich einfach nur schwerer atmete. Während er das Kanzlerantlitz unter der Kompresse beobachtete, musste Fritz an solch grauenvolle Augenblicke denken. Er blickte auf seine Hände und erkannte, dass sie leicht zu zittern begannen.

Dieser Mann war eben doch ein besonderer Mensch. Das spürte man schon an der Art, wie er mit seiner bloßen Anwesenheit dem Salon Glanz verlieh. Die Tür zum Damenbereich stand, anders als sonst, weit offen, weil er bis dorthin strahlen sollte.

Nun war die Zeit abgelaufen, die Kompresse abgekühlt. Fritz entfernte sie, ebenso den Umhang, er fuhr mit einer weichen Bürste über das Jackett des Kanzlers, befreite auch den Kragen, die seidene, von einer Perle gehaltene Krawatte und die Weste von Härchen. Er hielt ihm den Spiegel vor. Sein Puls erhöhte sich, während er mit angehaltenem Atem die Reaktion erwartete.

»Sehr schön, mein Lieber«, antwortete von Bülow jovial, »sehr schön.«

Er erhob sich, Fritz atmete auf.

Jakomina nahm all ihren Mut zusammen. Es musste doch etwas zu bedeuten haben, dass sie vorab von diesem Besuch geträumt hatte. Das Ereignis durfte nicht ohne würdige Erinnerung bleiben. Sie trat hinter dem Tresen hervor. In der Hand hielt sie eine Postkarte mit einem Foto, das den Kanzler zeigte.

»Dürften wir wohl dieses Bild, natürlich noch schön gerahmt, hier neben dem Porträt seiner Majestät aufhängen?«

Insgeheim erhoffte sie sich eine freundliche Widmung oder wenigstens ein Autogramm.

Bernhard von Bülow warf einen kurzen Blick auf die Postkarte. Sie schien ihm nicht zu gefallen. In der Tat war er auf dem Foto nicht besonders gut getroffen, wirkte fülliger, als er war.

»Nein«, sagte er freundlich, aber bestimmt. »Bitte nicht.«

Jakomina wäre am liebsten im Treibsand versackt. Sie fühlte, wie ihr das Blut in die Wangen schoss. Oh, nun hatte sie sich und den ganzen Betrieb lächerlich gemacht! Wie überaus peinlich. Sie spürte einen zornigen Blick ihres Sohnes, ahnte, wie Fritz, obwohl er sich äußerlich beherrschte, in Wallung geriet.

»Nein ... dann ... selbstverständlich nicht«, stammelte sie. »Verzeihen Sie bitte.«

Wenigstens schien der Reichskanzler nicht böse auf sie zu sein. Er lächelte sie an. Mühsam unterdrückte sie den Impuls, in Tränen auszubrechen.

Nachdem der hohe Besuch gegangen war, bedachte Fritz sie mit einem verständnislosen Kopfschütteln. »Wie konntest du nur?«

Mehr sagte er nicht. Aber der Ton! So klang die reinste Empörung. Er wandte ihr den Rücken zu, um mit Theo, Hermann, Onno und Jan jedes Wort des Kanzlers auf die Goldwaage zu legen. Beschämt fegte sie die Haarspitzen zusammen, was eigentlich eine Lehrlingsaufgabe war. Doch statt sie in den Abfalleimer zu werfen, füllte sie sie unbemerkt in eine kleine Papiertüte um. Jakomina fühlte sich den ganzen Morgen über unglücklich und weinte heimlich vor Scham.

Am Nachmittag lief sie schnell durch die Dünen zum Wickwief. Zum Glück war die verwitwete Frau, Jantje mit Vornamen, zu Hause und hatte Zeit für sie. Sie tranken in der Wohnküche einen Tee, der nicht gesiebt wurde.

Jakomina überreichte der Wahrsagerin die Papiertüte mit den Haaren des Reichskanzlers. »Sicher hast du dafür irgendeine Verwendung.«

Erfreut, aber ohne einen Kommentar abzugeben, nahm Jantje das Geschenk entgegen. »Nun kipp mal deine Tasse um«, sagte sie nur.

Und Jakomina tat, was von ihr verlangt wurde. Ernst reichte sie der weisen Frau die Untertasse mit dem umgedrehten Trinkschälchen darauf. Die hob es langsam hoch und schaute mit gefalteten Händen eine Weile konzentriert auf das Bild, das die Teeblättchen auf der Untertasse ergaben. Sooft Jakomina auch schon ähnliche Sitzungen erlebt hatte, sie wagte kaum zu atmen. Ihr war, als könnte ein falscher Atemzug die Formation der Teeblätter und damit ihr Schicksal durcheinanderbringen. Das Wickwief nahm nun ein paar graue und schwarze Haarspitzen des Reichskanzlers. Sie streute sie in ein irdenes Gefäß, gab aus einem Glas grünbraun Getrocknetes hinzu, mischte alles, nahm mit einem Fidibus Feuer aus dem Kamin und zündete es an. Im Nu erfüllte der Geruch von versengtem Haar und Kräutern den Raum. Mit geschlossenen Augen murmelte die Hellsichtige einen aus grauer Vorzeit stammenden altfriesischen Zauberspruch. Jakomina bekam eine Gänsehaut. Eine Weile herrschte Schweigen.

Plötzlich sprang Jantje hoch und riss das Küchenfenster auf. »Hinaus, hinaus!«, rief sie und wedelte mit den Armen. Dann setzte sie sich wieder, ganz normal, als wäre nichts vorgefallen. »Magst du noch eine Tasse Tee?«, fragte sie.

Jakomina nickte. »Und? Was hast du gesehen?«

Die Alte schenkte ihr und sich selbst ein. Sie sah sie freundlich an. »Mach dir keine Sorgen. Das regelt sich alles. Heute noch.«

»Was? Heute noch?«, wiederholte Jakomina.

»Ja. Was dich bedrückt, das ist alles nicht schlimm. Geh frohen Mutes nach Hause.«

Jakomina trank ihren Tee, noch etwas ungläubig, doch getröstet. Als sie sich wenig später verabschiedete, blieb sie vor dem Küchenschrank stehen. Sie wusste, dass sich darauf ein mit Muscheln beklebtes Kästchen befand. Dahinein, auf roten Samt, legte sie ihren Obolus für die Sitzung. Das Wickwief verlangte niemals Geld, man durfte aber spenden.

»Danke! Bis zum nächsten Mal.«

Offenbar hatte im Hause Fisser niemand bemerkt, dass

Jakomina fort gewesen war. Sie verriet auch nichts, sondern machte sich gleich daran, die benutzten Handtücher und Kittel in verschiedene Säcke für die Dampfwäscherei zu stecken.

Kurz vor Feierabend betrat der Adjutant des Kanzlers den Salon mit etwas Sperrigem unter dem Arm. »Das ist für Ihren Herrn Vater.« Er überreichte es Hilrich. Fritz färbte nebenan in der Kabine einer Kundin das Haar. »Mit den besten Grüßen. Es war eigentlich für einen Lehrergesangverein aus dem Ammerland bestimmt, der neulich zu Ovationen auf die Insel gekommen ist. Aber der Vorsitzende hat es in der Aufregung vergessen.«

»Bab«, rief Hilrich nach seinem Vater, »komm schnell!«

Fritz spülte sich rasch die Hände ab. Gespannt packte er das Geschenk aus. »Ruf deine Mutter!«

Es war ein Porträtfoto von Bülows, deutlich besser getroffen als das auf der Postkarte, noch dazu in einem wertvollen Holzrahmen, so groß wie eine Zeitungsseite.

Nach Feierabend hängten Fritz und Jakomina das Bild neben dem des Kaisers auf. Ein kleines Stückchen tiefer, aber an einer Stelle, auf die mehr Licht fiel. Jetzt stand das Ehepaar stolz, Arm in Arm, davor.

»Es war also doch gut, dass ich gefragt habe«, sagte Jakomina triumphierend.

Fritz küsste sie auf die Wange. »Ja, das hast du gut gemacht. Was für eine Reklame für uns!«

»Du hast ihn aber auch hervorragend bedient.« Glücklich schauten sie einander an. »War ja nur, weil ich vorher davon geträumt hab. Sonst hätte ich mich nie getraut.«

»Bei uns prallen Welten aufeinander, ist dir das eigentlich klar, Frau? Große Weltpolitik und kleiner Inselklatsch – in unserem Salon.«

Sie küsste ihn zurück. »Ich möchte nirgendwo anders sein.«

Er lächelte stolz und zufrieden. »Jetzt müssen wir wohl wirklich noch einen Gesellen einstellen. Und zwar einen, der schon in den besten Häusern gearbeitet hat. Keinen Anfänger, den wir uns erst noch erziehen müssen.«

»Da gebe ich dir recht.« Jakomina sinnierte eine Weile. Sie hatte ganz vergessen, das Wickwief etwas zu fragen. »Aber eines begreife ich noch immer nicht.«

»Was denn, mein Minchen?«

»Was hat nun das gepellte Ei in meinem Traum zu bedeuten?«

Grete

Vormittags musste Grete mit ihrer Mutter zu Anwendungen ins Inhalatorium. Deshalb nahmen sie ihr Kurbad am Damenstrand erst nach einem frühen Mittagessen. Zerknirscht entschuldigte sie sich bei Frieda dafür, dass sie am Vortag nicht am verabredeten Treffpunkt erschienen war, und erklärte ihr den Grund. Als ihre Mutter im großen Strandzelt von der Nordsee ermattet in einem Liegestuhl wegdämmerte, hatten sie Zeit, sich länger zu unterhalten.

»Komm mit auf meinen Aussichtsplatz«, schlug Frieda vor. Sie machten es sich nebeneinander auf dem Austritt des Dienstbadekarrens bequem. Die Badezeit war für diesen Tag vorbei, alle neunzig Karren standen wieder ordentlich in zwei Reihen. Da von zwei Uhr an wieder alle Strände für jedermann zugänglich waren, richteten sich immer mehr Leute in den Strandkörben ein oder flanierten zum Sehen und Gesehenwerden auf der Promenade oder dem nahen Seesteg. Strandwärter entfernten die Holzbockbarrieren mit der Aufschrift FÜR MÄNNER VERBOTEN von der Promenade, und immer mehr Spaziergänger strömten zur Georgshöhe und dem dahinterliegenden Herrenbad.

Grete schlug den Chiffonschleier zurück, damit die Sonne ihr ins Gesicht scheinen konnte. Der Badearzt hatte gesagt, wenn sie es in Maßen dem Licht aussetzte, würde ihr Ekzem vielleicht austrocken. Sie nahm ihr Haar zusammen und legte es über eine Schulter.

»Soll ich dir einen Seitenzopf flechten?«, bot Frieda an.

»Klar, wenn's dir Spaß macht.«

»Ich kenn übrigens den besten Seehundjäger von Norderney.« Frieda setzte sich etwas um, damit sie Gretes Mähne bequemer in beide Hände nehmen konnte. Sie teilte das Haar in mehrere Strähnen auf. »Wir könnten ihn mal besuchen. Frag doch deinen Bruder, ob er Lust hat mitzukommen.«

»Famos! Das wird Hans-Heinrich bestimmt reizen!« Grete schaute auf Friedas Hose. »Sag mal, läufst du eigentlich immer so rum? Und ohne Kopfbedeckung?«

Die meisten Insulanerinnen trugen eine weiße Haube, sie gehörte zur alltäglichen Inseltracht.

»Nein, natürlich nicht. Nur, wenn ich am Strand bin.« Frieda lächelte und begann zu flechten. »Sie gehörte mal meinem großen Bruder Dodo, passt ihm aber nicht mehr. Blaue Hosen sind für die Badediener am Herrenstrand. Dodo arbeitet da als Rettungsschwimmer, seit sich der Fischfang nicht mehr lohnt.«

»Na so was! Ich dachte immer, Seeleute könnten nicht schwimmen. Ist es nicht sogar so, dass sie bei der Marine nur Nichtschwimmer einstellen, weil die das Schiff besser verteidigen?«

Frieda lachte. »Dodo hat's jedenfalls erst gelernt, als er auf dem Festland war. In einem Arbeiterschwimmverein.«

»Was es alles gibt …« Grete wunderte sich.

»Das lohnt sich! Die Badediener verdienen ja schon mal doppelt so viel wie die Badedienerinnen«, erklärte Frieda ihr, »was ich übrigens ziemlich ungerecht finde. Aber die Schwimmer erhalten noch zusätzlich einen Aufschlag. Das wiederum ist in Ordnung, die riskieren schließlich auch mehr.«

»Dann ist er zum Schwimmenlernen aufs Festland gegangen?«, fragte Grete verwundert. »Wie kurios.«

»Nein, so nicht. Er musste sich neue Arbeit suchen, als der Schellfisch wegblieb, und hat darum auf einer Werft gearbeitet. Aber er hat's da nicht lange ausgehalten. Das Heimweh, weißt du …«

Grete lauschte aufmerksam. »War es schlimm? Ich meine, das mit dem Schellfisch?«

Frieda starrte auf die ausgeblichenen Holzstufen, die tausendmal vom Salzwasser feucht geworden und ebenso oft von der Sonne getrocknet worden waren. »Die Fischer konnten ihre Familien nicht mehr satt kriegen. Als ich eingeschult wurde, hat sich die Fischgenossenschaft aufgelöst. Vor zwei Jahren standen mal elf Fischerhäuser gleichzeitig in der Zwangsversteigerung, auch vielen Freunden von mir ging es ziemlich schlecht.« Sie zog einen Flunsch, der ihr Bedauern ausdrückte. »Manch alte Fischer schleppen heute Koffer für Badegäste. Die schimpfen ständig auf dat frömde Schiet.«

»Oje.«

»Dabei heißt es doch: Leever dood as Slav.«

»Kannst du das mal übersetzen?«

»Das Erste lieber nicht. Viele sind sauer, dass sie Fremden das Leben auf ihrer Insel schön machen sollen und selbst … na ja. Und das andere ist der Wahlspruch der Friesen: Lieber tot als Sklave.«

»Oha. Und wie ist es deiner Familie ergangen?«

»Auch schlimm«, gab Frieda zu. »Ständig herrschte dicke Luft. Meine Eltern haben sich oft angebrüllt, mein Vater hat ziemlich viel Branntwein getrunken.« Sie errötete. »Ich weiß gar nicht, warum ich dir das alles erzähle …«

»Rede weiter, bitte! Es interessiert mich wirklich. Und ich behalte es für mich, versprochen.« Sie sah Frieda länger an, ernst und aufrichtig, und spürte, dies war der Moment, in dem sie Freundschaft schlossen.

Frieda atmete tief durch. »Wenn die Blaukreuzler und der Herr Pastor damals nicht geholfen hätten …« Sie ließ den Satz unvollendet. »Im Winter haben sie hier einen Kindergarten mit Verköstigung aufgemacht, für die Kleinen von den Insulanern. Wir nannten ihn Puppenstube, aber im Grunde genommen war das 'ne Art Armenspeisung. Da musste ich meine kleine Schwester Rieka immer hinbringen, damit wir zu Hause einen Esser weniger hatten.« Sie lächelte verschämt. »Oft hab ich es so abgepasst, dass ich schon früher da war, um sie abzuholen – manchmal hab ich dann nämlich auch 'nen Schlag Eintopf abgekriegt.«

Grete sah sie betroffen an. »Ich musste noch nie hungern.«

»Da bist du zu beneiden.« Grete vernahm es mit Erstaunen. So hatte sie ihr Leben noch nie betrachtet. Sie haderte immer mit ihrem Schicksal. Warum war ausgerechnet sie krank und schwach?

»Wie sieht denn deine Schule aus?«, wollte Frieda wissen.

»Och, ich werde zu Hause unterrichtet. Von einem Privatlehrer, und zweimal in der Woche kommt eine Klavierlehrerin.«

»Tatsächlich? Dann hast du gar keine Schulfreundinnen?«

Grete schüttelte den Kopf. Ich hab überhaupt keine Freunde, dachte sie unglücklich. Keine richtigen jedenfalls. An vielen Aktivitäten Gleichaltriger konnte sie nicht teilnehmen. Ihre Hautveränderungen, die unberechenbare Husterei, die dazu führte, dass sie manchmal Erstickungsanfälle bekam – all das schreckte nicht nur andere Mädchen ab, sondern auch deren Mütter. Sie fürchteten wohl doch eine Ansteckung oder allein schon die Verantwortung. Deshalb erhielt sie nur noch selten Einladungen. Und wenn, dann steckten geschäftliche Interessen der Eltern dahinter. Gerade in den vergangenen Monaten, seit ihr Körper angefangen hatte, sich zu verändern, und sie sich von aller Welt unverstanden fühlte, hatte sie sich regelrecht verkrochen.

»Ich soll aber auf ein Internat für höhere Töchter, falls mein Gesundheitszustand es zulässt.« Sie drehte sich nach vorn, den Blick aufs weite glitzernde Meer gerichtet. Frieda setzte ihr Flechtwerk wortlos fort. Sie machte es gut, ohne dass es ziepte, manchmal kitzelte es sogar recht angenehm.

»Sicher wohnt ihr in einer schönen Villa, oder?«

»Ja, unser Haus ist ziemlich groß. Es hat Säulen und einen Park drumherum.«

»Was macht denn dein Vater?«

»Ihm gehören einige Mietshäuser am Kurfürstendamm«, erwiderte Grete. »Und er ist Fabrikant. Wir produzieren Ausrüstungen.«

»Was für Ausrüstungen?«

»Weiß ich nicht so genau. Uniformen, Zelte aller Art und verschiedene Gerätschaften.« Das Thema war Grete unangenehm, sie wollte nicht gern die Unterschiede zwischen ihnen betonen. »Dann hofft ihr hier auf Norderney sicher alle, dass der Schellfisch bald wiederkommt, oder?«

Frieda kniff ein Auge zu. »Sag's bloß nicht weiter, aber wahrscheinlich bin ich der einzige Mensch auf der Insel, der trotz allem froh ist, wenn er wegbleibt. Wir, also die Frauen und Mädchen, mussten immer schon vor Tagesanbruch los, um nach den Wattwürmern zu graben. Und sie dann aufspießen. Das war kalt und matschig und stinkig. Und abends haben wir noch die Wurmreste von den Angelhaken abgestreift.«

Grete rümpfte die Nase. »Darauf hätte ich auch keine Lust.« Sie ließ ihre Finger über den kunstvoll geflochtenen Zopf gleiten.

»Fertig!« Wohlgefällig besah Frieda ihr Werk. »Hast du was zum Festmachen dabei?«

Grete zog aus ihrer Rocktasche ein grünes Samtbändchen, das wohl mal eine Haarschleife gewesen war. Frieda knotete es fest. Dann erhob sie sich und holte aus dem Badekarren einen Handspiegel. Den hielt sie Grete vors Gesicht. »Guck, wenn du das hier ein bisschen weiter nach vorn zupfst, ist der Ausschlag noch ein Stück mehr verdeckt.«

»Oh, Frieda! Das sieht ja großartig aus! Wo hast du das nur gelernt?« Grete betrachtete den Zopf aus verschiedenen Perspektiven.

Frieda lächelte breit. »Meine Großmutter kann sehr gut flechten. Von ihr guck ich mir viel ab. Sie hat früher manchmal für Verwandte und Bekannte aus deren Haaren Hochzeitsbilder umflochten.« Sie schaute auf ihre Füße, während sie erzählte. Ihre sandigen Zehen bewegten sich dabei, als würden sie tanzen wie Fingerpuppen. »Seit wir alle zusehen mussten, dass wir anders als mit Schellfisch überleben, betreibt sie das in Heimarbeit. Sie macht richtig komplizierte Sachen aus Menschenhaar – alle möglichen Andenken mit dem Haar von Verstorbenen, hauptsächlich Ornamente um Fotos herum, die man dann in einem Rahmen verschenkt. Jetzt gerade sitzt sie an einer dreirolligen gewundenen Herrenuhrenkette.«

»Sei mir nicht böse«, sagte Grete, »aber ich find das ein bisschen gruselig – Schmuckstücke aus Menschenhaar …«

»Nicht gruseliger als Wattwürmer.« Frieda grinste. »Man gewöhnt sich dran.«

»Darf ich mal welche sehen?«

»Was, Wattwürmer?«

»Nein, die Haarbilder deiner Großmutter.«

»Klar«, Frieda sprang in den Sand, wischte sich die Hände hinten an der Hose ab.

»Wie? Sofort?«

»Ja, sicher. Warum nicht?«

Grete sah unsicher zum Strandzelt, wo ihre Mutter noch schlief. Es wäre ihr albern Frieda gegenüber vorgekommen, wenn sie gesagt hätte, dass sie ohne Erlaubnis nicht mitgehen durfte. Andererseits …

»Ach, die schlummert jetzt erst mal selig«, ermutigte Frieda sie. »Wir brauchen auch nicht lange.«

Tatsächlich benötigten sie weniger als zehn Minuten bis zum Fischerhaus der Dirks, in dem drei Generationen zusammenlebten. Geschützt hinter einer Düne lag es, und das letzte Stück dorthin musste man hintereinandergehen, weil der gepflasterte Fußweg so schmal war. Es hatte als Anbau ein Hinterhaus, das von Efeu überwuchert war, und neben dem seitlichen Eingang eine einladende Laube. Im gepflegten Gärtchen wuchs Gemüse, am Zaun blühten Sommerblumen, die früher in Mode gewesen waren – Malven, Reseda und Jelängerjelieber.

Friedas Großmutter machte sich in der Wohnstube an den klirrenden Ringen des Küchenherds zu schaffen, als sie eintraten. Sie legte Torf nach, wobei Funken aufflogen, und begrüßte sie freundlich auf Plattdeutsch. Grete verstand, dass sie staunte, was für ein vornehmes Mädchen ihre Enkelin da mitgebracht hatte. Aber sie zeigte ihr bereitwillig einige ihrer neuen Arbeiten und auch ein paar Bilder und Schmuckstücke, die ihr besonders am Herzen lagen und unverkäuflich waren.

»Darf ich an den Trappschapp?«, fragte Frieda. Als die Großmutter nickte, steuerte sie ein Schränkchen an, das unter einer kleinen Treppe zum Dachboden hing, und entnahm ihm einen altertümlichen, aufwendig gearbeiteten und ziemlich großen Hornkamm. Sie zeigte ihn Grete wie einen Schatz. »Guck mal! Siehst du diese Löcher und Ösen? Da zieht man Haarsträhnen zu vielen kleinen Schlaufen durch, oder man dreht und windet sie – das sieht sehr hübsch aus. Oma hat den Kamm vor Jahren mal im Herbst am Strand gefunden, er muss einer reichen Dame gehört haben. So fing das an mit ihrer Kunstfertigkeit.« Die Großmutter war schon als junge Frau gehbehindert gewesen und hatte meist nicht beim Wattwurmgraben mitmachen können. Frieda übersetzte Grete, dass ihre Großmutter sagte, deshalb habe sie ihre Fingerfertigkeit behalten, was heute ein Vorteil für die ganze Familie sei. Sie wies auf Gretes Ausschlag. »Du sollst nicht traurig sein, sagt Oma. Es gibt kein Unglück, das nicht auch einen Vorteil in sich trägt.«

Grete lächelte mit feuchten Augen. Sie schaute sich um. Im blitzblank geputzten Stangenherd konnte man sich spiegeln, das Messinggeschirr auf dem Bord funkelte, und die alten blau bemalten Delfter Fliesen glänzten. Die Familie musste auch schon gute Zeiten erlebt haben. Der Großvater kam hereingeschlurft. Seine Frau bat ihn um etwas, woraufhin er eine Blechdose und eine Art Nussknacker holte und sich zu ihnen an den Tisch setzte. Während er auf einem Priem herumkaute, zerkleinerte er mit der Zange gekonnt Kandisbrocken, die alle von einem einzigen langen weißen

Bindfaden durchzogen waren. Frieda durfte ihnen etwas Sanddornsaft einschenken. Grete verzog das Gesicht. Er schmeckte sauer. Der Großvater lachte und schenkte ihnen zwei kleine Kandisstücke. Kluntjes nannte man sie auf Plattdeutsch, erklärte Frieda. Die lutschten sie nun andächtig wie Bonbons.

Eine Wanduhr tickte, es roch nach dem Torffeuer. Durch eines der Schiebefenster, das halb hochgeschoben war, wehte der Wind und bewegte leicht die Gardinen. Frieda zerrieb ein Blatt, das sie von der Geranie auf der Fensterbank abgerissen hatte, um es Grete unter die Nase zu halten.

»Riech mal, wie Zitrone!«

So saßen sie eine Weile da, sagten ab und zu etwas und schwiegen dann wieder. Die Großeltern nannten Frieda »min lüttje Sünrooske«. Grete war beeindruckt von der Gelassenheit, die diese alten Leute, umgeben von einer Aura vergangener Zeiten, ausstrahlten. Sie waren zufrieden. Zu Hause in Berlin herrschte ein ganz anderes Lebensgefühl, da ging es immerzu um Eile und Ehrgeiz, ums Geldverdienen, Bewerten und um gesellschaftlichen Aufstieg.

Grete würdigte angemessen die filigranen Haarbilder. Frieda wusste, weshalb sie so beliebt waren, und erzählte ihr die Geschichte. Nach dem Tod des Mannes von Königin Victoria – »Sie war die Oma von unserem Kaiser, wusstest du das?« – sei am britischen Königshof das Tragen von Schmuck verboten gewesen, mit Ausnahme von Erinnerungslocken und kleinen aus Haar geflochtenen Kunstwerken, die man in Broschen oder Amuletten tragen durfte.

Rieka, Friedas jüngste Schwester, kam barfuß mit drei Freundinnen hereingelaufen, um sie, Grete, das fremde Mädchen, zu begutachten. Ihre geflochtene Haarkrone saß schief,

Frieda richtete sie. Dann fegten die Kleinen noch ein paarmal kichernd um den Küchentisch, bevor sie wieder nach draußen verschwanden, um weiterzuspielen.

»Wo ist eigentlich dein Zimmer?«, fragte Grete.

»Mein Zimmer? Ich hab keines.«

»Ja, aber wo schläfst du?«

Frieda stand auf und öffnete zwei Schranktüren in der Wand neben dem Herd. »Hier, mit Rieka zusammen.«

»Oh.« Grete schaute in einen kleinen Alkoven hinein. Das Federbett und die beiden Kopfkissen darin waren blau-weiß kariert bezogen. Frieda erklärte ihr, dass ihre Eltern und Dodo während der Saison im Anbau schliefen, sodass sie zwei Zimmer vermieten konnten. Es gab noch eine Fischerwerkstatt, wo im Winter die Netze geflickt wurden. »Ich dachte, der Schellfisch kommt nicht mehr«, sagte Grete verwundert.

»Ja, die Angelschellfischerei lohnt sich nicht mehr, aber je nach Jahreszeit kann man mit dem Schleppnetz noch ein bisschen Scholle oder Granat fangen.«

»Kein Vergleich zu früher«, steuerte der Großvater bei.

Gezielt spuckte er einen braunen Klumpen haarscharf an Grete vorbei in einen Topf, der in einer Zimmerecke stand. Sie zuckte zusammen. Einen Priem kauten die Männer in ihren Kreisen nicht, das kannte sie nur von Kutschern. Der Großvater schmunzelte. Seine braunen Zähne fand sie ekelig, seine Treffsicherheit allerdings beeindruckend.

»Und ein Spielzimmer habt ihr wohl auch nicht?«, fragte sie zaghaft.

Frieda lachte nur. »Wozu? Wir können doch überall spielen!« Grete nickte verunsichert. Allmählich wurde sie unruhig. Sie fürchtete, ihre Mutter könnte wach werden und sie suchen. Frieda bemerkte ihre Nervosität. »Wir müssen wieder los«, teilte sie den Großeltern mit.

Die Großmutter sagte noch etwas, das Grete nicht verstand. Sie bedeutete Frieda, es zu übersetzen, doch das tat sie nicht. Auf dem Rückweg nahmen sie eine Abkürzung durch den Ort.

»Was hat sie zum Schluss gesagt?«, fragte Grete nun doch neugierig.

Frieda wand sich verlegen. »Och, nicht so wichtig.«

»Komm, sag schon!«

»Na ja … Ob du eigentlich weißt, dass ich unter einer Glückshaube geboren wurde …« Frieda verdrehte die Augen.

»Ach, bist du?« Grete schwankte zwischen Staunen, Bewunderung und leichtem Amüsement. »Deshalb also!«

Als sie den Marktplatz erreichten, schien etwas die Aufmerksamkeit der Spaziergänger zu erregen.

»Oje, der Reichskanzler!«, rief Frieda in einem Ton, als wollte sie sagen: Mist, ausgerechnet jetzt gehen die Bahnschranken runter.

Vorneweg lief ein schwarzer Pudel, der seinen eigenen Aufpasser hatte, und gleich darauf spazierte das Grafenpaar samt Entourage um eine Hausecke auf den Platz. Einige Uniformierte und ein paar wichtig aussehende Männer in Zivil begleiteten es. Bernhard von Bülow, mit frischer Gesichtsfarbe, schien bestens gelaunt zu sein. Er unterhielt sich mit einem Mann, der ausländische Abzeichen trug. Seine Gattin, südländisch und zierlich, ging weiß gekleidet mit Sonnenschirm und gewaltigem Kopfputz ein paar Meter hinter ihm her. Sie wirkte würdevoll und durch ihre zur Schau getragene Bescheidenheit auf eine herablassende Art gütig. Manche Passanten blieben stehen, manche machten Platz, einige Männer salutierten, ein paar Frauen versanken im Hofknicks. Die meisten schritten tuschelnd langsam weiter. Als die Herrschaften an ihnen vorüberkamen, machte auch Grete einen Hofknicks. Frieda nicht. Sie schlenderte weiter zum Inselsalon, um in Ruhe die neuen Auslagen zu betrachten. Eine kunstvoll frisierte Perücke auf einer Halbbüste faszinierte sie offenbar mehr. Endlich stand Grete wieder an ihrer Seite, noch mit etwas Herzklopfen.

»Wieso hast du keinen Knicks gemacht?«, fragte sie entrüstet. So gehörte sich das doch wohl, so war sie erzogen worden.

Friedas blaue Augen blitzten. »Ich bin eine freie Friesentochter, und ich knie vor niemand nieder«, sagte sie. »Außerdem laufen die hier jeden Tag herum. Sie essen mittags und abends im besten Restaurant der Insel, im Hotel Richter.«

Grete staunte wieder einmal über Frieda und betrachtete ebenfalls die Auslagen. Tiegel, Kämme, Bürsten, Haarschleifenhalter … Ja, und? Sie konnte nicht nachvollziehen, was Frieda daran so interessant fand. Auf dem Rückweg wanderten sie über den Strand, quer durch die Kraterlandschaft, die Badegäste mit Schaufeln rund um ihre Korbsitze gegraben hatten. Darunter waren wohl einige Künstler gewesen, jedenfalls fesselte eine lebensgroße barbusige Sandfigur Gretes Aufmerksamkeit.

»Passt bloß auf«, mahnte deren Schöpfer sie, »trappelt mir meine Nixe nicht kaputt!«

Andere Sandburgen verdienten wahrlich ihren Namen, denn Türmchen und Zinnen krönten die platt geklopften Wälle. Erwachsene übergossen ihre Schöpfungen mit Meerwasser aus einer Gießkanne, damit sie länger Bestand hatten. Und überall wehten an gemieteten Stangen Wimpel und Flaggen, die von Heimatliebe und Nationalstolz kündeten.

Als sie endlich das große Strandzelt erreicht hatten, fanden sie den Liegestuhl von Gretes Mutter leer.

»O Gott!« Grete spürte ein flaues Gefühl im Bauch. »Das gibt Ärger!«

Sie schauten sich um, liefen zu den Badekarren, und dort entdeckten sie ihre beiden Mütter.

»Aber wenn ihr etwas passiert ist? Ihre Asthmaanfälle …«

Emilie Lehmann gestikulierte lebhaft, während Meta Dirks mit lässig in die Hüften gestemmten Händen beruhigend auf sie einredete.

»Bestimmt sind die Mädchen zusammen. Sie sind doch schon vierzehn. Und mit Frieda passiert Ihrer Tochter nichts, machen Sie sich keine Sorgen.«

»Maman!«

Grete lief zu ihnen. Das Gesicht ihrer Mutter spiegelte wechselnde Gefühle wider. Sie wollte wohl schimpfen, weil ihre Tochter sich unerlaubt entfernt hatte, aber die Erleichterung überwog doch und wich dann ganz freudiger Überraschung.

»Wie hübsch! Wer hat dir denn diesen Seitenzopf geflochten?« Grete drehte sich einmal im Kreis, damit ihre Mutter ihn von allen Seiten bewundern konnte. »Meine Güte, Kind, und wie rosig und gesund du auf einmal aussiehst! Neulich warst du noch so bleich und kränkelnd, und jetzt …« Sie verstummte gerührt.

»Stell dir vor, Maman! Reichskanzler von Bülow ist gerade mit seiner Frau an uns vorübergegangen, nur zwei Meter entfernt!«

»Ist das wahr?« Ihre Mutter strahlte sie an.

»Wo seid ihr denn bloß gewesen?«, fragte Friedas Mutter.

»Zu Hause, bei Oma und Opa. Ich wollte Grete nur kurz die Haarbilder zeigen.«

»Ach so. Na, hab ich's nicht gesagt? Alles ganz harmlos. Dann ist ja gut. Ich muss nun auch los. Sei pünktlich zum Abendbrot.«

»Jupp.« Frieda winkte ihrer Mutter hinterher.

»Ja, Maman, feine Haarbilder haben wir gesehen! Friedas Großmutter fertigt sie.« Unüberlegt fasste Grete an ihre Wange, weil es dort juckte. Dabei löste sich eine große Kruste. Ungläubig tastete sie über die glatte Haut, die darunter zum Vorschein kam. Ewig hatte diese Stelle nicht heilen wollen. »Oh, Maman …«, flüsterte sie.

»Wie schön, Margarete.« Emilie legte den Arm um ihre Tochter. »Ich glaube, nach all der Aufregung haben wir uns jetzt eine schöne Tasse Schokolade verdient, was meinst du?« Grete sah sie bittend an, und ihre Mutter verstand. »Du bist natürlich auch eingeladen, Frieda.«

Sie setzten sich an einen Tisch in den hölzernen Pavillon auf der Marienhöhe. Die Getränke wurden von einem Kellner aus dem am Fuße der hohen Randdüne liegenden Kaffeehaus hochgebracht. Grete beobachtete mit Freude, wie Frieda das für sie offenbar ungewohnte Heißgetränk ehrfürchtig Schlückchen für Schlückchen genoss. Das Sahnehäubchen hinterließ niedliche weiße Spuren auf ihrer Oberlippe und an ihrer Nasenspitze. Sie freute sich für ihre neue Freundin.

Ein Besuch beim Seehundjäger war genau der richtige Köder für Hans-Heinrich. Er begleitete seine Schwester, ohne zu murren, und sie und Frieda konnten ohne weitere Aufsichtsperson zusammen sein. Frieda fremdelte anfangs. Wahrscheinlich schüchterte Hans-Heinrich sie ein. Schwer vorstellbar für Grete. Doch immerhin war er zwei Jahre älter als Frieda und sie selbst und trug nach dem Tennisunterricht noch seinen schicken sportlichen Dress.

»Du hast ja gar keine Pickel«, sagte er flapsig zur Begrüßung.

»Ich bin ja auch keine Nervensäge«, erwiderte Frieda schlagfertig. Wenn hier jemand Pickel hat, dachte Grete schadenfroh, dann du, Hans-Heinrich.

Er stieß seine Schwester mit dem Ellbogen in die Seite. »Alte Petze!«

Alle drei lachten. Bald war das Eis gebrochen.

»Mein Lieblingsbruder Dodo ist zwar älter als du«, Frieda lächelte verschmitzt, »aber irgendwie erinnerst du mich gewaltig an ihn.«

»Ach, gibt's etwa noch einen so gut aussehenden jungen Burschen auf Norderney?« Gespielt affektiert strich Hans-Heinrich sich übers schwarzbraune Haar.

»Dodo hat die gleiche Haarfarbe wie ich, er ist kräftiger als du, aber ganz genauso von sich eingenommen!«

»Er ist Rettungsschwimmer«, konnte Grete sich nicht verkneifen zu sagen. »Im Gegensatz zu dir hat er tatsächlich einen Grund, sich etwas einzubilden.«

Auf diese Art redeten und blödelten sie, bis sie ihr Ziel erreicht hatten.

Ein stämmiger, bärtiger Mann begrüßte sie am Gartenzaun. »He, lüttje Sünrooske! Tag allerseits!«

»Guten Tag, Jens-Ohm.«

Der alte Jens Jansen bat sie in sein Fischerhaus, das mit der blau-weiß gekachelten Küche und der gemütlichen offenen

Feuerstelle allein schon einen Besuch wert gewesen wäre. Die Frau des Seehundjägers bot ihnen Tee an, während der Ostfriese sie, genüsslich an einer Shagpfeife ziehend, mit Anekdoten unterhielt.

»Ich war mal mit dem König von Sachsen unterwegs. Da sind wir mit meinem Schiff nach Paapsand gesegelt. Das letzte Stück mit 'nem Beiboot gerudert, und dann haben wir auf der Sandbank gewartet. Es war frühmorgens, die Seehunde hatten noch nicht gefrühstückt und ließen sich Zeit. Irgendwann kamen sie zwar, aber sie wollten sich nicht recht nähern, sondern beäugten uns nur misstrauisch aus der Ferne.«

»Und was habt ihr gemacht?«, fragte Frieda, glücklich über ein Stück Zuckerzwieback, das es zum Tee gab.

Grete folgte ihrem Beispiel und tunkte ihren Zwiebackbruch in den Tee, bevor sie ihn aß.

»Ich hab zum König gesagt: ›Majestät‹, hab ich gesagt, ›du musst mit den Ohren wackeln und mit den Armen rudern. So!‹« Er führte es ihnen vor.

»Die Seehunde müssen die Jäger für ihresgleichen halten, nicht wahr?«, fragte Hans-Heinrich eifrig nach.

»Jau, der König hat das alles auch brav gemacht, sogar gegrunzt hat er wie ein Seehund!« Seine jungen Zuhörer lachten. »Im drauffolgenden Jahr sind wir wieder zusammen auf die Jagd gegangen, und da sagt der König von Sachsen zu mir: ›Jansen, inzwischen kann ich besser wackeln als mein Minister!‹«

Alle lachten und versuchten auch, mit den Armen zu wedeln und mit den Ohren zu wackeln.

»Dürfte ich wohl das Gewehr sehen?«, fragte Hans-Heinrich anschließend höflich. »Und es einmal anlegen?«

Es wurde ihm gestattet, ohne Munition natürlich. Hans-Heinrich strahlte.

»Ich war dreizehn«, erinnerte sich Jansen, »als ich zum ersten Mal mit 'ner Donnerbüchse, einem Beutegewehr aus dem Krieg 1870/71, auf einen Seehund geschossen hab.«

»Ehrlich?« Hans-Heinrich hing an seinen Lippen. »Könnte ich dann nicht auch mal …?«

»Ich hab zwar getroffen«, erzählte der Jäger weiter. »Aber der Rückstoß war so stark, dass ich mich rückwärts überschlagen hab, drei Backenzähne waren wackelig. Wenn dir das nichts ausmacht, min Jung, können wir mal eben in die Dünen gehen und auf ein Kaninchen anlegen …« Er schmauchte bedächtig seine Pfeife.

Hans-Heinrich schluckte.

»Ihr schießt doch wohl nicht diese niedlichen Tierchen!«, protestierte Grete.

»Die buddeln Tunnel durch unsere Dämme«, klärte Frieda sie auf. »Wenn wir sie gewähren lassen, steht bei der nächsten Sturmflut alles unter Wasser.«

Hans-Heinrich rieb sich die schmächtige rechte Schulter. »Och … Na ja«, räumte er ein, »vielleicht komm ich nächstes Jahr mit meinem Vater zu einer richtigen Seehundjagd.«

Grete war glücklich. Ihre Beschwerden klangen von Tag zu Tag mehr ab. Und seit dem Nachmittag beim Seehundjäger spielte ihr Bruder gern den Aufpasser für sie und Frieda. Entweder blieb er die ganze Zeit bei ihnen, oder er ließ sie allein und holte seine Schwester zu einer vereinbarten Zeit ab, um mit ihr gemeinsam ins Hotel zurückzukehren.

Grete kannte Berlin, sie kannte den Kudamm, Wilmersdorf, Charlottenburg und Potsdam. Auf der Insel aber war für sie alles anders und abenteuerlich. Am Strand zeigte Frieda ihr und Hans-Heinrich die besten Stellen zum Sammeln von Muscheln, Seesternen, Krabben und Bernstein. Sie verbrachten viel Zeit in den Dünen. Grete lernte, was es bedeutete, in der Natur herumzutoben. Auch wenn sie schneller außer Atem war als die anderen, liebte sie es, ihre Stiefeletten auszuziehen, Indianertänze aufzuführen oder barfuß in großen Sprüngen von den Sandhügeln zu hüpfen. Frieda machte sie mit den Pflanzen bekannt, indem sie erklärte, wozu sie gut waren. Hier lernte Grete die winzigen gelben Sonnenröschen kennen, denen die Freundin ihren Kosenamen »lüttje Sünrooske« verdankte.

Zu dritt feuerten sie beim Pferderennen der Offiziere am Nordstrand ihre Favoriten an, von einer hohen Randdüne aus, für die man keinen Eintritt zahlen musste. Was für ein herrlicher Anblick das war – die Reiter in Uniform, die Pferde im lang gestreckten Galopp, dahinter das glitzernde Meer! Und an den Seiten applaudierte ein herausgeputztes Publikum.

»Lopen heel Dagen as Puss up Söndag«, spottete Frieda. Als sie die Fragezeichen in Gretes Augen sah, lachte sie. »Das sagt mein Großvater immer.«

»Und es bedeutet?«

»Kann man nicht richtig übersetzen.«

»Versuch's.«

»Gemeint ist, dass jemand auch alltags in Sonntagskleidung herumstapft wie 'ne frisch geleckte Katze.«

Frieda grinste. Sie hatte wieder ihren weiten dunklen Rock und eine Schößchenbluse an. Ein bunt besticktes wollenes Schultertuch, das von einer einfachen Brosche gehalten wurde, schützte sie vor Kälte. Über das zu Schnecken gedrehte Haar hatte sie ihre weiße Haube gezogen, deren Bänder wie meist lose im Wind flatterten.

Mit ihr streunte Grete immer wieder stundenlang durchs Dorf. Propere weiß gestrichene Pensionen lagen an Klinkerstraßen mit alten Bäumen und Gaslaternen. Sie hatten bezaubernde Frühstücksveranden, entweder offen mit Segeltuchrollos oder verglast, und hübsche Gärtchen. Grete mochte aber auch die Holzvillen reicher Auswärtiger mit Zwiebeltürmchen und Erkern wie die Villa Marina direkt an der Promenade und ebenso gern die geduckten efeuumrankten Fischerhäuser im Inselinnern.

Frieda unterhielt sich mit jedem, die meisten Insulaner hörten auf Spitznamen wie Jan Plattfoot oder Menno Kruuskopp. Mit Frieda zusammen bewegte sich Grete wie selbstverständlich auf deren Grundstücken. Jedes Haus verfügte hinten über einen kleinen Stall, in dem die Leute für den Eigenbedarf Schafe, Hühner und Schweine hielten. Sie durften beim Füttern helfen und die in Käfigen gehaltenen Kaninchen streicheln, die mancher Pensionswirt wohl hauptsächlich zum Kuscheln für Ferienkinder hielt.

Um die Einrichtungen des Kurbetriebs machten sie einen Bogen. Zum einen, damit Gretes Eltern und die Großmutter sie nicht sahen, zum anderen, weil Frieda keine Kurkarte vorzeigen konnte und deshalb keine Zugangsberechtigung besaß. Aber es gab genug anderes zu entdecken.

Die Wochen verflogen. Grete fiel aus allen Wolken, als ihre Mutter mit ihr Souvenirs einkaufen ging und ankündigte, dass sie bald abreisen würden.

»Am Samstag fahren wir nach Hause«, sagte Grete wehmütig, als sie sich nach dem Bad mit Friedas Hilfe im Karren abtrocknete. Es war ein heißer Tag, am liebsten wäre sie noch viel länger im Meer geblieben, um sich abzukühlen.

»Was machen wir heute?«

»Heute Nachmittag muss ich zum Deich, unsere Ziege zum Grasen bringen. Willst du mit?«

»Na klar.«

»Kann aber langweilig werden. Ich soll dableiben und aufpassen.«

»Macht nichts. Ich nehme einen Zeichenblock mit.«

»Gut und ich eine Decke.«

Während das angepflockte Tier immer im äußersten Radius seiner langen Leine mit den Ziegen und Schafen anderer Einwohner um die Wette fraß, saßen sie oben auf dem grasbewachsenen Deich. Grete legte ihren Hut ab und zeichnete den Ausblick über die gemähten Wiesen zur Wattseite hin. Insekten summten, ein Kiebitz rief, vom Dorf schlug die Kirchturmuhr. Der laue Wind brachte ein würziges Duftgemisch von Meer und Heu mit, er strich Grete über die gut verheilte Haut und machte die Sommerhitze so angenehm, dass sie sich fühlte, als würde sie in einer riesigen Badewanne mit lauwarmem Wasser treiben.

»Es ist wunderschön hier.« Grete seufzte. In Berlin würde sie sich bestimmt in diese Stimmung zurückträumen. Sie steckte ihren Bleistift hinters Ohr. »Sag mal, Frieda, wovon träumst du eigentlich?«

»Zum Glück nicht mehr von Wattwürmern.«

»Nein, ich meine … Was wünschst du dir vom Leben?«

Frieda sah sie verwundert an. »Das hab ich mir noch nie überlegt. Was hätte es auch für einen Sinn? Solche Gedanken sind wohl eher was für Mädchen wie dich.«

»Wie mich? Du meinst hässlich und krank?«

»Nein, reich und verwöhnt.« Grete blieb die Spucke weg. Kurz wallten Hochmut und Empörung in ihr auf. Wie konnte Frieda es wagen, so mit ihr zu reden? Am Ausdruck ihrer blanken blauen Augen erkannte sie aber, dass die Freundin es überhaupt nicht gehässig meinte, sondern einfach nur direkt und ehrlich war.

»Du hast doch ganz bestimmt Träume, oder?«, fragte Frieda sie.

»Na ja …«, antwortete Grete ausweichend.

»Du möchtest wieder ganz gesund sein.«

»Richtig.« Grete brach einen langen Grashalm ab und kitzelte Frieda damit. »Und wenn *du* dir was wünschen dürftest, nichts Abwegiges wie einen fliegenden Teppich, sondern etwas, das wirklich in Erfüllung gehen könnte … Was wäre das?«

»Meine Mutter hat mich gewarnt«, erwiderte Frieda mit einem Anflug von Ironie.

»Wovor?«

»Sie hat gesagt, dass du mir nur Flausen in den Kopf setzen würdest.«

»Ach, so ein Unsinn! Möchtest du vielleicht mal im Friseursalon bedient werden?«

Frieda überlegte einen Augenblick. »Vielleicht. Aber … viel lieber noch würde ich gern da arbeiten.« Als es ihr klar wurde, ging ein Strahlen über ihr Gesicht. »Ja, ich würde am liebsten jeden Tag anderen Leuten die Haare schön machen.«

»Dann tu's doch.«

»Wie denn?«

»Geh hin und sag, ich möchte hier arbeiten.«

Frieda schüttelte den Kopf. »Nee, ich glaube, so geht das nicht. Von uns Dirks-Frauen hat das noch nie eine gemacht.«

»Du hast mir vor Kurzem erst groß und breit erklärt, dass ihr alle etwas Neues finden musstet, um über die Runden zu kommen.«

»Die Fissers würden mich doch gar nicht nehmen. Eine einfache Fischertochter. Die haben ja auch schon zwei Frauen. Die Ehefrau des Meisters und ihre Tochter, die arbeiten beide im Salon mit.«

»Fragen kostet nichts.«

»Aber ich muss meiner Mutter im Haushalt helfen. Und mein Vater würde es bestimmt nicht erlauben.«

»Ach was. Versuch's.«

Frieda schwieg nachdenklich. »Nee ... Ich glaub nicht.«

»Denk wenigstens darüber nach. Bislang dachte ich immer, du hast vor nichts Angst.«

Frieda überlegte. »Na gut.« Sie beobachteten einen Ziegenmelker, der keckernd mit theatralischen Abstürzen aus großer Höhe Feinde von seinem Nest wegzulocken versuchte. »Und was wünschst du dir noch, außer glatte Haut zu haben und nicht mehr husten zu müssen?«

Schwärmerisch breitete Grete die Arme aus. »Ich möchte die große Liebe erleben! Reich und einflussreich, edel und herzensgut soll er sein, am besten adlig. Und göttlich tanzen können muss er auch.« Verschmitzt stupste sie Frieda an. »Erzähl mir nicht, dass du von so was nicht träumst.«

»Nö, ehrlich nicht. Ob's so ein Musterexemplar überhaupt gibt auf Erden?« Sie lächelte skeptisch.

»Natürlich«, erwiderte Grete voller Überzeugung. »Denk doch nur an unseren Kaiser. Vornehm, fein, ein gütiger Charakter. Ein Bild von einem Mann. Ich verehre Wilhelm II. Ein Jammer, dass er schon verheiratet ist.«

Im vaterländischen Unterricht hatte sie so viel Gutes über

ihn gelernt. Und er sah einfach herrlich aus. Dieser stahlblaue in eine große Zukunft gerichtete Blick. Die straffe Haltung, die prächtigen Uniformen. Natürlich auch der Bart, das entschlossene Kinn …

»Ja, den Kaiser lieben wir alle«, sagte Frieda und stimmte zur Melodie von »Üb immer Treu und Redlichkeit das Lied Der Kaiser ist ein lieber Mann« an. Grete fiel ein, und anschließend sangen sie sehr vergnügt noch ein Lied.

»Ich möchte wohl den Kaiser sehn, den tapferen Kriegsheld, durch den so Großes ist geschehn, da draußen in der Welt …« Grete verstand nicht ganz, wieso der Kaiser als Kriegsheld bezeichnet wurde – es hatte doch schon ewig keinen Krieg mehr gegeben, Deutschland lebte seit Jahrzehnten im schönsten Frieden. Das hinderte sie allerdings nicht daran, inbrünstig weiterzusingen. »O könnt ich doch den Kaiser sehn auf seinem goldnen Thron. Im Purpurmantel wunderschön mit Szepter, Schwert und Kron' und all den vielen Edelstein! Was muss das für ein Anblick sein.« Unterdessen hatte Frieda einen Kranz aus Gänseblümchen geflochten, den setzte sie Grete aufs schwarze Haar. »Steht dir.« Sie lächelte, ihr Gesicht bekam einen weichen Ausdruck. »Stell dir nur vor, er lebt jetzt in diesem Augenblick schon. Irgendwo da draußen existiert er längst, dein Zukünftiger, der Graf oder Baron Sowieso. Und meiner auch.«

»Jaaa, stimmt!« Grete seufzte sehnsüchtig. »Wie soll denn deiner sein?«

»Nett, kernig, er soll gern und viel lachen. Gesunde Zähne haben. Und niemals zu viel Branntwein trinken.« Sie zupfte ein Blatt Sauerampfer ab und knabberte daran.

»Vielleicht denken die beiden jetzt auch schon an die Frauen, die wir einmal sein werden«, fabulierte Grete weiter.

Versonnen schaute sie in den Horizont und fühlte sich dabei ein bisschen eigenartig feierlich.

An diesem Abend äußerte sich Gretes Mutter beim Spaziergang der Familie auf der Promenade zufrieden über den Kurerfolg.

»Besonders du, unser Sorgenkind, hast dich wirklich gut erholt. Ich bin so froh darüber.« Sie hakte sich bei ihrer Tochter ein.

»Ich glaube, Frieda hat viel dazu beigetragen«, sagte Hans-Heinrich zu Gretes Überraschung.

»Das stimmt«, pflichtete sie ihm dann schnell bei. »Und … Ich würde ihr gern etwas schenken zum Dank für alles.«

»So?«, fragte ihre Mutter erstaunt. »Woran dachtest du?«

»Könntest du nicht dafür sorgen, dass sie im Inselsalon arbeiten darf? Das wäre ihr größter Wunsch. Und sie ist wirklich talentiert.«

»O Isis und Osiris! Grete, wie stellst du dir das vor? Ich kann doch nicht einfach zu einem wildfremden Friseur gehen und ihm ungebeten Ratschläge für sein Personal erteilen.«

»Warum denn eigentlich nicht, Maman?« Grete schmiegte sich im Gehen an sie.

»Du bist immer so ungestüm, das musst du dir abgewöhnen.«

Die Kinder der Familien, die ihnen entgegenkamen, gingen gesitteter, meist sogar vorneweg unter dem Schutz ihrer Gouvernanten oder Kindermädchen.

»Nur eine Empfehlung, Maman! Die würde doch vielleicht schon reichen. Bitte!«

Frieda

»Du bist doch eine Tochter von Dirk Dirks?«, fragte Meister Fisser streng. Bleischwer hing der unausgesprochene Zusatz im Verkaufsraum des Inselsalons – von Dirk Dirks, dem Säufer. Frieda nickte nur. Das wird nichts, dachte sie unglücklich. »Es tut mir leid«, erklärte der Friseur, »wir suchen jemanden, der schon Erfahrung hat, einen guten Gesellen. Wir haben auch schon inseriert.«

»Ach so.«

Frieda spürte, wie ihre Wangen heiß wurden. Ebenso enttäuscht wie eingeschüchtert wollte sie sich zum Gehen wenden.

»Oh, du bist schon hier!«, rief da die Meisterin, die eilig aus dem Flur kam. »Ich hab Frau Lehmann gesagt: Versprechen kann ich gar nichts, aber du darfst dich gern vorstellen.« Sie wischte ihre feuchten Hände am Kittel ab und raunte ihrem Mann etwas zu. »Konnte ich nicht so direkt ablehnen … Und wer weiß, ob … irgendwann mal«, schnappte Frieda auf. »Wie heißt du noch mit Nachnamen?«

»Dirks.« Frieda atmete heftig aus.

»Von Dirk Dirks?«, fragte die Meisterin nach. Wieder nickte Frieda. Sie ahnte, was gleich kommen würde. Schade, da hatte sie sich wohl zu früh Hoffnungen gemacht. »Die Zweitjüngste, die mit der Glückshaube auf die Welt gekommen ist?«

»Ja, so sagt man.«

»Aaaach!« Jakomina Fisser klatschte in die Hände. »Ich erinnere mich! Damals war ich beim Wickwief. Sie hat der Hebamme die getrocknete Glückshaube abgeluchst – für einen Seemann, der auf große Fahrt gehen wollte.«

»Ich versteh überhaupt nichts«, murmelte ihr Mann.

»Meister Fisser, wie gut, dass du mich hast!«, sagte sie. »Bei einer Lämmergeburt hast du das bestimmt schon mal beobachtet – die Eihaut, also die Fruchtblase, umhüllt noch das Neugeborene. Es flutscht ganz leicht ins Leben. Das ist ein gutes Omen!«

»Und der Seemann?« Verwirrt schaute er seine Frau an.

»Na, der ist seitdem unterwegs auf großer Fahrt dank der Glückshaube gut geschützt.« Sie schüttelte den Kopf. »So was weiß man doch!« Plötzlich leuchteten ihre Augen auf, sie stieß ihren Mann mit dem Ellbogen an. »Mucki! Das gepellte Ei aus meinem Traum!«

Frieda begriff nicht, was sie meinte. Sie verstand aber, dass sie nun wohl doch im Inselsalon willkommen war.

Beinahe wäre die Verwirklichung ihres Traums daran gescheitert, dass ihr Vater seine Einwilligung verweigerte. Sie solle ihrer Mutter weiter im Haushalt helfen, verlangte er. Aber die Mutter unterstützte sie, und Gretes Bruder Eduard, der Diplomat werden wollte, schaltete sich ein. Er handelte aus, dass sie nur an drei bis vier Tagen in der Woche, je nach Andrang, auf Abruf im Salon und die restliche Zeit zu Hause arbeiten würde. Mit dieser Lösung waren alle einverstanden.

»Das werde ich dir nie vergessen«, sagte Frieda, als sie und Grete Abschied nehmen mussten.

Beide kämpften mit den Tränen.

»Du wirst mir furchtbar fehlen«, flüsterte Grete. Sie

tauschten ihre Adressen aus. »Aber im nächsten Sommer sehen wir uns ja wieder.«

So trat Frieda im Sommer 1904, eine Woche nachdem Familie Lehmann abgereist war, ihren Dienst als Aushilfe im Inselsalon an.

»Hier«, sagte Friseurtochter Frauke zur Begrüßung etwas von oben herab, »du kannst eine Kittelschürze von mir haben.« Die weiße Latzschürze wurde an beiden Seiten der Taille zusammengebunden und hatte längs am Oberteil angenähte gestärkte Rüschen. »Meine Mutter trägt auch solche, wir sollten ein einheitliches Bild bieten.«

»Oh, vielen Dank!«

Frieda band sie gleich um, sie war ihr etwas zu groß, aber sie machte damit einen adretten Eindruck. Meister Fisser trug keinen Kittel, er arbeitete im dunklen Gehrock.

»Deine Frisur musst du unbedingt ändern«, befand Frauke. Mit den Händen beschrieb sie, wie sie es sich vorstellte. »Mach dir morgen mal einen Mittelscheitel, dann nimmst du das Haar, drückst es über der Stirn weich nach vorne und drehst es dir oben auf dem Kopf zu einem festen Knoten.«

Frieda befolgte ihren Rat. Das Ergebnis fand sie scheußlich, es erinnerte an eine humorlose Lehrerin. Deshalb löste sie den Knoten wieder auf und bat die Großmutter, ihr einen Haarkranz zu flechten. Das stand ihr, so war es Tradition, und es sah ganz selbstverständlich aus. Die Großmutter steckte ihr noch zwei kleine Sonnenröschen in die Flechten.

Meister Fisser lobte ihr verändertes Aussehen. Frauke, die ihn im Damensalon hörte, ohne Frieda zu sehen, rief vorlaut: »Das war ja auch mein Ratschlag!«

Als sie durch die Tür in den Verkaufsraum kam, lief sie

knallrot an. Man konnte es kaum glauben, dass die pummlige Sechzehnjährige mit der fleischigen Nase die Schwester des gut aussehenden Hilrich war. Weder sie noch Frieda klärten Meister Fisser über den wahren Hintergrund ihrer Veränderung auf. Doch von diesem Tag an stand eine unausgesprochene Abneigung zwischen ihnen.

Sie hielt Frieda allerdings nicht davon ab, sich mit Begeisterung auf ihre neuen Aufgaben zu stürzen. Auch dass Friseure das Handwerk mit der längsten Arbeitszeit betrieben, störte sie kein bisschen. Morgens um sechs Uhr hängte Meister Fisser seinen Teller vor die Tür – jeden Tag außer montags. Der Verkauf ging bis acht Uhr abends, unterbrochen nur von einer kurzen Mittagspause, in der alle zusammen aßen. Geschnitten wurde oft noch länger, weil Insulaner anklopften, die dann erst Feierabend hatten. Manchmal saßen Einheimische abends im Salon und spielten Skat, bis sie an die Reihe kamen.

Allein, dass sie sich hier aufhalten durfte, machte Frieda jeden Tag wieder froh. Möglicherweise hing es ein wenig mit Hilrich zusammen. Er beachtete sie zwar kaum, aber in seiner Nähe klopfte ihr Herz immer etwas schneller. Sie beneidete jede Kundin, die von ihm umhegt wurde. Er schien makellos zu sein – heiter, elegant, ein bisschen unnahbar. Das zurückgekämmte goldblonde Haar lag dank Pomade eng am wohlgeformten Kopf an, das Graugrün seiner Augen erinnerte sie an die Nordsee.

Und überhaupt fühlte sie sich wohl in dieser Welt, in der es warm und freundlich war, sonnig und gepflegt und – wenn nicht gerade Haare gefärbt wurden – auch meist angenehm roch. Kristallspiegel inmitten der maßgefertigten Holzeinbauten und Vertäfelungen ließen die Räume optisch größer wirken. Lehnstühle mit genieteten Lederpolstern und Nackenstützen, edle Marmor- und Porzellanwaschbecken wurden selbst den Ansprüchen verwöhnter Kunden gerecht. Frieda konnte sich nicht sattsehen an den luxuriösen Tiegeln und Fläschchen, die auf Etageren zwischen den Becken und in den Glasschränken des Verkaufsraumes standen.

Anfangs musste sie vor allem fegen, die benutzte Wäsche ordnen und mit einem Bollerwagen zur Dampfwäscherei bringen oder abholen. Dann durfte sie auch Kunden die Haare waschen. Manchmal polierte sie einer Dame oder einem Herrn die Fingernägel mit einer Paste, bis sie glänzten.

Sie hörte immer aufmerksam zu. Wenn morgens die Stammkunden beim Rasieren ihre Kommentare abgegeben hatten, wusste sie über alle wichtigen Ereignisse auf der Insel und in der Welt Bescheid.

Meister Fisser war ein guter Lehrmeister. Er erklärte laufend ganz nebenbei, was er weshalb so machte. Dabei sprach er Merksätze aus, die Frieda sich heimlich mit einem Bleistiftstummel in ein kleines Schulheft schrieb, das sie stets in der Schürzentasche bei sich führte. *Der Kunde hat immer recht. Widersprich ihm nie.* Sie guckte sich auch Manieren ab, die man unter Fischersleuten nicht pflegte.

Mit Erwin, Willy, Kruuskopp und den Saisonkräften hatte sie viel Spaß. Gelegentlich mahnte die Meisterin sie mittags, wenn sie alle um den großen Küchentisch saßen und aßen, dass sie vor den Kunden nicht herumalbern sollten. Frieda arbeitete mehr im Damen- als im Herrensalon. Es gab fließendes Wasser an jedem Arbeitsplatz, ebenso einen Gasanschluss, damit die Onduliereisen erhitzt werden konnten. Die aufwendige Renovierung hatte den Betrieb auch technisch auf den modernsten Stand gebracht. Der Friseursalon der Fissers war bislang als einziger auf der Insel an die Elektrizitätsleitung angeschlossen, die vom Festland durch Seekabel zum Conversationshaus verlief. So verfügten sie über die Möglichkeit, ihren Kundinnen das lange Haar mithilfe einer Heißluftdusche in Rekordzeit zu trocknen.

Das lockte sogar Damen in den Salon, die sich sonst von ihren Zofen das Haar machen ließen und eigentlich nur kamen, um Lavendelparfüm, Odol-Mundwasser, Zahnpulver mit Minzgeschmack, Kaloderma-Puder, Dralle-Birkenhaarwasser oder feine Lilienmilchseife zu kaufen. Die eine oder andere schaute auch herein, um ein Geschenk für den Gatten, Bruder oder Vater zu suchen – eine Barttasse mit Porzellansteg, der die Manneszierde vor Feuchtigkeit schützen sollte, eine Bartbinde, Bartwichse oder ein Haarwuchsmittel.

»Du darfst als Expertin für Schönheitsmittel nie eine Antwort schuldig bleiben«, predigte der Meister.

Und Frieda versuchte, sich zu merken, was in den Tinkturen, Ölen, Extrakten steckte. Einige stellte der Meister selbst her. Bewährt hatten sich offenbar Haarpflegemittel mit Kamille, Zinnkraut, Spitzwegerich, Malve und Salbei.

»Und wenn nicht draufsteht, was drin ist?«, fragte sie.

Manche Hersteller machten absichtlich ein Geheimnis daraus, um ihren Produkten das Flair von Wundermitteln zu verleihen.

»Zur Not sagst du: Das wurde nach alten Klosterrezepturen zusammengestellt. Oder du behauptest, es sei das Ergebnis neuester Technik. Hängt ein bisschen vom Kunden ab, was der lieber hören will.«

»Aber man weiß nie, ob sie wirklich helfen oder am Ende gar schaden können?«

»Schädlich ist grundsätzlich gar nichts, was wir verkaufen. Im schlimmsten Fall wirkungslos. Das geben wir natürlich nicht zu.«

»Und wenn sich einer beschwert und zum Beispiel sagt: Das Haarwuchsmittel hat mir nicht geholfen?«

»Dann erwiderst du sehr freundlich, dass er es möglicherweise nicht vorschriftsmäßig angewendet hat.«

»Aha.«

Frieda war nicht glücklich mit dieser Auskunft. Sie sollte also lügen, um etwas zu verkaufen.

Der Meister schien es ihr anzumerken. »Die meisten Sachen sind wirklich gut. Du wirst es schon merken mit der Zeit.«

Frieda wusch abends die Kämme, Bürsten und andere Utensilien mit Seifenlauge und trocknete sie ab. Jeder Friseur hatte sein eigenes Werkzeug. Jeder behielt sein eigenes Trinkgeld, nur das Ehepaar Fisser steckte seines in eine Gemeinschaftskasse für den Tee.

»Glatte Haare sind der Ausdruck eines eigenwilligen Charakters«, behauptete der Meister und vertrat damit eine allgemein anerkannte Meinung.

Deshalb mogelten die meisten Frauen. Sie ließen sich entweder einmal im Monat durch Ondulation künstliche Wellen ins Haar brennen oder bedeckten ihr glattes eingeschlagenes Unterhaar mit wellig vorgeformten Haarteilen, sogenannten Verhüllern. So erkauften sie sich den Ausdruck von mehr Sanftheit, Weiblichkeit und Liebreiz. Frieda staunte nicht schlecht darüber, dass manche Damen es für erforderlich hielten, sich innerhalb eines Tages mehrfach umfrisieren zu lassen. Doch sie lernte, dass es in den besseren Kreisen zum guten Ton gehörte, je nach Anlass eine Hausfrisur, Promenadenfrisur, Reisefrisur oder Gesellschaftsfrisur zu tragen.

Nach einer Weile durfte Frieda Haarteile mit einem Kreppeisen bearbeiten, und weil sie sich geschickt anstellte, auch mit einer Ondulierschere zu üppigen Lockentuffs, sogenannten Chignons, formen. Ohne Haarteile war es kaum möglich, die beliebten nach innen gesteckten Stirn- und Seitentollen so ausladend aufzubauschen, wie erwünscht. Diese Frisur, die auch Pompadour genannt wurde, bevorzugten viele Damen der Gesellschaft. Je konservativer, desto strenger. Je leichtlebiger oder künstlerischer, umso lockerer.

Deshalb waren Haarteile, auch Postiches oder Transformationen genannt, eine wichtige Einnahmequelle. Der Meister sagte, dass nirgendwo so viele verkauft würden wie in Kurorten. Es belustigte Frieda zu entdecken, dass auch respekteinflößende Honoratioren kahlköpfig waren und ihre Schädel mit einem Toupet bedeckten.

Wenn es für sie nichts zu tun gab, hielt sie sich im Hintergrund, die Arme auf dem Rücken verschränkt, und lernte mit den Augen.

»Du musst dich nützlich machen oder unsichtbar«, sagte Fritz Fisser. Sie schaute genau hin, wie er und die anderen Friseure Haare schnitten und frisierten. Nach Feierabend durfte sie in den ausgelegten Zeitschriften lesen.

Friedas Haar war glatt wie Seegras. Bislang hatte es ihr nichts ausgemacht, aber allmählich fing sie an, sich dafür zu schämen. Wenn sie ihre Flechtfrisur auflöste, hatte sie zwar Wellen, doch die verliefen nicht weich und gefällig, nicht so wie es der große Pariser Friseur Marcel Grateau zum Vorbild für schöne Frauen in aller Welt gemacht hatte.

Der neue Geselle Rudolf, ein großer und schon älterer

gemütlicher Kerl mit Bäuchlein – wohl mangels Bartwuchs glatt rasiert, mit dunkelbraunem Schopf und Geheimratsecken –, kam aus Köln. Er hatte ein schiefes Lächeln und einen schelmischen Humor. Sein Lieblingsthema waren Horoskope, was besonders der Meisterin gefiel. Auch Frieda mochte ihn, lieber als Erwin. Denn Erwin, das hatte sie inzwischen beobachtet, war einer, der immer nur in die Ecken kehrte, der die letzte Kelle Eintopf aus der Schüssel nahm und eigentlich nur lachte, wenn er Schadenfreude empfand. Wenn ihm etwas kaputtgegangen war, versteckte er es. Der gutmütige Rudolf befand sich noch in der Probezeit. Wie nicht nur Frieda bemerkte, konnte aber auch er Hilrich beim Ondulieren nicht das Wasser reichen. Da zeigte sogar Erwin mehr Talent.

»Komm, Rudi«, sagte Hilrich eines Tages, als bei strahlendem Sonnenschein nur wenig Betrieb im Salon herrschte, »ich zeig dir jetzt noch mal, wie es geht. Frieda, bist du bereit?«

Sie ahnte, was er meinte. Sicher sollte sie sich als Modell zur Verfügung stellen. Erst kürzlich hatte die *Deutsche Allgemeine Friseur-Zeitung*, die Meister Fisser im Abonnement bezog, mit beeindruckenden Illustrationen über eine neue Mode in den Großstädten berichtet – das Schaufrisieren. Solche Veranstaltungen mit mehreren Spitzenfriseuren lockten Hunderte von Besuchern an.

»Aber ohne Zuschauer, oder?«, fragte sie ängstlich.

»Ja, natürlich!« Zum ersten Mal lachte Hilrich sie direkt an. Und das war ein ganz wunderbares Gefühl. Als würde die Sonne aufgehen. »Wir üben ja noch.« Er zwinkerte ihr zu. »Später tritt Rudolf vielleicht mal bei einem Schaufrisieren mit dir an.« In ihren Ohren pochte es vor Aufregung, als sie Platz nahm und Hilrich ihr einen Umhang umlegte, als wäre sie eine blaublütige Kundin. »Rudolf, du wäschst ihr die Haare. Ich komme wieder, wenn sie fast trocken sind.«

»Willst du lieber das flüssige Shampoon von Rausch oder das Pulver von Schwarzkopf?«, fragte Rudolf.

»Lieber das mit dem schwarzen Kopf«, bat sie. Das roch so schön nach Veilchen.

»Gut, dann muss ich das erst noch mit Wasser anrühren.«

Hinter dem Vorhang zur Nebenkabine hörte Frieda eine Kundin seufzen. »Hach, ich schätze ja wirklich die Bäder in der Nordsee. Aber man bekommt doch immer Salzwasser ins Haar, trotz der gewachsten Haube, und das verklebt alles.«

»Das ist leider so«, antwortete die Meisterin. »Es trocknet auch schneller aus. Wir haben dagegen hervorragende Pflegemittel.«

»Dabei wollten wir am Abend ins Theater. Ich weiß nicht, ob wir das jetzt noch schaffen.«

»Sie möchten es ja heute nicht neu ondulieren lassen, oder?«

»Nein, es ist schon arg strapaziert durch die Brennschere. Aber ich habe ein paar frisch gekreppte Haarteile mitgebracht.«

»Dann machen Sie sich keine Sorgen. In weniger als zwei Stunden haben Sie getrocknetes, glänzendes Haar, so hochgesteckt, wie Sie es möchten.«

»Meine Tochter ist sehr sportlich«, mischte sich jemand mit einer älter klingenden Stimme ein. Die Mutter der Kundin, die nur zur Begleitung mitgekommen war, saß in der Warteecke und blätterte sich durch *Die Gartenlaube* und französische Modeblätter. »Sie reitet, sie spielt Lawn-Tennis, da transpiriert man natürlich mehr. Aber so sind sie eben heute, die jungen Frauen …«

»Tja, die komplizierten, fantasievollen Arrangements, die man in unserer Jugend aus den Haaren zauberte, würden gar nicht mehr in diese Zeit passen«, erwiderte Jakomina.

»Ich ging in ihrem Alter höchstens einmal Schlittschuh laufen«, ließ sich die Mutter der Kundin vernehmen. »Neulich las ich, Bewegung steigere die Talgproduktion der Kopfhaut. Man solle das Haar sogar alle ein bis zwei Wochen waschen!« Ein gezierter Lacher begleitete ihren letzten Satz.

»Vorbeugen«, befahl Rudolf und begann mit der Haarwäsche. Frieda kniff die Augen zusammen. Sie konnte dem Gespräch nicht weiter lauschen.

Als Rudolf wenig später Frauke um Unterstützung beim Trocknen bat – einer musste das Haar vor dem Luftstrom schwenken –, drückte sie sich mit einer Ausrede. Willy half stattdessen. Er hielt das Gerät, aus dessen Rohr heiße Luft blies, mit beiden Händen am Isoliergriff aus Holz fest. Das Ding konnte man nämlich nicht lange mit nur einem Arm hochhalten und gezielt steuern, das wusste Frieda aus eigener Erfahrung. Die Heißluftdusche hatte einen seitlich eingebauten Ventilatorenmotor, damit wog sie mindestens zwei Kilo. Der Salon verfügte über zwei solcher Geräte von AEG, die den Luftstrom auf neunzig Grad erhitzten.

»Mich würden ja keine zehn Pferde unter so ein Ding kriegen«, hörte Frieda nun wieder die Mutter der Kundin. »Man weiß doch noch gar nicht, wie gefährlich die Dämpfe sind, die von der Elektrizität verursacht werden.«

Rudolf schaltete den Motor ein, durch das Getöse konnte Frieda nichts mehr verstehen. Willy machte eine abrupte Bewegung, und sie spürte plötzlich brennenden Wüstenwind im Gesicht.

»Mensch, pass doch auf, du Döspaddel!«, rutschte es ihr heraus. »Du versengst mir ja die Augenbrauen!«

»Oh, tut mir leid«, sagte Willy erschrocken.

Frieda fand es ganz lehrreich, einmal am eigenen Leib zu erfahren, wie sich eine Kundin beim modernen Haaretrocknen fühlte. Sie würde in Zukunft noch mehr darauf achten, das Gebläse nie auf die Haut zu richten. Rudolf erhitzte unterdessen den Gaskocher für die Ondulierschere. Willy wurde im Herrensalon gebraucht. Er legte weißes Papier bereit, bevor er ging.

Friedas langes Haar war noch etwas feucht, so wie es zum Wellenmachen sein sollte, als Hilrich wieder in die Kabine zurückkehrte. Er klemmte ein Blatt Papier in die Brennschere – gleich roch es verbrannt, die Stelle verkokelte – und justierte die Temperatur. Nach zwei Minuten wiederholte er die Probe. Diesmal verlief sie zu seiner Zufriedenheit.

»Man kann die Ondulation zwar von jedem beliebigen Scheitel aus beginnen«, erklärte er, während er mit den Fingerspitzen Friedas Kinn hob und prüfend ihren Kopf drehte. Von ihm ging ein Dufthauch wie von edlen Hölzern aus. »Bei diesem Profil und dem Stirnwirbel bietet sich allerdings die Variante ohne Scheitel an.« Er lächelte gewinnend. »Das ist auch die edelste, finde ich.«

Rudolf nickte respektvoll. Frieda setzte sich aufrechter.

»So, nun pass gut auf.« Hilrich fuhr sanft mit einem Kamm durch ihr Haar – es versetzte ihr einen kleinen elektrischen Schlag. »Hat's geziept?«

Verwirrt schüttelte sie den Kopf. Er nahm eine Strähne in die linke Hand, kämmte sie, und jede seiner Berührungen löste bei ihr einen wohligen Schauer aus, der ihr von den Haarwurzeln über den Nacken den Rücken hinunterlief.

»Mit dem Kamm bleibst du oben in der Strähne«, erklärte Hilrich, er zog sie ein paar Zentimeter darunter zwischen zwei Fingern glatt. »Dann nimmst du die Strähne hier in die Brennschere, presst sie erst nach oben, machst die Gegenbewegung mit dem Kamm und ziehst das Eisen auf der Stelle mit einem Schisslaweng nach unten durchs Haar. So wellt es sich, statt sich zu kräuseln.« Aufgrund seiner Beschreibung hätte Frieda es niemals begriffen. Aber sie sah ja, wie er es machte, und der Effekt war wirklich verblüffend. Die Wellen wirkten viel natürlicher und weniger starr als die mit einem Kreppeisen erzeugten. Rudolf guckte überfordert. Hilrich wiederholte den Vorgang und schob den neuen Wellengipfel mit den Fingerspitzen zur Seite. So arbeitete er sich stufenweise Welle für Welle bis ans Ende der Strähne vor. »Wir machen keine Locken, sondern Wellen. Und jede Welle muss konsequent um den Kopf herumlaufen, einmal von Schläfe zu Schläfe, verstehst du, Rudolf? Und die Welle darunter natürlich auch, nur eben ein Stück tiefer, und die folgende ebenso und so fort.«

Es durfte keine Absätze oder Höhenunterschiede im Rundumverlauf geben. Das war die große Kunst der Ondulation nach Marcel.

Lange Zeit hatte sie als das Geheimnis von Monsieur Grateau gegolten. Doch als immer mehr Schauspielerinnen und berühmte Damen nach der Marcel-Welle verlangten, waren auch die Frauen und Töchter von Friseuren zu ihm geschickt worden, um heimlich die Technik auszuspionieren. Der Pariser Meister hatte deren Absicht bald durchschaut und angefangen, teure Kurse für Friseure zu geben. Seitdem wellte es rund um die Welt. Meist hielt eine Ondulation vier Wochen lang, dazwischen wusch man das Haar nicht.

»Eigentlich ganz einfach«, sagte Rudolf, doch er schien nicht überzeugt.

»Genau. Jetzt mach du die Strähne daneben.« Hilrich stellte sich neben ihn und sah zu. Ab und zu griff er ein, veränderte den Winkel von Rudolfs Handgelenk oder drückte eine Welle zwischen zwei Fingern mehr in Form. »Indem du das Haar über die scharfe Kante ziehst, verdreht es sich in sich. Verstehst du?«

Der Meister kam in die Kabine und sah ebenfalls kurz zu. »Wir sollten Marcel dankbar sein«, dozierte er. »Seinetwegen fingen die Damen an, zum Friseur in den Salon zu gehen. Vorher wurden wir zu ihnen gerufen.«

Es dauerte lange. Aber wenn es nach Frieda gegangen wäre, hätte es noch viel länger dauern dürfen. Denn jede Berührung von Hilrich bescherte ihr unbekannte, angenehm kribbelnde Empfindungen. Hoffentlich sah man es ihr nicht an. Sie senkte den Blick.

Wenn Rudolf an ihrem Kopf arbeitete, spürte sie nichts – außer der Sorge, ob er es wohl richtig machte. Hilrich ließ ihn die letzten Strähnen unbeaufsichtigt machen. Auf einmal hörte sie ein brizzelndes Geräusch dicht am Ohr, gleich darauf roch es verschmort. Sie blickte hoch in den Spiegel. Eine seitliche Strähne war auf halber Höhe durchgebrannt, einige Haare waren abgeknickt. Rudolf standen Schweißtröpfchen auf der Stirn. Sein verzweifelter Blick hinderte sie daran, laut loszuschimpfen. Wenn der Meister das sehen würde, wären Rudolfs Tage bei Fissers gezählt. Frieda atmete heftig aus. Zum Glück war es kein Deckhaar. Kurz entschlossen nahm sie eine der bereitliegenden Scheren, kürzte die Strähne so, dass man die Brandspuren nicht mehr sah, schnitt sie am Ende fedrig und schob sie hinters Ohr unter das Deckhaar.

»Oh, verdammt!«, fluchte Rudolf leise. »Tut mir leid!«

Ihre Blicke trafen sich, sie kniff ein Auge zu. »Na los, mach weiter.«

Erleichtert ließ er die abgetrennte Reststrähne, die er noch in der Hand hielt, in seiner Kitteltasche verschwinden.

»Danke!«

Vorsichtig setzte er die Prozedur fort.

Endlich breiteten sich Wellen um ihr Gesicht herum aus wie die Wellen eines Teiches, in den man einen Stein geworfen hatte. Rudolf kämmte sie behutsam durch. »Hilrich, willst du mal gucken?«

Der Junior zog den Vorhang auf. »Halleluja! Unsere Kleine sieht ja aus wie ein Engelchen!« Er betrachtete sie, als sähe er sie zum ersten Mal. Frieda errötete. »Wunderbarer Glanz, sie braucht nicht einmal Brillantine.«

Nun musste das Wellenmeer allerdings noch mit allerlei Klemmen und Haarnadeln locker aufgesteckt werden. Nachdem Rudolf ihr eine Stirntolle gemacht hatte, hob er das Haar an den Seiten bauschig hoch und nach hinten, sodass es ihre Ohren noch etwas bedeckte. Er drehte es in sich und verschlang es mehrfach zu einem kunstvollen Knoten. Steckkämme in Fächerform mit kleinen blauen Strasssteinchen vollendeten die Frisur.

Ungläubig starrte Frieda in den Spiegel. Er zeigte ihr eine schöne junge Frau, kein junges Mädchen. Sie freute sich, war aufgeregt und ganz durcheinander.

So durfte sie allerdings auf keinen Fall ihrem Vater unter die Augen treten, er würde einen Tobsuchtsanfall bekommen. Nur weil sie ab und zu auch Männern die Haare wusch, hatte er bereits gewettert, damit könne, wie er es ausdrückte, »der Unsittlichkeit Tür und Tor geöffnet werden«. Sie hatte ihm erwidert, dass die ehrenwerte Meisterin und die Tochter der Fissers solche Arbeiten ebenso verrichteten und dass immer der Meister anwesend war, seine Befürchtungen folglich völlig überflüssig seien.

»Wo wir gerade dabei sind, Rudolf ...« Hilrich überlegte. »Wie würdest du eine junge Dame für einen Ball außerdem noch zurechtmachen?«

Rudolf wirkte reichlich uninspiriert. »Vielleicht eine Feder oder ein Krönchen ins Haar stecken? Oder einen ausgestopften Vogel?«

»Nein, du musst das Gesamtbild sehen.« Hilrich holte Reispuder und tupfte mit einer Quaste einen hellen Hauch über Friedas allzu gerötete, glänzende Wangen. »So betonst du ihre Zartheit und Vornehmheit. Sieht die Dame gar zu blass aus, nimmst du etwas Rouge und lässt sie es genau in der Mitte der Wange verreiben.« Er reichte Frieda Glanzcreme für die Lippen, die sie selbst auftrug. »Und so wird aus jeder Dame eine blaublütige Edelfrau.« Mit einem Zwinkern nahm er einen blauvioletten Stift in die Hand und zeichnete Äderchen nach, die an ihrer Schläfe und am Hals leicht durch die Haut schimmerten. Es kitzelte ungemein, nein, eigentlich war es kein Kitzeln, sondern etwas anderes, etwas Tieferes, ein strömendes Ziehen, das Frieda noch nicht kannte. Das Atmen fiel ihr schwerer. Trotzdem wünschte sie, die Empfindung würde anhalten. »Wir können auch die Lider ein wenig rougieren. Etwas Belladonna in die Augenwinkel macht einen feurigen Blick. Aber das unterlassen wir jetzt mal.«

»Warum?«, fragte Rudolf.

»Weil der Saft der Tollkirsche die Pupillen gar zu fiebrig weiten würde, das ist nichts für ein Friesenmädchen.« Zum

Schluss besprühte Hilrich ihr Haar mit wohlriechendem Spezialwasser. »Na, was sagst du, Engelchen?«

Zusätzlich benebelt von der Duftwolke starrte Frieda auf ihr Spiegelbild. »Das bin ich?«

Nach einer Weile suchten ihre Augen Hilrichs Blick. Er betrachtete sie einfach nur wie ein gelungenes Werk.

»Komm, wir stellen dich vor!«

Die letzten Kunden hatten den Salon verlassen, als er sie in den Verkaufsraum führte. Schon seit Tagen herrschte weniger Betrieb als sonst, auch wenn die Saison offiziell erst am 10. Oktober endete.

»Bezaubernd!«, rief Meister Fisser.

»Das hast du wieder einmal fabelhaft gemacht, mein Sohn«, lobte Jakomina Fisser.

»Gute Vorbereitung«, kommentierte Willy kess.

Erwin lächelte säuerlich. Frauke warf ihr einen bösen Blick zu und verschwand wortlos im Flur.

Noch einmal sah Frieda Hilrich an. Hatte er denn gar nichts gespürt? Nein, offenbar nicht. Er bewunderte die Frisur, nicht sie. Und vor dem Salon ging schon Anna auf und ab. Anna, die nicht nur im richtigen Alter für ihn war, dazu hübsch und aus wohlhabendem Hause, sondern auch noch wirklich nett. Hilrich hatte wohl eine Verabredung mit ihr.

»Tschüss allerseits, bis morgen!«, rief er.

Frieda durfte früher gehen als sonst. Sie kämpfte mit sich. Zu gern hätte sie ihrer Großmutter und den anderen ihre Verwandlung präsentiert. Aber die Angst, dass ihr Vater sich aufregen würde, brachte sie dazu, sich Puder und Blauzeichner abzuwaschen. Die Kämmchen nahm sie schon im Salon aus dem Haar, aus Angst, sie zu verlieren.

Sie war so aufgewühlt, dass sie nicht gleich nach Hause

gehen wollte, sondern zum Seezeichen hochstieg. Oben auf der Kaap-Düne saß sie allein und schaute aufs Meer und dem Sonnenuntergang zu. Sie zog Schuhe und Strümpfe aus, bohrte ihre Zehen in den feinen Sand. Tief atmete sie die frische Meeresbrise ein. Der Geruch des Salzwassers vermischte sich mit dem exotischen Blütenduft, der noch um ihren Kopf schwebte. Widerwillig begann sie, die Frisur wieder aufzulösen.

Die Farben ringsum verwandelten sich. In der Ferne blieben einige Spaziergänger stehen, um das Naturschauspiel in Ruhe zu beobachten. Ein Orangegold flutete schließlich den Himmel und spiegelte sich im Meer, bis die rote Scheibe versank. Frieda schüttelte das offene Haar im Wind. Und plötzlich hatte sie eine solche Sehnsucht! Diese Empfindung überfiel sie wie eine Krankheit. Ihr Herz fühlte sich auf einmal ganz wund an.

Wenn sie doch nur mit Grete über alles reden könnte! Zwar schrieben sie sich regelmäßig – Grete schickte ihr jedes Mal eine Briefmarke mit, und sie legte der Freundin immer irgendein gepresstes Inselblümchen bei –, aber das war nicht dasselbe, wie zu reden, weil man sich dabei nicht ansehen und sofort eine Antwort erhalten konnte. Außerdem war Frieda keine gute Briefschreiberin. Wie sollte sie denn das in Worte fassen, was sie gerade so durcheinanderbrachte? Ob Grete das auch schon mal gespürt hatte? Dieses schmerzhafte Ziehen, Weh und Entzücken gleichzeitig, ein überwältigendes, dringliches Verlangen nach etwas, das sie gar nicht kannte?

Geschrieben hatte die Freundin jedenfalls noch nicht davon. Vielleicht weil ihre Briefe kontrolliert wurden. Und ihr ging es leider wieder schlechter. Sie beschäftigten vermutlich ganz andere Sorgen. Sowohl ihre Haut als auch der Husten hatten sich nach der Rückkehr aufs Festland verschlimmert. Sie bereite sich auf ihre Abreise in ein Schweizer Internat vor, das hatte sie im letzten Brief mitgeteilt. Alle hofften, dass die Bergluft ihr ähnlich guttun würde wie das Meeresklima.

Ach, Grete, dachte Frieda, ich glaub, ich bin verliebt. Dass es sich so seltsam anfühlt, hätte ich nicht erwartet. Ob Hilrich mich auch mag? Immerhin hat er mich Engelchen genannt. Und er hat mich angelacht und mir zugezwinkert.

Sie steckte die Haarklemmen gut weg. Geübt flocht sie einen Zopf und drehte ihn zu einem Knoten, dann setzte sie ihre Haube auf. Noch einmal seufzte sie tief. Sie erhob sich und klopfte den Sand von der Kleidung.

In Gedanken versunken schlenderte sie nach Hause. Ihr Vater kreuzte noch zu einem Dämmertörn mit Kurgästen vor Norderney. Ihre Mutter hatte etwas vom Abendessen für sie aufgehoben.

»Rührei mit Kräutern. Das isst du doch so gern.«

Aber Frieda schüttelte nur den Kopf. Sie verspürte keinen Appetit. Und sie antwortete nicht auf die Fragen, die man ihr stellte. In Gedanken war sie woanders.

Am nächsten Morgen schlang sie ihr Haar zwar wieder zu einem Knoten, frisierte es aber modischer, durch leichtes Toupieren aufgebauschter und so, dass die Ondulation zur Geltung kam. Die Großmutter und Rieka fanden die neuen Wellen wunderschön. Ihr Großvater sagte: »Pass bloß auf!«, ohne genauer zu erklären, worauf, aber sie verstand es auch so. Ihre Mutter mahnte, sie solle bloß nicht glauben, dass sie auf diese Weise vornehm werden könne – und strich ihr dann doch bewundernd übers Haar. Ihr Vater sagte nichts, sein finsterer Blick allerdings schnürte Frieda den Hals zusammen. Tage später, als sie abends im Schein der Petroleumlampe Socken stopfte und aufblickte, ertappte sie ihn jedoch dabei, wie sein Blick wohlgefällig auf ihr ruhte.

Frieda kam stets als Erste und ging als Letzte. An den Tagen, da sie ihrer Mutter im Haushalt half, konnte sie es kaum erwarten, wieder im Inselsalon zu sein. Es war ein stilles Glück, neben Hilrich arbeiten oder ihm assistieren zu dürfen. Jedes Lächeln von ihm beschleunigte ihren Puls, manchmal verhedderte sie sich mit Worten oder bei Handreichungen. Doch es bestand kein Zweifel – Hilrich erwiderte ihre Gefühle nicht. Er schwelgte schon in Aufbruchstimmung.

Im Oktober verabschiedete er sich von allen Mitarbeitern, um nach Berlin zu ziehen.

»Wie lange wirst du wegbleiben?«, wagte sie zu fragen.

Die Meisterin und der Meister schauten ihren Sohn auf eine Weise erwartungsvoll an, die verriet, dass er sich dazu auch ihnen gegenüber noch nicht klar geäußert hatte.

»Ich weiß nicht«, antwortete er. »Vielleicht mache ich sogar meinen Meister in der Reichshauptstadt. Hier läuft ja auch ohne mich alles bestens. Aber wenn ich aus Berlin zurückkomm, bringe ich sicher jede Menge neuer Ideen mit.«

Sein Vater zog skeptisch die Oberlippe höher, sodass man die Hasenzähne sah.

»Ich bin fest entschlossen, sämtliche Finessen unseres Berufs zu erlernen.«

»Ich auch«, sagte Frieda.

Und alle lachten. Aber sie meinte es vollkommen ernst.

Im Inselsalon

»Guten Morgen, mein Mucki!«

Gut gelaunt brachte Jakomina ihrem Mann die erste Tasse Tee ins Schlafzimmer. Rudolf hatte ihr Horoskop erstellt und ihr eine besonders schöne Woche in Liebesdingen vorhergesagt. Außerdem war Sommer, ihre Lieblingsjahreszeit, und die himmelblauen Hortensien im Garten blühten. Ihr Mann drehte sich unwillig auf die andere Seite. Sie stellte die Tasse auf dem Nachttisch ab. Nachdem sie den Vorhang aufgezogen hatte, setzte sie sich auf den Bettrand und reichte ihm seinen Tee.

»Der Hahn von Käpt'n Kluin hat mich um vier Uhr geweckt, danach konnte ich nicht wieder einschlafen.« Ermattet zog er sich mit dem Rücken gegen das Betthaupt hoch. »Schon wieder!«

»Oh, du Ärmster, du hast aber auch einen leichten Schlaf.«

Jakomina war in dieser Hinsicht vom lieben Gott beschenkt worden. Wenn sie schlief, dann schlief sie. Und wenn sie aufwachte, dann war sie wach.

»Ich bin nicht der Einzige, der unter diesem Gockel zu leiden hat. Die ganze Nachbarschaft ist nervlich strapaziert.«

Sie nahm seine Bartbinde entgegen und lächelte mit sanftem Spott. »Dabei besagt die Kurordnung doch eindeutig, dass während der Saison vor acht Uhr kein Lärm gemacht werden darf.«

»Eines Tages dreh ich ihm den Hals um!«, drohte Fritz.

»Käpt'n Kluin oder dem Hahn?«

»Hängt davon ab, wer mir als Erster unter die Finger kommt.«

»Das lass man lieber. Alle sieben Jahre brauchst du deinen Nachbarn.« Das war eine alte Norderneyer Weisheit. Knutterig schlürfte er seinen Tee. »Hast du eigentlich das Haarteil gesehen, das Frieda gestern geflochten hat?«, fragte sie. »Aus zehn verschiedenen Strähnen mit Maschenbogen. Ist sehr gut geworden.«

»Ja, das Mädchen hat Talent.«

»Wieso lässt du Frieda bei unseren Kundinnen nicht langsam mehr machen, als nur Haare waschen? Sie hat doch inzwischen auch den Hygiene- und Grundkurs in Aurich absolviert.«

Hygienekurse waren seit einiger Zeit gesetzlich vorgeschrieben. Vier Wochen lang hatte Frieda in Aurich mit Frauke zusammen einen Lehrgang der Innung besucht, beide waren bei Verwandten der Fissers untergebracht gewesen. Leider hatten sich die Mädchen, wie Jakomina Andeutungen entnahm, nicht sonderlich gut verstanden. »Ich bin doch diejenige, die im Friseursalon aufgewachsen ist«, hatte Frauke sich beschwert, »ich hab das Schneiden, den Umgang mit den Kunden und das Frisieren mit der Muttermilch aufgesogen. Warum muss ich mit einer blutigen Anfängerin zur Schulung?« Ihre Tochter hatte sie dann auch noch auf eine Gefahr aufmerksam gemacht, die bislang weder sie, Jakomina, noch Fritz bedacht hatte.

»Glaubst du, Frieda könnte drauf aus sein, Kammerjungfer zu werden?«

Viele unverheiratete junge Frauen erlernten nur das Frisieren, weil es ihre Chancen auf die Anstellung in einem hochherrschaftlichen Hause erhöhte. Das wiederum verbanden sie mit der Hoffnung auf einen gesellschaftlichen Aufstieg.

»Nein, glaub ich nicht«, erwiderte Fritz. »Sie ist eine Norderneyerin. Die kann gar nicht ohne ihre Insel. Auf dem Festland gehen unsere Frauen ein wie Primeln.«

»Warum dann? Du nimmst doch nicht etwa an, dass sie sich als Treppenfriseurin selbstständig machen will?«

Die angelernte Ex-Verlobte eines Kollegen aus Leer hielt sich nach ihrer Trennung damit über Wasser, dass sie Hausbesuche machte. Angeblich hatte sie etliche feste Abonnements. Um sich vor solch unliebsamer Konkurrenz zu schützen, die keinen Salon unterhalten musste und deshalb viel günstigere Preise anbieten konnte, nahm die Innung am liebsten nur weibliche Familienangehörige von Friseurmeistern in ihre Frauenkurse auf. Boshafte Zungen behaupteten, die Leeranerin würde noch ganz andere Dienste als Waschen, Schneiden und Frisieren anbieten. In den Großstädten stieg die Zahl solcher Frauen – Treppenfriseurin war oft nur ein anderes Wort für Prostituierte.

»Um Himmels willen, nein, doch nicht unser Engelchen!« Meister Fisser machte Anstalten aufzustehen. In der Tiefe seines Herzens wusste er sehr wohl, weshalb er Frieda noch nicht richtig an lebende Damenköpfe gelassen hat. Weil sie nun, nach fast einem Jahr, schon besser war, als Frauke es je sein würde. Und weil er spürte, wie die Eifersucht seiner Tochter auf die junge Fischertochter täglich wuchs. Natürlich würde er Frieda deshalb nicht hinauswerfen. Sie konnte nichts dafür, war angenehm zu ertragen, hilfsbereit und geschickt. Doch Fritz hasste es, wenn weibliche Wesen im Zwist miteinander lagen. Schon Zank unter Männern war ihm zuwider. Die stritten aber wenigstens offen, mit klaren

Worten und harten Bandagen, damit konnte man noch umgehen. Frauensleute, ob Backfisch oder altes Weib, waren dagegen unberechenbar, sie wurden zur Giftmischerin oder Intrigantin. Ein solcher Konflikt schien sich in seinem Salon zwischen einer Fünfzehn- und einer Siebzehnjährigen anzubahnen. Er liebte seine Tochter, aber er hatte ihr gegenüber ein schlechtes Gewissen, weil er seinen Sohn mehr liebte, was er natürlich niemals zugeben würde. »Ach«, raunzte er, »macht das doch unter euch aus.«

»Das hat unser schlauer von Bülow dem Kaiser geflüstert!«, behauptete Hermann, der Kurarzt, während Erwin ihn im Salon rasierte.

Fritz schabte die Wangen von Redakteur Theo, Willy schnitt Tabakhändler Jan die Nasenhaare, und Rudolf schäumte Seife für den Hotelier Onno auf. Frieda polierte, sich dezent im Hintergrund haltend, die Glasvitrinen des Verkaufsraums. Der Rauch von Theos Zigarre, die während der Rasur im Aschenbecher vor sich hin glomm, zog in Schlieren durch die Luft.

»Der Besuch von Wilhelm II. beim Sultan von Marokko war bestimmt seine Idee«, pflichtete ihm Jan, der immer so schön über den s-pitzen S-tein s-tolperte, bei. »Damit haben wir aller Welt klargemacht, dass Deutschland Marokko als unabhängigen S-taat anerkennt und bei Gefahr zur Seite s-tehen würde.«

Die allmorgendliche Viererrunde auf den Barbierstühlen kommentierte den geschickten Schachzug, mit dem der Reichskanzler gerade zu verhindern schien, dass sich Frankreich wie beabsichtigt Marokko als Kolonie nahm.

»Von Bülow ist eben ein Fuchs!«, meinte Fritz.

Da die Männer sich regelmäßig austauschten, befanden sie sich ungefähr auf dem gleichen Erkenntnisstand. Nur Theo, der früher als politischer Kommentator einer angesehenen Zeitung in Berlin gearbeitet hatte und immer noch über beste Kontakte zur Hauptstadtpresse verfügte, wusste meist noch etwas mehr, als er verriet. Keiner hatte je erfahren, weshalb er überhaupt vor Jahren zur kleinen Inselzeitung nach Norderney zurückgekehrt war. Fritz verdächtigte ihn insgeheim, zu sehr mit den Sozialdemokraten zu sympathisieren. Vielleicht hatte er deshalb Ärger bekommen. Er selbst war wie der Kaiser der Meinung, dass die Sozialdemokratie mit Stumpf und Stiel ausgerottet gehörte. Bei Theo und anderen sozialdemokratischen Stammkunden war er allerdings bereit, Ausnahmen zu machen. Er behandelte auch die zahlreichen jüdischen Geschäftsbesucher und Mitbürger so zuvorkommend wie alle.

»Der Kaiser wird noch von anderen klugen Männern beraten«, warf der Geselle Rudolf ein. »Allein der Liebenberger Kreis mit all diesen Hochadligen um Fürst zu Eulenburg hat einen großen Einfluss auf ihn.«

»Ach und nicht die Sterne?«, spottete Fritz. Er fand es unpassend, wenn sich Gesellen in das politische Morgengespräch einmischten, wollte es ihnen aber nicht direkt verbieten. Erwin hatte es inzwischen wohl begriffen, Rudolf ließ sich gelegentlich trotzdem noch zu Kommentaren hinreißen. »In diesem Fall ist der Zusammenhang ja wohl ganz eindeutig«, wies er ihn zurecht.

Ende März war der deutsche Kaiser mit dem Passagierdampfer *Hamburg* nach Marokko gereist und bei schwerer Dünung im Hafen von Tanger mit seinem Gefolge von Bord gegangen – ein ganz großer Auftritt, die höchsten Würdenträger des Landes hatten ihn feierlich empfangen.

»Die Franzosen zittern vor uns, seit wir sie 70/71 besiegt haben«, meinte Onno grinsend. »England wird trotz seiner neu entdeckten Liebe zu Frankreich keinen Krieg mit uns riskieren. Jedenfalls nicht bloß dafür, dass sich die Franzosen Marokko unter den Nagel reißen könnten.«

Jeder wusste, dass ein durch den Bündnisfall ausgelöster Krieg zwischen Großbritannien und Deutschland auf See stattfinden würde.

»Genau«, pflichtete Jan ihm bei. »Dafür ist unsere Marine schon viel zu s-tark geworden.«

»Den Franzmännern geht der Arsch auf Grundeis«, brachte Hermann es auf den Punkt. »Von Bülow hat ihnen ja auch schon durch geschickt lancierte Presseberichte ordentlich gedroht.«

»Nur deshalb musste der französische Außenminister Delcassé vor drei Wochen seinen Hut nehmen. Toller Erfolg!«

»Er hätte nicht nur drohen, sondern tatsächlich angreifen sollen«, fand Jan.

»Wenn der Schuss man nicht nach hinten rausgeht«, gab Theo zu bedenken. Er lenkte aber ab, bevor jemand darauf eingehen konnte. »Fritz, was meinst du, sollte ich mal meinen Scheitel ändern? Mehr in die Mitte?«

»Können wir ausprobieren, Theo. Wenn wir das nächste Mal die Haare waschen. Oder du kämmst alles ganz ohne Scheitel raus aus deiner Denkerstirn, so wie August Bebel. Seinen Spitzbart trägst du ja schon.«

»Gut. Nächstes Mal machen wir einen auf Bebel.«

Theo grinste, er war fertig rasiert und wechselte in die Warteecke, um in Ruhe seine Zigarre zu Ende zu paffen.

»Der Kaiser soll von Bülow ja am Tage des Rücktritts von Delcassé zum Fürsten ernannt haben, zur Belohnung«, nahm

Fritz den Gesprächsfaden wieder auf. Noch immer erfüllte es ihn mit Stolz, dass der Kanzler im vergangenen Jahr auf Norderney einen historischen Handelsvertrag mit den Russen ausgehandelt hatte, nachdem er, Fritz Fisser, ihm das Haar geschnitten und somit sein Scherflein beigetragen hatte.

»Es sei ihm gegönnt«, sagte Hermann gnädig. »Fürst von Bülow. Klingt gut, hat er sich verdient.«

Theo blies Ringe in die Luft. »Der Kaiser wollte ihm vor Jahren schon den Fürstentitel verleihen«, wusste er. »Damals soll von Bülow flehentlich drum gebeten haben, bitte, bitte nicht zur Durchlaucht erhöht zu werden. Weil sein Einkommen damals nicht fürstlich genug war, um standesgemäß zu leben.« Die anderen lachten.

»Und warum hat er jetzt angenommen?« Fragend hob Hermann seine buschigen Augenbrauen.

»Weil er letztes Jahr geerbt hat. Er stammt doch aus Klein Flottbek bei Hamburg und ist da günstig versippt und verschwägert. Sein Onkel, der alte Godeffroy, hat ihm fünf Millionen Goldmark hinterlassen.« Theo verzog das Gesicht. »Was meinst du denn wohl, wovon er sich kürzlich seinen Altersruhesitz, die Villa Malta in Rom, gekauft hat?«

»Uiih! Fünf Millionen? Ein Wunder, dass er trotzdem wieder den Sommer auf unserem bescheidenen Eiland verbringt«, scherzte Jan.

»Bestimmt waren die Reisepläne längst gemacht«, vermutete Onno. Als Hotelier kannte er sich da aus. »Mit so viel Gefolge kannst du nicht mal eben drei Tage vorher alles über den Haufen werfen. Sie sind ja gleich danach zum Sommerurlaub hier eingetroffen.«

»Hast du die Sonderseite im Blattje nicht gesehen?«

Wie jedes Jahr hatte die Inselgemeinschaft den hohen

Gast samt Gattin und Gefolge mit Musik und Empfangs-
komitee begrüßt.

»Du hast die Fähnchen schwenkenden Schulkinder in deinem Bericht nicht lobend erwähnt«, merkte Jan an. »Rektor
Berghaus war sehr enttäuscht.«

»Ich weiß. Er war schon in der Redaktion, um sich zu beschweren«, räumte Theo ein. »Das holen wir im kommenden
Bericht nach.« Genüsslich schmauchte er weiter. »Nächstes
Jahr wird von Bülow gewiss ganz woanders residieren als in
der Villa Fresena. Wetten?«

»Nee, der bleibt uns treu.« Davon war Fritz überzeugt.
»Um was wetten wir, Theo?«

»Ein Krebsessen für uns alle in Onnos Hotel.«

»Einverstanden!« Theo streckte dem Friseurmeister die
Hand entgegen.

»Die Wette gilt!« Vergnügt schlugen Fritz und seine
Stammkunden der Reihe nach ein.

»Was ist eigentlich mit deiner Anna?«, wandte sich dann
Hermann, der als Arzt einen guten Blick für Befindlichkeiten
hatte, an Onno. »Sie sieht neuerdings so traurig aus. Dabei ist
sie so 'n hübsches und liebes Mädchen.«

Fritz lief rot an. Er ahnte, dass sein Sohn nicht unschuldig
daran war.

Onno musterte ihn im Spiegel. »Tja, das Kind heult sich
seit Ostern die Augen aus dem Kopf.«

In die Stille hinein ließ Frieda eine Haarbürste auf die Fliesen fallen. Irritiert wandte Fritz kurz den Kopf. Das Mädchen
benahm sich doch sonst nicht so ungeschickt.

Ostern war Hilrich das letzte Mal auf Besuch zu Hause
gewesen. Eleganter denn je. Er hatte der Familie mitgeteilt,
dass es ihm hervorragend im Salon am Kurfürstendamm

gefiel und er noch mindestens ein oder zwei Jahre bleiben wollte. Fritz vermutete, dass damit wohl Annas Träume von einer baldigen Vermählung zerplatzt waren. Vielleicht hatte Hilrich eine neue Freundin in Berlin, wahrscheinlich sogar. Aber darüber wusste er nichts Näheres. Er zuckte mit den Achseln.

»Tut mir wirklich leid«, murmelte er hilflos. »Mir hätte sie ja gefallen als Schwiegertochter.«

»Wir sollten uns da nicht einmischen«, brummte Onno.

Die anderen schwiegen betreten. Fritz kam zum ersten Mal in den Sinn, dass diese Entwicklung Onno am Ende vielleicht gar nicht so störte, weil er hoffte, seine Tochter könnte noch eine weitaus bessere Partie machen.

Frieda

Hilrich und Anna sind getrennt, dachte Frieda aufgeregt.
Das musste sie unbedingt mit Grete besprechen. Seit einer
Woche weilten die Lehmanns wieder auf Norderney. Diesmal war die Familie in den Bremer Häusern abgestiegen. So
hieß eine imposante Reihe von siebzehn Logierhäusern direkt am Badestrand in der Kaiserstraße. Sie verfügten über
elegant eingerichtete Wohnungen mit allen Bequemlich-
keiten einschließlich Veranden und Obstbaumgarten.

Die Freundinnen gluckten zusammen, wann immer sie es
einrichten konnten. Sie redeten über Gott und die Welt, über
auserkorene Adelsgeschlechter, für die Grete mehr denn je
schwärmte, und die kräftigsten Jungen aus dem Freundes-
kreis, dem Frieda angehörte.

Kaum hatten sie sich an diesem windigen Julitag an Na-
muths Blumenpavillon getroffen, sprudelte Frieda los. Grete
fand die Neuigkeit auch sensationell. Eine Trennung mit Tränen! Sie spekulierten darüber, was für eine Frau in Berlin
wohl das Herz von Hilrich gewonnen haben könnte und wie
lange es dauern würde, bis Anna einen neuen Verehrer hatte.

»Offiziell ... schaue ich jetzt übrigens Hans-Heinrich
beim Tennisspielen zu«, erklärte Grete und hustete.

Während sie durch die Strandstraße bummelten, betrachteten sie nebenbei die Auslagen – Perserteppiche, exo-
tische Tees, Nippes, Gemälde, Badeartikel, Spazierstöcke mit
Bernsteinknäufen, Perlmuttknöpfe, wasserdichte Mäntel –

und spiegelten sich in den Schaufensterscheiben. Frieda trug keine Haube mehr, sondern einen schlichten kleinen Strohhut mit Ripsband, unter dem ein geflochtener Haarknoten hervorlugte. Sie probierte gern herum, machte sich das Haar mal so, mal so. Grete war nach der neuesten Mode in Flieder- und Cremetönen gekleidet. Ihr schwarzes Haar floss unter einem Florentinerhut in Wellen über ihren Rücken, nur das obere Deckhaar war am Hinterkopf zusammengebunden. Im vergangenen Jahr hatte sie einen ordentlichen Wachstumsschub gemacht, wodurch sie noch schlanker wirkte. Die Ekzeme und der Husten plagten sie nach wie vor.

»Es ist etwas besser geworden in der Schweiz … Jedenfalls … besser, als es in Berlin war.« Grete sprach von Hüsteleien unterbrochen. »Das Internat ist auch wirklich anspruchsvoll … Wir lernen … eine Menge. Aber … ich bin einfach kein Mensch für die Berge. Um ganz ehrlich zu sein … ich hasse mein Schweizer Internat!«

»Was findest du so schlimm daran?«

»Ach, ständig ist der Anstand in Gefahr! Wir müssen sogar beim häuslichen Bad ein langes weißes Hemd anziehen. Und wir dürfen keinen Schritt unbehütet tun.«

»Ihr lernt doch sicher auch ganz interessante Sachen. Französisch und gute Manieren und so was.«

»Wie man ein langes Kleid richtig rafft?« Grete blieb stehen und machte es spöttisch etwas übertrieben vor. »Wir heben das Kleid seitlich mit je zwei Fingern so an, dass man es bequem tragen kann.« Ein leichtes Heben der Hüfte begleitete die Bewegung. »Mit Grazie schütteln wir uns nun ein wenig, um sicherzustellen, dass Rock und Unterröcke gleichmäßig die Knöchel umspielen. Aber du darfst auf keinen Fall hinschauen, das wäre ein Zeichen von Unkenntnis in

Toilettenfragen.« Friedas ahmte es gleich wissbegierig nach. Sie musste lachen. »Ach, weißt du«, gestand Grete, »wir lernen vor allem, was man nicht darf. Damit man auf die herabblicken kann, die es nicht wissen.«

»Sag mal ein Beispiel.«

»Es ist eine grobe Ungehörigkeit, wenn ein junges Mädchen einen Herrn nach seinem Wohlergehen fragt.«

»Wieso das denn? Versteh ich nicht …«

»Oder wenn es mit ihm über Dinge des Gefühls spricht.«

»Ach herrje!«

»Oder wenn es in einer Kunstausstellung vor einem Bild einer freien Kunstrichtung stehen bleibt und kichert.«

Sie sahen sich an – und prusteten gleichzeitig los.

»In die Verlegenheit bin ich noch nie gekommen«, gestand Frieda dann. »Von Kunst verstehe ich gar nichts, außerdem kosten Ausstellungen immer Eintritt.«

Grete lächelte ironisch. »Tja, und wie meine Mutter zu sagen pflegt: Wer zur vornehmen Welt gehört, besucht Kulturveranstaltungen nur an den Tagen mit erhöhtem Eintrittsgeld.« Frieda lachte schon wieder. So viel Unverstand bei den Gebildeten! Grete seufzte abgrundtief. »Und jedes Buch, das ich lese, wird im Internat kontrolliert«, beschwerte sie sich.

»Sicher findet ihr Möglichkeiten, das zu umgehen, oder?«, fragte Frieda erwartungsvoll.

Gretes mürrischer Gesichtsausdruck verwandelte sich augenblicklich in ein schelmisches Lächeln. »Na klar.« Sie blieb stehen, um ihre Lungen mit frischer Seeluft zu füllen. »Hier auf der Insel kann ich ganz anders durchatmen!«

»Wart's mal ab, in ein paar Tagen merkst du's erst richtig«, sagte Frieda aufmunternd. »Genau wie letztes Jahr.«

Erneut hustend zupfte Grete ihren Hutschleier weiter vors Gesicht. »Ein Jammer, dass du mich nicht … wieder bei meinen Seebädern begleiten kannst. Es hat so viel Spaß gemacht.« Ihre Atmung beruhigte sich, der Hustenreiz ließ nach. Als sie weiterschlenderten, hakte sie sich bei Frieda unter. »Und ich bin auch noch selbst schuld daran, dass du jetzt immer in deinem Inselsalon arbeitest.«

»Nicht immer. Solange du da bist, kann ich mir öfter mal einen Nachmittag freinehmen. Ich hatte ja noch nie Urlaub.«

»Lassen sie dich denn endlich richtig was frisieren?«

Frieda hatte ihr schon von ihrem Kummer berichtet, darüber, dass sie über das Shampoonieren und Fegen noch nicht weit hinausgekommen war.

»Nee, Frauke drängelt sich vor, sobald es um interessante Aufgaben und Kundinnen geht. Mir schiebt sie immer die simplen, langweiligen Sachen zu.«

»Was für eine dumme Pute!«

»Da widersprech ich dir nicht.«

»Ich könnte Maman bitten, den Salon aufzusuchen«, schlug Grete mit einem kleinen boshaften Glitzern in den Augen vor. »Wir verlangen eine raffinierte Abendfrisur für den Réunion-Ball – ausdrücklich von dir.«

Frieda lächelte, schüttelte aber den Kopf. »Nee danke. Als Tochter des Hauses sitzt Frauke am längeren Hebel. Sie würde sich bestimmt irgendwie rächen, und dann hätte ich einen noch schwereren Stand.«

»Du solltest dich nicht so leicht damit zufriedengeben, nur die niedrigsten Dienste verrichten zu dürfen.«

Innerlich pflichtete Frieda ihr völlig bei. Sie war die Letzte in der Rangfolge des Friseurbetriebs, selbst die Lehrlinge galten und durften mehr.

»Aber ich hab Angst, dass ich meine Arbeit verliere, wenn ich als kleine Gehilfin sage, was ich möchte.«

Etwas zu wollen und das auszusprechen, war ja sogar den Mädchen höherer Stände verboten.

»Maman würde sagen, dann musst du es eben diplomatisch anstellen«, riet ihr Grete.

»Leichter gesagt, als getan«, entgegnete Frieda nachdenklich, während sie den kürzesten Weg in Richtung Dünen einschlugen.

Ein krautiger Heidegeruch vermischte sich mit dem Duft von wilden Rosen und frischer Seeluft. Ab und zu scheuchten sie ein Rebhuhn oder ein Kaninchen auf. In der ruhigen, einsamen Stimmung, die über den grün bewachsenen Sandhügeln lag, konnten sie sich alles erzählen, was sie in ihren Briefen nicht geschrieben hatten. Frieda berichtete Grete vom langen Winter und dass Dodo und ihr Vater im Dachgeschoss des Anbaus eine Kammer für sie ausgebaut hatten. Sie schilderte, wie sie während der Zeit, als sie den Hygienekurs in Aurich besucht hatte, am Wochenende auf dem Herbstmarkt gewesen und von einem jungen Mann geküsst worden war.

»Richtig geküsst?«, fragte Grete. Frieda nickte stolz. »Und, erzähl: Wie war's?«

»Aufregend. Mit Zunge.«

Ihr Herz hatte ziemlich gewummert. Einmal hatte ihr aber auch gereicht, weil sie die Spucke ein bisschen unappetitlich fand. Trotzdem war es schön gewesen, ein Meilenstein in ihrem Leben. Sie fühlte sich erwachsener.

»Hast du ihn noch mal wiedergetroffen?«

»Nein.«

»Und möchtest du?«

»Och, muss nicht sein.«

Eine Weile gingen sie schweigend nebeneinander auf dem Pfad, der in Richtung Leuchtturm führte.

»Ich hab eben sehr hohe Ansprüche«, antwortete Grete plötzlich trotzig auf die Frage, die Frieda ihr gar nicht gestellt hatte, zumindest nicht laut.

Sie zog dabei einen Flunsch, der verriet, dass sie sich selbst durchaus ein wenig durchschaute. Es war eben weniger schlimm, mit fünfzehn ungeküsst zu sein, wenn nicht ihr Ausschlag und ihr Husten schuld daran waren, sondern ihre schwer zu erfüllenden Erwartungen an Ritterlichkeit und Geblüt eines geeigneten Kandidaten. Aus Mitleid widersprach Frieda ihr nicht, sondern nickte nur.

Dann fiel ihr etwas ein. »Du, Grete, das Seehospiz nimmt nicht nur kranke Kinder auf, sie haben auch ein Internat für junge Damen. Wäre es nicht wunderbar, wenn du da unterkommen könntest?«

»Ehrlich? Ein richtiges Internat? Darüber muss ich unbedingt mehr in Erfahrung bringen!« Sie erklommen eine Düne. Grete blieb stehen, sah sich um und zog, da sie keine Menschenseele erblickte, rasch Knöpfstiefeletten, Seidenstrümpfe und Handschuhe aus. »Ich weiß, es ziemt sich nicht.« Frieda bewunderte insgeheim die fein gearbeiteten Stiefelchen aus weichem cremefarbenem Leder. Sie hatten eine Kappe aus dem gleichen braunen Leder wie die seitlichen Knöpfe und einen kleinen geschwungenen Absatz. Darin drückte bestimmt nichts. Und trotzdem war die Freundin froh, sie auszuziehen. Sie legte auch ihren Hut ab, seufzte zufrieden und tänzelte barfuß im Sand. »Dauernd heißt es: Mach nicht so große Schritte, lauf nicht so schnell, lach nicht so laut. Ha!« Sie warf den Kopf in den Nacken und breitete die Arme aus. »Dieses herrliche Gefühl – wie hab ich das vermisst!«

Frieda tat es ihr nach, warf Schuhe und Strümpfe auf den Haufen mit Gretes Sachen. Sie reichten sich überkreuz die Hände, wirbelten im Kreis und hüpften anschließend in übermütigen Sprüngen die Dünen hinunter.

Beim Nachtisch am folgenden Tag, es gab Rhabarberkompott mit Vanillepudding, erzählte der Meister aus alten Zeiten. Frau und Tochter Fisser wandten sich gelangweilt ab, als er begann, Döntjes von seiner Wanderschaft und den Zünften zum Besten zu geben. Sie kannten vermutlich längst alle Geschichten. Aber Frieda fand sie wirklich spannend.

»Damals existierten noch zwei Zünfte«, erklärte Fritz Fisser auf ihre Frage hin. »Ich gehörte zu den Barbieren, die auch kleinere chirurgische Eingriffe vornahmen. Unser Erkennungszeichen war der Friseurteller.« Er zwirbelte eine Seite seines Schnurrbarts hoch, wie immer, wenn er gehobener Stimmung war. Fühlte er sich niedergeschlagen, zeigten die Zipfel nach unten. »Und dann gab es aus der Tradition der Perückenmacher und Theaterfriseure die Haarkünstler.« Mit Unterarmen und Händen imitierte er übertrieben gezierte Bewegungen. »Ihr Erkennungszeichen war die Perücke im Schaufenster. Davon gab's weniger, und sie galten als viel vornehmer.«

»Aber Sie, Meister Fisser, haben doch beides«, warf Frieda ein.

»Richtig.« Er lachte sein gewitztes Mucki-Lächeln. Wenn er so guckt wie jetzt, dachte Frieda, muss man ihn einfach gernhaben, auch wenn er manchmal zum Schwadronieren neigt. »Eigentlich waren wir einander nie ganz geheuer. Die einen galten als die plumpen Schaber, die anderen als die überkandidelten Coiffeure. Kurz vor der Jahrhundertwende bekamen wir eine gemeinsame Zwangsinnung mit Statuten für Barbiere, Perückenmacher und Friseure. Seitdem ist die Qualität allgemein deutlich gestiegen. Die kleinen chirurgischen Eingriffe überlassen wir jetzt den Ärzten. Einige Kollegen führen trotzdem bis heute ihre alten Streitigkeiten fort.« Bedeutungsvoll blickte er in die Tischrunde. Auch die Gesellen Erwin und Rudolf, die Lehrlinge Willy und Kruuskopp und die zwei Gehilfen, die nur während der Saison mitarbeiteten, sollten in den Genuss seiner Weisheit kommen. »Aber ich bin ein Mann des Ausgleichs. Warum nicht das Beste aus allen Richtungen vereinen? Genau das tun wir im Inselsalon.«

»Handwerk und Kunst vereinen«, sprach Frauke das aus, was Frieda gerade dachte.

Doch aus Fraukes Mund klang es irgendwie wichtigtuerisch. Fritz Fissers Blick ruhte wohlgefällig auf seinem Töchterchen. Frieda ärgerte sich, dass nun ausgerechnet sie von ihren interessierten Fragen profitierte.

»Deshalb müssen wir uns alle fortlaufend weiterbilden«, dozierte der Meister.

Die Meisterin verdrehte leicht die Augen, demonstrativ kratzte sie die letzten Reste Kompott aus der Kumme und sah fragend in die Runde. Ihr Mann schüttelte den Kopf.

»Wer möchte?« Erwin meldete sich, na klar. Sie gab ihm den Schlag in sein Tonschälchen.

»Ich möchte sehr gern mehr lernen«, sagte Frieda leise, doch vernehmbar. »Wann darf ich denn einmal eine Kundin ganz allein frisieren?«

Der Meister lehnte sich zurück. »Na, bei nächster Gelegenheit. Das wird sich finden, nicht wahr?«

Er blickte seine Tochter auffordernd an. Die setzte eine verschlossene Miene auf. Frieda schlug bescheiden die Augen nieder, aber innerlich frohlockte sie.

Trotzdem konnte sie es kaum glauben, als Frauke ihr zwei Tage später nachmittags tatsächlich den Auftrag erteilte, im Hotel Reichsadler einer Frau Wagner das Haar zu machen.

»Am besten gehst du gleich los.«

Aufgeregt packte Frieda ihre Utensilien in ein Friseurköfferchen. Sie fühlte sich fast wie Dr. Seut mit seiner Arzttasche, als sie die Lobby des Hotels betrat und sich beim Portier meldete. Der tat ziemlich diskret, nahm sie zur Seite, rief die Hausdame, und die wiederum schritt mit gefalteten Händen vor dem Bauch würdevoll vor ihr her durch die Gänge. Endlich schloss sie eine Zimmertür auf.

»Die Angehörigen treffen mit der letzten Abendfähre ein«, sagte sie, als sie Frieda hineinließ. »Bis dahin sollte die Verblichene einen angenehmen Eindruck machen. Der Bestatter ist informiert.«

Die hohen Vorhänge waren fast ganz zugezogen. Frieda machte einen Schritt ins Zimmer, es roch nach abgestandener Luft und Kampfer, und erst als die Hausdame die Tür von außen zumachte, wurde ihr richtig klar, dass sie eine Tote frisieren sollte. Entsetzen erfüllte sie, am liebsten wäre sie sofort hinausgestürmt. Das sollte bitte jemand anders machen! So was konnte doch nicht ihre Aufgabe sein! Wieso übernahm das nicht der Bestatter? Sie spürte, wie ihre Kehle enger wurde, als sie vorsichtig ein paar Schritte auf das Totenbett zuging.

Sie hatte schon Verstorbene gesehen, aus der Nachbarschaft. Tote wurden zu Hause aufgebahrt, und man erwies ihnen die letzte Ehre, Nachbarfrauen bewirteten im Trauerhaus die Besucher. Aber jene Verstorbenen waren immer schon zurechtgemacht gewesen. Die alte Frau, die hier im Bett lag, hatte offensichtlich geschwitzt und gekämpft. Frieda überlegte. In diesem Moment öffnete sich die Tür wieder einen Spalt, es war noch mal die Hausdame.

»Ich wollte nur sagen – sie ist an Herzversagen gestorben. Nichts Ansteckendes.«

»Danke.«

Frieda dachte an Frauke und daran, dass sie ihr den Triumph nicht gönnte. Die hinterhältige Schlange hätte sie ja wenigstens vorwarnen können! Ich werde nicht weglaufen, nahm sie sich vor. Sie sprach ein kleines Gebet, dann zog sie die Vorhänge zurück, öffnete die Fenster und machte sich ans Werk.

»Naaaa?« Frauke bediente gerade und begrüßte sie mit einem maliziösen Blick über die Schulter. »Alles zur Zufriedenheit der Kundin erledigt?«

»Ich glaub schon.« Gelassen stellte Frieda ihr Köfferchen ab. Sie wusch sich ausgiebig die Hände. »Es kam mir fast so vor, als hätte Frau Wagner zum Schluss gelächelt.«

»Tzz!«

Mit einem schnippischen Schnalzen wendete sich Frauke wieder ihrer Arbeit zu. Und Frieda hatte das Gefühl, einen Sieg errungen zu haben.

Schon einige Tage später witterte Frauke offenbar wieder eine Gelegenheit, ihr eins auszuwischen. Frau de Buhr hatte einen Termin gemacht.

»Die darfst du heute ganz allein bedienen«, kündigte sie großzügig an.

Frau de Buhr, die ebenso anspruchsvolle wie geizige Gattin eines Hoteliers, galt seit Langem als Schrecken des Inselsalons. Ihr dünnes Haar ließ keine Zaubereien zu. Sie brachte meist Illustrationen aus Modejournalen mit, wollte aber partout nicht einsehen, dass ihr sämtliche Voraussetzungen fehlten, je auch nur annähernd so auszusehen wie die abgebildeten Musen Pariser Coiffeure. Erschwerend kam hinzu, dass sie einen ziemlichen Zinken von Nase hatte.

Während Frieda sie mit gemischten Gefühlen erwartete, betrat Käpt'n Kluin den Herrensalon. Er kam unangemeldet alle sechs bis acht Wochen zum Haareschneiden und zum Stutzen seines ansehnlichen Vollbarts. Der Meister persönlich nahm ihn unters Messer. Als er die scharfe Klinge an den Hals setzte, um die Kontur des Vollbarts zu säubern, hielt er mitten in der Bewegung inne.

»Dein Hahn raubt uns den letzten Nerv, Klaas«, sagte der Friseur betont ruhig. »Onnos Hotelgäste beschweren sich auch schon. Du musst dir was einfallen lassen.«

Der Kapitän, der jeden Morgen vor Sonnenaufgang mit Schleppnetzen zum Fischfang rausfuhr, war kein Mann großer Worte. »Ich red mit ihm«, erwiderte er.

»Mit Onno?«

»Nee, mit min Gockel.«

Fritz Fisser nickte. »Lieber heute als morgen.«

»Aber viel Hoffnung kann ich dir nicht machen.«

»Das ist nicht gut.«

»Hab ihm schon mal den Ruheparagrafen aus der Kurordnung von 1891 vorgelesen. Hat er nich vers-tanden.« Er grinste.

»Wo ist denn dein Hahn her?«

»Lüpkelina hat ihn auf dem Wochenmarkt in Norden gekauft.«

»Guck, deshalb! Er versteht kein Hochdeutsch. Du musst es ihm ins Plattdeutsche übersetzen.« Fisser verstärkte den Druck seines Rasiermessers. »Onno hat übrigens seinen Küchenchef schon Rezepte für Hahn in Weißweinsauce raussuchen lassen.«

Die Türglöckchen klingelten, Frau de Buhr erschien pünktlich.

»Schön, dass Sie da sind! Ich bin Frieda.«

Frieda stellte sich mit ihrem Vornamen vor, obwohl sie annahm, dass die Insulanerin wusste, wer sie war. Aber sie konnte sie nur als die Fischertochter kennen, und nun war sie schließlich die Friseurgehilfin. Sie nahm ihr Sommermantel und Hut ab, brachte beides zur Garderobe.

»Heute Abend wollen wir ein Konzert im Königlichen Strandhallen-Etablissement besuchen«, erzählte die Kundin, während sie umständlich mit raschelndem Halbseidenkleid in der Kabine Platz nahm. »Wir feiern nämlich unseren Hochzeitstag.«

»Es muss da sehr schön sein, vor allem bei Sonnenuntergang.«

Vor dem Etablissement mit Meerblick liefen zwei halbkreisförmige Glasrotunden aufeinander zu, sie endeten in Glaspavillons. Dort konnte man windgeschützt den Konzerten der Badekapelle lauschen, Kastanieneis à la Nesselrode genießen und tanzen. Frieda kannte es nur von außen und vom Hörensagen, denn solch einen Luxus hätte sie sich nie leisten können.

»Ja, und deshalb möchte ich natürlich besonders gut aussehen.« Die Mittdreißigerin kramte in einem bestickten Samtbeutel. »Hier ist das Vorbild. So will ich es haben.«

Aufmerksam studierte Frieda die Radierung, einen Ausschnitt aus einer Modezeitung. »Das kriegen wir nur hin, wenn wir mehrere Haarteile anheften«, sagte sie dann freundlich.

»Nein, auf keinen Fall!«

»Aber warum?«

»Ich ertrage die nicht. Meine Kopfhaut fängt an zu jucken, wenn ich ein Haarteil länger als eine Stunde trage.« Sie sah sie verzweifelt an. »Wie soll man da einen schönen Abend genießen?«

»Haben Sie denn schon mal das neue Tüllemoid probiert?«

»Was soll das sein?«

»Das sind Haarteile, die auf einer synthetischen Unterlage aus britischem Seidentüll geknüpft werden«, erklärte Frieda, die dem Handlungsreisenden des Herstellers neulich gut zugehört hatte. »Von hervorragenden Klöpplerinnen und Posamentierern in Sachsen. Die knüpfen darin jedes Haar einzeln fest, und die Haut kann darunter atmen. Das Material ist dank einer besonderen Appretur wasserfest und schweißfest.« Es war ein bekanntes Problem, dass manche Unterlagen sich bei zu viel Feuchtigkeit einfach auflösten.

»Nein, liebe Frieda! Glauben Sie mir, so was ist nichts für mich.« Frau de Buhr seufzte. »Ich schwitze einfach zu sehr, unter allen Haarteilen. Das ist so peinlich!« Ihre Augen füllten sich mit Tränen.

Frieda bekam richtig Mitleid. Sie grübelte. Kürzlich hatte sie einen interessanten Artikel über das Hohldrehen gelesen. »Dürfte ich Ihre Frisurenidee denn ein wenig abändern? Es geht Ihnen doch sicher in erster Linie darum, hübsch auszusehen, oder?«

»Natürlich.« Verständnislos hob Frau de Buhr die Schultern. »Aber …«

»Wollen Sie mir vertrauen?« Frau de Buhr zögerte, ihre Blicke trafen sich im Spiegel. Frieda lächelte ihr zu. »Ich verspreche Ihnen eine umwerfende Galafrisur. Sie wird nicht ewig halten, aber bis morgen früh ganz bestimmt.«

»Na gut«, zögernd willigte Frau de Buhr ein. »Versuchen wir's. Wenn es mir allerdings nicht gefällt …« Sie sprach nicht zu Ende.

»Lehnen Sie sich bequem zurück«, ermutigte Frieda sie, »und lassen Sie mich machen.« Es war ein Risiko. Wenn ihre Idee nicht funktionierte, würde Frau de Buhr Zeter und Mordio schreien. Doch Frieda dachte nicht weiter über die möglichen Konsequenzen eines Fehlschlags nach. Sie wusch das Haar, trocknete es mit Willys Hilfe unter der Luftdusche. Anschließend ondulierte sie es sorgfältig, was wegen der geringen Haarmenge ungefähr doppelt so schnell ging wie normalerweise. Dann trennte sie mehrere Strähnen sauber ab und toupierte jeweils die untere Seite jeder Strähne kräftig bis nach unten in die Spitzen hinein. Dadurch plusterte sich das Volumen deutlich auf. Das Oberhaar blieb glatt. »Sie gestatten doch ein winziges längliches Haarpölsterchen für die Tolle, oder? Es ist kein Haarersatzteil, das auf der Kopfhaut fixiert wird, sondern nur eine federleichte kleine Einlage.« Unsicher nickte die Kundin, und schon arbeitete Frieda die Partie über der Stirn hoch aus. »Diese Rolle ist luftig gefüllt und von einem feinen Netz umfangen. Da steckt nur echtes gereinigtes Haar drin, das wird Sie bestimmt nicht belasten.«

Sie zog die gesamte vordere Haarpartie hoch, legte das wie eine dicke kurze Bratwurst geformte Füllteil unter die

Spitzen und rollte es mit dem Deckhaar ein. Geschickt steckte sie die so entstandene Tolle mit ein paar Haarnadeln fest. Augenblicklich erhielt Frau de Buhrs Stirn einen ganz anderen, edleren Ausdruck.

Vorsichtig drehte Frieda nun eine lange toupierte Seitensträhne, verflocht sie mit weiteren ebenso auftoupierten Strähnen und verschlang sie kunstvoll zu einem bauschigen, eleganten Knoten. Etliche Spangen und Kämme setzte sie zur Stütze so hinein, dass die Frisur noch üppiger wirkte.

Frau de Buhr strahlte. »Wunderbar!« Glücklich schaute sie auf das Bild, das ihr ein kleiner Spiegel von der Rückansicht in den großen warf. Frieda wies auf die schöne Linie von der Seite aus betrachtet hin.

»Die Frisur schmeichelt meinem Profil«, stellte Frau de Buhr erfreut fest. »So hab ich noch nie ausgesehen. Mein Mann wird staunen!«

Sie holte ihre Geldbörse hervor und bedankte sich bei Frieda mit einem Trinkgeld, bevor sie an die Kasse ging. Frieda stand mit verschränkten Armen auf der Treppenstufe des Damensalons, als Meister Fisser kassierte und dabei ihr Werk lobte. Die Kundin so froh zu sehen, das bescherte ihr ein richtig gutes Gefühl. Sie empfand tiefe Befriedigung. Nicht nur, weil sie es Frauke gezeigt hatte, sondern vor allem, weil sie spürte, dass dies wirklich ihr Beruf war.

Eine Woche später wurde Frieda Zeugin eines Gesprächs zwischen Meister Fisser und Onno Remmers.

»Hast du den Hahn gehört die letzten Tage?«, fragte der Hotelier.

»Nee, das ist ganz wunderlich«, entgegnete der Friseur. »Gestern hab ich doch glatt verschlafen. Der verdammichte

Gockel kräht morgens nicht mehr. Sei ehrlich, Onno! Was steht diese Woche auf eurer Speisekarte?«

»Kein Coq au Vin.« Er griente.

»Dann versteh ich es nicht.«

»Er lebt noch«, behauptete Onno. »Von uns aus kann man in Kluins Garten gucken.«

»Du hast den Hahn gesehen?«

»Ja, gestern am späten Nachmittag ist er noch mit aufgeplusterten Schwanzfedern durch den Auslauf stolziert und hat seine Hühnerschar beglückt.«

»Ischa gediegen.« Meister Fisser dachte angestrengt nach. »Der Käpt'n wird ihm doch wohl nicht vorm Zubettgehen den Schnabel zubinden?«

»Oder ihn morgens zuhalten?«

Die Männer lachten. Keiner kam anscheinend auf eine wirklich einleuchtende Erklärung.

»Hast du eine Idee, Frieda?«, scherzte Onno. »Bist ja ein richtig niedlicher Backfisch geworden.«

»Mit Gockeln kenn ich mich nicht aus«, antwortete sie und ahnte, weshalb das Gelächter der Männer lauter und irgendwie anzüglich klang.

»Das kommt schon noch«, tröstete sie Dr. Seut gutmütig. Sein Blick streifte wohlgefällig ihre Figur.

Auch Frieda zurrte sich mittlerweile jeden Morgen in ein Miederleibchen ein, es war nicht so eng wie ein Korsett, aber immerhin formte es die Figur recht hübsch. Und außerdem gebot es der Anstand, wenn man so nah Kontakt mit Menschen hatte wie sie im Salon.

Immer häufiger erhielt sie Komplimente. Nicht nur Fischerjungen und Handwerksburschen pfiffen ihr hinterher, auch Kurgäste machten ihr schöne Augen. Manchmal versuchte ein Kunde oder Lieferant, mit ihr zu schäkern. Darauf ging sie selbstverständlich nur im Rahmen der Sittsamkeit ein, was ihr genau vier Möglichkeiten der Reaktion bot, die sie allenfalls noch miteinander kombinieren konnte. Nämlich, dass sie entweder die Augen niederschlug, wahlweise verschämt oder in Maßen kokett, oder errötete oder kicherte oder so tat, als hätte sie nichts gemerkt. Frieda lächelte in Maßen kokett.

Am Abend saß sie zu Hause vor dem Schlafengehen noch ein Stündchen mit der Familie zusammen. Ihre Mutter schälte Äpfel mit dem spielerischen Ehrgeiz, möglichst eine einzige lange Schalenschlange zu produzieren. Während sich alle über ihre Erlebnisse des Tages unterhielten, legte sie Obstspalten auf einen Teller und schob ihn in die Tischmitte, damit sich jeder bedienen konnte.

»Wenn ich dir sagen würde, du solltest dich nicht so oft mit dieser Grete treffen, dann würde es wohl nicht allzu viel nützen, oder?«

Frieda schwieg, aber aus ihren Augen blitzte vergnügter Widerspruchsgeist.

»Warum sollte sie?«, wendete die Großmutter ein. »Grete ist ein nettes Mädchen. Sie kann nichts dafür, dass ihre Eltern mehr Geld haben als andere Leute.«

Friedas Vater brummte Pfeife rauchend etwas Unverständliches hinter der Zeitung. Sie teilten sich das Abonnement des *Inselboten* mit ihrem Nachbarn – er durfte das Blatt bis drei Uhr nachmittags lesen, danach bekamen sie es und konnten es noch weiterverwerten als Papier fürs Herzhäuschen.

Plötzlich unterbrach ihr Vater seine Lektüre. »Heute hab

ich was Putziges erlebt, das muss ich euch erzählen! Käpt'n Kluin fährt doch jeden Morgen mit dem Rad zum Hafen, und heute früh fuhr er auf dem Gepäckträger seinen Hahn im Käfig spazieren.«

»Warum das denn?«, fragte der Großvater.

Ihr Vater grinste. »›Der kommt jetzt den Sommer über jeden Tag mit an Bord‹, sagte der Käpt'n. ›Er kräht zu laut, meine Nachbarn machen Ärger. Aber für den Suppentopf ist er mir noch zu schade.‹«

Die Familie lachte. Dodo erzählte ein paar neue Witze, über dumme Kurgäste hauptsächlich, und sie gingen alle gut gelaunt schlafen. Als Frieda in ihrem Bett lag, empfand sie wieder einmal tiefe Dankbarkeit darüber, dass ihr Vater nicht mehr trank. Es waren schreckliche Zeiten gewesen, sie redeten nicht darüber, aber jeder plagte sich mit eigenen Erinnerungen. Manchmal hatte er damals ihre Mutter geschlagen, die ihn trotz allem immer noch liebte, wohl auch Friedas ältere Schwester Mientje, die sich deshalb allerdings nicht mehr sehen ließ im Elternhaus und die Frieda manchmal vermisste. Dodo war in Wirklichkeit zurückgekehrt, um auf seine Mutter und die beiden kleinen Schwestern aufzupassen. »Ich schlag zurück«, hatte er dem Vater lautstark am Tage seiner Rückkehr gedroht, »wenn du noch ein einziges Mal deine Hand erhebst.«

Das hatte ihren Vater zur Vernunft gebracht. Seitdem rührte er nicht mal mehr Branntweinrosinen an. Und seitdem ging es auch mit dem Einkommen wieder aufwärts. Ihr Bruder bemühte sich mit viel Fleiß auf alle mögliche Weise, Geld zu verdienen. Er arbeitete nicht nur als Rettungsschwimmer am Herrenbadestrand, sondern brachte auch eimerweise Seewasser auf Anhängern zum Warmbadehaus. Er half im

Frühjahr und Herbst beim Auf- und Abbau des Seestegs, dessen gusseiserne Schraubpfähle und schwere Holzbohlen den Winter über eingelagert werden mussten, weil sie Sturm und Frost nicht standhalten würden.

Am folgenden Morgen verriet Frieda der Viererrunde im Inselsalon, warum sie den Gockel nicht mehr krähen hörten. Die Männer amüsierten sich sehr über Kluins Lösung. Sie blödelten noch eine Weile herum.

»Der erste lebende Wasserhahn!«

»Eine ganz neue Galionsfigur!«

»Der letzte Schrei auf Norderney!«

Frieda lächelte in sich hinein. Endlich fühlte sie sich anerkannt als vollwertiges Mitglied der Belegschaft.

An Grete wiederholte sich der verblüffende Heilungseffekt des Vorjahres. »Wenn ich morgens wach werde, taste ich als Erstes vorsichtig die Haut ab«, verriet sie Frieda, als sie durch die Dünen streiften. Die juckenden Stellen hatten sich bereits um mehr als die Hälfte verringert. »Und dass ich sprechen kann, ohne zu husten oder zu japsen, ist eine solche Erleichterung!« Sie liefen vorbei an schmetterlingumflattertem Strandflieder zum Wasser, der Wind presste sich in ihre Lungen. Grete breitete die Arme aus und drehte sich um die eigene Achse.

»Ich freu mich für dich«, erwiderte Frieda. »Das macht doch sicher auch deine Eltern ganz glücklich.«

»Na klar, je makelloser die Ware, desto höher der Preis, den sie dafür erzielen können«, antwortete Grete spöttisch. »Mamans größte Sorge scheint zu sein, ob sie mich auch gut verheiraten kann.« Am Blick der Freundin erkannte sie offenbar, wie verbittert das klang. »Nein, das ist nicht schlimm. Als Kaufmannstochter bin ich gewohnt, so zu denken.«

Frieda schüttelte den Kopf. Der klare weite Horizont spiegelte sich in ihren Augen. »Mir musst du nichts vormachen.«

»Ich hab ihnen gesagt, dass ich nicht wieder in die Schweiz will. Daraufhin waren wir gestern im Damenpensionat des Seehospizes und haben uns dort alles angeschaut.«

»Oh, kommst du für immer?«

»Nein, leider nicht. Das Lehrangebot ist nicht vergleichbar«, dämpfte Grete ihre Begeisterung. »Sie sind für richtige Bildung gar nicht ausgestattet, man könnte höchstens die Mittelschule besuchen oder Privatunterricht nehmen. Das finden meine Eltern nicht anspruchsvoll genug. Es ist mehr ein Sommererholungsheim für kränkelnde junge Damen, die allein geschickt und standesgemäß beaufsichtigt werden.«

»Och …«

Grete sprang über einen angeschwemmten Haufen Seetang, der Blasen warf und fischig stank. »Aber meine Eltern haben mir versprochen, wenn ich mein Schweizer Mittlere-Reife-Diplom hab, darf ich nächstes Jahr die gesamten Sommerferien auf Norderney in diesem Damenpensionat verbringen. Das dauert zwar noch eine Ewigkeit …«

»Den ganzen Sommer? Hipp, hipp, hurra!« Frieda warf ihr Strohhütchen in die Luft.

»Freiii-heiiit!«, rief Grete in den Wind. Tief sog sie die frische Luft ein. »Guck mal, dahinten, das nächste Land ist Amerika! Die Welt ist so weit!« Sie zogen ihre Schuhe aus, hoben die Röcke, liefen barfuß durch ausrollende Wellen. Sie lachten und alberten herum, bespritzten sich gegenseitig. Das Salzwasser würde auf Friedas dunklem Rock hässliche Salzränder hinterlassen, aber es war ihr egal. »Der leitende Arzt hat meinen Eltern Statistiken vorgelegt«, vertraute Grete ihr auf dem Rückweg ihre größte heimliche Hoffnung an. »Die Erfolgsaussichten sind wirklich gut – bei vierzig Prozent der asthmakranken Pensionärinnen ...« Frieda lachte auf, als sie den Begriff hörte. »Na ja, so nennen die tatsächlich ihre Gäste im Damenpensionat des Hospizes ...«, sagte Grete mit einem Schulterzucken. »Dabei sind es unverheiratete junge Damen ab vierzehn ... Also, bei vierzig Prozent von denen wird's besser, und ebenfalls vierzig Prozent werden sogar vollständig geheilt. Stell dir das mal vor! Man muss mindestens sechs Wochen bleiben, und je länger, desto höher sind die Heilungschancen.«

»Ach, ich wünsch dir so, dass du ganz gesund wirst.« Frieda umarmte sie stürmisch.

Grete schluckte. »Na ja, etwas Ähnliches haben sie uns in der Schweiz damals auch versprochen ... Ich will mir nicht zu große Hoffnungen machen.« Auf einem Spazierweg zwischen den Dünen kamen ihnen zwei Damen mittleren Alters entgegen. Die eine trug ein unförmiges, weit geschnittenes Reformkleid, unter dem sich durch den Gegenwind gnadenlos ihre birnenförmige Figur abzeichnete. Solche Mode sah man seit einigen Jahren. Meist an Frauen, denen auch das beste Korsett nicht zu einem attraktiven Äußeren hätte verhelfen können. »Wie grässlich«, flüsterte Grete. »Sieht dieser Sack nicht furchtbar aus? Und wie das wogt und wabbelt unterm Stoff.«

Frieda verdrehte die Augen. Mit einem Blick erfasste sie, wie simpel die Frau im Reformkleid ihr Haar trug. »Oje und so eine einfallslose Frisur!«

Die Freundinnen schüttelten sich. »Selbst wenn man mir Prügel androhen würde«, verkündete Grete im Brustton der Überzeugung, »niiiemals würde ich mich so in der Öffentlichkeit zeigen.«

Grete

Grete hatte sich noch nie in ihrem Leben Sorgen um Geld gemacht. Ihr Vater besaß genug davon, und er würde immer neues dazuverdienen – fertig. Als sie aber im Frühjahr 1906 endlich wieder aus der Schweiz zurück in Berlin war, kamen ihr zum ersten Mal Zweifel. Dank eines ärztlichen Attests hatte sie das Internat mit einem guten Abschlusszeugnis schon etwas früher verlassen dürfen als die anderen Mädchen. Benommen erwachte sie im Wintergarten aus dem Mittagsschlaf. Weil die Sonne den Glasanbau beschien, war der süßliche Duft, den Kübelpflanzen und Hängeorchideen verströmten, intensiver geworden. Ein wenig fühlte sie sich unter den ausladenden Palmwedeln, die filigrane Schatten auf ihr Lager warfen, wie eine Abenteurerin in exotischer Ferne. Ungewollt belauschte sie ein Gespräch ihres Vaters mit ihrem ältesten Bruder Ludwig, der, auf Heimaturlaub aus Windhuk zurückgekehrt, von den Zuständen in Afrika berichtete.

»Die Ausrüstung der deutschen Schutztruppe ist skandalös!«, konnte sie ihn im benachbarten Wohnzimmer schimpfen hören, denn die Tür war nur angelehnt. »Es herrscht große Unzufriedenheit unter den Kameraden. Egal ob Uniform, Schuhe, Socken oder das zerlegbare Mobiliar – alles, was von Tippelskirch & Co. liefert, ist minderwertig.«

Grete ruhte auf einem der robusten Feldbetten, die in der Fabrikation ihres Vaters hergestellt wurden. Neugierig spitzte sie die Ohren.

»Und trotzdem hat Tippelskirch seit Jahren für Afrika einen Monopolvertrag.« Die Stimme ihres Vaters bebte vor Zorn. »Dabei sind ihre Preise der reinste Wucher! Sie produzieren nicht mal selbst, sondern kaufen überall nur das billigste Zeug auf. Wir könnten deutlich bessere Qualität zu günstigeren Preisen liefern.«

»Ich weiß es doch, Vater. Ein paar meiner Kameraden und ich haben die Kleidung aus der Lehmann'schen Produktion ausprobiert, ebenso wie unsere Zelte und die mobile Einrichtung, die du uns mit dem Schiff runtergeschickt hast. Die Sachen halten unter den Bedingungen Afrikas eindeutig besser als der Tippelskirch-Schrott.« Lulus Absätze knallten beim Gehen übers Parkett. »Was unsere Soldaten in Afrika erleben, ist von Romantik weit entfernt.«

Grete wusste, dass bei der Niederschlagung der Aufstände weit über hunderttausend Eingeborene ihr Leben hatten lassen müssen.

»Sind die Zustände wirklich so elend?«

»Vater, ich bin durchaus der Meinung, dass auch Deutschland eigene Kolonien, Bodenschätze und Kolonialwaren benötigt. Aber ich schäme mich dafür, wie wir die Hereros und die Hottentotten behandeln.« Grete wollte es sich nicht vorstellen, sie kniff die Augen zu. »Die werden so unmenschlich ausgebeutet, dass sie aufbegehren. Ist das denn ein Wunder? Und wir reagieren mit brutalster Gewalt statt mit vernünftigen Reformen.«

»Du spielst auf den Skandal um Carl Peters an?«

»Unter anderem.«

»Stimmt es wirklich, dass er …«

»Ja, seine Negersklavin, die ihm in jeder Beziehung zu Diensten war, liebte einen seiner Haussklaven. Als Peters das herausfand, ließ er beide öffentlich aufhängen und ihre Heimatdörfer niederbrennen.«

»Unfassbar.« Eine Weile herrschte Schweigen. Trotz der Wärme fröstelte Grete und zog die leichte Decke bis ans Kinn hoch. Welche Abgründe taten sich da auf! Sie spürte einen Hustenreiz, hielt schnell die Luft an, um ihn zu unterdrücken. »Aber das liegt doch nun auch schon zehn Jahre zurück.«

»Peters ist nicht der einzige Deutsche, der in unseren Kolonien Gott spielt.«

»Wohl eher Satan …«

»Misshandlungen und sittliche Verfehlungen sind an der Tagesordnung«, erwiderte Lulu. »Auch wenn sich letztlich nur einige wenige so aufführen, schaffen sie doch eine Welt wie in Sodom und Gomorrha.«

Grete fragte sich, was genau das bedeuten mochte. Höllenbilder von Hieronymus Bosch tauchten vor ihrem geistigen Auge auf. Sie hasste ihre Ahnungslosigkeit in diesen Dingen. Ihre Eltern und Erzieher hielten alles von ihr fern, was »nicht für Augen und Ohren einer jungen Dame bestimmt« war. Machten sie es nur, weil Naivität einem Mädchen besser zu Gesicht stand? Neulich hatte sie ihre Mutter gefragt, ob sie denn weniger empfindsam sein würde, wenn sie mehr über Schlechtigkeiten wüsste. Und sie hatte zur Antwort bekommen, ein zartes Blümchen drohe bei scharfem Wind einzugehen.

Aber wie sollte sie die Welt je richtig begreifen, wenn man ihr wichtige Informationen vorenthielt? Vom Geschlechtlichen hatte sie auch ein paar vage Vorstellungen, keineswegs nur romantischer Natur, sondern schwülstig-fiebrige und geheimnisvolle. Ihre Fantasie nährte sich von Abbildungen auf griechischen Vasen, Statuen nackter römischer Helden und aus verbotenen französischen Romanen.

»Die meisten Kameraden erfüllen pflichtbewusst ihren Dienst«, ergriff Lulu, inzwischen Leutnant, für seine Kameraden Partei. »Sie sind schlecht versorgt, müssen Tag für Tag unmenschliche Temperaturen ertragen und gegen schlimme Unbequemlichkeiten kämpfen. Eine bessere Ausrüstung würde ihnen den Einsatz in der Wüstenei sehr erleichtern.«

»Dein Wort in Gottes Ohr, mein Sohn. Ich erhalte aber einfach keinen Termin beim Vorstand der Bekleidungsabteilung. Man lässt mir ausrichten, ich solle meine Angebote schriftlich einreichen. Doch wenn ich das mache, reagiert kein Mensch.«

»Hab noch etwas Geduld, Vater. Ich weiß aus zuverlässiger Quelle, dass das stellvertretende Kommando der Schutztruppe für Deutsch-Südwestafrika einen Bericht wegen der minderwertigen Qualität der Ausrüstung geschickt hat.«

»An wen?«

»An das Kaiserliche Oberkommando der Schutztruppe. Außerdem hat Erzberger neulich schon im Reichstag gewettert, dass der Monopolvertrag aufgelöst gehört. Es wird bald etwas geschehen.«

Grete hört den Vater nervös hin und her gehen. »Ludwig, es *muss* bald etwas geschehen. Wir haben nicht mehr viel Zeit.« Auf einmal klang seine Stimme ungewohnt gepresst. Augenblicklich hatte Grete das Gefühl, eine eiskalte Hand umschlösse ihren Magen. »Ich hab mich verspekuliert. Wenn wir nicht bald einen großen Auftrag erhalten, sieht es schlecht aus.«

»Was? Aber wie kann das angehen? Du hast doch noch die Mietshäuser am Ku'damm …«

»Die musste ich bei der Bank als Garantie für ein großes Darlehen einsetzen. Es war eine todsichere Geschichte, Eisenbahnaktien im Ausland, eine unglaubliche Rendite. Eigentlich …«

»Das bedeutet, unsere Existenz ist ernsthaft bedroht?«

Kaum begann Grete, die Bedeutung seiner Worte zu erfassen, da brach ein Hustenanfall aus ihr heraus. Mit aller Kraft presste sie den zusammengedrückten Rand der Wolldecke gegen ihren Mund, bis sie beinahe erstickte. Sie hoffte inständig, dass das Geräusch sie nicht verriet. Was die Männer weiter sagten, entging ihr.

Erst nach einer Weile beruhigte sie sich. »Wir müssen ganz oben ansetzen«, vernahm sie endlich wieder die Stimme des Vaters. »Deshalb werde ich diesen Sommer auf Norderney den direkten Kontakt zum Reichskanzler suchen. Und aus diesem Grunde hab ich für unsere Familie Logis im Hotel Richter gebucht. In dessen Restaurant pflegt von Bülow zweimal am Tag zu speisen.«

»Guter Plan! Mit deiner Spende wirst du ihn ganz anschaulich überzeugen, Vater!« Lulu griff die Idee, von der ihr Vater gesprochen haben musste, während der Husten sie geplagt hatte, offenbar begeistert auf. »Ich weiß noch, wie gern ich früher mit den Kinder- und Jugendkompanien in den Dünen gespielt hab.«

Grete erinnerte sich daran, dass sogar Mädchen in eigenen kleinen Trupps marschierten. Die Kinder wohlhabender Feriengäste bildeten schnell Gruppen nach den Gauen oder Städten, aus denen sie kamen. Die wiederum konnte man leicht an den Wimpeln oder Fahnen ihrer Strandburgen ausmachen.

»Ihr habt euch erbitterte Schlachten geliefert wie später

auch deine jüngeren Brüder. Alle Eltern waren stolz auf ihre wehrhaften Sprösslinge. Das ist heute noch so.«

»Ach, wenn ich an die prächtigen Paraden auf der Promenade denke! Und in den Sanddünen ging's bei unseren Gefechten immer hoch her. Meist kämpften Indianer gegen Trapper. Oder die Buren gegen die Engländer, und unsere Sympathien galten natürlich den Buren.« Die Männer lachten.

»Ich werde zwei Kinderkompanien je eine Musterkollektion spenden! Zelte, zerlegbare Möbel, Spaten, Wüstenausrüstung. Wir könnten sogar noch Uniformen für die Steppkes anfertigen.«

»Besser wäre es eigentlich, du schenktest die hervorragende Lehmann-Qualität nur einer Kompanie …«

»Natürlich den Berlinern!«

»… und eine andere müsste mit dem Material von Tippelskirch klarkommen.«

»Einen nach oben, mein Sohn! Ich werde die Inselzeitung und die Honoratioren zur Übergabe unserer großzügigen Spende einladen. Der direkte Vergleich muss sie überzeugen!«

»Wenn auch der Reichskanzler käme, wäre das natürlich der Gipfel.«

»Ich denke, eine Begegnung mit von Bülow wird sich schon irgendwie arrangieren lassen. Notfalls hilft ein bisschen Trinkgeld beim Maître d'hôtel nach. Wenn der Fürst doch zweimal am Tag dort speist, wo wir logieren.« Erleichtert registrierte Grete, dass in der Stimme ihres Vaters schon wieder Optimismus mitschwang. »Allerdings, woher beschaffen wir so schnell Sachen von Tippelskirch?«

»Lass mich nur machen, Vater. Bis wann brauchst du alles?«

»Nun, wir bringen Grete schon am ersten Juniwochen-ende in das Norderneyer Damenpensionat, in das sie unbedingt möchte. Der Rest der Familie verbringt vier Wochen ab Mitte Juli auf der Insel. Zu der Zeit wohnt der Reichskanzler jedes Jahr in der Villa Fresena. Mitte August reist Grete wieder mit uns zurück.«

»Bis dahin sollte es mit dem Tippelskirch-Zeug zu schaffen sein.«

»Schade, dass du schon so bald wieder nach Afrika musst … Lulu?«

»Ja, Vater?«

»Kein Wort wegen der finanziellen Schwierigkeiten an deine Mutter oder sonst irgendjemanden, ja?«

»Versprochen.«

Ihre Schritte entfernten sich, die Salontür fiel ins Schloss. Plötzlich herrschte Stille. Als Grete aufstand, verfing sich ein Palmwedel in ihrem Haar. Zu ihrer Vorfreude auf Norderney, Frieda und die heilsame Wirkung des Seeklimas kam nun noch das Wissen, dass sich in diesem Sommer auf der Insel das Schicksal ihrer Familie entscheiden sollte. Ihr wurde ganz schwummrig zumute.

Frieda

Wie jedes Jahr begann die Insel um Ostern herum wieder, sich schön zu machen für die neue Saison. Das große Schummeln, wie die Norderneyer ihren Frühjahrsputz nannten, bei dem alles Mobiliar nach draußen gestellt, sämtliche Teppiche ausgeklopft und auch die hintersten Ecken im Hause, egal ob Grandhotel oder schlichte Frühstückspension, gründlich geputzt wurden, war erledigt. Nun strich man die Zäune und Sägewerkschnitzereien der Veranden neu in Weiß oder Grün, pflanzte bunte Frühlingsblumen in Fensterkästen. Freudige Erwartung lag in der Luft, verbunden mit der alljährlich im *Inselboten* gestellten Frage: Wird es dieses Jahr eine gute Saison geben? Die Zeichen standen günstig.

Nur Rudolf, der Friseurgeselle, meinte, aus den Sternen Hinweise für unerwartete irritierende Vorkommnisse ablesen zu können. Im Inselsalon wurden seine Horoskope zwar gern zur Unterhaltung der Kundschaft erörtert, doch außer der Frau des Meisters nahm sie kein Mensch richtig ernst. Frieda freute sich so oder so – denn bald würde Grete kommen und für zweieinhalb Monate bleiben. Endlich würden sie wieder Spaß haben und über alles reden, was man in Briefen nicht schreiben konnte.

Harm Stint besaß kaum noch Zähne, er wollte jedoch zur Hochzeit seiner Tochter einen guten Eindruck machen, und deshalb nahm er nun ausnahmsweise im Herrensalon Platz.

»Einmal alles«, verlangte er.

Willy schnitt ihm das Haar, was noch der leichtere Teil der Übung war. Als er versuchte, die eingeschäumten Hohlwangen zu rasieren, rutschte sein Barbiermesser immer wieder ab. Während Frieda im Verkaufsraum eine Kundin bei der Wahl ihrer Hautcreme beriet, verfolgte sie mit einem Auge amüsiert, wie sich der Lehrling abmühte.

»Diese Creme enthält Fett«, erklärte sie der Kundin. »Wenn Sie die bald verbrauchen, wirkt sie Wunder. Nach dem langen Winter sicher eine Wohltat für den Teint. Falls Sie nur sparsam damit umgehen, würde ich eher abraten, denn sie wird schnell ranzig.« Sie legte eine andere, kostbarer aufgemachte Tube auf den Tresen neben eine Vase, in der Osterglocken Frühlingsstimmung verbreiteten. »In dem Fall hätten Sie an diesem Produkt mehr Freude. Es ist zwar etwas teurer, aber auf Paraffinbasis hergestellt, dadurch haltbarer und außerdem sehr ergiebig.«

»Welche nehmen Sie denn?«, fragte die Dame mit einem halb bewundernden, halb neidischen Blick aufs Friedas glatte Haut.

»Ach, wissen Sie, jede Haut ist anders«, erwiderte Frieda ausweichend. Sie träufelte, wenn überhaupt, nur mal ein paar Tropfen Gurkensaft in das Regenwasser, mit dem sie ihr Gesicht wusch. Von der Meisterin wusste sie, dass diese darauf schwor, ein wenig Glyzerin ins Wasser zu geben. »Was für mich richtig ist, könnte für Sie ganz verkehrt sein. Am besten lassen Sie ihr Gespür entscheiden. Darf ich?« Vorsichtig rieb sie ihr oberhalb des Glacéhandschuhs über jedem Handgelenk eine Probe auf die Haut. »Fühlen Sie, und schnuppern Sie. Was mögen Sie lieber?« Die Dame entschied sich spontan für die teurere Creme.

Willy verzweifelte unterdessen an den eingefallenen Wangen des Brautvaters. Der Meister und Rudolf machten gerade Teepause, sie konnte er nicht um Rat fragen.

»Puste mal kräftig in eine Backe, Harm«, bat er, »und halt die Luft an.« Doch jedes Mal, wenn er die Klinge ansetzte, um darüber zu gleiten, entwich die Luft mit einem unziemlichen Geräusch. »Du sollst die Luft anhalten, nicht pupsen!«

Erwin unterdrückte sein keckerndes Lachen. Auch Frieda biss sich auf die Lippen, um nicht loszuprusten. Dann fiel ihr etwas ein. Fritz Fisser hatte ihnen einmal den Ursprung der Formulierung »über den Löffeln balbieren« erklärt. Nachdem sie kassiert und die Kundin höflich an der Ladentür verabschiedet hatte, eilte sie in die Küche, um einen Esslöffel zu holen. Den hielt sie Willy hin.

»Da, probier mal! Von innen mit der runden Seite nach außen drücken und rasieren.«

Mit einem dankbaren Aufleuchten in den Augen nahm Willy Löffel wie Rat an. Und es funktionierte!

»Schier as 'n Kinnermors!«, staunte Harm Stint wenig später angesichts seines Spiegelbildes. Immer wieder rieb er sich ungläubig über die geröteten, kinderpopoglatten Wangen.

In diesem Augenblick riss Theo von der Inselzeitung die Salontür auf. »Habt ihr schon gehört?«, rief er atemlos. »Der Kanzler ist im Reichstag zusammengebrochen!«

»Was?« Frieda war ebenso schockiert wie die übrigen Anwesenden. Frauke und ihre Mutter tauchten im Türrahmen des Damensalons auf, hinter ihnen mit offenem Mund und nassem hüftlangem Haar die Frau des besten Inselschlachters. »Wie schlimm ist es?«

Willy rief im Flur nach dem Meister, der sofort herbeieilte. »Von Bülow ist zusammengebrochen, Fritz!«, wiederholte Theo. »Ausgerechnet bei einer Rede August Bebels. Bewusstlos, vielleicht ein Schlaganfall.«

»Um Gottes willen!« Der Meister war erschüttert. »Was soll denn aus Deutschland werden ohne ihn?« Am Morgen war sich die Viererrunde noch darüber einig gewesen, dass kürzlich die Konferenz von Algeciras gezeigt hatte, wie isoliert Deutschland in Europa und der Welt mittlerweile dastand. Und nun diese Hiobsbotschaft! »Wenn von Bülow den Kaiser und den Reichstag nicht mehr lenken kann, befürchte ich Schlimmes«, sagte er nachdenklich.

Seine Frau sorgte sich um etwas anderes. »Wenn er nicht mehr nach Norderney kommt, ist das ganz schlecht fürs Geschäft.«

»Jakomina, wie kannst du in einem solchen Moment ans Geschäft denken?«

Sie zuckte mit den Achseln. »Die Leute wollen nun mal dahin in die Sommerfrische, wo die Mächtigen Erholung suchen.«

Theo nickte. »Es wäre wirklich nicht gut für unser Eiland, wenn er nicht mehr käme.«

Frieda sah heimlich auf die Uhr. Nach Feierabend wollte sie noch zur letzten Anprobe für ein Sonntags- und Ausgehkleid bei einer Schulfreundin reinschauen, die im väterlichen Betrieb Schneidern lernte. Die fröhliche Lieske mit der rotblonden Naturkrause war schon mal ein wenig eifersüchtig auf Grete gewesen, sie hatte hier und da entsprechende zickige Bemerkungen gemacht. Aber das hatte sich den Winter über verloren. Seit Frieda ihr einen ihrer ersten Aufträge für ein richtiges Kleid erteilt hatte, war sie wieder versöhnt. »Danke für dein Vertrauen«, hatte sie gesagt. Lieske wusste, dass Frieda ihren Verdienst zu Hause als Kostgeld abgab und nur einen Teil des Trinkgeldes für sich behalten durfte. »Der Schnitt ist schon etwas für Fortgeschrittene, aber ich geb mir alle Mühe.«

Auch für Frieda war es eine große Sache. Sie hatte sich einfach getraut. Auf die Idee war sie durch *Dies Blatt gehört der Hausfrau* aus dem Ullstein Verlag gekommen, das immer im Inselsalon auslag. In dessen Modeteil war ein entzückendes Kleid abgebildet gewesen, und den Schnittmusterbogen dazu hatte Frieda sich für zehn Pfennige plus Porto aus Berlin schicken lassen.

Lieske wusste zum Glück nicht, dass Frieda das schöne Kleid aus hellblauem Kattun vor allem deshalb machen ließ, weil sie nicht wie Aschenputtel gekleidet sein wollte, wenn Grete wieder auf Norderney war. Sie freute sich auf die Ankunft der Freundin mehr als auf Weihnachten. Vielleicht würden sie diesen Sommer sogar mal zusammen tanzen gehen.

Hoffentlich hat Grete sich in der Schweiz nicht allzu sehr verändert, dachte Frieda, während die anderen im Salon immer lebhafter über die Auswirkungen des Schwächeanfalls von Bülows auf Norderney und die Welt diskutierten. Hoffentlich verstehen wir uns noch so gut wie früher.

Grete

Seit er vom Zusammenbruch des Reichskanzlers wusste, war Gretes Vater unausstehlich. Gerüchte machten die Runde, von Bülows geistige Fähigkeiten hätten dauerhaft gelitten, obwohl es offiziell bald hieß, es sei nichts Schlimmes, nur eine Ohnmacht aufgrund von Überarbeitung und Übermüdung. Der Leibarzt habe von Bülow strikte Ruhe, Erholung und belletristische Lektüre verordnet.

»Das kennt man doch! Sie wiegeln nur ab, um die Öffentlichkeit zu beruhigen«, wetterte ihr Vater bei Tisch. Er hatte inzwischen die Familie von seinem Vorhaben, aus Reklamegründen Ausrüstungen für zwei Strandkompanien zu spendieren, unterrichtet – natürlich ohne die finanziell bedrohliche Lage der Firma zu erwähnen. Gretes Mutter fand die Idee »ganz reizend«, sie sah darin eine großzügige Geste der Firma Lehmann. Grete wusste es besser, doch sie behielt ihr Wissen für sich.

Lulu schrieb aus Windhuk, er sei gut angekommen und hätte einen gänzlich unbenutzten Satz Tippelskirch-Ausrüstung auf den Weg gebracht. Der Schiffstransport bis Hamburg würde ungefähr drei Wochen dauern und könnte von dort weiter nach Norderney geschickt werden. Während die Mutter sich wunderte, weshalb der Gesundheitszustand des Kanzlers ihren Mann derart mitnahm, verstand Grete seine Sorge – sein ausgeklügelter Plan zur Firmenrettung drohte zu scheitern. Als jedoch verlautete, dass der Politiker bereits

in der dritten Maiwoche dorthin reisen und den gesamten
Sommer auf Norderney verbringen würde, stieg die Laune
ihres Vaters wieder.

An einem Freitag Anfang Juni brachte er Grete auf die Insel.
Sie reisten nicht wie sonst mit dem Zug bis Norddeich und
dann mit der Fähre weiter, sondern per Zug bis Hamburg,
wo sie übernachteten, am nächsten Tag bestiegen sie frühmorgens einen Bäderdampfer, dessen Route über Cuxhaven
und Helgoland führte. Sie nahmen an Deck Platz. Grete genoss den Anblick des vorübergleitenden Elbufers. Besonders
die mit weißen Villen bebaute Erhebung von Blankenese gab
ihr das Gefühl, in südlicheren Gefilden unterwegs zu sein.

Ein ansehnlicher junger Mann schaute immer wieder
zu ihnen herüber. Verlegen zog Grete den Hutschleier aus
schwerem Krepp weiter vors Gesicht. Sie spürte aber nach
wie vor das Interesse des Fremden und riskierte schließlich
auch einen Blick. Freundlich wirkte er, sympathisch, etwas
spitzbübisch – bis ein Windstoß ihre von Ekzemen malträ-
tierte Wange enthüllte und sein Interesse einem Ausdruck
von Erschrecken und Abscheu wich.

Schamerfüllt schloss Grete die Augen. Oh, wie sie ihn
kannte und hasste, diesen Blick, der sagte: Igitt, hässliches
Mädchen, steck mich nicht an, komm mir bloß nicht zu nahe.

Sie atmete tief ein, hielt die Luft einen Moment an, um
den Schmerz besser aushalten zu können. Dann steckte sie
den Schleier fest und stellte sich, obwohl sie einen dicken
Kloß im Hals spürte, einfach schlafend.

Die Ermahnungen ihrer Mutter beim Abschied gingen ihr
durch den Kopf: »Kind, orientiere dich nach oben. Meide das
einfache Volk. Triff dich nicht so oft mit Frieda. Auch wenn

sie ein nettes Mädchen ist, ihr fehlen doch der Schliff und die Perspektive. Sie hat etwas Saloppes, das ich nicht gutheißen kann. Außerdem lacht sie zu laut. Bewahre dir immer deine Würde, sei stolz, aber niemals hochmütig.« Ach herrje, wie satt sie all diese Maßregelungen hatte!

Irgendwann wurde es zu kühl, der Vater und sie suchten sich ein warmes Plätzchen im Salon. Nach dem Zwischenstopp in Cuxhaven fuhren sie auf die offene See hinaus, es schaukelte deutlich mehr an Bord.

Eigentlich hoffte Grete, nun, da sie ihren Vater einige Stunden für sich haben würde, könnte sie einmal in Ruhe mit ihm reden. Er sollte merken, dass sie in der Schweiz reifer geworden war. Sie wünschte sich, dass er mit ihr ernste Gespräche führte wie mit ihren Brüdern. Stets hatte sie vor allem niedlich sein sollen. Durch ihre Erkrankung gelang es ihr immer weniger, deshalb fürchtete sie, für ihn inzwischen eine Enttäuschung zu sein. Aber sie machte sich Gedanken – über das Leben, auch über ihres Vaters Geschäfte, über die Welt und wie man sie verbessern konnte. War das etwa nichts wert?

Doch mittlerweile kämpfte Grete zunehmend gegen Übelkeit, das musste die legendäre Seekrankheit sein. Sie fixierte durch ein Bullauge den Horizont. Auch der Vater wurde immer ruhiger, seine Gesichtsfarbe tendierte ins Grünliche. So ging auf beiden Seiten jedes Gesprächsbedürfnis in den Wogen der Nordsee unter.

Bei ihrer Ankunft, achteinhalb Stunden nachdem sie das Schiff betreten hatten, waren beide froh, wieder festen Boden unter den Füßen zu spüren. Frieda hatte nicht zur Begrüßung erscheinen können, weil sie arbeiten musste. Eigentlich auch besser so, dachte Grete. Die Situation wäre vielleicht peinlich geworden.

Etwa zeitgleich mit dem Salondampfer traf die *Frisia I* aus Norddeich ein. Mehrere Dutzend Kinder, alle bleich und mager, mit Hut, Ranzen und weißen Bändchen am Arm, verließen in Zweierreihen die Fähre. Wie sich Grete aus Gesprächsfetzen zusammenreimen konnte, sollten sie sechs Wochen zur Erholung im Seehospiz verbringen. Ein kleiner Junge weinte herzzerreißend, er hatte offenbar schon jetzt Heimweh.

Aufsichtspersonen hoben die Schwächsten in einen Pferdeomnibus. Grete schaute schnell weg. Die anderen Kinder marschierten, angeführt von Schwestern mit weißen Häubchen und Schürzen, auf denen eine auffallende Brosche prangte, zu Fuß los. Gretes Vater winkte dem Kutscher eines zweispännigen Landauers.

Als Grete die Hufe über das Pflaster klackern hörte, atmete sie erleichtert auf – ihre Übelkeit war wie weggeweht. Über ihr kreisten Möwen, riefen ihr etwas zu. Tief sog sie die nach Tang und Salzwasser, Heu und Ferienglück riechende Luft ein. Sie fuhr sich mit der Zunge über die Lippen und schmeckte das Meer. Endlich! Glücklich strahlte sie ihren Vater an.

»Können wir nicht zuerst an den Strand, Papa? Gucken, ob das Wasser noch da ist?«

»Wir sind nicht zum Vergnügen hier«, erwiderte er knapp. »Außerdem sind wir doch übers Wasser hergekommen. Es ist also noch da.«

Das Seehospiz lag einen Kilometer vom Dorf entfernt etwa auf Höhe des Nordstrandes hinter einem Kiefernwäldchen in einem Dünental. Seit seiner Gründung mehr als ein Vierteljahrhundert zuvor diente es als Heilstätte und Klinik für kranke Kinder, hauptsächlich für solche aus mittellosen

Familien. Das Damenpensionat war erst später angegliedert worden.

»Wir haben dich gewarnt«, sagte der Vater kurz vor ihrer Ankunft. »Ein Sommeraufenthalt in der Nähe dieser beklagenswerten Würmer dürfte nicht das sein, was du von deinem Internat gewohnt bist. Hier wird dir auch dein Badeanzug nicht jeden Morgen frisch gebügelt aufs Zimmer gebracht wie im Hotel. Aber du wolltest es so. Schreib mir bitte nicht nächste Woche, dass wir dich wieder nach Hause holen sollen.«

»Nein, gewiss nicht, Papa.«

Ihre Mutter hatte immer wieder angezweifelt, ob es überhaupt standesgemäß sei, im Seehospiz den Sommer zu verbringen. Doch Grete hatte stur ihre Argumente wiederholt: »Das Damenpensionat steht für sich allein, Mama. Es hat aber den Vorteil, dass ich in den Genuss aller medizinischen Leistungen einer nationalen Musteranstalt komme.« Die Aussicht darauf, dass ihre Tochter sich durch einen längeren Aufenthalt auf der Insel vielleicht sogar völlig auskurieren könnte, hatte schließlich alle Bedenken der Eltern überwogen.

Als sie vor einem trutzigen Rotklinkergebäude im Stil der Gründerzeit aus der Kutsche kletterte, spürte Grete heftiges Herzklopfen. Alles wirkte ernst und einschüchternd. Hoffentlich hielt sie es hier aus. Unter den Kindern im Pferdeomnibus hatte sie welche gesehen, die an Skrofulose litten, einer scheußlichen Armenkrankheit, die oft mit Geschwulsten am Hals einherging, und einige, die sich nur mithilfe von Krücken fortbewegen konnten. Aber, versuchte sie sich zu beruhigen, ich muss mich ja nicht in deren Gesellschaft aufhalten. Und unter den anderen jungen Damen werde ich sicher einige nette finden.

Zum Gebäudekomplex gehörten sechs zweistöckige längliche Pavillons. Von der Besichtigung im vergangenen Jahr wusste sie noch, dass in jedem Pavillon vierzig Kinder schliefen und dass sie sich tagsüber bei schlechtem Wetter im Speisesaal oder in einer neuen Spielhalle aufhalten konnten. Im großen Verwaltungsgebäude wurden Vater und Tochter Lehmann zum Empfangsgespräch auf eine efeuumrankte Veranda geführt.

»Bei uns ist alles geordnet – nach Geschlecht, Alter und Krankheitsbildern«, erklärte die Vorsteherin des Damenpensionats, Schwester Therese. Sie trug die gleiche auffallende Brosche wie die Schwestern am Anleger. Grete musterte sie neugierig – ein dickes schwarzes Kreuz, auf dem schräg ein Anker mit einer Ankerkette lag. »Wir bilden unsere eigenen Schwestern aus«, erklärte Schwester Therese freundlich. »Diese Brosche ist das Kennzeichen unserer Schwesternschaft.« Sie machte sie mit dem Tagesablauf vertraut. »Nach dem Wecken geht's in den Waschraum, um sieben Uhr beginnt unser gemeinsames Frühstück nach dem Morgengebet mit dem Singen eines Chorals. Wir verfügen übrigens über ein klangvolles Harmonium, auf dem eine der Schwestern unseren Gesang begleitet. Ab acht Uhr ist Visite – Dr. Hartmann macht seine Runde, erkundigt sich nach dem Befinden der jungen Damen. Um zehn erwartet Sie das zweite Frühstück. Anschließend, je nach Wochentag und Wetter, wandern und spielen wir am Strand, nehmen Bäder, basteln oder lesen, alles altersgerecht, versteht sich. Um zwölf Uhr ist Mittagessen, danach wird geschlafen ...«

Das klang alles recht harmlos, Grete kannte aus der Schweiz einen härteren Drill. Während ihr Vater noch Fragen stellte, schweiften ihre Gedanken ab. Erst lautes Kindergeschrei mit fröhlichen Begrüßungsrufen holte sie zurück in die Gegenwart. Die Neuankömmlinge trafen soeben ein und wurden von den Kindern, die bereits im Hospiz lebten, freudig in Empfang genommen.

»Ich will doch hoffen, dass meine Tochter hier nicht mit ansteckenden Krankheiten in Berührung kommt«, sagte Ludwig Lehmann streng.

»Keine Sorge«, erwiderte Schwester Therese, »für die Tuberkulosekranken haben wir zwei Isolierbaracken, die am Rande des Geländes liegen. Ihr Fräulein Tochter ist bei uns in den besten Händen. Sie wird rund um die Uhr sinnvoll beschäftigt sein und unter exzellenter fachlicher Anleitung ihre Gesundheit stärken können.« Bei der Formulierung »rund um die Uhr« bekam Grete leichte Bauchschmerzen. So hatte sie sich das nicht vorgestellt. Aber sie würde schon Wege finden, sich trotzdem frei mit Frieda auf der Insel zu bewegen. »Übrigens begeistert uns alle Ihre großzügige Spende! Die Inselzeitung hat sie bereits angekündigt. Auch einige unserer Schützlinge üben zu gern schon das Exerzieren für Kaiser und Vaterland.« Ihr Vater nickte generös, ganz der Berliner Fabrikant.

Das Damenpensionat war im Hauptgebäude untergebracht. Da noch nicht alles voll belegt war, durfte Grete ein Zimmer für sich allein beziehen. Während sie sich darin einrichtete, fuhr ihr Vater ins Hotel des Bazar-Gebäudes, das speziell für Kurzzeitgäste zur Verfügung stand. Dort würde er bis zum Wochenanfang logieren.

Am folgenden Morgen blies der Nordwestwind dicke Wolken über die Insel. Es wurde kälter, immer wieder fielen Schauer. Das ungemütliche Wetter blieb auch am Sonntag. Die Übergabe der Ausrüstung verlief dementsprechend unspektakulär. Ihr Vater lächelte zwar die ganze Zeit über generös und weltmännisch, aber Grete wusste, wie heftig in ihm der Ärger brodelte. Von amtlicher Seite waren der Badekommissar und der Bürgermeister gekommen, denen man anmerkte, dass sie den Termin schnell hinter sich bringen wollten. Reichskanzler von Bülow blieb fern. Er hatte kurz vorher mittels einer vermutlich von seinem Sekretär mit charakterloser Schönschrift geschriebenen Büttenkarte unter Hinweis auf seine angeschlagene Gesundheit abgesagt.

Die Zelte waren bereits aufgebaut, als es am Nachmittag losging. Zwei noch nicht richtig eingeübte Jungenkompanien marschierten in den neuen Uniformen von ihren ehrgeizigen jugendlichen Anführern befehligt am Strand auf und ab, wobei sie mit eher kläglichem Ergebnis »Zehntausend Mann, die zogen ins Manöver« zu schmettern versuchten. Statt wie sonst Holzgewehre hatten sie Spaten und Schaufeln von Lehmann geschultert. Ein heftiger Regenguss beendete die Veranstaltung früher als geplant.

Am Montag erschien lediglich ein kleiner Bericht in der Inselzeitung. »Und dafür der ganze Aufwand«, murmelte Gretes Vater missmutig.

Wieder war er mit einer Kutsche zum Seehospiz gefahren, diesmal, um sich von ihr zu verabschieden. Verlegen ging sie neben ihm vor dem Eingang auf und ab. Seine Enttäuschung bedrückte sie.

»Ach, Papa«, sie blieb stehen, um ihm einen Kuss auf die Wange zu hauchen, »der große Moment kommt doch erst am Ende des Sommers, wenn sich bewiesen hat, wie gut unsere Ausrüstung hält. Bis dahin ist hoffentlich auch unser Reichskanzler genesen. Bestimmt kommt er dann.«

Hoffentlich hat Papa noch diese zwei Monate Zeit, dachte sie beklommen. Dass sie von der bedrohlichen finanziellen Situation der Firma wusste, behielt sie weiterhin für sich.

Bei ihren Worten flackerte es in seinen Augen hell auf. Er neigte sich vor, wohl um ihren Wangenkuss zu erwidern. Doch im letzten Augenblick hielt er sich zurück, sicherlich, um nicht aus Versehen das Ekzem zu streifen. Er versuchte, die abgebrochene Geste elegant auslaufen zu lassen, indem er seine Hutkrempe streifte. Grete bemerkte es dennoch. Nur eine Winzigkeit, die ihr einen Stich versetzte.

»In zwei Monaten«, sagte ihr Vater, dem die Idee offenbar gerade erst gekommen war, »wenn wir mit der ganzen Familie hier sind, muss es eine Parade und einen großen Schaukampf der beiden Strandkompanien geben! Ich werde den Wettstreit von Berlin aus organisieren.« Die Pferde wieherten wie zur Bestätigung. »Adieu, Margarete. Nutze deine Zeit gut.«

»Adieu, Papa!« Sie lächelte, obwohl sie sich traurig fühlte. »Ich hoffe, das Meer ist auf der Rückfahrt ruhiger.«

Ihr Vater stieg in die Kutsche, und sie winkte ihm nach, bis er hinter einer Biegung verschwunden war. Gerade wollte sie wieder zurück ins Gebäude gehen, als ein junges Mädchen hinter einem Holunderbusch hervorsprang – Frieda!

»Grete, endlich!«, rief sie aus und hüpfte, wie es nur ein aufgeregter Backfisch vermochte.

»Ach, Frieda, liebe Frieda!« Die Freundinnen umarmten und drückten sich. Zwischendurch hielten sie inne, schauten sich in die Augen. Ihre Blicke versicherten einander, dass es zwischen ihnen war wie immer. Ihre innere Verbindung hatte nicht gelitten, Grete empfand es so richtig herzinniglich. »Ach, Frieda, ich freu mich!«

»Und ich erst!«

»Sag mal«, fiel es Grete schließlich ein. »Musst du denn gar nicht arbeiten?«

»Nö. Heute ist Montag, und Montag ist Friseurs Sonntag.«

»Ach, richtig! Du, pass auf«, erklärte Grete ihr schnell, denn sie ahnte, dass sie von der Veranda aus beobachtet wurden, »die haben hier einen ganz strengen Stundenplan. Ich muss erst noch rausfinden, wie ich ab und zu mal entwischen kann.« Sie lächelte schalkhaft. »Wir brauchen eine Stelle, wo wir uns Nachrichten hinterlassen können.«

Grete blinzelte gegen die Sonne. »Lass mich überlegen … Dahinten im Kiefernwäldchen gibt's eine Mulde, da sitzen immer die Mädchen auf Decken in der Mittagspause … Oder, nein, noch besser – ein Stück weiter am Pfad zum Strand steht eine überdachte Bank, wo sich die Schwestern abends treffen und singen. An der Kiefer dahinter hängt ein Starenkasten, der ist irgendwie missraten, jedenfalls nistet darin nie ein Vogel, in den könnten wir Zettel stecken.«

»Fräulein Lehmann?«, rief eine Aufsichtsperson freundlich, aber bestimmt. »Möchten Sie uns bitte Gesellschaft leisten?«

»Natürlich, ich komme!« Grete zwinkerte ihrer Freundin zu, bevor sie sich zum Gehen wandte. »So machen wir's. Bis bald, Frieda.«

Der leitende Arzt des Seehospizes, Dr. Hartmann, war eine Kapazität auf seinem Gebiet, er sprach auf internationalen Kongressen, und Grete wusste, dass sie sich glücklich schätzen durfte, von ihm untersucht zu werden. »Herr Lubinus, Kandidat der Medizin«, stellte er einen jungen Mann mit kurzem Vollbart vor, der freundlich nickte. Seine braunen

Augen schauten wach, lebhaft. Aber Grete erkannte gleich, dass er keine gute Kinderstube genossen hatte. Sein Gesicht mit einer noch nicht ganz verheilten Mensur unterm Jochbein war sonnengebräunt wie das eines Badedieners. Das schlecht geschnittene Haar, dunkelblond mit rotblonden Strähnen, stand ihm von Pomade gänzlich ungezähmt vom Kopf ab. Die Fingernägel schienen unpoliert zu sein. Und seine Schuhe machten den Eindruck, als hätte sie ein verkaterter Dorfschuster zusammengeklopft. »Er begleitet mich für Studien zu seiner Doktorarbeit. Sie haben sicher nichts dagegen, wenn er bei der Anamnese anwesend ist.«

Es war eine Feststellung, keine Bitte um ihre Erlaubnis. Grete nickte eingeschüchtert.

Dann würde der junge Mann sie also gleich halb nackt sehen. Wahrscheinlich sterbe ich vor Scham, dachte sie mit einem flauen Gefühl im Magen. Oder zumindest werde ich das Bewusstsein verlieren. Sie tastete nach dem Riechfläschchen, das stets an einer Kette um ihren Hals baumelte.

Erst stellte Dr. Hartmann ihr jede Menge Fragen. Danach half ihr eine Schwester, die sich bislang unauffällig im Hintergrund gehalten hatte, beim Entkleiden hinter einem Paravent. Sie musste ihr Korsett nicht ganz ausziehen, aber es wurde so weit aufgeschnürt, dass ihr Rücken freilag.

Der Arzt ging so sachlich und selbstverständlich vor, dass sie die Untersuchung, das Abklopfen, Tasten, Begutachten, überstand und auch die gewünschten Atemstöße in irgendwelche Messgeräte zustande brachte, ohne in Ohnmacht zu fallen. Der Doktorand musterte ihre Taille, maß die Umfänge ihres Brustkorbs, besonders die der unteren Rippen. Er machte sich Notizen. Vor Verlegenheit schoss ihr eine glühende Hitze in die Wangen. Ihr Atem ging schneller und pfeifend, als er mithilfe eines Vergrößerungsglases alle Ekzeme an ihrem Körper prüfte. Er wusste genau, wo er suchen musste – in Ellen- und Kniebeugen, an den Handgelenken, im Nacken.

»Ganz ruhig«, sagte er. Sie spürte seinen Atem, kniff die Augen zu und wünschte sich woandershin. »Der Ausschlag im Gesicht könnte vielleicht auch noch auf etwas anderes zurückzuführen sein ...« Die Mediziner tuschelten miteinander. Grete hörte Ausdrücke wie Neurodermitis und konstitutionelles Ekzematoid. »Letztlich ein leichtgradiger Verlauf«, schnappte sie auf. Ähnliche Prozeduren hatte sie seit Jahren immer wieder über sich ergehen lassen. Und das Ergebnis blieb doch immer das Gleiche. Das Einzige, was wirklich half, waren die Seeluft und Kurbäder auf Norderney. Auch das, was Dr. Hartmann ihr im Anschluss an die Untersuchung erklärte, unterschied sich kaum von dem, was sie schon kannte. Entzündungshemmende Medikamente, Inhalationen, Schlickbehandlungen, Aufenthalt in der Brandungszone. Er verordnete ihr Kurbäder im Warmbadehaus des Seehospizes. »Dreimal pro Woche, zwei Wochen lang. Dann schauen wir weiter.« Nur in einem Punkt machte er einen ungewohnten Vorschlag. »Wir beschäftigen eine schwedische Heilgymnastin, Fräulein Berglund. Ich rate Ihnen dringend, sich an den Übungsstunden zu beteiligen.«

Es stellte sich heraus, dass der Kandidat Lubinus den Einfluss körperlicher Ertüchtigung, speziell gymnastischer Übungen, auf die Gesundheit asthmakranker Kinder und Jugendlicher untersuchte. Aus diesem Grund hielt er sich oft im Gymnastikraum bei Fräulein Berglund auf. Die freundliche blonde Schwedin, unverheiratet, Anfang dreißig, wollte

Grete zunächst in einer Einzelsitzung näher kennenlernen, bevor sie bereit war, sie in ihre allgemeine Klasse aufzunehmen. Sie sprach nicht viel, ließ sie unter anderem Übungen an einer Sprossenwand und auf einem Turntisch machen, betastete dabei ihre Muskeln oder zog an ihren Gliedmaßen.

Als Grete dem Doktoranden Lubinus nach ihrer vierten Gymnastikstunde auf dem Kiesplatz vor der Spielhalle begegnete, grüßte er nicht etwa höflich, sondern fragte gleich: »Na, wie geht's dem Rücken?«

Grete war mit drei älteren Brüdern aufgewachsen, die oft Freunde ins Haus einluden. Insofern verfiel sie nicht gleich in Schockstarre, nur weil ein junger Mann das Wort an sie richtete.

»Ach, hat Fräulein Berglund Ihnen verraten, dass sie mich gern quält?«, scherzte sie.

»Natürlich. Wir besprechen uns, das ist Teil meiner Studie. Also? Bitte um eine ehrliche Antwort.«

Sie hob die Schultern. »Ich frage mich, ob diese Gymnastik wirklich eine gute Idee ist. Auf einmal tun mir Stellen weh, von denen ich vorher überhaupt nicht wusste, dass sie existieren.«

Er lächelte zurückhaltend. »Das dürfte ein Zeichen dafür sein, dass Ihre Muskulatur kräftiger wird.«

»Aber dann passen mir demnächst meine Kleider nicht mehr!«

Dass ihm ihre Antwort missfiel, war an seiner Mimik unschwer zu erkennen.

»Haben Sie etwas Zeit?« Er zeigte auf zwei Klappstühle neben einem Indianerzelt. Hier saßen die Schwestern zur Aufsicht, wenn einige Jungen in der Mittagsstunde nicht schlafen, sondern lieber draußen spielen wollten.

»Einen Moment schon. Aber in einer Viertelstunde beginnt unsere Theaterprobe.« Grete nahm Platz, wobei sie sich besonders aufrecht zu setzen versuchte.

»Haben Sie schon mal von der Reformbewegung gehört?«

»Natürlich«, antwortete sie. Eigentlich hatte sie davon nur verschwommene Vorstellungen. Seit Jahren gab es so ein paar Spinner. Leute, die nur Getreidekörner statt Fleisch aßen, Nudisten, Naturanbeter, Mannweiber und Liebhaber der Reformkleidung. »Die Anhänger wollen, dass Frauen kein Korsett tragen«, fiel ihr spontan ein. Als sie es ausgesprochen hatte, errötete sie.

»Was ich für eine gute Idee halte.«

Seine Stimme klang ganz sachlich. Sie meinte allerdings, in seinen Augen ein belustigtes Glitzern erkennen zu können.

»Aber diese Reformkleidung sieht doch fürchterlich aus!«, protestierte sie.

Wenn sie schon mit Ausschlag im Gesicht leben musste und ihr Teint zu allem Übel auch noch zu Sommersprossen neigte, dann wollte sie wenigstens eine hübsche Figur vorweisen können und nicht auch noch in Sack und Asche gehen.

Lässig schlug Herr Lubinus ein Bein über das andere, und dabei fiel ihr auf, dass er eine ausgesprochen weite Hose trug, das männliche modische Gegenstück zum lose fallenden Reformkleid. Ach herrje, schoss es ihr durch den Kopf, hoffentlich hat er meine Äußerung gerade nicht als unhöflich und gegen ihn gerichtet empfunden.

»Was soll denn nur die Eitelkeit?«, entgegnete er. »In Ihrem Fall wäre der Verzicht auf das Einschnüren vor allem der Gesundheit dienlich.« Ihm schien es kein bisschen peinlich zu sein, über derlei Dinge zu sprechen.

»Es gibt nun einmal Konventionen, die ihre Berechtigung

haben«, antwortete Grete etwas zu spitz, sie selbst hörte dabei ihre Mutter aus sich sprechen.

»Ihre Berechtigung? Nur weil man es immer schon so gemacht hat?« Spöttisch musterte er sie. »Und außerdem – diese Schnürung ist nur eine Modetorheit, man hat es keineswegs schon immer so gemacht. Höchstens, solange Sie denken können. Wenn Sie es überhaupt tun!«

»Was erlauben Sie sich!« Grete sprang auf. Unerhört! Und sie machte sich noch Sorgen, ob sie unhöflich gewesen war! Er erhob sich ebenfalls, drückte sie mit einer Hand auf ihrer Schulter zurück in den Stuhl. Sie entwand sich seinem Griff. Wie konnte er es wagen, sie außerhalb des Arztzimmers anzufassen?

»Unterstehen Sie sich!«, zischte sie mit funkelnden Augen.

»Nun mal langsam mit die Pferde«, entgegnete er im Tonfall eines alten Kutschers. »Setzen Sie sich.« Mit einem jungenhaften Lächeln ergänzte er: »Bitte.«

Sie atmete tief durch und ließ sich wieder auf den Stuhl sinken.

»Ich will Sie doch nicht beleidigen, Fräulein Lehmann. Oder darf ich Margarete sagen?« Sie starrte trotzig vor sich hin, verschränkte die Arme und sagte weder Ja noch Nein. »Es geht mir allein um Ihr Wohlbefinden. Es gibt wissenschaftliche Erkenntnisse. Davon sollten Sie wissen, dann können Sie besser selbst entscheiden.«

Nanu. Grete hob den Blick. Er appellierte an ihren Verstand? Sie sollte selbst entscheiden? Also gut.

»Was für Erkenntnisse?«, fragte sie skeptisch.

Er lächelte. »Ich fürchte, meine Viertelstunde reicht dafür nicht aus. Es geht in der Reformbewegung um mehr als die Frage, ob man ein Korsett tragen sollte oder nicht.«

»Es stützt«, warf Grete ein. Manchmal, wenn sie nachts aufstand und auf der Toilette saß, klappte sie wie ein Taschenmesser vornüber, weil ihr Oberkörper ohne den zusätzlichen Halt zu schwach war. Sie brauchte ein Korsett, nicht nur für die Wespentaille, sondern auch für die stolze, aufrechte Haltung, die man von einer Dame in ihren Kreisen erwartete. Im Übrigen sorgten auch einige Männer, das konnte man schließlich den Zeitungsanzeigen für derlei Spezialitäten entnehmen, mit entsprechender Schnürung für eine straffere, militärisch anmutende Statur.

»Es engt Sie ein«, widersprach Lubinus mit Nachdruck. »Es hat bereits Ihre inneren Organe verschoben und Ihren Brustkorb verwachsen lassen. Ihre Lungenflügel sind dadurch in der Atmung behindert.« Er machte ja alles schlecht! Sie schüttelte den Kopf, spürte, wie ihre Augen vor Empörung feucht wurden. »Liebes Fräulein Lehmann, ich möchte Ihnen gern ein Buch leihen, bitte lesen Sie es. Ich werde es bei Fräulein Berglund für Sie hinterlegen.« Das immerhin fand sie interessant. Denn die Hospizbücherei, die einmal in der Woche geöffnet hatte, verfügte nur über Kinderbücher, hauptsächlich Märchen und Indianerabenteuer. »Es geht darin um die Reformbewegung.« Wie enttäuschend. Ein richtiger Roman hätte sie mehr interessiert. »Sie will umfassende Veränderungen unseres Lebens in allen Bereichen«, fuhr er fort. »Ziel ist es, sich von den negativen Auswirkungen der industriellen Massenproduktion, von all den nervösen Zivilisationskrankheiten zu befreien und wieder stärker im Einklang mit der Natur zu leben. Sie betrifft auch die Kunst. Mögen Sie den Jugendstil? Oder haben Sie schon mal von der Worpsweder Künstlerkolonie gehört?« Selbstverständlich, sie schwärmte für Heinrich Vogeler. Doch Lubinus erwartete wohl keine Antwort von ihr. Offenbar war dies sein Herzensthema. Während er voller Leidenschaft weitersprach, fiel ihm immer wieder eine Haarsträhne in die hohe Stirn, die er ebenso oft vergeblich zurückschob. Bei aller Güte schien er auch etwas Aufbrausendes zu haben. »Diese Bewegung wird mehr und mehr Menschen in allen Kulturnationen erfassen, sie steht erst am Anfang. Und gerade die Jugend wird sie voranbringen! Egal ob Kunstgewerbe, Mode, Ernährung, Gesundheit, Wohnen, Lebensart – es hängt alles miteinander zusammen.«

Warum erzählt er mir das alles?, fragte sich Grete. Glaubt er ernsthaft, ich würde mich diesen Verrückten anschließen? Allerdings konnte sie sich einer gewissen Faszination nicht erwehren. Der Stundengong, allgemein das Tamtam genannt, ertönte.

»Tut mir leid«, sie stand auf, »ich muss los. Wir üben ein Theaterstück ein, in dem jeder eine Blume spielt.«

Lubinus lächelte. Grete spürte, dass er eine Bemerkung unterdrückte.

»Na, dann fröhliches Proben!«, wünschte er lediglich.

An einem Freitag holte Grete Frieda vom Inselsalon ab. Sie hatte an diesem Tag früher frei.

»Ich muss bald wieder zurück ins Pensionat«, sagte sie. »Hab gesagt, ich würde nur schnell neues Stickgarn besorgen.«

»Ach, da ist ja deine Freundin!«, rief die Meisterin, die Grete schon kennengelernt und sich keine Mühe gegeben hatte, ihr Entsetzen über die Gesichtsrötungen zu verbergen. »Ich hab was für Sie, junges Fräulein.« Verwundert sahen sich die Freundinnen an. Jakomina Fisser eilte zum Verkaufstresen und zog die unterste Schublade auf. Sie holte eine in Geschenkpapier eingewickelte Kleinigkeit hervor. »Versuchen Sie das mal.« Es war ganz leicht.

»Oh, danke, Frau Fisser.« Verdutzt packte Grete es aus. Etwas bräunlich rot Verschrumpeltes kam zum Vorschein. »Was ist das?«

»Eine getrocknete Fuchszunge. Hilft mit sicherem Erfolg gegen Gesichtsrose.«

Grete fand das Ding ekelig. Am liebsten hätte sie es sofort weggeschmissen, aber das gehörte sich nicht. »Und was ...?«, stammelte sie. »Ich meine, wie ...?«

»Geschenkt, mein Kind«, die Ältere lächelte mütterlich. »Man muss sie Tag und Nacht an einem Band um den Hals auf der nackten Haut tragen. Sonst nützt es nichts. Tschüss, ihr beiden!«

Grete nickte brav. »Noch mal danke. Und einen schönen Feierabend!«

Frieda grinste, als sie sich bei ihr unterhakte. »Sie meint's nur gut. Bestimmt verdankt sie das Wundermittel dem Wickwief.«

»Wer ist das denn?«

»So 'ne Art Inselhellseherin.«

Ein Schauer lief über Gretes Rücken. Sie schüttelte sich. »Aber ich hab doch gar keine Gesichtsrose«, sagte sie. »Allerdings meint Dr. Hartmann, meine Ekzeme seien auch nicht so ganz typisch für Neurodermitis – so nennen Ärzte diese Hauterkrankungen. Vielleicht sollte ich mich überwinden und es versuchen.«

»Schaden kann's bestimmt nicht. Häng es einfach an deine Kette mit dem Riechfläschchen.«

Grete seufzte. »Hast du eigentlich kein Riechfläschchen?«

»Nö, ich bin im Leben noch nicht in Ohnmacht gefallen.« Frieda zwinkerte vergnügt. »Allerdings würde ich es mir überlegen, sollte die Gelegenheit einmal günstig sein.«

Sie giggelten. In den Liebesgeschichten, die sie kannten, passierte oft im entscheidenden Augenblick genau das.

Frieda steuerte einen Treffpunkt der Dorfjugend an. Unterwegs begegneten sie ein paar jüdischen Männern, wohl aus Osteuropa, mit Schläfenlocken und langen Gewändern. Frieda fand das normal, Grete fiel es auf. Da Juden etwa ein Drittel der Kurgäste ausmachten, galt Norderney seit Langem als judenfreundliche Insel, während sich beispielsweise Borkum mit antisemitischen Sprüchen hervortat. Auch einige Geschäftsleute und Saisonkräfte waren wohl jüdisch. Doch nicht jedem merkte man es so deutlich an wie den orthodoxen, als Kaftanjuden bespöttelten Gästen, die ihnen jetzt, schon in Sabbatstimmung, vom Gottesdienst aus der kleinen alten Synagoge in der Schmiedestraße entgegenkamen. Die liberaleren großstädtischen Juden trafen sich am Freitagabend mit der ganzen Familie zum Festmahl in einem der koscheren Restaurants auf der Insel. Frieda und Grete beobachteten einige im Vorübergehen durch die Fenster des Restaurants von Hoffmanns Hotel Falk. Grete fand es ein wenig geheimnisvoll, aber auch schön feierlich, wie dort mehrere jüdische Familien bei Kerzenschein jeweils um einen Tisch herum saßen und ihre Bräuche pflegten.

Am Treffpunkt der Dorfjugend erwartete sie auch Lieske. Frieda stellte sie einander jeweils als »meine Freundin« vor. Vermutlich hofft die Gute, dass wir uns alle mögen und gemeinsam Spaß haben, dachte Grete. Lieske machte auf sie jedoch einen etwas dreisten Eindruck. Vielleicht war sie aber auch nur eifersüchtig. Aus ihrer Abneigung machte sie jedenfalls keinen Hehl und sprach nur Platt. Überhaupt verhielt sie sich ihr gegenüber biestig.

»Wat will dat frömde Schiet hier …«, hörte Grete sie tuscheln.

Die anderen beäugten sie ebenfalls abweisend und stichelten, statt sie mit offenen Armen aufzunehmen.

Phh!, dachte Grete, ich kann auch anders. Sie kehrte ihre städtische Art hervor, bewegte sich vornehm und sprach gebildet, um Eindruck zu machen. Damit rief sie allerdings nur noch mehr Ablehnung hervor. Dann eben nicht.

Ein vertrauter Schmerz durchzuckte ihren Unterleib. Sie flüsterte Frieda ins Ohr, sie müsse zurück ins Damenpensionat. Die ersten Anzeichen von Bauchkrämpfen signalisierten ihr, dass die Monatsblutung bevorstand.

»Sonst sind die wirklich alle richtig nett, ehrlich, nicht solche Kröten«, entschuldigte ihre Freundin sich für die anderen. »Tut mir leid.«

»Ach, das macht mir gar nichts«, log Grete, bevor sie sich davonmachte.

Trotzdem tat es gut, dass sie noch hören konnte, wie Frieda diese Lieske zurechtwies und aufgebracht als »einfältige Schneegans« bezeichnete.

»Fräulein Lehmann!«, schnauzte die diensthabende Schwester sie bei ihrer Rückkehr an. »Sie wollen mir doch nicht erzählen, dass Sie so lange gebraucht haben, um Stickgarn auszusuchen! Die Geschäfte haben längst zu. Und wo ist denn das Garn, bitte schön?«

Grete blies ihre Wangen auf. »Oh, herrje, das muss ich liegen gelassen haben. Ich bin zufällig einer Bekannten begegnet und hab ein wenig die Zeit vergessen.«

»Sie waren länger als zwei Stunden ohne Begleitung unterwegs. Das geht nicht.«

»Warum?«

»Wollen Sie etwa Widerworte geben?«

»Nein.« Grete guckte, so lieb sie nur konnte. »Ich frage mich wirklich: Warum ist das so?«

Die Schwester wirkte überrumpelt. »Weil unzweifelhaft ist, dass der Charakter einer jungen Dame leidet, wenn sie zu oft mit der Öffentlichkeit in Berührung kommt.«

»Das verstehe ich nicht.«

»Das tut nichts zur Sache!« Die Schwester errötete vor Zorn. »Sie haben zu gehorchen. Sie dürfen sich nicht so lange abends ohne Aufsichtsperson vom Hospiz entfernen. Wenn das Ihre Eltern erfahren! Ich muss diesen Vorfall der Oberschwester melden.«

»Ach bitte«, Gretes Stimme und Blick drückten untertänigste Reue aus, »es wird nicht wieder vorkommen.« Tränen stiegen ihr in die Augen.

»Na gut«, erwiderte die Schwester schnaufend. »Dies eine Mal. Aber das Abendbrot ist gestrichen.« Dafür war es ohnehin schon zu spät.

Einige jüngere Mädchen hatten den für Grete beschämenden Dialog belauscht. Nachdem die Schwester gegangen war, riefen sie ihr auf dem Flur schadenfroh einen Reim hinterher.

»Mensch, ärgere dich nicht! Ärgern macht hässlich. Hübsch bist du so schon nicht, und dann bist du grässlich!«

Normalerweise hätte sie darüber wahrscheinlich gelacht. Aber für diesen Tag war es einfach zu viel, der Spottvers brachte das Fass zum Überlaufen. Grete stürmte in ihr Zimmer, froh, dass sie es mit niemandem teilen musste, und warf sich weinend aufs Bett. Warum nur fühlte sie sich immer und überall als Außenseiterin? Der ständige Drill ging ihr auf die Nerven. Jeder versuchte, an ihr herumzuerziehen. Und sie konnte auch längst nicht so viel Zeit mit Frieda verbringen, wie erhofft.

Als die wilden Schluchzer nachließen und sie sich endlich ausgeweint hatte, geschah etwas Beängstigendes – die Bedrohung des väterlichen Unternehmens, die sie bislang immer weggeschoben und nicht hatte wahrhaben wollen, stand groß und deutlich vor ihr. Sie begriff auf einmal, was es bedeuten würde, wenn die Firma Lehmann in Konkurs ging. Sollte ihr Vater nicht bald einen Regierungsauftrag an Land ziehen, würde sich das Leben ihrer Familie radikal verändern. Sie würden die Villa verkaufen müssen. Und sie wäre keine gute Partie mehr. Sie würde als alte Jungfer enden, als bedauernswerte, unverheiratete Tante in der Familie eines ihrer Brüder. O Gott, vielleicht sogar in Afrika bei den Hottentotten! In ihrem Kopf echote der Spottreim: »Hübsch bist du so schon nicht, und dann bist du grässlich!« Grete setzte sich auf. Vielleicht bin ich ja grässlich, aber dumm bin ich nicht, dachte sie trotzig. Ich muss mir was einfallen lassen, so schnell geb ich mich nicht geschlagen.

Frieda

Hilrich war da! Während seiner Woche Heimaturlaub arbeitete er wieder im Inselsalon mit. Er lachte viel und demonstrierte sein Talent, sich anderen Menschen angenehm zu machen. Jeder war gern in seiner Nähe. Er benutzte neue Ausdrücke, die wohl in den schicken Kreisen Berlins verbreitet waren. Frieda hing an seinen Lippen.

Er scherzte auch mit ihr, machte ihr Komplimente, wie er allen Komplimente machte, immer so, dass sie glaubhaft klangen. Bereitwillig berichtete er von den neuesten Moden und von Kursen an der Deutschen Friseur-Akademie in Berlin. Amüsant schilderte er den Unterricht an Holzköpfen mit Perücken und an zum Teil offenbar sehr originellen Leuten von der Straße.

Hilrich zeigte Frauke und Frieda, wie man den achtfach verschlungenen, tief und breit arrangierten Nackenknoten legte. Natürlich war Frieda wieder die Geschicktere.

Wenig später zauberte sie einer sehr anspruchsvollen jungen Dame diese Abendfrisur. Die Kundin mäkelte allerdings zwischendurch ständig herum. Sie wünschte ein Löckchen herausgezupft, das Haar hier etwas mehr, dort etwas weniger toupiert. Frieda presste die Lippen aufeinander, um ihr nicht aus Versehen eine freche Antwort zu geben. Als Hilrich ihr Werk hinterher lobte, errötete sie vor Stolz.

»Was für eine blasierte Ziege«, kommentierte Frauke, als die Dame entschwunden war.

Frieda wollte ihr ausnahmsweise recht geben, aber sie beherzigte den Merksatz »Niemals schlecht über Kunden reden, auch nicht unter Kollegen«. Deshalb atmete sie nur heftiger aus.

»Schwierige Person?«, fragte der Meister.

»Jeder Mensch ist einzigartig«, erwiderte Frieda diplomatisch.

Hilrich lächelte breit. »Dieser Gedanke hat für mich manchmal auch etwas Tröstliches.«

Sie sahen sich an und prusteten gleichzeitig los. Wie schön, dachte Frieda begeistert, er hat auch noch Humor.

Nach Feierabend demonstrierte er an ihr, wie man eine Maniküre – einweichen, Nagelhaut entfernen, feilen, cremen, polieren – mit einer Luxushandmassage kombinierte. Sie schloss die Augen, während er ihre Finger einzeln zu neuem Leben erweckte, nach und nach, geduldig, ohne Scheu zupackend und doch mit viel Gefühl. Der angenehme Duft der Pflegecreme stieg ihr in die Nase. Hilrich massierte ihre Handinnenfläche, den Daumenmuskel und dann die ganze Hand durch rhythmische Abfolgen von gleitenden, knetenden, streichenden und ziehenden Berührungen. Und Frieda erlebte sie wieder, diese rieselnden Schauer und das sehnsüchtige Kribbeln in ihrem Bauch, das bis zwischen ihre Beine zog. War so was nicht verboten? Äußerlich konnte sie sich so gerade eben beherrschen. Aber in ihrem Innern wallten heftige Gefühle. Merkten die anderen denn nichts davon? Vor ihrem geistigen Auge tauchte ein Bild auf. Über aufgewühlter Grundsee schwebend sah sie ein Hochzeitsfoto von sich und Hilrich, umgeben von einem geflochtenen Haarkranz. Doch – irgendwas daran stimmte nicht.

Er hörte auf. Viel zu plötzlich, vor allem zu früh. Sie musste die Augen aufschlagen. Ganz beschwiemelt setzte sie sich aufrechter. Stehen konnte sie jetzt nicht, dazu waren ihre Knie bestimmt noch zu weich. Ein verstohlener Blick auf Hilrich sagte ihr, dass er vollkommen nüchtern wirkte, freundlich, professionell. Wie konnte denn ein Mensch solche Empfindungen schenken und selbst nichts davon bemerken?

Erwin allerdings, der schaute sie mit verändertem, begehrlich funkelndem Blick an. Oje, darauf konnte sie verzichten. Sein Körpergeruch erinnerte sie immer an gekochte Selleriestangen.

Willy drängelte sich vor. »Jetzt lass mich mal, Hilrich.«

Nein, du bitte auch nicht, dachte Frieda. Das wäre ja, als würde man nach einem Stück Ostfriesischer Knüppeltorte einen Knust trockenes Brot essen. Sie wollte sich den süßen Nachgeschmack möglichst lange erhalten.

»Vielleicht sollte auch jemand anders in den Genuss kommen«, sagte sie deshalb schnell. »Ich glaube, du wärst mal dran, Frauke.«

»Na gut.«

»Und darf ich vielleicht um Ihre Hand bitten, Frau Fisser?«, fragte Rudolf die Meisterin galant.

Der Anblick, den die sich gegenseitig ihre Hände massierenden Mitarbeiter und Familie Fisser wenig später boten, hatte etwas Komisches und zugleich Herzwärmendes. Bestimmt wird auf irgendeine wundersame Weise die ganze Welt durch diese Zuwendung ein Stückchen besser, überlegte Frieda. Hilrich verstand es wie kein anderer, einfach mal so zwischendurch eine Portion Glitzer und Charme in die Luft zu werfen. Sie war jetzt schon traurig, dass er sie bald wieder verlassen würde. Aber bis dahin wollte sie jede Sekunde die besondere Atmosphäre im Inselsalon genießen, der seine Anwesenheit noch mehr Glanz verlieh.

Im Inselsalon

Normalerweise unterhielt Jakomina sich gern mit der Kundschaft. Ob jemand ein Gespräch wünschte, das musste man natürlich immer vorab mit ein paar Bemerkungen über das Wetter erspüren. Frau Kruse, eine ihr unbekannte ältere Dame in der Separeekabine, wollte reden, das merkte sie gleich, aber nicht zuhören. Das war Jakomina nur recht. Dann konnte sie in Ruhe ihren Gedanken nachhängen, während sie Strähne für Strähne das schon arg geschädigte Haar mit der Brennschere formte.

Manchmal brachte die gleichförmige Arbeit sie in eine Art Trancezustand, doch an diesem Tag fiel es ihr schwer, sich zu entspannen. Was war bloß mit ihr los? So unruhig kannte sie sich gar nicht. Wahrscheinlich lag es daran, dass der Geselle Rudolf in ihrem Horoskop seit Wochen etwas mit Liebe sah – »Anbetung und Bewunderung« hatte er gesagt, wörtlich. Und nichts geschah. Natürlich, sie und ihr Mucki waren ein eingespieltes Gespann, der Betrieb lief wie am Schnürchen. Aber Liebe? Romantik? Fehlanzeige.

Vielleicht lag es auch daran, dass ihre ältere Schwester Afkea kürzlich unerwartet vom Schlag getroffen worden war. Dass sie deshalb mehr über ihr Leben nachdachte, unzufrieden war und auf einmal dieses tief glühende Sehnen empfand. Oder daran, dass ihre Monatsblutung ausblieb. Erst hatte sie sogar überlegt, ob sie noch mal schwanger geworden sein könnte. Doch dann fiel ihr ein, dass sie und Fritz schon lange nicht mehr die Freuden der Ehe geteilt hatten, sodass diese Möglichkeit ausschied.

Ach herrje, es war zum Aus-der-Haut-Fahren! Inzwischen konnte sie auch ihre grauen Haare kaum mehr zählen. Wenn sie weiterhin jedes herauszupfte, würde sie bald einen falschen Scheitel tragen müssen wie viele Witwen. Das fehlte gerade noch. Auch wenn sie greisen Kundinnen stets das Gegenteil versicherte – solch ein schmales Haarteil mit eingearbeitetem Mittelscheitel, das wie ein Band um den Kopf gespannt wurde, um einen schütteren Schopf zu tarnen, das erkannte man doch schon auf hundert Meter Entfernung. Jakomina nickte, als Frau Kruse eine rhetorisch gemeinte Frage stellte, und werkelte weiter. Vorsichtig faltete sie immer ein neues Stück Papier um die Haarspitzen, bevor sie eine Strähne um die Brennzange wickelte.

Die Kundin wünschte ihre Frisur mit schmaler Silhouette im Stil der 1880er-Jahre. Dafür wurde das Haar straff in sich gedreht, hochgezogen, oben auf dem Kopf zusammengesteckt und von einem kleinen Lockentuff, dem Chignon, gekrönt. Dazu gehörte ein in Korkenzieherlöckchen gelegter Pony, der eigentlich längst aus der Mode war. Aber wie viele Frauen blieb auch diese Dame der Frisur ihrer jugendlichen Glanzzeit treu. Ebenso ihrem Parfüm. Sie verströmte einen schweren holzig-würzigen Moschusduft, während modebewusste junge Frauen längst leichte blumige Nuancen bevorzugten.

Es schien sich um eine Person von Rang zu handeln, vielleicht eine Hofdame oder Kammerfrau oder eine verarmte Adlige, die sich als Gesellschafterin verdingen musste. Jedenfalls kannte sie sich bestens aus in den höheren Kreisen. Da sie sich unter dem Allerweltsnamen Kruse angemeldet hatte, glaubte sie wohl, jede Diskretion vergessen zu können.

»Unser Kanzler ist zum Glück wieder auf dem Wege der Besserung. Wissen Sie, wie man ihn im Auswärtigen Amt in Berlin nennt? Norderney! Manche nennen ihn auch den Nordsee.« Sie lachte geziert. »Ein bewundernswerter Mann, macht Politik wie ein Billardspieler, stößt hier eine Kugel an, damit dort eine andere ins Ziel gelangt.« Wo holt diese Frau nur Luft?, fragte sich Jakomina, während sie geschäftsmäßig lächelte. »Nur ein einziges Mal in seinem Leben hat von Bülow mit offenem Visier für etwas gekämpft«, fuhr die Dame fort, »nämlich als es um die Frau seines Lebens ging.«

Jakominas Aufmerksamkeit stieg. »Sie meinen Fürstin Maria?«

»Ja, die gebürtige Principessa. Sie war immerhin schon eine verheiratete Frau, die Gattin des deutschen Grafen Dönhoff, als sie sich verliebten. Und der junge Bülow hat sich damals hingestellt und gesagt: Die will ich und sonst keine. Das war ein enormes Risiko für seine Laufbahn. Er ist bereit gewesen, für die Liebe seines Lebens den diplomatischen Dienst zu quittieren.«

»Natürlich, das war ein Risiko. Eine Scheidung!«

Jakomina seufzte und verdrehte vielsagend die Augen. Unmöglich, danach war man in der Regel gesellschaftlich erledigt.

»Eben. *Quel scandale!* Aber er hat sich durchgesetzt. Der Papst hat die Ehe annulliert. Ich war zugegen, als die von Bülows nach ihrer Heirat in Berlin bei Hofe durch einen Empfang vollständige Anerkennung erfuhren.«

»Die Italienerin ist aber auch eine reizende Dame.«

Jakomina toupierte die Stirnlöckchen etwas an.

»Und so kultiviert«, ergänzte Frau Kruse. »Spielt meisterhaft Klavier, sie war eine Schülerin von Liszt. Und Franz von

Lenbach hat sie gemalt. Sie galt in ihrer Jugend als Schönheit. Überhaupt, bedeutende Künstler gingen schon damals in Rom und in Wien bei den von Bülows ein und aus.« Es folgte eine lange Aufzählung von Berühmtheiten, deren Namen bedeutend klangen, Jakomina aber nichts sagten. Sie hörte nicht mehr richtig hin, ließ ihre Kundin weiterplappern. Darüber, wie belesen die Fürstin doch sei und wie sie mit roten Damastvorhängen das Berliner Palais des Reichskanzlers, von Bismarck in einem erschütternd kargen Zustand übernommen, repräsentativ ausstaffiert habe. Und dass man munkelte, von Bülow stelle nur solche Männer als Sekretär, Berater und so weiter ein, die musikalisch genug seien, um mit der Fürstin vierhändig Klavier zu spielen. »An den Gerüchten, dass sie fremdgeht, ist ganz gewiss nichts dran. Dafür haben die beiden sich ihre Liebe viel zu schwer erkämpfen müssen.«

Na ja, dachte Jakomina so für sich, der Zahn der Zeit nagt auch an der größten Liebe. »Das klappt leider nicht immer«, erwiderte sie allgemein.

»Hach, Sie spielen wohl auf die Schwester des Kaisers an?« Nein, dachte Jakomina, eigentlich mehr auf Mucki und mich. »Viktoria ist übrigens eine enge Freundin von Maria.«

Jakomina nickte einfach nur. Die Battenberg-Affäre lag schon einige Jahre zurück, doch wer kannte sie nicht? Das Eisen war nur noch lauwarm, sie erhöhte die Temperatur. »Viktoria weilt derzeit auch auf Norderney«, sagte sie, um mal wieder etwas zum Gespräch beizusteuern. »Haben Sie sie schon gesehen?«

»Natürlich. Die schneidigste Reiterin weit und breit!« Das stimmte. Viktoria war eine groß gewachsene Frau mit stolzer Haltung, meist schlicht, doch elegant gekleidet. Nicht nur zu

Pferd machte sie eine gute Figur. Oft konnte man sie nachmittags sehen, wenn sie nach dem Kurkonzert samt ihrer Entourage, die vorwegfahren musste, zu einer Radtour über die Insel aufbrach. Sieben Jahre lang hatte Viktoria darum gekämpft, ihre große Liebe Alexander von Battenberg heiraten zu dürfen. Nach der Erlaubnis ihrer Mutter war sie bereits mit ihm verlobt gewesen. Aber aus politischen Gründen – vor allem um die Russen nicht zu verärgern – hatten Bismarck, ihre Großmutter Queen Victoria, ihr Großvater Wilhelm I. und ihr Bruder Wilhelm II. ihr verboten, Alexander, der unterdessen zum Fürsten von Bulgarien gewählt worden war, zu heiraten. Nicht nur in den Friseursalons, in ganz Europa hatte man damals Anteil an der unglücklichen Liebesgeschichte des gut aussehenden Paares genommen. »Sieben Jahre sind eine lange Zeit für eine junge Frau.«

Schließlich hatte Viktoria ihren Widerstand aufgegeben und sich der Staatsraison gefügt. Inzwischen war sie mit einem Fürsten zu Schaumburg-Lippe vermählt, auch auf Norderney besuchten beide oft die von Bülows.

»Immerhin«, murmelte Jakomina. »Andere landen der Liebe wegen im Irrenhaus.«

»Wohl wahr. Wie Luise von Toskana, die Kronprinzessin von Sachsen. Ach, hat nicht auch sie Sommertage auf Norderney verbracht?«

Die Meisterin nickt. »Ja, vor einigen Jahren hab ich sie mit ihrer Kinderschar auf der Promenade gesehen … Eine stolze, schöne Frau.«

»Und dann so was …« Bedeutungsschwanger ließ Frau Kruse den Satz unvollendet. Es war wohl der größte Skandal des neuen Jahrhunderts – schwanger war sie mit dem Hauslehrer ihrer sechs Kinder durchgebrannt. Noch immer wusste man nicht genau, wer der Vater ihrer jüngsten Tochter war, der König von Sachsen oder der Hauslehrer. »Nun verbringt sie ihre Tage eingesperrt in einer Nervenheilanstalt in der Schweiz.«

Sie seufzten beide tief. Tja, so verfuhr man in höheren Kreisen mit untreuen Ehefrauen. Man erklärte sie für verrückt, ließ sich von ihnen scheiden und verbannte sie in eine Anstalt. Noch einmal seufzte Jakomina. Die Liebe war ein gefährliches Spiel.

Nein, sie wollte keinen Seitensprung. Sie träumte nicht von einem feurigen Liebhaber. Oder? Nein, nein, sie wollte sich nur einmal wieder richtig mit allen Sinnen lebendig fühlen. Nachdenklich streifte ihr Blick ihr Spiegelbild. Jakomina Fisser, Matrone, Mutter zweier erwachsener Kinder. Kein Zweifel, sie befand sich an der Schwelle zum Alter. Wieso erwachte ausgerechnet jetzt noch einmal solch eine Sehnsucht in ihrer immer üppiger werdenden Brust?

Fritz schien von alledem nichts zu bemerken. Ach, was würde sie dafür geben, noch einmal als Frau umworben zu werden. Wenn sie ganz ehrlich war, dann sehnte sie sich durchaus nach feuriger Verehrung und Leidenschaft – doch schon eine kleine romantische Geste ihres Mannes würde ihr viel bedeuten. Eine gemeinsame liebevolle Träumerei reicht sicherlich aus, um die schmerzende Lücke in meinem Leben zu füllen, dachte sie. Etwas in der Art wie früher, als sie sich beim Spazierengehen ausmalten, einen florierenden Inselsalon und Kinder zu haben, unterm Maibaum zu tanzen, mit einem Segelboot vor Norderney zu kreuzen oder in einem Zeppelin über der Insel zu schweben. Wahrscheinlich würde sie in Wirklichkeit Angst bekommen, in ein Luftschiff einzusteigen, doch davon zu träumen, war etwas Wunderbares!

Unglücklicherweise träumte Fritz nicht mehr, jedenfalls nicht mit und schon gar nicht von ihr, und er vertraute ihr nicht an, wohin seine Fantasie ihn führte. Abgesehen von seiner ständigen Sorge um irgendwelche Spionagegeschichten. In letzter Zeit verbrachte er immer mehr ihrer raren freien Stunden mit Freunden und Bekannten statt mit ihr. Im Hafen hielt er nach englischen Seglern Ausschau, wie er ihr erzählte, und wenn es sich nach seiner Ansicht um Offiziere in Zivil handelte, machte er den Inselpolizisten auf sie aufmerksam. Der winkte längst ab.

Sie wollte Fritz nicht belästigen mit ihren verspäteten Frühlingsgefühlen, vor allem wollte sie sich nicht lächerlich machen. Deshalb schied in diesem Fall auch das Wickwief als Ratgeberin aus.

Jakomina hatte versucht, wie es ein bekanntes Frauenblatt empfohlen hatte, mit der Poesie als Zaunpfahl zu winken. Man sollte in der Wohnung einen Gedichtband herumliegen lassen, aufgeschlagen auf der Seite mit genau dem Gedicht, das die eigenen Gefühle am besten ausdrückte. Poesie gehörte nicht zu ihren Stärken. Aber dann war sie bei Theodor Fontane fündig geworden. Sie besaß einen Band mit Gedichten von ihm, ein Geschenk der Kapitänswitwe Warnecke zu Fraukes Geburt. Bei ihr in der Marienstraße hatte der Dichter vor zwanzig Jahren Urlaub gemacht, seitdem verschenkte sie seine Werke.

Jakomina mochte Frau Warnecke. Sie hatte in jungen Jahren ihren Mann auf seinen Weltreisen nach Australien, China und Amerika begleitet und konnte wunderbar von San Francisco und von Kängurus und von der Weltausstellung in Philadelphia erzählen. Sie bildete sich ziemlich viel darauf ein, dass Fontane sie als Vorbild für eine Frau Hansen in seinem

Roman *Unwiederbringlich* genommen hatte, war allerdings auch ein wenig pikiert gewesen, weil er sie darin um etliche Jahre älter gemacht hatte. Jakomina hatte versucht, das Buch zu lesen, war jedoch dabei eingeschlafen. Sie fand mehr Gefallen an pikanten Hintertreppenromanen wie *Die Bekenntnisse einer Prinzessin*. Den Anfang des Fontane-Gedichts, mit dem sie ihren Ehemann wachzurütteln erhofft hatte, kannte sie auswendig.

Mein Herze, glaubt's, ist nicht erkaltet,
Es glüht in ihm so heiß wie je
Und es endete mit:
Ich bin wie Wein, der ausgegoren:
Er schäumt nicht länger hin und her,
Doch was nach außen er verloren,
Hat er an innrem Feuer mehr.

Leider hatte das Hausmädchen ihr Signal weggeräumt, bevor Fritz es empfangen konnte. Sie hatte es erneut platziert. Dann endlich hatte sie Fritz das Buch in die Hand nehmen und nach einem flüchtigen Blick hinein ungerührt zuschlagen sehen.

Jakomina stöhnte leise auf. Vielleicht war der Vergleich mit dem Wein einfach nichts für einen Ostfriesen, obwohl sie persönlich ja alles mit Wein romantisch und kultiviert fand.

Dass sie selbst überall Zeichen von Amors Lebendigkeit erkannte, machte es nicht gerade einfacher. Erwin zum Beispiel scharwenzelte um Frieda herum. Frauke schwärmte für einen Steuermann. Hilrich, der zu ihrem fünfzigsten Geburtstag für ein paar Tage aus Berlin nach Hause gekommen war, hatte ihr anvertraut, dass er sehr verliebt sei, die Affäre aber allergrößte Diskretion verlange. Hoffentlich ist die

Dame nicht verheiratet, hatte sie besorgt gesagt. Nein, nein, es gebe andere Gründe, über die er nicht reden könne, hatte er geantwortet. Doch er sei ungeheuer glücklich.

Arme Frieda! Während Erwin ihr schöne Augen machte, himmelte die Kleine nur Hilrich an, was natürlich an ihm abperlte wie Wasser an einer Öljacke. Jakomina mochte Frieda, aber als ihre Schwiegertochter konnte sie sich die mittellose Tochter eines früheren Trunkenbolds beim besten Willen nicht vorstellen. Zu schade, dass es mit der netten Hotelierstochter Anna nicht geklappt hatte. Andererseits boten sich ihrem Hilrich in Berlin ganz andere Möglichkeiten.

»Möchten Sie noch etwas festigendes Haarwasser?«, fragte sie Frau Kruse mit einem Zerstäuber in der Hand

»Ja, bitte. Und vergessen Sie das Haarnetz nicht.«

Nachdem die Kundin sich zufrieden verabschiedet hatte und durch den Flurausgang entschwunden war, ging Jakomina in die Küche, um sich ausnahmsweise einen Kaffee aufzubrühen. Manchmal brauchte sie für ihre Nerven eine starke Bohne statt Tee. Doch bevor sie eintrat, wurde sie vor der halb geöffneten Tür Zeugin, wie Frieda Erwin eine Ohrfeige verpasste.

»Pfoten weg!«, fauchte sie.

Er reagierte mit einem furchterregenden Blick. »Du eingebildete Kröte!«, schnaubte er. »Wirst schon sehen, was du davon hast.«

Jakomina bewegte sich schnell weiter, marschierte durch den Flur nach draußen, um den Angestellten und sich selbst eine Peinlichkeit zu ersparen. Im Garten traf sie auf Rudolf, der eine Zigarettenpause machte.

»Möchten Sie auch eine Frauenzigarre, Meisterin?«

Sie wollte ablehnen, denn sie rauchte nicht. Aber wenigstens das könnte ich mir ja mal leisten, überlegte sie, wenn ich schon sonst nichts erlebe und nicht mal einen Kaffee kriege.

»Gern.«

Sie nahm eine Selbstgedrehte aus dem dargebotenen Etui, er reichte ihr Feuer, sie hustete und lehnte sich neben ihn an den Bretterschuppen neben der Pergola. Schweigend rauchten sie ein paar Züge. Rudolfs Blick deutete in Richtung Küchenfenster. Sie verstand. Er hatte Erwins missglückten Annäherungsversuch ebenfalls mitbekommen.

»Mit deinem Horoskop stimmt was nicht«, sagte sie, und erst als sie es ausgesprochen hatte, wurde ihr bewusst, dass sie damit verriet, wie wenig los war in ihrem Liebesleben.

Sie errötete.

Er lächelte, geradezu zärtlich. »Man bemerkt nicht immer alles.«

Sie nahm einen tiefen Zug, spürte, wie das Nikotin ihre Glieder lockerte. Eine warme, milde Stimmung ergriff Besitz von ihr.

»Wenn du mich nicht kennen würdest, Rudolf, und ich käme als Kundin in den Salon und würde dich um deinen Rat als Coiffeur bitten – was würdest du mir raten?«

»Sie sind perfekt, so wie Sie sind, Frau Fisser.«

»Nein, im Ernst. Sollte ich mir vielleicht die Haare färben lassen?«

»Also, wenn …«, er schaute sie prüfend an, »… dann würde ich ein sattes Goldblond empfehlen. Letztlich ist das die Farbe, die der Schöpfer sich für Sie gedacht hat.«

»Rudolf, steckt in dir etwa ein Poet?« Sie lächelte geschmeichelt.

Er schaute verlegen auf die Blumenrabatten.

Fritz traf sich abends mit dem Morgenquartett in Onnos Hotelrestaurant. Da von Bülow auch mit Fürstentitel wieder den Sommer auf Norderney verbrachte, allerdings zusätzlich zur Villa Fresena noch die benachbarte Villa Edda von Graf von Wedel, dem beide Häuser gehörten, gemietet hatte, waren die Männer lange uneins gewesen, wer denn nun eigentlich die Wette verloren hatte und das Essen ausgeben musste. Schließlich hatte Onno Remmers alle zum Essen in sein Hotelrestaurant eingeladen, die Zeche für die Getränke teilten sich die anderen.

Obwohl es spät geworden war, besuchte Fritz am darauffolgenden Abend die Übungsstunde des Männergesangvereins, und einen Tag später kündigte er an, dass er unbedingt mal wieder seinen alten Freund August besuchen müsse. Drei Abende hintereinander hatte er keine Zeit für sie! Damit stand Jakominas Entschluss fest. Sie bat Rudolf, ihr nach Ladenschluss das Haar goldblond zu färben.

Während sie mit dem Färbemittel auf dem Kopf in der Kabine saß, um die Einwirkzeit abzuwarten, leistete ihr Rudolf Gesellschaft. Er machte Scherze, erzählte von seiner rheinischen Heimat und gab ein paar Karnevals- und Weintrinkerwitze zum Besten. Sie verstanden sich gut.

»Möchten Sie zugucken oder den Überraschungseffekt haben?«, fragte er, bevor es ans Auswaschen, Trocknen und Frisieren ging.

»Überraschungseffekt«, verlangte sie lächelnd. Ihr Herz schlug etwas schneller.

»Gut.« Er hängte ein großes Tuch über den Spiegel, werkelte eine Weile hochkonzentriert. Er ondulierte, drehte und steckte hoch. Jakomina genoss es, wie ein Kunstwerk unter seinen Händen zu sein. Obwohl ihr bewusst war, dass sie ein

Risiko einging. Das größte seit Jahren. Vielleicht stand es ihr nicht, vielleicht vertrug ihr Haar das Färbemittel nicht, vielleicht missfiel Fritz ihre Erblondung. Sie hätte es doch besser mit ihm abstimmen sollen. Aber nun war es zu spät.

»Simsalabim!«

Rudolf entfernte das Tuch vom Spiegel. Sie sah gut aus, sehr gut. Es war überhaupt nicht die große Veränderung, sondern einfach nur eine Verbesserung. Das Haar schimmerte heller, sie wirkte jünger. Ihr fiel ein Stein vom Herzen. Und sie freute sich.

»Wie schön!«

»Hab ich's doch gewusst«, kommentierte Rudolf zufrieden.

Jakomina stand auf. Überwältigt gab sie ihm einen dicken Kuss auf die Wange. Rudolf erschauerte. Sie strahlte ihn an, sah ihm in die Augen. Und erkannte in dieser Sekunde ebenso erschrocken wie entzückt, was oder richtiger wen er in seinem Horoskop mit »Anbetung und Bewunderung« gemeint hatte.

Grete

Die Pensionatsleitung steckte eine schmale, blasse Mitbewohnerin namens Helene zu Grete ins Zimmer. Die Gleichaltrige sollte sich nach einer überstandenen Lungenentzündung erholen und erwies sich als ebenso umgänglich wie langweilig. In ihren freien Minuten widmete sie sich hingebungsvoll einer Strickliesel. Sie produzierte damit lange bunte Schnüre, die sie um alle möglichen Gegenstände wickelte.

Grete las weiter in dem Buch, das der Doktorand ihr ans Herz gelegt hatte. Solche Art von Lektüre kannte sie nicht, deshalb brauchte sie lange. Sie fand diese Lebensreformideen interessant. Manches faszinierte sie – mit Helene allerdings konnte man über derlei Dinge nicht reden. Anderes war so abstrus, dass sie beim Lesen den Kopf schüttelte. Diese Ansichten widersprachen allem, was sie gelernt hatte und woran ihre Eltern und Erzieher glaubten. Einiges richtete sich sogar offen gegen die Stützen der Gesellschaft, klagte zum Beispiel die Lebensbedingungen von Fabrikarbeitern an. Ob Dr. Hartmann das gutheißen würde? Ihr Vater bestimmt nicht. Gelegentlich fragte sie sich, ob man sie wegen des Besitzes umstürzlerischer Literatur möglicherweise sogar polizeilich verfolgen konnte. Andererseits hatte es natürlich etwas Aufregendes. Und als sie das Kapitel über den Wandervogel und die neue Körperkultur las, kam ihr endlich die ersehnte Idee.

»Die Sache mit den Licht- und Luftbädern beschäftigt mich«, sagte sie, als sie dem jungen Lubinus das nächste Mal im Verwaltungsgebäude über den Weg lief.

»Das freut mich.« Der Doktorand schaute sie erwartungsvoll an.

Im Flur stank es nach Formalin, das Jochen, der Heizer, gerade wieder zur Desinfektion versprüht hatte. »Oh, wie das in der Nase beißt!« Sie hustete.

»Gehen wir nach draußen«, schlug Lubinus vor. Sie spazierten hinter dem Warmbadehaus vor den Dünen auf und ab. »Im Kesselhaus herrscht auch oft ein besonderer Geruch. Haben Sie den schon bemerkt?«

»Und wie!« Sie verzog die Nase. »Die Kinder bringen ihre gesammelten Seesterne her, Jochen lässt sie dort für sie trocknen.«

»Ich kann Ihnen versichern, das ist deutlich angenehmer, als wenn sie ihre Beute in einem Spind ablegen und zu trocknen versuchen«, bemerkte der angehende Mediziner lachend. Seine Zähne schimmerten im Kontrast zur Haut besonders weiß.

»Sind Sie eigentlich absichtlich so braun gebrannt?«, rutschte es Grete heraus.

Er schmunzelte. »Vielleicht sollte ich langsam etwas aufpassen. Aber ja, ich bin davon überzeugt, dass es heilsam für Körper und Seele ist, wenn sie viel Licht bekommen. Ich schwimme auch jeden Morgen am einsamen Strand – ohne jegliche Beschränkung.«

Was genau meinte er damit?

»Ist das nicht gefährlich?«

»Höchstens wegen der Strömung, aber ich achte auf die Tide.« Er hob zwei Muscheln auf und steckte sie in seine

Hosentasche. »Die Kleinen von Pavillon 6 laden morgen Nachmittag zu einer Zirkusaufführung am Strand ein. Der Eintritt kostet fünf Sägemuscheln, zwei hab ich dann schon mal.«

Grete erwiderte sein Lächeln. Sie kam sich geradezu durchtrieben vor, als sie wieder zum Ausgangsthema zurückkehrte. Schließlich hatte sie beobachtet, wie ihre Mutter ihre Interessen durchzusetzen pflegte – niemals direkt, nie fordernd, sondern geschickt hintenherum. Eigentlich war diese Art in ihren Augen würdelos. Sie wünschte sich, ihre Meinung gleichberechtigt kundtun zu dürfen. Aber das ging ja nicht, und so versuchte sie es nun eben wie ihre Mutter. »Leider bin ich noch nicht ganz fertig mit dem Buch. Ich hab allerdings schon gelesen, dass Licht- und Luftbäder gegen Ausschlag helfen können. Glauben Sie das auch?«

»Es kommt darauf an. In Ihrem Fall gehe ich davon aus.«

»Was meinen Sie … ob ich vielleicht häufiger …?«

»Ja, das würde ich sofort befürworten.« Er reagierte wie erhofft, am Ende würde er die Idee noch für seine eigene halten. »Im vergangenen Jahr wurde auf Norderney ein solches Bad für Damen eröffnet, nachdem man mit dem Licht- und Luftbad am Herrenstrand schon gute Erfolge erzielt hat.«

»Ach, wie interessant!«, erwiderte sie artig.

»Sie sollten die Dauer langsam steigern und nach meiner persönlichen Meinung nicht nur liegen, sondern sich auch bewegen. Es gibt dort zum Beispiel eine Turnstange.«

»Könnten Sie mir das vielleicht verordnen oder deshalb mit Dr. Hartmann sprechen?« Sie schenkte ihm einen bittenden Blick.

Er stutzte, dann nickte er erfreut. »Das lässt sich sicher in Ihren Stundenplan einfügen. Darum kümmere ich mich gern.«

Nach dem Abendessen warf Grete einen Brief für Frieda in den Nistkasten. Sie teilte ihr mit, dass sie sich nun doch häufiger treffen konnten, weil sie künftig öfter ganz allein angebliche Licht- und Luftbäder nehmen würde.

Grete setzte sich nach dem Mittagessen draußen auf eine Bank, die windgeschützt vor einer Mauer auf dem Hospizgelände stand, und schrieb eine Postkarte an ihre Familie. *Seit einer Woche darf ich ins Meer, erst mal nur bis zu den Knien. Das Wasser ist noch recht kalt.* Sie kaute auf dem Bleistiftende herum. *Aber heute scheint die Sonne, wir haben richtiges Kaiserwetter.* Alle Post wurde von den Schwestern kontrolliert, da musste man genau überlegen, was man schrieb. Wer sich beklagte, musste einen neuen Text verfassen. Versonnen hielt sie ihre Postkarte gegen das Licht. Es war ein besonders schönes koloriertes Exemplar, das einen Leuchtturm und den Mond über dem Meer zeigte. An einigen Stellen war Transparentpapier in die Pappe eingearbeitet, und wenn man im Dunkeln eine Kerze dahinter stellte, schimmerten die Leuchtturmstrahlen und der Mond wunderbar lebendig.

Plötzlich unterbrach das Tamtam die Mittagsruhe. Grete wunderte sich, denn für den Nachmittagskaffee war es noch zu früh. Die vorzeitig geweckten Kinder und jungen Damen strömten nach draußen.

»Kinder, Kinder, meine Damen!« Die Stimme von Oberschwester Martha überschlug sich. »Der Kaiser ... der Kaiser ist da! Hier auf Norderney. Er besucht in dieser Minute den Reichskanzler.«

»Waaas?«

»Hurra! Hurra! Hurra!«

»Ist das auch kein Scherz?«

Einige Jungen waren nicht zu halten, sie stürmten sofort los zur Villa Wedel. Alle anderen versammelten sich auf dem Hof.

»Wir wollen dem Kaiser huldigen, wenn er heute Nachmittag auf sein Schiff zurückkehrt«, verkündete Dr. Hartmann.

Jubel und Aufregung verwandelten das Seehospiz in einen brummenden Bienenkorb. Die Kinder zogen in Windeseile ihre beste Kleidung an, die Großen halfen den Kleinen. Den Mädchen wurden festliche Sonntagsschleifen ins Haar gebunden.

Grete streifte ein weißes Kleid mit hellblau eingefasstem Matrosenkragen über. Matrosenkleidung passt immer, dachte sie, und da der Kaiser sich so für die Marine begeistert, muss es ihm erst recht gefallen. Wie aufregend! Seine Majestät – leibhaftig! Sie hatte Wilhelm II. zwar schon ein paarmal aus großer Entfernung bei Paraden in Berlin gesehen, doch nun bestand die Möglichkeit, ihm sehr viel näher zu kommen.

Seit ihrer Kindheit verehrte sie ihn. Das Sammelalbum mit Fotografien des Kaisers in seinen prächtigen Uniformen war einer ihrer Schätze. Vielleicht, so träumte sie vor sich hin, während sie das Haar durchbürstete, vielleicht begleitet ihn ja ein schöner junger Prinz … Mit zittrigen Fingern band sie ihren Sommerhut fest.

»Beeilung!«, rief die Oberschwester.

In Zweierreihen traten sie draußen an und nahmen jeder eines der schwarz-weißen Preußenfähnchen in Empfang, die noch von der Begrüßung des Reichskanzlers im Mai übrig waren.

»Schnell, schnell!«, mahnte Dr. Hartmann. »Wir wollen Spalier stehen, zusammen mit den Norderneyer Schulkindern.«

Im Ort ruhten alle Geschäfte. Insulaner und Kurgäste drängten sich vor Begeisterung jubelnd, wie man es zumindest den Norddeutschen niemals zugetraut hätte, vor der Villa Wedel und entlang der Strecke bis zum Hafen.

Die Luft vibrierte, die Sonne spiegelte sich im glatten blauen Meer. Auch Grete wurde von der allgegenwärtigen Euphorie mitgerissen. Ach, wie sie den Kaiser und ihr Vaterland liebte! Mit den anderen Hospizbewohnern zog sie inbrünstig »Deutschland, Deutschland über alles« singend durch Straßen, die einem Flaggenmeer glichen, in Richtung Anleger. Hunderte von Schülerinnen und Schülern säumten bereits mit ihren Lehrerinnen und Lehrern den Fährdamm. Neben und hinter ihnen standen Erwachsene, Greise und Kinder Kopf an Kopf, der Ort selbst musste inzwischen menschenleer sein.

Im Hafen hatten der Kriegerverein und die Feuerwehr Aufstellung genommen. Irgendein Zufall drängte Grete mit Dr. Hartmann und Lubinus in die Nähe der ordenbehängten Honoratioren, die hochgestimmt den Kaiser nach seiner Besprechung erwarteten – der Königliche Badekommissar, der Gemeindevorsteher, der Badeinspektor, verschiedene Vereinsvorsitzende. Einige Leute sprachen über die bevorstehende Nordlandreise Seiner Majestät. Wieder würde er wochenlang mit den wichtigsten Männern des Reiches an Bord einer Staatsyacht die Fjorde Norwegens erkunden.

Draußen auf See vor Norderney lag das prächtige Kaiserschiff jetzt, zu groß für die Fahrrinne, weshalb Wilhelm II. auf das schnelle kleine Depeschenboot *Sleipner* umgestiegen war, um die Insel, zunächst inkognito, zu seinem Überraschungsbesuch erreichen zu können.

Gegen vier Uhr nachmittags, die anschwellenden Hurra-rufe kündigten es an, nahte seine Kutsche. Und dann stieg der Kaiser vor der Hafenhalle aus, ebenso Reichskanzler Fürst von Bülow und dessen Gemahlin – Grete war erleichtert, den Reichskanzler wohlauf zu sehen, das würde ihren Vater freuen.

Seine Majestät begrüßte die Würdenträger mit Handschlag. Er wechselte ein paar launige Worte mit ihnen, sprach sogar einen weißhaarigen Mann in den Reihen des Kriegervereins an. Und Grete stand so nahe, dass sie ihn hören konnte! Das Blut schäumte durch ihre Adern wie nach einem Bad in der kalten Nordsee. Sie sah den deutschen Kaiser nur wenige Meter von sich entfernt! Hoffentlich schwanden ihr nicht die Sinne, hoffentlich hielt sie durch. Ihre Hand tastete vor-sichtshalber nach dem Riechfläschchen, das sie unter dem Kleiderstoff an einer Halskette mit der Fuchszunge trug.

Doch während sie genauer hinschaute und sich dessen be-wusst wurde, was sie sah – einen ältlichen Herrn mit Bäuch-lein im normalen sommerlichen Straßenanzug, nicht be-sonders groß und in den Schultern längst nicht so breit wie auf den Fotos in ihrem Sammelalbum –, da verpuffte die ganze Aufregung. Das sollte ihr Held sein? Gut, der Schnurr-bart entsprach dem Bild, das sie sich vom Kaiser gemacht hatte. Aber alles andere? Er trug einen Sommerhut und einen Spazierstock wie jeder x-beliebige Kurgast.

Nun reichte er dem Bürgermeister die Hand, bedankte sich, sagte ein paar Nettigkeiten über Norderney und schloss in zackig-jovialem Ton: »Sorgen Sie mir dafür, dass die Insu-laner nicht aussterben!«

Halb entsetzt, halb belustigt schlug Grete eine Hand vor den Mund, um nicht loszuprusten. Marschmusik erklang, der

Kaiser schritt die Front des Kriegervereins ab. Sie blickte sich um. Ob außer ihr noch jemand das Komische, ja Lächerliche und Anzügliche dieses Auftrags empfunden hatte? In den Augen des Doktoranden Lubinus entdeckte sie ein amüsiertes Glitzern. Für Sekunden hielt sein belustigter Blick den ihren fest. Ja, er verstand sie, er fand den Satz ebenso unsäglich. Dann spitzte er den Mund, als wollte er unauffällig pfeifen, und schaute mit neutraler Miene über ihren Kopf hinweg.

Hinterher hatte Grete das Gefühl, dass sie in dieser Minute erwachsen geworden war. Das Erlebte erinnerte sie an das Hans-Christian-Andersen-Märchen »Des Kaisers neue Kleider«. Vielleicht war sie durch ihre Lektüre schon unmerklich darauf vorbereitet worden.

»Die Monarchie lebt vom Entrückten«, kommentierte Lubinus den kaiserlichen Blitzbesuch, als er ihr einen Tag später einen neuen Stundenplan überreichte. »Im Lichte des Alltäglichen leidet sie.«

»Soso, aber ich soll jetzt vermehrt ins Licht und Luftbäder nehmen«, erwiderte sie gespielt entrüstet.

»Sie, wertes Fräulein, werden gewiss aufblühen«, versprach er.

Grete nahm nun tatsächlich ein Licht- und Luftbad am Damenstrand. Es kostete ebenso Eintritt wie ein Bad im Meer, sie kaufte sich gleich ein Saisonabonnement. Zum Umziehen ging man allerdings nicht in einen Badekarren, sondern in eines der großen Strandzelte dahinter, die mehr in Richtung Dünen standen, Schutz bei Regen und auch Kabinen boten. Natürlich achtete sie dann beim Liegen, an der Turnstange oder beim Ballspielen darauf, dass sie nicht zu viel Farbe bekam. Aber meistens verabredete sie sich – ihr Baumbriefkasten funktionierte bestens – mit Frieda, oft am Kaap in den Dünen.

Es war ein Akt der Befreiung und der Rebellion. Manchmal hatte es etwas Berauschendes, wenn sie durch die grüne Dünenlandschaft im Inselinnern wanderten. Der Wind presste ihr die Luft in die Nasenlöcher, als wollte er ihr zusätzliche Kraft in die gereizten Lungen drücken. Hier draußen klang die Welt ganz anders. Intimer, das Piepsen von Jungvögeln in Bodennestern ganz nah und fern zugleich durch das Brüllen des Meeres weit draußen.

Sie und Frieda alberten herum und malten sich schwärmerisch ihre Zukunft aus. Aber sie redeten keineswegs ununterbrochen. Manchmal legten sie sich in eine Dünenmulde, die Hände hinterm Kopf, wippten mit den Füßen und schauten in die Wolken. Einmal, nachdem sie in großen Sprüngen von den Randdünen gehopst waren, erlebten sie überraschende Sekunden voller Glück. Sie beobachteten die farbigen Lichtspiele überm Meer, erfüllt von Zuversicht, der Freude am Moment, am Lebendigsein. Darüber redeten sie nicht. Sie sahen sich nur an, ein kleines Lächeln reichte.

Wenn sie durch den Ort bummelten, trug Grete immer einen Gesichtsschleier. Gelegentlich schäkerten auf der Promenade junge Leutnants mit ihnen, die zur Erholung in der Militärkuranstalt untergebracht waren. Es blieb jedoch beim Geplänkel, bislang übten sie das Flirten nur.

Grete las das Buch über die Reformbewegung zu Ende. Sie wollte gern mit Lubinus darüber reden und ihn auch nach der Bedeutung einiger Fremdwörter fragen, die sie sich herausgeschrieben hatte. Deshalb gab sie es nicht Fräulein

Berglund zurück. Die Gymnastik bei der schwedischen Lehrerin machte ihr inzwischen immer mehr Spaß. Nach den Übungsstunden plauderten sie nun sogar noch etwas. Einmal kamen sie auf Lubinus zu sprechen. Die Schwedin verriet ihr, der Medizinstudent sei von einem ostfriesischen Pastor auf dem Festland adoptiert worden.

»Er hat wegen seiner hervorragenden Leistungen ein Stipendium für sein Medizinstudium erhalten.«

»Dann sind seine Eltern tot?«

»Nein, ich glaube seine Mutter lebt, aber sie konnte sich nicht ausreichend um ihn kümmern. Der Pastor, der ihm auch seinen Namen gab, nahm sich früh seiner an.«

Grete nickte verständig. »Schön, dass es solche Möglichkeiten gibt.«

Also stammte er aus kleinen, vermutlich sogar üblen Verhältnissen. Wie schade. Immerhin war er fleißig und begabt, er würde schon seinen Weg machen und sicher ein tüchtiger Landarzt werden. Abgesehen davon, dass er viel zu alt für sie wäre, er war bestimmt an die zehn Jahre älter als sie, käme so einer als Mann für sie natürlich niemals infrage. Das konnte Grete ihren künftigen Kindern nicht antun, die sollten auf einen edleren Stammbaum zurückblicken können. Dazu fühlte sie sich von jeher verpflichtet, in der Veredelung bestand gewissermaßen der Auftrag ihrer Familie an sie. Insgeheim litt sie darunter, dass sie nur schnöde Lehmann hieß, wo doch die Familie mütterlicherseits so schön blaublütig war.

»Wissen Sie, wie er mit Vornamen heißt?«, fragte sie Frau Berglund beiläufig.

»Max«, antwortete sie.

Ach herrje, dachte Grete, auch noch ein Name wie ein Bierkutscher.

Einmal in der Woche wurde sie von Max Lubinus untersucht und neu vermessen. »Ihr unterer Brustkorb ist weiter geworden«, lobte er nach einer Weile, »sehr gut.«

»Na ja.«

»Was wollen Sie damit sagen?«

»Na ja«, sie versuchte, ihr Gefühl in Worte zu fassen, »mein Körper lässt mich immer noch oft im Stich. Es ist scheußlich, wenn man sich nicht auf ihn verlassen kann …«

»Sie sollten nicht trennen zwischen sich und Ihrem Körper«, erwiderte er. »Erst wenn Sie gelernt haben, Ihrem Körper zu vertrauen, können Sie sich selbst trauen, erst dann sind Sie mit sich im Reinen, eins mit sich. Aber dafür müssen Sie Ihren Körper auch gut behandeln und regelmäßig stärken.«

Ach, was er daherschwurbelte! Der Geist war doch mehr als das Fleisch. Und die körperlichen Veränderungen durch diese Turnerei betrachtete sie durchaus skeptisch. Sie konnte zum Beispiel ihr Korsett in der Taille nicht mehr so eng schnüren wie früher. Was auch daran liegen mochte, dass sie auf der Insel großen Appetit entwickelte und mit Frieda öfter Kuchen vom Inselbäcker holte, den sie bei ihren Ausflügen in der Natur verputzten. Ohne Begleitung in einer Konditorei zu sitzen, das ging leider nicht, das geziemte sich nicht für junge Damen, und außerdem hatte Frieda dafür kein Geld. Grete hätte sie zwar einladen können, aber sie wollte ihre Freundin nicht beschämen. Deshalb war es so besser.

»Sie müssen nicht nur den Rücken kräftigen, sondern auch die Bauchmuskulatur. Sie brauchen Kraft von vorne und von hinten.«

»Aha.« Vermutlich hatte er keine Ahnung davon, dass Damen von Welt derzeit ein Sans-Ventre-Korsett trugen, das, wie schon der Name sagte, eine Figur ohne Bauch zauberte, indem es diesen nach innen presste. Und sie sollte nun ihren Bauch auch noch absichtlich stärken? Sie seufzte. Eine weitere Frage beschäftigte sie. »Zu meinem Ausschlag … Er ist fast überall verschwunden oder stark zurückgegangen. Nur nicht im Gesicht.«

»Rätselhaft, in der Tat.« Er betrachtete die entzündete Stelle unter einer Lupe. »Behandeln Sie Ihr Gesicht denn irgendwie anders? Benutzen Sie vielleicht ein Präparat für den Teint?«

Sie druckste herum. Es war ihr unangenehm, wegen der Anomalie, die sie dem proletarischen Familienzweig der Lehmanns verdankte.

»Na ja, also … ich nehme eine Creme gegen Sommersprossen.«

»Wie bitte? Na, das wird's sein!« Angewidert schüttelte er den Kopf. »Dieses Zeug enthält doch Quecksilber. Lassen Sie's weg und beobachten Sie, was passiert.«

Was passiert? Sie würde bald gesprenkelt wie eine Feldschnepfe aussehen.

»Meinen Sie wirklich?« Er konnte natürlich nicht nachvollziehen, wie belastend solche Flecken im Gesicht für ein Mädchen waren. Besonders wenn es sich in der besseren Gesellschaft bewegte. Unglücklich ächzte Grete. »Sie verstehen das einfach nicht«, setzte sie an, sie wollte nicht hochmütig erscheinen, aber es musste doch mal gesagt werden. »In unseren Kreisen ist das anders …«

»Nun vergessen Sie doch endlich diese gottverdammte Eitelkeit!«, donnerte er. Sie schreckte zusammen. Warum fuhr er sie so an? Am liebsten hätte sie einen Flunsch gezogen, doch sie unterdrückte den Impuls. Es schien ihm auch schon leidzutun. »Sommersprossen können ganz entzückend sein«, fuhr er in milderem Ton fort.

Eine kleine peinliche Gesprächspause folgte. Schmallippig reichte sie ihm sein Buch. »Mit Dank zurück.«

Ursprünglich hatte sie ja mit ihm darüber reden wollen, jetzt war ihr die Lust dazu vergangen.

Er nahm das Buch aus dem Schutzumschlag, den sie vergessen hatte. »Hier, der gehört wohl Ihnen.« Die Hülle aus duftendem Saffianleder hatte sie zur Konfirmation geschenkt bekommen.

»Oh, ja.« Sie errötete. »Meine Mutter sagt immer, etwas Geliehenes soll man in besserem Zustand zurückgeben, als man es erhalten hat.«

»Kluge Frau.« Er lächelte. »Sehen Sie, Fräulein Lehmann, so wie Sie dieses Buch sorgfältig behandelt haben, so ist es auch Ihre Pflicht, den Körper, den Ihnen der liebe Gott geschenkt hat, sorgsam zu behandeln. Bis an Ihr Lebensende, das dadurch, glauben Sie's mir, sicherlich später eintreten wird. Was man in der Jugend verbockt, rächt sich erst viele Jahre später, aber es rächt sich. Treiben Sie nicht Schindluder mit Ihrer Gesundheit.« Sie fühlte sich bevormundet und senkte den Blick. »Also – was sagen Sie zu dem Buch?«, wollte er wissen.

»Es … nun, es gibt mir zu denken«, antwortete sie zurückhaltend.

»Wunderbar! Mehr wollte ich nicht. Erst mal.« An seiner Stimme hörte sie, dass er lächelte. Eigentlich hatte er eine schöne Stimme, tief und vertrauenerweckend, genau wie sie bei einem Arzt sein sollte. »Übrigens habe ich noch eine Bitte. Sie müssen nicht folgen. Es wäre rein freiwillig.« Neugierig schaute sie wieder hoch. »Für meine Doktorarbeit werden asthmakranke kleine Kinder untersucht, die bei Fräulein Berglund Gymnastik machen. Hilfsschwester Anni vom 6er-Pavillon hat sie bislang dabei unterstützt. Anni muss uns nun leider überraschend aus familiären Gründen verlassen. Könnten Sie sich vorstellen, für sie einzuspringen und zweimal in der Woche bei den Übungen Hilfestellung zu leisten?«

Der Vorschlag verwirrte sie. »Warum bitten Sie nicht ein Mädchen, das kräftiger ist als ich?« Im Damenpensionat gab es etliche, die stärker waren als sie. Und dann versuchte sie, sich vorzustellen, was sie machen sollte. »Kann ich das denn überhaupt?«

»Natürlich können Sie. Gerade weil Sie wissen, wie sich die Kleinen mit Asthma fühlen, sind Sie perfekt geeignet.« Widerstreitende Gefühle ließen sie noch zögern. »Ich glaube sogar, Margarete, anderen zu helfen, würde auch Ihnen selbst guttun.«

Er spricht mich mit meinem Vornamen an, dachte sie innerlich aufbrausend. Obwohl ich es ihm nicht erlaubt habe. Und ist es nicht anmaßend von ihm, darüber zu befinden, was mir guttun würde? Sie blickte ihn an, um abzulehnen. Doch das warme Lächeln in seinen braunen Augen ließ jeden Widerspruch dahinschmelzen.

»Also gut«, sie schluckte und lächelte tapfer. »Ich versuche es.«

Die kleine Klara mochte nicht. Sie hustete und war sehr bockig.

»Klara musste heute schon in der Ecke stehen«, petzte Amelie, die an der Sprossenwand folgsam ihre Übungen machte. »Vorher sie hat fünf Stockschläge gekriegt. Weil sie beim Essen nicht ruhig sitzen wollte. Und nachts pinkelt sie ins Bett.«

»Sie war schon dreimal hier, aber hat nie richtig mitgemacht.« Fräulein Berglund seufzte.

Grete sah sich selbst in dem widerspenstigen Mädchen, sie erkannte ihre eigene Wut wieder. Es war scheußlich, wenn man seinem Körper nicht vertrauen konnte. Eigentlich sollte Klara sich bäuchlings auf den gepolsterten Turntisch legen, beide Arme nach vorne strecken und vor- und zurückschaukeln. Gretes Aufgabe wäre es gewesen, sie dabei von vorne an den Händen zu halten. Aber sie kletterte noch nicht einmal rauf. Stattdessen stand sie da mit verschränkten Armen, während ihre Füßchen unruhig auf den Hacken trappelten.

»Komm, Klara«, flüsterte Grete ihr, einem Impuls folgend, ins Ohr. »Wir rennen jetzt erst mal eine Runde ums Haus.« Fräulein Berglund lüpfte beide Brauen, so war das nicht gemeint mit der Hilfestellung. »Bitte, lassen Sie uns!«

Die Heilgymnastin drückte ein Auge zu. Und sie liefen los, um das Hauptgebäude herum und einmal quer übers Hospizgelände, bis sie keuchten. Dann führte Grete Klara an der Hand zurück.

»So, nun boxen wir alle, die dich geärgert haben«, versprach sie. Im Gymnastikraum stellte sie sich mit dem Mädchen vor einen Sandsack. Sie schlug mit der geballten Faust zu, Klara begriff und machte es nach. Grete hielt den Sack. Klara boxte wie ein Kätzchen, doch die Bewegungen kamen tief aus ihrem Innern, entließen eine offenbar schon lange angestaute Aggression. Sie wütete, und sie weinte, und sie lachte. Am Ende war sie völlig erschöpft. »Nächstes Mal machen wir andere Übungen«, flüsterte Grete ihr ins Ohr.

Klara kuschelte sich an Grete und nickte lächelnd unter Tränen.

Sie hatte etwas gefunden, wonach sie gar nicht gesucht hatte. Es bereitete ihr Freude, sich mit den Kindern zu beschäftigen. Dass sie, die immer die Schwache gewesen war, plötzlich anderen helfen konnte, war ein unglaubliches Erlebnis. Immer öfter ging sie nun rüber in den Pavillon zu den Kleinen, auch hier fehlte ja Hilfsschwester Anni. Ganz selbstverständlich war Grete da, packte mit an, spielte mit den Kindern, putzte Nasen, half beim Füttern.

»Schnabel weit auf! Die Henne macht gluck, gluck, gluck, du einen Schluck, du einen Schluck und einen für die Puppe!«

Auch hier herrschten Zucht und Ordnung. Antreten in Zweierreihen, Gehorsam, Drill waren an der Tagesordnung. Grete dachte, so muss das sein. Nur mit den Strafen war sie nicht immer einverstanden. Wer seinen Milchbrei nicht aß, dem hielt die Schwester die Nase zu, um ihm den vollen Löffel in den Mund zu zwingen. Wer sich übergab, musste das Ausgespuckte auflöffeln. Wer ins Bett machte, wurde den anderen vorgeführt und hatte das Laken unter dem Gejohle der anderen Kinder im Waschraum auszuwaschen. Das fand Grete entwürdigend. Doch offener Protest würde nur dazu führen, dass man sie ausschloss. Also verlegte sie sich darauf, heimlich Trost zu spenden.

Nach und nach erfuhr sie auch mehr darüber, wie einige der Kinder zu Hause lebten. Sie war entsetzt. Max Lubinus lieh ihr noch ein Buch. Ein Kapitel handelte davon, wie Arbeiterfamilien in Berlin hausten. Ungläubig schaute Grete sich die Fotos an. Acht Personen in zwei winzigen Räumen, Wäsche trocknete in einer fensterlosen Wohnküche. Jedes dieser Kinder kannte Hunger.

Sie sprach darüber mit Frieda, die solche Verhältnisse auch schrecklich fand, aber nicht sonderlich schockiert war.

Sie kannte schlimme Sachen aus eigener Erfahrung, nahm Grete mit zu einer Norderneyer Familie, die im alten Dorfkern erbärmlich hauste. Die Mutter abgestumpft, der Vater betrunken, Kinder in abgerissener Kleidung mit dreist-blödem Blick und Schnodder unter der Nase. Grete schüttelte sich. Aber sie beschloss, nicht mehr wegzugucken.

Es war, als öffnete sich ein zusätzlicher Sinn. Er ermöglichte ihr, die Gefühle der Kinder anders mitzuempfinden. Viel intensiver als sonst spürte sie zum Beispiel den Jubel, wenn sich eine Gruppe an einem Sonnentag mit Bademeister Lampe zum Strandbaden aufmachte.

»Darf ich euch begleiten?«, fragte sie eines Tages die betreuende Schwester.

»Aber sicher. Wir können jede helfende Hand gebrauchen.«

Als der beliebte Bademeister, der stets ein rotes Wams trug, ins Horn blies – das Signal, dass seine Schützlinge gleich in die Wellen springen durften –, hüpfte auch ihr Herz voller Vorfreude.

Während des Eintauchens und Planschens hielten sich meist zehn Kinder an einer langen Sicherheitsleine fest. Ein Junge allerdings brach angesichts der Wellen vor Entsetzen in Gebrüll aus und wollte zurück. Oh, wie gut sich Grete an ihre eigene Panik erinnerte! Normalerweise hieß es bei Herrn Lampe »mitgefangen ist mitgehangen«. Doch sie legte ein gutes Wort ein.

»Bitte, vielleicht kann ich ihn langsam daran gewöhnen.«

»Aber nicht, dass so was Schule macht«, brummte Herr Lampe.

Sie löste den Angsthasen aus der Gruppe, ging mit ihm am Meeressaum spazieren, einige Minuten lang nur auf dem Trockenen.

»Verzärteln Sie den Jungen nicht!«, mahnte die Schwester. »Darauf können wir keine Rücksicht nehmen, wenn einer wasserscheu ist.«

Grete überhörte es absichtlich. Sie mochte kein Kind zu etwas zwingen.

»Komm, zuerst nur mit den Zehenspitzen. Jetzt auch die Ferse. Lass mal die nächste Welle drüberspülen. Und nun bleibst du stehen, ich halte dich ganz fest. Wir warten ab, bis deine Füßchen im Sand versunken sind. Spürst du den Sog?«

Einen Schritt wagte der Knabe schließlich. Der Anfang war gemacht.

Wegen solcher Kleinigkeiten stieg ihre Beliebtheit bei vielen Jungen und Mädchen. Bei Ebbe zog sie unter Führung von Schwester Erika mit den Jüngsten zur Buhne, kletterte mit ihnen über den Steinwall im Meer, half ihnen, unter den Brocken versteckte Krebse und Seesterne zu fangen. Die überbordende Lebenslust jener, die Spaß am Baden hatten, wurde zu ihrer eigenen, sie juchzte und kreischte mit ihnen. Grete begann zu strahlen, wenn eines der gerade noch traurigen Kinder auf einmal selbstvergessen im Matsch panschte, eine Burg baute oder mit anderen Muschelbilder auf Sandwälle zauberte. Ihr Brustkorb weitete sich nicht nur durch die Gymnastik, sondern auch durch die vielen miterlebten kleinen Glücksmomente. Jedes Mal wenn ein bislang stummer Junge zu summen anfing oder ein blasses Mädchen abends mit roten Wangen gierig sein Brot verputzte, konnte sie ein Stückchen freier atmen.

Max Lubinus hatte etwas in ihr in Gang gebracht.

Endlich traf ihre Familie auf Norderney ein. Grete wurde von ihren Brüdern abgeholt und durfte zu Besuch mit ins vornehme Hotel Richter. Eduard war desillusioniert, was seine Aufstiegsmöglichkeiten anging.

»Die lohnenden Posten im Auswärtigen Dienst gehen immer nur an Adlige. Es ist eine einzige Kungelei.«

Aus diesem Grund hatte Hans-Heinrich sich entschlossen, eine Laufbahn bei der Marine anzustreben. »Da können auch fähige Männer aus bürgerlichen Kreisen Karriere machen.«

Die Großmutter war diesmal nicht mitgekommen. Aus gesundheitlichen Gründen zog sie wegen des milderen Klimas eine Kur in Wiesbaden vor.

Schon bald nach der freudigen Begrüßung fragte Grete ihren Vater, was ihr seit der Lektüre der Reformliteratur auf der Seele brannte.

»Wie wohnen und leben eigentlich die Arbeiter unserer Firma, Papa?«

Sie hatte eigentlich nur eine verschwommene Vorstellung von der Jutespinnerei, Weberei, Planenfabrik und Großhandlung für diverses Ausrüstungsgerät. Während die Familien anderer Fabrikanten meist in einer Villa auf dem Werksgelände wohnten, lagen die Lehmann'schen Werke außerhalb, am Stadtrand von Berlin.

»Gut, natürlich. Wir bieten eigene Werkswohnungen, fließend Wasser, Kanalisation und Kohleöfen, jedes Zimmer hat Tageslicht.«

»Ich möchte das gern mal mit eigenen Augen sehen. Nimmst du mich mit, wenn wir wieder zu Hause sind?«

»In eine Arbeiterwohnung?«, fragte er befremdet. Sie nickte. »Ganz sicher nicht. Weiß gar nicht, wann ich selbst das letzte Mal da gewesen bin. Das ist primitives Volk, kein Umgang und keine Umgebung für ein junges Mädchen wie dich.«

»Ich möchte wirklich gern.«

Der Vater war offenbar nervlich angespannter als sonst. »Was für ein Unsinn!«, herrschte er sie an. »Hat man dich im Hospiz mit dem sozialistischen Virus verseucht, oder was?«

»Aber …«

»Untersteh dich, weiter davon zu reden«, schnitt er ihr das Wort ab. »Waach dir ja nich uffzumucken. Ende der Diskussion.«

Grete war gekränkt. Aus Trotz erzählte sie auch nicht alles vom Seehospiz. Es würde besonders ihre Mutter nur aufregen und ihr die Stimmung verderben, wenn sie wüsste, dass ihre Tochter neuerdings Einblicke ins wahre Leben bekam. Und sie war doch gerade so glücklich darüber, dass die Kur ihrer Jüngsten anschlug. Tatsächlich heilte das Gesichtsekzem, seit sie auf die Bleichcreme verzichtete. Allerdings vermehrten sich die Sommersprossen auf der Nase, einige sogar erstmals auch auf Stirn und Wangen.

Grete nutzte eine Lücke im Überwachungsnetz, das man über sie gespannt hatte. Der Pensionatsleiterin vermittelte sie den Eindruck, ihre Eltern wünschten, dass sie nun vom Stundenplan befreit möglichst viel Ferienzeit mit ihrer Familie verbrachte. Die Eltern ließ sie glauben, dass sie weiterhin wegen der besseren Heilungsaussichten dem Stundenplan im Seehospiz folgte. So konnte sie sich mit ein paar vermeintlichen Sondergenehmigungen das herauspicken, was ihr am besten gefiel. Es kamen abendliche Kultur und Unterhaltung sowie feine Restaurantbesuche mit der Familie hinzu, aber eben nur, wenn sie Lust darauf verspürte. Herrlich! So stellte sie sich das ideale Leben vor – selbst bestimmen zu können, was man wollte, einfach traumhaft!

Auch nach einigen Tagen Aufenthalt hatte Familie Lehmann den Reichskanzler noch kein einziges Mal im Restaurant ihres Hotels angetroffen. Grete machte sich darüber keine Gedanken. Sie half der Mutter, Badeanzüge mit passenden Bademänteln durchzuprobieren, die sie sich von einem Geschäft zur Ansicht hatte schicken lassen. Dunkel mussten sie sein, das geboten der Anstand und die Badeordnung. Und der Stoff durfte in nassem Zustand nicht jedes Pölsterchen nachzeichnen.

»In den belgischen Bädern, wo schon Familien zusammen baden dürfen, tragen einige Damen ja Badeanzüge mit eingearbeitetem Korsett«, erzählte die Mutter, während sie sich mit prüfendem Blick vorm Ganzkörperspiegel drehte. Für ihr Alter und dafür, dass sie vier Kinder zur Welt gebracht hatte, sah sie noch ganz passabel aus. »Das machen sie natürlich nur, um die Männerwelt zu entzücken.«

»Manchmal ist es wirklich besser, sich ohne Einschnürung zu bewegen«, sagte Grete, »gerade bei sportlicher Betätigung.«

Sie hoffte, dass die Mutter ihr im Versandhandel einen elastischen Busen- und Rockhalter ohne Fischbein bestellen würde, und arbeitete schon mal auf ihr Ziel hin.

»Glücklicherweise gibt's hier noch keinen Familienstrand. Da müsste man ständig damit rechnen, von gierigen Männerblicken verfolgt zu werden.« Die Mutter zupfte lächelnd an den bauschigen Ärmeln herum. »Bislang wussten Kirchenvertreter das zu verhindern. Ich habe gehört, dass die Kaiserin ebenfalls dagegen ist. Aber ich fürchte, lange werden sie sich auf Norderney nicht mehr gegen die neue Mode sperren können. Sonst reist das mondäne Publikum in Zukunft nämlich woandershin.«

Grete hatte auch schon gehört, dass viele internationale Seebäder jetzt Familienbäder am Strand eröffneten. »Aber es wird doch wie anderswo sicher trotzdem weiterhin geschützte Damenbadestrände geben«, versuchte sie, ihre Mutter zu beruhigen.

Dabei war sie eigentlich der Meinung, dass es sogar allerhöchste Zeit wurde für diese Neuerung. Auch junge Damen würden mehr zu gucken haben, wenn sich die Brüder anderer Schwestern vor ihren Augen in Positur werfen konnten.

Lautstark polterte jemand durch den Hotelflur, die Tür ihres Zimmers wurde aufgerissen.

»Verdammter Mist!«, fluchte ihr Vater, sein Nacken war knallrot angelaufen. »Allet umsonst! Wieso haste mir nischt jesacht, Margarete? Du hättest es längst wissen und mir mitteilen können!«

Grete hatte keine Ahnung, was er meinte. »Wieso? Was …?«

»Bülow speist überhaupt nich mehr bei Richter! Verdammt, weshalb schmeißen wir denn so viel Jeld für dieset überkandidelte Hotel raus?«

»Ludwig, mäßige dich!«

Gretes Mutter nahm, die Hände vor der Brust ineinandergelegt, in ihrem dunkelblauen Badekostüm Haltung an. Immer in kritischen Momenten, wenn ihr Mann zu berlinern anfing, kam bei ihr die adlige Erziehung durch. Und Grete fragte sich fieberhaft, welches Versäumnis man ihr vorwerfen konnte.

»Den janzen Sommer über schon! Seit der Kanzler zur Erholung auf der Insel ist, speist er nur noch privat in seiner Sommervilla. Er hat sojar seinen italienischen Koch mitjebracht. Misère heißt der ooch noch, wie passend!«

»Ein Spitzname, den ihm der Kaiser persönlich gegeben hat«, steuerte Gretes Mutter bei. »Weil er damals in Rom auf die Frage Bülows, ob er bereit sei, ihm als Koch nach Berlin zu folgen, geantwortet hat, er könne ihn schließlich nicht allein ins Elend ziehen lassen.«

Doch dies war eindeutig nicht der Augenblick für derlei Spezialkenntnisse, die sie der Hofberichterstattung verdankte. Mit einem vernichtenden Blick brachte ihr Mann sie zum Schweigen.

»Ick bin doch nich aus Daffke hier!« Er schnappte sich ein auf dem Bett bereitliegendes Bündel. »Werd jetzt meine verdammte schottische Dusche nehmen«, motzte er und verließ türenknallend das Zimmer.

Grete brach in Tränen aus. Es stimmte, sie hätte es wirklich längst in Erfahrung bringen und ihn schon vor Wochen davon unterrichten können. Aber sie hatte die ganze Zeit über nur an ihre eigenen Interessen gedacht. Wie sollte er jetzt dem Kanzler begegnen, damit der ihm half, die Lehmann'schen Fabriken zu retten? Er brauchte doch diesen Auftrag!

»Kind, es ist übertrieben, was dein Vater da gerade gesagt hat«, tröstete ihre Mutter sie. »Soll er sich im Badehaus ruhig ein paarmal eiskalt mit dem Schlauch abspritzen lassen, das bringt ihn wieder zu Verstand.«

Grete sah sie durch einen Tränenschleier an. Ach, Maman, dachte sie, du hast ja keine Ahnung, was auf dem Spiel steht.

Frieda

Frisur und Hut müssen sich ergänzen, notierte Frieda im Stehen hinterm Verkaufstresen noch rasch in ihr Merkheft. Modische Kreationen nahmen mittlerweile die Ausmaße von Wagenrädern an, und umso wichtiger wurde es, das Haar als sichere Stütze für solche Kopfbedeckungen immer höher und breiter zu arrangieren. Gerade bei Nordseewind konnte das eine ziemliche Herausforderung bedeuten.

Ihr Merkheft war bereits zur Hälfte vollgeschrieben. In letzter Zeit hatte sie auch noch einige Rezepte für die Zubereitung selbst gemachter Haarpflege etwa aus Birkensaft oder mit Eigelb und Cognac festgehalten. Schon wieder spähte Erwin missgünstig aus dem Herrensalon zu ihr rüber.

Sie spürte seit einer Weile, dass er versuchte, ihr Schwierigkeiten zu bereiten. Zweimal bereits war der Gaskocher für ihr Onduliereisen zu hoch gedreht gewesen. Eine Haarsträhne war schnell verbrannt, aber sie hatte jedes Mal im letzten Moment Schlimmeres verhindern können. Denn zum Glück verfügte sie über ein feines Näschen und konnte es erschnuppern, wenn das Eisen zu heiß glühte. Frieda setzte eine blasierte Miene auf, die sie sich von Grete abgeguckt hatte, um Erwins negatives Fluidum an sich abperlen zu lassen. Sie schob das Heftchen in ihre Kitteltasche, in der seit drei Tagen auch ein nicht adressierter Brief steckte.

Der Bürgermeister betrat den Salon. Gleich hellte sich ihr Blick wieder auf, und sie begrüßte ihn freundlich. Da der Meister noch Jan Gerdes barbierte, dirigierte Rudolf ihn zum letzten freien Platz. Alle Einheimischen im Salon grinsten breit.

»Na, Bürgermeister, heute schon dafür gesorgt, dass die Insulaner nich aussterben?«, rief einer.

Egal, wohin er kam, seit dem Blitzbesuch des Kaisers zogen sie den armen Kerl überall mit seinem Sonderauftrag auf.

»Es reicht, Männer«, antwortete der Bürgermeister gutmütig. »Ich kann mich nicht um alles kümmern. Ganz ohne euch wird's auch in Zukunft nicht gehen.« Damit hatte er die Lacher auf seiner Seite, als er sich in den Barbierstuhl sinken ließ. »Nacken ausrasieren. Und reich mir mal das *Berliner Tageblatt*.«

In der Schlagzeile stand der Name Podbielski. So hieß der preußische Landwirtschaftsminister. Von dem hatte Frieda schon mal gehört. In seinen Verantwortungsbereich fiel das preußische Kurwesen, damit auch Norderney. Sie hatte einmal eine Äußerung von ihm putzig gefunden, vielleicht weil sie sich das Ganze gleich bildlich vorgestellt hatte. Die Forderungen der Norderneyer nach mehr Förderung ihres Staatsbades durch den Staat, dem alle Kureinrichtungen auf der Insel gehörten, hatte der frühere Kavalleriegeneral nämlich als überzogen abgeschmettert und gespottet, demnächst würden die Norderneyer von ihm wohl noch verlangen, dass er ihnen das Nordseewasser anwärmte.

»Hab ich euch eigentlich schon erzählt, dass der Kaiser mich anges-prochen hat?«

Jan witterte eine Gelegenheit, wieder vom Höhepunkt seines Lebens zu berichten.

»Seit dem 18. Juni ungefähr jeden Morgen, Jan.« Den sanften Spott in Fritzens Stimme ignorierend, legte der Veteran los.

»Ich s-tand in der ersten Reihe mit dem Kriegerverein vor der Hafenhalle. Da s-pricht er mich an. Sicher sind ihm meine Orden aufgefallen. Er fragt, wo ich gedient hab. ›Bei Langensalza, Majestät! 1870 mitgemacht‹, hab ich geantwortet, aber zackig.« Seine blauen Augen leuchteten unter den buschigen weißen Brauen.

»Ja, ja. Dolle Sache, Jan.«

Schon wieder klingelten die Türglöckchen. Eine junge Dame mit gelber Rose am Hut, die sich in Begleitung einer sauertöpfisch dreinschauenden Anstandsdame befand, steuerte auf den Tresen zu und erkundigte sich nach beruhigenden Zusätzen für ein Wannenbad. Aha, das ist sie also, dachte Frieda. Auf dieses hübsche Geschöpf wartete sie seit drei Tagen. Ein sichtlich verliebter Kunde, Offizier aus Hannover, hatte Frieda neulich gebeten, ach was, direkt angefleht hatte er sie, einer bestimmten jungen Dame aus gutem Hause heimlich einen Brief zuzustecken. Sie würde demnächst den Salon aufsuchen, um Badesalz zu kaufen, und an einer gelben Rose zu erkennen sein. Da Frieda mehr und mehr Gefallen an romantischen Liebesgeschichten fand, spielte sie mit. Diskret schmuggelte sie den Briefumschlag mit dem ausgewählten Päckchen Lavendelbadesalz in eine Papiertüte.

Ja, das Fräulein passt zu ihm, dachte sie erfreut. Eigentlich spürte sie es mehr. Sie wusste es einfach – die beiden würden ein gutes Paar abgeben. Seltsam, diese plötzliche Gewissheit. Sie sah das Verlobungsfoto direkt schon vor sich.

Ein Aufleuchten in den Augen der jungen Dame war Friedas Belohnung. Ebenso diskret schob diese ihr nun etwas

Trinkgeld rüber, nur ein Zucken um den niedlichen Kirschmund verriet ihre Dankbarkeit. Frieda wollte ablehnen. Für Liebesdienste sollte man kein Geld nehmen, fand sie. Doch in diesem Moment äugte Erwin erneut rüber, deshalb wischte sie die Münze schnell vom Tresen in ihre Hand, bevor sie dann die Damen formvollendet zum Ausgang geleitete.

Sie hielt die Tür noch offen, als sich mit energischem Schritt Geheimrat Scheefer näherte. Der gut aussehende Privatsekretär des Reichskanzlers war schon mehrfach Kunde im Inselsalon gewesen, zweimal hatte er in diesem Sommer den Besuch von Bülows angekündigt. An diesem Tag wollte er Haarpomade kaufen. Der Mann schüchterte Frieda irgendwie ein, dabei war er nicht besonders groß oder kräftig. Er hatte eine hohe Stirn, sehr glatte Haut, einen prächtigen Kaiser-Wilhelm-Bart, hübsche kleine Ohren und dunkelbraune Augen. Es musste wohl sein Blick sein – intelligent, scharf beobachtend –, der sie verunsicherte. Frieda knickste. Und war erleichtert, dass der Meister seine Arbeit unterbrach, um den Berliner zu bedienen. Er wechselte einige Sätze mit ihm und empfahl sich am Ende mit eleganter Geste.

Den ganzen Vormittag über ging es so weiter, Schlag auf Schlag, ein Kunde folgte dem nächsten. Frieda lächelte, flitzte umher, bediente, frisierte, aber innerlich seufzte sie. Man kam zu nichts. Die Insel war jetzt, Anfang August, proppenvoll wie noch nie. Um all die ohne Voranmeldung anstürmenden Gäste unterzubringen, hatte man sogar schon Betten in Restaurantsälen aufgestellt. Einige schliefen trotz Verbots in den Dünen, etliche in den von Gretes Vater spendierten Wüstenzelten und Feldbetten, für die wohl die Strandkompanieanführer ein kleines Entgelt kassierten.

Eigentlich wollte Frieda doch nachdenken. Seit Grete ihr

unter Tränen von der verzweifelten Lage der Firma Lehmann berichtet hatte, zermarterte sie sich das Hirn darüber, wie sie ihrer Freundin helfen konnte. Auch die Mutter wisse inzwischen Bescheid über den drohenden Ruin, hatte Grete schluchzend gestanden, sie läge nur noch weinend auf dem Bett und ginge nicht mehr aus. Zu allem Überfluss hätte von Bülow auch die neuerliche Einladung zum finalen Wettkampf der Strandkompanien abgesagt.

Frieda wollte auf jeden Fall mit Theo reden. Er sollte sich unbedingt die Qualität der Ausrüstung genauer ansehen und darüber in der Inselzeitung berichten. Das würde natürlich nicht ausreichen, sie brauchten einen richtigen Plan. Doch dauernd wurde sie unterbrochen.

Jetzt kommentierten die Männer lautstark einen Skandal, über den alle Zeitungen groß berichteten, und wieder konnte sie keinen klaren Gedanken fassen. Es ging um Bestechung, einige hochrangige adlige Offiziere waren verhaftet worden. Und ausgerechnet der Frau von Landwirtschaftsminister Victor von Podbielski gehörten Teile jener Firma, die sich der Korruption schuldig gemacht haben sollte. Frieda hörte nur halb hin.

Beim Mittagessen verpetzte Erwin sie. »Unsere Frieda betreibt recht seltsame Nebengeschäfte«, sagte er vieldeutig. »Ob sich das mit der Sitte und Moral unseres Salons vereinbaren lässt?«

Am liebsten hätte sie ihn auf der Stelle mit dem Besteck gemeuchelt. Meister und Meisterin sahen sie fragend an, ansatzweise Entrüstung im Blick. Fraukes graublaue Augen leuchteten sensationslüstern.

»Frieda?«

Ihr blieb keine Wahl. Sie gestand, dass ein junger Mann

sie um Unterstützung gebeten hatte. »Es ging um eine Botschaft, wohl zu einer Verabredung an einem geheimen Treffpunkt. Weil seine Angebetete ständig überwacht wird. Das Trinkgeld wollte ich gar nicht. Ich wollte einfach nur zwei Verliebten helfen.«

Sie machte sich auf ein Donnerwetter gefasst und fragte sich, ob man ihr deshalb vielleicht sogar kündigen würde.

»Ah, Figaro als Postillon d'Amour – ein Bote der Liebe!«, rief Fritz Fisser zu ihrer Überraschung voller Emphase aus. »Das hat Tradition! Na, Mozart! *Figaros Hochzeit.* Figaro, der Schönheit ergebenster Diener. Eine fantasiebegabte, empfindsame Seele. So hab ich mich immer verstanden. Du hast wahrlich den richtigen Beruf ergriffen, mein Kind.« Er verfiel in seinen schwärmerischen Dozententon. »Natürlich müssen wir aufpassen, nicht in Verruf zu geraten. Aber wie viele Amouren mögen wohl schon durch uns angebahnt worden sein?« Während der Meister sich weiter begeisterte, fing Frieda einen seltsamen Blick auf, den die Meisterin und Rudolf wechselten. »Bei diesem Geschäft braucht man Herz, Gespür und Verschwiegenheit«, schloss Fritz seinen Vortrag.

Kurz darauf erzählte jeder von einer Liebesgeschichte, die irgendwie durch einen Friseur oder einen Salonbesuch befeuert worden war. Nach dem Vanillepudding waren alle außer Erwin bester Laune, denn über den Beginn einer Liebe zu reden, das hatte Frieda inzwischen herausgefunden, stimmte die allermeisten Menschen fröhlich.

Die Meisterin hatte sich angewöhnt, nach dem Essen, während das Hausmädchen Else abräumte, eine Zigarette zu rauchen. Schon ihre beiden Großmütter, behauptete sie, hätten wie andere Insulanerinnen auch Zigarillo oder Pfeife geraucht, um sich die Zeit zu vertreiben, wenn ihre Männer auf See gewesen waren. Sie leistete Rudolf während seiner Rauchpause im Garten Gesellschaft. Meist unterhielten sie sich angeregt. So wie an diesem Tag. Den Meister schien das nicht zu stören. Jedenfalls pfiff er fröhlich vor sich. Und verdonnerte Willy und Kruuskopp dazu, den Salon zu wienern.

»Picobello, stante pede!«, rief er.

Erst am Nachmittag begriff Frieda, weshalb er derart aufgekratzt war. Geheimrat Scheefer hatte einen neuerlichen Besuch des Reichskanzlers avisiert. Punkt vier Uhr erschien Fürst von Bülow, gut erholt, mit rosiger Gesichtsfarbe, in Begleitung seines Adjutanten. Meister Fisser überschlug sich, soweit es sein Stolz als freier Ostfriese zuließ.

Frieda schnitt gerade im Herrensalon einem vierjährigen Jungen das überlange Haar. »Den Pony kürzer, bitte, sonst nur die Spitzen schneiden und große Korkenzieherlocken«, hatte die Gouvernante verlangt, die derweil im Damensalon wartete und Modezeitschriften studierte. Der Brennstab durfte bei Kindern nur lauwarm sein, sie zappelten oft und verbrannten sich leicht. Frieda kontrollierte die Temperatur doppelt. Natürlich musste sie das haarumwickelte Eisen länger halten, damit es auch seine Wirkung erzielte. Zeit genug, Augenkontakt zum Reichskanzler aufzunehmen. Sie lächelte ihn an. Er lächelte zurück. Sie schlug die Augen nieder. Nächste Korkenzieherlocke. Sie wartete, sah zum Kanzler, er lächelte, sie lächelte zurück. Das wiederholte sich ein paarmal, sie musste nun auch lächeln, wenn sie nicht zu ihm hinüberschaute. Er schüchterte sie nicht ein, dabei war er doch viel mächtiger als dieser Scheefer. Sein gutmütiges breites Gesicht mit den großen Ohren und der eher kleinen Nase, das Grübchen in seinem Kinn und der verschmitzte Blick flößten ihr Vertrauen ein.

Meister Fisser erklärte unterdessen dem Kanzler seine Ansichten zu jenem Skandal, der die Männer am Vormittag erregt hatte. »Das geht doch nicht, das wird das Volk weder verstehen noch gutheißen! Dass die Frau eines Ministers an Tippelskirch beteiligt ist. Ausgerechnet an der Firma, die unsere Soldaten in Afrika mit Schrottqualität zu Wucherpreisen beliefert!«

»Das ist in der Tat nicht hinnehmbar«, erwiderte der Reichskanzler routiniert.

»Stimmt es, dass Tippelskirch behördliche Stellen bestochen hat?«

»Mein Lieber, ich bin zum Haareschneiden hier«, antwortete von Bülow. Jetzt zwinkerte er Frieda sogar zu. Sie wusste gar nicht, wie sie reagieren sollte, hob eine Hand vor den Mund und lächelte dann doch schelmisch. »Aber ich denke, es steht längst in allen Zeitungen, nicht wahr? Das *Berliner Tageblatt* hat gestern und vorgestern drüber berichtet, der *Vorwärts* lässt sich heute groß aus.«

Die Zeitung der Sozialdemokraten hing vor allem Theos wegen im Salon. Frieda bewunderte den Reichskanzler dafür, wie ruhig und gelassen er blieb, obwohl doch ein unangenehmes Thema berührt wurde. Wahrscheinlich, dachte sie, lernt man das in seiner Position. »Von der Armee lebt eine Armee von Fabrikanten, Handwerkern und Kaufleuten«, sagte er, »nicht nur Tippelskirch. Im Übrigen ist das Untersuchungsverfahren in dieser Affäre eingeleitet.«

»Da bin ich aber mal gespannt.«

Fritz Fisser klang skeptisch, in Friedas Ohren geradezu aufmüpfig. Sie staunte, das hätte sie ihrem Meister nicht zugetraut.

»Nun, Major Fischer, der für Bestellungen und Qualitätskontrolle zuständige Mann beim Oberkommando der kaiserlichen Schutztruppe, ist bereits vor zwei Wochen verhaftet worden.«

»Wegen Bestechung?«

»Wegen des Verdachts auf Bestechung.«

»Ha!« Wie viel Befriedigung in dieser Silbe mitschwang! »Dann hat er sich bestimmt auch dafür schmieren lassen, die Beschwerden an die Kolonialbehörde über die erbärmliche Qualität zu unterschlagen.«

»Das wird in einem ordentlichen Verfahren geklärt.«

Tippelskirch ... Plötzlich machte es Pling in Friedas Kopf. Jetzt begriff sie den Zusammenhang. Wenn das nicht ein Wink des Schicksals war! Mit einem Ruck zog sie das Brenneisen aus der letzten Strähne des Jungen, die gleich elastisch hochsprang. Sein Haupthaar war nun rundherum längs gelockt. Sie säuberte mit einer weichen Bürste seinen Matrosenkragen von Haarspitzen. Während die Gouvernante zahlte, rotierten Friedas Gedanken. Diese Gelegenheit musste sie beim Schopfe packen! Als sie die Kundschaft verabschiedet hatte, sah sie noch mal zum Reichskanzler. Schmunzelnd erwiderte er ihren Blick.

Ich bin das Mädchen mit der Glückshaube, ging es ihr durch den Kopf. Einen Versuch ist es wert. Sie nahm ihr kleines tragbares Maniküreset, legte den Kopf etwas schräg. Der Fürst verstand, er winkte sie heran.

»Gute Idee«, sagte er.

Meister Fisser guckte überrascht, nickte aber zustimmend.

Sie holte ihren niedrigen Hocker, brachte ein Schälchen mit warmem Seifenwasser und ließ sich zu von Bülows Füßen nieder. Schweigend begann sie ihre Arbeit. Wie stellte sie es nur am besten an? Der Meister hatte bald ein Problem, denn er war vor ihr fertig. Sicherlich überlegte er, was er jetzt tun sollte. Von Bülow schien sein Dilemma zu bemerken.

»He, Schwartzkoppen«, rief er dem Adjutanten zu, der zu seiner Bewachung in der Warteecke ausharrte, »wollten Sie sich nicht ein Haarwuchsmittel kaufen? Lassen Sie sich mal vom Meister persönlich beraten.« Rasch musterte Frieda den Hauptmann aus den Augenwinkeln. Er trug das Haar militärisch kurz, aber es war kräftig und brauchte sicher noch keinen Dünger. Von Bülows Haupt dagegen wirkte schütter. Diesmal unterdrückte sie ihr Lächeln. »Na, mein Kind«, sprach er sie jetzt an. »Nur frei heraus mit deinem Anliegen. Du hast doch eins, oder? Möchtest du auch eine Fotografie von mir?«

»Och nee«, antwortete sie ehrlich, »das heißt, natürlich sehr gern, aber eigentlich …«

»Na, was geht denn dann in diesem hübschen Friesenmädelköpfchen vor?«

»Ich dachte an Afrika. Da gibt's viel Wüste, nicht?«

»Wohl wahr.«

»Ob es an heißen Tagen vielleicht ähnlich wie bei uns in den Dünen ist?«

»Oh, durchaus. Das kann schon vorkommen. Nachts wird es in der Wüste allerdings sehr kalt, die Temperaturen fallen rapide, wenn die Sonne untergeht.« Das Gespräch schien ihn gut zu unterhalten. Meister Fisser schaute besorgt vom Tresen zu ihnen herüber, der Kanzler besänftigte ihn mit einem Augenzwinkern. »Das ist mit einem Aufenthalt auf Norderney dann doch schwerlich zu vergleichen.«

»Wenn unsere Soldaten in Afrika schon solche Strapazen ertragen müssen«, überlegte Frieda laut, »wäre es dann nicht gut, sie hätten eine ordentliche Ausrüstung?«

»Ach, du hast unser Gespräch vorhin belauscht?«

»Ich lausche nicht«, antwortete Frieda leicht entrüstet. »Aber man hört ja im Salon alles mit. Auch die Stammgäste reden jeden Morgen über Politik.«

»Soso.«

Sie beugte sich über seine Linke. Nimm dich in Acht vor Männern mit weichen Händen, sagte ihre Großmutter immer. Weich waren sie nicht. Aber trotz der Schwielen, die er als Reiter vom Zügelhalten hatte, wirkten sie gepflegt. Es reichte, die Nägel etwas nachzufeilen. Und die Nagelhaut brauchte sie nur ein wenig zurückzuschieben. Allerdings entdeckte sie Tintenfleckenreste zwischen Zeige- und Mittelfinger und entfernte etwas Schmutz unterm Nagel des Ringfingers. Frieda wechselte die Seite, bearbeitete eine Weile schweigend die andere Hand. Mit Polierpaste brachte sie die Nägel zum Glänzen. Danach hielt sie von Bülow zwei geöffnete Cremetuben unter die Nase.

»Welche mögen Sie lieber?«

Er wählte die Pflege mit dem Sandelholzduft. Sie begann mit der Handmassage. Bald brummte er wohlig.

Und Frieda holte tief Luft. Zwei Gedanken wollte sie von Bülow unterbreiten, sie fürchtete, den Faden zu verlieren.

»Mein Vater predigt immer, ein Fischer ist so gut wie sein Boot und seine Netze.« Sorgfältig cremte sie Finger um Finger ein. »Man muss Qualität nehmen und sein Zeug in Ordnung halten. ›Billige Sachen kosten am Ende doppelt so viel oder sogar das Leben‹, sagt er.«

Aus den Diskussionen der Stammkunden wusste sie, dass der Kanzler eine neue Erbschaftssteuer plante. Er benötigte mehr Geld. Zum einen, weil der Kaiser immer größere und teurere Marineschiffe bauen ließ, zum anderen, um die Schutztruppen in den Kolonien zu finanzieren. Die Aufstände der Eingeborenen machten ihren Einsatz teurer als gedacht. Aber viele reiche Leute in Deutschland waren gegen so eine Steuer. Deshalb hatte es schon viel Gegenwind im Reichstag gegeben. Vielleicht war der Ärger darüber sogar der Grund für von Bülows Zusammenbruch im Reichstag gewesen. Das jedenfalls vermuteten Onno und Theo. Frieda interessierte sich eigentlich nicht direkt für Politik, das gehörte sich ja auch nicht für Frauen und Mädchen, aber eben doch für alles, was so los war. Außerdem konnte sie sich schlecht die Ohren zustopfen und das Denken einstellen. Von Grete hatte sie zudem einiges über die Zustände in Deutsch-Südwest erfahren, was ihre Freundin wiederum von ihrem großen Bruder Lulu beziehungsweise aus dessen Unterhaltungen mit seinem Vater aufgeschnappt hatte.

Frieda massierte nun die andere Hand. Mit sanftem Druck schob sie ihre Finger tief durch die Fingerzwischenräume, langsam, immer wieder. Sie selbst mochte diesen Griff besonders. Manche Kunden bekamen dabei vor Wohlbehagen glasige Augen, wie gelähmt hingen sie dann wehrlos in ihrem Stuhl.

»Also, ihre Aufgaben erfüllen«, fuhr sie fort, »das können unsere Schutztruppen doch sicher besser, wenn sie solides Handwerkszeug haben. Kennen Sie eigentlich die Strandkompanien auf Norderney?«

»Natürlich, die Jungen paradieren zu gern auf der Promenade direkt vor unserer Villa.«

Frieda wusste das. Sie hofften sicher, Eindruck an höchster Stelle zu machen. Da träumte bestimmt schon mancher Knabe von seinem ersten Orden. Aber es war auf der Insel auch allgemein bekannt, dass der Reichskanzler sich zurückhielt und am öffentlichen Kurleben kaum teilnahm. Deshalb wunderte es sie überhaupt nicht, dass er Lehmanns Einladung, dem Wettkampf der beiden Strandkompanien beizuwohnen, abgelehnt hatte.

»Bei uns in den Dünen sind schon den ganzen Sommer über Zelte, Feldbetten, Uniformen, Spaten und andere Sachen ausprobiert worden«, sagte sie im Plauderton, »bei Wind und Wetter. Alles von der Firma Lehmann. Und sehr haltbar.«

Auf einmal war der Reichskanzler hellwach. »Was bist du denn für eine?«, fragte er erstaunt. »Wer hat dich bezahlt? Etwa dieser Lehmann aus Berlin?« Er machte ein Gesicht, als wollte er sagen, bleib mir weg mit dieser Nervensäge.

Sie lächelte bescheiden. »Niemand hat mich bezahlt.«

Mit einem amüsierten Glitzern in den Augen schüttelte er den Kopf. »Wie alt bist du überhaupt?«

»Sechzehn, bald werd ich siebzehn.«

Sie sei im Sternkreiszeichen Löwe geboren, hatte Rudolf ihr gesagt, und dass Löwe-Geborene kämpfen könnten wie der König der Tiere.

Von Bülow schmunzelte. »So jung und schon klüger als mancher Reichstagsabgeordnete …«

Sie fühlte sich ermutigt. Er war ihr sympathisch. Und sie spürte, dass er sie auch mochte. Ein bisschen erinnerte er sie an den Onkel von Lieske. Der besaß eine kleine Kräuterschnapsfabrik auf dem ostfriesischen Festland und unterhielt an Lieskes Geburtstag immer alle Gäste mit seinen Witzen.

»Die Tochter von Herrn Lehmann ist meine Freundin«, klärte sie ihn auf. Da fiel ihr etwas ein, das Lieskes Onkel bei der letzten Geburtstagsfeier zum Besten gegeben hatte. »Kennen Sie den Witz von der billigen Angel?«, fragte sie spontan.

Vergnügt lehnte sich der Reichskanzler zurück. »Witze erzählen kannst du auch?«

Der Meister, der ihnen im Hintergrund zuhörte, griff sich theatralisch an die Stirn, als würde er gleich in Ohnmacht kippen.

»Soll ich?«

»Nur zu!«

»Treffen sich zwei Angler. Sagt der eine: ›Guck mal, ich hab eine schöne neue Angel, ganz günstig gekriegt.‹ Fragt der andere: ›Wie teuer war sie denn?‹ ›Nur fünf Groschen‹, antwortet er.« Verschmitzt blinzelte sie zum Kanzler hoch. »›Nur fünf Groschen?‹, fragt der andere. ›Das gibt's ja nicht. Wo ist denn da der Haken?‹ Antwortet der Erste: ›Sie hat keinen Haken!‹«

Von Bülow lachte schallend, sein Oberkörper bebte und bog sich. Alle Anwesenden starrten ihn und Frieda an, einige lachten mit. Auch Meister Fisser prustete los, mit hochgezogenen Schultern, seine Hasenzähne kamen aufs Schönste zur Geltung. Die Anspannung, die er wohl ihres ungebührlichen Verhaltens wegen empfunden hatte, löste sich auf in kaskadenartigem Gelächter.

»Wo genau steht denn die Lehmann'sche Bastion?« Von Bülow erhob sich.

»In den Dünen hinter der Kiefernschonung, noch ein Stück hinterm Seehospiz.« Erst kürzlich war Frieda mit Grete dort gewesen. »Bitte nicht verwechseln mit der anderen Strandkompanie im Dünental daneben, die haben nämlich nur Zeugs von Tippelskirch.«

»Soso.«

Der Reichskanzler wies seinen Adjutanten an, ihr ein Trinkgeld zu geben. Sie knickste dankbar und begriff allmählich, was sie sich da gerade getraut hatte. Nachdem von Bülow den Salon verlassen hatte, blieb sie noch eine Weile auf dem gleichen Fleck stehen. Das Herz schlug ihr bis in den Hals.

Grete

Ihre Mutter verlor die Contenance und schrie im Hotelzimmer ihren Ehemann an. Die finanzielle Katastrophe für
das Unternehmen Lehmann war nicht mehr abzuwenden.
Grete hätte am liebsten geheult wie ein verlassenes See-
hundjunges. Stattdessen lief sie zurück ins Seehospiz, zog
sich um und meldete sich bei der Pensionatsleiterin zu einem
Konzertabend mit der Familie ab, wobei sie versprach, dass
einer ihrer Brüder sie zurückbegleiten würde. Doch in Wirklichkeit flüchtete sie mit einem Zeichenblock in die Einsam-
keit der Dünen.

Weil sie in den letzten Tagen bei den Mahlzeiten kaum
etwas hatte herunterbringen können, hatte sie etwas ab-
genommen. Deshalb passte ihr das hochgeschlossene elfen-
beinfarbene Musselinkleid auch ohne Korsett. Sie wagte es
an diesem Abend zum ersten Mal, ohne Mieder oder irgendeine Einschnürung und ohne Hut außer Haus zu gehen, quasi
halb nackt. Hier sah sie ja kein Mensch, abgesehen vielleicht
von einem Schmetterlingsfänger, den sie in der Ferne entdeckte. Die Gymnastik hatte sie gestärkt. Sie brauchte keine
Stütze mehr. Was für ein herrliches Gefühl! Innerlich leistete
sie Abbitte. Es war dumm von ihr gewesen, sich gegen die
Übungen zu sträuben.

Endlich konnte sie wieder durchatmen. Die Tage waren
schon spürbar kürzer, das frühabendliche Augustlicht formte
die Hügel plastischer. Auf krummen, ins Gras getretenen

Sandwegen wanderte sie durch die Dünenlandschaft. Der Wind im offenen Haar und auf der Haut tröstete sie, ebenso wie der Anblick des wogenden Strandhafers, des blühenden Heidekrauts und der flirrenden Birkenblätter.

Sie erklomm eine Düne. Die Sicht reichte weit bis über das silbergrau bis flaschengrün glitzernde Meer. Ein Stück Ewigkeit und sie mittendrin. Tief inhalierte sie die frische Seeluft.

Die Abendsonne ließ den etliche Kilometer entfernt stehenden aus Backstein gemauerten Leuchtturm erglühen. Er befand sich mehr zur Wattseite hin. Sie setzte sich in den Sand, ausnahmsweise mit dem Rücken zum offenen Meer, um ihn zu skizzieren. Der Wind wehte ihr immer Strähnen vor die Augen, sie flocht sich einen Zopf.

Dann zeichnete sie völlig versunken, kolorierte mit wenigen Buntstiften. Erst als sie zu frösteln begann, wendete sie sich um und sah über dem Meer Regenwolken aus Nordwest in bedrohlicher Phalanx auf die Insel zuwalzen. Schnell packte sie ihre Sachen zusammen, nahm aus ihrem Beutel ein Wolltuch, das sie sich um die Schultern knotete, und lief auf dem kürzesten Weg zurück.

Ein Regenguss erwischte sie trotzdem. Grete beschloss, Schutz im Kiefernwäldchen zu suchen und bei der Gelegenheit nachzusehen, ob Frieda ihr eine neue Nachricht im Nistkasten hinterlassen hatte. Doch auf der überdachten Bank nahe der weit ausladenden Kiefer saß schon jemand – Max Lubinus.

Einen Moment erwog sie, einen Umweg zu machen. Aber da war er schon auf sie aufmerksam geworden und winkte ihr zu.

»'n Abend, Fräulein Lehmann!«

»Guten Abend! Sind Sie auch vom Regen überrascht worden?«, fragte sie etwas außer Atem. Er stand auf, bot ihr den Platz neben sich an. Ein schlichtes kleines Überdach hatten die Hospizschwestern, die hier sonst abends zum Plauschen und Singen zusammenkamen, für ihren Treffpunkt zimmern lassen. Grete setzte sich, legte das Wolltuch ab und wrang es aus.

»Nein, ich bin gern hier, wenn's regnet«, gestand Lubinus. »Die Luft ist dann unvergleichlich.«

Sie schnupperte – es roch nach Kiefernharz, Baumrinde und Moos, nach Wildrosen und aufgeschäumtem Meer. Eine besondere Energie lag in dieser frischen Luft, die ihr vorkam wie doppelt reingewaschen.

Er schaute sie freundlich an. Sein Blick verriet allerdings eine gewisse Irritation, blieb an ihrem Oberkörper haften. Grete sah an sich hinunter – ihre kleinen festen Brüste zeichneten sich überdeutlich durch den feuchten Stoff ab. Verlegen schluckte sie. Aber irgendwie gefiel es ihr auch, es prickelte sogar ziemlich aufregend.

»Sie haben mir dazu geraten«, bemerkte sie. Angriff ist die beste Verteidigung, behauptete Hans-Heinrich immer.

»Es war ja auch kein schlechter Rat.« Erkannte sie in seinen braunen Augen etwa ein kleines Glitzern und um seinen Mund den Hauch eines frivolen Lächelns? Er zog sein Jackett aus. Nun aber schaute er höflich über ihre Schulter. Seine buschigen Augenbrauen waren heller als das kräftige Haupthaar. »Bitte nehmen Sie, sicher ist Ihnen kalt.«

Im Gegenteil. Ihr wurde gerade ziemlich warm. Aber wortlos ließ sie sich von ihm die Jacke um die Schultern legen, raffte sie mit einer Hand vor der Brust zusammen. Der Stoff kratzte etwas, roch herbwürzig nach Tabak, Mann und eine Spur medizinisch, vielleicht nach Kampfer.

Es regnete wieder, auf dem Holzdach prasselte es sich gemütlich ein. Rasch bildete sich auf dem Sandweg ein Rinnsal. Sie betrachteten die mäandernde Strömung, als handelte es sich um eine Angelegenheit von allerhöchster Wichtigkeit.

»Sie verlassen uns bald, nicht wahr?«, fragte er nach einer Weile.

»Ja, am Sonnabend findet der Wettstreit der Strand-kompanien statt, und am Sonntag reise ich mit meiner Familie zurück nach Berlin.« Sie hob einen Fuß, damit der helle Schuh nicht in einer Pfütze versank. Dabei wurde der unbestrumpfte Knöchel samt einem Stück nackter Wade sichtbar. Und plötzlich flirrte eine eigenartige Spannung zwischen ihnen. Ach was, das bildest du dir nur ein, sagte sich Grete. Lubinus hat dich doch schon so oft halb entkleidet gesehen und vermessen!

»Der Wettkampf wird von Ihrem Herrn Vater ausgerichtet, hörte ich?«

»Ja, es wird bestimmt spannend. Kommen Sie doch auch!«

»Vielen Dank, leider kann ich nicht. Am Wochenende will ich nach Backemoor aufs Festland, mein Ziehvater feiert seinen sechzigsten Geburtstag.«

»Ach so, na, das geht natürlich vor. Stimmt es, dass er Pastor ist?«

»Ja, er hat ein großes Herz.«

»Ich hoffe, meine Frage ist nicht zu indiskret – aber was schenken Sie ihm, einem Mann Gottes, der doch alles hat, was er braucht?«

»Eine historische friesische Wärmflasche aus Messing. Er friert nachts immer so erbärmlich.«

»Ach, wie originell!«

»Na ja, das hat ihm schon eine Menge Ärger und Verdruss eingebracht.«

»Wieso?«

»Weil er deshalb öfter mal nachts zu seiner Magd ins Bett gekrochen ist.« Kaum hatte er den Satz ausgesprochen, da wurde ihm wohl bewusst, wie ungehörig es war, einer jungen Dame gegenüber derlei Dinge zu erwähnen. Doch Grete lachte laut auf. Sie schlug schnell noch die Hand vor den Mund, aber konnte nicht verhehlen, dass sie die Geschichte komisch fand. »Entschuldigen Sie, bitte. Das hätte ich nicht erwähnen sollen.«

»Nein, nein! Ich danke Ihnen, dass Sie nicht mit mir reden, als wäre ich ein Kind oder schwachsinnig. Ja, stimmt, ich sollte mich wirklich bei Ihnen bedanken, weil …« Sie stammelte auf einmal. »Na … seit ich hier im Seehospiz bin, hat sich doch einiges verändert …«

Sie dachte an die kräftigende Gymnastik, an die Freude, die ihr die Arbeit mit den Kleinen machte, an die neue Lektüre. Aber sie wusste nicht, wie sie es ausdrücken sollte.

»Sie haben sich prächtig erholt und entwickelt«, entgegnete er ganz ernst. »Das ist auch für mich, für meine Arbeit ein Geschenk.«

Verlegen verkroch sie sich tiefer in sein Jackett, eine Duftmischung von getrocknetem Holz und aufgeschäumtem Meer stieg ihr in die Nase. Plötzlich kam ihr eine Idee. Sie kramte in ihrem Beutel und nahm den feucht gewordenen Zeichenblock heraus. Das Leuchtturmbild hatte zwar gelitten, sah aber noch passabel aus. Sie riss es vom Block.

»Da, das schenke ich Ihnen.«

Er betrachtete es aufmerksam, offenbar gerührt. »Danke«, sagte er, »ich werde es in Ehren halten.«

»Wie geht's bei Ihnen weiter?«

»Im Herbst fahre ich zurück nach Göttingen, meine Doktorarbeit abschließen.«

»Und danach sind Sie fertiger Arzt?«

»Oh, nein, schön wär's. Aber ich muss und will noch eine Menge lernen. Bis zur Approbation, der offiziellen Genehmigung, mich als Arzt niederzulassen, stehen mir noch einige Lehrjahre bevor. Ich plane auch mindestens zwei Semester in Tübingen.«

»Ach, so lange dauert das alles …«

Er zuckte mit den Achseln, die Lächelfältchen um seine Augen vertieften sich. »Ich möchte es nicht anders. Ob allerdings das Stipendium ausreichen wird, bezweifle ich. Mir stehen wohl magere Zeiten bevor. Aber das kenn ich ja.«

Grete nickte verständnisvoll. Sie spürte sogar ein wenig Neid. Er hatte ein klares Ziel, seine Arbeit war sinnvoll. Was stand ihr bevor? Sticken, Klavier spielen, Konversation machen und auf den »Richtigen« warten. Ob es ihn überhaupt gab? Und wäre es nicht viel schöner, bis er endlich käme und überhaupt für alle Fälle, eine Aufgabe zu haben, die man gern erfüllte? Kurz blitzte in ihrem Kopf die Vorstellung auf, als Schwester im Seehospiz zu arbeiten. Dazu hätte sie Lust. Aber das würden ihre Eltern niemals gestatten. Andererseits … Wenn die Firma Lehmann wirklich bankrottginge, eröffneten sich ihr doch ganz andere Perspektiven, oder? Nein, sie konnte nicht allen Ernstes wünschen, dass …

Ihr Gedankenfluss wurde unterbrochen, denn ihr Gesprächspartner knöpfte sich ungerührt vor ihren Augen einen Hemdknopf auf, rollte die Zeichnung zusammen und steckte sie vorsichtig unter sein Hemd, er legte sie sich ans Herz. Innerlich schüttelte sie den Kopf. Wie ungehörig schon wieder, das konnte man doch nicht einfach so machen, das gehörte sich nicht! Auf der anderen Seite – schön, dass er ihr Werk behüten wollte.

»Schade«, sagte er, »ich hab gar nichts, was ich Ihnen zum Abschied schenken kann.«

Sie schüttelte den Kopf. »Sie haben mir schon viel gegeben. Allein, dass Sie mir die Bücher geliehen haben … Warum eigentlich?«

Das machte er bei seinen anderen Patienten nicht, soweit sie das beurteilen konnte. Jedenfalls war ihr nichts zu Ohren gekommen.

Vor Kälte begann sie zu zittern. Sie rubbelte sich die Oberarme, und ihr schien, als unterdrückte er einen Impuls. Bildete sie sich das nur ein, oder wollte er sie an sich ziehen und wärmen? Sie atmete flacher.

»Du bist wie jemand, der erwacht, Grete, und endlich mit eigenen Augen sieht.« Ganz selbstverständlich duzte er sie jetzt und nannte sie Grete, sehr schön fühlte sich das an. »Weißt du, was? Ich schenke dir zum Abschied drei Fragen. Die werden dir bei wichtigen Entscheidungen helfen.«

»Drei Fragen?«, wiederholte sie verständnislos.

Endlich hatte es aufgehört zu regnen. Die Sonne schickte ihre letzten rotgoldenen Strahlen tief ins Unterholz des Kiefernwäldchens und auf ihre Bank. Die Natur um sie herum feierte den willkommenen Guss – Mückenschwärme tanzten, Vögel jubilierten. Und aus der Ferne wehten Fetzen von Akkordeonmusik herüber, während die am Strand brechenden Wellen die Grundmelodie variierten.

Der geheime Briefkasten leuchtete in diesem Licht

orangefarben. Grete wollte nicht im Beisein von Max Lubinus nachschauen, ob darin eine Nachricht auf sie wartete. Er folgte ihrem Blick und lächelte verschmitzt.

»Na, Neues von Frieda?«

»Was? Sie wissen davon?«

»Natürlich. Auch deine großzügige Interpretation dessen, was als Luft- und Lichtbad gilt, ist mir nicht entgangen. Ich hab mich trotzdem Dr. Hartmann gegenüber für deinen Stundenplan starkgemacht.«

»Ach herrje …« Sie schlug beide Hände vors Gesicht, schaute ihn durch die gespreizten Finger hindurch schuldbewusst, aber auch schelmisch an. »Danke, dass Sie mich nicht verraten haben!«

»Es war mir ein Vergnügen – und diente letztlich ja der Therapie.« Er rollte das R, das fiel ihr in diesem Moment beim Wort Therapie zum ersten Mal auf. Viele Ostfriesen hatten diese Angewohnheit, Grete fand sie von nun an bezaubernd. Sie lachte. »Mein Vater witterte schon einen sozialdemokratischen Virus.«

Er verzog einen Mundwinkel. »Es ist mehr als das.«

»Und die drei Fragen?«, erinnerte sie ihn neugierig.

»Ach ja. Die drei Fragen fürs Leben.« Er setzte sich aufrechter und sprach langsamer. »Erstens: Warum ist das so? Zweitens: Wem nützt es? Und drittens: Muss es wirklich immer so bleiben?«

Sie wiederholte die drei Sätze und lächelte skeptisch. »Ich glaube, das gibt Ärger.«

»Du bist ein kluges Mädchen«, erwiderte er charmant, »und ein sehr schönes dazu.«

Ui, jetzt wurde es gefährlich. Ihr Herz klopfte heftiger. Im Kopf fing es an, seltsam zu rauschen. »Und …

ähm … ach, jetzt weiß ich nicht mehr, was ich noch fragen wollte …«

Er nahm ihre Hand, schob den Ärmel höher bis über die Armbeuge. »Wunderbare glatte Haut«, murmelte er. »Ich erinnere mich, wie sie bei der Ankunft aussah.«

Sie blickte auf seinen dunkelblonden Schopf, der wieder wirkte, als wäre er seit dem Aufstehen nicht ordentlich gekämmt worden. Sonne und Salzwasser hatten einige Strähnen honigfarben bis rötlich aufgehellt. Zu gern würde sie einfach in sein Haar hineingreifen und es noch mehr verwuscheln.

Langsam hob er ihre Hand und drückte seine Lippen darauf. Weich, fest, warm. Grete hatte schon den einen oder anderen Handkuss erhalten, im Tanzunterricht, präsentiert mit Anstandsregeln. *Kein Handkuss unter freiem Himmel, meine Herren!* Aber das hier war etwas völlig anderes. Es löste ein Brizzeln aus, das sich über feinste geheime Leitungen unter der Haut wie ein Flächenbrand ausbreitete, süß, lieblich, unwiderstehlich. Langsam drehte er die Hand und strich sanft mit dem Zeigefinger über jene Stellen des Arms, die inzwischen gut verheilt waren. Grete schloss die Augen. Da strömte eine Energie, die sie wehrlos und süchtig machte. Sie wagte kaum zu atmen, wünschte sich, er möge die Innenfläche ihrer Hand und ihre Haut bis zur Armbeuge hoch langsam mit kleinen heißen Küssen bedecken. Ihr eigener sehnsüchtiger Seufzer brachte sie dazu, die Augen wieder zu öffnen.

»Max«, hauchte sie und versank in seinem Blick.

Etwas Liebevolles strahlte daraus, Sympathie, Wärme und Verständnis, als würde er sie schon so kennen, wie sie wirklich war oder einmal sein könnte – aber darin lag auch etwas Fragendes. Sie schaffte es nicht, woandershin zu sehen, sein Ausdruck wechselte von Überraschung zu Freude und zu etwas Neuem, das ihren Atem stocken ließ und ihr ein wahnsinniges Herzklopfen bescherte. Immer tiefer verlor sie sich in seinen Augen, neben dem Braun entdeckte sie oliv- und bernsteinfarbene Schluchten und am äußeren Rand und auf dem Grund hell türkis schimmernde Gletscher. Sie erahnte ein ganzes Universum, spürte einen unbekannten Sog. Und dann war da noch ein drängendes Pochen in ihren Adern, das sie ganz wuschig machte. Sie konnte nicht mehr denken.

In der Nähe flötete ein Vogel sein Abendlied.

Max, der Mann, der ihr sonst immer so schlagfertig und überlegen vorkam, blinzelte. Er atmete langsam tief durch, dann räusperte er sich. Mit seiner Linken schloss er ihre Hand.

»Liebe Margarete, verehrtes Fräulein Lehmann aus Berlin«, auf einmal war er wieder ganz förmlich, »Sie sind noch sehr jung. Abgesehen davon gelten Regeln für den Umgang mit Patienten ... ähm ... Wir werden uns wohl kaum wiedersehen ... Ich ... ich wünsche Ihnen alles Glück dieser Welt.« Er erhob sich. »Ist wohl besser, wenn Sie zuerst gehen, um dummes Gerede zu vermeiden. Ich vertrete mir noch ein bisschen die Beine.«

Grete fühlte sich, als plumpste sie gerade aus Schäfchenwolken in eine winterliche Nordsee. Sie sprang auf, zerrte seine Jacke von den Schultern.

»Da haben Sie völlig recht, Herr Lubinus«, sagte sie eine Spur schnippisch. »Ihnen auch alles Gute ... besonders für Ihre berufliche Zukunft. Adieu!«

Sonst sagte sie nie Adieu, aber sie hatte es in einem Liebesroman gelesen, und das Wort schien ihr angemessen für diese Situation. Verwirrt lief sie zum Hospiz zurück.

Beim Einschlafen verspürte sie schon wieder den Wunsch zu weinen. Diesmal jedoch aus anderen Gründen. Was sollte denn nur so wunderbar sein an ihrem Alter?

Im Inselsalon

Fritz versteht mich nicht mehr, dachte Jakomina unglücklich. Sie lehnte sich gegen einen Pergolapfeiler und wartete auf Rudolf, der seine Zigaretten vergessen hatte. Schlimmer noch, wahrscheinlich liebt mein Mucki mich nicht mehr. Was soll ich denn noch tun, damit er begreift, dass ich mehr Aufmerksamkeit von ihm brauche?

Wenn sie kleine Zipperlein hatte, übertrieb sie jetzt manchmal. Damit er begriff, wie ernst es um sie stand. Wenn sie die fliegende Hitze hatte, sagte sie, vielleicht krieg ich eine Grippe oder Malaria. Wenn sie Herzrasen spürte, überlegte sie laut, ob das der Vorbote für einen Schlaganfall wie bei ihrer Schwester sein könnte. Das machte sie, weil sie insgeheim hoffte, dass er sie dann endlich wieder in den Arm nehmen, festhalten und trösten würde. Er sollte sagen: Alles wird gut, mein Minchen. Ist schon nicht so schlimm. Ich liebe dich, ich freue mich darauf, noch viele schöne Dinge gemeinsam mit dir zu unternehmen. Ich möchte Pläne mit dir für unsere weitere Zukunft machen und wieder spontan etwas mit dir unternehmen. Wenn er so reagieren würde, dann wäre sie auf der Stelle wieder der fröhlichste und gesündeste Mensch weit und breit.

Beim Morgentee hatte er ihr eröffnet, dass er am Abend wieder nicht zu Hause sein würde. Früher hatte er sie manchmal zu sich ins Bett gezogen, obwohl sie schon zurechtgemacht gewesen war für den Tag. Aber das passierte nicht mehr. Sie hatte ihm gesagt, dass ihr ein schmerzhaftes Ziehen und Pochen im Kiefer zu schaffen machte. Doch darauf war er kein bisschen eingegangen.

Verbittert schaute sie auf ihre Georginen, die dieses Jahr besonders prächtig in vielen Farben blühten. Eigentlich hatte sich gar nicht viel verändert. Weshalb fühlte sie sich trotzdem so verloren?

Rudolf immerhin verehrte sie. Seine Komplimente, Andeutungen und Vorschläge bewegten sich manchmal schon am Rande des Schicklichen. Er sorgte sich um sie, ihm fiel jede kleine Veränderung an ihr auf. Seine Treuherzigkeit rührte sie. Oft munterte er sie mit Anekdoten der kölschen Originale Tünnes und Schäl auf oder erzählte einen der beliebten, etwas anzüglichen »Frau Wirtin«-Witze.

Selbstverständlich würde etwas Amouröses mit ihm niemals infrage kommen. Aber seine Verehrung tat ihr gut. Und ihr Mann, der registrierte das überhaupt nicht. Sehr schade. Sie konnte ihm natürlich schlecht erzählen, wie sich der Geselle ins Zeug legte, um ihr Herz zu erobern. Und wie tugendhaft sie sich verweigerte.

Fritz ließ es einfach zu, dass sie täglich mit Rudolf ihre Zigarette nach dem Essen im Garten rauchte und sich privat mit ihm unterhielt. Wieso war er nicht eifersüchtig? Warum verbrachte er kaum noch einen schönen Sommerabend mit ihr? Sie hatte herausgefunden, dass er keineswegs immer dorthin ging, wohin zu gehen er ihr gegenüber vorgab. Das verletzte sie.

Ob er sie betrog? Anscheinend trieb er sich immer noch oft im Hafen herum. Sie merkte es daran, dass er anders roch als gewöhnlich, mehr nach Wind und Teer. Sein Haar war trockener, sein Bart benötigte mehr Pomade als sonst, um bis in die Spitzen geschmeidig zu bleiben. Sie meinte auch, dass seine Hände schwieliger geworden waren, sein Teint erschien ihr dunkler. Das Schlimmste: Er war auch noch vergnügter!

Insgeheim verdächtigte Jakomina die Schwester des Werftbesitzers August Kramer, es auf Fritz abgesehen zu haben. Elke führte ihrem Bruder den Haushalt. Sie war verwitwet, noch ganz ansehnlich – nicht mehr als sie, Jakomina, eher anders, mehr Naturkind. Nicht wenige Leute im Dorf tuschelten, sie sei mannstoll.

»So, Frau Meisterin, hier sind unsere Drogen!«

Rudolf bot ihr eine an und gab ihr Feuer. Sie inhalierten beide wortlos die ersten Züge. Jakomina genoss die Entspannung, die ihren Körper erfasste.

Auf einmal schien Rudolf sich einen Ruck zu geben. Er wandte sich ihr zu. »Liebe Frau Fisser, wir haben uns schon so oft über Horoskope und die Sterne unterhalten. Sie hören immer interessiert zu.« Er schluckte, man sah ihm geradezu an, wie er innerlich Anlauf nahm. »Darf ich Ihnen nicht einmal die Sterne direkt am Himmelszelt erklären?«

Jakomina schaute ihn mit großen Augen an. Sollte sie ihn sofort unterbrechen? Aber sie war auch neugierig darauf, was genau er sich vorstellte. »Gerade in diesen Tagen«, fuhr er eifrig fort, »das ist einmalig im Jahr, haben wir es mit den berühmten Perseiden zu tun.«

»Was soll denn das bitte sein?«

Eigentlich, dachte sie gleich, hätte sie nicht nachfragen dürfen, das ermutigte ihn nur.

»Ein Meteorstrom aus dem Sternbild Perseus. In den Nächten um den 12. August herum sind so viele Sternschnuppen wie nie zu sehen.« Rudolfs Augen leuchteten sehnsuchtsvoll. »Bedenken Sie, mit jeder Sternschnuppe hat man einen Wunsch frei …«

Jakomina nahm einen tiefen Zug. Das war ein Argument. Sie hatte das Wickwief schon eine Weile nicht mehr aufgesucht und konnte mal wieder himmlischen Beistand gebrauchen.

»Wie spät und wo würden wir denn gucken?«

»Sobald es dunkel genug ist, wo immer Sie möchten«, erwiderte Rudolf, der sich der Verwegenheit seines Plans wohl erst jetzt richtig bewusst wurde. »Sofern es wolkenlos bleibt, kann ich Ihnen alle wichtigen Sternbilder erklären. Natürlich zuerst das Sternbild Perseus, das liegt nah der Grenze zu Kassiopeia …«

»Dann ist es wohl besser, nicht auf die Promenade zu gehen, wo elektrisches Licht den Sternen Konkurrenz macht.«

Rudolf nickte. »Kassiopeia war übrigens eine Kaiserin und schöner als Neptuns Töchter, die Nymphen des Meeres.« Sein schmachtender Blick verriet, dass er Parallelen zwischen dieser Kassiopeia und ihr sah.

»Also gut.« Sie konnte schließlich nicht ewig allein zu Hause herumsitzen. Ihr erwachsener Sohn lebte in Berlin und ließ viel zu selten von sich hören. Ihre Tochter traf sich lieber mit jungen Leuten, als ihrer Mutter Gesellschaft zu leisten. Zu oft mochte sie nicht allein Verwandte und Nachbarn besuchen, das provozierte nur dumme Fragen. Und ein kleiner Abendspaziergang war ja auch nicht so verwerflich. »Es sollte aber unter uns bleiben.«

»Selbstverständlich, Meisterin.«

»Dann treffen wir uns um zehn Uhr vor dem Strandhotel am Ende der Kaiserstraße«, schlug sie vor. »Wir können ja in Richtung Georgshöhe spazieren.«

Rudolf erzitterte vor Freude, seine Augen strahlten. Es hatte ihm offenbar die Sprache verschlagen.

Fritz Fisser radelte in Richtung Hafen. Bald war es so weit. Sein Freund, der Werftbesitzer August, hatte sich schließlich viel Mühe mit ihm gegeben und ihm seit Wochen alle Kniffe beigebracht, die er brauchte. Er grüßte mehrfach unterwegs. Zufrieden zwirbelte er mit einer Hand seine Schnurrbartspitzen in die Höhe. Nun konnte er tatsächlich zwei Fliegen mit einer Klappe schlagen. Raffiniert hatte er das eingefädelt.

Seine Jakomina würde Augen machen! In letzter Zeit war sie leider recht jöselig geworden. Direkt hypochondrische Züge hatte sie entwickelt. Dabei war sie immer eine handfeste, zupackende Frau gewesen, das Leben mit ihr hatte geschnurrt wie ein gut aufgezogenes Uhrwerk. Jetzt signalisierte sie ihm ständig: Mir geht's schlecht, und du bist schuld. Das war kein schönes Gefühl. Er fing an, es ihr übel zu nehmen. Und diese neue Marotte, ihre Raucherei, ging ihm auch auf die Nerven.

Er hatte mit Hermann darüber gesprochen. Der Arzt hatte gemeint, Frauen machten in der Lebensmitte zuweilen eine Phase der Gereiztheit durch, während der sie für ihre Mitmenschen anstrengend seien. Es läge vermutlich daran, dass Jakomina im Salon Kontakt zu vornehmen Leuten bekäme. »Je feiner und hochgebildeter ein Mensch ist, desto feiner und komplizierter sind seine Erkrankungen. Das kann abfärben«, hatte Hermann erklärt. Er, Fritz, solle sich nicht runterziehen lassen von ihren Launen. »Wir Männer müssen uns davor hüten, auf die Befindlichkeiten der Frauen einzugehen. Sonst stecken sie uns damit noch an.«

Natürlich liebte er Jakomina, kein Zweifel, doch er hielt sich an Hermanns Rat.

Glücklicherweise kümmerte sich Rudolf ein bisschen um sie. Das lenkte sie hoffentlich ab. Er hielt den Gesellen für eine große Laterne mit wenig Licht. Aber zumindest trug sie weniger Geld zum Wickwief, seit sie sich von ihm das Horoskop erstellen ließ. Und er nahm nichts dafür.

Meinetwegen bräuchte sie sich auch die Haare nicht goldblond zu färben, dachte Fritz, während er tief durchatmete. Die frische Luft empfand er an diesem Abend als besonders wohltuend, weil er tagsüber zweimal Haare gefärbt und mit stinkenden Chemikalien hatte hantieren müssen. Andererseits war Jakominas Vergoldung eine gute Reklame fürs Geschäft, deshalb hatte er nicht viel dazu gesagt.

Jetzt freute er sich auf den Stapellauf seines ersten eigenen Segelbootes. Nicht sehr groß, dafür handlich. Den Namen wusste er auch schon – *Minchen*.

August hatte ihm in den vergangenen Wochen heimlich das Segeln beigebracht. Nun konnte er britischen Spionen viel besser auf die Schliche kommen, wenn sie die ostfriesische Küste auf den Spuren der *Dulcibella*, des Segelboots aus dem Roman *The Riddle oft the Sands*, absegelten. Und endlich konnte er mit seiner Frau vor Norderney kreuzen, wie sie es sich in jungen Jahren ausgemalt hatten.

Fritz langte nach dem Rucksack auf seinem Rücken. Die Buddel Rum hatte er nicht vergessen. Der Stapellauf würde sicher feuchtfröhlich ausfallen. Hoffentlich passte August auf, dass seine Schwester Elke nicht zu viel trank. Sie wurde dann recht anhänglich und machte sogar verheirateten Männern wie ihm Avancen.

Endlich erreichte er die Werft an der Wattseite der Insel.

Elke begrüßte ihn überschwänglich. Sie sah aus wie die Struwwelliese aus dem Kinderbuch, dabei hatte er ihr schon mehrfach ein gutes Haarnetz empfohlen. Ihre Absätze waren schief gelaufen. Dennoch lobte er höflich ihre jugendliche Erscheinung, und schon erhellte ein Abglanz vergangener Herrlichkeit ihre Züge. Bei ihr könnte er sofort landen, wenn er wollen würde. Wollte er aber gar nicht.

August hatte schon alles vorbereitet. Es war ein erhabener Augenblick, als das Segelboot vom Helgen ins Wasser glitt. Die Taufe, hatte Fritz sich überlegt, sollte Jakomina im Familienkreis mit einer fröhlichen kleinen Zeremonie nachholen. Noch ahnte sie nichts davon. Fritz griente, als er sich vorstellte, wie verblüfft sie sein würde, wenn er sie beim nächsten Spaziergang, den sie ganz zufällig bis zur Segelbuhne machen würden, auf das Boot mit dem bereits aufgemalten Namen *Minchen* hinwies.

August und Elke begleiteten ihn auf der Jungfernfahrt. Aber er selbst war der Skipper. Elegant segelten sie an der Reede vorüber in den Sonnenuntergang hinein, am Weststrand entlang bis zur Buhne D, die sich mit dem Bootsanleger vor der Villa Fresena wie ein langer Finger ins Meer streckte. Alles klappte bestens, die Manöver gelangen. Fritz war glücklich. Er sicherte das Boot für die Nacht. Dann stießen sie zu dritt an Bord auf ihren Erfolg an und ergötzten sich noch eine Weile an der Abendstimmung unter dem herrlich klaren Sternenhimmel.

Jakomina hatte sich das Haar noch einmal frisiert und die Wangen rosig geklopft. Kurz vor ihrem Treffpunkt machte sie ausgerechnet Erwin aus, der mit ein paar Bekannten, wohl auch Handwerkern, vor einem Bierlokal herumlungerte. Das fehlte gerade noch, dass der sie nach Feierabend mit seinem Kollegen zusammen sah! Sie drückte ihren Sommerhut tiefer vors Gesicht.

Rudolf erwartete sie bereits. Der Himmel wölbte sich leuchtend saphirblau über ihnen, am Horizont glomm ein hellgelber Streifen vom Widerschein der untergegangenen Sonne. Der Geselle begrüßte sie freudig. Er zeigte gleich auf den Großen Wagen und auf die Venus. Jakomina fühlte sich wie ein Backfisch bei einem verbotenen Rendezvous, schlechtes Gewissen mischte sich mit Aufregung und Abenteuerlust. Außerdem war da so ein Pochen in ihrer Wange, unten im Kiefer. Auf das allerdings hätte sie gern verzichtet, denn es schmerzte. Zu Hause hatte sie sich noch schnell eine Gewürznelke in den Zahn gesteckt. Ein wenig wirkte die Betäubung, hoffentlich wurde es gleich noch besser. Sie schlug vor, die Richtung zu ändern und lieber zum Weststrand zu spazieren.

Rudolf hatte sich offenbar einen kleinen Vortrag über die Sternenbilder zurechtgelegt. Sie fand seine Erläuterungen wirklich interessant. Was für entzückende Geschichten er dazu kannte!

Je länger sie gingen und je dunkler es wurde, desto zutraulicher erzählte Rudolf von sich und seiner Heimat. Vom Kölner Dom, von romantischen Burgen und Weinfesten am Rhein. Er hatte einen betagten Erbonkel, verriet er schließlich, dem ein Ausflugslokal auf einem Schiff auf dem Rhein gehörte.

»Es ist bekannt für seine köstlichen Torten und selbst gemachten Kuchen. Man kann dort auch einen guten Schoppen Wein trinken. In absehbarer Zeit werde ich es erben.«

»Ach«, Jakomina war überrascht, »dann willst du gar nicht

Friseurgeselle bleiben?« Als Geschäftsfrau machte sie sich gleich ihre Gedanken. Sie befanden sich inzwischen nahe der Villa Fresena. Ob der Kanzler noch arbeitete? Neugierig schaute sie zur hell erleuchteten Veranda.

»Nun ja, also …«, sagte Rudolf langsam und blieb stehen, »… wenn ich die richtige Frau an meiner Seite hätte, dann würde ich das Ausflugslokal ganz gewiss übernehmen und dort auch noch einen guten Mittagstisch anbieten.«

Er griff nach ihrer Hand und sah ihr tief in die Augen. Sein Blick ließ eigentlich keinen Zweifel daran, an welche Frau er bei seinem Plan dachte.

Jakomina war verwirrt. Ihr Herz kam aus dem Takt. Nein, er meinte doch nicht wirklich sie, oder?

»Doch«, beantwortete er leise ihre nicht ausgesprochene Frage.

»Nein.«

»Denken Sie in Ruhe darüber nach.«

Ein völlig neues Leben? Ungeheuerlich. Aber wie aufregend! Kurz sah sie sich als Wirtin eines Lokals unterhalb des Loreley-Felsens, in dem fröhliche Zecher schunkelten. Und Mittagstisch – dazu würde ihr eine Menge einfallen!

Direkt über Rudolfs Kopf ging in diesem Augenblick ein Sternschnuppenschauer nieder, noch immer hielt er ihre Hand. Fasziniert blickte Jakomina in den Himmel. Immer wieder flogen neue Fünkchen. Ein Flirren wie im Sterntaler-Märchen, dachte sie entzückt. Und jetzt darf ich mir etwas wünschen. O Gott, was denn nur?

Gerade wollte sie die Augen schließen, um sich ganz auf ihren Wunsch zu konzentrieren, vielleicht auch auf mehrere, denn schließlich waren es viele Sternschnuppen, da fiel ihr schräg hinter Rudolf ein Mann auf, offenbar nicht mehr

ganz nüchtern, der sie mit offenem Mund anstarrte. An seiner Seite wankte traulich eingehakt eine Frau, die aussah wie
Elke. Und plötzlich hatte Jakomina nur noch einen einzigen
Wunsch: Bitte, lieber Gott, mach, dass dieser Mann nicht
mein Fritz ist!

Frieda

Frieda war die Erste, der Meister kam verspätet in den Salon. Die Meisterin sei unpässlich, sagte er, Rudolf habe sich durch einen Botenjungen krankgemeldet. Eine seltsame, unangenehme Spannung lag an diesem Sonnabendmorgen in der Luft. Fritz Fisser sah schlimm verkatert aus. Er sperrte die Ladentür weit auf und machte sich wortlos an die Arbeit. Auch die Kundschaft hielt sich mit Äußerungen zurück.

Ein Mann mit heller Mütze und Glocke in der Hand, der Ausrufer, zog am Schaufenster vorüber. An der Kreuzung blieb er stehen, bimmelte und verkündete lautstark seine Neuigkeiten. »Heute Nachmittag ab drrrei Uhr! Grrroßer Wettkampf der Strrrandkompanien am Weststrrrand! Errrichtung einer Festung und Verteidigung derselben durch sämtliche Armeekorps! Alle Badegäste sind eingeladen!«

Frieda warf einen besorgten Blick auf den Meister. Hoffentlich war ihm nicht entfallen, dass sie sich den halben Tag freigenommen hatte.

»Ich darf doch gehen, oder?«, fragte sie besorgt.

»Du musst einspringen«, entgegnete er unwirsch. »Wir haben heute zwei Ausfälle.«

»Aber es ist wichtig!« Sie durfte dieses Ereignis auf keinen Fall verpassen, unbedingt musste sie am großen Tag der Familie Lehmann dabei sein. »Meine beste Freundin wartet auf mich. Sie reist morgen ab.«

»Das Geschäft geht vor«, blaffte er sie ungewohnt unfreundlich an.

»Und wenn ich mich beeile?« Er antwortete nicht, Kundschaft verlangte nach ihm.

»Frieda, lauf du doch schnell mal zum Wickwief und besorg meiner Mutter was gegen Zahnschmerzen«, forderte Frauke sie auf. »Ich kann nicht weg, hab gleich eine Frau Kommerzienrat zum Frisieren.«

Frieda wusste, wo das Wickwief wohnte, war aber noch nie in deren Haus gewesen. Als sie ankam, verabschiedete die Witwe einen Mann, der den Arm voll Kräuterteetüten hatte.

»Ach, kiek an!« Mit neugierigem Blick hieß sie Frieda willkommen. »Bist du nicht die kleine Dirks, die mit der Glückshaube?« Frieda nickte eingeschüchtert. »Kumm rin!«

Die Küche sah schon ein wenig aus wie eine Hexenküche mit all den von der Decke hängenden Trockensträußen aus Blumen, Kräutern und Dünengewächsen. Sie verbreiteten einen aromatischen, angenehmen Geruch. Frieda wollte nicht Platz nehmen. Je früher sie zurück im Salon war, desto schneller konnte sie bedienen und doch noch zum Wettkampf laufen. Allerdings auch nur dann, wenn die Kunden zeitig genug kamen. Jantje, das Wickwief, nötigte sie allerdings zu bleiben, bot ihr eine Tasse Ostfriesentee an, die sie natürlich nicht ablehnen konnte, ohne grob unhöflich zu sein.

Eigentlich machte die Frau, vor der viele Insulaner Angst hatten, einen freundlichen und klugen Eindruck. Verrückt ist sie wohl nicht, dachte Frieda. Und wenn sie das dünne Haar nicht so fettig werden lassen und so streng zusammengefriemelt tragen würde, könnte sie sogar einigermaßen gut aussehen. Eine Ondulation, seitlich zwei Kämme und ein schöner künstlicher Flechtknoten – das würde schon was ausmachen.

»Hest all een Vörlopp hat?«, fragte die Alte sie mit einem listigen Gesichtsausdruck.

Ob sie schon eine Vorahnung gehabt hatte? So wie Jantje, die, wie es hieß, den Tod ihres Mannes und ihres Sohnes auf See eine Nacht vor dem tragischen Ereignis »gesehen« hatte?

»Nein, hab ich nicht«, antwortete Frieda wahrheitsgemäß.

»Soso. Dabei ist diese Gabe ja verbreitet bei den mit Glückshaube Geborenen.«

»Bei mir nicht«, wiederholte Frieda. Die Sache wurde ihr nun doch ein wenig unheimlich.

»Sei froh«, antwortete Jantje. »Ist kein Zuckerschlecken.« Sie lächelte vertraulich. »Hast du denn schon einen Liebsten?«

»Nein, es eilt auch nicht.«

Frieda gefiel es so, wie es war. Sie war beliebt, brauchte sich über einen Mangel an Verehrern nicht zu beklagen. Mal flirtete sie ein wenig mit dem einen, mal mit dem anderen. Sie küsste gern, so wie man Blumen am Wegesrand pflückte, natürlich nicht wahllos und immer diskret, um nicht ins Gerede zu kommen. Aber sie war nicht so streng wie Grete, die wollte, dass gleich alles perfekt war. Frieda mochte es heiter und leichthin. Warum auch nicht?

»Wart ab, bis du den Richtigen triffst. Die Liebe, die Liebe …« Jantje zwinkerte vielsagend. »Soll ich dir aus den Teeblättern lesen?«

Frieda schüttelte den Kopf. »Nee, lieber nicht.« Aber etwas interessierte sie doch besonders. »Hast du die Hellsichtigkeit schon immer gehabt?«

»Ja, schon als Kind. Als Achtjährige hab ich meinen Onkel

einen Tag vorher sterben sehen – und konnte es doch nicht verhindern.«

Frieda stockte der Atem. »Wie furchtbar! So was möchte ich gar nicht können.«

»Ja, ich wär auch schon oft froh gewesen, wenn mir diese Gabe versagt geblieben wäre.«

Frieda schüttelte sich. Ihr Blick wanderte über die Kräuterbündel, über große Gläser mit Teemischungen und in Flüssigkeit eingelegte Merkwürdigkeiten sowie ein seltsames Sammelsurium an Gegenständen im verglasten Küchenbuffet.

»Und von Zauberei versteh ich auch rein gar nix.«

Das Wickwief lachte. »Du meinst die heilenden Rezepturen? Ach, das ist doch was ganz anderes. Die Leute erwarten so was von mir. Aber das kann man lernen.«

Frieda schaute sie mit ihren blanken blauen Augen an. »So wie Rezepte für Cremes und Shampoons?«

»Genau. Alte Heilweisen, das ist mein Hauptgeschäft. Dafür brauchst du Wissen, Erfahrung und 'n büschen Hokuspokus.« Ihr Geständnis verblüffte Frieda. Weshalb verriet sie das ausgerechnet ihr? »Die Leute wollen an was glauben, das allein hilft ihnen schon oft.«

»Und deine Visionen?«

»Die sind schon echt, aber selten. Wenn ich nur davon leben müsste, wäre ich längst verhungert.« Jantje beugte sich vor und musterte Frieda. »Du hast wirklich so gar keine Ahnungen?«

Frieda horchte in sich hinein. »Na ja«, sagte sie zögernd. »Manchmal, in letzter Zeit eigentlich immer öfter, da überkommt mich ein Gefühl, eine Art Gewissheit, wer zu wem passt. Als Paar, meine ich.«

Das Wickwief schlug mit der flachen Hand auf ihren abgeschubbelten Küchentisch. »Hab ich's mir doch gedacht! Kindchen, ich erkenn es, du hast dieses innere Leuchten. Das ist typisch für Klarsichtige und Glückskinder.« Sie atmete schwer. »Vielleicht bleibt es dir erspart, schreckliche Ereignisse im Vörlopp zu sehen. Aber du hast eine besondere Fähigkeit – bring anderen Menschen Glück!«

Frieda wusste nicht, was sie darauf antworten sollte. Sie nahm den letzten Schluck aus ihrer kleinen dünnwandigen Teetasse, lächelte zaghaft, etwas verlegen.

»Das wär ja eigentlich nicht verkehrt, oder?«

»Das wär sogar richtig gut.« Die alte Frau lächelte auf einmal breit. »Es wird sich zeigen. Keine Angst, min Wicht. Was sein soll, wird sein.« Sie schenkte noch mal Tee nach. »Aber nun was anderes. Ich vermute, Jakomina Fisser schickt dich?«

»Ja, sie hat Zahnschmerzen.«

»Soso …« Das Wickwief stand auf, ging an ihren Küchenschrank, öffnete eine Schublade. »Gegen Zahnschmerzen hilft ein auf dem Kirchhof gefundener Zahn oder Sargnagel.«

»Ach, mein Großvater trägt einen Ring, der aus einem Sargnagel geschmiedet ist«, sagte Frieda.

»Ich weiß, den hat er von mir. Der hilft gegen Gicht, Gichtringe hab ich auch noch ein paar.« Sie wühlte in der Schublade. »Aber Sargnägel sind gerade aus. Ah, hier ist noch ein Zahn vom Kirchhof.« Sie hielt das gelblich braune Teil hoch wie eine Trophäe. »Bring ihr den. Soll sie in einem Beutelchen am Hals tragen. Oder beim Schlafen unter ihr Kopfkissen legen.«

Frieda fragte sich, wie das nun mit der Bezahlung war. Frauke hatte ihr dazu nichts gesagt. »Was kostet das?«

»Lass man. Das regel ich mit Jakomina bei ihrem nächsten Besuch. Bestell ihr viele Grüße von mir. Und gute Besserung.« Jantje begleitete sie hinaus. Sie reichte ihr die Hand und sah sie ernst an. »Merk es dir, Frieda, du darfst nie eine Bezahlung für das verlangen, was du durch deine Gabe siehst, weißt oder erreichst.«

»Gut«, antwortete Frieda befangen.

Auf dem Rückweg beeilte sie sich, damit die Meisterin nicht unnötig lange leiden musste. Irgendwas in ihrer Brust fühlte sich leichter an als sonst. Sie lief mit schnellen Schritten, sprang und hüpfte sogar zwischendurch. Es würde ihr gefallen, wenn sie anderen Menschen zu ihrem Glück verhelfen könnte.

Im Inselsalon

Die Schmerzen waren schlimmer als ihre Wut auf Fritz, den sie mit dieser liederlichen Elke ertappt hatte, und schlimmer als die Scham über ihr eigenes Fehlverhalten. Oh, ihr wurde noch übler, wenn sie an die vergangene Nacht dachte. In der Sekunde des Erkennens hatte sie sich entsetzt umgedreht und war allein auf dunklen Nebenwegen nach Hause geeilt. Dort hatte sie sein Bettzeug aufs Sofa geworfen und die Schlafzimmertür von innen zugesperrt.

Ihr Mann musste erst sehr früh am Morgen nach Hause gekommen sein. Ob er noch weiter mit Elke …? Und nicht einen einzigen Versuch hatte er bislang unternommen, sie zu versöhnen.

Inzwischen spürte sie das Pulsieren in ihrem Unterkiefer, auch wenn sie sich nicht bewegte, wie Hammerschläge. Der eklige Zahn vom Friedhof, der nun schon seit Stunden unter ihrem Kopfkissen lag, nützte überhaupt nichts.

Frauke steckte den Kopf durch die Tür. »Der Zahnarzt ist außer Haus. Kein Mensch weiß, wann er wiederkommt.«

Da die Schmerzen Jakomina mittlerweile dazu brachten, Vergleiche mit den Wehen anzustellen, bat sie ihre Tochter, Fritz aus dem Salon zu ihr zu rufen.

Ihr Angetrauter sah aus wie die beleidigte Leberwurst höchstpersönlich. Aber wenigstens kam er ins Schlafzimmer, schloss die Tür.

»Was hast du zu deiner Verteidigung zu sagen?«, fragte er.

»Ich halt's nicht mehr aus. Lass uns später über gestern Nacht reden. Zieh mir diesen verdammten Zahn, Fritz!« Sie brach in Tränen aus. Ihre Wange war dick angeschwollen. »Bitte, du hast das doch noch gelernt als Barbier!«

Er zögerte einen Moment. »Da muss ich erst nach meinem Werkzeug suchen.«

Seit Jahren hatte er keinen Zahn mehr gezogen. Aber letztlich – gelernt war gelernt. Es wäre gelogen gewesen, wenn er behauptet hätte, dass ihm diese Situation nicht auch ein wenig Genugtuung bescherte. Obwohl er durchaus mitlitt. Ihr schmerzerfüllter Blick rührte sein Herz. Armes Minchen.

Er verordnete ihr einen doppelten Rum. Während sie trank, kramte er im Lagerraum nach der alten Dentistentasche und desinfizierte seine Geräte, die noch aus dem vorigen Jahrhundert stammten. Da kamen Erinnerungen hoch! Damals hatte er noch Gehörgänge gereinigt, Blutegel gesetzt, Hühneraugen entfernt und sich um Knochenbrüche gekümmert. Solchen Arbeiten trauerte er kein bisschen nach. Es erfüllte ihn mit Stolz, dass sein Salon als feinster auf Norderney galt. Und dass die einfachen Fischer und Arbeiter, die sich nur einmal in der Woche, meist zum Wochenende, die Stoppeln abholzen ließen, lieber einen günstigeren Barbier aufsuchten, war ihm mehr als recht. Denn bei dieser undankbaren Aufgabe ging immer viel Seife drauf, und hinterher konnte man manch teure Klinge wegschmeißen.

»Setz dich auf den Stuhl!«

Vorsichtig klopfte er Jakominas untere Zahnreihe ab. Beim vorletzten Backenzahn links schoss sie hoch. Er drückte sie zurück auf den Stuhl, legte die Zange um den Übeltäter. Doch im gleichen Moment tauchte vor seinem geistigen Auge wieder die Szene auf, wie sie da mitten in der Nacht mit Rudolf händchenhaltend auf der Promenade gestanden hatte, während er wochenlang eine Überraschung für sie vorbereitet und sich ganz offensichtlich zum Narren gemacht hatte. Und sofort nagte die Eifersucht wieder wie eine giftige Natter an seinem treuen Herzen.

Er ließ das Instrument sinken und durchbohrte seine Frau mit furchtbaren Othello-Blicken. Und ausgerechnet der Geselle! »Sag die Wahrheit! Hast du was mit ihm?«

»Ach, Mucki!« Wie sie es abgrundtief seufzend ausstieß und wie sie ihn dabei anschaute, das beantwortete ihm die Frage bereits ausreichend. »Was soll ich denn mit einem Gesellen, wenn ich den Meister haben kann?« Schluchzend schloss sie die Augen. »In meinem Leben ist doch nicht mehr Romantik, als in einem Hirsekorn Platz hat.« Tränen liefen über ihre Wangen. »Und … was ist mit dir und Elke?«

»Du Dummchen, wenn du nicht gleich fortgelaufen wärst, hättest du gesehen, dass auch August dabei war. Wir haben zu dritt eine Überraschung für dich …«

Sie zuckte zusammen, hielt sich die Wange und flehte ihn mit hoher Stimme an: »Hilf mir endlich!«

»Glaubst du mir?«

»Ja, ja.«

»Du bist mir nicht mehr böse?«

»Nein!«

»Und versprichst du, dass du mit dem Rauchen aufhörst?«

»Ja!«

»Nun denn, bevor deine Rumfahne mich so benebelt, dass ich den falschen Zahn zieh …« Entschlossen nahm er den Backenzahn in die Zange. »Er ist schon locker. Aber klammer dich jetzt besser mit beiden Händen an der Lehne fest.«

Frieda

Ein markerschütternder Schrei gellte durchs Haus bis in den Salon. Vor Schreck stach Frieda ihre Kundin mit einer Haarnadel.

»Um Gottes willen, wird da ein Schwein abgestochen?«, fragte die Gepikte. »Wir haben doch erst August, noch keinen Schlachtmonat mit R!«

»Wahrscheinlich ist Else nur gerade eine Maus über den Weg gelaufen«, versuchte Frieda abzuwiegeln. Das Hausmädchen, das hinten in einem Anbau wohnte, hatte tatsächlich eine übermäßige Angst vor kleinen Nagern.

Erwin grinste schadenfroh. Frieda schaute auf die Salonuhr. Der Wettkampf hatte längst angefangen. Aber in der Warteecke waren alle Stühle besetzt.

Sie arbeitete hastig, nicht so sorgfältig wie sonst. Trotzdem lief ihr die Zeit davon. Schon halb vier. In diesen Minuten musste die Parade der Strandkompanien stattfinden. Und der Uniformenvergleich. Das Aufstellen und Einrichten der Zelte. Oder das Sackhüpfen. Wahrscheinlich spielten sie den »Dessauer Marsch«, man hatte seit Tagen gehört, wie die Jungen ihn einübten.

Wie befürchtet, trudelten die angemeldeten Kunden gemächlich, teils verspätet ein. Mit schnellerem Arbeiten erreichte Frieda nicht viel. Viertel vor fünf. Vor Ungeduld hätte sie auf der Stelle trappeln können. In diesen Minuten sollte die Schlacht am Meer in vollem Gange sein.

Noch drei Kinderhaarschnitte standen an. Hetty, Netty und Tilly, die Töchter eines Norderneyer Kapitäns, wollten sich hübsch machen lassen. Frieda wurde immer hibbeliger. Sie beobachtete, dass Willy in aller Ruhe Haare zusammenfegte.

»Ach bitte, Willy, du hast auch was gut bei mir. Würdest du die Mädchen übernehmen?«

Sie hatten alle drei halblanges Haar, nur die Spitzen und die Ponys mussten nachgeschnitten werden, da konnte man kaum was verkehrt machen. Willy erklärte sich bereit. Frieda überlegte nicht lange, ob sie noch den Meister um Erlaubnis bitten sollte, sondern flitzte los zum Weststrand.

Dort herrschte ein Riesengedränge. Zuschauer in zwei Trauben auf dem Strand und auf der Promenade feuerten jeweils ihre Mannschaft an. Bei Niedrigwasser hatte der Strandwärter zwei gleich große Felder im feuchten Sand markiert. Mit Schaufeln und Spaten errichteten die Jungen zur Sicherung ihres Forts Sandwälle und Festungsmauern. Die Gräben, die sie dafür ausgehoben hatten, liefen schon voll. Nun kämpften die beiden Kompanien nebeneinander mit wilder Begeisterung gegen einen gnadenlosen Feind – das auflaufende Wasser. Wer zuerst aufgab, hatte verloren. In der Mitte eines jeden Forts wehte an einem hohen Stab die Preußenfahne.

Wellen spülten gegen die Bollwerke. Mit roten Wangen, offenen Hemden und zerzaustem Haar verteidigten die uniformierten Jungen unter Anleitung ihrer jugendlichen Generäle ihre Festung. Mal musste hier ein Mutiger einen Wassereinbruch im Schutzwall verhindern, mal dort ein Trupp von zehn Knaben eine Bresche mit Sand füllen und festtreten. Sie sangen gegen die Brandung an: »Es braust ein Ruf wie Donnerhall.«

Friedas Augen suchten nach Familie Lehmann und entdeckten sie im offenen großen Strandzelt. Die dort versammelten Ehrengäste beobachteten gebannt das Geschehen. Frieda schlängelte sich durch die Menschenmenge. Sie wollte sich aber keinesfalls aufdrängen und direkt neben die Honoratioren stellen. Deshalb versuchte sie, unauffällig Kontakt zu Grete aufzunehmen, und winkte von der Seite, bis die Freundin sie erkannte. Grete bedeutete ihr mit Handzeichen, zu ihnen zu kommen. Das traute sich Frieda nicht.

Jetzt riss eine schäumende Welle einen Teil der Lehmann'schen Festung fort.

»Haltet zusammen, meine Soldaten!«, brüllte der Anführer. Ein Aufschrei aus Hunderten Kehlen antwortete ihm. Die Brandung donnerte, der Wind kühlte die erhitzten Gesichter. Die Jungen versammelten sich um ihr Banner. Und stimmten trotzig ein neues Lied an.

»Solang ein Tropfen Blut noch glüht, noch eine Faust den Degen zieht und noch ein Arm die Büchse spannt, betritt kein Feind den deutschen Strand!«

Grete schlich sich aus der Ehrenloge quer durch die Reihen zu Frieda. Sie nahm sie an die Hand und zog sie mit sich.

»Da bist du ja endlich! Die meisten Wettbewerbe sind schon gelaufen«, rief sie ihr per Handtrichter ins Ohr. Hübsch sah sie aus, ihre Wangen glühten vor Aufregung. Seit Tagen schon hatten sich die Freundinnen nicht gesprochen. »Beim Sackhüpfen sind zwei der Tippelskirch-Säcke gerissen, auch beim Zeltaufbau waren unsere überlegen. Ach! Und du glaubst ja nicht, was …« Frieda verstand nicht alles, der Kampflärm übertönte den Rest von Gretes Redeschwall.

Schäumende Fluten rissen nun kurz hintereinander die Schutzwälle beider Mannschaften ein. In die gebrüllten

Durchhalteparolen mischten sich die Stimmen besorgter Mütter und das Wimmern ängstlicher kleiner Mädchen. Die Lehmann'schen schaufelten weiter, bei den anderen gab es wohl Komplikationen. Da wackelte ein Spaten, der Fahnenmast wankte, er kippte, wurde von den Wogen mitgerissen. Zwei Jungen warfen ihre Schaufeln erbost ins Meer. Die gegnerische Mannschaft gab ihre zum Inselchen geschrumpfte Festung auf, zog sich durchs Wasser an den rettenden Strand zurück.

Die Lehmänner leisteten umtost von Wind und Wellen weiter Widerstand. In dem Moment, als sich Grete mit Frieda an der Hand neben ihre Geschwister hinter Vater Lehmann stellte, rettete einer der Jungen die im Sinken begriffene Fahne der Lehmann-Kompanie und stürmte mit ihr an den Strand. Vor dem Honoratiorenzelt stürzte er theatralisch in den Sand und rief mit Jubel in der Stimme: »O nicht verwundet bloß, mein General, ich bin tot!«

Damit stand der Sieger fest. Auch die Letzten seiner Kameraden sprangen nun lachend und prustend durchs Wasser herbei. Ihr Gejohle beendete das Spektakel. Der Tambourmajor schwang seinen Dirigentenstab. Trommeln und Fanfaren ertönten. Familie Lehmann nahm die Glückwünsche der Gäste entgegen und gratulierte ihrer Mannschaft.

Ein würdiger Herr, der neben Gretes Vater stand, drückte dem Anführer der Kompanie die Hand. Erst jetzt erkannte Frieda ihn – Reichskanzler Fürst von Bülow. Ein Schmunzeln ging über sein Gesicht.

»Da ist ja meine kleine Freundin«, sagte er laut. »Ohne sie wäre ich nicht gekommen und hätte ein großartiges Spektakel verpasst.«

Frieda wurde ganz schwindlig vor Aufregung und Freude. Sie spürte die Blicke der anderen wichtigen Leute auf sich.

Wie schön, dachte sie, lächelte überwältigt und wusste überhaupt nicht, wie sie sich verhalten sollte. Sie machte es Grete nach, die in einem tiefen Hofknicks versank, während von Bülow, huldvoll zu den Seiten winkend, wieder mit seinem Adjutanten zur Promenade hochstapfte.

»Frieda, du Unglaubliche!«, jauchzte Grete. »Von Bülow hat sich gestern schon bei seinem Morgenausritt die Ausrüstungen angeschaut und ist jetzt überzeugt von unserer Qualität.« Er hatte gesehen, dass Tippelskirchs Spaten rosteten, dass die Klappmechanik der Stühle nicht funktionierte und dass die Heringe und Gerüste der Zelte schon bei leichtem Sturm ihren Dienst versagten. »Er will sich dafür einsetzen, dass wir den Auftrag bekommen. Unsere Aussichten sind hervorragend!«

Gretes Vater drehte sich zu ihnen um. »Die Regierung hat gerade im Reichstag einen Nachtragshaushalt zur Unterstützung der Kolonialtruppen in Höhe von neunundzwanzig Millionen Mark gestellt. Aber, ach, das verstehst du sicher alles nicht.« Er umarmte sie, das einfache Inselmädchen, feierlich. »Möchtest du, dass wir dich adoptieren?«

Meinte er das etwa ernst?

Frau Lehmann küsste sie auf beide Wangen. »Was wünschst du dir, liebste Frieda? Sicher würdest du dir doch gern einmal etwas richtig Schönes kaufen.«

»Das muss gefeiert werden!«, verkündete Hans-Heinrich. Auch Eduard lächelte sie strahlend an. »Du kommst doch mit? Im Georgsgarten ist heute Tanz.«

»Ich hab … gar nichts Passendes anzu…«, stammelte Frieda.

Sie war noch nie im lauschigen Georgsgarten beim Kurhaus gewesen, wo die Hofconditorei Hoegel bewirtete.

»Keine Widerrede«, fiel Grete ihr ins Wort und hakte sich bei ihr unter. »Du musst mitkommen. Der Cherry Cobbler dort ist ein Gedicht! Ab heute gehörst du zur Familie.«

»Das ist lieb«, allmählich fing sich Frieda wieder, sie lächelte verlegen. »Aber ich hab schon eine Familie, mit der bin ich ganz zufrieden.«

»Dann hast du jetzt eben zwei.«

Frieda dachte an ihren Besuch beim Wickwief. Ob das alles mit dieser Gabe zusammenhing, über die sie am Vormittag gesprochen hatten?

Sie atmete tief durch. Es war schön, andere glücklich zu sehen. Noch schöner war es zu wissen, dass man seinen Teil dazu beigetragen hatte. Sie wollte weder adoptiert werden noch Geld als Dank. Ich glaube allerdings, dachte sie, als sie mit Grete beschwingt die Holztreppe vom Strand zur Promenade hochstieg, dieses Gefühl möchte ich gern öfter haben.

Im Inselsalon

Frieda brachte einen Stapel dunkelroter Handtücher in den Salon. Das Morgenquartett wurde bis auf Theo, der noch fehlte, barbiert. Graupelschauer schlugen knispelnd gegen die Scheiben. Noch war es dunkel an diesem Dezembermorgen. Doch auch tagsüber schienen draußen alle Farben wie ausgewaschen, es existierten nur noch ineinander verlaufende Grautöne. Umso gemütlicher fand Frieda es drinnen. Meister Fisser legte Wert darauf, dass seine Kunden nicht froren oder sich gar durch Zugluft erkälteten. »Wer das einmal erlebt hat, verbindet bis ans Lebensende Schnupfen mit Friseurbesuch, und das wollen wir doch nicht«, sagte er stets.

Wie immer im Winter arbeiteten sie mit weniger Personal. Rudolf hatte sie zum Ende der Saison verlassen. Frieda ahnte vage, weshalb, aber sie bohrte nicht weiter nach. Es ist, wie es ist, sagte sie sich. Die Meisterin rauchte nicht mehr. Dafür segelte sie, natürlich nicht im Herbst und Winter, wenn es eiskalte Stürme gab, und auch nur unter Anleitung ihres Mannes. Aber das Segeln war seit dem Spätsommer das neue große Freizeitvergnügen der Fissers, die wieder wirkten wie ein verliebtes junges Paar. Sie tüftelten bereits an einem Frühjahrstörn, bei dem sie Fahrräder auf der *Minchen* mitnehmen und vom Leeraner Hafen aus in ein paar Fehndörfer radeln wollten, um dort einige Freunde und Verwandte zu besuchen. Wenn der Meister außer Hörweite war, ereiferten sich auch Erwin und Willy immer öfter über Politik. Willy, der einzige Sohn einer Seemannswitwe, sympathisierte mit den Kommunisten und Sozialdemokraten, während Erwin an allen Parteien etwas herumzumäkeln fand und besonders gern über die Juden herzog. Kruuskopp und Frieda ließen sie reden, ohne sich einzumischen.

Grete hatte ihr geschrieben. Statt glücklich zu sein, machte sie sich gerade das Leben schwer. Sie grübelte und glaubte, die ganze Welt retten zu müssen. Hoffentlich war es nur eine Phase. Dabei konnten doch nun wirklich mal alle zufrieden sein.

Mit einem Ruck wurde die Tür aufgerissen, die Glöckchen hatten kaum Zeit zu klingeln. Theo stürmte durchnässt herein, er brachte eine frostige Böe mit in den Verkaufsraum. Von seinem Mantel fielen matschige Schneeflocken, die am Boden gleich Pfützchen bildeten.

»Hab ihr schon gehört?«, fragte er atemlos.

»Wat ist denn nu all weer los?«, brummte Jan.

»Bülow hat den deutschen Reichstag aufgelöst!«

»Was? Wieso?«

Meister Fisser hörte auf, Onnos eingeschäumte Wange zu schaben.

»Die Mehrheit der Abgeordneten hat seinen Nachtragshaushalt abgelehnt. Wird nix mit mehr Geld für unsere Kolonien.«

Ach du Schreck! Frieda legte die Handtücher auf dem Tresen ab. Sie kombinierte schnell. Das bedeutete ja wohl auch, es würde doch keinen rettenden Auftrag für die Firma Lehmann geben, oder? Und was nun?

Grete

Grete lachte, als ihr Kopf aus den Wellen auftauchte. Sie schwamm im Meer. Sie badete nicht nur, nein, sie schwamm wahrhaftig zum ersten Mal mit kräftigen Zügen durch bewegtes Salzwasser. Den Geschmack der Nordsee auf der Zunge, fast bitter, zu scharf, aber trotzdem einfach herrlich. Wie es schäumte um sie, um ihre Schultern, Arme, überall spürte sie Luftbläschen sprudeln, sogar noch durch den schlackernden Stoff ihres Badeanzugs hindurch um ihre Schenkel. Und wie frisch alles roch! Todesmutig hielt sie sich die Nase zu, um eine schaumgekrönte Woge über ihren Kopf hinwegdonnern zu lassen. Dann drehte sie sich auf den Rücken, um sich durch die Wellentäler treiben zu lassen.

»Ihre Zeit ist um, gnädiges Fräulein!« Sie überhörte die mahnenden Worte ihrer Badedienerin. »Und Sie müssen näher am Badekarren bleiben!«

Grete winkte nur fröhlich. Ihr war überhaupt nicht mehr kalt, nein, sie fühlte sich in ihrem Element, schaute in den Himmel, auf die Wolken, die Seevögel. Alles floss durch sie hindurch, sie war Teil eines Ganzen. Und dazu noch diese Geräuschkulisse! Die müsste man mitnehmen können, dachte sie, abgefüllt in Konservenbüchsen oder vielleicht auf eine Grammofonplatte eingraviert – lang gezogene Möwenrufe, den Wellenschlag, das Juchzen der anderen Frauen. Endlich. Endlich wieder glücklich. Leicht. Ihr Brustkorb wurde ganz weit.

Ich werde mir Mühe geben, nahm sie sich vor, als sie zurückschwamm und wieder zum Umkleiden in den Badekarren stieg. Die vergangenen zwei Jahre waren ebenso scheußlich wie anstrengend gewesen, für alle, für ihre Eltern und sie selbst. Ich will versuchen, endlich eine liebenswerte Tochter zu sein, dachte sie.

Seit Anfang Juli kurten sie wieder auf Norderney. Diesmal logierte die Familie in einem der besten Hotels mit Meerblick, dem Grand Hotel Kaiserhof. Grete hatte bereits ihrem geliebten Seehospiz einen Besuch abgestattet und einige Bekannte wiedergetroffen – die Vorsteherin des Pensionats, Schwester Therese, Oberschwester Luise, Bademeister Lampe und Jochen, den Heizer. Sie hatte auch schon einen Nachmittag lang bei Regenwetter geholfen, die Kleinen in der Spielhalle zu beschäftigen. Dr. Hartmann hatte sie freundlich begrüßt und ihr erzählt, dass Max Lubinus, inzwischen Doktor der Medizin, demnächst für ein paar Tage aus Leipzig zu Besuch kommen würde.

Diese Nachricht versetzte sie in eine freudige Erwartungsstimmung. Wieso kam er aus Leipzig? Hatte er nicht nach Göttingen oder Tübingen gewollt? Wie er wohl inzwischen aussah? Sie versuchte, sich ihn vorzustellen. Seine schönen braunen Augen und das immer windzerzauste Haar. Aber irgendwie war das Bild recht verschwommen. Wie mochte es ihm gehen? Ob er mittlerweile verlobt oder verheiratet war?

Am Nachmittag hatten sie und ihre Brüder sich mit Frieda zum Picknick verabredet. Frieda, ihre liebe Frieda. Unverändert in ihrem Wesen, so heiter, ausgeglichen, schlagfertig und geradeaus wie immer, dabei weiblicher und erwachsener geworden. Zur Begrüßung waren sie sich allerdings wieder um den Hals gefallen wie Backfische. Und geredet hatten sie, am ersten Abend bis tief in die Nacht auf der fein geschnitzten Veranda eines Lokals, in das ihre Familie »das liebe Inselkind« eingeladen hatte – bis ihre Eltern gemeint hatten, nun müssten sie doch langsam mal ins Bett. Die Lehmanns vergaßen nicht, was sie Frieda zu verdanken hatten. Ihr Name stand in dieser Saison mit auf der Familienkurkarte, auf der auch die Namen ihres mitreisenden Personals – der des Mädchens und der ihrer Gesellschafterin – eingetragen waren.

Der Wind blies feinen Sand auf das Tuch, das sie und Frieda in einer Dünenmulde auszubreiten versuchten. An den Seiten hob er die Zipfel, spielte mit ihnen, ließ sie immer wieder hochflattern.

»Warte! Dich krieg ich!« Lachend stellte Grete Krocketschläger und Flaschen auf die Ecken, Frieda nahm die letzte Schüssel aus dem Picknickkorb und platzierte sie in der Mitte neben das Besteck und die Gläser. Der Page des Kaiserhofs, der ihnen das ganze Zeug hier rausgeschleppt hatte, verabschiedete sich mit tiefem Diener, nachdem er ein gutes Trinkgeld eingesteckt hatte. Grete sank auf eine der beiden karierten Wolldecken vor der gedeckten Tafel. »Herrlich!«

Durch den Strandhafer leuchteten der helle Sand und das gleißende Meer, sie spürte die Sonne durch den Batiststoff ihrer Bluse und war schon wieder glücklich. Zweimal glücklich an einem Tag, allerhand. Mehr als in den vergangenen beiden Jahren zusammen. Wie merkwürdig, dass auf dieser Insel nicht nur ihr Husten verschwand und ihre Haut sich erholte – auch ihr Herz wurde hier ruhig, und ihre Gedanken konnten ganz anders fließen. Sie wollte sich wirklich Mühe geben, nicht anzuecken und gut mit ihren Eltern auszukommen.

Frieda legte gebratene Hähnchenschenkel auf einen Teller, auf einen anderen die Schwalbennester, eine Spezialität aus Kalbsschnitzeln, die mit einem gekochten Ei und Schinken zur Roulade gerollt und in handliche Stücke geschnitten waren. Hans-Heinrich schenkte Zitronenlimonade aus.

»Eduard kommt etwas später nach«, richtete er ihnen aus. »Er spielt noch Tennis mit jemandem, den er aus Berlin kennt und hier zufällig getroffen hat. Joseph Irgendwer, ein österreichisches Blaublut, auch in diplomatischen Kreisen tätig. Kann sogar sein, dass er ihn mitbringt.«

»Joseph Graf Ritz zu Gartenstein«, sagte Grete.

»Den Namen kann sich doch kein Mensch merken«, spottete Hans-Heinrich.

Mittlerweile machte er keinen Hehl mehr aus seiner Geringschätzung für den »degenerierten korrupten Adel«. Er sah die Zukunft Deutschlands in den Händen des tatkräftigen Bürgertums, bei ehrgeizigen Männern ohne Altlasten und mit modernen Ideen.

»Ich hab ihn gestern schon kurz kennengelernt«, berichtete Grete, wobei sie ihren Hut tiefer zog, damit sie nicht unnötig viele Sommersprossen bekam. »Ein gut aussehender Mann …«

»Dann soll er uns herzlich willkommen sein!«

Unbekümmert nahm Frieda ihren Strohhut ab. Eine kleine gelbe Seidenrose prangte am schwarzen Ripsband.

»Ist der neu?«, fragte Grete.

»Ja, ein Geschenk. Als Lohn dafür, dass ich ein Paar verkuppelt hab«, bestätigte Frieda mit einem stolzen Lächeln. »Vor zwei Jahren hab ich im Salon mal für zwei Verliebte den Briefboten gemacht. Letzte Woche kamen sie als Jung-vermählte auf die Insel zurück und haben sich bei mir mit diesem Hut bedankt.«

Liebevoll strich sie über die Rose. Ihr flachsblondes Haar, zu einem geflochtenen Krönchen hochgesteckt, schimmerte dabei je nachdem, wie sie den Kopf drehte, mal mehr golden, dann wieder eher silbrig.

»Sehr hübsch, steht dir. Graf Joseph hat natürlich hervor-ragende Manieren …«

»Na, hoffentlich ist er nicht zu etepetete.« Frieda schnappte sich ein Hühnerbein und nagte es genüsslich ab.

»Nein, wirklich ein netter Kerl«, beteuerte Grete. »Aber trotzdem zu bedauern.«

»Weil er Österreicher ist?« Hans-Heinrich grinste.

»Weil er heiraten muss.«

»Ist seine Braut in anderen Umständen?«, fragte Frieda.

»Auch nicht, er kennt sie bislang nur von Fotos. Wenn's nach ihm ginge, dürfte es sicher gern dabei bleiben. Sie sieht aus wie ein Brauereipferd.«

»Ach du meine Güte!« Hans-Heinrich begriff. »Dann ist der Herr Graf wohl verarmt, und das Brauereipferd zieht ein gut beladenes Fuhrwerk hinter sich her, richtig?«

Grete nickte. »Eduard hat's mir verraten. Sie erbt ein-mal ein florierendes pharmazeutisches Unternehmen, in der Nähe von Düsseldorf, glaube ich. Ihre Eltern möchten dafür gern was Aristokratisches als Schwiegersohn, aber bitte kei-nen Buchstabieradligen.«

»Was soll denn das heißen?« Frieda kannte sich mit derlei Feinheiten nicht aus.

»Na, sie wollen keinen Grafen, dessen Namen man buch-stabieren muss, weil er erst vor Kurzem in den Adelsstand erhoben worden ist. Sondern einen, dessen Namen man schon aus den Geschichtsbüchern kennt.«

»Also, ich hab diesen putzigen Namen ... Wie war der gleich?«

»Ritz zu Gartenstein!«

»... auch noch nie gehört«, sagte Hans-Heinrich herablassend.

»Weil du keine Ahnung hast!«

»Ist doch egal«, wendete Frieda ein, »wenn er nett ist.«

»Nun ja, dass er zum alten und nicht zum niederen österreichischen Adel gehört«, räumte Grete ein, »ist durchaus kein Nachteil. Seine Vorfahren haben vor ein paar Jahrhunderten eine entscheidende Schlacht bei Salzburg gewonnen.«

So ganz konnte sie sich bei aller Aufgeschlossenheit für die Reformbewegung nicht von ihren alten Idealen lösen.

»Hallo zusammen! Wir haben Wein mitgebracht!«

Zwei junge Männer in hellen Sommeranzügen stapften näher, Eduard hielt Flaschen hoch. Er stellte seinen Begleiter vor, machte alle formvollendet miteinander bekannt. Der junge Graf steuerte neben Wein ein paar Leckereien vom Delikatessenhändler bei.

Die Nachzügler hockten sich zu ihnen auf die Decken. Es herrschte gleich eine vergnügliche, unkomplizierte Stimmung. Sie schmausten, tranken, redeten, lachten. Das hieß, vor allem die Männer scherzten und erzählten Schwänke aus dem diplomatischen Berlin. Frieda schien Sand in die Augen bekommen zu haben, ihre Lider flatterten merkwürdig. Seltsam, dass so was auch einer Insulanerin passierte. Grete ließ nach einer Weile die Unterhaltung an sich vorüberrauschen. Sie streckte die Beine aus, lehnte sich, abgestützt auf die

Unterarme, zurück und sann darüber nach, wie viel doch seit dem Wettstreit der Strandkompanien vor zwei Jahren geschehen war.

In den Wochen nach ihrer Rückkehr von Norderney war zunächst noch alles in guten Bahnen verlaufen. Grete hatte in Berlin eine moderne Mädchenschule besucht, die realgymnasiale Kurse anbot. Allerdings war sie zunehmend in Widerspruch zu dem geraten, was ihre Eltern für gut und richtig befanden. Gegen den Willen ihres Vaters hatte sie Arbeiterfamilien in den Lehmann'schen Werkswohnungen aufgesucht. Und war entsetzt gewesen. Sie hatte es nicht geschafft, ihre Empörung über diese ärmlichen Zustände für sich zu behalten, weil sie helfen wollte, und ihren Vater um neue Betten sowie bessere sanitäre Einrichtungen gebeten. Auf einmal hatte sie alles angezweifelt, nur weil sie sich jene drei Fragen stellte, die Max Lubinus ihr geschenkt hatte: Warum ist das so? Wem nützt es? Muss es wirklich immer so bleiben?

Damit hatte sie ihr Umfeld zunehmend in den Wahnsinn getrieben. Hausarrest war bald an der Tagesordnung gewesen. Ihr Vater hatte fast nur noch berlinernd das Wort an sie gerichtet.

Gretes Gesundheitszustand hatte sich verschlechtert. Ihre Mutter, die bei den Auseinandersetzungen stets zum Vater hielt oder eine neutrale Position einzunehmen versuchte, schwankte damals zwischen Extremen, erstickte sie entweder mit ihrer Liebe und Fürsorge oder nahm ihr mit Ermahnungen, Verboten und einzwängenden Regeln die Luft zum Atmen.

Im Dezember 1906 war etwas Unerwartetes geschehen – von Bülow hatte im Reichstag seinen Nachtragshaushalt für die Schutztruppen nicht durchbekommen. Die Skandale, nicht nur wegen der Bestechung, sondern vor allem wegen des, wie die Kolonialgegner behaupteten, barbarischen Völkermords, den deutsche Soldaten in Afrika an aufständischen Eingeborenen verübten, hatten auch Grete nicht kaltgelassen. Sie hatte sich geschämt, ihren Vater gefragt, ob er sich nicht auch schäme, wenn er diese Morde doch letzten Endes mit seiner Ausrüstung unterstütze. Sie verstand heute noch nicht, wie ihr großer Bruder Lulu da mitmachen konnte. Ihr Vater hatte sie angebrüllt, sogar gedroht, handgreiflich zu werden. »Wir bringen den Negern auch Kultur! Deutsche Ingenieurskunst! Dazu das Christentum! Und überhaupt solltest du mit deinem Spatzenhirn dich um andere Dinge kümmern.«

Die Mehrheit der Abgeordneten hatte es also abgelehnt, neunundzwanzig Millionen Mark zusätzlich für die deutschen Afrika-Kolonien zu bewilligen. Die hohe Summe hätte auch den Bau einer Eisenbahn eingeschlossen, mit der militärisch wichtige Transporte ermöglicht werden sollten. Der Reichskanzler hatte noch am Tag seiner Niederlage den Reichstag aufgelöst.

Die Aufregung war groß gewesen. Im Reich und in Gretes Familie. Ob es mit dem Riesenauftrag für die Firma Lehmann, der eben noch als gesichert gefeiert worden war und für den man bereits in Vorproduktion gegangen war, noch klappen würde, das hatte Silvester 1906/07 in den Sternen gestanden.

Die von der Presse als Hottentottenwahl bezeichnete Neuwahl im Januar 1907 hatte dann von Bülow mit neuen Verbündeten – und der Wahlkampfparole FÜR EHRE UND GUT DER NATION, GEGEN SOZIALDEMOKRATEN,

POLEN, WELFEN UND ZENTRUM – zurück an die Macht gebracht. Vor allem wohl deshalb, weil der Bülow-Block als Konsequenz aus den Skandalen Reformen in der Kolonialpolitik versprochen hatte. Die Wahlbeteiligung hatte so hoch gelegen wie noch nie, seit es in Deutschland Wahlen gab, bei fast fünfundachtzig Prozent.

Grete ärgerte sich sehr darüber, dass Frauen noch immer nicht wählen durften.

»Ich finde die englischen Suffragetten gut, die sich anketten, um das Wahlrecht für Frauen durchzusetzen«, hatte sie eines Tages beim Mittagessen zu sagen gewagt.

»Solange du deine Füße unter meinen Tisch stellst …«, hatte ihr Vater daraufhin leise und beherrscht geantwortet, doch alle hatten gespürt, dass er jede Sekunde explodieren würde.

Grete war aufgesprungen und die Treppe hochgerannt. Sie hatte sich in ihrem Zimmer eingeschlossen und plötzlich furchtbar husten müssen, beinahe wäre sie damals an einem Asthmaanfall erstickt.

Daraufhin hatten die Eltern sie entgegen den ursprünglichen Plänen im Frühjahr wieder auf ein Internat in die Schweiz geschickt. Vordergründig aus gesundheitlichen Gründen. Denn immerhin tat die reine Bergluft ihr fast so gut wie Nordseeluft. In Wirklichkeit hatten sie sie loswerden wollen, weil die Konflikte durch ihre kritischen Fragen den Familienfrieden bedrohten.

Das neue Internat führte nicht zur Reifeprüfung, sondern war eine kulturell hochstehende Institution zur Verwahrung junger Damen bis zur Heirat. Grete hatte Französisch gelernt, Klavier spielen, Broderie-Stickerei, Cotillon-Tanz und Polonaise, Konversation und Köchinnenanweisungen geben für Fortgeschrittene. Immerhin durfte sie dort einmal in der Woche turnen und schwimmen. Letzteres galt als ziemlich exzentrisch, wurde ihr jedoch aus therapeutischen Gründen gestattet.

Von Bülow hatte für seinen Nachtragshaushalt dann kurz nach seiner Neuwahl doch eine Mehrheit erhalten und die Firma Lehmann endlich den ersehnten Auftrag. Das väterliche Unternehmen war mehr als nur gerettet worden. Grete hatte sich eingestehen müssen, dass sie von Geld lebte, das ihr Vater dadurch verdiente, dass deutsche Soldaten in Afrika Eingeborene ausbeuteten und töteten. Doch ihr war keine andere Wahl geblieben. Oft fühlte sie sich deshalb auch jetzt noch beschämt, wütend und hilflos.

Manchmal versuchte sie, sich das Ganze schönzureden. Immerhin, es gibt doch nun Reformen, tröstete sie sich. Und alle großen Staaten besaßen Kolonien – schon viel länger. Es war wichtig, dass auch Deutschland Kolonialwaren wie Kakao, Kaffee, Bananen, Zimt, Elfenbein, Tee, Usambaraveilchen und Diamanten sowie Bodenschätze für die Industrie direkt importieren konnte. Außerdem lag Afrika weit weg. Da konnte sie gar nicht beurteilen, ob es wirklich so grausam zuging. Vielleicht übertrieben die Kolonialgegner, die vor allem aus Sozialdemokraten bestanden, die übertrieben ja auch sonst öfter mal. Ihr Bruder Lulu würde bestimmt keinem Zebra was zuleide tun, geschweige denn einem Menschen, egal welcher Hautfarbe.

Und wie sollte sie auch etwas ändern können, wo sie noch nicht einmal würde wählen dürfen, wenn sie endlich volljährig war? Die Welt ist nun einmal ungerecht, pflegte ihre Mutter zu sagen. Damit musste man sich abfinden, wenn man sich nicht die Stirn wund reiben wollte an den Verhältnissen.

Unerwartet war dann im vergangenen Oktober ihre geliebte Großmutter gestorben. Die Nachricht von ihrem Tod hatte Grete zutiefst erschüttert. Sie hatten sich nicht einmal voneinander verabschieden können. Ihre erste Begegnung mit der Endlichkeit ließ sie noch intensiver empfinden, wie einsam sie sich eigentlich fühlte.

Zur Beerdigungsfeier aus der Schweiz heimgekehrt, hatten sie und ihre Mutter sich minutenlang weinend in den Armen gelegen. Auch ihr Vater hatte sie bewegt umarmt. »Wir sind doch eine Familie«, hatte ihre Maman geschluchzt. »Es wäre in Omamas Sinne, wenn wir harmonisch und liebevoll miteinander lebten.«

Sie waren übereingekommen, dass Grete im Frühsommer 1908 wieder nach Berlin heimkehren sollte. »Dann bist du achtzehn, mein Kind, und im Herbst, nach unseren Ferien auf Norderney, wirst du in die Gesellschaft eingeführt werden.«

Wenn sie auch einige ängstliche Bedenken hegte, sie freute sich doch schon sehr – auf die neuen Begegnungen und Kleider, auf die Bälle und Soireen, Gesellschaften und Tanztees in ihrer Heimatstadt. Sie hoffte, dass sie nach der Kur auf Norderney gesundheitlich so weit hergestellt sein würde, dass sie problemlos würde mitfeiern können. Ihr entfuhr ein kleiner verzückter Seufzer. Was für Aussichten! Sobald einem beim Spaziergang durch den Tiergarten wieder buntes Laub um die Füße raschelte, würde für sie ein neues Leben beginnen.

Frieda

»Grete! Träumst du?« Frieda berührte ihre Schulter und holte
sie aus den Gedanken. »Ob du noch Tokajer möchtest?« Ihre
klare Stimme klang heller als sonst.

»Was? Ja, gern.«

Sie griff nach dem Weinglas, das sie neben sich in den Sand
gedreht hatte, und hielt es hoch, damit Eduard ihr nach-
schenken konnte.

Auch Frieda nahm noch Wein. Gegen die tief stehende
Sonne sah er aus wie flüssiges Gold. Sie war schon ein wenig
beschwipst, ihre Scheu des Grafen wegen schwand. Als er mit
Eduard näher gekommen war – allein seine bewegte Silhouette
verriet schon, dass er aus feinen Kreisen stammte –, da hatte
sie ihre vor Aufregung flatternden Augen niedergeschlagen.

Nun schmeckte sie den ungewohnten pikanten Aromen
von zerdrückten Trauben nach und versuchte, ihre eigenartige Irritation abzuschütteln. Immerhin hatte der Reichskanzler persönlich sie »meine kleine Freundin« genannt. Da
sollte er sich mal nicht so haben, der feine Österreicher.

Tatsächlich hatte er sich auch gar nicht. Kein bisschen. Je
mehr er sprach, desto sympathischer fand Frieda ihn. Mindestens sympathisch. Sie hob ihren Blick, und – so etwas wie
in diesem Moment hatte sie noch nie erlebt – ihr Herz hüpfte
und sprang ihm entgegen wie ein Hündchen, das sich über
die Rückkehr seines Lieblingsmenschen freute! Als würden
sie sich schon ewig kennen und mögen.

Dabei sprach er fremdartig, mit weicher Färbung und geschwungenen Melodienbögen. Gespannt lauschte sie, wie er und Eduard einander aufzogen. »Sei ein bisschen freundlicher, mein Lieber«, mahnte Eduard den Grafen im Scherz, »du weißt, Österreich-Ungarn ist auf Deutschland angewiesen.«

»Oh, ja, und ihr seid inzwischen komplett isoliert«, gab Joseph zurück. »Vergrätzt ihr mal besser nicht euren einzigen Verbündeten.« Er lachte leise in sich hinein. »Wisst ihr eigentlich, wie unser Zweibund zustande gekommen ist? Ich hab's neulich erst von einem altgedienten Diplomaten erfahren.«

Frieda war es völlig egal, warum. Solange sie denken konnte, bestand dieses Bündnis. Graf Joseph umgab eine kultivierte Aura, er hätte ihnen auch das aktuelle Gästeverzeichnis vorlesen können, und sie wäre fasziniert gewesen. Sie blinzelte etwas, als würde sie ihre Augen vor der Sonne schützen. So konnte sie ihn besser betrachten.

Grete hatte nicht übertrieben. Er sah wirklich gut aus. Etwas über mittelgroß, schlank, gut gebaut, schwarzbraunes Haar, dunkelblaue Augen mit einem dunklen Wimpernkranz. Er trug nur ein kleines elegantes Bärtchen. Beim Küssen stört das sicher nicht, musste sie gleich denken. Die schön geschwungenen Lippen lagen frei. Sie schielte zu Grete hinüber. Eben noch hatte sie ziemlich abwesend gewirkt und verzückt geseufzt. Ob sie schon verliebt war in den Grafen?

»Bismarck hat damals seinen Mitarbeitern im Auswärtigen Amt befohlen, jede Menge getürkter Briefe zu schreiben«, erzählte Joseph. »Der junge Bülow fabulierte dabei übrigens schon eifrig mit. Diese Briefflut, angeblich mitten aus dem Volk kommend, überzeugte Kaiser Wilhelm I. davon, dass seine Untertanen sich offenbar nichts sehnlicher wünschten als die enge politische Freundschaft mit Österreich-Ungarn.«

»Das ist ja Betrug«, sagte Frieda entrüstet.

»Das ist Politik«, stellte Eduard grinsend klar.

Hans-Heinrich winkte ab. »Für mich wär das nichts. Ich bin für klare Kante und volle Breitseite.«

Da die Männer sich untereinander duzten und auch der Tokajer seine Wirkung tat, waren sie bald alle per Du.

»Und du bist eine echte Insulanerin, Frieda?«, richtete Joseph das Wort an sie.

»Hier geboren und aufgewachsen.«

»Könntest du uns nicht einmal dein Norderney zeigen?«

»Mit Vergnügen. Ich hab mir sowieso die ganze Woche freigenommen, weil Grete da ist.«

Ihre Eltern hatten längst nichts mehr einzuwenden gegen die Freundschaft, seit Gretes Vater ihr »zum Dank für die Vermittlung« ein Fahrrad und der Familie Dirks ein großes Zelt geschenkt hatte. Geschenke sind in Ordnung, hatte das Wickwief gesagt, als Frieda es deshalb konsultierte, sofern ihr Wert nicht übertrieben ist und der Schenkende sie sich leisten kann. Das Radfahren erlernte sie schnell. Lieske musste ihr einen Hosenrock nähen, damit sie sich besser bewegen konnte. Einige Insulaner zerrissen sich die Mäuler über sie, meist solche, die es ohnehin schon verwerflich fanden, dass sie in einem Friseursalon arbeitete. Aber nach einer Weile beruhigten sie sich, viele beneideten sie sogar.

Das Zelt hatten Dodo und ihr Vater wie schon im Vorjahr den Sommer über neben den Buschbohnen in ihrem auswärtigen Gemüsegarten aufgeschlagen. Seit alters her bewirtschafteten die Dirks wie etliche andere Insulanerfamilien auch einen Nutzgarten in einem der Dünentäler außerhalb des Dorfes, was wegen der Entfernung und des wüsten Umlands eine recht mühselige Angelegenheit war.

»Freigenommen?«, wiederholte Joseph. »Von was?«

Frieda ahnte, dass die Lehmann-Brüder in diesem Moment ein Gefühl der Peinlichkeit durchlitten. Aber da mussten sie nun durch. »Ich arbeite im Inselsalon als Friseurgehilfin.« So, dachte sie, jetzt bin ich mal gespannt, ob er die Nase rümpft.

»Eine Friseurin?«, rief er aus. »Wie wunderbar! Kennt's ihr die Fanny Feifalik?« Alle schüttelten den Kopf. »Sie war die persönliche Friseurin von Kaiserin Sisi und ihre engste Vertraute. Selbst eine bildschöne Frau in jungen Jahren, hat sie die Kaiserin oft ›vertreten‹ bei Terminen, wo man sie nur von Weitem sah.« Er schmunzelte. »Sie nahm zum Beispiel im Hafen von Smyrna in einem Galaboot die Huldigungen für Sisi entgegen, während die Kaiserin unerkannt die Stadt besichtigte.«

»Bist du ihr mal begegnet?«

»Der Sisi oder der Fanny?«

»Keine Ahnung … Beiden …?«

Die eine interessierte sie ebenso wie die andere. Frieda erinnerte sich – als die bildhübsche Kaiserin vor zehn Jahren ermordet worden war, hatten die Schockwellen auch Norderney erreicht.

»Ja, die Sisi hab ich als Knabe mehrfach sehen dürfen, weil wir während der Ball- und Opernsaison in unserer Stadtwohnung lebten. Na, und die Fanny, die war ja in Wien fast unsere Nachbarin! Sie hat auch meiner Mutter ein paarmal die Abend-Coiffure gemacht.«

»Nein!« Frieda stand der Mund offen. »Das ist ja monumental.«

»Kommt, wir spielen eine Runde Krocket!«

Grete nahm die Schläger, und sie zogen alle von der Düne hinunter an den Strand, wo der Sand fester war. Hans-Heinrich baute die kleinen Tore auf.

»Erzähl mehr von dieser Fanny«, bat Frieda. »Lebt sie noch?«

Joseph lächelte – kein herablassendes, eher ein liebevoll anerkennendes Lächeln – und eroberte in dieser Sekunde ihr Herz ganz und gar.

»Ja, sie muss heuer so Mitte sechzig sein. Die Fanny kommt eigentlich vom Burgtheater, sie war eine begehrte Theaterfriseurin. Dort hat die Kaiserin sie für sich entdeckt und ihr so viel Gehalt geboten wie's sonst ein Universitätsprofessor bekommt.«

»Ach, das wär was!« Frieda seufzte. »Zu schade, dass wir hier auf Norderney keine Kaiserin haben.«

»Aber eine Inselprinzessin habt's ihr!« Joseph zwinkerte charmant. »Für ihre Friseurin ließ die Kaiserin sogar eine eherne Regel außer Kraft setzen. Normalerweise durften ihre Gesellschafterinnen nicht verheiratet sein. Aber als die Fanny sich verliebte und unbedingt heiraten wollte, machte die Sisi eine Ausnahme, nur damit sie sich weiter um ihre Haarpracht und wohl auch um ihr Seelenheil kümmern konnte. Fannys Mann ernannte sie später sogar zum Hofrat.«

»Respekt. Bei euch hat unser Berufsstand endlich die Anerkennung gefunden, die ihm gebührt.«

»Jawoll, wir fordern ein Denkmal für Friseure!«, frotzelte Eduard.

»Meister Fisser steht sicher gern Modell.«

Frieda kicherte, sie sah ihn schon auf einem Sockel stehen, mit seinen ausgeprägten Hasenzähnen, die Schere wie ein Schwert in die Luft gestreckt.

»Ich kenne Fotos von ihr«, warf Grete ein, »da reichte das Haar der Kaiserin bis zum Boden, im Stehen. Es war bestimmt nicht leicht zu bändigen.«

Frieda nickte. »Allein das Waschen und Trocknen muss mindestens einen Tag in Anspruch genommen haben, damals gab's schließlich noch keine Heißluftduschen.«

Sie erinnerte sich zudem an aufwendige Flechtfrisuren mit märchenhaft glitzerndem Sternenschmuck im Haar.

»Oh, ja, sie war sehr eigen, wir vermeiden das Wort eitel«, erwiderte Joseph augenzwinkernd. »Der Umfang von Taille, Fesseln und so weiter wurde jeden Tag gemessen. Drei Stunden dauerte allein die Morgentoilette.« Er schmunzelte. »Die Fanny hat mir verraten, dass sie Tricks anwandte, um sich vor den Launen ihrer Herrin zu schützen.«

»Das interessiert mich brennend«, sagte Frieda, während sie die Kugel durch ein Tor zu schlagen versuchte, allerdings vergeblich. »Vielleicht kann ich was lernen.«

»Na, das war schon ziemlich speziell.«

Das Dunkelblau seiner Augen, das zur Pupille hin heller wurde, leuchtete intensiv. Wie der Himmel über Norderney an einem Augustabend, dachte Frieda. Der dunkle Wimpernkranz verlieh seinem Blick bei aller Heiterkeit einen ernsthaften Ausdruck. Sie war wieder dran beim Spiel, doch sie bewunderte noch insgeheim seine makellosen Zähne. Sonst entdeckte man eigentlich bei jedem Menschen, selbst bei den Reichen, die sich einen teuren Dentisten leisten konnten, wenigstens einen fehlerhaften Zahn.

»Nun mach!«, forderte Hans-Heinrich sie auf.

Unkonzentriert verpatzte sie auch den nächsten Schlag.

»Die Kaiserin setzte sich zum Frisieren immer mitten auf ein großes weißes Laken«, plauderte Joseph weiter. »Darauf konnte man jedes ausgefallene Haar erkennen. Und wenn sie der Meinung war, dass sie bei der Morgentoilette zu viele Haare verloren hatte, machte sie der armen Fanny die Hölle heiß.«

»Frieda, du musst den Schläger anders halten«, rief Grete dazwischen.

Sie machte es ihr von Weitem vor, doch Frieda begriff es nicht sofort.

»Darf ich?«

Joseph kam näher, stellte sich hinter sie und führte ihren Schläger. Frieda spürte seine Wärme, seine Wange nah an ihrer, sie nahm einen dezenten Duft von Bergamotte, Farn und etwas Holzigem wahr. Angenehm. Sympathisch. Wie konnte ein fremder Mann ihr nur so ganz und gar sympathisch sein? Er führte die Schlagbewegung langsam aus, und nun verstand sie, was sie anders machen musste.

Sie wandte den Kopf. »Danke.«

»Jederzeit zu Ihren Diensten.« Er verbeugte sich galant, leichthin und selbstverständlich, als wäre er ein Musketier mit Straußenfedern am Dreispitz.

Erheitert und ein wenig geschmeichelt ging sie weiter. »Und Fannys Trick?«

Er griff nach seinem Schläger, um weiterzuspielen. »Sie befestigte innen an ihrer Schürze ein Klebeband, so konnte sie etliche Haarleichen verschwinden lassen.«

»Gute Idee!« Frieda schüttelte den Kopf. »Aber derart anspruchsvolle Kundinnen haben wir zum Glück nicht.«

Später auf dem Rückweg gingen die Freundinnen eingehakt hinter den Männern her. »Das ist er!«, flüsterte Frieda Grete ganz aufgekratzt ins Ohr. »Genau so hab ich ihn mir immer vorgestellt.«

»Wen?« Grete sah sie erstaunt an. »Was meinst du?«

»Na, den stolzen Ritter, von dem du immer geträumt hast!«

»Spinnst du? Joseph ist wirklich liebenswürdig, ein angenehmer Zeitgenosse, aber sonst?« Heftig schüttelte sie den Kopf. »Nee, ü-ber-haupt nicht! Den kannst du haben …«, sie unterbrach sich. »Ach, zu spät – ist ja schon vergeben. In zwei Wochen reist doch seine künftige Verlobte an.«

Frieda konnte kaum fassen, dass Grete nicht hin und weg war. »Na gut«, räumte sie ein, offenbar hatte sie sich getäuscht. »Vielleicht können wir ihm dann wenigstens zu zwei schönen letzten Wochen in Freiheit verhelfen.«

»Das wäre fürwahr eine edle Tat«, pflichtete Grete ihr augenzwinkernd bei.

Die fünf unternahmen nun jeden Tag eine andere Erkundungstour über die Insel. Einmal wanderten sie den Nordstrand hoch bis zur Weißen Düne, einer Wanderdüne, und belohnten sich auf dem Rückweg im Ausflugslokal Wilhelmshöhe mit einem exquisiten Mahl. Selbstverständlich übernahmen die jungen Männer die Rechnung. Ein anderes Mal zeigte Frieda ihnen die alte Galerieholländermühle, deren Besitzer Okko Fleetjer sie von klein auf kannte. Er verstellte eigens für sie die Flügel und gestattete ihnen, auf dem umlaufenden Balkon zu spazieren. Weiter ging es in die Gärten nördlich der Seilerstraße mit dem Lehmann'schen Zelt. Dank Lieskes Nähkunst hatten sie und ihre Mutter es innen hübsch häuslich dekoriert. Meist war die windabgewandte Zeltseite hochgerollt. Bei der Gartenarbeit konnte man darinnen windgeschützt und im Schatten verschnaufen, etwas trinken oder sogar hier draußen übernachten. Dodo feierte gelegentlich mit seinen Freunden beim Zelt. Manchmal deponierte er im Zelt auch Gegenstände, wie neulich ein paar Mahagoni- und Teakholzbalken, die er beim Strandjern frühmorgens erbeutet hatte. Eigentlich mussten solche Fundsachen beim Strandvogt abgeliefert werden. Doch seltsamerweise »verloren« viele Norderneyer auf dem Weg durch die Dünen zur offiziellen Abgabestelle immer wieder solches Strandgut.

Weil Gretes Brüder sie begleiteten, hielt Frau Lehmann die Obhut ihrer Gesellschafterin für verzichtbar. Das unverheiratete ältliche Fräulein von Wingenhorst, eine entfernte Verwandte, hatte im Conversationshaus einen Witwer aus ihrem Heimatstädtchen kennengelernt und war sichtlich erleichtert, dass sie die Tugend der Lehmann-Tochter nicht rund um die Uhr bewachen musste. Und da sich die Geschwister längere Zeit nicht gesehen hatten, gab es viel zu erzählen, und sie verstanden sich gut. Grete bestand darauf, im Georgsgarten bei Hoegel einzukehren, wo sie unbedingt Cherry Cobbler bestellen musste.

»Das ist für mich der kulinarische Inbegriff von Sommerfrische auf Norderney«, behauptete sie.

Auch Frieda schwärmte für diese Leckerei. Die goldbraune Teigkruste, unter der sich Kirschen versteckten, erinnerte an ein Kopfsteinpflaster und ließ auf den ersten Blick nicht erahnen, wie köstlich die Gesamtkomposition schmeckte. Verzückt schloss sie die Augen, während ihr der erste Bissen des lauwarmen Fruchtauflaufs samt einer Löffelspitze Vanilleeis auf der Zunge zerging. Sie seufzte wohlig auf. Als sie die Augen wieder öffnete, bemerkte sie, dass Joseph sie beobachtete. Seinen Blick, in dem sich zärtliche Freude und ein leichtes Staunen mischten, empfand sie als ausgesprochen angenehm.

Jeden Abend legte sie sich mit einem Lächeln schlafen. Wenn sie nachts wach wurde, dachte sie an Josephs dunkelblaue Augen und überlegte, ob sich seine Wimpern wohl so seidig anfühlten, wie sie aussahen. Jeden Morgen sprang sie voller Vorfreude auf die nächste Verabredung aus dem Bett.

Ihrer Mutter entging das nicht. »Kind, sei vorsichtig mit den feinen Leuten«, mahnte sie mit krausgezogener Stirn. »Mach dir keine falschen Hoffnungen.«

Frieda nickte und vergaß es gleich wieder. Sie erfüllte ihre häuslichen Pflichten, kümmerte sich auch weiter liebevoll um die Großeltern. Nur flinker als sonst.

Meist gingen sie und Joseph nebeneinanderher. Es ergab sich ganz selbstverständlich so. Sie redeten, er war sehr interessiert an den Sitten und Gebräuchen der Insulaner. Frieda erfuhr, dass er seine Militärpflicht erfüllt hatte und Leutnant der Reserve war. Ihr Gefühl von Sympathie und Zutrauen wuchs mit jeder Stunde.

Eine ganz andere Welt tat sich für sie auf, wenn er von Wanderungen durch die Berge seiner Heimat in Oberösterreich oder von Italien erzählte. Joseph war als angehender Diplomat nach seinem Studium an der Wiener Konsularakademie dem Generalkonsulat in Venedig zugeteilt gewesen, bevor er die Konsularattaché-Prüfung ablegen konnte und dann dem österreichisch-ungarischen Generalkonsulat in Berlin zugewiesen worden war. Dort auf dem diplomatischen Parkett war er seinem deutschen Kollegen Eduard Lehmann begegnet.

Zu gern hätte Frieda mehr über Josephs Familie, die Ritz zu Gartensteins, und ihr Zuhause erfahren. Ob sie in einem richtigen Schloss oder auf einer Burg wohnten? Außerdem interessierte sie brennend, warum Joseph eine Frau heiraten wollte, die er nicht liebte. Aber er antwortete schon auf Fragen nach seinen Eltern ausweichend.

»Ich mag nicht so gern von mir reden«, sagte er, als sie eines Morgens an der Inselschule vorübergingen, um das zur Meierei gehörende Ausflugslokal in den Dünen aufzusuchen. »Lieber möchte ich mehr von dir erfahren. Ich hab noch nie eine junge Dame wie dich getroffen, Frieda.«

Herzklopfen. »Warum?«

Das fragt man nicht, dachte sie, das ist unschicklich, aber da hatte sie die Frage schon gestellt.

»Du bist so frei und klar.« Frieda wollte gerade erröten, als er »Oha, hoppla!« ausrief.

Mitten auf dem Trottoir stieß ein Schaf seinen Kopf in Josephs Kniekehle. Mehrfach. Der ungewöhnliche Zwischenfall bewahrte sie davor, verlegen zu sein, stattdessen musste sie laut lachen. Denn etliche Schafe liefen gerade durch Gruppen flanierender Sommerfrischler, strömten zur Verblüffung ihrer Begleiter aus verschiedenen Richtungen an einer Ecke vor der Schule zusammen.

»Die Schafe aller Norderneyer haben hier ihren Treffpunkt«, klärte Frieda sie mit einem verschmitzten Lächeln auf. »Harm, unser Inselschafhirte, treibt sie gleich auf eine Weide am Deich und nachmittags wieder hierher zurück. Dann laufen sie ganz allein zum Melken in ihren Stall.«

Sie fand das normal, auch Grete war längst damit vertraut, aber die Männer konnten sich ob der Skurrilität gar nicht wieder einkriegen.

Und so hatten sie eigentlich ständig Spaß. Sie genossen in der Meierei ostfriesische Milchgerichte und kegelten dort. Nach einem Gang durch den weitläufigen alten Rosengarten aus der Zeit des Hannoverschen Königs kehrten sie beim

Wirt der Franzosenschanze ein. Er wurde nach einem mexikanischen Sonnenhut, den er immer trug, nur Sombrero genannt und erzählte ihnen allerlei Döntjes. Als sie auf dem Rückweg an einem Haus vorbeikamen, in dessen Garten gefeiert wurde, blieben sie am Zaun stehen. Zwei Männer spielten Schifferklavier, ein Chor schmetterte plattdeutsche Lieder, Pärchen in Inseltracht tanzten. Frieda sang gleich inbrünstig mit.

»Wenn hier een Pott mit Bohnen stäht un dor een Pott mit Bree, denn laat ik Bree un Bohnen stahn un dans mit mien Marie.«

Da Frieda die Leute kannte, wurden sie alle auf ein Bier eingeladen. Gleich umringten sie mit anderen die Tanzenden und klatschten im Rhythmus mit. Neugierig registrierten die Lehmanns und Graf Joseph, wie die Norderneyer Jungmänner beim Tanzen ihren flachen schwarzen Hut auf dem Kopf und die Hände in den Hosentaschen behielten, während sie eine Polka, den Malbrook oder den Alt-Jacob tanzten. Joseph fragte Frieda nach der Bedeutung eines Liedtextes, der öfter wiederholt wurde.

»Wenn hier ein Topf mit Bohnen steht, und da ein Topf mit Brei«, übersetzte sie etwas holprig, »dann lass ich Brei und Bohnen stehen und tanz mit meiner Marie.«

Da packte Joseph sie und improvisierte, nicht untalentiert, einen der ostfriesischen Heimattänze. Er hüpfte und sprang mit ihr, es machte riesig Spaß. Ihre Wangen röteten sich, sie flogen und kamen aus dem Lachen kaum heraus. Anschließend bat Joseph Grete zum Tanz. Auch Eduard und Hans-Heinrich trauten sich und forderten mal Frieda, mal Insulanerinnen oder Grete auf. Hinterher gab's noch viel Gelächter und Schulterklopfen.

Doch sie blieben nicht bis zum Schluss. Frieda wusste, irgendwann würde es sonst zu Hahnenkämpfen zwischen Einheimischen und Gästen kommen. Sie sorgte dafür, dass sie rechtzeitig, noch ganz im Wohlgefühl der Verbrüderung, weiterzogen.

Kurz überlegte sie, ob sie ihren Freunden eine Vergnügungsfahrt auf dem Segelschiff ihres Vaters oder eine von Dodo geführte Nachtwanderung zum Wrack empfehlen sollte. Doch sie hatte irgendwie ein mulmiges Gefühl und unterließ es. Schließlich konnte man auch viel anderes unternehmen.

Am folgenden Tag stand ein Ausflug zum Leuchtturm auf dem Programm. Sie ließen sich von einer Omnibuskutsche die sieben Kilometer aus dem Ort hinausbringen. Da Frieda um ein paar Ecken mit dem obersten Leuchtturmwärter verwandt war, der sich mit zwei Kollegen die Arbeit teilte, durften sie im Leuchtturmwärterhaus in der Wohnstube Ostfriesentee trinken, um sich für den Aufstieg zu stärken. Der Wärter begleitete sie, Pfeife schmauchend, zum Turmeingang, vor dem etliche Ziegen grasten. Als eine von ihnen mit kräftigem Strahl Wasser ließ, kommentierte er es bedächtig.

»Ischa gediegen, dass die Ziegen beim Miegen den Schwanz krumm machen und hinterher wieder grade kriegen.«

Während des Aufstiegs wiederholten die jungen Leute lachend abwechselnd diesen Satz.

Die Männer fanden die technischen Einzelheiten interessant. »Jeden Tag fünfundzwanzig Liter Petroleum hochschleppen«, sagte Hans-Heinrich, »das wär ja nix für mich.«

»Gott, was bin ich froh, dass ich kein Korsett mehr trage«,

flüsterte Grete Frieda zu, als sie keuchend die letzten Stufen erklommen.

Der Blick vom Umlauf oben – ganz weit über die Insel aufs Festland zur einen und aufs endlose Meer hinaus zur anderen Seite – entschädigte sie für die Anstrengung. Der Wind trieb dicke weiße Wolkenschiffe vor sich her. Sie und Grete mussten ihre Hüte festhalten.

Joseph stand neben ihr.

»Herrlich!«, rief er begeistert. »Wie auf einem Berggipfel.«

Sie sahen sich an und konnten ihre Blicke nicht wieder voneinander losreißen. Auf einem Berggipfel neben ihm zu stehen, das musste wunderbar sein. Frieda verstand einfach nicht, warum dieser Mann nicht Gretes Ideal entsprach. Noch edler und ritterlicher ging es überhaupt nicht. Geld genug hatte der alte Lehmann doch inzwischen auch, noch könnte Grete versuchen, Joseph dem Brauereipferd auszuspannen. Wieso nur tat sie es nicht? Die ganze Zeit über unterhielt sich ihre Freundin angeregt mit ihren Brüdern, sie schien wirklich kaum am Grafen interessiert zu sein.

»Wie weit kann man eigentlich das Blinklicht sehen?«, wollte Hans-Heinrich wissen.

»Zwanzig Seemeilen, glaube ich«, antwortete Frieda.

Zum Glück hatte sie es kurz vorher irgendwo gelesen.

»Es ist übrigens das einzige linksdrehende Leuchtfeuer an der deutschen Nordseeküste«, wusste Hans-Heinrich.

»Ihr müsstet es mal nachts ganz aus der Nähe erleben«, schwärmte Frieda. »Diese Wirkung kann man mit Worten gar nicht beschreiben.«

Sie machte einen Schritt vor, und Joseph griff nach ihrer Hand. Seine Berührung durchzuckte sie wie ein elektrischer Schlag. Überrascht sah sie ihn an.

»Ich dachte, du fällst«, entschuldigte sich Joseph, allerdings ohne ihre Hand wieder loszulassen. Stattdessen zog er sie noch näher an sich heran. Friedas Herz schlug Trommelwirbel, der Wind peitschte Haarsträhnen vor ihr Gesicht. Sie spürte Josephs Nähe geradezu magnetisch. Nun wurde ihr wirklich schwindlig, sie schnappte nach Luft. Abrupt löste sie sich und ging schnell wieder in den Leuchtturm hinein.

Auf dem Rückweg, den sie an der Wattseite und dann am Strand entlang zu Fuß zurücklegten, taten sie beide, als wäre nichts gewesen. Müde und erhitzt erreichten sie den Ort.

An einer Straßenecke tönte es laut: »Hiermit wird bekannt gemacht, dass morgen wieder die Sonne lacht!« Sie blieben stehen und amüsierten sich über den Ausrufer, der zwischen Veranstaltungshinweisen und Anordnungen der Kurverwaltung auch manchen blinden Utroop verkündete – reinen Blödsinn wie: »Morgen gibt's ein Wettschwimmen nach Borkum!« Auf großes Interesse beim umstehenden Publikum stieß sein Hinweis: »Am Sonnabend findet ein Ball mit Operettenmusik von Paul Lincke statt. Ab acht Uhr abends im Hotel Kaiser Franz Josef.«

»Da müssen wir unbedingt hin, ich liebe seine Musik!«, befand Grete. »Und du kommst mit, Frieda.«

Widerstand wäre zwecklos gewesen, doch Frieda wollte ohnehin nichts lieber als mit auf den Ball, obwohl tausend Gründe dagegensprachen. Sie kannte die Tänze und Manieren nicht. Sie besaß kein Ballkleid. Ihre Eltern wären mit Sicherheit dagegen. Denn dass sie ihre Freundschaft mit Grete akzeptierten, bedeutete nicht, dass Frieda das ungeschriebene Gesetz brechen durfte, wonach ein Insulaner nie zum Privatvergnügen eine Kurgastveranstaltung besuchte. Man vermischte die Welten nicht. An Kurgästen verdiente man. Punkt.

Auch Gretes Eltern würden es kaum begrüßen, dass ihr Nachwuchs bei einem gesellschaftlichen Ereignis mit einem Mädchen aus dem Volk auftauchte. Schließlich lebten sie in der Hoffnung, dass Grete sich baldmöglichst hochrangig verlieben oder besser noch verloben würde.

Aber das Glück war auf ihrer Seite. Die Eheleute Lehmann wollten nicht mit zum Paul-Lincke-Ball, weil sie beim Tontaubenschießen die Bekanntschaft eines Berliner Verlegers gemacht hatten, der sie für diesen Abend mit etlichen anderen einflussreichen Gästen zu einem Souper in sein Sommerhaus bat. Gretes Mutter hielt es für ausreichend, wenn ihre Gesellschafterin Fräulein von Wingenhorst die »Kinder« begleitete.

»Ich beobachte an ihr schon seit einiger Zeit einen fantastischen Schimmer von künstlicher Jugend«, spottete Eduard, als sie Frieda davon erzählten. »Sie ist in Gedanken ständig bei ihrer neuen Bekanntschaft.«

»Jaja, an den Grundfesten ihres Charakters nagt bereits der Wurm der Liebe«, bestätigte seine Schwester belustigt. »Wenn wir Fräulein von Wingenhorst gestatten – bei gegenseitigem Stillschweigen, versteht sich –, den Abend freizunehmen, wird sie gewiss nichts dagegen einzuwenden haben.«

Grete bat Frieda am Nachmittag ganz offiziell in ihr Hotelzimmer, weil sie ihr die Ballfrisur richten sollte. Ihre Mutter ließ sich wie immer von ihrem Mädchen frisieren. Während das Ehepaar Lehmann sich im Nebenzimmer für das Souper zurechtmachte, probierten sie und Grete Ballkleider durch. Zum Glück schnürte Grete sich nicht mehr ein. Sie besaß schon drei neue Abendkleider mit hoher Empiretaille im Stil eines französischen Modeschöpfers namens Paul Poiret. Er schuf schmeichelnde Körperhüllen wie zur Zeit von Napoleon und Joséphine, das war jetzt der *dernier cri*, der letzte Schrei, nicht nur in Paris.

Zu Gretes dunklem Haar sah ein Modell aus cremefarbener Seide mit kleiner Schleppe und Seitenschlitzen am besten aus. Die elegante Raffung unter der Brust wurde von einer Rose gehalten, ein hüftlanger Chiffonüberwurf verlieh dem Kleid die Anmutung eines Nymphengewands. Der moderne Schnitt hatte den Vorteil, dass auch Frieda diese Roben problemlos tragen konnte. Ein Modell aus altrosafarbener Seide mit einer fast durchsichtigen, am Rand bestickten Tunika stand ihr am besten. Mit ein paar Nadelstichen hob Grete die Naht unterm Busen zwei Zentimeter höher – und schon hatte das Kleid die richtige Länge für Frieda. Vorne in die satinbezogenen Riemchentanzschuhe, die Grete ihr lieh, stopfte sie etwas Watte. Friedas erste Schritte auf den zierlichen Absätzen gerieten noch etwas wackelig, doch bald hatte sie den Bogen raus.

Sie erkannte sich im Spiegel kaum wieder. Hatte Joseph nicht von einer Inselprinzessin gesprochen? Genau so fühlte sie sich jetzt.

»Aber«, überlegte sie, »zu diesen Kleidern muss ich doch unser Haar ganz anders stecken, als ursprünglich geplant. Bitte setz dich, Grete.« Sie legte die Pfauenfedern, Haarfüller und Glitzerkämme zur Seite, feuchtete das Haar an und arbeitete mit Papilloten die Locken stärker heraus. Sie nahm dann das Haar locker zusammen, steckte es ganz natürlich hinten fest und schlang hoch über Stirn und Ohren ein breites Seidentuch, das sie im Nacken verknotete. Aus den Schläfenpartien und am Hinterkopf zupfte sie ein paar gelockte Strähnen hervor. Neulich erst hatte sie in einem französischen Frisurenjournal Bilder von antiken griechisch-römischen Statuen studiert. »Siehst du? Wenn die Kleider natürlich fallen, sollten die Haare es auch. So harmoniert es.«

Sich selbst frisierte sie ähnlich. Grete musste ihr helfen, das Seidenband am Hinterkopf zu befestigen. Sie schminkten und parfümierten sich noch ein wenig, ganz dezent. Zu guter Letzt holte Grete lange Handschuhe, perlenbestickte Samttäschchen und zwei Fächer aus ihrem Schrank.

Ausgehbereit standen sie nebeneinander vor dem Spiegel. Grete legte einen Arm um Friedas Schulter. »Wie die Preußenkönigin Luise und ihre Schwester Friederike«, sagte sie ergriffen.

»Die kenn ich zwar nicht«, antwortete Frieda mit leuchtenden Augen, »aber ich glaub, ich mag sie.«

Ihr eigenes Spiegelbild gefiel ihr sehr, und ihre Freundin, mit makelloser Haut, glänzte endlich als jene Schneewittchen-Schönheit, die sie schon bei ihrer ersten Begegnung im Halbdunkel des Badekarrens in ihr erkannt hatte.

Grete

»Das ist die Berliner Luft, Luft, Luft!«

Als das Orchester den Gassenhauer anstimmte, vibrierte die Norderneyer Luft, und Grete hatte das Gefühl, ihr Herz würde von nun an im Takt zur Musik schlagen. Sie saß mit Frieda, ihren beiden Brüdern und Joseph an einem Tisch, der ihnen einen hervorragenden Blick auf das Geschehen ermöglichte. Bei der Lautstärke musste man die Stimme erheben, wenn man sich unterhalten wollte. Überall neben und auf den weiß gedeckten Tischen standen gefüllte Champagnerkübel. Das Publikum – darunter zahlreiche hochdekorierte Uniformierte und ihre mit klirrendem Schmuck aufgezäumten Gattinnen – war zwar überaus gediegen, aber unverhohlen vergnügungswillig. Grete machte jede Menge Jungoffiziere aus, die vermutlich Ausschau nach einem Goldfisch, einer guten Partie, hielten.

»So mit ihrem holden Duft, Duft, Duft.«

Viele Zuhörer stampften mit, es musste noch auf der Strandstraße zu hören sein. Grete hatte im Hotel Franz Josef schon einmal mit ihrer Familie an der mittäglichen Table d'hôte, dem beliebten »Tisch des Gastgebers«, teilgenommen, weil dessen Restaurant eine hervorragende österreichisch-ungarische Küche bot. Mittags, wenn der Saal als Speisesaal diente, spielte dort in der Apsis immer eine Kapelle zur Unterhaltung. Selbst dann vernahm man die Musik draußen im Vorübergehen. Doch an diesem

Abend saß im und vor dem halbrunden Ausbau ein großes Orchester, die Tische aus der Mitte waren fortgeräumt worden, rote Läufer dämpften nur an den Seiten die Schritte auf dem Marmorboden. Noch war die Tanzfläche frei, man lauschte dem Konzert, einem heiteren Melodienreigen aus Berliner Operetten.

Grete spürte Friedas Aufgeregtheit, sie blinzelten einander zu. Was für ein unglaubliches Gefühl, die bewundernden und neidischen Blicke der anderen Gäste zu spüren! Nie hatte Grete sich selbst schön finden können. Doch in diesem Moment glaubte sie, dass sie wohl zumindest ansehnlich sein musste. Sicherlich trug der Kontrast, den sie als Dunkelhaarige neben der flachsblonden Frieda bildete, dazu bei, dass sie beide so viel Aufmerksamkeit erregten. Sie waren durchaus nicht die einzigen Besucherinnen in einem modernen hochtaillierten Kleid, aber keine andere trug eine ähnlich bezaubernde, natürlich wirkende Frisur.

Sogar ihre Brüder hatten bei ihrem Anblick leise gepfiffen. Joseph waren fast die Augen aus dem Kopf gefallen. Einen Moment lang schien es ihm die Sprache verschlagen zu haben. »Göttinnen!«, hatte er schließlich ausgerufen und ihnen die Hand geküsst.

Zwei Sopranistinnen und ein Tenor sangen Partien aus *Frau Luna*. Grete merkte kaum, dass ihre Schuhspitzen mitwippten. Sie sah sich weiter im Saal um – und glaubte plötzlich, Max Lubinus ausgemacht zu haben. Saß er etwa dahinten, halb abgewandt, an dem großen Tisch mit anderen jungen Herren? Sie war sich nicht sicher, denn der Mann, der ihm zumindest stark ähnelte, trug einen dunklen Gesellschaftsrock, eine helle Krawatte, Handschuhe und – das allerdings sprach dagegen – ordentlich gescheiteltes, zurückgekämmtes Haar. Immer wieder schaute sie hinüber. Sie ärgerte sich, dass sie ihr kleines Opernglas nicht mitgenommen hatte. Als sie Frieda ansprechen wollte, stellte sie fest, dass ihre Freundin völlig gebannt war von Josephs Plaudereien.

Endlich war das Konzert vorüber, und der Ball begann. Nach den ersten Pflichttänzen, zu denen die Herren an ihrem Tisch sie der Reihe nach aufgefordert hatten, ging Grete sich die Nase pudern. Sie hoffte, auf dem Weg durch den Saal den vermeintlichen Lubinus von Nahem zu sehen. Eine übertrieben elegante Dame mit Straußenfedern im Haar hielt sie auf. Sie gehörte vermutlich zur Demimonde, der Halbwelt. Schließlich tummelten sich, wie Grete den Bemerkungen ihrer Brüder entnommen hatte, *ces dames* auf Norderney wie in jedem anderen mondänen Kurort.

»Wer hat Ihnen denn diese hinreißende Coiffure gemacht?«, fragte sie in leicht affektiertem Tonfall.

Gern empfahl Grete ihr den Inselsalon. »Fragen Sie dort einfach nach Frieda, sie ist die Beste.«

Lubinus entdeckte sie nicht. Stattdessen forderte ein Fremder sie auf, ein netter, etwas dicklicher Mann. Es stellte sich heraus, dass er Amtsrichter war. Mit hochrotem Kopf bemühte er sich nach dem Walzer um Konversation.

»Schwitzen Sie auch so, gnädiges Fräulein?« Ungeschickt wischte er sich mit einem Taschentuch über die Stirn. Grete flehte innerlich um Erlösung. Sie bat ihn, ihr etwas auf ihren Fächer zu schreiben. Er hinterließ einen langweiligen Poesiealbumspruch. »Sie gewähren mir doch auch den nächsten Tanz?«, fragte er dann erwartungsvoll.

»Fräulein Lehmann, sind Sie's?«, vernahm sie eine Stimme hinter sich.

Sie drehte sich um. »Max Lubinus!«, rief sie begeistert aus und korrigierte sich. »Dr. Lubinus! Wie schön.«

Er erfasste die Situation mit einem Blick. »Sie entschuldigen?«, sagte er zum Amtsrichter. »Wir sind alte Bekannte, ich muss Ihnen die junge Dame entführen.«

»Das hätte ich nicht für möglich gehalten«, rutschte es Grete heraus.

»Was, mich hier zu sehen?« Der bewundernde Ausdruck in seinen Augen verriet ihr, dass sie nicht nur ansehnlich, sondern wirklich schön war.

»Nein, Sie mit Pomade im Haar«, antwortete sie keck. Der Champagner wirkte bereits. »Richtig ordentlich gestriegelt.«

Sie standen mitten im Weg. »Ich freue mich so«, wiederholte er. »Sie sehen wunderbar aus! Wollen wir uns nicht irgendwo unterhalten, wo es ein wenig ruhiger ist?«

Grete nickte. Er bot ihr seinen Arm, und sie betraten einen Nebenraum, in dem einige Gäste speisten, andere nur etwas tranken und sich an kleinen Tischen in bequemen Sesseln vom Trubel erholten. Er bestellte zwei Gläser Champagner. Grete hoffte, dass er sich damit nicht ruinierte.

Sie betrachteten einander noch immer freudig staunend. An seiner Nasenwurzel hatte sich eine steile Falte gebildet. Der Schmiss unter seinem Jochbein gab ihm etwas Verwegenes. Er machte einen hervorragenden Eindruck, war gebräunt wie immer, körperlich trainiert, wirkte reifer, ein wenig spöttisch, hellwach, doch auch gütig und überlegt.

Sie gratulierte ihm zum Doktortitel, er erkundigte sich nach ihrem Gesundheitszustand. Noch immer war er nicht der Typ Mann, der galant flirten konnte. Bald fanden sie sich in ein aufrichtiges ernstes Gespräch vertieft wieder. Sie berichtete ihm, dass seine drei Fragen ihr etliche Schwierigkeiten, aber auch Einblicke in die und ein neues Verständnis von der Welt beschert hatten. Er quittierte es mit einem Lächeln.

»Das ist der Preis fürs Erwachsensein. Man denkt, spricht und handelt nach seiner Überzeugung. Dafür trägt man dann auch die Konsequenzen, ohne zu murren.«

»Wollten Sie nicht eigentlich nach Tübingen?«, fragte sie. »Dr. Hartmann sprach davon, dass Sie für einige Tage aus Leipzig zu Besuch kämen.«

»Ja, ich hab dort eine großartige Chance erhalten. In Leipzig arbeitet ein Professor für Vortragskunst und Sprechkunde im Grenzgebiet von Musikwissenschaft und Medizin. Ich darf als sein Assistent arbeiten.« Er erklärte ihr, dass dieser Professor stimmtechnische Kurse für Redner, Sänger, aber auch für Kranke wie Stotterer und Asthmatiker anbot. »Letzteres ist mein Gebiet. Wir hoffen, dass man mit unseren Übungen klimatische Kuren für die oberen Luftwege verbessern kann.«

»Ach, das klingt ja spannend!« Grete hatte die Turnstunden bei Fräulein Berglund in guter Erinnerung und wusste aus eigener Erfahrung, dass bewusstes Atmen in Krisenzeiten bei Asthma half. »Erzählen Sie mehr!«

»Sind Sie sicher?« Aus dem Saal klang beschwingte Musik.

»Lasst den Kopf nicht hängen, Kinder seid nicht dumm. Dreht nach lustigen Klängen euch im Kreis herum.«

»Bestimmt sind Sie doch gekommen, um zu tanzen und sich zu amüsieren.«

»Sich des Lebens freuen, das ist weis' und klug. Man hat zum Bereuen lang noch Zeit genug.«

»Ich habe mich schon lange nicht mehr so gut unterhalten wie gerade jetzt«, antwortete Grete. »Also?«

»Ich bin auch ein ganz erbärmlicher Tänzer«, gestand Max Lubinus. »Eigentlich kann ich nur den Malbrook und den Rheinländer.«

Sie lächelte. »Das ließe sich ändern.«

Er lächelte zurück, seine dunkelbraunen Augen strahlten so warm, dass ihr ganz anders wurde. Einige ewige Sekunden lang sprachen sie nicht, sondern sahen sich nur an.

»Also?«, wiederholte sie, während sie tief einatmete.

»Also?«

»Stimmtechnische Kurse …«

»Ach ja. Es geht nun darum, auf welcher der ostfriesischen Inseln wir einen Badearzt finden, der die Ideen mit uns in die Praxis umsetzt und bei einer Studie unterstützt.« Grete stellte noch einige Fragen, die er ihr so gut wie möglich beantwortete. »Man könnte zum Beispiel nach unseren, also den Plänen der Universität Leipzig in Licht- und Luftbädern Turnkurse mit Atemgymnastik anbieten.«

»Stimmt. Warum gibt's das nicht schon längst?«

Sie hörte ihm mit großem Interesse zu, auch als er ihr von einem neuen Ansatz in der medizinischen Forschung berichtete. »Wir bezeichnen dieses Phänomen als Allergie. Es ist durchaus möglich, dass zum Beispiel Ihre Krankheitssymptome in Wirklichkeit durch eine Allergie hervorgerufen werden.« Nun musste er ihr dazu jede Menge Fragen beantworten. Unterdessen steigerte sich im Ballsaal die Stimmung, die Energiewogen von nebenan waren fast körperlich spürbar.

»Schenk mit doch ein kleines bisschen Liebe, Liebe! Sei doch nicht so schlecht zu mir. Spürst du nicht die innig süßen Triebe, Triebe? Wie mein Herz verlangt nach dir?«

Plötzlich schwebte Frieda wie eine Nymphe um die Ecke

und schoss dann auf sie zu. »Ach, hier steckst du, Grete! Komm in den Saal«, sie nickte Max Lubinus strahlend zu. »Das dürft ihr euch nicht entgehen lassen! Er ist da! Und gleich dirigiert er selbst eines seiner Stücke.«

»Wer?«

»Na, der Komponist – Paul Lincke! Wusstest du, dass er im Europäischen Hof logiert?«

»Ist das etwa Ihre kleine Freundin Frieda?«, fragte Max Lubinus, während er sich höflich erhob.

»Ja.« Grete lachte. »Darf ich vorstellen? Dr. Max Lubinus und meine beste Freundin, Fräulein von Kamm.«

Max machte einen Diener, Frieda lachte und knickste eilig. »Los, los, es fängt gleich an!«

Frieda

Frieda war selig. Joseph, der wie die Lehmann-Brüder Frack trug und rasend elegant aussah, hatte schon den ganzen Abend mit ihr getanzt. Er führte so gut, dass es egal war, ob sie diese Tänze je erlernt hatte oder nicht. Auch das Publikum flößte ihr nach zwei Gläsern Champagner keine Angst mehr ein. Im Gegenteil, sie durchschaute endlich, dass diese typischen Berliner, die gern den dicken Wilhelm markierten, ebenso wie viele der preußischen Offiziere mit ihren Monokeln und dem schnarrenden Tonfall in Wirklichkeit sich selbst auf den Arm nahmen, indem sie das Verhalten, das man ihnen nachsagte, absichtlich und mit viel Humor übertrieben. Sie fand das überaus sympathisch, von der vermeintlichen Vornehmheit ließ sie sich nicht länger blenden.

Während sie Grete und Dr. Lubinus an ihren Tisch zog, drehte sie sich einmal um sich selbst, betrachtete die wogende Festgemeinschaft und dachte: Das sind alles nur Menschen, die sich ihres Lebens freuen möchten, und ich finde sie alle so nett. Sie fühlte sich als Teil eines großen summenden Schwarms, das Leben war schön!

Applaus brandete auf. Ein dunkelhaariger schnieker Mittvierziger trat vors Orchester – Paul Lincke. Der Mann bewegte sich weltgewandt, schließlich hatte er schon in Paris Triumphe gefeiert, verbeugte sich augenzwinkernd, klopfte mit dem Taktstock. Fast alle Gäste standen.

Nach einem perfekten Einsatz gaben die geehrten Musiker alles. Als der Refrain ertönte, hielt es im Saal keinen mehr ruhig auf dem Stuhl – die Leute schunkelten, tanzten, tobten.

»Glühwürmchen, Glühwürmchen, flimmre, Glühwürmchen, Glühwürmchen, schimmre.«

Lincke verstand es, den Effekt noch zu steigern, indem er dem Orchester ab und an das Zeichen machte einzuhalten. Dann sang der Chor der Ballbesucher voller Inbrunst a cappella weiter, denn den Text kannte jeder auswendig.

»Führe uns auf rechten Wegen, führe uns dem Glück entgegen!«

Joseph, Hans-Heinrich, Eduard und Max Lubinus steuerten schmissige Pfiffe bei. Frieda bekam eine Gänsehaut, der musikalische Vortrag war so spritzig, die Lieder mit ihrem frechen Charme machten Mut zum Unsinn. Was für eine herrliche Lebenseinstellung – die Dinge einfach laufen zu lassen!

Lincke dirigierte als Zugabe noch »Lose, munt're Lieder singt man voller Lust«. Alle schwelgten mit. Der Champagner floss in Strömen. Ihre Tischherren übertrumpften sich mit Trinksprüchen. Als ihnen nichts mehr einfiel, zitierten sie Liedzeilen wie die eben gehörte: »Holde, ros'ge Frauen küsst man auf den Mund!«

»Nun ist auch mal gut«, sagte Grete irgendwann lachend, »schenk einfach ein, Bruderherz.«

»Auf gar keinen Fall«, entrüstete sich Eduard mit ernster Miene. »Trinken mit Trinkspruch ist Kultur. Trinken ohne Trinkspruch ist Sauferei.«

Grete trank Brüderschaft mit Max Lubinus. Und der junge Arzt wagte mit ihrer Freundin einen Walzer, der anfangs holprig, doch dann immer beschwingter ausfiel. Frieda entging nicht, dass sich zwischen den beiden eine besondere Spannung aufgebaut hatte. Da bahnte sich etwas an. Sie freute sich für Grete.

Gegen Morgen verloren sie sich aus den Augen. Frieda war nach einer stürmischen Tanzrunde mit Joseph so erhitzt, dass sie nach draußen wollte, um frische Luft zu schnappen. Er begleitete sie.

»Es dämmert ja schon«, stellte sie überrascht fest.

Man roch das Wasser. Am Vortag war es schwül gewesen. Um diese frühe Stunde jedoch war noch die Kühle der Nacht zu spüren. Joseph legte ihr erst seine Jacke über die Schultern und dann seinen Arm. Langsam bummelten sie zur Marienhöhe. Oben auf der Düne schauten sie dem Sonnenaufgang zu. Wie erfrischend die Luft war, wie herrlich das Farbenspiel zwischen Rosenrot, Golden und Blau.

Joseph machte eine Verbeugung. »Darf ich bitten?«

Und sie tanzten im Morgenlicht langsam und immer langsamer werdend. Plötzlich standen sie still, schauten sich tief in die Augen. Er zog sie an sich, stark und behutsam zugleich, so aufregend, dass sie die Lider senken musste. Das geht doch nicht, dachte sie kurz, deine zukünftige Verlobte kommt bald.

Gleich darauf spürte sie seinen warmen Leib und dann – endlich seine Lippen auf ihren. Noch viel schöner, als sie es sich vorgestellt hatte. Glatt, fest und weich zugleich, überaus sensibel. Es durchrieselte sie ganz himmlisch. Das Meer rauschte in ihren Ohren, sie ließ sich fallen in die süße Empfindung wie in ein langes sanftes Wellental, das sie in überraschende Höhen hob.

Grete

Max hatte sich beim Walzer recht gelehrig angestellt. Man merkte, dass er viel Sport trieb. Grete genoss jeden Augenblick mit ihm, ständig spürte sie dabei ein aufregendes Flirren im Bauch und in der Brust. Die Champagnervorräte, selbst die der Hausmarke, waren inzwischen erschöpft. Max organisierte für sie zwei Gläser mit Fruchtbowle. Während alle anderen sich auf der Tanzfläche vergnügten, setzten sie sich an den verwaisten Tisch.

»Wie lange bleibst du noch auf Norderney?«, fragte sie ihn.

»Morgen geht's nach Langeoog. Der dortige Kurarzt ist sehr an unseren Ideen für Atemgymnastik interessiert, mehr als seine Kollegen hier. Abgesehen von Dr. Hartmann natürlich, der unsere Vorschläge für das Seehospiz übernehmen will.«

»Oh«, entfuhr es ihr enttäuscht. »Wie schade.«

»Und du?«

»Wir bleiben wie jedes Jahr bis Mitte August.«

»Und was machst du nach dem Sommer, Grete?«

»Ich? Och, was so üblich ist in unseren Kreisen …«

»Schule vorbei?«

»Ja, ich werde im Herbst in die Berliner Gesellschaft eingeführt.« Ihre Miene hellte sich ein wenig auf. »Ich freu mich schon, zum Beispiel auf den Kavaliersball in der Philharmonie. Und auf den Subskriptionsball in der Königlichen Oper, das wird wohl der Höhepunkt der Saison. Sagt man jedenfalls. Da werde ich an der Polonaise teilnehmen und den Cotillon tanzen.«

Beim Tanzunterricht hatte ihr die wechselvolle Abfolge von Contretänzen immer besonders viel Vergnügen bereitet. Dabei gab es einen Ansager, freie Partnerwahl und neckische Tanzeinlagen. Die Herren bekamen Papierorden verliehen, die Damen Blumenbuketts geschenkt, manchmal, so hatte sie gehört, brachten Witzbolde auch Knallbonbons ins Spiel.

Lag es an der Lautstärke, dass ihre Unterhaltung ins Stocken geriet, oder hatte irgendetwas Max die Stimmung verdorben? Sie fand ihn auf einmal verschlossen und wortkarg.

Der Orchesterleiter kündigte die letzte Tanzrunde an. Max forderte sie auf. Noch einmal tanzten sie zusammen. Die Musik, der Schwips und seine starke körperliche Anziehungskraft – das alles zusammen machte sie wunderbar schwindlig. Von ihr aus hätte es noch stundenlang so weitergehen können. Aber nach zwei Zugaben war dann wirklich Schluss.

Frieda schien sich schon auf den Heimweg begeben zu haben, auch Joseph war nirgends mehr zu sehen. Gretes Brüder, die sich seit Mitternacht hervorragend ohne sie amüsiert hatten, bestanden nun allerdings darauf, dass sie mit ihnen gemeinsam den Heimweg antrat.

»Ich begleite sie zum Hotel«, sagte Max. »Ihr möchtet sicher auch eine junge Dame nach Hause bringen.«

Hans-Heinrich war durchaus geneigt, seine Meinung zu ändern. Doch Eduard ließ nicht mit sich verhandeln.

»Tut mir leid«, erwiderte er ungnädig. »Wir sind für unsere Schwester verantwortlich.«

»Spielverderber!«, flüsterte Grete ihm ins Ohr. Er hatte wohl gerade einen Korb erhalten. Und sie musste nun darunter leiden, wie gemein. So verabschiedete Max sich in aller Form höflich unter den Augen der Brüder mit einem Handkuss von ihr. Auf dem Rückweg beschwerte sie sich bei Eduard. »Meine Güte, ich bin achtzehn. Wollt ihr, dass ich als alte Jungfer ende?«

»Dieser Max ist ja ganz nett«, sagte Eduard plötzlich erstaunlich nüchtern. »Aber er hat keinerlei Vermögen, keinen Rang, keine Familie oder Verbindungen. Ehrlich gesagt, lässt auch sein Manier zu wünschen übrig. Du brauchst einen Mann anderen Kalibers. Ich werde zu Hause in Berlin dafür sorgen, dass du geeignetere Kandidaten kennenlernst.«

»Du Schwachmatikus!«, zischte Grete. Der Abend war so schön gewesen und nun dieser hässliche Abschluss.

Während sie sich im Hotelzimmer auszog, fiel ihr Blick auf den Fächer, den sie nachlässig aufs Bett geworfen hatte. Noch jemand hatte etwas darauf geschrieben. *Möchtest Du eine vierte Frage?*

Überrascht schnappte sie nach Luft. Wie könnte eine vierte Frage lauten? Als sie sich ins Bett legte, spürte Grete wieder dieses Flirren. Vielleicht kehrte Max nach seiner Langeoog-Reise ja noch mal nach Norderney zurück, bevor er wieder nach Leipzig aufbrach. Zu dumm, dass sie ihn nicht danach gefragt hatte. Sie wusste nicht einmal, wo er wohnte. Im Seehospiz jedenfalls nicht.

Frieda

»Verzeih mir«, sagte Joseph, als er sich auf der Marienhöhe nach einer gefühlten Ewigkeit widerstrebend von Frieda löste. »Das hätte ich nicht tun dürfen.« Berauscht öffnete sie die Augen. Was meinte er? Sie hatte nie etwas Schöneres erlebt als diesen Kuss. Nun tauchte auch noch die Morgensonne die Szenerie ringsum in ein rosiges Licht. »Du weißt doch, weshalb ich auf Norderney bin, oder?« Ernst schaute er sie an.

Die ganze Woche über hatten sie das Thema ausgeklammert. Aber natürlich war es fast ständig in ihrem Hinterkopf präsent gewesen.

»Warum tust du das?«, fragte sie nun endlich, was sie ihn schon seit ihrer ersten Begegnung fragen wollte.

Ein Mann wie er sollte doch nur tun, was er wollte. Wenn er seiner Zukünftigen noch nie begegnet war, Bekannte von ihm hingegen wussten, dass sie wie ein Brauereipferd aussah, dann verstand sie ihn nicht. Er war feinfühlig und humorvoll, sie konnte sich beim besten Willen nicht vorstellen, dass ihm Geld wichtiger war als Liebe und Verständnis.

Er atmete schwer. »Wollen wir ans Meer?«, fragte er mit rauer Stimme. »Wenn du so nah neben mir stehst, kann ich für nichts garantieren.« Sie nickte, langsam setzten sie sich in Bewegung. Unten am Strand zog Frieda Gretes drückende Tanzschuhe aus. »Gib sie mir«, bat er mit einem traurigen, selbstironischen Lächeln, »dann sind meine Hände beschäftigt.«

Schweigend gingen sie weiter, bis sie die Brandung erreicht hatten. Der feuchte Sand kühlte Friedas Fußsohlen angenehm. Als Wellen mit einem leisen Knispeln ihre Fesseln umspielten, hob sie im Weitergehen Gretes Kleid ein Stück, weil sie es nicht ruinieren wollte. Der Wind zauste an ihrem Haar, er zeichnete durch den leichten Stoff ihre Rundungen nach.

»Du bist so süß!« Verliebt sah Joseph sie von der Seite an. »Wenn ich könnte, wie ich wollte …« Er atmete tief durch. »Warum?, fragst du. Nun, es ist so, dass unser Schloss mit all seinen Forsten und Ländereien kurz vor der Zwangsversteigerung steht. Mein Vater ist ein Spieler. Als sein Nachfolger trage ich eine große Verantwortung. Unser Geschlecht ist seit über vierhundert Jahren auf dem Stammsitz ansässig. Dort leben allein zwei Dutzend verarmte Verwandte, hauptsächlich Witwen und Waisen. Sie wüssten nicht, wohin. Ebenso unsere Bediensteten mit ihren Familien, es hängen einfach zu viele Existenzen daran. Deshalb. Es geht nicht nach mir.«

»Wie schrecklich!«

Frieda sah ihn entsetzt an. So edel, vornehm, gebildet – und trotzdem nicht frei. Da war ja manch einfacher Fischer besser dran.

»Ich bin nur ein Glied in einer langen Kette«, fuhr Joseph fort, »verantwortlich dafür, die Tradition fortzusetzen und das Haus Ritz zu Gartenstein zu retten. Das ist meine Aufgabe in diesem Leben.«

Frieda ging weiter durch den Flutsaum. »Wann erwartest du deine Zukünftige?«, fragte sie endlich ins Plätschern der Wellen hinein.

»Am kommenden Samstag.«

Noch eine ganze Woche. Ein einfaches Mädchen wie sie käme sowieso niemals infrage für einen richtigen Grafen, selbst wenn er nicht die reiche Erbin hätte heiraten müssen. Sie beugte sich zum Wasser hinunter und spritzte ihn nass.

»He!« Er breitete die Arme aus, blickte verdutzt auf sein feuchtes Frackhemd.

»Gehst du schon um drei Uhr nachmittags ins Bett, weil du weißt, dass die Sonne am Abend untergeht?«, fragte sie ihn neckisch.

»Nein«, antwortete er verblüfft. »Natürlich nicht.«

Sie sprang ein paar Schritte voraus und blinzelte ihn über ihre Schulter hinweg an.

»Dann lass uns die Sonne genießen, solange sie scheint.«

Grete

Grete wartete vergebens. Weder schickte Max eine Nachricht noch rief er im Hotel an. Dann eben nicht. Wahrscheinlich war er längst wieder in Leipzig.

Konnte nicht mehr schlafen, bin schon baden, schrieb sie auf einen Zettel, den sie ihren Eltern ganz früh unter der Hotelzimmertür durchschob. Ohne Begleitung machte sie sich mit ihrem Badebündel auf. Sie spürte noch ihre Bettwärme, als sie im hellen Kostüm das Hotel verließ, doch in der Morgenkühle kostete es deutlich mehr Überwindung, sich in die Fluten zu wagen. Deshalb zögerte sie es hinaus, schlug nicht den Weg zum Damenstrand ein, wo der Badebetrieb um sechs Uhr morgens begann, sondern wanderte weiter parallel zur Kaiserstraße auf einem Spazierweg an den Tennisplätzen vorbei durch die erhöht vor dem Strand liegende Rasenfläche in Richtung Norden. Die ganze Nacht über hatte es geregnet, ein starker Wind blies ihr um die Ohren. Sie verknotete das Tuch, das ihren Hut hielt, fester unterm Kinn.

Die frische Luft tat ihr gut. Sie verscheuchte die Traurigkeit, die sie unterschwellig seit Tagen begleitete. Und der Ausblick war wirklich grandios. Überall auf der grob bewegten See trieben weiße Schaumflecken. Mit einem kraftvollen Rauschen brachen die Köpfe hoher Wellen. Am Herrenstrand waren kaum Badediener zu sehen, nur wenige Frühaufsteher bewegten sich schon im Wasser.

Ohne zu überlegen, hatte sie den Weg zum Seehospiz eingeschlagen. Sie wollte dort aber niemandem begegnen und wanderte noch ein Stück weiter, bis ein unbewachter Strandabschnitt vor ihr lag. Einsam und verlockend.

In einer Dünensenke zog sie ihren stoffreichen Badezweiteiler an, darüber einen Bademantel. Ihr fiel ein Zeitungsbericht über eine Australierin ein, die vor Gericht gestellt worden war, weil sie es gewagt hatte, in einem knappen Einteiler baden zu gehen. »Ich will schwimmen, und das kann ich nicht mit einer Wäscheleine voll Stoff an meinem Körper«, hatte sie sich verteidigt. Recht hatte die Frau, hoffentlich änderte sich bald mal was!

Grete lief zur Brandung, ließ den Mantel erst kurz davor in den Sand gleiten und sprang mit Anlauf in die Nordsee. Sie juchzte, sprang, paddelte und strampelte, bis sie den Kälteschock überwunden hatte und sich das ersehnte Prickeln unter der Haut einstellte. Halb schwamm sie nun, halb ließ sie sich mit den Wellen treiben. War das herrlich! Sie stellte sich hin, breitbeinig, um den Aufprall von der Seite anzunehmen. Wie es schäumte und mit welcher Wucht die Wellen gegen ihre Schulter krachten! Das machte Spaß! Mal warf es sie um, oder die Strömung zog ihr die Beine weg, mal vermochte sie standzuhalten.

Der Wind flachte allmählich ab. Als ihr richtig schön warm war, schwamm sie, so weit es die Wellen zuließen, blieb aber vorsichtshalber in Strandnähe.

Danach stellte sie sich wieder hin. Das Wasser reichte ihr bis zu den Oberschenkeln. Sie begann, sich um sich selbst zu drehen, immer schneller und schneller, und mit durchgedrückten Händen einen aufspritzenden Wasserkranz um sich zu ziehen. Verzückt wie ein Kind schaute sie zu den sprühenden Tröpfchen hoch, die in der Sonne schillerten wie kleine Regenbogen.

Am Ende legte sie sich wieder rücklings ins Wasser und ließ sich schaukelnd vom ruhiger gewordenen Meer tragen, selbstvergessen und ganz im Augenblick.

Als sie sich etwas später in den wärmenden Bademantel kuschelte, ging ihr durch den Kopf, dass Eduard wahrscheinlich recht hatte. Es war besser, auf einen passenderen Mann zu warten. Wenn man ein bisschen ausprobieren dürfte oder mehrere Versuche hätte, würde die Angelegenheit anders aussehen. Aber ihr Leben lang hatte man ihr eingetrichtert, dass sie gleich den Richtigen finden müsse. Und Max Lubinus entsprach wirklich nicht ihren Idealvorstellungen. Hätte es sich zum Beispiel nicht gehört, ihr nach dem Abend ein kleines Blumensträußchen zu schicken? Nicht mal ein Grußkärtchen war angekommen. Dieser ungehobelte Ostfriese! Es waren nur Kleinigkeiten, aber trotzdem. Pars pro Toto, wie ihr Internatsleiter zu sagen pflegte – das Teil spricht Bände über das Ganze. Wie gut, dass zwischen Max und ihr nicht mehr passiert war. Sie sollte froh darüber sein.

Warum aber verflog ihr Hochgefühl nach dem Bad so schnell wieder? Weshalb empfand sie schon beim Ankleiden in der Dünenmulde erneut dieses dumpfe Gefühl von Enttäuschung, das seit Tagen ihre Stimmung dämpfte? Sie zog den nassen Badezweiteiler aus, schlüpfte in trockene Wäsche, knöpfte ihre Bluse zu und klopfte den Sand vom Rock. Die Kostümjacke war für diese Witterung eindeutig zu dünn, nächstes Mal musste sie eine andere Jacke wählen.

Ein wenig neidisch und besorgt zugleich dachte sie an Frieda. Die hatte ihr am Tag nach dem Ball ihr Kleid und die anderen geliehenen Sachen zurückgebracht und gestanden, dass sie in Joseph verliebt war.

»Wir haben uns geküsst, einfach himmlisch!«, hatte sie geschwärmt. »Und nächste Woche wollen wir nachts zum Leuchtturm, um das Licht ganz aus der Nähe zu erleben. Sei mir nicht böse, wenn ich dann keine Zeit für dich hab.«

»Pass bloß auf, Frieda«, hatte sie als gute Freundin gemahnt. »Die Ehre ist für uns Mädchen das Wichtigste. Ruinier dir nicht dein Leben.«

»Ich bin doch nicht blöd!« Frieda hatte gelacht. »Aber muss Vorsicht gleich bedeuten, dass wir uns überhaupt nicht sehen dürfen? Wir können doch trotzdem ein paar schöne Stunden miteinander verbringen. Mach dir keine Sorgen.«

Grete packte ihre Badesachen zusammen. Ganz in der Nähe flogen ein paar Möwen hoch. Sie schimpften, offenbar fühlten sie sich gestört.

»Du hast mir gar nicht gesagt, dass du schwimmen gelernt hast«, hörte sie, gerade als sie ihren Hut aufsetzen wollte, eine vertraute Stimme. Erschrocken drehte sie sich um. Max stand oben auf der Düne, im einteiligen Männerbadeanzug. Er lächelte breit. Und ihr Herz machte einen freudigen Hüpfer. »Großartig, gratuliere, Grete! Erst wollte ich dich ja retten, aber dann hab ich gesehen, dass es überhaupt nicht nötig ist.«

O Gott, er hatte sie bei ihren Planschereien im Wasser beobachtet! Etwa auch beim Umziehen? Wie lange mochte er schon dort stehen?

Mit einem strahlenden Lächeln kam er zu ihr in die Mulde hinunter, die Zähne wirkten bei diesem Licht noch weißer als sonst. »Ein Tag ohne Baden ist ein verlorener Tag, findest du nicht auch?«

»Du bist wieder da?« Während sie es sagte, merkte sie, wie dumm das klang. Natürlich war er wieder da. Hoffentlich bildete er sich nicht ein, dass sie absichtlich hergekommen war, um ihm zu begegnen. Schließlich war es reiner Zufall, sie hatte ehrlich überhaupt nicht daran gedacht, dass er morgens immer hier … »Wieso hast du dich nicht gemeldet?«, rutschte es ihr heraus. Sie spürte, wie sie errötete. Dumme Pute, warum fragst du ihn das auch noch?, dachte sie, gib dir doch nicht die Blöße!

»Ich eigne mich nicht für Polonaisen und Opernbälle.«

Ihr fiel der beschriftete Fächer wieder ein. Mit der Sitte immerhin kannte er sich aus. »Aha. Und wie bitte soll die vierte Frage lauten?«

Er lächelte geheimnisvoll. »Alles zu seiner Zeit, Fräulein Lehmann.« Sie zitterte und wusste selbst nicht, ob vor Kälte oder Aufregung. »Brauchst du einen Schluck Kräuterlikör zum Aufwärmen? Leider hab ich so früh morgens keinen dabei.«

Wollte er sich lustig über sie machen? Sie strafte ihn mit einem funkelnden Blick. Er ging noch einen Schritt auf sie zu – »Komm her, du Schneewittchen!« – und nahm sie in die Arme. Ihr Hut segelte zu Boden. Seine Wärme umhüllte sie.

Zuerst spürte sie seine Haut, teils sandig, dann seinen muskulösen Körper. Er rubbelte ihr mit beiden Händen über den Rücken und die Oberarme. Doch nach ein paar Herzschlägen drückte er sie auf eine ganz andere Art an sich. Er schob ihr das feuchte Haar aus dem Gesicht und schaute ihr in die Augen. Sein Blick wärmte sie tief im Innern, in ihrem Bauch löste sich ein Strudel, der hochschoss in den Kopf und alle Gedanken durcheinanderwirbelte.

»Aber, Dr. Lubinus …«, flüsterte sie nur noch.

Und dann küsste er sie.

Nach dem ersten Vortasten mit empfindsamen Lippen und zarter Zungenspitze schien etwas in ihm zu explodieren, und ein unbekanntes, heftiges Gefühl sprang auf sie über – sie küssten sich leidenschaftlich.

»Aber …«, wiederholte sie nach dem langen Kuss schwer atmend. Und wusste nicht weiter. O Gott, was war da gerade mit ihr passiert?

»Aber?« Max' Brust hob und senkte sich.

»… das … das … geht doch nicht.«

»Doch. Geht.«

Ein kleines Lächeln stahl sich in seine Augenwinkel. Wie zum Beweis küsste er sie noch einmal. Ihr Blut rauschte lauter als die Nordsee. Ihr Herz raste, ein lustvolles Ziehen im Unterleib steigerte ihre Verwirrung. Was machte er mit ihr? Auf gar einen Fall durfte sie die Kontrolle verlieren. In ihren Schläfen hämmerte es.

Sie schwankte zwischen dem Impuls wegzurennen und dem, sich noch fester an ihn zu pressen.

Plötzlich schämte sie sich, völlig durcheinander machte sie abrupt einen Schritt zurück. Wohin sollte das führen? »Ich muss los.« Als er erneut den Arm ausstreckte und ihre Taille umfasste, machte sie sich steif. »Frühstück. Meine Familie. Im Hotel. Die warten bestimmt.« Nicht mal einen vollständigen Satz brachte sie mehr zustande.

»Wann sehen wir uns wieder?«, fragte er mit rauer Stimme.

»Ich weiß nicht. Gar nicht.«

»Doch. Unbedingt.« Ja, natürlich, unbedingt. Sie schmolz dahin unter seinem Blick. »Bleib noch, Grete.«

»Ich muss los.«

»Ja?« Die Glut in seinen Augen, überhaupt diese vibrierende Spannung zwischen ihnen, das war brandgefährlich! Seit ihrer ersten Begegnung hatte sie geahnt, dass in seinem Wesen etwas Impulsives, Unberechenbares schlummerte.

Grete merkte, dass Max sich zusammenriss und beherrschte. Und so wie sie ein Gespür für seine Empfindungen hatte, schien auch er sie durchschauen zu können bis auf den Grund ihrer Seele. Es gefällt dir, du willst es, sagte sein Blick. Ihr Atem beschleunigte sich wieder. Sie hatte mehr Angst vor sich selbst als vor ihm.

»Heute muss ich nach Juist«, sagte er. »Aber morgen Abend bin ich zurück. Können wir uns dann treffen?«

»Ich muss nachdenken.«

»Gut. Ich erwarte dich hier, morgen nach dem Abendessen.«

»Ich weiß nicht.« Sie griff nach ihrem Hut und dem Badebündel. »Ich weiß nicht«, wiederholte sie und lief los, zum Wasser.

Ohne einen Abschiedsgruß ließ sie ihn einfach stehen. Ein Stück rannte sie am Flutsaum entlang.

Wenn sie jemand gesehen hatte! Wie konnte er es wagen, sie in eine derart kompromittierende Situation zu bringen? Und dann auch noch erwarten, dass sie bei einem geheimen Treffen ihren Ruf riskierte! Sie achtete nicht auf die Wellen, eine Woge schwappte an ihr hoch und durchnässte ihr Kleid bis über die Knie.

Sollte sie hingehen? Natürlich, sagte ihr Bauch. Natürlich nicht, sagte ihre gute Erziehung. Und ihr Herz? Und ihr Kopf? Beide schienen ihr gerade nicht zurechnungsfähig und waren keine Hilfe. Hätte sie Max vielleicht eine Ohrfeige verpassen sollen, wie es die Heldinnen in ihren Liebesromanen machten? Und was war das für ein wahnsinniges Gefühl gewesen, das sie da gerade überwältigt hatte? Max hatte ihr mal gesagt, sie müsse lernen, ihrem Körper zu vertrauen. Aber was der gerade gewollt hatte, das verstieß gegen alle guten Sitten. Aufgewühlt rang sie nach Luft.

Seitenstiche setzten ein. Menschen, die ihr entgegenkamen, beäugten sie neugierig. Vor dem Herrenbadestrand musste sie hochgehen. Auf der Promenade wrang sie den Saum ihres Kleides aus. Nein, so geht das nicht, dachte sie. Schließlich hatte sie sich das alles immer ganz anders vorgestellt. Das Verlieben, das Werben des Mannes. Galanter, feiner eben. Ach, Max war kein vornehmer Mensch.

Sie musste ja nicht hingehen. Sie würde morgen einfach mit der Familie ein schönes Konzert besuchen. Sollte er ruhig vergeblich warten. Er hatte sie überrumpelt. So behandelte man eine junge Dame nicht.

Ob Frieda schon im Inselsalon war? Sie musste unbedingt mit ihr reden.

Im Ort gab sie sich Mühe, manierlich zu gehen. Bevor sie den Salon betrat, richtete sie die Kleidung, den Hut und das Haar. Wahrscheinlich wirkte sie trotzdem furchtbar verwildert.

Meister Fisser hatte Frieda noch nicht gesehen. »Sonst kommt sie nie zu spät«, sagte er besorgt. »Hoffentlich ist sie nicht krank. Soll ich ihr etwas ausrichten?«

»Nein«, antwortete sie unkonzentriert. »Einfach nur einen Gruß von Grete!«

Sie warf einen Blick auf die Uhr im Salon. Normalerweise fand sich ihre Familie in den Ferien um halb neun zum Frühstück auf der Hotelveranda ein. Noch konnte sie es schaffen, rechtzeitig zurück zu sein.

Sie eilte die Hoteltreppe hoch, nahm immer zwei Stufen

auf einmal. Auf dem Treppenabsatz bereits registrierte sie, dass auf ihrem Flur eine ungewöhnliche Unruhe herrschte.

»Da ist sie ja!«, rief Fräulein von Wingenhorst schrill.

Ihre Brüder flitzten aus ihrem Zimmer in das der Eltern und zurück, zwei Zimmermädchen und ein Hoteldiener liefen geschäftig umher, überall hektisches Gewusel.

Frieda

Frieda war klar, dass sie mitten in der Hochsaison nicht noch eine Woche Urlaub bekommen würde, da brauchte sie den Meister gar nicht erst zu fragen. Deshalb trafen sie und Joseph sich abends nach ihrer Arbeit. Sie gingen am Strand entlang und durch die Dünenlandschaft, am liebsten dorthin, wo es einsam war. Joseph brachte eine Decke mit und etwas Verpflegung. Sie zeigte ihm das silbrige Zauberwäldchen mit den niedrigen, krumm gewachsenen Birken und ihr Geheimversteck aus Kindertagen. So blieben ihre Begegnungen vor den Augen der Welt verborgen. In diesem magischen Reich lernte Frieda auch die Qual zu großer Zärtlichkeit kennen.

Einmal, als sie in Josephs Armen lag und sie sich wieder einfach nur ansahen, gefühlt ewig und ohne dass es jemals würde langweilig werden können, da entdeckte sie, dass sein linker Eckzahn ein wenig schief stand.

»Du bist ja doch nicht perfekt!« Sie lächelte. »Das tröstet mich irgendwie.« Ganz weich gestimmt tippte sie gegen den Zahn. »Den mag ich besonders.«

Er schnappte spielerisch nach ihrem Finger, und schon wieder schwebten sie in einer Wolke aus Liebkosungen.

»Aber du bist vollendet schön«, bemerkte er irgendwann.

»Ach, woran erkennst du das?«, fragte sie kokett.

»Schönheit ist ein Licht im Herzen.«

»Oje, ein Spruch fürs Poesiealbum!« Sie wollte ihn nur ein wenig necken.

»Du bist wirklich schön, Frieda. Nicht nur wegen deines liebreizenden Äußeren, sondern ... Tja ... was ist es nur?« Sein Mund kam näher, er fuhr mit den Lippen die Konturen ihres Gesichts entlang und tat, als würde er dabei angestrengt nach etwas suchen und überlegen. Dann hielt er inne, weil ihm wohl ein Gedanke gekommen war. »Manchmal, wenn ein Mensch etwas Erfreuliches erlebt hat, kurz bevor man ihm begegnet, dann strahlt er noch, ein Leuchten umgibt ihn ... Das hast du ständig! Solche Menschen, weißt du, können großzügig gegen den Rest der Welt sein, das spürt man. Missgunst liegt ihnen fern.« Er lächelte. »Ja, genau so bist du.« Frieda errötete. »Oder kennst du das Gefühl«, spann Joseph den Faden weiter, »wenn du einen Raum betrittst, in dem gerade noch herumgealbert und gelacht worden ist? Du kommst rein und spürst, da schwebt immer noch Freude in der Atmosphäre ...« Er strich über ihr Haar. »Irgendwas in dieser Art macht dich besonders. Hörst du das wirklich zum allerersten Mal? Das muss doch vor mir schon anderen Menschen aufgefallen sein!«

»Na ja ...« Etwas verlegen rückte sie damit heraus. »Also ... ähm ... ich wurde mit einer Glückshaube geboren.«

Verblüfft schaute er sie an. Dann hellte sich seine Miene auf. »Sag ich doch«, murmelte er schließlich im Ton tiefer Befriedigung und machte sich daran, sie noch liebevoller zu küssen.

Am Donnerstag bevor Josephs zukünftige Verlobte kommen sollte, schlich Frieda sich spätabends, als es schon dunkel war, aus dem Elternhaus. Sie trug ihren Hosenrock und einen dicken Pullover, denn sie wollten zum Leuchtturm radeln. Joseph, der sich ein Fahrrad geliehen hatte, erwartete sie an ihrem Treffpunkt im alten Rosengarten. Der Garten war eine Besonderheit, er unterschied Norderney von anderen ostfriesischen Inseln, die fast nur Wildrosen zu bieten hatten. Bei der Begrüßung umfing sie der Duft edler Züchtungen, in den Kronen der Ulmenallee raschelte es verheißungsvoll. Frieda schaute hoch. Der Mond lugte zwischen Wolken hervor. Drei Tage zuvor war er noch ganz rund gewesen. Sein Licht würde ausreichen, um Schlaglöcher und Wildkaninchen zu erkennen. Das Ziel selbst markierten die Blinkzeichen des Leuchtturms deutlich genug.

Es war nicht auszuschließen, dass es noch regnen würde, für alle Fälle hatte Frieda eine Regenjacke dabei.

Sie radelten nebeneinander. Unterwegs hielten sie an, um eine Aussichtsdüne zu erklimmen. Andächtig genossen sie das nächtliche Panorama. Die Wolken über ihnen leuchteten silbern.

»Merkwürdig«, sagte sie leise, »bilde ich mir das ein? Haben sie heute nicht einen besonderen Glanz?«

»O mein Gott, Frieda!« Joseph legte einen Arm um ihre Schultern. »Es ist wirklich ungeheuerlich, es kommt dir nicht nur so vor! Ich bin gestern auf dem Seesteg mit einem Professor ins Gespräch gekommen, der mir von einer sensationellen Sache berichtet hat: Vor ungefähr zwei Wochen hat es in Sibirien eine gigantische, rätselhafte Explosion gegeben! Im Umkreis von dreißig Kilometern sind alle Bäume entwurzelt worden, man konnte das Beben noch Hunderte von Kilometern entfernt spüren. Sogar Reisende, die mit der Transsibirischen Eisenbahn unterwegs waren, berichten davon.«

Frieda hatte nur eine ungefähre Vorstellung davon, wo

sich Sibirien befand. Irgendwo am Ende der Welt. »Tatsächlich? Und was hat das mit unseren Wolken zu tun?«

»Man vermutet, dass ein Komet eingeschlagen ist, doch ganz gewiss weiß es niemand«, erklärte er. »Durch Messungen ist allerdings gesichert, dass bei einer oder mehreren Explosionen an ebendiesem Ort in Sibirien enorm viel Staub aufgewirbelt wurde. Der ist nun mit dem Wind nach Mitteleuropa gezogen und zeigt sich uns im ungewöhnlichen Glanz der Wolken.«

»Harrijasses!« Frieda fehlten die Worte. Wie er solche Dinge begriff und die Zusammenhänge erklären konnte! »Man merkt, dass du Bildung gelernt hast«, sagte sie schließlich bewundernd.

»Ach, Frieda!«, wehrte er ab. »Du hast Herzensbildung. Das ist viel mehr wert. Die kann man nicht lernen, die hat man oder nicht.«

Es tat ihr unendlich gut, dass er eine derart hohe Meinung von ihr hatte. Hoffentlich merkte er bis zum Ende der Woche nicht, dass sie höchstens halb so wunderbar war, wie er glaubte.

»Ein Komet, sagst du?« Das Vorkommnis in Sibirien beschäftigte sie weiter. »Hoffentlich kommt so einer nicht mal auf Norderney runter!«

»Das ist äußerst unwahrscheinlich«, versuchte er, sie zu beruhigen. »Allerdings«, sprach er dann mehr zu sich selbst, »allerdings geschehen solche Dinge eben doch. Plötzlich schlägt's ein, ausgerechnet dann, wenn man am allerwenigsten damit gerechnet hat …« Er drehte sich, um sie an seine Brust zu ziehen. Frieda schnupperte wieder diesen speziellen Duft nach Wald und Bergen, der von ihm ausging. Und wie gut er aussah! Betört schaute sie Joseph an.

»Du bist zu niedlich mit deinen Mondscheinaugen«, flüsterte er.

Sie küssten sich so hingebungsvoll, dass sogar Kometen und Explosionen unwichtig wurden.

Als sie sich wieder voneinander lösten, betastete Frieda heimlich ihre Lippen. Sie waren schon leicht schmerzhaft geschwollen.

Der Wind blies inzwischen dickere Wolken herbei, sie türmten sich eindrucksvoll. Vermutlich bargen sie jede Menge Regen.

»Wir sollten uns beeilen«, sagte Frieda.

»Wie nah müssen wir denn an den Leuchtturm ran?«, wollte Joseph wissen.

»Ganz nah. Du musst direkt darunter stehen.«

»Ich möchte aber nicht, dass du durchnässt wirst.«

»Ich hab mein Regencape dabei. Und du?«

Er zuckte mit den Schultern. »Nur das Jankerl, das ich trag. Aber mir macht das nichts. Bei uns in den Bergen hab ich schon manchen Schauer abbekommen.«

»Na dann«, Frieda lächelte unternehmungslustig, »können wir ja weiter.« Nach dem Abstieg von der Düne mussten sie bis zum Radweg ein Stück durch Heidekraut gehen. Furchtlose Kaninchen hoppelten vorüber, Fasane stoben auf. Frieda strich im Vorübergehen über den Ast einer mondbeschienenen Birke. »Guck mal, wie das Moos drumherum gewachsen ist, sieht aus wie der Ärmel eines Samtmantels.«

»Bei uns liegen große moosbewachsene Felsbrocken in der Landschaft herum«, erzählte Joseph, als sie die Räder ein Stück schoben. »Besonders in der Nähe unserer Perlwasser.«

»Was ist denn das, ein Perlwasser?«

»Das sind Flüsse und Bäche, in denen Flussperlmuscheln wachsen. Bis vor wenigen Jahren waren sie noch ein gutes Geschäft für meine Familie. Aber dann ist die Bisamratte eingewandert ...«

»Eingewandert? Klingt ja lustig. Von wo?«

»Eigentlich stammt sie aus Nordamerika, wahrscheinlich kam sie dann über Böhmen zu uns nach Österreich. Nur lustig ist das überhaupt nicht. Sie hat unsere gesamten Muschelbestände vertilgt.«

»Oje!«, erwiderte Frieda. »Ich versteh schon. Bei uns ist irgendwann der Schellfisch weggeblieben. So was treibt viele Familien in den Ruin.«

Sie gingen schweigend weiter. Ein Nachtvogel flog über sie hinweg. Das durch die Wolken wechselnde Mondlicht jagte unheimliche Schatten über die Landschaft. Aber in Josephs Gegenwart verspürte Frieda kein bisschen Angst.

»Du solltest mal die kleinen Gänsesägerküken sehen«, wechselte er das Thema. »Sie werden hoch oben in den Bäumen überm Fluss ausgebrütet und springen schon einen Tag nach dem Schlüpfen aus ihrer Bruthöhle ins Wasser. Die Mutter lockt sie, und sie stürzen sich todesmutig hinunter.« Er lachte. »Wie kleine Korken hüpfen sie dann auf dem Fluss. Wer kann, klettert der Mutter auf den Rücken. Sie tragen übrigens alle eine sehr fesche braune Haubenfrisur.«

Frieda lächelte, sie sah die Szene direkt vor sich. »Ich wär zu gern mal in den Bergen. Wann ist denn die schönste Jahreszeit?«

»Ich mag besonders den Herbst. Wenn sich die Wälder bunt färben, hat's oft herrlich klare Tage, und überhaupt, unsere türkisfarbenen Seen und Wasserfälle, die schimmern dann besonders ...«

Er beendete den Satz nicht. Vielleicht wurde ihm gerade klar, dass er ihr das alles nie würde zeigen können.

Frieda seufzte sehnsüchtig. Wie schön wäre es, neben Joseph durch sein Österreich zu wandern, aber das musste für immer ein Traum bleiben. Energisch setzte sie einen Fuß auf die Pedale, um wieder aufs Rad zu steigen. Sie wollte noch nicht an den nahenden Abschied denken. Deshalb zeigte sie auf das Lichtsignal.

»Na, jetzt lockt erst mal der Leuchtturm.«

Sein gelbliches Petroleumfeuer blinkte zwei Sekunden lang, dann folgte eine acht Sekunden lange Pause. So begleitete ein Dreivierteltakt mit sechs Blinkern pro Minute, der Frieda von Kindheit an vertraut war, ihre Anfahrt. Als sie ihr Ziel erreicht hatten, ließen sie die Räder am Wegesrand liegen und schlichen sich am Leuchtturmwärterhaus vorbei zum Turm. Joseph blickte suchend umher.

»Die Ziegen sind nachts im Stall.« Frieda unterdrückte ein Kichern. »Wie ging der Satz noch mal?«

»Ischa gediegen …«, antwortete Joseph.

»Komm«, flüsterte sie, »stell dich mit dem Rücken gegen die Mauer.«

Sie reichte ihm ihre Hand, nebeneinander lehnten sie sich gegen den monumentalen Leuchtturmsockel und schauten hoch.

»Das ist verrückt!«, rief Joseph.

»Pssst!!!«

Er senkte die Stimme. »Man wird ja b'soffen vom Hochschauen …«

»Ja, ist das nicht wunderbar?«, flüsterte sie.

Der Turm schien sich um sich selbst zu drehen. Vom Blick nach oben wurde auch ihr schwindlig, sie brauchte den Rückhalt der Backsteinmauer. In der Ferne rauschte das Meer, hier und da piepte ein Wattvogel, ansonsten herrschte friedliche Ruhe.

Die Strahlen schienen eine lebendige Kraft zu besitzen. Sie reichten weit über sie hinaus und um sie herum. Frieda fühlte sich beschützt, ganz klein und doch im Zentrum und in Harmonie mit der Umgebung. Durch den bewegten Strahlenkranz sah sie den Himmel, das Licht berührte Wolken und Sterne und sicherlich irgendwo am Ende der Insel auch den Erdboden. Dadurch stülpte sich ein großer Raum mit durchsichtigen Längsgittern über sie, fast wie ein riesiger Käfig, zugleich offen und grenzenlos. Eigentlich ein Widerspruch. Was es war und was es in ihr auslöste, das konnte sie nicht richtig in Worte fassen. Aber an Josephs Händedruck merkte sie, dass er es ähnlich empfand wie sie. Wenn ich jetzt oben auf dem Austritt stünde, dachte sie, und Joseph würde sagen: »Spring!« – ich würde es tun.

»Danke, dass du mir das gezeigt hast.« Nach einer langen Weile stieß er sich mit dem Rücken von der Mauer ab und umarmte sie. »So wie dieses Licht«, flüsterte er ihr ins Ohr, »möchte ich immer um dich herum sein, süße Frieda.«

Ihr Herz wurde ganz weit. Glück, reines Glück durchströmte sie. Natürlich, dachte sie, was soll schon geschehen? Wir können uns doch einfach immer weiter lieb haben.

Er zog sie auf die Bank des Leuchtturmwärters, hob sie auf seinen Schoß, und sie streichelten und küssten sich. Ein leises Tröpfeln riss sie irgendwann aus ihrer Stimmung. Friedas Hände und Gesicht fühlten sich feucht an, der Pullover war klamm. Es hatte offenbar schon vor einiger Zeit angefangen zu regnen.

»Oh, jetzt müssen wir uns sputen«, sagte sie bedauernd.

Sie zog ihr Regencape über. Hand in Hand liefen sie zu den Rädern, und dann traten sie kräftig in die Pedale. Unterwegs verstärkte sich der Regen, bald goss es.

»Gibt's hier keine Schutzhütte?«, fragte Joseph.

»Unser Garten liegt in der Nähe!«, rief sie unter der tief gezogenen Kapuze hervor. »Da steht das Zelt von Lehmanns.«

Im Zelt fanden sie Schutz bis zum Morgen. Während es draußen ununterbrochen Silberfäden regnete, ergab sich alles andere ganz selbstverständlich. Leises Gelächter und Leichtigkeit, dann heiliger Ernst. Es musste so sein. Genau so. Und endlich lernte Frieda auch die Erlösung von der Qual zu großer Zärtlichkeit kennen.

Grete

»Grete, Kind! Wo steckst du nur!«, begrüßte ihre Mutter sie vorwurfsvoll. Hotelbedienstete packten unter ihrer Aufsicht die Koffer der Familie. »Und wie siehst du überhaupt aus?«

Grete warf ihr feuchtes Badebündel zu Boden. »Was ist denn hier los?«

»Wir reisen heute noch nach Hause. Lulu hat ein Telegramm aus Deutsch-Südwestafrika geschickt.«

»O Gott, ist ihm was passiert?« Sie schlug eine Hand vor die Brust. »Ist er verletzt oder krank?«

»Nein. Im Gegenteil! In der Nähe von Lüderitz sind Diamanten entdeckt worden. Hunderte von Abenteurern strömen dorthin. Lulu bittet Vater, ihm Schaufeln, Spaten, Zelte und anderes Ausrüstungsmaterial zu schicken, am besten mit Verstärkung.«

»Jawoll. Und ich werde den Transport in die Kolonie begleiten«, ließ sich Hans-Heinrich aufgeregt vernehmen. »Die Marine kann warten. Wir ziehen gemeinsam einen Handel auf – Lehmann & Söhne weltweit.« Er grinste unternehmungslustig. »Du weißt doch, beim Goldrausch in Amerika haben die Händler das Vermögen gemacht, nicht die Glücksritter.«

Eduard schien als Einziger wenig begeistert zu sein. »Ich bin nächste Woche im Conversationshaus zur Verlobungsfeier von Joseph Graf Ritz zu Gartenstein mit dieser Düsseldorfer Industriellentochter eingeladen.« Er verzog das Gesicht. »Da entgeht mir ein richtig interessantes gesellschaftliches Ereignis.«

»Zum Glück ist dein Vater ein Mann der Tat«, wies die Mutter ihn zurecht. »Wo wären wir wohl sonst heute? Wir. Reisen. Ab. Jeder Tag ist kostbar.«

»Ja, wir müssen die Ersten vor Ort sein«, verkündete ihr Vater, der gerade zur Tür hereinkam. »Wir werden zusätzlich zum Handel eine Gesellschaft gründen und Schürflizenzen beantragen.« Er klang aufgekratzt. »Der Concierge hat die Reiseformalitäten für uns erledigt. Wir haben alle Mann noch einen Platz auf dem nächsten Schiff und im Schnellzug nach Berlin bekommen.«

»Ja, aber …«, stammelte Grete, sie sah ihre Mutter an. »Warum können wir denn nicht einfach hierbleiben?«

»Weil ich deinen Vater unterstützen möchte, und weil dein Bruder Hans-Heinrich sich auf Deutsch-Südwest vorbereiten muss«, erwiderte ihre Mutter kopfschüttelnd. »Glaubst du etwa, dass ich im Strandkorb *Die Gartenlaube* lese, während unsere Männer größte Anstrengungen unternehmen, um die Firma auf einem völlig neuen Felde voranzubringen?«

Das durfte doch nicht wahr sein! Immerhin wusste Grete nun, dass sie Max gern wiedergesehen hätte. Die Aussicht, es nicht zu können, brachte ihr nämlich augenblicklich doppelt und dreifach das Gefühl von Enttäuschung zurück, das sie in den vorangegangenen Tagen empfunden hatte. Dann musste sie ihm wenigstens eine Nachricht schicken. Aber sie wusste nicht, wo er logierte. Vermutlich in irgendeiner preisgünstigen Pension. Im Seehospiz, wo das Briefgeheimnis wenig galt, konnte sie ihm unmöglich ein Schreiben hinterlassen. Blieb nur Frieda.

Sie setzte sich an den Sekretär und schrieb der Freundin auf einem Hotelbriefbogen hastig ein paar Zeilen. Und am Ende bat sie:

Liebste Frieda, morgen nach dem Abendessen erwartet M. mich am wilden Strand hinter dem Seehospizstrand. Würdest Du bitte, bitte hingehen und ihm ausrichten, dass ich nicht kommen kann? Vielleicht mag er mir ja schreiben ... Du darfst ihm meine Anschrift ruhig geben.

Lass es Dir gut gehen. Bitte schreib mir bald. Auch, wie es Dir mit Joseph ergangen ist.

Bis zum nächsten Jahr – ich fange heute schon an, die Tage bis dahin zu zählen!

Es umarmt Dich ganz herzlich

Deine Freundin Grete

P.S. Bitte antworte mir postlagernd. Wohin genau, das werde ich Dir mitteilen, sobald ich wieder in Berlin bin.

Frieda

Ihre Großmutter hatte für eine Goldene Hochzeit ein Erinnerungsbild mit kunstvoll geflochtenem Haardekor gefertigt. Es lag in einem Glasrahmen auf dem Küchentisch, als Frieda frühmorgens auf Zehenspitzen ins Haus schlich. Sie warf kurz einen Blick darauf. Das Paar kannte sie, es lebte in der Nachbarschaft. Dann legte sie sich schlafen, obwohl sie überzeugt war, kein Auge zukriegen zu können. Seelig streckte sie sich auf ihrem Bett aus, ohne Gedanken, einfach nur dem neuen, bis in die Fingerspitzen rieselnden wunderbaren Gefühl nachspürend.

Irgendwann musste sie aber doch eingeschlafen sein, denn sie wurde von einem Hahnenschrei geweckt. Ihre Mutter werkelte bereits ums Haus herum. Frieda räkelte sich. Einen Zipfel ihres letzten Traumbildes konnte sie gerade noch festhalten – das Hochzeitsbild eines sympathischen alten Paares, das ihr seltsam vertraut vorkam. Mit einiger Verzögerung begriff sie es. Der alte Mann und die alte Frau, das waren Joseph und sie!

Ihr Herz setzte einen Schlag aus. Sollte das etwa ein Vörlopp sein?

Überwältigt blieb sie noch einen Moment liegen und starrte nachdenklich auf einen der Dachbalken. Dann schlug sie die Decke zur Seite und setzte sich auf. Natürlich nicht. Sie schüttelte den Kopf. Das wäre nicht nur verrückt, sondern völlig unmöglich. Außerdem hatte sie schon einmal eine »Vision« gehabt, von sich und Hilrich als Ehepaar, und rein gar nichts war passiert. In solchen kurz aufscheinenden Fantasiebildern drückte sich offenbar nur ihr Wunschtraum aus.

Joseph hatte von einer Traumdeutung anderer Art erzählt, nachdem sie ihm auseinandergesetzt hatte, was es mit der Glückshaube und der Hellsichtigkeit von Frauen wie dem Wickwief auf sich hatte. »Die modernen Zauberer sind Wissenschaftler«, hatte er geantwortet und erklärt, dass es da einen berühmten Professor für Seelenmedizin in Wien gab, der annahm, dass vieles im Unterbewussten verborgen schlummerte, was dennoch das Leben eines Menschen bestimmte. Manchmal machte es ihn krank, aber er konnte wieder gesund werden – wenn er viel redete, während er auf einer Couch lag. Sogar über Dinge, die peinlich oder unsittlich waren, auch über alles, was er so träumte. Hauptsache, er war ganz ehrlich.

Mit einem Satz sprang sie aus dem Bett. Na, sie fühlte sich zum Glück rundum gesund, noch mehr wäre überhaupt nicht auszuhalten!

Sie weckte ihre kleine Schwester Rieka und bat sie, Meister Fisser mitzuteilen, dass sie wegen schlimmer Bauchschmerzen nicht kommen könne. »Dafür bring ich dir auch was zu schlickern mit. Aber wehe, du verrätst mich.« Der Rest der Familie sollte denken, dass sie wie immer zur Arbeit ging.

Zum ersten Mal in ihrem Leben schwänzte Frieda einen Tag. Es war schließlich der letzte, den sie mit Joseph verbringen konnte, bevor seine zukünftige Braut samt Familie eintraf, auch seine Eltern würden am Wochenende anreisen. Die Verlobung sollte eine Woche später im Conversationshaus stattfinden, zunächst in kleinem Rahmen, der Raum dafür war schon angemietet. Die eigentliche, viel prunkvollere Feier würde im Herbst in Düsseldorf in der Villa der Brauteltern ausgerichtet werden.

Sie trafen sich am Rosengarten. Joseph hatte eine einspännige Kutsche gemietet, die er selbst lenkte.

»Ich wollte nicht riskieren, dass dich später ein einheimischer Kutscher in Verlegenheit bringen könnte«, sagte er.

Sie fuhren über die Insel, mal mit offenem, mal mit geschlossenem Verdeck, und genossen jede Minute. Immer wieder hielt Joseph an, um sich neben sie zu setzen. Mehrfach gingen sie ein Stück zu Fuß in die Dünen, zweimal kehrten sie in ein Ausflugslokal ein. Und natürlich statteten sie ihrem Zauberwäldchen einen letzten Besuch ab.

Frieda erlebte diesen Tag mit einem widersprüchlichen Zeitempfinden. Einerseits rasten die Stunden, andererseits schien sich manche kleine Geste oder Berührung wie für die Ewigkeit einzuprägen.

Am Abend bat sie Joseph, sie wieder am Rosengarten aussteigen zu lassen. Ringsum flanierten Kurgäste, da mussten sie Haltung bewahren. Joseph half ihr aus der Kutsche. Über ihnen flötete eine Amsel ihr Abendlied. Eine jüdische Familie, schon herausgeputzt für den Sabbat, schlenderte plaudernd an ihnen vorüber.

»Ist das wirklich erst einen Tag her?«, fragte Frieda, als die Familie endlich um die Ecke bog.

Ihre ganze Welt hatte sich in den vergangenen vierundzwanzig Stunden verändert.

Joseph nahm ihre Hände zwischen seine. »Danke, Frieda.« Er räusperte sich. »Es ... es wird kaum zu ertragen sein zu wissen, dass du hier bist, die gleiche Luft atmest wie ich und doch unerreichbar …«

Sie zuckte mit den Schultern. »Es ist, wie es ist.« Das Weitersprechen fiel ihr schwer. »War doch schön.« Irgendwie klang alles banal, was sie sagte. Sie sahen sich in die Augen. Diese Sprache drückte auch die Feinheiten aus, die sie nicht in Worte fassen konnten. Ihr Glück und ihr Entzücken, das Staunen und die Sehnsucht und ihr abgrundtiefes Bedauern über den Abschied. Joseph zog sie noch einmal an sich, bis an die Grenze der Schicklichkeit. Langsam führte er ihre Fingerspitzen an seine Lippen. Ein überaus zärtlicher Handkuss trieb ihr Tränen in die Augen. Zum letzten Mal. Nie wieder. Sie schluckte, versuchte zu lächeln. »Tschüss dann, mach's gut.«

»Frieda, Inselprinzessin«, flüsterte er. »Ich wünsche dir ein glückliches Leben.«

»Ich … dir auch.«

Sie drehte sich um und ging mit schnellen Schritten davon. Schultern straffen. Bloß nicht zurückschauen. Er sollte nicht sehen, wie ihr Tränen übers Gesicht liefen.

Stillstand, nur kurz. Bei allen Wasserläufen in Küstennähe gab es das zweimal täglich. Frieda beobachtete zu gern diese Phase, wenn Ebbe und Flut sich ablösten. Ihr Vater und andere Seeleute nannten es das Kentern der Tide. Oder sie sprachen von der Stauwasserphase, die man nutzen konnte für bestimmte Tauch- und Netzarbeiten. In der vermeintlichen Ruhezeit wirkten zwei Kräfte gegeneinander. Man sah es, man spürte es. Und dann plötzlich, von einer Sekunde auf die andere, änderte sich die Strömungsrichtung. Solche Momente mitzuerleben hatte etwas Magisches.

In dieser eigenartigen Stillstandsphase befand sich offenbar ihre Seele. Als würde sie sagen: Moment, ich hab gerade weder Kraft noch Raum für andere Gefühle, dafür bin ich eben noch zu glücklich gewesen.

Als Frieda im Hotel nach Grete fragte, sagte man ihr, die Familie sei vorzeitig abgereist. Wie betäubt ging sie nach Hause und erledigte ihre alltäglichen Verrichtungen.

Erwin hatte das am Freitag von einem Hotelboten überbrachte Schreiben in Empfang genommen und angeblich vergessen, es ihr zu geben. Erst am Dienstag der folgenden Woche fiel es ihm wieder ein. Frieda riss das Kuvert auf und überflog die Zeilen. Wenigstens verstand sie nun, weshalb Familie Lehmann nicht mehr auf der Insel war. Dabei brauchte sie doch ihre Freundin so dringend zum Reden!

Sie las Gretes Bitte – leider zu spät. Trotzdem suchte sie nach dem Abendessen den Strand auf, in der Hoffnung, dass Max Lubinus vielleicht noch mal kommen würde. Sie wartete mehr als eine Stunde lang. Vergeblich. Anschließend ging sie zum Seehospiz. Dort brachte sie den Namen seiner Pension in Erfahrung. Sie lag am Ruppertsburger Wäldchen. Auf der offenen Veranda saßen einige Pensionsgäste gemütlich bei einem Krug Bier beisammen. Frieda sprach sie vom Gehweg aus an. Sie wussten, dass der junge Doktor am Vormittag nach Leipzig abgereist war.

Frieda schrieb Grete einen langen Brief.

An den folgenden Tagen gelang es ihr zum Glück, sich auf die Arbeit im Inselsalon zu konzentrieren. Tatsächlich kamen im Nachklang zum Ball zwei elegante Damen, die ausdrücklich nach ihr verlangten und eine zum neuen Empirestil passende

Frisur wollten. In den freien Stunden half sie ihrer darob verwunderten Mutter zu Hause bei allerlei Nützlichem im Garten, beim Saubermachen und Ausbessern der Kleidung. Eine ganze Woche hielt sie so durch.

Am Sonnabendabend konnte sie ihre Arbeit früher als sonst beenden. Sie machte sich ausgehfein und setzte den geschenkten Hut auf, von dem sie die verräterische gelbe Rose entfernt hatte. Statt ihrer befestigte sie daran ein durchscheinendes Tuch, das sie sich vors Gesicht ziehen konnte, wie Grete es früher immer gemacht hatte. Sie nahm auf der Caféterrasse vor dem Kleinen Logierhaus Platz, um das Treiben auf dem Marktplatz zu beobachten. Immerhin war sie noch im Besitz ihrer Kurkarte als Teil der Großfamilie Lehmann. Doch kein Mensch fragte sie danach.

Es erforderte Mut, sich als weibliches Wesen abends allein an einen Tisch zu setzen. Frieda legte eine Zeitung auf den Stuhl neben sich und bestellte zwei Tassen Kaffee.

»Einmal mit Schuss, bitte. Meine Freundin kommt gleich.«

Eine Notlüge, die hoffentlich Missverständnissen vorbeugte und ungebetene Gesellschaft fernhielt. Frieda bezahlte auch gleich.

Und bald rückte tatsächlich gegenüber vor dem Conversationshaus die Verlobungsgesellschaft an. Gut zwei Dutzend Menschen, denen man den Reichtum und die Titel schon von Weitem ansah, versammelten sich vor dem Säulenaufgang. Joseph im Frack, seine Eltern hochelegante Leute, die übergewichtige Braut im roséfarbenen Gewand wie ein Riesenpraliné mit Schleife überm ausladenden Gesäß. Sie hatte ein grob geschnittenes und trotzdem, das musste man zugeben, liebes Gesicht …

Atemlos, mit rasendem Herzen starrte Frieda hinüber. Joseph sah nicht glücklich aus, natürlich, wie sollte er auch? Sie kippte den Weinbrand, der eigentlich in den Kaffee gerührt wurde, mit einem Schluck, dabei trank sie sonst nie Hochprozentiges. Der Alkohol brannte in der Kehle, in der Speiseröhre, im Magen. Sie musste zusehen, wie Joseph seiner Zukünftigen galant die Hand reichte, um ihr beim Erklimmen der Stufen behilflich zu sein, und wie die dumme Dickmadame, die ihr Leben an seiner Seite verbringen durfte, zuckersüß erwartungsvoll zurücklächelte. Jetzt brannte auch Friedas Herz. Sie schnappte nach Luft, beinahe hätte sie aufgeschrien. Ihr ganzes Inneres stand in Flammen, ein ihr bislang völlig unbekannter Schmerz loderte auf. Himmel, tat das weh!

Im Inselsalon

Jakomina steckte Elsbeth Meyer sorgfältig die Rollen für eine Pompadour-Frisur nach innen fest. »Schön s-traff«, verlangte die Insulanerin, die mit ihrem Mann eines der zahlreichen privaten Kindererholungsheime führte. »Man soll die Disziplin auf den ersten Blick erkennen.«

Sie unterhielten sich über Fürst von Bülow und Gattin, ein Dauerthema im Damensalon. Vor allem, wo der Reichskanzler doch dieses Jahr so komfortabel wie nie angereist war, mit noch mehr Personal als sonst, den Hunden, drei Reitpferden für ihn und zwei Bechstein-Flügeln für sie.

»Und der Pianist, dieser Sapelnikow, der wohnt in der Villa Knyphausen direkt nebenan und geht jeden Tag rüber, um mit der Fürstin Klavier zu s-pielen, s-tun-den-lang.« Elsbeth verdrehte vielsagend die Augen. »Wenn da man nicht mehr dahinters-teckt …«

Jakomina wiederum wusste, dass der Russe einst fast zwei Jahre lang mit dem berühmten Komponisten Tschaikowsky auf Tournee gewesen war, dem man nachsagte, dass er Männer mehr geliebt hatte als Frauen. In Anbetracht der unsäglichen Vorkommnisse, die seit anderthalb Jahren das Kaiserreich bis in seine höchsten Spitzen erschütterten, ließ sie den Kopf skeptisch hin und her wackeln.

»Da steckt vielleicht was ganz anderes hinter, Elsie …«

»Ach du meine Güte!« Die Kundin schlug eine Hand vor den Mund, wohl um ein verschämtes Kichern zu unterdrücken. »Du meinst von wegen Schäfers-tündchen? Aber von Bülow ist doch vor Gericht gegangen deshalb, und man hat den Schmierfinken verurteilt.«

»Sicher. Sicher.«

Jakomina hüllte sich in Schweigen, während sie Elsbeth ihre Frisur mit einem Handspiegel von hinten zeigte. Schließlich wollte sie nicht als Klatschtante dastehen. Und Majestätsbeleidigungen aller Art lagen ihr fern. Nur – ein wenig blieb eben doch immer hängen, wenn solche bösartigen Gerüchte erst mal in der Welt waren.

Am Anfang hatte sie selbst das alles gar nicht richtig mitbekommen. Fritz meinte auch, die ersten Anspielungen in der Presse seien nur für Eingeweihte bestimmt gewesen. Aber dann hatte sich die Angelegenheit mehr und mehr bis zum größten Skandal der Kaiserzeit ausgeweitet. Kein Monat verging ohne neue Anklagen in irgendwelchen Zeitungen und Zeitschriften, keine Woche ohne empörte Widerrede, Prozesse und hochnotpeinliche Befragungen vor Gericht. Der Liebenberger Kreis, diese Runde von adligen Beratern des Kaisers unter Führung von Philipp Fürst zu Eulenburg – der wirklich ein äußerst gut aussehender, gepflegter Mann war –, wurde beschuldigt, ein Zirkel von Homosexuellen zu sein. Dadurch fiel sogar auf den Kaiser ein schlechtes Licht – überaus peinlich.

Ein weiterer Höhepunkt war im vergangenen Spätsommer jene Schlagzeile gewesen, die von von Bülows »Scheeferstündchen auf Norderney« kündete. In Anspielung darauf, dass er angeblich seit Jahren ein intimes Verhältnis mit seinem Privatsekretär Max Scheefer pflegte.

»Mein Gott, wenn ich bedenke, dass die beiden hier in unserem Salon …«

Jakomina biss sich auf die Zunge. Es war schon etwas anderes, ob man von der Weltpolitik nur in der Zeitung las oder ob deren Hauptdarsteller im eigenen Geschäft verkehrten, man sie also persönlich kannte. Ein Gericht hatte des Kanzlers Klage wegen Verleumdung umgehend recht gegeben. Aber trotzdem, die Gerüchte wollten nicht verstummen.

Seit Monaten fand nun schon eine regelrechte Hetzjagd auf diese ungesunden Spätromantiker statt, über die man früher, wenn überhaupt, nur hinter vorgehaltener Hand gesprochen hätte. Schon zwanzig Offiziere waren wegen ihrer krankhaften sexuellen Neigung verurteilt worden – nach den unappetitlichen Aussagen von Zeugen, die irgendwo und irgendwann mal durch ein Schlüsselloch geguckt hatten. Man hörte von Schweigegeld, das geflossen war, sogar von Selbstmorden. Einige adlige Offiziere, die erpresst worden waren, hatten als Ausweg nur noch den Freitod gesehen.

Jakomina ließ den straff in sich gedrehten Zopf über Elsbeths Wirbel am Hinterkopf bis auf die Spitze los, damit er sich zu einem Knoten kringeln konnte, und dachte voller Mitgefühl an eine geschiedene Frau, die vor Gericht über Intimstes hatte Auskunft geben müssen, danach von der Gegenseite der Hysterie bezichtigt und in aller Öffentlichkeit für unglaubwürdig erklärt worden war.

»Eine einzige Schlammschlacht«, sagte sie missbilligend.

»Unwürdig«, lautete Elsbeths vernichtendes Urteil, »einfach unwürdig.« Sie senkte die Stimme. »Und von so was werden wir regiert. Sind von der Inzucht schon ganz verdorben, diese Blaublüter.«

Ein schwerer Seufzer entrang sich Jakominas Brust. »Hach, Elsie! Was können wir doch froh sein, dass wir nicht zu diesen Kreisen gehören.« Elsbeth schickte einen theatralischen Blick gen Himmel. »Frieda!«, rief Jakomina, »ich brauche mehr lange Haarnadeln.« Gleich darauf kam Frieda mit dem Gewünschten in die Kabine. »Du siehst blass aus, Kind, geht's dir nicht gut?« Obwohl das Mädchen den Kopf schüttelte, betrachtete Jakomina es sorgenvoll. So leicht machte man ihr nichts vor. Wahrscheinlich hatte die Kleine Liebeskummer. Seit Tagen lachte und lächelte sie kaum, ständig wirkte sie abwesend. Es drückte schon auf die allgemeine Stimmung im Salon. Na, vielleicht würde sie ihre große Neuigkeit aufmuntern. »Übrigens … Hilrich kommt wieder nach Hause«, verkündete sie.

Und tatsächlich flackerte in Friedas Augen kurz Interesse auf. »Ach, wirklich? Wie schön.« Doch sie ging gleich wieder nach nebenan, um dort weiterzuarbeiten.

»Nur für einen längeren Besuch, oder …?«, fragte dafür Elsbeth.

»Diesmal bleibt er für immer«, erwiderte Jakomina strahlend. »Wir freuen uns so! Ab August arbeitet er wieder im Salon.«

»Fein! Seine Ondulation ist ja unerreicht, verzeih mir, wenn ich das so offen auss-preche. Und seit auch Rudolf weg ist … Habt ihr von dem eigentlich mal wieder was gehört?«

»Er hat neulich eine Postkarte vom Rhein geschickt. Es geht ihm gut.«

Manchmal dachte sie noch an ihn. Vor allem wenn Fritz wenig Zeit für sie hatte. Dann überlegte sie sich manchmal Rezepte für den Mittagstisch auf einem Rheinschiffrestaurant, »Himmel und Erde« würde es unter ihrer Leitung jeden Tag geben.

»Das freut mich, war ein netter Kerl, wenn auch nicht so

talentiert wie dein Sohn. Man darf wohl erwarten, dass Hilrich neue Moden aus Berlin mitbringt, nicht wahr? Ich bin schon ges-pannt.«

Jakomina lächelte. »Bestimmt wird er das, so wie ich meinen Jungen kenne.«

»Bringt er auch eine Braut mit?«

Du neugieriges Weibsbild, dachte Jakomina insgeheim. Deine tollpatschige Tochter kommt jedenfalls nicht infrage. Aber sie blieb freundlich.

»Nein, eine Frau bringt er nicht mit.«

Mehr sagte sie dazu nicht. Denn diesbezüglich hielt Hilrich sich weiter bedeckt. Das Einzige, was sie ihm hatte entlocken können, war die Auskunft gewesen, dass »die Geschichte ein für alle Male beendet« war. Hoffentlich litt der Junge nicht auch noch an Liebeskummer. Ein Fall im Salon reichte nun wirklich.

»Ach, hier auf seiner Insel findet er sicher bald was Passendes«, sagte Elsbeth tröstend.

»Es eilt ja nicht«, erwiderte Jakomina gespielt leichthin. Sie schaute sich schon ein wenig um, eigentlich machte sie das seit seiner Konfirmation, und sie würde ihren Sohn gewiss klug beraten. »Noch etwas Festiger?« Sie hielt das Sprühfläschchen mit dem Gummipuff in die Höhe.

»Nein danke, Gustav mag es nicht, wenn mein Haar hart ist.«

»Für mich einen Grog, aber nur mit wenig Wasser«, bestellte Fritz Fisser an der Theke. »Was möchtest du, Minchen? Einen Kräuterschnaps zum Aufwärmen?«

Sie nickte, während sie sich die vom Segeln noch klammen Finger rieb. Nebeneinander nahmen sie an einem großen Tisch Platz, an dem bereits etliche Bekannte saßen, allesamt Insulaner, die sie freundlich begrüßten.

»'n Abend! Gut siehst du aus, Jakomina, frisch und rosig wie ein junges Mädchen«, schmeichelte die Wirtin, als sie die gewünschten Getränke brachte. »Na Fritz, habt ihr euch noch eben nach Feierabend 'n büschen frischen Wind um die Nase wehen lassen?«

»Jau«, antwortete er aufgeräumt. »Im Sommer geht das zum Glück, ist ja lange genug hell für 'nen kleinen Törn.«

»Und? Wieder englische Spione entdeckt?«, spottete die Wirtin gutmütig. Sie kannte Fritzens Leidenschaft, ihr Bruder war der Hafenmeister.

»Zum Glück nicht«, antwortete Fritz, ohne beleidigt zu sein. »Aber ich halt die Augen weiter offen. Was gibt's bei euch Neues?«

»Alles beim Alten. Allerdings …« Sie senkte den Kopf und flüsterte: »Wir haben derzeit einen seltsamen Gast.« Die Wirtsleute vermieteten auch einige schlichte Fremdenzimmer. »Kommt aus Berlin, tönt komisch rum, ist wohl Sozialdemokrat. Der erkundigt sich nach von Bülows Gewohnheiten. Wann er wo entlangreitet, spazieren geht, ob allein oder in Begleitung … Kommt mir irgendwie verdächtig vor.«

Sie machte eine Kopfbewegung. Hinten in der Ecke saß ein abgerissen und verbittert wirkender Mann ohne Jacke allein an einem Tisch, den Blick abgewandt.

Fritz hob das Kinn. »Soso«, sagte er nur.

Er wusste von Theo, dass der Reichskanzler die Insel vorübergehend verlassen hatte, um dem Kaiser nach Swinemünde nachzureisen und ihn bei der Weiterfahrt im Automobil nach Heringsdorf zu begleiten. Gewiss wollte er ihn

davon überzeugen, England gegenüber rücksichtsvoller auf-
zutreten. Neulich war schon der Hamburger Reeder Alf-
red Ballin, ein bekennender Englandfreund, zu einem Blitzbesuch nach Norderney gekommen. Er hatte im Hotel
Germania logiert und von Bülow in der Villa Edda besucht.

Jeden Morgen diskutierte das politische Quartett beim Rasieren über das, was auch den Reichstag in Berlin derzeit besonders beschäftigte – ob der Reichskanzler nicht endlich mal
energischer gegenüber Wilhelm II. auftreten müsste. Er ließ
sich gefallen, dass der Kaiser sein sprichwörtliches persönliches Regiment führte und überall mit reinregierte. Damit
beschwor er mehr und mehr die Gefahr eines Weltkrieges
herauf. Jan war zwar der Meinung, Deutschland könnte ruhig
mal wieder Frankreich angreifen und seine Stärke nutzen,
um das Reichsgebiet zu vergrößern. Die anderen fanden, dass
Seine Majestät es mittlerweile übertrieb mit dem Gottes-
gnadentum, das sei in Zeiten eines erstarkenden Bürgertums nicht mehr passend. Schließlich hatte nach geltendem
Staatsrecht der Reichskanzler die Regierungsgeschäfte zu
führen, nicht der Kaiser. Und alle Handlungen Wilhelms II.
bedurften offiziell der Gegenzeichnung des Kanzlers. Von
Bülow stellte es meist geschickt an, gab sich als ausführendes
Organ des Kaisers, schmeichelte ihm und lenkte ihn den-
noch. Allmählich jedoch schien er die Kontrolle zu verlieren.
Die Fortsetzung der deutschen Flottenrüstung würde zum
Krieg mit England führen, in den dann auch Frankreich und
Russland eingreifen müssten.

Wegen dieser Homosexuellengeschichte umgab sich der
Kaiser in letzter Zeit nicht mehr mit seinen ausgleichend
wirkenden Beratern, im Volksmund nun auch Schätzchen
genannt, sondern mit harten, säbelrasselnden Kerlen wie

Admiral von Tirpitz, dessen zweispitziger Bart zwar Fritzens ungeteilte Bewunderung als Barbier hervorrief, dem er aber ansonsten wegen seiner Scharfmacherei misstraute. Jemand musste Seine Majestät dringend mal sensibilisieren für die steigende Besorgnis der Engländer, die ihre Position als stärkste Seemacht gefährdet sahen.

Dummerweise hatte ausgerechnet Fürst zu Eulenburg, der wegen seiner Neigungen vor Gericht stand, einst von Bülow zum Aufstieg verholfen. Die beiden waren seit vielen Jahren befreundet. Irgendwie verfahren, die ganze Sache.

Nach dem zweiten Grog erhob sich Fritz, schlenderte wie beiläufig durch die Gaststube, schnackte hier und da ein paar Worte, kam schließlich mit dem Fremden ins Gespräch. Der Mann mochte zwar aus Berlin kommen, doch er schwäbelte auffallend. Fritz spendierte ihm einen Schnaps, wurde daraufhin gebeten, sich zu ihm an den Tisch zu setzen. Und tatsächlich stellte der Gast auch ihm bald recht merkwürdige Fragen zu von Bülows Gewohnheiten auf der Insel.

»Er ist momentan gar nicht hier«, eröffnete Fritz ihm. »Er weilt an der Ostsee, beim Kaiser.« Die Enttäuschung war dem Mann, wohl nicht der Allerhellste, wie Fritz vermutete, deutlich anzusehen. Edle Absichten hat er nicht, dachte er und spendierte ihm noch einen Schnaps. »Warum interessiert dich das so?« Manche Leute konnte er einfach nicht siezen.

»Was geht's dich an, hä?« Frech grinste der Mann ihm ins Gesicht.

Fritz tat, als wäre es ihm auch ziemlich egal, und stand langsam wieder auf. »Glaubst du etwa, der lädt jemanden wie dich in die Villa Edda ein?«, fragte er herablassend.

»Pah! Der feine Herr wird sich noch wundern. Ich hab da was, das wird …«

Der Kerl biss sich auf die Zunge, stierte feindselig schweigend vor sich hin.

»Na dann, schönen Abend noch!«

Fritz tippte einen Abschiedsgruß an die Schläfe und kehrte zu Jakomina zurück.

Am folgenden Morgen berichtete er Theo von seiner seltsamen Begegnung. »Es gibt immer ein paar Irre«, meinte der Redakteur. »Aber du solltest von Bülow warnen. Vielleicht will der Schwabe ihn erpressen oder noch Schlimmeres …«

Das hatte Fritz sich auch schon gedacht. Im Prozess gegen Fürst zu Eulenburg hatte ein Fischer vom Bodensee bezeugt, dass er mit ihm »die Lumperei gemacht« hätte, was der Fürst vehement bestritten hatte mit den Worten: »Schmutzereien habe ich nie betrieben.« Seit ein paar Wochen ruhte der Prozess, weil diese ganze Schmach die Gesundheit des Fürsten zerrüttet hatte. Stand nun etwa dem Reichskanzler Ähnliches bevor? Wollte dieser Fremde von Bülow erpressen? Musste er, Fritz Fisser, nicht eingreifen, bevor am Ende noch die ganze große Weltpolitik aus dem Ruder lief?

Immer schon hatte es ihn geärgert, wenn gepflegte Männer als weibisch lächerlich gemacht wurden. Wie oft hatte er selbst schon ungerechterweise unter solchen Frotzeleien leiden müssen! Auch auf seinen von Bülow, den einzigen Mann von Welt in der deutschen Regierung, wollte er nichts kommen lassen. Alles nur üble Nachrede von Neidern und politischen Gegnern!

In der Mittagspause legte Fritz sich nicht wie sonst zu einem Nickerchen hin, sondern begab sich im Bewusstsein seiner staatsbürgerlichen Pflicht mit Spazierstock und Hut zur Villa Edda, um dort Einlass zu begehren. Der Adjutant, den er bereits kannte, war nicht zugegen. Vermutlich begleitete er seinen Herrn. Aber ein Hauptmann, wohl für die Sicherheit der Fürstin zuständig, bat ihn ins Haus. Mit einem bewundernden Blick erfasste Fritz, dass die äußerlich eher schlichte Villa über eine hohe Musikhalle verfügte – der Klang der Bechstein-Flügel musste hier besonders gut sein.

Er berichtete dem Hauptmann von seinem Gespräch mit dem Verdächtigen und von seinen Befürchtungen. Der Uniformierte machte sich Notizen.

»Danke, Herr Fisser. Bitte bewahren Sie striktes Stillschweigen über Ihre Beobachtungen. Haben Sie bereits anderen Personen davon berichtet?«

Fritz spürte, wie sein Kopf heiß wurde. »Nun, meine Frau war am Abend zugegen, und heute Morgen … ähm … Wie gesagt, ich betreibe den Inselsalon, da hab ich mit ein paar Stammkunden … ähm … darunter der Redakteur vom *Inselboten* …«

»Ach herrje! Nun, ab sofort reden Sie nicht mehr darüber. Kein Wort, verstanden? Das ist von höchster Wichtigkeit.«

Fritz stand stramm, knallte die Hacken zusammen. »Jawoll!«

»Gut.« Ein prüfender Blick maß ihn, wurde etwas milder. »Danke.«

Grete

Grete hatte kaum ein Wort auf der Rückreise gesprochen, obwohl sie diesmal nicht seekrank geworden war. Sie dachte jeden Tag an Max und daran, was geschehen würde, wenn Frieda ihn nicht rechtzeitig hatte informieren können. Sie würde nie wieder von ihm hören. Und das wäre doch schade. Ihr Herz klopfte schneller, sobald sie an ihn dachte. Sie liebte es, sich mit ihm zu unterhalten. Er verfügte über Verstand und einen weiten Horizont. Und der Kuss war aufregend gewesen. Sie empfand aber eben nicht nur reine Freude, sondern auch Bauchschmerzen beim Gedanken an ihn. Ihre Brüder hatten schon recht, er war nicht der Mann ihrer Träume. Es fehlte ihm an Herkunft, Schliff, feiner Kultur. Ihre Mutter sagte stets: Ein wahrer Gentleman arbeitet nicht.

Grete seufzte schwer. Ach, wie oder woran erkannte man denn, ob ein Mann der Richtige war?

Frieda

Frieda fürchtete, Grete könnte ihr böse sein, weil sie Max ihre Grüße nicht hatte übermitteln können. Beunruhigt erwartete sie ihren nächsten Brief. Auch wenn sie sich nun postlagernd schrieben, deuteten sie die entscheidenden Dinge nur an. Es gab einfach nicht die richtigen Worte dafür, jedenfalls kannte Frieda sie nicht.

Grete schickte ein Päckchen, das ein Buch enthielt. Ungeduldig riss Frieda den beigefügten Briefumschlag noch im Postgebäude auf und atmete beim Überfliegen gegen Ende des Briefes erleichtert auf.

(…) Wegen Max: Ja, es ist sehr bedauerlich. Ich gebe zu, ich bin ein wenig traurig darüber, dass wir uns verpasst haben und dass auch Du ihn nicht mehr gesprochen hast. Aber dann sollte es wohl nicht sein. Glaubst Du an Zeichen oder den Wink des Schicksals in solchen Dingen?

Ich war ohnehin zwiegespalten. Du weißt doch, ich wünsche mir einen hochstehenden, edlen Mann. Und wer weiß schon, wen ich auf den Bällen noch kennenlernen werde?

Dich trifft jedenfalls keine Schuld, mach Dir deshalb nur keine Gedanken.

Derzeit bin ich von morgens bis abends mit Kleideranproben beschäftigt. Meine Brüder und mein Vater sind im Diamantenfieber.

Anbei ein hübsch illustriertes Buch über schöne Kleider in verschiedenen Epochen. Ich glaube, es wird Dich interessieren, besonders weil auf den Bildern auch der jeweilige Frisurenstil zu erkennen ist.

Dass Joseph sich verlobt hat, muss Dich sehr getroffen haben, auch wenn Du darüber von Anfang an Bescheid wusstest. Trotzdem habt Ihr überraschend etwas Wunderbares erlebt. Das kann Euch niemand nehmen.

Ich verstehe Dich, meine liebe Freundin. Ich umarme Dich und hoffe, dass Du bald wieder fröhlich bist.

Es grüßt Dich ganz herzlich, ewig

Deine Freundin Grete

Im Inselsalon

»Hast du von den Schüssen gestern Abend am Südstrand gehört?«, fragte Theo leise, während Fritz an seiner Schläfe schabte.

Er war an diesem Dienstagmorgen Anfang August spät dran, Jan und Onno hatten den Salon bereits verlassen.

Fritz schüttelte den Kopf. »Von Schüssen? Seehundjäger?«

»Nein«, raunte der Redakteur. »Es gab einen Toten. Ich hatte heute vorm Frühstück schon vertraulichen Besuch. Unser Polizist und ein Hauptmann ... Du verstehst?«

»Ach!« Fritz ließ das Rasiermesser sinken. »Etwa in Sachen B.?«

Theo zog eine Druckfahne aus seiner Jackentasche. »Hier, der erste Abzug. Der Artikel erscheint im nächsten *Inselboten*. Der Text«, fügte er mit verschwörerischem Blick und grimmigem Unterton hinzu, »stammt allerdings nicht von mir. Man hat ihn mir so vorgeschrieben, im wahren Wortsinn.« Fritz entfaltete den Bogen und begann sofort zu lesen. Theo murrte, weil seine andere Wange noch eingeschäumt war. »Hätte ich doch noch gewartet«, murmelte er, als ihm die verflüssigte Seife in den Kragen lief.

Fritz erfuhr, dass sich ein Gast auf der Insel erschossen hatte. *Nach einem bei demselben vorgefundenen, an die Polizei gerichteten Brief handelt es sich um den an Lebensüberdruss leidenden Schneidergesellen Braun aus Stuttgart, der aller Mittel entblößt war,* las er.

Der Polizist hatte Theo noch mehr erzählt, worüber er aber nicht schreiben durfte. »Angeblich hat man bei der Durchsuchung der Leiche ein schmutziges Stück Papier gefunden«, vertraute er Fritz an. »Darauf hat der Mann mit Bleistift *An die Polizei* geschrieben: *Sollten Sie mich sterbend finden, so lassen Sie mich ruhig sterben.* Und er schrieb auch, dass sein ursprünglicher Plan gewesen war, *den Wahlrechtsfeind Fürst Bülow* zu erschießen. Seine Mittel hätten allerdings nicht ausgereicht, dessen Rückkehr auf die Insel abzuwarten. Dabei ist der Reichskanzler gerade zurückgekommen, er war ja nur eine Woche weg.«

»Und glaubst du das alles?«, fragte Fritz skeptisch.

»Glaubst du es?«, antwortete Theo mit der Gegenfrage.

Beide atmeten tief durch und sahen sich bedeutungsschwer an. Vielleicht hatte Fritz durch seine Warnung eine Erpressung verhindert, vielleicht ein Attentat. Vielleicht hatte von Bülows Hauptmann den Schwaben erschossen, vorsorglich oder in Notwehr, und ihm in aller Eile den Zettel untergeschoben, damit der Inselpolizist hinterher eine plausible Erklärung vorfinden konnte …

Fritz ächzte. Es war ein Jammer! Da hatte man schon mal Anteil an einer bedeutenden Sache und durfte nicht drüber reden – welche Prüfung für einen Journalisten und einen Friseur! Dennoch, er spürte, dass ihn sein, wenn auch nur geringer, Beitrag an der Geschichte mit Stolz erfüllte.

Fritz schnipste seine Bartspitzen in die Höhe und legte dann das Messer wieder an Theos Wange. »Ich kann schweigen«, sagte er gefasst. »Wenn es dem Vaterlande dient.«

Tage später wurde das Obduktionsergebnis bekannt gegeben. Angeblich hatte der verhinderte Attentäter an Tuberkulose gelitten. Das machte zwar einen Selbstmord wahrscheinlicher, aber Fritz blieb misstrauisch. Vielleicht hatte es eine Anordnung von höchster Stelle gegeben, um der offiziellen Verlautbarung mehr Glaubwürdigkeit zu verleihen.

Ach, und außerdem beschäftigte inzwischen schon wieder eine ganz andere Sensation die Welt. Ein Luftschiff war lichterloh verbrannt, das Lebenswerk des hochverehrten Erfinders Ferdinand von Zeppelin in Gefahr. In einer beispiellosen Hilfsaktion spendeten nun überall in Deutschland Arm und Reich. Auf Norderney organisierte des Kaisers Schwester Viktoria ein Wohltätigkeitskonzert. Am Mittwoch hatte sich die Katastrophe ereignet, am Sonnabend fand bereits das Benefizkonzert statt. Fürstin von Bülow stellte ihren Bechstein-Flügel zur Verfügung, Sapelnikow spielte kostenlos, und zwei königliche Opernsänger, die gerade auf der Insel kurten, traten umsonst auf. Die Spendeneinnahmen betrugen mehr als eintausendsechshundert Mark. Graf Zeppelin schickte umgehend ein Dankestelegramm nach Norderney.

Frieda

Frieda verfolgte all diese Vorkommnisse wie durch eine Milchglasscheibe. Nichts erreichte sie so richtig. Dass Hilrich wieder zu Hause war und im Salon arbeitete, freute sie zwar, doch es berührte sie nicht in ihrem Innern. Sie schwankte zwischen seligen Erinnerungen an Joseph und einer Flut widersprüchlicher Gefühle. Sie vermisste ihn, sie hatte fürchterliche Sehnsucht. Mal war sie traurig oder wütend auf die Verhältnisse, dann wieder schwelgte sie und wähnte sich glücklich, dass sie diese Liebe überhaupt hatte erfahren dürfen.

Am schlimmsten war es nachts, wenn sie aufwachte und nicht wieder einschlafen konnte, und in der Dämmerphase vor dem Erwachen. Oft war dann ihr Gesicht tränenfeucht. Sie fühlte sich unvollständig, wie amputiert. In dieser einen Woche, tatsächlich in nur einer Woche, hatte sich ihre ganze Welt mit Joseph verwoben. Ob Mond oder Leuchtturmlicht, die Musik von Paul Lincke, Rosenduft, Moosgrün oder, wie er es genannt hatte, Schnürlregen – nichts konnte sie mehr wahrnehmen, ohne zu spüren, dass und wie sehr er ihr fehlte. Furchtbar schrecklich fehlte. Alles in ihrer Brust fühlte sich eng an, manchmal bekam sie kaum Luft. Immer wieder wuchs sich das Ziehen in ihrem Innern zu einem scheußlichen Schmerz aus, den sie gern betäubt hätte. Zum ersten Mal im Leben verstand sie ihren Vater, ahnte, weshalb er damals dem Alkohol nicht hatte widerstehen können, und sie verzieh ihm ein wenig mehr. Manchmal im Bett malte sie sich aus, Joseph läge neben ihr, ganz nahe, sie könnte ihm ins Gesicht sehen, und er würde sie liebevoll anschauen oder sie lange ganz fest und warm in den Armen halten.

Warum bist du nicht hier?, schrie es in ihr. Du müsstest doch bei mir sein!

Appetit hatte sie kaum noch. Sie hoffte, ihren Kummer vor anderen geheim halten zu können, tagsüber riss sie sich zusammen. Doch nicht jeder ließ sich täuschen. Als Rieka ihr eines Abends ihr schon ziemlich abgeschubbeltes, selbst genähtes Schmusetier, einen Hasen namens Lüttjefründ, aufs Kopfkissen legte, brach Frieda in Tränen aus. In dieser Nacht hielt sie sich, weil es irgendwie etwas Tröstliches hatte, mit beiden Händen an den langen Ohren des Stoffhasen fest. Sie war nun doppelt froh über ihre Arbeit im Inselsalon, wo sie wenigstens tagsüber auf andere Gedanken kam.

Auch Hilrich, so schien es ihr am Rande, war nach seiner Rückkehr aus Berlin nicht mehr der Alte. Obwohl gut aussehend, freundlich und elegant wie immer, vielleicht etwas schmaler als gewohnt, wirkte vieles an ihm, seine spontane Art und die Bereitschaft zu lachen, gedämpfter als früher. Aber Frieda war zu sehr mit sich selbst beschäftigt, um diesen Veränderungen weiter auf den Grund zu gehen oder sich gar für das zu interessieren, was sonst noch auf der Welt vor sich ging. Was kümmerte es sie, dass der greise rumänische Ministerpräsident, der italienische Botschafter oder der deutsche Botschafter für Großbritannien nach Norderney kamen, um sich mit von Bülow zu beraten?

Selbst als eines Vormittags im Oktober die Erregungskurve der Kommentatoren im Herrensalon mal wieder gewaltig anstieg, weil der Kaiser in einem Interview mit der englischen Zeitung *Daily Telegraph* ein paar ungeschickte Äußerungen über die deutsch-englischen Beziehungen und einen möglichen oder unmöglichen Seekrieg von sich gegeben hatte, erreichte Frieda die Aufregung kaum. Sie hatte nicht gefrühstückt, weil sie in letzter Zeit öfter keinen Appetit hatte oder ihr blümerant zumute war. Mechanisch ordnete sie neue Ware in die Schränke ein, während die Männer die Angelegenheit durchhechelten.

»Von Bülow musste das Interview vorab gegenlesen und genehmigen«, behauptete Theo. »Das hat er hier auf Norderney gemacht und es dann per Telegramm zum Druck freigegeben.«

»Aber er sagt doch, er hätte es nicht gelesen wegen Arbeitsüberlastung«, warf Onno ein. »Sein Mitarbeiter, dieser Gesandte von Müller, hat es nur schlampig geprüft und die Druckerlaubnis erteilt. Ihn trifft die Schuld. Man darf in heiklen Fällen eben nichts an Untergebene delegieren, das ist bei mir im Hotel genauso. Der von Müller kann vor allem schön Klavier spielen mit der Fürstin. Aber der Kerl besitzt kein Gespür für Feinheiten in den Formulierungen, und nun haben wir die Bescherung.«

»Wie ein Elefant im Porzellanladen!« Selbst Hermann schüttelte den Kopf. »Das ist schon 'ne Leistung«, räumte der Arzt spöttisch ein, »wie es Seiner Majestät gelungen ist, durch Überheblichkeit und Anmaßung gleich beide Seiten zu verärgern. Das deutsche Volk ist ja fast noch aufgebrachter als die Engländer.«

»Ich verstehe einfach nicht«, überlegte Fritz laut, »wie von Bülow die unpassenden Äußerungen so durch die Lappen gehen konnten ...«

»Es sei denn«, Theo zwinkerte ihm zu, »der alte Hase wollte absichtlich mal jemanden auflaufen lassen, der zu großspurig geworden ist. Ich wette, er hat's gelesen, geahnt, was auf den Kaiser zukommen würde, und die Sache laufen lassen. Das sollte ein Schuss vor den Bug sein.«

»Eine gewagte Behauptung«, ließ sich Jan vernehmen.

Ein Lehrling brachte die neuesten Zeitungen. Neuerdings mussten sie gebügelt werden, bevor sie in der Warteecke ausgehängt wurden. Hilrich hatte das eingeführt. Nicht etwa weil er der Kundschaft keine verknitterte Lektüre anbieten mochte, sondern weil beim Bügeln die Druckerschwärze austrocknete, die sonst Spuren auf der hellen Kleidung der Leser hinterlassen konnte. Frieda musste lächeln. Welch raffinierte Feinheiten er mitbrachte! Hilrich war wirklich ein Perfektionist, was die Arbeit im Salon anging.

Sie beobachtete gern seine präzisen, geschmeidigen Bewegungen beim Schneiden und Frisieren oder wie er mit den Kunden umging. Plötzlich spürte sie wieder Übelkeit in sich aufsteigen. Hätte sie doch frühstücken sollen? Wie sie's auch machte, war es verkehrt. Ihr blieb keine Zeit mehr zu überlegen. Sie hielt eine Hand vor den Mund und lief schnell nach hinten zum Klo.

Nachdem sie sich übergeben und den Mund gespült hatte, ging sie in den Garten, um etwas frische Luft zu schnappen. Die Bluse klebte ihr auf der Haut, sie hob im Auf- und Abgehen vor der Pergola beide Arme, damit der Wind den Schweiß schneller trocknete, und atmete tief ein.

Es nützte nichts, sie musste sich der Wahrheit stellen. Geahnt hatte sie es schon eine Weile, aber einfach nicht wahrhaben wollen.

Ich. Bin. Schwanger.

Sie blieb stehen, ließ die Arme sinken. O Gott, was sollte sie nun bloß tun?

»Möchtest du ein Glas Wasser?«, hörte sie Hilrichs Stimme.

Sie sah sich um. Er saß zigarillorauchend auf einem Stuhl unter der Pergola.

»Nein, nein. Ist schon wieder gut«, antwortete sie hastig und kehrte zurück in den Salon.

Für den Rest des Tages arbeitete sie mit einem Gefühl, als herrschte in ihrem Kopf Seenebel. Nach Feierabend ging sie durch den trüben Oktoberabend zum Kaap hinauf. Sie war dort allein. Der Wind machte seltsam klagende Geräusche. In der Dunkelheit kauerte sie sich an eine windgeschützte Stelle des offenen Unterbaus aus Ziegelsteinen und schaute hoch. Das schwarze aus Latten gezimmerte, auf dem Kopf stehende Dreieck, Norderneys Erkennungszeichen für Seefahrer, reichte an die zehn Meter hoch. Los, fall runter, dachte sie plötzlich, erschlag mich! Sie fühlte sich sterbensunglücklich und brach in Tränen aus.

Nach einer Weile fiel ihr das Licht auf, das wie der Pulsschlag der Insel war – sechsmal blinkte es pro Minute. Der Strahlenkranz des Leuchtturms weckte neue Hoffnung in ihr. *So wie dieses Licht möchte ich immer um dich herum sein, süße Frieda*, hörte sie im Geiste Josephs Stimme. Auf einmal spürte sie seine Liebe ganz gegenwärtig. Sie umfing und tröstete sie. Bestimmt gab es irgendeinen Ausweg.

An dem Tag, als viele Männer dabei halfen, den Seesteg abzubauen und für den Winter in der Lagerhalle hinter der Victoria-Halle zu verstauen, vertraute sich Frieda ihrer Mutter und ihrer Großmutter an.

»Ich glaub, ich bekomme ein Kind.«

Zunächst war in der Wohnküche nur das knisternde und zischende Torffeuer zu hören. Ihre Mutter reagierte als Erste. Einen kurzen Moment fürchtete Frieda, sie wollte ausholen, um sie zu schlagen. Doch sie stellte nur mit gepresster Stimme eine Frage.

»Von wem?«

»Von einem Auswärtigen. Er ist auch schon wieder weg und …« Frieda konnte nicht weiterreden, ihre Stimme versagte.

»Ein Augenblick des Vergnügens erkauft mit einem Leben voller Reue!«, rief die Mutter entsetzt. »Du landest in der Hölle!«

Die Großmutter dagegen schmunzelte beinahe. »Die Hölle, min Wicht, ist ein leeres Herz.« Sie sah ihre Tochter strafend an, stand auf und legte tröstend einen Arm um Friedas Schultern. »Nun mal keine Panik. Das wird sich alles irgendwie regeln. Du bist nicht die Erste in dieser Situation und wirst nicht die Letzte sein.«

»Wenn das dein Vater erfährt, fängt er wieder an zu trinken.« Die Mutter war ganz blass geworden. »Diese Schande!«

»Dann darf er es eben nicht erfahren«, antwortete die Großmutter und setzte sich wieder. »Was meint ihr, wie viele Kinder hier auf Norderney in Wirklichkeit einen anderen Vater haben? Der Kuckuck war immer schon fleißig.«

»Mutter, ich bin sprachlos!«, stieß Friedas Mutter hervor. Sie stellte aber doch ihrer Tochter eine Menge Fragen über das Wer, Wann, Wo und Wie lange. »Falls er Geld hat, kann er wenigstens Unterhalt zahlen.«

Frieda nannte seinen Namen nicht. Es sei ein Fremder gewesen, den sie lieb gehabt hätte, er wisse von nichts und solle auch nie etwas erfahren.

»Ob das Wickwief helfen kann?«, fragte ihre Mutter nachdenklich.

»Nein!« Frieda schüttelte heftig den Kopf.

Eine Abtreibung wollte sie nicht. So was ging oft schief. Und eigentlich, im tiefsten Grunde ihres Herzens, freute sie sich sogar. Ein Kind vom wunderbarsten Mann der Welt!

Nur die Insulaner würden sie nicht in Frieden damit leben lassen. Die würden über sie reden, mit dem Finger auf sie und ihre Familie zeigen. Die Tochter des Säufers – eine Hure! Diese Aussicht ließ sie in Tränen ausbrechen.

»Du musst eben einen anderen Vater finden«, verkündete die Großmutter. »Hast doch genügend Verehrer. Was ist zum Beispiel mit dem jungen Rass, der Bestmann bei seinem Vater auf dem Krabbenkutter ist? Der mochte dich doch immer schon gern.« Sie stupste Frieda von der Seite an. »Mach ihm mal ein büschen Mut, dann will das wohl werden …«

»O nee!« Frieda stöhnte auf.

Der junge Rass redete nur von Schiffen, außerdem hatte Lieske sich in ihn verliebt.

»Oder Arthur, vom Lebensmittelhändler der Sohn?«

»Bloß nicht!«

Der hatte Mundgeruch und erzählte immer Geschichten ohne Pointe.

»Frolleinchen, du bist nicht mehr in der Situation, wählerisch zu sein«, giftete ihre Mutter. »Hab ich dich nicht gewarnt? Hab ich nicht immer gesagt, lass dich nicht mit den feinen Leuten ein?«

Frieda schluchzte auf.

»Wieder was Kleines im Haus«, entgegnete die Großmutter mit glänzenden Augen, »wat moi, wie schön!«

Frieda schlief mit angezogenen Beinen, die Arme um ihre Knie geschlungen. Sie träumte, sie sei eines der Küken, die aus ihrer Nisthöhle hoch in einem Baum hinunter ins Wasser springen mussten. Sie machte sich klein zum Päckchen, stieß sich ab und fiel ins Dunkle, tief und immer tiefer … Kein ruhiger Fluss, sondern ein reißender Strom empfing sie. Sie prallte auf, hüpfte wie ein Korken, immer wieder kopfüber, mitgerissen auf dem wilden Gewässer. Aber sie ging nicht unter.

Früh am nächsten Morgen nahm sie einen anderen Weg zur Arbeit als sonst, ein Stück auf der Promenade entlang, obwohl sie hier stärkeren Gegenwind hatte. Der Himmel war dunkelblau, das Meer fast schwarz, der Strand wirkte ohne Strandkörbe leer und einsam. Andere Insulanerinnen in meiner Situation sind ins Wasser gegangen, überlegte Frieda, um ihrer Familie die Schande zu ersparen. Sie erschauderte. Nein, das werde ich bestimmt nicht tun. Schande hin oder her, die Sache mit der Säuferliste haben wir schließlich auch überstanden.

Ihr Blick folgte einem Krabbenkutter, vielleicht war es sogar derjenige, auf dem der junge Rass fuhr. Nun leuchteten ein rosa- und ein lilafarbener Streifen mit etwas Gelb darüber am Horizont. Bei Flut ging's hinaus, bei Flut kehrten sie zurück, stets begleitet von einem Schwarm Möwen. Zehnmal während einer Fahrt warfen die Männer ihre Netze aus, zehnmal holten sie sie wieder ein. Sortierten die Fische, warfen Beifang über Bord. Ihre Ehefrauen, Mütter und Töchter verrichteten die Arbeit an Land.

Als Kind hatte Frieda fast alles verabscheut, was mit Fischerei zu tun hatte. In der Kälte zum Dilben rausgehen, das

Angelzeug aufrollen, die stinkenden Netze flicken. Wenn sie an den Fischgeruch im Haar ihrer Mutter dachte, wurde ihr gleich wieder übel.

Gegen den jungen Rass hatte sie eigentlich nichts. Er kam aus einer mutigen Familie. Die Rass-Männer riskierten alle als Seenotretter ihr Leben für andere. Doch wenn sie ihn heiratete, würde sie Lieske als Freundin verlieren. Und wenn sie erst eine Fischersfrau wäre, würde sie nicht mehr im Inselsalon arbeiten können. Das war überhaupt das Schlimmste an der Vorstellung. Doch darauf lief es nun wohl hinaus.

Mit verweinten Augen erreichte sie den Salon. Sie grüßte, machte sich wortkarg an die Arbeit. Ihre Oberlippe pochte und fühlte sich heiß an, sie fürchtete, dass sich eine hässliche Fieberblase bilden würde. Die Saisonkräfte waren wieder abgereist. Bis zum Frühjahr werkelten sie nun in kleiner Besetzung. Ein Junge, der Sohn des Bürgermeisters, benötigte einen neuen Haarschnitt. Frieda kümmerte sich um ihn.

Im Herrensalon zog man über Max Scheefer her. »War doch klar, dass von Bülow nach der Flugschrift mit den ›Scheeferstündchen‹ versuchen musste, den Mann loszuwerden«, räsonierte Theo.

»Ich finde, er hat das Problem wieder mal unnachahmlich diplomatisch gelöst«, sagte Fritz bewundernd.

»Da geb ich dir recht«, brummte Hermann. »Wenn er seinen Privatsekretär sofort gefeuert hätte, hätte es natürlich kein gutes Licht auf ihn geworfen.«

»Aber dass dieser Scheefer nun auf Staatskosten elegant aus von Bülows Dunstkreis entfernt wird ...«, empörte sich Hilrich. »Seine Konsulatsprüfung hat er mal eben so bestanden, wie man munkelt, angeblich ohne den Hauch einer

Ahnung. Trotzdem wird er künftig als Diplomat ein Vielfaches verdienen.«

»Und er durfte sich auch noch aussuchen, wo er arbeiten will«, wusste Theo. »Er hat Triest gewählt. Das liegt übrigens nicht weit von Rom entfernt, von Bülows Altersruhesitz.«

»Du glaubst doch nicht im Ernst, dass von Bülow einmal Norderney untreu wird?«, rief Jakomina, die gerade überall nach ihrer Schere suchte.

»Scheefer hätte ihm bei einem Rauswurf ja auch gefährlich werden und auspacken können – falls tatsächlich was dran ist an dem üblen Gerücht«, sagte Jan verächtlich. »Diese Männer, die von der Natur zu etwas Verdorbenem geboren sind, widern mich an. Das sind nämlich auch sonst verschlagene Charaktere.«

»Ja«, sagte Hilrich, »alles verlorene Seelen.«

Frieda horchte auf. In seiner Stimme schwang etwas Eigenartiges mit. Es war nur eine Nuance. Spott? Selbstironie? Sarkasmus? Sie schaute zu Hilrich, ihre Augen trafen sich, und in dieser Sekunde begriff sie, dass Hilrich selbst einer von denen war. Das Begreifen und der Schreck mussten sich wohl in ihrem Gesicht spiegeln, jedenfalls konnte sie erkennen, dass ihm ihre Erleuchtung nicht verborgen blieb. Schnell schlug sie die Augen nieder, atmete tief ein. Ach herrje, das erklärte vieles. Wie peinlich für ihn. Aber sie würde gewiss nichts verraten. Überaus sorgfältig rasierte sie dem Jungen den Nacken aus, ohne wieder hochzublicken.

Beim Mittagessen aß und sprach sie wenig. Den Nachmittag über hielt sie sich, so es irgend ging, im Damensalon auf. Als sie nach Feierabend vor dem Laden stand und überlegte, ob sie nicht besser gleich nach dem jungen Rass Ausschau halten sollte, bevor die Fieberblase noch dicker wurde und ihr Gesicht entstellte, kam Hilrich mit Mantel und Hut aus dem Salon.

»Darf ich dich ein Stück begleiten?«

Sie nickte befangen. »Ich wollte allerdings zum Hafen gehen.«

»Egal, ich möchte mich nur noch ein wenig bewegen.«

Natürlich stimmte das nicht, sie spürte es.

»Ganz schön windig heute.«

»Ja.« Erst vor dem Lehrerinnenerholungsheim in der Marienstraße rückte er mit dem heraus, was er wirklich wollte. »Frieda, lass uns ein offenes Wort miteinander reden. Du kennst mein Geheimnis, und ich glaube, ich kenne deines.« Er sah sie von der Seite an. »Wird der Vater deines Kindes dich heiraten?«

Sie war zu überrascht, um darauf klug zu antworten. »Wieso?«, fragte sie nur.

»Nun, ich bin eine dieser armen Seelen«, sagte er.

»Bedienst du dich auf beiden Seiten des Buffets?«, fragte sie.

Den Ausdruck kannte sie von der Morgenrunde, und sie hätte nicht gewusst, wie sie ihre Frage anders hätte formulieren sollen. Offenbar gab es Männer, die sowohl Männer als auch Frauen begehrten.

Hilrich lachte auf. »Nein, bei mir ist alle Hoffnung vergebens. Ich bin für die Weiblichkeit verloren.«

»Wie schade.« Sie lächelte traurig.

»Brauchst du einen Ehemann, oder hast du schon jemanden im Auge?« Nun musste sie schlucken über so viel Direktheit von seiner Seite. Er las die Wahrheit an ihrer Miene ab. »Also, du brauchst einen«, sagte er und blieb stehen. »Dann nimm mich.«

»Dich? Ausgerechnet! Wie soll das gehen?«

»Jeder bewahrt das Geheimnis des anderen.« Er blickte ihr offen ins Gesicht. »Ich mag dich, Frieda. Du bist sicher ein guter Kamerad. Den ganzen Nachmittag hab ich darüber nachgedacht. Wir könnten wie Bruder und Schwester sein. Die Arbeit im Salon bereitet uns beiden Freude. Wenn wir an einem Strang ziehen, können wir trotzdem ein gutes Leben haben.«

Das war ja ungeheuerlich! Friedas Gedanken überschlugen sich.

»Aber wir würden nie …«

»Nein, das würden wir nie …«

»Und du würdest weiter Männer …«

»Nur äußerst diskret, versprochen. Wie bislang auch.«

»Wissen deine Eltern Bescheid?«

Sie glaubte es eigentlich nicht.

»Um Gottes willen! Es würde sie umbringen.«

»Und das Kind?« Sie legte eine Hand auf ihren Bauch.

»Würde ich als mein Kind aufziehen. Ich hätte gern eine Familie.«

»Das ist verrückt.«

»Du kannst ja mal eine Nacht drüber schlafen.«

Sie sah ihn mit zusammengekniffenen Augen an. Tausend Gedanken überschlugen sich in ihrem Kopf. Aber der wichtigste von ihnen war klar und eindeutig.

»Muss ich nicht.«

»Also?« Er hielt den Atem an.

»Ja.«

»Ja?«

»Ja.« Er umarmte sie stürmisch, drückte ihr einen Kuss auf jede Wange und hob sie hoch. »Wunderbar, wir werden das schönste Paar von ganz Norderney!«

Erst einmal fühlte sie sich wahnsinnig erleichtert. Nun musste sie sich doch nicht dem jungen Rass an den Hals werfen und ihr Leben lang Krabben pulen. Alles andere würde sich finden.

Hilrich wollte seinen Eltern sagen, dass sie heiraten mussten, weil Frieda ein Kind von ihm erwarte. Doch Frieda kannte die Meisterin.

»Sie würde glauben, dass ich es darauf angelegt hätte, dich zu kriegen«, gab sie zu bedenken. »Das würde sie mir dann ewig vorwerfen. Verrat ihnen lieber erst mal nichts von der Schwangerschaft. Das müssen wir anders anpacken. Du solltest zuerst nur deinen Vater einweihen.«

Bei nächster Gelegenheit schlug sie den Weg zum Wickwief ein. Sie nahm mit dem Einverständnis des Meisters einen schönen falschen Zopfknoten, auch bekannt als falscher Wilhelm, in deren Haarfarbe mit. Den würde sie ihr schenken, er würde ihr gut stehen. Außerdem wollte sie Jantje anbieten, ihr alle zwei bis drei Monate zu Hause das Haar umsonst mit dem Brenneisen zu ondulieren.

Im Inselsalon

»Nein, damit bin ich nicht einverstanden«, erwiderte Jakomina barsch, nachdem Hilrich seine Eltern an einem Sonntagabend im Wohnzimmer über seine Heiratspläne unterrichtet hatte. »Du kannst doch wohl eine bessere Partie machen. Die Tochter eines Trunkenbolds!«, entrüstete sie sich. »Auch wenn er derzeit nicht durch Exzesse von sich reden macht, bedeutet das schlechtes Blut.«

Geld oder sonst irgendein Vorteil als Mitgift war vonseiten der Dirks auch nicht zu erwarten. Insgeheim hatte sie sogar den Verdacht, dass Frieda schwanger sein könnte und ihrem Sohn das Kind eines anderen unterschieben wollte. Das sprach sie aber nicht laut aus.

Fritz war diesmal nicht auf ihrer Seite. »Frieda ist eine hervorragende Stütze für den Salon und ein angenehmer Mensch«, widersprach er. »Ich bin dafür. Lass mal, Sohn, immer mit der Ruhe. Reg dich jetzt nicht auf. Lass uns alle eine Nacht darüber schlafen.«

Als das Ehepaar am folgenden Tag wieder einmal einer kleinen englischen Yacht nach Bensersiel hinterhersegelte, um herauszufinden, ob sie die deutschen Küstenorte ausspionierte, schlug Fritz Jakomina ganz nebenbei vor, sie solle doch das Wickwief mal wieder aufsuchen und zu dieser Verbindung befragen. Jakomina wunderte sich ein wenig darüber, denn sonst sprach er immer eher gegen die hellsichtige

Frau, doch sie fand seinen Vorschlag überaus vernünftig und versprach, ihn zu befolgen.

Das Wickwief, das seltsam verjüngt wirkte, las ihr schon einen Tag später aus den Teeblättern. Jakomina überlegte, ob Jantje vielleicht auf ihre älteren Tage noch einen Verehrer gefunden haben könnte, doch dann wurde sie abgelenkt durch deren Vorhersage.

»Du solltest einer Heirat zustimmen, Jakomina. Ich sehe, dass der Inselsalon in den nächsten Jahren brummen wird. Er wird mit Frieda und Hilrich immer vornehmer, größer und erfolgreicher werden. Du weißt ja, sie ist unter einer Glückshaube zur Welt gekommen. Sie ist tüchtig. Für dich und Fritz bleibt trotz des Erfolgs Zeit genug zum Segeln.«

»Ach, das ist ja interessant«, sagte Jakomina leise, um die Intuition der Seherin nicht zu stören. »Und was ist mit Frauke?«

Sie machte sich Sorgen, weil ihre Tochter bestimmt nicht begeistert sein würde, wenn Frieda als Ehefrau des Juniorchefs in der Rangfolge höher rückte.

»Frauke? Mach dir auch um sie keine Sorgen, sie wird sich gut verheiraten.«

Fröhlich und dankbar verabschiedete sich Jakomina. Nun denn, wenn es sich so verhielt, wollte sie ihren Widerstand nicht länger aufrechterhalten. Beim Mittagessen gab sie ihr Einverständnis vor aller Ohren kund, indem sie Fritz vorschlug, die Zeit bis zum Beginn der nächsten Kursaison für Umbau- und Erweiterungsarbeiten zu nutzen.

»Wir brauchen mehr Platz, mindestens zwei Zimmer, eine Schlafkammer und eine Wohnstube, am besten auch gleich ein modernes Badezimmer für das junge Paar.«

Dass Fritz und Frieda einander zuzwinkerten, fand sie ein

wenig übertrieben. Aber schaden konnte es ja nicht, wenn er und seine Schwiegertochter sich gut verstanden. Oder vielleicht doch?

Erwin schaute jedenfalls ziemlich giftig, und Frauke klang beleidigt, als sie fragte: »Wieso erfahre ich eigentlich als Letzte davon?«

Sie musste dafür sorgen, dass ihre Tochter sich nicht zurückgesetzt fühlte. Bald hatte sie Geburtstag, dann würden sie und Fritz ihr eine hübsche Kette schenken.

Grete

Liebe Frieda,

nun muss ich hier mit einer schlimmen Grippe das Bett hüten und kann nicht zu Eurer Hochzeit kommen. Es tut mir so unendlich leid! Du weißt, dass ich Euch von Herzen Glück wünsche!!!

Wie traurig, dass Dein Großvater gestorben ist. Von uns allen herzliches Beileid. Ich verstehe, dass Ihr die Feier deshalb in kleinem Rahmen haltet.

Wie ist es, ein Kind zu erwarten? Geht es Dir gut?

Die ersten Berliner Bälle waren ein Erlebnis, aber doch nichts im Vergleich zu unserem Paul-Lincke-Abend. Ich glaube, der wird uns unvergesslich bleiben, bis wir Großmütter sind. Natürlich lernt man einige interessante Leute kennen. Während Hans-Heinrich jetzt mit Lulu das Handelshaus Lehmann in der Lüderitzbucht in Afrika aufbaut, versucht Eduard immer noch, im Auswärtigen Amt voranzukommen. Ich habe mich vorsichtig erkundigt und in Erfahrung gebracht, dass Graf Joseph seinen diplomatischen Dienst quittiert hat. Er lebt nun teils in Düsseldorf, wo er Einblicke in die Geschäfte des Chemieunternehmens seines Schwiegervaters erhält, und teils in Österreich, wo er sich um den Familiensitz kümmert.

Es ist übrigens unglaublich, wie viel im Umfeld von Diplomaten geklatscht und getratscht wird! Dagegen ist Euer Inselsalon harmlos. Dank Eduard höre ich ja nun einiges, was Vertraute, Kammerdiener oder Ehefrauen von wichtigen Männern wissen, zum Beispiel die stets bestens informierte Gräfin S., deren Namen ich vorsichtshalber abkürze. Sie verfügt über die allerbesten Kontakte bis hoch zum Kaiser und seiner Tochter. Die neuesten Nachrichten, die Du aber bitte für Dich behalten musst und nicht Eurem Inselredakteur weitergeben darfst, will ich Dir zusammenfassen, weil sie von Bülows wegen irgendwie ja auch Norderney betreffen.

Mitte November hat der Kaiser nach dem Skandal wegen des Daily Telegraph-Interviews einen Jagdausflug nach Donaueschingen unternommen, um sich davon zu erholen. Alles fand in feinem intimem Kreise statt, auch die anschließende Feier unter Jägern, bei der ein General ausgelassen in Frauenkleidung mit Tüllröckchen und Straußenfeder tanzte – und vor den Augen des Kaisers tot zusammenbrach. Stell Dir das mal vor! Was für ein Schreck und welch ein böses Omen!

Kurz darauf erschien ein weiteres Interview mit Sr. Majestät, das er bereits im Sommer gegeben und in dem er ebenfalls ungeschickt und anmaßend geantwortet hat. Daraufhin brach ein Orkan der Entrüstung los. Der Kaiser, der überhaupt keinen Gegenwind gewohnt ist, war völlig am Boden zerstört darüber, dass sein Volk ihm plötzlich die gewohnte Liebe und Verklärung versagte. Du hast sicher mitbekommen, dass sich auch die Parteien im Reichstag geschlossen gegen ihn stellten und er versprechen musste, sich künftig in seinen Äußerungen zu mäßigen. Daraufhin legte er sich zehn Tage lang mit Schüttelfrost und Weinkrämpfen ins Bett. Kannst Du glauben, dass Wilhelm II. sogar abdanken wollte? Sein Sohn sollte das Szepter übernehmen.

Doch zum Glück gelang es, ihm das auszureden. Er hält von Bülow für den Hauptschuldigen an seiner Schmach. Es ist nämlich durchgesickert, dass am Rande des Interviewmanuskripts, das der Kanzler angeblich nicht gegengelesen hat, handschriftliche Notizen von ihm stehen. Nach außen hin spricht der Kaiser ihm zwar weiter sein Vertrauen aus. Aber hier in Berlin wissen Eingeweihte, dass er nur auf eine Gelegenheit wartet, um von Bülow, den er intern als den größten Heuchler bezeichnet, loszuwerden. Sein Stern ist also bereits im Sinken begriffen.

Danke, dass Du Dich bei Dr. Hartmann, als er bei Euch im Salon war, nach Max Lubinus erkundigt hast. Ich freue mich, dass er sich meiner noch erinnert und solch lobende Worte über meine Talente als Schwester fand. Du hast recht, das wäre der ideale Beruf für mich. Aber meine Eltern würden mir niemals erlauben, eine entsprechende Ausbildung zu machen und zu arbeiten.

Es ist bedauerlich, dass die Atemkurse, die an der Universität Leipzig speziell für Kurgäste an der Nordsee ausgearbeitet worden sind, künftig nicht auf Norderney, sondern auf Langeoog angeboten werden sollen. Aber wenn sie wenigstens im Seehospiz die Kinder dahingehend unterrichten, ist schon viel gewonnen. Ich denke eigentlich gar nicht mehr an Max, ganz ehrlich, nur sehr selten noch.

Allerdings habe ich wieder angefangen, mich mit den Zielen und Absichten der Reformbewegung zu beschäftigen. Da steckt viel Gutes drin. Nun, das interessiert Dich derzeit wahrscheinlich alles wenig. Du gründest jetzt eine Familie. Du lebst einfach das Leben, über das ich mir ständig *den Kopf zermartere. Wenn ich doch ein wenig mehr sein könnte wie Du, meine liebste Freundin!*

Ich wünsche Dir beziehungsweise Euch von Herzen Glück! Vergiss mich darüber bitte nicht.

Deine treue Freundin Grete

P.S.: Hoffentlich gefällt Euch das Hochzeitsgeschenk, das meine Mutter Euch im Namen unserer Familie geschickt hat. Das Service ist in der Königlichen Porzellan-Manufaktur Berlin (KPM) hergestellt worden. Ich habe es mit ausgesucht, deshalb ist die Wahl auf etwas Modernes im Jugendstil gefallen.

Frieda

Während der Hochzeitszeremonie in der evangelischen Inselkirche starrte Frieda auf das große von der Decke hängende Schiffsmodell. Sie kam sich vor wie eine Betrügerin. Aber es nützte ja nichts. Natürlich tratschten die Leute, seit ein paar Wochen spannten ja auch die Kleider über ihrem Bauch. Sie versuchte, Sticheleien und strafende Blicke zu ignorieren, hielt sich gerade und lächelte freundlich, wenn sie durch den Ort ging. Ihr Vater war zuerst nicht begeistert gewesen von seinem Schwiegersohn, er fand ihn viel zu schnieke, ihm wäre ein Seemann lieber gewesen. Nachdem sie gestanden hatte, dass was Kleines unterwegs war, hatte er ihnen – nach einem mittleren Tobsuchtsanfall, zudem getroffen und weich gestimmt durch den Tod seines Vaters – doch ganz schnell seinen Segen gegeben. Die Fissers genossen einen guten Ruf, und indem der Junior sich am Altar zu ihr bekannte, entging sie großer Schande. Offen würde sich nun niemand mehr trauen, sie ihres Sündenfalls wegen anzuklagen. Fünfmonatskinder kamen schließlich in den besten Insulanerfamilien vor. Frieda atmete stockend durch.

Lieben würde sie Hilrich nicht, mögen hoffentlich durchaus, und sie meinte es auch wirklich ernst mit ihrem Versprechen, »bis dass der Tod euch scheidet«. Sie wollte ihm eine gute Frau sein, soweit es ihr möglich war. Wenn sie den jungen Rass genommen hätte, dann hätte sie mit ihm auch das Bett teilen müssen. Das wäre sicher noch viel schwieriger geworden.

Unpassenderweise musste sie an einen kürzlich im Salon belauschten Dialog zwischen zwei verheirateten Damen denken, die offenbar beide eine gute Partie gemacht hatten.

»Nun, man bedenkt nicht die Nächte«, hatte die eine geseufzt.

»Gottchen, man gewöhnt sich im Laufe der Zeit daran«, hatte die andere erwidert. »Es lässt ja auch nach mit der Zeit.«

»Ach«, hatte daraufhin die Erste geantwortet, »ich eigne mich einfach nicht dafür.«

Der Organist spielte »Treulich geführt«. Frieda dachte mit wundem Herz an Joseph. Das, was sie füreinander empfunden hatten, war eine Ausnahme gewesen. Eine große Seltenheit. So etwas Wunderbares würde sie nie wieder erleben.

Seit der Trauung lebten sie und Hilrich erst mal oben in der Familienwohnung der Fissers. Frauke gab gern zu verstehen, dass ihr die Gegenwart ihrer neuen Schwägerin in ihrem gewohnten Heim missfiel. Es ist hier so eng geworden, sagte sie des Öfteren.

In Hilrichs Zimmer passte gerade eben ein Doppelbett hinein. Friedas anfängliche Befangenheit über die intime Nähe legte sich bald. Sie trug lange Nachthemden, wie ihr Mann auch, sie sahen sich nicht nackt, und er umarmte sie nur, wenn es andere Leute sehen konnten.

In den ersten Wochen machten sie manchmal absichtlich Geräusche, als wollten sie keine Geräusche machen – wie es die Familie vermutlich von einem frisch getrauten Paar erwartete. Dabei mussten sie tatsächlich kichern, sie hatten ihren Spaß bei den kleinen Kissenschlachten, die sie sich deshalb lieferten.

»Etwas mehr Rücksicht«, zischte einmal Frauke, »wäre doch wohl angemessen.«

»Ach, wart's nur ab«, gab Hilrich verschmitzt zurück, »bis du selbst verheiratet bist.«

Frieda unterdrückte ein Lächeln. Immerhin war Frauke älter als sie und noch nicht einmal verlobt. Sie hoffte wohl, dass ihr derzeitiger Verehrer, ein Schiffszimmerer, sie endlich fragte. Doch er ließ sich Zeit.

Auf eine gewisse Weise verbanden ihre Geheimnisse das junge Ehepaar, auf eine andere trennten sie sie. Frieda bemühte sich, nicht daran zu denken, dass, ob, wie oder wo Hilrich mit anderen Männern verkehrte. Solche Vorstellungen erfüllten sie mit Widerwillen. Sie hoffte, dass es, wenn sie möglichst nicht daran dachte, in Wirklichkeit nicht oder nur ganz selten und flüchtig vorkam.

Manchmal gab Hilrich ihr einen Gutenachtkuss auf die Wange, manchmal richtete sie ihm den Vatermörder, und jeden Morgen steckte sie ihm ein Blümchen ins Knopfloch. Sie meinten es gut miteinander. Das war mehr als viele andere »normale« Paare hatten.

Die Bauarbeiten für ihr eigenes Reich und die bei der Gelegenheit auch gleich vorgenommene Erweiterung des Salons um zwei Räume für Schönheitsbehandlungen waren fast abgeschlossen, als Frieda an einem strahlenden Apriltag 1909 hochschwanger durch den Ort ging, um ihrer Familie einen Besuch abzustatten. Seit Ostern waren wieder alle beim Schummeln, meist dauerte das Großreinemachen auf der Insel bis Pfingsten. Sie liebte diese Aufbruchstimmung, die Vorfreude auf die neue Saison, und grüßte fröhlich zu den Seiten hin. Überall wurden Bettdecken gelüftet, es roch nach frischer Farbe, Blumenkästen wurden bepflanzt, Matratzen auf Leitern gelegt und Wagenladungen voller Teppiche zum Klopfen in die Dünen gefahren. Auf den Wiesen vor den Logierhäusern lagen Bettbezüge, Laken und Tischwäsche zum Bleichen aus.

Kurz bevor sie ihr Elternhaus erreicht hatte, durchzuckte ein heftiger Schmerz ihren Unterleib. Sie schrie auf, stützte sich an einem Gartenpfosten ab, biss die Zähne zusammen. Ihr brach der Schweiß aus, doch sie hielt durch, bis die erste Wehe wieder abflaute und sie endlich weitergehen konnte. Rieka kam ihr entgegengelaufen und stützte sie das letzte Stück.

Frieda wollte lieber in der Obhut von Mutter und Großmutter bleiben, obwohl die eilig herbeigerufene Hebamme meinte, es sei noch Zeit genug, um in ihr neues Zuhause zurückzukehren und dort zu entbinden.

»Wi hebben oflopend Water«, sagte sie gelassen, »Kinners komen meesttieds bi uplopend Water.«

Die Geburt zog sich hin. Die Hebamme machte dafür auch den abnehmenden Mond verantwortlich, zudem den Umstand, dass es Friedas erstes Kind war. Mehrmals glaubte Frieda, sterben zu müssen. Im Morgengrauen, nachdem die Flut eingesetzt hatte, hörte sie endlich den ersten Schrei ihres Kindes. Und kaum hatte man ihr das kleine Mädchen in den Arm gelegt, war alle Qual vergessen. Sie fühlte sich einfach nur noch erschöpft und glücklich.

Die Fissers hatten sich mittlerweile bei Familie Dirks in der Wohnküche versammelt. Die Verwandten tranken warmes Bier und Kinnertön, in Branntwein eingelegte Rosinen, um die Geburt zu feiern. Nach und nach guckten sie kurz bei Frieda in die Kammer, um zu gratulieren.

»Schade, nur ein Mädchen«, bedauerte Jakomina. »Aber wenigstens gesund.«

»Sie schlägt nach mir«, sagte Fritz stolz, »sie hat meine braunen Haare. Und meine blauen Augen.«

»Mucki, alle Säuglinge haben blaue Augen.«

Hilrich strahlte, als hätte tatsächlich er das Mädchen gezeugt. Er schien sich vom ersten Augenblick an als sein Vater zu fühlen. Das versetzte Frieda einen Stich. Wie traurig, dass Joseph nichts von seiner Tochter wusste. Wie hätte er wohl reagiert? Aber es musste für immer ein Geheimnis bleiben. Eigentlich, dachte Frieda dann, sollte ich froh sein, dass Hilrich das Kind als seines annimmt.

Es wurde auf den Namen Elisabeth Meta Jakomina getauft. Elisabeth hatte sich Frieda in Erinnerung an Josephs Erzählungen von der österreichischen Kaiserin gewünscht, was sie Hilrich natürlich nicht verriet. Die anderen beiden Namen ehrten die Großmütter.

Kurz vor Pfingsten konnten sie die angebauten Zimmer beziehen. Das war eine große Erleichterung, so hatte die kleine Familie mehr Raum für sich. Um das eigene Badezimmer wurde Frieda von all ihren Freundinnen beneidet.

Durch Elisabeth, von allen bald nur Lissy genannt, veränderte sich ihr Leben von Grund auf. Sie trauerte nicht mehr um Joseph, auch wenn sie gelegentlich noch voller Sehnsucht an ihn dachte. Aber oft konnte sie sich nicht mehr richtig daran erinnern, wie er aussah. Statt seines imaginierten Gesichts sah sie das ganz reale süße Antlitz ihrer kleinen Tochter. All ihre Liebe schenkte sie Lissy. Dabei trieb sie eine heimliche Sorge um – sie fürchtete, das Kind könnte von seiner adligen Seite her eine Veranlagung mitbekommen haben, die es zu empfindlich machte. Obwohl oder gerade weil Lissy ein kleiner zarter Säugling war, versuchte Frieda deshalb in bester Absicht, sie nicht zu sehr zu verwöhnen, was ihr manchmal viel Kraft abverlangte.

Im Sommer nach Lissys Geburt kam Grete zu ihrem großen Bedauern nicht auf die Insel. Es ging ihrer Freundin gesundheitlich einigermaßen gut, und die Familie Lehmann kurte diesmal in Wiesbaden.

Die Lebensreformideen sind hier schon auf fruchtbaren Boden gefallen, schrieb Grete. *Die neue Ausstellung für Handwerk, Gewerbe, Kunst und Gartenbau, die den ganzen Sommer über läuft und als Weltausstellung im Kleinen bezeichnet wird, tröstet mich ein wenig darüber hinweg, dass ich dieses Jahr auf Norderney verzichten muss. Du weißt sicher, wie traurig ich bin, dass ich Dich und Deine Familie, vor allem Dein Töchterchen, nicht sehen kann. Aber meine Eltern haben mir fest versprochen, dass wir nächstes Jahr wieder an die Nordsee reisen. Mein Vater sieht nur derzeit hier bessere Aussichten für seine geschäftlichen Interessen. Er hält es zudem grundsätzlich für klug, auch einmal die liebste Sommerfrische des Kaisers aufzusuchen statt die von Bülows. Auch Omama hat Wiesbaden immer sehr geschätzt. Maman bekommt das milde Klima ausnehmend gut, sie liebt die schöne Kurarchitektur sowie die Thermal- und Heilquellen. Noch mehr gefällt ihr die Gesellschaft, die sich im Gefolge Seiner Majestät hier tummelt. Ständig hält sie Ausschau nach einem geeigneten Ehemann für mich. Aber unter uns – das Interessanteste, was ich hier bislang kennengelernt habe, ist die eingangs erwähnte Ausstellung.*

Bitte schreib mir bald. Ich hoffe, das beigefügte Babykleidchen für Elisabeth gefällt Dir.

Sei ganz herzlich gegrüßt von Deiner treuen Freundin Grete

Im Inselsalon

Fritz Fisser befand sich seit Tagen in einem Zustand gesteigerter Erregung. Der von ihm so hochgeschätzte Reichskanzler hatte am Mittwoch der vorangegangenen Woche, wie schon oft in den Jahren zuvor, seinen Rücktritt angeboten. Es war immer nur ein strategischer Schachzug gewesen. Doch dieses Mal hatte Seine Majestät angenommen.

Fritz verstand die Welt nicht mehr. Er verließ seinen Friseursalon gegen alle Gewohnheit zur besten Geschäftszeit. An diesem Julitag, genau eine Woche nach dem erschütternden Ereignis, zu dem ein Streit im Reichstag um die Erbschaftssteuer wohl nur den letzten Ausschlag gegeben hatte, war die ganze Insel auf den Beinen.

Jakomina hatte, nachdem von Bülows Rücktritt bekannt geworden war, gejammert, nun seien Norderneys gute Tage gezählt. Gewiss würden die von Bülows gleich nach Rom in die Villa Malta, ihren Altersruhesitz, umziehen, und als Folge würden sich viele einflussreiche Kurgäste ebenfalls woandershin orientieren. Wie sie sich da aber getäuscht hatte! Es zog das Fürstenpaar, wie man seit Tagen wegen vorausgeschickter Reitpferde, Klaviere und Dienstboten wissen konnte, doch wieder zuallererst auf seine geliebte Nordseeinsel. Jede Minute wurde der Fürst nun an der Landungsbrücke mit seiner Gattin und seinem Bruder, dem deutschen Gesandten in Bern, erwartet.

Mithilfe seines Spazierstocks drängte Fritz sich durch die

Menge aus Kurgästen und Einheimischen. Viele Fischer und Schiffer standen schon hinter den Honoratioren bereit, um den hohen Besuch zu begrüßen.

»Na, hättest du das gedacht?«, fragte Onno, der ihn erspäht hatte und zu ihm aufschloss.

»Dass so viele Leute kommen?«, erwiderte Fritz. »Doch, schon. Ich bin gespannt, ob er dem Kaiser öffentlich die Schuld gibt. Das interessiert sicher alle hier.«

»Oder sie möchten ihn ihrer Nibelungentreue versichern«, sagte Onno bedeutungsvoll mit einem kleinen Hauch Ironie.

Fritz nickte. Er wusste, worauf der Hotelier anspielte. Vor einiger Zeit hatte Österreich-Ungarn durchblicken lassen, dass es Bosnien und Herzegowina annektieren wollte. Völkerrechtlich war das nicht in Ordnung, denn diese Länder gehörten noch zum Osmanischen Reich. Als letzte Überreste aus jener Zeit, bevor Prinz Eugen, der edle Ritter, die Türken vor Wien in die Flucht geschlagen und als sich der Machtbereich des Islam noch bis weit nach Europa hinein erstreckt hatte. Verwaltet und modernisiert wurden sie allerdings schon seit dreißig Jahren von Österreich-Ungarn. Und als die Verbündeten zur Tat schritten, hatte von Bülow ihnen in einer großen Reichstagsrede die »Nibelungentreue« der Deutschen zugesichert, egal, was sie auf dem Balkan unternehmen würden. Bedingungslose Treue wie in der altdeutschen Heldensage bedeutete Treue bis in den Tod. Das würde andere Staaten davon abhalten, wegen dieser kleinen Länder einen Krieg zu riskieren.

»Die Serben sind von der Bosnien-Annexion ja nicht gerade begeistert«, bemerkte Onno. »Die wollen doch einen großen eigenen Staat für alle Südslawen. Wie soll das wohl funktionieren, wenn Bosnien und Herzegowina zu Österreich-Ungarn gehören?«

»Das ist nicht unser Problem.«

»Ist es möglicherweise doch«, erwiderte Onno. »Wenn wir Deutschen im Bündnisfall zu den Waffen müssten …« Einige Wochen lang hatten nach der Annexion im Frühjahr viele Experten militärische Auseinandersetzungen mit bedrohlichen Kettenreaktionen befürchtet.

»Ist ja nichts passiert«, antwortete Fritz. »Serbien ist den Großen keinen Krieg wert, geschweige denn einen Weltenbrand.« Er klopfte seinen Hut ab. »Aber falls sich noch weitere Anzeichen dafür finden, dass der Kaiser von Bülow aus reiner Rachsucht entlassen hat, dann könnte es zu einer Spaltung des deutschen Volkes kommen. Das beunruhigt mich wirklich.«

»Und du glaubst, von Bülow wird sich dazu ausgerechnet heute auf Norderney äußern?«, spottete der Hotelier.

»Wenn er nichts dazu sagt«, antwortete Fritz, der sich in diesem Augenblick selbst schon beinahe fühlte wie ein Politiker, »dann sagt er damit doch auch was, oder?«

»Psst!«, machten Umstehende ärgerlich.

Soeben trafen die Gäste ein. Und von Bülow kam von Bord, wurde empfangen, als wäre er noch immer in Amt und Würden. Der königliche Badekommissar überreichte der Fürstin ein Rosenarrangement. Der Bürgermeister hielt eine gut gemeinte Rede. Das Volk huldigte herzlich und ausdauernd. Daraufhin ließ der Geehrte sich zu einer spontanen Rede hinreißen.

Von Bülow betonte, dass er diese Kundgebung nicht auf sich, sondern auf den nationalen Gedanken beziehe, dem er stets gedient habe. Im Dienste dieses Gedankens stünde auch der jetzt regierende Kaiser mit seinem edlen Herzen und seinem auf das Beste gerichteten Wollen.

»Solange Kaiser und Nation einig sind, können wir getrost in die Zukunft blicken.«

Aufmerksam und bewegt lauschte Fritz. Welch eine Leistung, welche Charakterstärke! Von Bülow machte nicht die leiseste Andeutung, brachte nicht den Hauch eines Vorwurfs gegen den Kaiser vor. Stattdessen betonte er mehrfach, dass das Wohl des Landes, das Staatswohl und das Wohl der Dynastie unauflöslich miteinander verknüpft waren.

Die Zuhörenden applaudierten begeistert – abgesehen vom Postboten, der jeden Sommer mit von Bülows Teckel einen Privatkrieg ausfocht, weil der sein Revier verteidigte, und der schon am Tag vor der Ankunft des ehemaligen Reichskanzlers sackweise Briefe in die Villa Edda hatte schleppen müssen. Er humpelte, zum einen wegen der Rückenschmerzen, die er durch die Sonderarbeit davongetragen hatte, zum anderen wegen einer Bisswunde am Bein. Fritz jedoch fühlte sich erleichtert und stolz.

Theo meinte am folgenden Morgen während der Rasur zwar, das sei mal wieder typisch gewesen für den alten Fuchs, der gewiss zurück in die Politik wolle und es deshalb vermied, den Kaiser und dessen Anhänger noch mehr gegen sich aufzubringen. Doch Fritz hatte in von Bülows Worten Klugheit und edle Gesinnung erkannt. Was wäre ein deutsches Leben ohne Ideale? Er nahm sich vor, weiter seinen Teil zum Wohlergehen seiner Heimat beizutragen, und sei er noch so klein. Er würde weiter achtgeben, ob nicht irgendwo Gegner des Vaterlandes fein gelegte Schlingen versteckten, ob zum Beispiel ausländische Schnüffler die Sicherheit der Küste gefährdeten.

Grete

Grete saß mit ihrer Mutter beim Nachmittagstee im heimischen Wintergarten. Sie ahnte, dass gleich ein Donnerwetter über sie hereinbrechen würde. Anfangs hatten die Bälle ihr ja auch noch manches Vergnügen beschert. Doch seit Beginn ihrer zweiten Saison versuchten ihre Eltern mit immer mehr Nachdruck, sie zu verheiraten. Sie kam sich vor wie eine Ware, die bald schlecht werden würde und deshalb dringend an den Mann gebracht werden musste. Alle Kandidaten, die man ihr nahebrachte, missfielen Grete. Und auf den Bällen lernte sie höchstens nette Langeweiler, meist eingebildete Schnösel kennen. Das hohle, oberflächliche Geplapper bei den gesellschaftlichen Ereignissen langweilte sie inzwischen.

»Wann kommt denn eigentlich der Herr von Muckwitz wieder einmal, um dich zu einer Spazierfahrt in seiner Kutsche abzuholen?«, erkundigte sich ihre Mutter, während sie den Anschein erweckte, dass sie sich auf ihre Stickarbeit konzentrierte.

»Er kommt überhaupt nicht mehr«, erwiderte Grete. Ihr Mund fühlte sich auf einmal trocken an. »Ich habe seine letzte Einladung abgelehnt.«

Ihre Mutter blickte hoch. »Der also auch nicht«, sagte sie in bitterem Ton.

»Was kann ich dafür?«, versuchte Grete, sich zu rechtfertigen. »Dieser bornierte Kleinjunker aus Hinterpommern hat das geistige Niveau eines Achtjährigen. Er könnte noch so viel Land besitzen, den ertrage ich einfach nicht.«

»Dann nimm doch den von Holstein«, versuchte ihre Mutter es schon völlig entnervt noch einmal im Guten. »Sein Stammbaum ist untadelig, er sieht gut aus …«

»Das nennst du gut aussehend? Er hat jetzt schon fast eine Glatze, er schwitzt immer und hat nur Pferde im Kopf.«

»Adel und gutes Aussehen und Vermögen – das ist aber auch wirklich viel verlangt«, bemerkte ihre Mutter beherrscht. »Am Donnerstag sind wir zu einem Abendessen bei einem Geschäftsfreund deines Vaters eingeladen. Du solltest dich besonders hübsch zurechtmachen. Dort wird auch ein verwitweter Hamburger Reeder erwartet, der auf der Suche nach einer neuen Frau ist. So alt ist er noch gar nicht, aber vermögend und tatkräftig.« Grete hätte am liebsten aufgestöhnt. »Dein Vater fände eine Verbindung sehr vielversprechend«, fuhr ihre Mutter ungerührt fort. »Wenn er beispielsweise mit seinen Schiffen unsere Ausrüstungen nach Deutsch-Südwest bringen würde …«

Grete verdrehte die Augen. »Dann hätte sich die teure Erziehung eurer Tochter eventuell doch gelohnt?«

»Wie kannst du es wagen, so impertinent zu reden?« Die Mutter griff zu ihrem Riechfläschchen, schraubte es auf und inhalierte theatralisch. »Nach oben mir dir, auf dein Zimmer!«

Der scharfe Ammoniakgeruch, von ätherischen Jasmin- und Lavendelölen kaum überdeckt, zog zu Grete herüber.

»Mama, ich bin kein kleines Kind mehr, das du in den Hausarrest schicken kannst.«

»Nach oben!«

Grete lief die Treppe hoch. Mit Schwung setzte sie sich auf

ihr Bett, sodass die Spiralfedern unter der Matratze quietschten. Unglücklich schaute sie hinaus in den Park. Eigentlich besaß sie alles, was man sich wünschen konnte, und trotzdem fühlte sie sich leer, unglücklich. Sie hatte sich schon einige Male küssen lassen, mehr aus Neugier, doch nie war es besonders erfreulich gewesen. Weder romantisch noch lustvoll. Und ein Gefühl wie damals bei Max Lubinus hatte sich schon gar nicht wieder eingestellt.

Was sie in diesem Moment spürte, war, dass ihre Haut zu jucken anfing. Prompt setzte auch das verhasste Husten ein. Sie musste weinen. Und dann überlegte sie.

Irgendetwas machte sie verkehrt. Ihr fielen die drei Fragen wieder ein, die Max ihr geschenkt hatte. Sie versuchte, auf jede einzelne eine ehrliche Antwort zu finden.

Warum ist das so? Weil ich nicht tun darf, was ich möchte. Weil ich ein Mädchen bin.

Wem nützt es? Keine Ahnung. Vielleicht nützt die Situation, wie sie jetzt ist, den Konventionen, dem Ansehen meiner Familie. Den Stützen der Gesellschaft. Mir jedenfalls nicht.

Muss es wirklich immer so bleiben? Wenn ich mutig genug wäre, und wenn ich das Geld hätte, mich selbst zu ernähren und eine Wohnung zu bezahlen, dann könnte ich wahrscheinlich tun oder lassen, was ich möchte.

Lulu und Hans-Heinrich verdienten derweil in Deutsch-Südwestafrika ein Vermögen. Aber wenn sie sich nicht an die Regeln hielt, würde sie bald ausgestoßen aus der Familie und aus ihren Kreisen. Ob sie das ertragen könnte?

Was möchte ich denn tun?, fragte sie sich. Etwas Sinnvolles, Schönes … Und die Freiheit, etwas nicht zu tun, die hätte ich auch gern.

Grete schloss die Augen. Sie wartete, bis der Husten nach-ließ, dachte nicht mehr. Atmete nur ein und aus. Und auf einmal sah sie vor ihrem geistigen Auge Norderney, den Strand, die Wellen, sie sah sich selbst schwimmen, und sie sah sich im Seehospiz umgeben von kleinen Kindern, denen sie helfen konnte.

Im Inselsalon

»Los, Lissy, noch einen Schritt, ja!«

Jakomina klatschte vor Entzücken in die Hände. Ihre süße Enkelin tapste wacklig, aber strahlend auf sie zu. Die Umstehenden im Inselsalon lächelten gespannt. Frieda hielt die Kleine, die sich mit hochgereckten Ärmchen an ihre Finger klammerte. Auch Hilrich ermunterte sie, nun ließ Frieda ihre Tochter los – und das Kind ging seine ersten Schritte ganz allein. Endlich. Sie hatte ziemlich lange gebraucht – sechzehn Monate war sie schon – und es bisher vorgezogen, sich, zugegeben sehr geschickt, auf dem Po rutschend fortzubewegen. Alle applaudierten und freuten sich, am meisten wohl Lissy selbst. Jakomina drückte sie.

Lissy war aber auch ein süßes Ding, mit ihren dunklen Locken und den klugen dunkelblauen Augen, die von einem seidigen dichten Wimpernkranz umrahmt wurden. Längst hatte Jakomina ihre Enttäuschung darüber, dass ihr erstes Enkelkind nur ein Mädchen war, verwunden. Außerdem hoffte sie, dass noch jede Menge Jungen folgen würden. Hilrich und Frieda machten als Ehepaar einen harmonischen Eindruck. Frieda sah besser denn je aus. Die Mutterschaft stand ihr. Außerdem hatte Hilrich neulich ihre Frisur im Stil der amerikanischen Gibson Girls verändert, die toupierte Einschlagfrisur dazu locker-lässig interpretiert, ein bisschen freier, und den Knoten weicher nach vorne in Richtung Stirn gedrückt. Ein im Kurtheater gastierender Theatermann hatte, während sein Bart gefärbt wurde, allen Ernstes vorgeschlagen, sie solle doch einmal vorsprechen. Bei ihrem Aussehen bräuchte sie noch nicht mal eine besonders gute Schauspielerin zu sein, um Karriere zu machen. Jakomina hatte erleichtert aufgeatmet, als ihre Schwiegertochter das Angebot lediglich mit einem fröhlichen Lachen quittierte. Frauke wäre gewiss hingegangen.

Wenn Jakomina wegen ihrer hübschen und tüchtigen Schwiegertochter von Kunden oder Insulanern Komplimente erhielt, versäumte sie nie, darauf hinzuweisen, dass sie es gewesen war, die sich damals dafür eingesetzt hatte, sie im Salon anzustellen. »Fritz war ja anfangs dagegen, aber ich wusste gleich, sie hat etwas Besonderes.«

Ein tiefer Seufzer entrang sich ihrer Brust. Ach, wenn doch auch ihre eigene Tochter endlich unter die Haube käme! Neulich hatte sie Frauke auf den heiklen Punkt angesprochen, und die hatte ihr unter Tränen gestanden, dass ihr Verehrer nicht so recht folgen wollte.

»Was soll ich denn tun?«, hatte sie geschluchzt. »Ich kann doch nicht ihn fragen!«

»Du musst ihn eifersüchtig machen«, hatte Jakomina ihr daraufhin geraten und Frauke einen Tag später die ersehnte silberne Jugendstilbrosche mit einem zartlila Amethyst geschenkt, die genau zu ihrer Halskette passte.

Eine junge Frau sollte sich zwar bescheiden geben, sich aber immer ihres Wertes bewusst sein und das auch ausstrahlen.

Die Türglöckchen klingelten. Ein Schwall Augusthitze drang mit dem Kunden in den Salon.

»Liebe Leute, zurück an die Arbeit!«

Jakomina klatschte in die Hände. Sie durften niemanden unnötig warten lassen.

Gleich nach dem Kunden stürmte Fritz in den Salon. »Minchen, pack dein Zeug, wir gehen segeln!«

Ungläubig sah sie ihn an. »Der Laden ist voll«, flüsterte sie, »hast du zu viel Hitze abgekriegt?« Er zog sie am Arm hinter den Tresen in Richtung Flur. »Ich erklär's dir später. Engländer. Wir werden sie enttarnen.« Sie ächzte. War dieser Mann denn völlig verrückt geworden? Sein kühner Blick ließ sie verstummen, bevor sie ihren Protest formulieren konnte. »Nimm Zeug für eine Nacht an Bord mit. Und was zu essen.«

»Und die Kundschaft?«, fragte Jakomina kopfschüttelnd.

»Da muss Hilrich eben sehen, wie er ohne uns klarkommt«, erwiderte Fritz ungeduldig. »Das kriegt er schon hin.«

Sie seufzte. Allmählich artete es wirklich aus mit seinem Spionagespleen. Ihr würde es völlig ausreichen, ab und an mit dem Segelboot ein bisschen im Abendrot vor Norderney zu kreuzen. Auf die immer wieder vorkommenden Verfolgungstörns bis an die Küste konnte sie gut verzichten.

»Nun mach!«, trieb er zur Eile.

Sie seufzte ergeben. Es war nun einmal das Steckenpferd ihres Mannes, manche nannten es schon eine fixe Idee, und als brave Ehefrau fügte sie sich. Während sie noch eine Flasche Rum einpackte, damit sie Neptun mit dem ersten über Bord gekippten Schluck daraus gnädig stimmen konnten, stieg ihre Laune. War doch ganz schön, bei diesem Wetter rauszukommen.

Immerhin unternahmen sie etwas gemeinsam. Und das Segeln zum Privatvergnügen genoss auch in den Augen führender Insulaner ein gewisses Prestige. Die Norderneyer selbst badeten in ihrer Freizeit nämlich kaum, das war was für die Kurgäste. Obwohl Jakomina sich nach der Eröffnung des Familienbades im vergangenen Jahr das Strandleben einmal näher angesehen hatte und trotz manch nackter Wade zu dem Ergebnis gekommen war, dass es sich um eine harmlose, keinesfalls sittenwidrige, sondern zumeist recht fröhliche Angelegenheit handelte. Dennoch drängte es sie persönlich kein bisschen, sich mit Badekleidung in die feuchte Nordsee zu begeben. Und wie die meisten Insulaner konnte sie auch nicht schwimmen, sondern nur ein bisschen hundjern. Da hatte das Dahingleiten unter Segeln doch mehr Stil und Tradition.

Ihr Mann legte eine neue Seekarte zum Gepäck. »Zwei Engländer, der eine spricht ganz gut Deutsch. Ich hab gesehen, dass sie eine Kodak-Fotokamera dabeihaben und Winkelmesser und solche Geräte. Sie scheinen Messungen vorzunehmen.« Fritz war richtig aufgeregt. »Mit dem einen hab ich ein paar Sätze im Hafen gesprochen, Captain Trench heißt er. Der andere hat dabei an Deck was gezeichnet. Hab mich ganz dumm gestellt, den ahnungslosen zutraulichen Insulaner gespielt und sie ein bisschen ausgefragt.« Er lächelte listig. »Sie waren schon in Cuxhaven, Bremerhaven, auf Sylt, Helgoland und Wangerooge. Und als Nächstes wollen sie nach Borkum und weiter nach Holland.« Dass die westlichste ostfriesische Insel Borkum, vor ein paar Jahren vom Kaiser zur Seefestung erklärt, erst seit Kurzem tatsächlich fürs Militär ausgebaut wurde, hatte auch Jakomina schon mitbekommen. »Ich wette, ich wette«, sagte Fritz hibbelig. »Wir müssen sie nur auf frischer Tat erwischen.«

»Ach, Mucki«, erwiderte sie nur.

»Bring mir mal meine Öljacke!«, rief er später an Bord, als sie sich etwa auf halber Strecke nach Borkum befanden.

Ausgerechnet jetzt kündigte eine Böenwalze Gewitter an. Das Schiff schaukelte schon ordentlich. Jakomina zog unter Deck ihre Öljacke über und brachte ihrem Mann seine hoch.

»Vielleicht zieht's ja an uns vorbei«, sagte sie mit Blick in den grau gescheckten Himmel. Umzukehren würde nichts nützen. Außerdem hatte Fritz Witterung aufgenommen. Wenn er guckte wie jetzt, war er nicht zu bremsen.

In diesem Moment öffneten sich die Wolken, Regen prasselte auf sie hernieder. Jakomina schnürte ihre Kapuze so eng, dass nur noch ein kleines Guckloch blieb. Dieses Wetter war eine Katastrophe für ihre Ondulation. »Geh ruhig unter Deck, ich komm schon allein klar«, rief Fritz.

Sie kletterte zurück in die Kajüte. Das Boot schaukelte beängstigend. Es krachte, blitzte und donnerte. Ihr war mulmig zumute. Durch die Ritzen am Einstieg drang kühle Feuchtigkeit. Was für eine Idiotie! Sie musste ihrem Mann nach der Rückkehr endlich einmal sagen, dass es so nicht weitergehen konnte. Er verrannte sich da in etwas.

Das Unwetter dauerte zum Glück nicht lange. Die See beruhigte sich, nur noch leises Regenrauschen war zu vernehmen. Jakomina kochte Tee und ging mit zwei Bechern hoch, reichte Fritz wortlos einen. Er stand da im triefenden Ölzeug mit feucht glänzendem Südwester, die Nase vom Sonnenbrand gerötet, die Augen blank geputzt – ein echter Seemann, ein stolzer Ostfriese wie seine Vorfahren. Sie sah ihn etwas länger und mit anderem Blick als sonst an.

»Du bist ein Prachtweib«, sagte er mit einem strahlenden Lächeln, und ihr Herz floss schier über vor Zärtlichkeit.

Ach, sollte er doch seine Verrücktheiten ausleben! Da waren sie nun Großeltern geworden, die kleine Lissy konnte bereits laufen, aber ihren Mann so zu sehen, das machte sie noch immer glücklich wie damals als junges Mädchen. Sie schnürte ihre Kapuze auf, schob sie nach hinten und genoss den Fahrtwind, während sie sich mit einer Hand am Mast festhielt.

»Sind wir ihnen noch auf den Fersen?«, erwiderte sie abenteuerlustig.

»Bestimmt. Auch wenn ich sie gerade nicht sehen kann, spätestens im Hafen von Borkum kriegen wir sie wieder.«

So war es. Sie machten ein Stück entfernt fest und warteten bis zum Einbruch der Dunkelheit. »Zieh dir was Dunkles an«, sagte Fritz. »Am besten Sachen von mir, dann fallen wir weniger auf.«

Kaum verließen die beiden Engländer ihr Segelboot, nahmen sie deren Verfolgung zu Fuß über die Insel auf. Durch die Dünen steuerten sie auf eine abgesperrte militärische Batteriestellung zu, die an einem Scheinwerfer zu erkennen war. Unterwegs schienen die Männer, soweit sie das im Licht des zunehmenden Halbmondes erkennen konnten, immer wieder mit verschiedenen Geräten Messungen vorzunehmen und Notizen zu machen. Dann war der eine Mann plötzlich verschwunden. Sie folgten dem anderen, bis es ihm gelang, ungehindert in die Batteriestellung einzudringen. Auf einer Düne gegenüber versteckten sich Jakomina und Fritz bäuchlings im Strandhafer.

»Du willst doch wohl nicht hinterher, oder?«, fragte sie ängstlich.

»Da muss irgendwo ein Wachposten sein«, flüsterte er. »Wir beobachten das Ganze noch etwas.«

Nach einer Weile kehrte der Engländer zurück, bald war auch sein Kompagnon wieder da. Sie besprachen sich.

»Ja, was machen wir denn jetzt?«, fragte Jakomina nervös. »Wir können die Kerle doch nicht einfach entkommen lassen!«

Statt zusammen wegzugehen, entfernte sich nur derjenige, der schon in der Anlage gewesen war. Nun schlich der andere Engländer, der schon am Nachmittag die Fotokamera um den Hals getragen hatte, in die Militäranlage. Fritz legte eine Hand auf Jakominas Schulter.

»Ich versuch, den Wachposten zu finden«, flüsterte er. »Bleib du hier und rühr dich nicht von der Stelle. Wahrscheinlich sind die Männer bewaffnet.«

Ihr Herz pulsierte bis in die Ohren. Sie nickte. Aufhalten ließ sich ihr Mann jetzt nicht mehr, das wusste sie. Sei vorsichtig, wollte sie flüstern, aber sie bekam kein Wort heraus. Gebannt verfolgte sie, wie Fritz gebeugt durch die Dünen zu einer Mauer lief.

Während er um eine Ecke bog, hellten drüben mehrfach Blitzlichter das Dunkel auf – der Engländer machte Nachtaufnahmen. Was ist eigentlich mit dem anderen?, schoss es ihr durch den Sinn. Was, wenn der in der Nähe lauert und mich entdeckt? O Gott, was tue ich hier eigentlich? Ich, Jakomina Fisser, brave Bürgerin, Großmutter. Sie hörte von drüben etwas wie Steinchenschlag. Und dann schrillte ein Alarm los, der Scheinwerfer bewegte sich suchend übers Gelände, hätte auch sie um ein Haar gestreift. Laute Männerstimmen waren zu vernehmen, aufgeregte Rufe drangen durch die Nacht. Und dann war da ein Schnaufen hinter ihr. Vor Schreck konnte sie sich nicht rühren.

»Was ist denn? Los, Minchen!« Es war die Stimme ihres Mannes. »Sie haben den einen Engländer gefasst. Der Wachposten lehnte halb eingeschlafen an der Mauer. Bis ich 'ne Handvoll Muscheln gegen die Wand neben ihm geworfen hab.«

Sie drehte sich um. »Ach, Fritz!« Eine große Last fiel von

ihr ab, erleichtert stieß sie ihren Atem aus. »Wie gut, dass dir nichts passiert ist! Und der andere?«

»Den kriegen sie auch noch. Würde sagen – Mission erfüllt.« Im Mondlicht sah sie seine Mucki-Zähne aufleuchten. »Komm! Ich will nicht in Befragungen und Protokolle verwickelt werden.«

»Ja, Mission erfüllt.«

Stolz lächelte sie ihn an. Was hatte sie für einen wunderbaren Mann!

Er reichte ihr seine Hand. »Morgen ganz früh segeln wir wieder zurück. Schließlich können wir unseren Salon nicht so lange allein lassen.«

»Da hast du recht. Mitten in der Hochsaison.« Sie ergriff seine Hand. Einträchtig gingen sie nebeneinander in Richtung Hafen. »Weißt du eigentlich schon, dass unsere Enkeltochter laufen kann?«

Obwohl sie früh ablegten, erreichten sie Norderney am folgenden Tag doch erst spät. Eine Flaute zwang sie dazu, unterwegs nahe einer Sandbank zu ankern. Sie vertrieben sich die Wartezeit auf das Angenehmste.

»Am besten erzählen wir niemandem, was wir auf Borkum gemacht haben«, sagte Fritz.

»Ja. Das bleibt unser Geheimnis von der Sandbank.« Jakomina lächelte entspannt. »Das glaubt uns sowieso kein Mensch.«

Sie konnte es ja selbst kaum fassen.

Tage später waren auch die überregionalen Zeitungen voll mit Meldungen und Berichten über zwei englische Spione, die die Lage der Scheinwerfer in der Batterie Borkum festzustellen versucht hatten. Der eine, Lieutenant Vivian Brandon, sei vor Ort vom Wachposten verhaftet worden. Der andere, Captain Bernard Trench, einen Tag später von der Polizei in Emden. In dessen Hotelzimmer hätten sich Zeichnungen, fotografische Aufnahmen, Angaben über Befestigungen, Bahngleise, Kräne, Telegrafen et cetera und jede Menge Messungsergebnisse von Entfernungen und Wassertiefen befunden, die bei der nächsten, in Holland geplanten Station an den britischen Nachrichtendienst hätten übergeben werden sollen.

Die Männer wurden in Leipzig vor Gericht gestellt und zu vier Jahren Haft verurteilt. Der Prozess erregte großes Aufsehen, weil die Angeklagten sich, was Motivation und Route betraf, auf einen Roman bezogen, *The Riddle of the Sands*, und weil bei den Befragungen auch einer breiten deutschen Öffentlichkeit klar wurde, dass in England eine geradezu hysterische Flottenangst gegenüber der deutschen Marine herrschte.

Wann immer das Gespräch im Herrensalon darauf kam, wurde Fritz Fisser erstaunlich schweigsam. Nur warfen er und Jakomina sich dann einen bedeutungsvollen Blick zu.

Frieda

Dieser Oktobertag begann schon verquer. Beim Aufstehen hatte Frieda den Eindruck, egal, wohin sie sich bewegte, überall läge ihr etwas Sperriges im Wege. Irgendwas braute sich zusammen. Sie wollte aber nicht grübeln, sondern frohgemut ihre Aufgaben erfüllen. Also beachtete sie das ungute Gefühl einfach nicht weiter.

»Hübsches Armband«, sagte sie freundlich zu Frauke, die schon wieder etwas Neues trug, als sie nach dem gemeinsamen Frühstück in den Salon gingen.

»Tja, wer nie Schmuck trägt, der bekommt natürlich auch nie welchen geschenkt«, antwortete ihre Schwägerin schnippisch.

Was soll das nun wieder?, fragte sich Frieda. Es machte ihr nichts aus, dass sie kaum Schmuck besaß. Und wenn sie das richtig mitbekommen hatte, schenkte immer nur Jakomina ihrer Tochter ein neues Stück, um sie aufzuheitern. Was war daran so beneidenswert? Mit Schmuck verband sich der Anlass des Schenkens, oder etwa nicht? Über Trostschmuck aus Mitleid würde sie sich kaum freuen. Frieda versuchte wirklich, friedlich mit ihrer Schwägerin auszukommen, aber immer musste Fräulein Fisser das letzte Wort haben oder irgendeine Spitze, Gehässigkeit oder Rechthaberei gegen sie loslassen. Tief einatmend ging sie an ihre Arbeit. Es könnte alles so schön sein.

Sie legte neue Toiletteseifen und rote Schwämmchen für

die Gesichtsreinigung in die Verkaufsvitrine. Von draußen winkte Rieka ihr im Vorübergehen zu. Sie hatte Herbstferien und schob nun auch vormittags den Kinderwagen mit ihrer kleinen Nichte durchs Dorf. Frieda schickte eine Kusshand zurück. Zufällig beobachtete sie dann, dass Erwin ein Fläschchen aus dem Giftschrank holte. Wahrscheinlich hatte er wieder etwas Färbemittel auf Kopfhaut oder Kragen seiner Kundschaft gekleckst. Das einzige Mittel, das im Notfall gegen die hartnäckigen schwarzen Flecken half, eine Zyankalilösung, galt als nicht gerade ungefährlich. Ach, dieser Kerl war aber auch ein Ärgernis! Sie verstand überhaupt nicht, weshalb immer er zu den Fortbildungen geschickt wurde und nicht sie.

Neulich hatte er das Haar einer Kundin mit Wasserstoffperoxid behandelt, um es aufzuhellen, und gleich darauf unbedacht zu schnell geföhnt. Es hatte einen Knall gegeben und fürchterlich gestunken. Die schreckensbleiche Kundin war der Ohnmacht nahe gewesen. Zum Glück war bei der kleinen Explosion niemand verletzt worden und nur eine dicke Strähne verschmort. Als Entschädigung hatte ihr Schwiegervater der Kundin einen Auffüller aus echtem Haar geschenkt und sie damit einigermaßen versöhnt. Wie oft musste man den Töffel Erwin denn noch ermahnen, gründlicher zu arbeiten? Wenn er färbte, kam es durchaus vor, dass das Haar einen Tag später unerwünschte Farbreflexe in Lila oder Grün zeigte, weil es nicht sorgfältig genug vorbereitet worden war. Doch Erwin wies grundsätzlich alle Schuld von sich, Schuld hatten immer nur die anderen. Und von ihr wollte er, der Altgeselle, sich natürlich erst recht nichts sagen lassen. Denk nicht an das Ärgerliche, rief Frieda sich selbst zur Ordnung, damit machst du es nur größer.

Also, alles in allem hatte sie doch wirklich ein schönes Leben. Lissy erfreute jeden Tag ihr Herz, sie entwickelte sich prächtig, wurde von allen geliebt und verwöhnt, manchmal zeigte sie bereits einen beeindruckenden Ernst. Bestimmt hatte das Kind die Klugheit seines Vaters geerbt, und wenn Lissy lächelte, hörte Frieda die Engelein singen. Während sie im Salon arbeitete, kümmerten sich meist das Hausmädchen Else oder Rieka um die Kleine.

Hilrich ließ ihr weitgehend freie Hand. An seiner Ziehtochter hing er mit einer wahren Affenliebe. Dadurch sah Frieda sich manchmal gezwungen, die Neinsagerin zu sein, was sie eigentlich gar nicht mochte.

Hilrich und sie teilten vor allem die Begeisterung für die Haarkunst. Sie hatten beide eine erweiterte Sicht davon, unterhielten sich oft und gern über die Bedeutung eines gepflegten typgerechten Äußeren für das seelische Wohlbefinden und den gesellschaftlichen Erfolg ihrer Kunden. Frieda bewunderte aufrichtig Hilrichs Fertigkeiten, eiferte ihm weiter nach, machte aber inzwischen auch eigene Vorschläge, auf die er ohne Herablassung einging.

Sie schätzte seine Großzügigkeit, auch wenn er ihr noch keinen Schmuck geschenkt hatte. So durfte sie sich von Lieske, die inzwischen mit dem jungen Rass verheiratet war, im Herbst und im Frühjahr jeweils eine neue Grundgarderobe nähen lassen. Hilrich vertrat den Standpunkt, als seine Frau sei sie wie eine Reklametafel für den Inselsalon, und in Werbung müsse man investieren. Lieske und sie waren gute Freundinnen, obwohl ihre Verbundenheit nie die Tiefe erreichte wie die zu Grete.

Mit ihrer Berliner Freundin korrespondierte Frieda weiter regelmäßig. Wobei Grete eindeutig besser formulierte als sie. Ihre Geschichten über Begegnungen auf dem gesellschaftlichen Parkett, missglückte Verheiratungsversuche sowie Klatsch und Tratsch aus den höheren Kreisen lasen sich meist sehr amüsant. Manchmal tat Grete ihr allerdings auch furchtbar leid, immer dann, wenn Frieda direkt oder zwischen den Zeilen las, wie unglücklich sie sich wegen ihrer Krankheit und der Erwartungen ihrer Familie fühlte. Es war jedes Mal ein Höhepunkt des Jahres, wenn sie die Freundin zu Beginn der Lehmann'schen Sommerfrische wie in diesem und im Sommer davor am Fähranleger in die Arme schließen und dann einige Wochen lang viel Zeit mit ihr verbringen konnte. Ihre kinderliebe Freundin suchte stets das Seehospiz auf, um dort ehrenamtlich einige Stunden mitzuhelfen. Auch Lissy wurde von ihr nach Kräften verwöhnt. Zum Glück verstanden sich Hilrich und Grete gut, er ließ sich von ihr gern Neues aus Berlin berichten. Frieda erwiderte keinen Brief, ohne Grete daran zu erinnern: *Wenn alle Stricke reißen, dann komm nach Norderney. Hier findest du immer offene Arme und Heilung.*

Ganz in Gedanken versunken brachte sie benutzte Handtücher nach hinten. Seit einiger Zeit eröffneten in London, Paris und New York exklusive Schönheitssalons. Die Kunde davon war durch Fachblätter und Kurgäste bis nach Norderney gedrungen. Deshalb offerierte auch der Inselsalon neuerdings Gesichtsbehandlungen mit Wasserdampf und entspannende sowie verjüngende Gesichtsmassagen. Neben Tiefenreinigung der Haut und Haarentfernungen boten sie modernste Anwendungen zum Nähren und Pflegen des Teints an. Während der Saison hatten sie dafür zwei Fachkräfte aus Berlin angestellt, die Kundinnen auf Wunsch sogar schminkten. Bislang war das zwar eher Schauspielerinnen und *ces dames* vorbehalten gewesen, die meist verschleiert den Salon betraten. Doch mit dezenten Schönheitskorrekturen konnte man zunehmend auch Damen der Gesellschaft überzeugen, für kosmetische Hilfsmittel Geld auszugeben. Etwa für Rouge, ein möglichst natürlich aussehendes Make-up, für hautfarben getönten Puder, Augenbrauenfarbe und Lippenbalsam.

Seit einiger Zeit wurde von den Herstellern solcher Kosmetikprodukte intensiv Werbung gemacht, was die Nachfrage natürlich erhöhte. So gab es mittlerweile schon ein Dutzend unterschiedlicher Shampoons. Und weil immer mehr Fabrikate auf den Markt kamen, hörte Fritz Fisser damit auf, seine diversen hausgemachten Haarpflegemittel anzumischen. Das lohne den Aufwand nicht mehr, meinte er, und die Leute verlangten das, was sie in der Werbung sähen. Frieda hatte die letzte Seite ihres Merkhefts mit seinem Rezept für Birkenhaarwasser gefüllt. Der Bereich Schönheitspflege entwickelte sich zu ihrem persönlichen Steckenpferd, da war sie immer auf der Höhe der Zeit. »Aussehen und Selbstbewusstsein sind eins«, sagte sie dem Verletzungsopfer, das sich die Narben überschminken ließ. »Weißes Haar macht jung, das weiß doch jeder«, tröstete sie eine ältere Dame. »Seien Sie froh, dass sie keine grauen Haare haben. Weiße Haare sind ein Geschenk vom lieben Gott!«

Sie schlug mancher Insulanerin, die seit Jahren ihr Haar auf die gleiche Art frisiert trug, eine Veränderung vor. Es machte sie stolz, wenn diese Frauen ihr hinterher von den Komplimenten berichteten, die sie deshalb erhalten hatten.

Bei ihr öffneten sich viele Stammkundinnen. Sie erfuhr von Eheproblemen und anderen privaten Sorgen. So ergab es sich, dass sie auch immer mal wieder als Postillon d'Amour tätig wurde und bei dem einen oder anderen Paar ein wenig nachhalf. Und zwei- oder dreimal schon war es ihr wieder passiert, dass sie kurz, aber deutlich Hochzeitsbilder von Menschen gesehen hatte, die ihrem Gefühl nach zusammenpassten.

Als Lissy ihren ersten Zahn bekommen hatte, hatte sie sich schon ihren zweiten Hut verdient. Grete hatte ihr dazu mit einer interessanten Deutung gratuliert. *Mir scheint*, schrieb sie, *Du lenkst Deine eigenen unterdrückten romantischen Gefühle zur Freude und zum Gewinn anderer um. Die fremden Liebesgeschichten sind für Dich vielleicht ein Ventil.* Nur Grete wusste, dass sie eine Bruderehe führten. Dass Hilrich homosexuell war, hatte sie ihr allerdings nicht anvertraut. Denn sie hielt sich an ihr Versprechen, sein Geheimnis zu wahren, selbst der besten Freundin gegenüber.

Frieda hatte mit dem Wickwief, dem sie weiterhin umsonst das Haar schnitt und frisierte, über ihre Visionen von Hochzeitsbildern gesprochen. Die weise Frau hatte lächelnd erwidert, das sei die schönste Art der Hellsichtigkeit, die ihr je zu Ohren gekommen sei.

Jakomina riss sie aus ihren Gedanken. Sie bat sie, die Kasse zu übernehmen. Frieda rechnete bei einer Kundin ab, der Frauke für einen festlichen Anlass das Haar mit einem eingeflochtenen Blütenzweig hochgesteckt hatte. Sie bewunderte das Ergebnis, erkannte allerdings sofort, dass es nicht lange halten würde. Ohne ihre Schwägerin bloßzustellen – »Lass mal sehen, wie hat sie das doch schön hingekriegt!« –, ging sie um die Frau herum und sicherte den schiefen Turmbau mit wenigen Handgriffen und ein paar Zusatzklemmen. »Auf Wiedersehen! Eine schöne Familienfeier! Grüß alle!«

Irgendwie war sie an diesem Tag seltsam gestimmt, schon

wieder zog sie in Gedanken eine Art Zwischenbilanz nach knapp drei Jahren Ehe. Sie hatte keinen Grund zu klagen. Hilrich unterstützte sie bei allem. Nur in zwei Punkten blieb er stur. Sie wollte gern richtig schwimmen lernen. Damit war er, ohne Begründung, nicht einverstanden. Und sie wollte an Weiterbildungskursen teilnehmen. Das würde bedeuten, dass sie mehrere Tage in Aurich oder Norden verbringen musste. »Nein, wir können dich nicht entbehren«, beschied er sie jedes Mal.

An diesem Tag wollte sie ihn erneut fragen. Sie wartete, bis sie mit ihm und Frauke beim Elführtje in der Küche saß. Es machten nie alle gleichzeitig die kleine Teepause gegen elf Uhr, sondern nur zwei oder drei Mitarbeiter. »Lass mich das mit den neuen Färbetechniken doch mal richtig lernen«, bat sie ihren Mann. »Da findet nächsten Monat ein Lehrgang in Aurich statt.«

»Nein, das geht nicht.«

»Erwin ist viel zu nachlässig, lass mich teilnehmen.«

»Dann schicken wir eben Willy oder Kruuskopp«, antwortete Hilrich nur.

Sie spürte, wie Ärger in ihr hochstieg. »Aber wenn Frauen kaum was lernen dürfen, denkt doch alle Welt zu Recht, dass wir im Handwerklichen weniger können«, argumentierte sie. »Dabei sind wir genauso gut wie oder sogar besser als die Männer!«

»Meine Güte, was gehen mich denn die allgemeinen Ansichten von Männern über Friseurgehilfinnen an?«, gab Hilrich zurück. »Mich geht nur an, was meine Frau macht.«

Er ging nach draußen, um einen Zigarillo zu rauchen.

»Und du solltest dich um deine Tochter kümmern«, fiel ihr Frauke in den Rücken.

»Findest du's denn nicht ungerecht, dass du keine Lehre machen durftest?«, fragte Frieda. »Willy und Kruuskopp dagegen wohl?«

»Warum? Ich hatte das Glück, als Tochter eines Meisters in einem Friseursalon aufzuwachsen. Das kann man nicht übertreffen.«

»Dann warst du wohl gerade am Strand, als man hier lernen konnte, dass Haarschmuck nicht verrutschen darf«, antwortete Frieda gereizt. Normalerweise feuerte sie als Eingeheiratete nicht zurück, aber jetzt reichte es ihr. »Dein Werk vorhin, das wäre bis heute Abend in sich zusammengefallen. Eine unserer Grundregeln lautet: Spare nicht an Haarnadeln.«

»Phh!« Frauke warf den Kopf in den Nacken und verließ die Küche hoheitsvoll wie die Königin von Saba. Frieda konnte sie allerdings hören, wie sie nebenan im Lager den Meister fragte: »Papa, wer hat das Sagen im Damensalon?«

»Ich natürlich.«

»Und wenn du nicht da bist?«

»Deine Mutter. Oder Hilrich.«

»Und wenn beide nicht da sind?«

»Was meinst du?«

»Wer hat das letzte Wort: Frieda oder ich?«

»Ach, lass mich doch in Ruhe mit so was. Warum muss bei euch Weibsbildern immer eine das letzte Wort haben?«

»Ich möchte es aber wissen.«

»Klei mi ann Mors!«

Die Tür knallte ins Schloss.

Frieda empfand immerhin etwas Genugtuung ob seiner Antwort. Deftiger Ausdruck, nur auf Plattdeutsch halbwegs verträglich. Innerlich dankte sie ihrem Schwiegervater. Deshalb und weil sie nicht nachtragend war, gab sie sich beim Mittagessen schon wieder freundlich.

»Ob wir einen Dauerwellapparat anschaffen sollten?«, überlegte sie laut.

»Du meinst das Gerät von diesem Herrn Nessler?«, fragte Fritz. »Ich weiß nicht, mir erscheint das Ding noch nicht ausgereift.«

»Aber wir sollten immer auf dem neuesten technischen Stand sein«, meinte Hilrich. »Ich hab auch schon darüber nachgedacht. Wir sind hier der führende Salon. Und wer nicht mit der Zeit geht, der geht mit der Zeit. Nessler verspricht enorme Verdienststeigerungen.«

Fritz ließ sich Zeit mit seiner Antwort, er kaute ausgiebig auf seinem Kochfisch herum. »Da musst du aber die Schmerzensgeldzahlungen an Kundinnen gegenrechnen.«

»Ich hab Bilder in der *Friseur-Zeitung* gesehen«, ließ sich Erwin unlustig vernehmen. »Ist ein ziemliches Ungetüm und nimmt viel Platz weg.«

»Der Nessler hat doch der Frau, an der er die Apparatur ausprobiert hat, zweimal die Kopfhaut verätzt«, wusste Jakomina. »Nee, mit so was will ich nix zu tun haben.«

»Er hat die Frau aber hinterher geheiratet«, steuerte Frauke bei, ohne zu merken, wie bemitleidenswert sie durch die Ernsthaftigkeit ihres Hinweises wirkte.

»Tja, ist auch alles sehr zeitaufwendig. Dauert fünf bis acht Stunden, so 'ne Prozedur, hab ich gelesen«, räumte der Meister ein. »Und die Lockenwickler müssen mit heißen Metallzangen auf hundertzwanzig Grad Celsius erhitzt werden. In der Tat brandgefährlich.«

»Das gilt ebenso für die Ondulation nach Marcel«, sagte Hilrich. »Man muss eben sorgfältig arbeiten.«

»Wir haben immerhin drei ausgebildete Sanitäter im Salon«, warf Willy grinsend ein.

Tatsächlich galten Barbiere aus der alten Chirurgentradition ihres Berufsstandes nach dem Motto *Du hast ja schon mal Blut fließen sehen* als besonders geeignet, ihre Wehrpflicht im Sanitätsdienst abzuleisten. Hinterher blieben sie ehrenamtlich wie Fritz, Hilrich und Erwin im örtlichen Kriegerverein oder beim Deutschen Roten Kreuz als Sanitäter in Übung.

»Na, Erwin, nix für ungut, aber von dir möchte ich lieber nicht verarztet werden.« Kruuskopp, inzwischen ebenfalls Geselle, grinste. »Du würdest mir glatt das falsche Bein amputieren.«

»Aber der größte Nachteil ist doch wohl, dass die Dauerondulation am lebenden Haar erst fünf Zentimeter vom Kopf entfernt beginnen kann«, gab Jakomina zu bedenken, »eben wegen der Chemikalien, die man ins Haar gibt, und wegen der Hitze in den Lockenwicklern.«

»Ich finde auch, das sieht nicht schön aus, wenn die Haare am Ansatz noch glatt sind«, meinte Frauke.

»Eben.« Skeptisch wiegte der Meister den Kopf. »Besser, wir schaffen welche von den neuen, leichteren Haartrocknern an und investieren mehr in die Schönheitspflege.«

Frieda spürte, dass Hilrich nicht zufrieden mit der Antwort war. Er ließ sich eben schneller für Neues begeistern als sein Vater, aber noch war nicht er der Chef. Deshalb nahm er die Entscheidung innerlich grummelnd hin.

Überhaupt entwickelte sie mehr und mehr ein Gespür für Hilrich. Leider merkte sie auch immer deutlicher, wenn er sich zu seinen Streifzügen aufmachte. Bei Vollmond trieb es ihn nachts hinaus wie einen läufigen Hund. Sie schämte sich dann für ihn, versuchte aber, es ihn nicht merken zu lassen. Sie machte sich auch ihre Gedanken, wenn er vorgab, von Kunden ins Hotel gerufen worden zu sein, und nach einer fremden Seife duftend zurückkehrte. An solchen Tagen war es ihr, als hielte eine eiskalte Hand ihre Speiseröhre umschlossen. Sie musste sich dann zwingen, sich mit irgendetwas abzulenken.

»Ich hab noch einen Termin im Hotel Germania«, sagte Hilrich gegen Feierabend. Er ging ins Bad, um sich frisch zu machen. »Alter Berliner Kunde. Warte nicht auf mich, wird vielleicht später.«

Es war Teil ihrer Vereinbarung. Frieda versuchte, ruhig und gelassen zu bleiben. Aber es regte sie doch auf. Sie fühlte sich plötzlich so unbedeutend und ungeliebt, als Frau nicht existent. Dass sie Joseph verloren hatte, schmerzte sie mit neuer Wucht. Joseph, Joseph, Joseph … Wo steckst du nur? Du fehlst mir so! Die Sehnsucht nach ihm machte sie noch wahnsinnig. Sie war jung, aus Fleisch und Blut, sie wollte begehrt werden. Wenn sie wenigstens ausdauernd schwimmen könnte! Grete hatte ihr anvertraut, dass sie dabei gewisse nervöse Anspannungen loswurde, sie gewissermaßen ans Meer abgab.

Unruhig lief sie in der Wohnung hin und her, räumte auf, mochte sich nicht setzen. Sie hielt es einfach nicht aus zu Hause.

»Ich geh noch mal zu Lieske, zur Kleideranprobe«, sagte sie Jakomina, »und ich nehm Lissy mit.«

Es war schon dunkel. Sie setzte die Kleine auf den Kindersitz, den Dodo ihr vorne ans Fahrrad montiert hatte, und radelte los, fuhr jedoch am Fischerhaus der Familie Rass vorüber, obwohl das Licht im Küchenfenster gemütlich und einladend schien, immer weiter, gegen den Wind. Sie konnte nicht aufhören, sich in den Wind zu stemmen, denn die Anstrengung überdeckte ihren Schmerz. Und so strampelte sie, teils im Stehen, weiter Richtung Osten aus dem Dorf hinaus, bis ihr klar wurde, dass sie den Weg zum Leuchtturm eingeschlagen hatte. Dann sollte es wohl so sein. Lissy quengelte, doch irgendwann schlief sie ein. Das Licht leuchtete doppelt so stark wie damals, als sie mit Joseph dort gewesen war, weil der Leuchtturm eine neue, moderne Apparatur erhalten hatte.

Als sie angekommen waren, nahm Frieda ihre Tochter auf den Arm und schlich sich am Wärterhaus vorbei. Sie setzte sich auf die Bank am Sockel des Leuchtturms. Ihre Ohren schmerzten vom kalten Wind. Ihre Knie zitterten von der Anstrengung. Lissy saß auf ihrem Schoß und rieb sich die Augen. Frieda drückte sie an sich. Von Erinnerungen überwältigt schaute sie hoch. Der Strahlenkranz bewegte sich wie damals, seine Magie wirkte nach wie vor. Er umschloss sie sie, hüllte sie in seinen durchlässigen Lichtraum wie in einen Schutzmantel ein – aber nun doppelt so stark. Seine Liebe reicht für zwei, dachte sie. Ihre Augen wurden feucht. Sie küsste Lissy, die aufgewacht war und staunend in die Nacht schaute, auf den Scheitel.

»Da, Mama!« Das Kind zeigte auf die Strahlen.

»Ist das nicht schön?«, flüsterte Frieda, während sie sich Tränen von den Wangen wischte.

»Nicht weinen, Mama.« Lissy kuschelte sich an sie.

»Nein.« Frieda lächelte. Sie fühlte sich auf einmal wieder froh und erleichtert, empfand Trost und eine tiefe Gewissheit. Alles war Liebe, Joseph war bei ihr, bei ihnen.

»Papa?«, fragte Lissys klare Kinderstimme.

Beinahe hätte Frieda geantwortet: Ja, da oben ist er und in mir und dir und im Geiste immer um uns herum. Aber das hätte die Kleine natürlich nicht verstanden. Sie drückte Lissy an sich. »Wir fahren jetzt nach Hause zu Papa. Vielleicht ist er ja schon von seiner Arbeit zurück.«

Er war noch nicht wieder da, als sie ankamen. Frieda brachte Lissy ins Bett und legte sich ebenfalls schlafen. Als er spät in der Nacht ins Zimmer kam, roch sie, dass er getrunken hatte. Eigentlich wollte sie so tun, als schliefe sie fest. Doch er stieß seinen Wecker vom Nachttisch, was so viel Krach machte, dass sie hochfuhr.

»Entschuldigung«, sagte er mit schwerer Zunge.

Sie setzte sich mit dem Rücken ans Betthaupt. Im Dämmerlicht konnte sie ihn nur schemenhaft erkennen.

»Was guckst du so?«, motzte er. »Du hast gewusst, worauf du dich einlässt.«

»Ich sag doch gar nichts.«

»Aber wie du guckst!«

»Es ist dunkel.«

»Ich spüre es. Du guckst, als wäre ich ein verkommenes Subjekt.«

»Ich schlafe noch. Und du bist betrunken.«

»Ja, du bist angewidert, gib's doch zu! Der Perverse kommt, dein Mann, der Kerl mit den anormalen Trieben. Dich ekelt es.« Er knipste die Nachttischlampe an, schlug die Bettdecke zurück, setzte sich schwerfällig auf. Über die Schulter sah er sie an. »Und weißt du, was? Ich ekel mich vor mir selbst.« Plötzlich standen ihm Tränen in den Augen. »Warum kann ich mich nicht besser beherrschen? Ich hasse mich dafür!« Er hob die Beine ins Bett, zog die Decke höher. »Hinterher kotze ich mich selbst an. Hast du eine Ahnung, wie sich das anfühlt? Als hätte man zu viel scharf Gebratenes von schlechter Qualität verschlungen, nur noch viel schlimmer.«

In seinem Blick mischten sich Selbstanklage, Scham und die verzweifelte Hoffnung auf Verständnis.

»Aber ... aber ... sonst bist du doch ein toller Mann«, stammelte Frieda hilflos.

»Ja, abgesehen von dem moralischen Krebsgeschwür, das ich in mir trage ...« Verächtlich verzog er sein Gesicht. »Mich hat keiner gefragt, wie ich empfinden will. Ich hab es mir nicht ausgesucht, so zu sein.«

In diesem Moment tat er ihr schrecklich leid. »Kann man denn nichts dagegen tun?«

»Pah!« Er schüttelte heftig den Kopf. »In Berlin hab ich mal monatelang ein Medikament genommen, das angeblich die krankhafte Neigung kurieren sollte. Ich wär fast dran krepiert.«

Sie suchte nach weiteren Gründen, die ihn aufmuntern konnten. »Es kommt sogar in den höchsten Kreisen vor.«

»Soll das etwa ein Trost sein?«

»Aber ... eigentlich schadest du doch auch niemandem.«

»Außer dir vielleicht?« Er lachte höhnisch. »Und meiner Familie und meinen Freunden, die ich belüge? Ich belüge ja alle Welt.« Nun begann er tatsächlich, bitterlich zu weinen.

Frieda streckte ihren Arm aus, hinüber ins andere Bett. Eine Geste, die sie sich bislang immer verboten hatte. Die Besucherritze war die Grenze. Sie ergriff seine Hand und drückte sie.

»Ich mag dich trotzdem, Hilrich.«

»Ach!«

Er rückte näher, senkte seinen Kopf gegen ihre Brust. Durch das hochgeschlossene Nachthemd hindurch spürte sie die Feuchtigkeit seiner Tränen. Sie legte ihre Hand auf seinen Kopf und zog ihn weiter an sich. Während er sich ausweinte, bekam sie eine Ahnung von dem Druck, der ständig, auch jede Stunde im Alltag, auf ihm lasten musste.

»Gibt es nicht Bestrebungen, den Paragrafen 175 aufzuheben?«, fragte sie schließlich. »Hat der Staat wirklich das Recht, Menschen ein Brandmal aufzusetzen, sie zu bestrafen, nur weil sie fühlen, wie sie nun mal fühlen?«

Hilrich blickte auf. »Der Staat muss doch die Sittlichkeit und die Gesundheit des Volkes schützen«, sagte er ernst. Sie wusste nicht, ob er es ironisch meinte. Vielleicht wusste er es selbst nicht. Aber er beruhigte sich langsam. Er richtete sich auf und umarmte sie freundschaftlich. »Danke dir, Frieda. Ich hab wirklich Glück mit dir.«

Sie lächelte halb traurig, halb aufmunternd. »Wir sind doch eigentlich ein gutes Gespann.«

Er nickte. »Und wir haben Lissy«, fügte er hinzu. Seine Miene bekam einen hoffnungsvollen Ausdruck. »Es könnte wirklich gut gehen. Solange … solange sich keiner von uns beiden verliebt …«

»Verlieben? Ich bestimmt nicht«, erwiderte Frieda überzeugt. »Mein Herz ist schon vergeben.«

»Ich will da gar nicht weiter nachbohren.« Hilrich rutschte wieder auf seine Betthälfte.

»Aber du …«, begann sie zögerlich zu fragen. Sie hatte bislang angenommen, bei seinen Neigungen handle es sich um reine Triebabfuhr, um etwas nur Körperliches, Geschlechtliches. Ihr fehlten die Worte, um es richtig auszudrücken. »Ihr könnt euch auch verlieben?«

Er lachte bitter auf. »Natürlich! Wir sind keine Tiere, selbst wenn das viele zu glauben scheinen. Meine glücklichste Zeit hatte ich in Berlin mit einem Mann, in den ich nicht nur verliebt war. Wir haben uns tief und innig geliebt.« Frieda erschrak, in ihrem Magen machte sich ein flaues Gefühl breit. Da drohten Gefahren, von denen sie überhaupt nichts geahnt hatte! »Als damals der Skandal um den Liebenberger Kreis publik wurde, bekam er kalte Füße. Er hatte solche Angst, entdeckt zu werden, dass er den Kontakt zu mir abgebrochen hat.«

»Dann hat er dich nicht richtig geliebt!«

»Doch. Aber damals haben sich viele Männer wegen ihrer Neigung zu Männern umgebracht. Da war's mir lieber, dass er reumütig zu Frau und Familie zurückkehrte.«

»O mein Gott.«

Dann verzehrte er sich wohlmöglich nach diesem Mann wie sie sich nach Joseph. Warum musste das Leben nur so kompliziert sein?

Nach dieser Aussprache gingen sie vertrauter und kameradschaftlicher miteinander um. Alle nahmen an, sie seien überaus glücklich verheiratet.

Im November fiel Frieda auf, dass Frauke sich von einem Tag auf den anderen ganz kleinlaut verhielt. Sie schien viel zu weinen, erzählte aber auf ihre Nachfrage nicht, was sie bedrückte. Erst durch Jakomina und das Hausmädchen erfuhr sie, dass Frauke mit einem Freund ihres Verehrers angebandelt hatte, um ihn eifersüchtig zu machen. Der Schuss war allerdings nach hinten losgegangen. Statt ihr daraufhin endlich seine Liebe zu erklären und einen Heiratsantrag zu machen, hatte er sich von ihr abgewendet. Das allein war schon schlimm genug. Doch wie sich wenig später herausstellte, hatte der Freund ihr sogar im Auftrag seines

Kumpels schöne Augen gemacht, weil dieser sie loswerden wollte und einen plausiblen Grund suchte, die Geschichte zu beenden. Frauke litt also doppelt, unter dem Verlust und der Schmach, hinters Licht geführt worden zu sein. Sie trauerte dermaßen, dass Friedas Schadenfreude nur von kurzer Dauer war. Da sie wusste, dass ihr Trost der Schwägerin nicht geheuer sein würde, schickte sie Lissy mit einer Tafel Schokolade zu ihr.

Als Weihnachten bevorstand, schlug Hilrich Frieda vor, sie möge sich nach einem Geschenk umschauen. So spazierte sie eines Tages mit Lieske an den Schaufenstern der wenigen in der Winterzeit nicht zugenagelten Geschäfte entlang und begutachtete aufmerksam die Auslagen. In einem Schaufenster des Bazar-Gebäudes stach ihr eine Kette besonders ins Auge. Sie war im ostfriesischen Filigranschmuckstil aus Rotgold gearbeitet. Kurz entschlossen betraten sie und Lieske den Schmuckladen, um sich nach dem Preis und eventuellen Varianten zu erkundigen.

Das Geschäft war erst im Frühjahr eröffnet worden. Sein Besitzer, ein großer, gut genährter Ostfriese vom Festland namens Felix Rosenau, beriet sie freundlich und fachkundig. Er mochte Mitte zwanzig sein, war dunkelhaarig mit einem üppigen Schnauzbart und trug einen tadellos gearbeiteten Anzug samt Weste und dicker goldener Uhrenkette. Bei aller Seriosität strahlte er, vielleicht durch die rosige Haut bedingt, etwas kindlich Gutmütiges aus. Frieda lauschte seinen Ausführungen aufmerksam. Und dabei hatte sie ganz unvermittelt eine Vision – sie sah diesen jungen Mann, allerdings mit verändertem Bart – auf einem Hochzeitsfoto mit ihrer Schwägerin. Das war ja verrückt! Sie brauchte einen

Moment, um sich zu fangen. Aber da Lieske ein paar Fragen stellte, fiel es nicht weiter auf.

»Sie müssen einmal zu uns in den Inselsalon kommen«, sagte sie am Ende des Gesprächs liebenswürdig. »Mein Mann versteht sich ausgezeichnet auf Bartpflege. Sie haben einen prächtigen Wuchs, darum beneiden Sie sicherlich viele Männer! Er würde ihm die ideale Form geben, die auch mit dem eleganten Charakter ihres Geschäfts harmonieren dürfte.«

Lieske kicherte, als sie das Geschäft verlassen hatten. »Dass du dich so gewählt ausdrücken kannst«, sagte sie beeindruckt. »Ich bin gespannt, ob er zu euch in den Salon kommt.«

»Ich will es hoffen«, erwiderte Frieda vergnügt.

Insgeheim fragte sie sich, ob sie sich den nächsten Hut wohl noch rechtzeitig bis zur neuen Frühjahrsgarderobe verdient haben würde.

Grete

Der vielversprechende Rittmeister, der Grete den Hof machte, seit sie den verwitweten Reeder mit aufsässigen Fragen wie »Warum ist das so?« oder »Wem nützt es?« vergrault hatte, wich während ihres Winterspaziergangs durch den Tiergarten erschrocken zurück. Sie hustete sich die Seele aus dem Leib. Es klang recht hässlich, besonders wenn sie würgen musste. Bestimmt sieht es schrecklich aus, dachte sie, als sie nur noch röchelte, wahrscheinlich verfärbt sich gerade mein Gesicht …

Und dann verlor sie das Bewusstsein.

Grete erwachte in ihrem Bett. Sie hörte, wie der Hausarzt mit ihrer Mutter sprach. »Das war knapp, gnädige Frau. Sie wissen ja, sie könnte an einem Anfall ersticken. Ich habe ihr eine Beruhigungsspritze gegeben.«

»O Gott, *mon Dieu*!« Die tränenschwere Stimme ihrer Mutter verriet Verzweiflung. »Meine Nerven machen das nicht mehr mit. Immer dieses Auf und Ab! Manchmal denke ich, sie kriegt ihre Anfälle absichtlich.«

»Vielleicht steckt darin ein Fünkchen Wahrheit, aber sie steuert es nicht mit Absicht. Sie sollten Ihre Tochter nicht dafür verantwortlich machen. Es ist gewiss kein Vergnügen, so zu leiden.«

»Nein, natürlich nicht. Nur … was sollen wir denn noch tun? Wir haben doch schon alles …« Sie konnte wohl nicht zu Ende sprechen.

»Nun, was den nervösen Anteil an der Erkrankung betrifft«, antwortete der Arzt, »da können nur innere Sammlung und Selbstzucht helfen.«

»Der Rittmeister hat soeben die Flucht erjriffen«, mischte sich ihr Vater in das Gespräch ein. »Hat jute Besserung jewünscht und noch wat von Reserveübung jefaselt, warum er nich mehr kommen kann. Allet vorjeschob'n! Der will wat Jesundet, der will 'ne Familje jründen, aber keen Pflegefall anne Hacken ham.« Er berlinerte wieder, so sehr regte er sich auf.

Grete drehte sich zur Seite und zog die Bettdecke über den Kopf. Sie war erschöpft, sie schämte sich. Zum Glück wirkte die Spritze des Arztes bald.

Als sie nach ein paar Stunden Schlaf gegen Abend wieder aufstehen konnte, stand ihr Entschluss fest. Es ging schließlich um ihr Leben.

Die Eltern saßen im Wintergarten unter den zimmerhohen Palmen. Ihre Mutter erhob sich. Bekümmert kam sie auf sie zu.

»Kind, wie geht es dir?«

»Ganz gut, danke, Maman.« Grete hielt sich an der Rückenlehne eines Rattanstuhls fest. »Ich möchte mit euch sprechen. Bitte. Ihr habt meinetwegen schon so viel durchgemacht. Ich gebe mir wirklich alle Mühe, aber ich kann nicht die Tochter sein, die ihr euch wünscht.«

»Wat soll dat Jerede?«

Ihr Vater versteckte seine Sorge hinter einer ärgerlichen Miene. Doch sie ließ sich nicht einschüchtern.

»Bitte erlaubt mir, im Seehospiz auf Norderney eine Schwesternausbildung zu machen. Das Klima auf der Insel tut mir immer gut, und die Krankenpflege für Kinder ist wirklich eine sinnvolle Tätigkeit. Ich wünsche es mir schon lange! Bitte!«

Ihre Eltern sahen sie an, als hätte sie ihnen eröffnet, dass sie künftig im Varieté auftreten wollte.

»Meine Tochter muss nicht arbeiten!«, erwiderte ihr Vater heftig.

Grete umklammerte die Lehne so fest, dass ihre Fingerknöchel weiß hervortraten. Sie hatte sich vorgenommen, nicht die Nerven zu verlieren, nicht ausfallend zu werden. Im erwarteten Falle einer Ablehnung wollte sie darauf hinweisen, dass sie inzwischen volljährig war. Sie holte tief Luft.

»Ich bin einundzwanzig Jahre alt«, begann sie, wobei sie damit rechnete, jede Sekunde unterbrochen zu werden. »Dr. Hartmann erinnert sich gut an mich, er würde mich bestimmt sofort annehmen. Ich hätte Kost und Logis frei, die Ausbildung kostet nichts, das ist wie in der Charité, wenn ich mich verpflichte, nach dem einen Lehrjahr die beiden darauffolgenden Jahre dort als Schwester zu bleiben.«

Zu ihrem Erstaunen hörten die Eltern ihr bis zum Ende zu, sie schwiegen sogar anschließend beide noch eine Weile.

Dann sah ihre Mutter den Vater an und räusperte sich. »Aber, Ludwig«, sagte sie nachdenklich, »wenn doch die Arbeit die Medizin ist.«

In diesem Moment wusste Grete, dass sie gewonnen hatte.

Die Hochzeit von Frauke Fisser und Felix Rosenau war die erste private Feier, zu der sie im Frühjahr 1912 auf Norderney eingeladen wurde. Da hatte sie ihre Ausbildung im Seehospiz noch nicht beginnen können. Während nämlich der Husten bereits wieder völlig fast verschwunden war, erwies sich der Ausschlag diesmal als besonders hartnäckig, und deshalb durfte sie, zu ihrem beiderseitigen Schutz, keinen Kontakt mit kranken Kindern haben.

Frieda strahlte sie trotzdem an. »Ich freu mich so! Was für paradiesische Zustände! Frauke wird sich künftig im Schmuckgeschäft ihres Mannes entfalten, und meine beste Freundin ist für immer auf Norderney.«

»Na ja, erst mal für drei Jahre.«

»Also ewig!« Frieda lachte. Sie rückte ihren neuen Hut, ein Geschenk des Brautpaares, zurecht. »Wer es hier drei Jahre lang ausgehalten hat, der kommt nicht wieder los von der Insel.«

Die Hochzeitsgesellschaft unternahm zwischen Trauung und Feier eine Spazierfahrt in geschmückten Kutschen zur Georgshöhe, der Aussichtsdüne am Herrenbad. Das war eine Idee des Bräutigams gewesen. Diesen Felix fand Grete sympathisch, ein wenig tapsig vielleicht, trotz des eleganten Tangohaarschnitts mit längerem Deckhaar und des schmalen Bärtchens – beides unverkennbar ein Werk von Hilrich. Der Juwelier hatte originelle Ideen, was sein Geschäft betraf. Ausgiebig hatte sie schon seine Schmuckkreationen bewundert, und in dieser Hinsicht verfügte sie wirklich über ein geschultes Auge. Eigentlich hätte sie ihm eine nettere Frau gegönnt als diese eingebildete Frauke. Nicht zum ersten Mal beobachtete Grete fasziniert, wie die Friseurtochter immerzu mit Gesten und Bewegungen so tat, als wäre sie besonders schön und würde von allen bewundert. Sie schien selbst daran zu glauben, obwohl doch in Wirklichkeit alles an ihr höchstens mittelmäßig war. Allerdings hatten ihre Allüren zumindest bei Felix den erwünschten Effekt erzielt.

Grete musste schmunzeln, als sie daran dachte, wie geschickt Frieda die beiden verkuppelt hatte. Abwechselnd hatte sie ihnen schmeichelhafte Äußerungen des jeweils anderen übermittelt, anfangs allesamt von ihr erfunden, bis das Interesse der beiden aneinander tatsächlich entfacht war und Felix angefangen hatte, Frauke zu umwerben. In dieser Phase hatten beide dann von sich aus Frieda als Überbringerin ihrer Botschaften eingesetzt. Nun gut, Grete wünschte dem Paar viel Glück. Vielleicht wirkte sich die eheliche Liebe ja auch zu Fraukes Vorteil aus.

Auf der ungeschützten Georgshöhe wehte der Wind heftiger. Das Paar ließ sich hier mit seinen Gästen fotografieren. Lissy als das Blumenmädchen musste den immer wieder ins Bild wehenden Brautschleier festhalten. Überhaupt Lissy – welch ein Zauberwesen war ihrer Freundin geschenkt worden! Das kleine Mädchen mit den dunklen Locken und den schönen dunkelblauen Augen hatte Grete vom ersten Augenblick an entzückt. Ihre Liebe beruhte auf Gegenseitigkeit. Sie pflegten schon eigene Rituale. »Wer kommt in meine Arme? Der kriegt ein Stück Schokolade!«, rief sie immer zur Begrüßung. Tant' »Deete« ging dann in die Knie, breitete die Arme aus, und Lissy, nach Friedas Aussagen sonst ein meist ernstes Kind, flog ihr lachend entgegen, um sich auffangen und im Kreis herumwirbeln zu lassen.

Auf der Georgshöhe stand an diesem Tag, obwohl die Saison noch nicht begonnen hatte, ein Mann, der Ausrufer Johann König, der im Sommer hier Kurgästen sein zweieinhalb Meter langes Teleskopfernrohr zum Durchgucken anbot. Für ein Entgelt konnte man damit in bis zu hundertachtzigfacher Vergrößerung den Horizont absuchen, die Krater auf dem Mond anschauen, mit Dunkelglas die Sonne bestaunen und natürlich in der Ferne vorüberziehende Kriegsschiffe, Auswandererdampfer, Dreimastfrachter, Segelboote und elegante Yachten samt Menschen an Bord ganz nah heranholen. Das war ein großes Erlebnis für Urlauber jeden Alters, doch die wenigsten Einheimischen hatten sich bislang dieses Vergnügen gegönnt.

»Nein, diese Technik!«, hörte man Jakomina voller Bewunderung ausrufen.

Auf Felix' Geheiß durften alle Hochzeitsgäste einen Panoramablick in die Ferne werfen. Das klare Wetter war an diesem Tag dafür ideal. Auch Grete genoss die Aussicht. Wie wohl jeder von ihnen hatte sie das Gefühl, dank Zauberkraft in eine Zukunft zu blicken, die gar nicht anders werden konnte als wunderbar.

Hinterher betrachtete sie die Gäste. Etliche aus der Stadt Norden angereiste Verwandte des Bräutigams hatten auffallend dunkle Augen und Gesichtszüge, die charakteristisch für Israeliten waren.

Beim Festessen im Restaurant von Onnos Hotel erzählte der Brautvater Fritz Fisser, wie Felix um die Hand seiner Tochter angehalten hatte.

»Bevor er die Frage aller Fragen stellte, legte er die rechte Hand auf seine linke Brust und kündigte eine Erklärung an, die, wie er es ausdrückte, zugleich ein Geständnis sei. Ich machte mich schon auf Schlimmes gefasst. ›Hochverehrter Herr Fisser‹, sprach er dann weiter, ›ich entstamme einer jüdischen Familie. Schon meine Eltern sind zwar zum Christentum übergetreten, doch ich will Ihnen unseren Ursprung nicht verschweigen‹!« Der Friseurmeister gab diese Begebenheit wieder wie eine amüsante Anekdote. »Ich antwortete ihm, dass ich wohl niemals Anlass gegeben hätte anzunehmen, dass ich antisemitische Vorurteile pflege. Daraufhin rief er aus: ›Ich wusste, dass Sie ein edler Mensch sind!‹

Und da wusste ich: Er ist ein aufrechter Kerl, der Richtige für unsere Frauke.«

Alle lachten, einige etwas leiser. Im Gegensatz zu anderen Inselorten wie Borkum oder Zinnowitz, die sich mit Schmähgedichten rühmten, dass »Itzigs« bei ihnen unerwünscht seien, galt Norderney seit Heinrich Heines Zeiten als Judeninsel oder zumindest als judenfreundlich. Im Ort lebten zwei bis drei Dutzend Bürger jüdischen Glaubens das gesamte Jahr über, während der Saison kamen etliche Geschäftsleute und Saisonarbeiter hinzu. Sie sorgten mit koscherer Küche und anderen Angeboten dafür, dass sich die zahlreichen jüdischen Kurgäste auf der Insel wohlfühlten.

Grete selbst fühlte sich noch nicht richtig wohl. Eben weil die Ekzeme, vor allem im Gesicht, dieses Mal nicht so schnell verschwinden wollten wie erhofft. Erst ein Besuch bei Friedas Familie brachte nach der Hochzeit die entscheidende Wende. Ganz nebenbei gab Friedas Großmutter ihr einen Rat, den sie umgehend befolgte. Sie legte fünfmal am Tag einen in den zweiten Aufguss von Ostfriesentee getränkten Lappen für zehn Minuten auf die nässenden Hautstellen. Das brachte innerhalb kurzer Zeit erst Linderung, dann Heilung. Hätte sie ihr das nur schon früher geraten!

Nun endlich durfte sie ihre Ausbildung beginnen und der ersehnten Tätigkeit nachgehen. Es war nicht einfach. Oberschwester Luises Drill traf aber alle gleichermaßen, und Grete biss die Zähne zusammen. Sie wollte auf keinen Fall klein beigeben, nachdem sie sich die Erlaubnis für den Beruf so schwer ertrotzt hatte. Überwiegend bereitete ihr die Arbeit auch wirklich viel Freude. Stolz trug sie ihre schlichte Schwesterntracht mit dem weißen Häubchen.

Sie bat Frieda, ihr eine neue Frisur zu machen, die dazu passte, und besuchte sie im Inselsalon. »Ich denke, ein Nackenknoten wäre hübsch und praktisch.«

»Mal sehen … Schon witzig, dass jetzt du eine Haube trägst«, bemerkte Frieda, als sie ihr die gestärkte Kappe abnahm, um das Haar zu bürsten.

»Stimmt.« Grete lächelte. »Du bist unter einer Glückshaube geboren, dann hast du die Friesenhaube eurer Inseltracht getragen. Ich musste mir meine hart erkämpfen.«

»Ich würde das Haar ein Stück kürzen«, schlug Frieda vor. »In Paris trägt man jetzt kleine Köpfe, das Haar enger anliegend, nicht mehr so aufgebauscht und mehr von oben in die Stirn geschoben, eher wie einen Helm.« Sie drehte einen dicken Zopf und legte ihn spielerisch um Gretes Kopf. »Zur Turbanfrisur, die auch gerade in Mode kommt, würde deine Schwesternhaube leider gar nicht passen.«

»Phh! Will ich die etwa?« Grete zitierte spöttisch einen frühen Wahlspruch der Reformbewegung. »Die Modesklavin ist für die Wiedergeburt des Menschen unbrauchbar.«

Frieda grinste. »Du hast einen schönen Wirbel an der Stirn und natürliche Wellen. Das würde ich nutzen, um deine klassische Schönheit zu betonen.«

»Nur zu.« Grete grinste. »Ich vertrau dir. Leg los und überschütte mich weiter mit Schmeicheleien.«

Das Ergebnis gefiel beiden. Der tiefe Nackenknoten mit den weich fallenden Seitenpartien stand Grete gut, er war von edler Schlichtheit, und sie konnte sich auf diese Weise jeden Morgen ohne Hilfe frisieren.

Ihre Wirkungsstätte war hauptsächlich der Pavillon 6 mit den Kleinen, die an Asthma litten. Neben der allgemeinen Zuneigung der Kinder genoss sie auch Autorität, schon allein deshalb, weil sie die Krankheit aus eigener Erfahrung kannte. Da sie schwimmen konnte, durfte sie Meister Lampe öfter bei den Badestunden in der Nordsee unterstützen. Häufig ging sie frühmorgens vor dem Dienst schon ins Meer. Die Lufttemperatur erreichte in diesem Hitzesommer mehrfach über dreißig Grad. Die Tage und Wochen vergingen wie im Flug, ihr blieb nicht viel Zeit für private Unternehmungen. Nun gehörte sie also selbst zu den Schwestern, die abends noch bei der Bank an der alten Kiefer zusammenkamen und gemeinsam sangen.

Von Max erfuhr sie nichts mehr. Nur einmal erwähnte Dr. Hartmann, dass ihm eine glänzende Laufbahn als Wissenschaftler bevorstünde.

Vor der Marienstraße wurde ein großer Sport- und Rennplatz eröffnet, Norderney wollte sich als Sportinsel etablieren. Dort holte Grete sich ab und an ein wenig Nervenkitzel. Natürlich wurde es von der Hospizleitung und gewissen Honoratioren nicht gern gesehen, doch sie ging – selbstverständlich in zivil – manchmal zu den Pferderennen, um Wetten abzuschließen. Die Atmosphäre auf der hohen, überdachten Tribüne, auf der mehr als tausend Besucher Platz fanden, war einfach unvergleichlich. Auf den Rängen drängten sich vornehme, sommerlich gekleidete Gäste, die zum Teil ihre gute Erziehung vergaßen, weil sie mitfieberten, jubelten, Gewinne abholten oder wutentbrannt ihre Zettel zerrissen, wenn sie aufs falsche Pferd gesetzt hatten.

Manchmal begleitete Frieda sie. Sie wettete allerdings nur selten und setzte auch nur Trinkgeldbeträge. Ihr Vergnügen bestand darin, am Zaun stehend oder im Rennplatzcafé die

Stimmung zu genießen sowie die Charaktere und die neuesten Moden zu studieren.

Vor der Herbst- und Winterzeit auf der Insel hatte Grete etwas Angst. Sie kannte Norderney nur im Sommer und fürchtete sich vor einem Inselkoller. Der Betrieb im Seehospiz lief aber nun mal weiter, schließlich hatte dessen Begründer Prof. Beneke im vergangenen Jahrhundert als erster Arzt überhaupt einen Winter mit über fünfzig Lungenkranken an der Nordsee auf Norderney verbracht, um nachzuweisen, dass dieses Klima rund ums Jahr heilsam wirkte.

Auch wenn Grete mit den anderen Schwestern gut auskam, blieb sie unter ihnen eine Einzelgängerin. Sie ging allerdings bei Fissers ein und aus, verstand sich auch weiterhin gut mit Hilrich. Mittlerweile war sie sich sicher, dass er homosexuell war. Denn Frieda sah so entzückend und verlockend weiblich aus, dass es einfach keine andere logische Erklärung für deren Leben in einer Bruder-Schwester-Beziehung gab. Sie rechnete es ihrer Freundin hoch an, dass sie in dieser Beziehung aus Loyalität Hilrich gegenüber diskret blieb. Aber vermutlich ahnte Frieda, dass sie wusste, was los war.

Grete kümmerte sich gern um Lissy, unternahm öfter Spaziergänge mit ihr. Manchmal kauften sie beim Bäcker zwei Nougatringe, die sie dann irgendwo, meist in lebhafte Unterhaltungen verwickelt, mit Aussicht aufs Meer verputzten.

Die Arbeit im Seehospiz nahm sie sehr in Anspruch. Sie litt mit ihren Schützlingen und freute sich, wenn es ihnen besser ging. Von einigen Kindern, gerade den schwierigen Fällen, die länger als zwei Monate in ihrer Obhut gewesen waren, fiel ihr der Abschied schwer. Manchmal kamen hinterher noch selbst gemalte Postkarten. Sie zierten die Wand hinter ihrem Bett. Eigentlich wollte sie auch wieder mehr zeichnen, aber dazu fehlten ihr die Zeit und die innere Ruhe.

Ihren dreiundzwanzigsten Geburtstag feierte Grete mit Familie Fisser, zwei Mitschwestern und einer neuen Freundin namens Katharina. Sie war Lehrerin, arbeitete ehrenamtlich für das Lehrerinnenerholungsheim, organisierte auch kulturelle Veranstaltungen, meist Vorträge, und teilte mit ihr das Interesse an der Reform- und Frauenbewegung. Grete machte sich keine Illusionen darüber, dass sie in den Augen vieler Leute allmählich ein »spätes Mädchen« wurde, doch sie selbst genoss es, dass sie nicht heiraten musste, flirtete mal hier, mal dort.

Katharina zog mit. Obwohl sie behauptete, dass sie auf gar keinen Fall heiraten wolle, weil sie dann ihren Beruf als Lehrerin würde aufgeben müssen. »Du hast es gut«, neckte sie Grete eines Tages mit ernsthaftem Unterton. »Du kannst beides haben.« Krankenschwestern war es nämlich erlaubt, nach der Heirat weiter im Beruf zu bleiben. Doch Grete hatte es mit der Ehe nicht eilig. Zu groß war ihre Erleichterung darüber, nicht mehr den als quälend empfundenen Verheiratungserwartungen ausgesetzt zu sein. Sie bedauerte, dass man Männer nicht ausprobieren und kosten durfte wie Drops, die in gläsernen Bonbonnieren angeboten wurden.

An einigermaßen trockenen Wintertagen nahm sie am Boßeln oder Klootschießen teil. Wettkämpfe in diesen originellen Ballsportarten trugen die Insulaner nur außerhalb der Saison aus. Man musste eine Kugel möglichst weit werfen, legte dabei einige Kilometer Wegstrecke zurück und trank ein paar Schnäpschen zum Aufwärmen. Das brachte sie einigen Einheimischen näher und half natürlich auch, sich auf der Insel wohler zu fühlen. Den Versuch, im Frauengesangverein mitzuwirken, gab Grete allerdings bald wieder auf. Frieda hatte sie mitgeschleppt. Doch Lieske spielte dort die erste Geige, empfand sie wohl als Eindringling und stichelte entsprechend. So machte es ihr keinen Spaß. Dann sang sie eben mit ihren Kolleginnen und den Kindern. Ansonsten las sie viel neben der Arbeit, vertiefte sich mehr als die anderen Schwesternschülerinnen in medizinische Fachliteratur.

Es schlug ihr wie den meisten Inselbewohnern auch aufs Gemüt, wenn es tagelang nur Dunkelgrau-in-Graugrün mit Nebelgrau um sie herumwaberte. Dann lenkte sie ihre Aufmerksamkeit noch stärker auf die kleinen Patienten, denen sie konzentriert mit Spaß, Spiel und Atemgymnastik zu helfen versuchte. Frieda besuchte ihre Eltern regelmäßig und nahm sie oft mit. Wenn das Wetter ungemütlich war, saß Grete nach der Arbeit lieber bei den Dirks in deren behaglicher Friesenstube als im Schwesternheim. Sie hörte gern die alten Geschichten, die abends am offenen Feuer in der Wohnstube, oft mit Nachbarn und beim Tee oder Teepunsch, erzählt wurden. Es ging um Wassergeister, Nachbarschaftsklatsch, Schiffsunglücke und -rettungen oder um Anekdoten. Viele handelten von König Georg V. oder von berühmten Gästen wie Heinrich Heine, den die Norderneyer unter Androhung von Prügeln verjagt hatten, weil er in seiner Dichtung über ihre Frauen gelästert hatte. Grete mochte den trockenen Humor der Ostfriesen. Das Plattdeutsche verstand sie immer besser.

Als Schnee lag, schoben sie und Frieda deren Großmutter im hohen bemalten Sitzschlitten durchs Dorf. Ein paarmal ließen sie ihn auf Wunsch der alten Frau neben den Schlitten fahrenden Kindern den Abhang der Marienhöhe hinuntersausen. Anschließend schmeckten Teepunsch und Bratapfel besonders köstlich.

Grete lernte auch die stürmischen Tage schätzen. Zu ihrem eigenen Erstaunen fühlte sie sich, wenn der Wind heulte und das Meer toste, lebendiger als sonst. Besonders wenn wieder irgendwelche Gebäude stark gelitten hatten. Sie wurde sich ihrer Endlichkeit dadurch stärker bewusst. Man musste für jede Stunde dankbar sein! Hinterher schien die Welt rein gewaschen und wie neu.

Als sie einmal nach einer Sturmflut im Frühjahr 1913 unter dem aufklarenden Himmel, den abziehenden Wolkentürmen nachschauend, am Strand spazieren ging, die reine Luft in der Nase, an Haufen von angeschwemmten Wellhorneiern, Seeigeln und Quallen vorbei, wurde ihr klar, dass sie nirgendwo anders sein wollte. Sie stupste mit der Schuhspitze gegen die Schülpe von Tintenfischen, die der Orkan an Land geworfen hatte. Und plötzlich spürte sie etwas Warmes, das aus ihrem Innern stieg, aus einer Quelle, die offenbar jetzt erst freigelegt worden war und zu sprudeln und zu strömen begann. Dieses warme, starke Gefühl sagte nur eines: Ich will lieben!

Beschwingt machte sie ein paar große Sprünge, drehte sich mit ausgebreiteten Armen um sich selbst. Wie wunderbar. Und wie eigenartig. Immer hatte sie darum gekämpft, geliebt zu werden trotz all ihrer Fehler. Dass in ihr ein ebenso starkes Bedürfnis existierte, selbst zu lieben, und sie auch die Kraft dazu spürte, erfüllte sie mit großer Freude und Hoffnung.

Auch wenn ihr Prinz noch nicht in Sicht war: Sie konnte jetzt sofort loslieben – das Leben und die Welt, sie konnte den Nächsten, der ihr entgegenkam, von Herzen freundlich anlächeln, sie konnte dankbar für die schönen Muscheln und Seesterne sein oder nach ihrer Rückkehr ein Hospizkind voller Mitgefühl in den Arm nehmen.

Frieda

Die exaltierte Kundin kam aus Amerika. »I'm from Chicago«, hatte sie gesagt. Sie verständigten sich lachend mit Händen und Füßen. Frieda begriff, dass sie eine Frisur ähnlich ihrer im Stil der Gibson Girls wünschte, und machte sich ans Werk.

Während sie sorgfältig die Mähne wusch, ging ihr durch den Kopf, wie harmonisch doch im Inselsalon die Arbeit lief, seit Frauke verheiratet war. Ihre Schwägerin tauchte nur noch ab und zu im Geschäft auf, meist mit Schmuck behängt wie ein Weihnachtsbaum, um die Eltern zu besuchen und ein bisschen anzugeben. Aber immerhin, ihre Ehe schien gut zu laufen. Wenn Friedas Eindruck beim letzten Besuch sie nicht getäuscht hatte, war Frauke schwanger.

Eine Arbeitskraft fehlte ihnen nun allerdings im Damensalon. Auf Friedas Vorschlag, eine junge Gehilfin einzustellen, hatten die Männer ablehnend reagiert. »Wir brauchen jemanden, der richtig was kann«, hatte der Meister betont. Sogar der Barbierbund machte sich inzwischen dafür stark, dass Mädchen eine dreijährige Friseurlehre absolvieren können sollten, aber noch war es eben nicht so weit.

Das Geschäft mit der Schönheit florierte besser denn je. Auch Norderney als Kurort erreichte neue Rekorde. In der vergangenen Saison waren fast fünfzigtausend Gäste auf die Insel gekommen. Darunter nach wie vor viele Prominente und Politiker wie Gustav Stresemann oder Walther Rathenau, die weiter den Reichskanzler außer Dienst konsultierten. Den

Besuchern wurde aber auch was geboten! Sogar ein Zeppelin sollte diesen Sommer am Strand landen, es war *die* Fremdenverkehrsattraktion. An zwei Terminen würde das Luftschiff zahlende Kurgäste mit auf einen Rundflug nehmen.

Fürst von Bülow, der die Insel auch seit seinem Rücktritt weiter jedes Jahr beehrte, ließ sich immer noch von ihrem Schwiegervater bedienen. Wenn er Frieda sah, hatte er stets ein liebenswürdiges Wort für sie. Hilrich schwärmte Lissy manchmal von Berlin vor, das Kind konnte gar nicht genug von seinen Großstadterzählungen bekommen. Aber Frieda reichte es auf ihrer Insel. Hier gab es doch alles. Auch die Einheimischen waren eine bunte Mischung. Abgesehen von Verwandten und Nachbarn gab es jede Menge Originale und außergewöhnliche Charaktere wie den erfolgreichen Kunstmaler Poppe Folkerts, der sich gerade auf einer Düne am Weststrand als Atelier einen Malerturm mit Blick übers Meer bis nach Juist hatte errichten lassen. Frieda fand es schön, dass Besucher aus ganz Deutschland, aus Russland, Holland und Frankreich zu ihren Kunden gehörten. Und jetzt sogar aus Amerika!

Als die Dame aus Chicago, die auch einige Pflegeprodukte mitnehmen wollte, an der Kasse ihr Portemonnaie zückte, stellte sie fest, dass sie nur noch US-amerikanische Währung besaß.

»Oh, I'm so sorry!«, entschuldigte sie sich und fragte irgendetwas. Vermutlich wollte sie ein Pfand dalassen und deutsches Geld holen. »Or would you accept Dollars?«

Sie hielt Frieda einen Zehn-Dollar-Schein unter die Nase. Frieda hatte keine Ahnung, ob der Wert angemessen war. Aber der Schein gefiel ihr ebenso wie die Vorstellung, amerikanische Dollars zu besitzen.

»Ja, das wäre in Ordnung«, sagte sie einfach. Die Dame reichte ihr den Schein. »Ich müsste nur kurz meinen Schwiegervater bitten, in der Zeitung nachzusehen, wie der Kurs aktuell steht, damit ich Ihnen richtig herausgeben kann.«

»Oh, no!« Die Dame winkte großzügig ab. »It's okay, keep the rest!« Und schon rauschte sie zur Tür hinaus, ohne darauf zu warten, dass man sie ihr öffnete.

»Na, wenn der Lappen man nicht gefälscht ist!«, spottete Hilrich anschließend.

Auch ihr Schwiegervater machte sich über sie lustig, Jakomina schüttelte ärgerlich den Kopf, und Erwin grinste breit.

»Och, dass ihr immer gleich das Schlechteste annehmt«, protestierte Frieda. Bei der abendlichen Abrechnung erstattete sie den fehlenden Betrag aus eigener Tasche. Den Dollarschein steckte sie in einen kleinen Bilderrahmen, den sie in einem der Räume für Kosmetikbehandlungen aufhängte. »Das sieht doch hübsch aus, oder?« So erfuhren sie nicht, ob er falsch oder echt war, aber der schöne Schein schmückte ungemein.

Ihr Ehearrangement funktionierte weiter gut. Wenn Hilrich seine Abwesenheit ankündigte, nutzte sie die Gelegenheit meist, sich mit Grete zu treffen. Sie wusste ja Lissy bei den Schwiegereltern und Else in guten Händen. Im Sommer gingen sie oft gemeinsam zum Pferderennen. Frieda fieberte mit, aber vor allem schulte sie dabei ihr Stilempfinden. Letztlich kam auch dieses Vergnügen dem Salon zugute. Aktuell trugen viele Damen asymmetrisch geschnittene Kleider, geschmückt mit Materialien, die an Tüllgardinen erinnerten. Hüte wurden keck schräg aufs Haupt gesetzt. Da durften natürlich auch die Frisuren asymmetrisch ausfallen. Sehr en vogue waren Prinzesskleider und Kostüme mit Samtkragen, am ausladenden Hut trug man in dieser Saison Bündel von Reiherfedern. Wir sollten unbedingt eine Auswahl luxuriöser Hutnadeln ins Sortiment aufnehmen, notierte sie in Gedanken.

Mehr und mehr setzte sich allgemein die Auffassung durch, dass man unterschiedliche Frisuren je nach Alter und Temperament bevorzugen sollte. Und dass Sport gut war, auch für Frauen, weil doch Starrheit mit Alter in Verbindung stand, Elastizität dagegen mit Jugend. Die Reformmode ohne Einschnürungen gewann mit kleidsameren Varianten, ob nun von der klassischen Antike, vom Orient oder von China inspiriert, weiter Anhängerinnen. Leider wurde die neue Bewegungsfreiheit gleich wieder durch die Humpelrockmode, die Frauen zu Tippelschritten zwang, eingeschränkt. Frieda trug solche Röcke einfach nicht.

Je mehr Erfahrungen sie sammelte, desto klarer erkannte sie, dass Frisuren, Körper und Kleider jeweils ihre eigene Sprache hatten, die miteinander harmonieren mussten. Darin bestand für sie die Herausforderung. Wenn eine Kundin also Beratung wünschte, berücksichtigte sie sehr viel mehr als nur die Haarstärke, und entsprechend überzeugend fielen ihre Vorschläge aus. Das sprach sich herum.

»Mama«, fragte Lissy sie an einem Tag im Spätherbst, als wieder Ruhe auf der Insel eingekehrt war, »warum hab ich keinen Bruder? Oder eine Schwester? Können wir nicht eine aus den Dünen kommen lassen?«

Inselkindern erzählte man nicht, dass der Storch den Nachwuchs brachte, sondern dass ein sagenhaftes Weib, das Kattwief, sie aus den weißen Dünen holte.

Frieda spürte, wie ihre Wangen heiß wurden. Bislang hatte sie versucht, diese Frage, die auch von den Verwandten immer mal wieder direkt oder unausgesprochen an sie gerichtet wurde, einfach wegzuschieben.

»Och, vielleicht kommt ja noch was«, antwortete sie schnell. Und bereute es im selben Augenblick, weil sie wusste, dass sie damit eine falsche Hoffnung weckte. »Aber du kannst doch mit anderen Kindern spielen. Tant' Lieske kriegt bald wieder was Kleines, und ich glaub, auch Tant' Frauke wird Mama.«

Sie erzählte Hilrich beim Zubettgehen von ihrer Unterhaltung. Er sah sie ernst an.

»Das beschäftigt mich auch schon eine Weile«, sagte er langsam, während er sich das Kopfkissen zurechtknuffte. »Ich hätte gern einen Sohn.« Frieda schluckte überrascht. Hätte sie doch bloß nicht dieses Thema angeschnitten! »Meinst du …?«, fragte er vorsichtig. »Also, könntest du dir vorstellen …?«

Sie holte tief Luft. »Ich muss darüber nachdenken«, antwortete sie und drehte sich um.

»Und? Was denkst du darüber?«, wollte Grete wissen, nachdem Frieda sich ihr wenig später anvertraut hatte. »Möchtest du selbst auch noch ein Kind?«

»Das fragt man doch nicht eine Frau«, antwortete Frieda eine Spur bitter.

»Ich schon«, erwiderte Grete. »Ich unterhalte mich oft mit den Lehrerinnen über solche Themen. Ob Frauen unbedingt Mütter sein müssen, zum Beispiel. Ob es wirklich die Bestimmung der Frau ist, immer und in jedem Fall. Ob der Beischlaf nur diesem einen Ziel dienen darf …« Sie lachte unterdrückt. »Neulich hat mir Katharina eine Broschüre in die Hand gedrückt mit dem Untertitel ›Ein Plädoyer für die Natürlichkeit von Lust und Begierde‹.« Frieda lächelte, doch sie wurde schnell wieder ernst. »Ich hätte ja überhaupt nichts gegen Lust und Begierde«, gab sie zu. »Aber ob ich es ertrage mit Hilrich ... Na, du weißt schon. Und ob ich noch im Salon arbeiten kann so wie jetzt, wenn ein zweites Kind da ist?« Nachdenklich starrte sie vor sich hin. Sie bekam Bauchschmerzen bei der Vorstellung, heftige Bauchschmerzen. »Andererseits wäre ein Geschwisterchen für Lissy sicher sehr schön ...«

»Du musst darüber ja nicht heute entscheiden«, munterte Grete sie auf. »Lass es einfach ein bisschen sacken. Vielleicht ergibt sich dann alles ganz von allein.«

Frieda nickte tapfer. Am Abend bat sie Hilrich, sie nicht zu drängen. Und er versprach es.

Ihr Bruder Dodo war den Tränen nahe. So kannte sie ihn überhaupt nicht. »Ich mag Wiebke gern leiden«, gestand er. »Schon lange.« Das hörte sich nach einem ganz großen ostfriesischen Gefühlsausbruch an. Wiebke war Onnos jüngste Tochter, eine Schwester jener Anna, der Hilrich einst einen Korb gegeben hatte. »Und jetzt heiratet sie so einen reichen Bremer Schnösel.«

»Das tut mir ehrlich leid.« Frieda legte eine Hand auf seine breite Schulter. »Liebt sie dich denn auch?«

»Ich hab's immer gehofft. Aber ich wollte mir erst noch ein besseres Auskommen schaffen, bevor ich richtig um sie werbe.« Tieftraurig sah er sie an. Frieda wusste, wie fleißig ihr Bruder arbeitete. Es gab nichts, was er nicht machte, für nichts war er sich zu fein. Er beförderte eimerweise Seewasser vom Püttenstrand auf Wagen zu den Badehäusern, wo sie in großen Kesseln für die Warmwasserbäder erhitzt wurden. Im Herbst und Frühjahr half er, die Seebrücke ab- und aufzubauen. Im Sommer arbeitete er als Rettungsschwimmer. Im Winter schlug er Eis in den Eisteich oder holte Stangeneis aus dem neuen Schlachthof und transportierte es zu den Eiskellern der Bierverleger, Wirte und Hotels. Nach stürmischen Nächten war er einer der Ersten, die frühmorgens zum Strandjern aufbrachen. Er lebte äußerst bescheiden. Alles sparte er für seinen großen Traum – eine eigene Pension, ein schmuckes Logierhaus mit Erkern und verglasten Veranden. »Aber ich brauch mehr Eigenkapital, bevor die Banken mir einen Kredit geben«, sagte er niedergeschlagen. »Es hätte so gut gepasst. Wiebke kennt das Hotelgeschäft von klein auf. Und jetzt kommt mir dieser Kaffeesack zuvor! Ach, Frieda, du hast doch schon so viele Paare zusammengebracht … Kannst du nicht auch bei Wiebke und mir nachhelfen?«

Betroffen schüttelte sie den Kopf. »Ich seh nur manchmal, wer zusammenpasst, und kann dem Schicksal auf die Sprünge helfen«, erklärte sie. »Ich kann aber nicht beliebig Frauen und Männer verkuppeln, das liegt nicht in meiner Macht. Tut mir wirklich leid, Dodo. Glaub mir, ich würde dir furchtbar gern helfen.« Sie hatte nicht vergessen, dass er nach Hause zurückgekehrt war, um sie vor ihrem damals noch trinkenden Vater zu beschützen. »Aber ich werd mal mit Hilrich drüber reden und ihn fragen, ob er dir nicht Geld leihen oder zumindest bei der Bank für dich bürgen will. Dann könntest du deine Pension schneller eröffnen. Ich weiß, das ist jetzt ein schwacher Trost. Doch wenn du dich das nächste Mal verliebst, müsste es wenigstens nicht dran scheitern, dass du nichts zu bieten hast.«

Mit einem Ausdruck höchster Gespanntheit saß die vierjährige Lissy auf Hilrichs Schoß und beobachtete sein Tun. Auch ihr Spielkamerad Fokko, der Älteste von Lieske, aß mit ihnen zu Abend. Hilrich musste Lissy ein Brot mit Eibelag zubereiten, er gab sich große Mühe. Es gab nämlich ein Problem. Es bestand darin, dass eigentlich kaum noch etwas vom hart gekochten Dotter übrig war, weil Fokko schon das meiste verputzt hatte. Geduldig zerdrückte Hilrich mit einer Gabel den Rest Eigelb auf Lissys Butterbrot, bis es doch noch ganz gelb und Lissy zufrieden war. Frieda konnte sich einer gewissen Rührung nicht erwehren. Es war schon süß, wie liebevoll Hilrich mit Lissy umging.

Abends im Schlafzimmer unterbreitete sie ihm ihr Anliegen Dodo betreffend. »Wie viel Prozent seiner Einnahmen bietet er mir denn an?«, fragte Hilrich.

Frieda sah ihn vorwurfsvoll an. »Aber, Hilrich, innerhalb der Familie?« Sie hatte erwartet, dass er seinem Schwager das Geld zinslos leihen würde. Und nun wollte er sogar eine Beteiligung?

»Ich bin Geschäftsmann, wir haben nichts zu verschenken.«

»Wenn du nur für ihn bürgst, musst du ihm kein Geld schenken.«

»Das ist aber auch ein Risiko.«

»Meinst du nicht, du könntest in diesem Fall etwas entgegenkommender sein?« Frieda bemühte sich, ihre Bitte nicht vorwurfsvoll, sondern sanft klingen zu lassen.

Hilrich ließ sich Zeit mit der Antwort. »Wo wir uns gerade über Entgegenkommen unterhalten«, begann er dann in verändertem Ton, »wie weit sind eigentlich deine Überlegungen gediehen?«

»Du meinst wegen …?« Sie errötete. Wochenlang hatten sie das Thema vermieden.

Er nickte.

Frieda fühlte sich in die Ecke getrieben. Einerseits und andererseits. Sie dachte daran, was für ein zärtlicher Vater er war und wie dringend Lissy sich einen Bruder oder eine Schwester wünschte. Ihre Schwiegereltern wären selig, wenn sie noch einen Stammhalter bekämen. Und natürlich, sie selbst mochte ja auch Kinder, sie schmolz jedes Mal dahin, wenn sie irgendwo ein Baby sah. Wenn sie mit ihrer Zustimmung außerdem noch helfen konnte, Dodo glücklicher zu machen, waren das ziemlich viele Gründe, die zusammengenommen den Ausschlag gaben.

»Na ja …«, antwortete sie, obwohl sie Unbehagen empfand. »Wir könnten es versuchen.«

Hilrichs Augen leuchteten auf. »Ja?«, fragte er nach.

»Ja. Aber … meinst du denn, es geht überhaupt?«

Müsste sie sich vielleicht einen Bart ankleben und einen Herrenanzug tragen?

»Nun«, peinlich berührt blickte Hilrich an ihr vorbei, »wenn ich mich vorher in Stimmung bringe und du schon bereitliegst …«

»Aha … Also, heute ist es schon spät«, versuchte sie, Zeit zu gewinnen. »Ich müsste mich auch erst darauf einstellen.«

Sie verabredeten, »es« am nächsten Tag zu versuchen.

Am folgenden Abend nahm sie zuerst ein Bad, dann überließ sie ihm die Wanne. »Ich klopfe an«, sagte er. »Wenn es dir recht ist, dann sagst du: ›Herein.‹«

Frieda ging ins Schlafzimmer. Sie zog die Vorhänge zu und machte das Licht aus. Unter dem Federbett zog sie ihr langes

Nachthemd bis zur Hüfte hoch und wartete auf das Klopfen. Hilrich ließ sich Zeit. Sie sah auf den Wecker. Eine halbe
Stunde verstrich, es kam ihr schrecklich lang vor. Das Ticken
strapazierte ihre Nerven. Endlich pochte es.

»Herein.«

Anders als sonst schritt er um das Bett herum, stieß mit
dem Schienbein gegen den Rahmen, fluchte leise. Sie schlug
die Bettdecke etwas zurück, er schlüpfte darunter und wälzte
sich gleich auf sie. Sie spürte seine Erektion, es fühlte sich
bedrohlich an. Ihr Herz klopfte schneller. Er küsste sie nicht,
sondern tastete mit der Hand nach ihrer intimsten Stelle.
Sie kniff die Augen fest zusammen. Mit einem Knie drückte
er ihre Schenkel auseinander, versuchte nach ein paar missglückten Berührungen, die wohl Zärtlichkeiten hatten sein
sollen, in sie einzudringen. Er fand die Pforte nicht, Sekunden
voll beklemmender Peinlichkeit dehnten sich ewig. Nichts in
ihr öffnete sich für ihn. Sie mochte kaum atmen, hoffte inständig, dass es bald zu Ende sein mochte. Er schwitzte. Sein
Ächzen klang angestrengt.

Dann endlich, mit einem schmerzhaften Ruck, war er in
ihr und begann, sich zu bewegen. Andere Frauen müssen das
viel öfter erdulden, versuchte sich Frieda ankämpfend gegen
das Entsetzen, das in ihr aufstieg, zu beruhigen. Sie spürte
einen Würgereiz. Stillhalten, einfach stillhalten, durchhalten.
Er drehte sie auf die Seite, berührte aus Versehen ihre Brüste,
sofort ließ seine Erektion nach. Er schien wütend zu werden, hob sie um, nahm sie von hinten. Es tat weh, sie begann zu weinen. Und er zog sich aus ihr zurück. Sie spürte
sein schlaffes Geschlechtsteil an ihrem Schenkel. Ärgerlich
stöhnte er auf.

Frieda kannte sich nicht aus. Ist es das nun gewesen oder

nicht?, fragte sie sich. Sie weinte leiser, wimmernd. Wie glücklich konnte denn ein Kind werden, das auf solche Weise gezeugt worden war?

»So wird das nichts!«

Entmutigt rollte er rüber in seine Betthälfte. Offenbar war er nicht zum Ende gekommen.

Irgendwie fühlte sie sich schuldig. Sie ging ins Bad, weinte sich aus und wusch sich. Als sie zurückkehrte, stand er auf, um ins Bad zu gehen. Im Türrahmen blieb er stehen.

»Wir müssen es eben noch mal versuchen«, sagte er.

»O Gott«, entfuhr es ihr. Sie riss sich zusammen. »Aber ich werde bestimmen, wann.«

»Gut.«

Der missglückte Versuch wirkte sich ungünstig auf die Stimmung zwischen ihnen auch während der Arbeit aus. Sie wichen einander aus, das übliche heitere Geplauder im Salon fehlte.

»Ist was?«, fragte Jakomina.

»Nein, alles in Ordnung«, erwiderte Frieda. Doch sie wusste, dass die Sache, die gewissermaßen in der Schwebe hing, bald vollzogen werden musste, weil die Atmosphäre sonst mit jedem Tag stärker vergiftet werden würde.

Im Winterhalbjahr feierten die Einheimischen ihre Feste, damit stärkte die Dorfgemeinschaft ihren Zusammenhalt. Das junge Ehepaar Fisser war überall gern gesehen. Beide gehörten mehreren Vereinen an. Sie nahmen an Verknobelungen teil, an Kegelwettbewerben, besuchten Konzerte, Übungsabende, Lichtbildervorträge und auch mal ein Operettengastspiel, außerdem eine Veranstaltung, bei der mehrere Leute berühmte Gemälde oder historische Szenen nachstellten und das Publikum erraten musste, um welche es sich handelte. Ein Höhepunkt fand im Februar in der Gastwirtschaft Frisia statt – der Maskenball des Vereins »Gemütlichkeit«. An dem Abend, als Frieda sich für den Ball zurechtmachte, war ihr ebenso wie Hilrich klar, dass sie anschließend einen neuen Versuch wagen würden. Lissy hatten sie für das Wochenende bei Großmutter Dirks untergebracht, die Schwiegereltern feierten auf dem Festland eine Goldene Hochzeit.

Frieda ging als Jenny Lind, jene weltberühmte Sängerin, die einst mit dem König von Hannover auf Norderney ausgeritten war und ihn mit ihrem Gesang zu Tränen gerührt hatte. Sie trug deren biedermeierliche Frisur mit Elfenscheitel und am Hinterkopf zu offenen Schleifen gebundenem Haar, was ihr ausgezeichnet stand. Es war ihr gelungen, noch ein altes Kleid mit Reifrock aufzutreiben. Darin bewegte man sich gleich viel anders. Jeder sagte ihr, dass sie bezaubernd aussähe. Hilrich war als Pirat verkleidet. Bis zur Demaskierung um Mitternacht herrschte Maskenzwang.

Sie und Hilrich machten sich gegenseitig Komplimente, sie tanzten, amüsierten sich scheinbar. In Wirklichkeit lastete ein großer Druck auf ihnen. Normalerweise trank Frieda wenig Alkohol, auch ihren Mann hatte sie noch nie richtig betrunken erlebt, wofür sie dankbar war nach den schrecklichen Erfahrungen mit ihrem Vater. Doch an diesem Abend ließen beide sich dazu hinreißen, Freunden und Bekannten öfter als sonst zuzuprosten. Vielleicht erleichtert es uns die Sache, hoffte Frieda.

Die meisten Dorfbewohner erkannte sie natürlich trotz ihrer Verkleidung. Aber den maskierten breitschultrigen Sultan, der einen Turban aus goldglänzendem Stoff trug, mehrfach mit ihr tanzte und ihr den Hof machte, den konnte sie nicht zuordnen.

Nach einer Weile sagte Hilrich, er fühle sich nicht ganz wohl, das Essen sei ihm nicht bekommen, er wolle kurz frische Luft schnappen. Sie sah ihn prüfend an. Allzu schlimm schien es nicht zu sein, deshalb feierte sie mit den anderen weiter, ohne sich Sorgen zu machen. Als er nach einer halben Stunde noch immer nicht zurückgekehrt war, begann sie, nach ihm Ausschau zu halten. Eine weitere Viertelstunde später ging sie nur mit einem kurzen, dünnen Abendcape über den Schultern nach draußen, um ihn zu suchen.

Das Vereinslokal lag schräg gegenüber der Schule, in der Nähe befanden sich etliche Nebengebäude. Es war bitterkalt. Sie lauschte in die Nacht und vernahm aus einem Schuppen oder Stall ein schmerzerfülltes Stöhnen. Es konnte Hilrichs Stimme sein. Sie ging schnell hinüber, das Stöhnen klang beängstigend. Hilrich, wenn er es war, schien große Schmerzen zu haben. Der Ärmste! Was mochte ihn so quälen? Beunruhigt öffnete sie die Tür, der Mond warf sein fahles Licht durch ein kleines Stallfenster. Es roch nach Eselsmist, Stroh und Alkohol.

»Hilrich? Geht's dir nicht gut?«

Nun hörte sie das Stöhnen einer zweiten Person. Was um Gottes willen …? Ihre Augen gewöhnten sich allmählich an das schummrige Licht. Voller Mitleid näherte sie sich, berührte eine Schulter, wollte Hilrich trösten, tastete eine zweite Schulter, berührte nackte Haut, erkannte einen am Boden liegenden Turban – und begriff, dass es hier direkt vor ihr zwei Männer, Hilrich und der Sultan, miteinander trieben.

Sie brauchte einige Sekunden, um richtig zu begreifen, was da vor sich ging – das Stöhnen kündete von Lust! Friedas Eingeweide schienen sich in Eisklumpen zu verwandeln. Sie drehte sich um, knallte die Stalltür zu. Zuerst wollte sie lachen. Sie atmete schneller, versuchte, sich zu fassen. Es ist nichts, du weißt es doch schon lange, mach kein Drama daraus, redete sie sich gut zu. Aber sie ahnte, dass da gerade eine riesige Gefühlswelle auf sie zurollte, die sie bald unter sich begraben würde. Sie wusste es, sie musste vernünftig handeln, solange sie noch konnte. Rasch lief sie ins Vereinslokal zurück, holte ihre Sachen, warf den Mantel über und rannte nach Hause. Als sie in der Wohnung war, ging es los. Sie musste sich übergeben, verlor fast den Verstand, weinte außer sich vor Abscheu und Enttäuschung.

Erst Stunden später kam Hilrich nach Hause. Er war völlig betrunken. Insgeheim hatte Frieda lauter dummes Zeug erhofft. Dass er sich bei ihr entschuldigen, dass er sich schämen und plötzlich ganz anders sein würde.

»So geil kann es mit einer Frau nie sein«, lallte er. »Was heulst du hier rum? Du hast doch gewusst, wen du heiratest!«

»Nein, hab ich nicht«, schluchzte sie. »Ich hab einen feinfühligen Mann geheiratet.«

Es ekelte sie an, dass er so betrunken war. Alle scheinbar vergessenen Schrecken aus der Zeit, als ihr Vater noch die Familie im Suff tyrannisiert hatte, waren wieder gegenwärtig. Sie hasste Hilrich.

»Ich will einen Sohn!«, brüllte er und stieß sie aufs Bett.

»Nein!« Sie wehrte sich, strampelte und biss ihn in den Hals, in die Hand, wollte schreien.

Doch er presste seine Hand auf ihren Mund, warf sich mit

seinem ganzen Gewicht auf sie. Es ging schnell, diesmal bis zum Vollzug.

»Das ist mein Recht als dein Mann«, sagte er hinterher nur.

Sie ging ins Bad, reinigte sich, wohl ein Dutzend Mal hintereinander. Die restliche Nacht verbrachte sie im Wohnzimmer.

Am nächsten Tag, es war Sonntag, stand sie wie immer vor Hilrich auf. Sie war tadellos zurechtgemacht, als sie sich in der Küche begegneten, und bewahrte Haltung, sprach kein Wort mit ihm. Hilrich zog sich bald wieder zurück, er war heftig verkatert. Frieda warf ihren dicken Wintermantel über, knotete sich ein dunkles Wolltuch um den Kopf und ging zum Schwesternwohnheim.

Grete konnte ihren Dienst tauschen. Sie spazierten am Meeressaum entlang, wo der Wind ihnen kräftig entgegenblies. Sand und Salz fegten über den Strand. Endlich brach es aus Frieda heraus. Sie schilderte ihrer Freundin, was sie erlebt hatte.

Grete hörte mit schreckgeweiteten Augen zu, schimpfte temperamentvoll auf Hilrich, nahm sie in den Arm, versuchte, sie zu trösten.

»Was er dir angetan hat, das ist unverzeihlich. Egal, ob ihr verheiratet seid oder nicht«, sagte sie empört.

Frieda nickte, dankbar für ihr Verständnis. Es hatte sehr wehgetan. Doch schlimmer als der körperliche Schmerz waren die Demütigung, seiner Gewalt ausgeliefert gewesen zu sein, und ebenso die Kränkung, dass sie ihm als Frau nie würde genügen können. Nicht einmal das Interesse des Sultans an ihr war echt gewesen. Außerdem quälte sie die Erinnerung an die Sekunde des Erkennens.

»Ich werd dieses Bild nicht wieder los, weißt du, das, was ich da im Schuppen gesehen hab …«

»Sei froh, dass der Mond nur schwach geschienen hat.«

Frieda musste kurz lächeln. »Schön, dass du noch etwas Positives entdecken kannst«, erwiderte sie ironisch.

»C'est la vie, es ist, wie es ist.« Grete knuffte sie. »Letztlich, jetzt ganz ehrlich, er hat immer mit offenen Karten gespielt, sagst du selbst.« Sie hakte sich bei ihr unter. »Ich will ihn überhaupt nicht in Schutz nehmen. Aber ich stell es mir schrecklich vor, immer gegen widernatürliche Triebe ankämpfen zu müssen. Eigentlich ist Hilrich doch ein lieber Kerl – es muss der Alkohol gewesen sein …«

»Dieser verdammte Alkohol …«

Frieda wischte sich die Tränen von den Wangen. Sie blieben stehen und schauten auf die Nordsee hinaus. Graubraun unter grauem Himmel. Der kalte Wind biss ihr in die Nase, doch das Rauschen der Wellen beruhigte sie. Es geht vorbei, sagte es, ewig ist nur das Meer, aber kein Kummer. Tatsächlich fühlte sie sich nach der Aussprache mit Grete etwas besser.

Sie holte Lissy von ihren Eltern ab.

Am Abend, nachdem die Kleine eingeschlafen war, saßen sie und Hilrich sich im Wohnzimmer gegenüber.

»Frieda, es tut mir leid«, versuchte er, sich zu entschuldigen. »Ich hab zu viel getrunken, kann mich an das meiste überhaupt nicht mehr erinnern. Aber …«, er schaute sie geradezu treuherzig an, »… mir schwant, es war nichts Gutes.«

»Nein, das war es nicht«, erwiderte sie, bemüht, nicht in Tränen auszubrechen. Ihre Brust hob und senkte sich schwer. »Ich will getrennte Schlafzimmer. Und ich werde schwimmen lernen, ob es dir passt oder nicht.« Sie hasste ihn nicht mehr in diesem Augenblick, aber irgendetwas in ihrer Beziehung zueinander war unwiederbringlich kaputtgegangen. »Tu das nie wieder«, sagte sie langsam, ganz leise, aber mit fester Stimme.

Sie sah ihm dabei direkt in die Augen und spürte, dass er erschrak.

Frieda war erleichtert, als sie zwei Wochen später ihre Monatsblutung bekam. Die anderen mochten wohl mitbekommen, dass die Temperatur zwischen ihr und Hilrich abgekühlt war und dass er sich um sie bemühte, aber niemand sprach es an. Hilrich bezog Fraukes ehemaliges Zimmer. Sie versetzten die Flurtür. Dass sie nun getrennt schliefen, wurde für die Verwandten kurz mit »Hilrich schnarcht so laut« erklärt, was Fritz Fisser kopfschüttelnd mit »Als ob das ein Grund wäre« kommentierte.

»Das ist ein Ausdruck von Lebensart, mein Lieber«, meinte Jakomina. »Viele Adlige haben getrennte Schlafzimmer.«

Ihr Mann sah sie scharf an. »Komm mir nicht auf neue Ideen.«

»Wie viel Prozent deiner Einnahmen würdest du Hilrich denn anbieten wollen?«, fragte Frieda Dodo, als sie das nächste Mal über seine Zukunftspläne sprachen.

»Ich würde ihm das Geld sobald wie möglich zurückzahlen. Von mir aus auch mit etwas Zinsen. Aber Prozente von den Einnahmen?«, antwortete Dodo entgeistert. »Glaubt er etwa, wenn er mir was leiht, wird er gleich stiller Teilhaber? Nee, so nicht. Sind wir eine Familie, oder was? Mein Ziel ist doch gerade, dass ich von niemandem abhängig sein will.« Er wirkte ziemlich erbost. »Phh, dann soll er sich sein Geld oder seine Bürgschaft sonst wo hinstecken!«

Frieda errötete. Sie konnte ihrem Bruder schlecht die wahren Hintergründe für Hilrichs Weigerung auseinandersetzen.

»Tut mir leid. Er ist eben Geschäftsmann.«

»Ich schaff es auch ohne ihn«, antwortete Dodo trotzig. »Hab ihn sowieso nie richtig leiden können, diesen Lackaffen!«

Frieda seufzte. »Weißt du, was mir aufgefallen ist, Dodo?« Sie wollte ihn nicht entmutigen, nur auf eine andere Spur bringen. »Man wird nicht reich mit harter körperlicher Arbeit. Guck dich doch mal um. Du musst entweder eine geniale Idee haben, andere Leute für dich arbeiten lassen oder dein Geld. So kommt man zu Wohlstand.«

Ihr Bruder knurrte ärgerlich. Aber ihre Worte schienen ihn nachdenklich zu machen. »Bei meiner letzten Reserveübung«, sagte er, »da hat mir ein Kamerad, der in einer Bank arbeitet, während der Nachtwache immer die Ohren vollgequatscht.« Dodo hatte seine Wehrpflicht bei der Marine abgeleistet.

»Ach, dieser Fidelius?« Frieda erinnerte sich an den originellen Namen des Kameraden. Ihr Bruder hatte früher öfter von ihm erzählt. Er musste ein pfiffiger Bursche sein, und er hatte wohl auch Familie auf Norderney. »Was rät denn Fidelius so?«, fragte sie neugierig.

»Er sagt, dass man sein Geld in Gold oder Aktien oder Devisen investieren soll.«

»Ich glaub, das ist nix für einen ostfriesischen Fischer.«

»Gerade hast du noch gesagt, ich soll mein Geld arbeiten lassen.« Er grinste breit. »Ich weiß zwar nicht mal, was Devisen sind«, gab er zu. »Aber ich werd mich darum kümmern. Fidelius hat vor, nach Amerika auszuwandern. Im Sommer will er noch mal nach Norderney kommen, um sich von seinen Verwandten und von mir zu verabschieden.«

Hilrich wurde von Tag zu Tag lustloser und wortkarger. Mittlerweile fiel es auch seinen Eltern und anderen Leuten auf.

»Was ist mit deinem Mann?«, fragten sie.

Frieda schüttelte traurig den Kopf. »Ich weiß es nicht«, behauptete sie. Insgeheim dachte sie, dass seine unglückliche Neigung und ihr kühles Verhalten zusammen vielleicht zu viel für ihn waren.

»Hilrich, wir waren doch ein gutes Gespann«, sagte sie an einem schönen Frühlingstag. Sie wollte ihn nicht länger leiden sehen. Auch Lissy litt darunter, dass ihr geliebter Papa nicht mehr so fröhlich wie einst mit ihr spielte. »Ich will dir nichts mehr nachtragen, sei wieder der Alte.«

»Das wäre ich gern«, antwortete er dumpf. »Aber es geht nicht. Alles ist sinnlos.«

»Wenn es dir so viel bedeutet, einen Sohn zu haben«, überwand sie sich schließlich, »dann wäre ich bereit, trotz allem, es noch einmal zu versuchen.«

Seine Augen füllten sich mit Tränen. »Das ist es nicht.« Er wandte sich von ihr ab und antwortete nicht.

Einige Tage nach diesem Gespräch sah sie zufällig, als er sich ein anderes Hemd anzog, dass sein Bauch von Ausschlag befallen war. Auch an den Armen hatte er entzündete rötliche und gelb verkrustete Stellen. Sie starrte darauf.

»Das muss schmerzhaft sein«, sagte sie. »Warst du schon bei Dr. Seut?« Er schüttelte den Kopf. »Warum denn nicht? Du brauchst ein Medikament oder eine Salbe dagegen!«

»Vielleicht kannst du mir was vom Wickwief mitbringen.«

»Nein, Hilrich. Das muss sich ein Arzt angucken.«

»Ich geh damit nicht zum Arzt. Und wehe, du sagst es weiter! Du behältst das, was du gesehen hast, für dich, klar?«

Nach einiger Zeit krochen die Ausschläge unter seinen Manschetten weiter bis auf die Handrücken. Hilrich versuchte krampfhaft, die Ärmel länger zu ziehen, um die geröteten Flecken und Knötchen zu verbergen. Erwin allerdings hatte wie immer seine neugierigen Augen überall. Ihm entging die Veränderung nicht. Er heuchelte Besorgnis und las laut einen Satz der Amtlichen Hygieneverordnung vor, die im Salon aushing. Darin hieß es, dass Menschen mit ansteckenden Hautkrankheiten den Friseurberuf nicht ausüben durften.

»Wenn das jemand von der Aufsichtsbehörde erfährt … Oha!«

Hilrich verließ wortlos den Salon. »Wenn's dem Geschäft schlecht geht, geht's auch dir schlecht«, sagte Frieda warnend an Erwin gerichtet.

Sie beobachtete, dass ihr Schwiegervater Hilrich hinterherging, doch schon bald kehrte er mit missmutiger Miene zurück. »Er sagt nichts. Sitzt draußen und raucht. Hilrich ist ein anderer Mensch geworden.«

Als Frieda ihre Kundin zu Ende bedient hatte, ging sie selbst nach hinten.

Im Flur kam ihr Lissy weinend entgegen. »Mama, mach dass Papa wieder gesund wird.«

»Ja, mein Schatz, Papa wird bestimmt wieder gesund.« Sie beugte sich zu ihr und strich ihr über die Wange. »Sei nicht traurig. Sicher kannst du ihn später aufmuntern, aber im Moment braucht er etwas Ruhe. Geh erst mal zu den anderen

Kindern, spielt ein bisschen Ball, und nachher führst du ihm was mit deinen Kasperlefiguren vor, ja?« Sie gab Lissy einen sanften Klaps und schob sie zur Tür hinaus. Dann stellte sie sich neben Hilrich, der im Garten unter der Pergola saß. »Dein Weiterbildungskurs in Aurich fängt bald an. Welche Hemden soll Else für dich bügeln?«

Hilrich sah sie nicht an. »Ich fahr nicht. Hab keine Lust.«

»Hilrich! Das ist doch kein Argument.«

»Mir fehlt die Kraft.« Seine Stimme klang mutlos. »Geh du für mich. Oder schick sonst jemanden.«

Umständlich zündete er sich einen neuen Zigarillo an. Für ihn war das Gespräch damit offenbar beendet.

Als es am Nachmittag im Salon ruhiger geworden war, legte Frieda die Arbeitsschürze ab, um Grete zu besuchen. Die sah ihr sofort an, dass etwas nicht in Ordnung war.

»Setz dich«, sagte sie, »ich mach uns erst mal Tee.«

Frieda lächelte dankbar. Doch im gemeinschaftlichen Wohn- und Esszimmer der Schwestern brachte sie es nicht über sich, offen zu sprechen. Sie wollte nicht riskieren, dass fremde Ohren etwas mithörten. Deshalb erzählte sie nur belangloses Zeug. Bis Grete nach einer Weile vorschlug, noch etwas spazieren zu gehen.

»Plötzlich erlaubt Hilrich mir, an einem Friseurkurs auf dem Festland teilzunehmen«, vertraute Frieda der Freundin endlich an. »Ich bin wirklich beunruhigt.« Sie setzten sich an einer geschützten Stelle in die milde Maisonne auf eine Bank. Erste Kurgäste flanierten an ihnen vorüber, so langsam füllte sich die Insel wieder. Blass schilderte Frieda Hilrichs Symptome. »Weißt du, was ich insgeheim befürchte?« Sie ergriff Grete Hand, wie um sich daran festzuhalten, wagte trotzdem kaum, es auszusprechen. »Vielleicht«, flüsterte sie, »vielleicht hat er ja Syphilis oder eine andere schreckliche Geschlechtskrankheit.«

»O mein Gott! Hoffentlich hat er dich und Lissy nicht angesteckt! Was sagt denn der Arzt?«

»Er weigert sich partout, zu Dr. Seut zu gehen. Sicher fürchtet er, dann würden alle erfahren, dass er …« Ihre Stimme brach.

Grete stöhnte leise auf. »Mach dich nicht verrückt!« Sie drückte die Hand der Freundin. »Ach, Frieda«, versuchte sie, ihr Trost zu spenden. »Es gibt tausend Gründe für Ausschlag und schwindenden Lebensmut. Wer wüsste das besser als ich? Man sollte nicht gleich das Schlimmste annehmen. Ich werd mal sehen, dass ich irgendwie an Fachliteratur zu dem Thema komme.«

Grete

Die Sache mit Hilrich bereitete Grete heftige Kopfschmerzen. Vor allem weil sie sich um Friedas Gesundheit sorgte. Wenn er die Krankheit schon beim erzwungenen Beischlaf in sich getragen hatte, dann war die Wahrscheinlichkeit einer Ansteckung ziemlich hoch. Sie mochte aber Dr. Hartmann nicht direkt nach Geschlechtskrankheiten fragen. In seiner Bibliothek standen sicherlich jede Menge medizinischer Abhandlungen zu diesem Thema. Sie musste nach dem Wochenende einen Vorwand finden, um daranzukommen.

Am Sonntag lenkte Grete sich erst einmal ab, indem sie zum Pferderennen ging. Sie setzte – und gewann das Zehnfache ihres Einsatzes! Als sie ihren Gewinn abgeholt hatte, sprach sie vor dem Totalisator ein Mann mit Fliegermütze an.

»Gratuliere, heute scheint Ihr Glückstag zu sein!« Er strahlte etwas Freches, Verwegenes aus. Da sie sich gerade in einer euphorischen und leichtsinnigen Stimmung befand, ließ sie sich auf ein Gespräch mit ihm ein. Er stellte sich als Martin von Welser vor. Sie tranken ein Tonic-Wasser, er mit Gin, sie ohne. Es stellte sich heraus, dass er zu jener Gruppe gehörte, die als Pioniere der Luft das Publikum auf dem Rennplatz mit Starts und Landungen von Doppeldeckerflugzeugen begeisterte. Außerdem flog er jenes Wasserflugzeug, das zum Entzücken der Gäste manchmal mitten im Familienbad ankerte.

Sie verstanden sich gut und scherzten miteinander. Martin von Welser, dunkelblond und mittelgroß, war ein amüsanter Gesellschafter. Nachdem sie ihm von ihrer Arbeit im Seehospiz erzählt hatte, nannte er sie augenzwinkernd eine »wilde Schwester«. Das war nicht verkehrt, weil man landläufig so die Minderheit von Krankenpflegerinnen bezeichnete, die unabhängig von konfessioneller Ausrichtung arbeitete und in Konkurrenz zum Diakonieverein stand. Aus seinem Munde klang es allerdings ein wenig frivol.

»Wir gehören zwar keinem christlichen Verband an«, wies Grete ihn schmunzelnd zurecht, »aber trotzdem lebt bei uns der Geist echter Liebe. Es gibt einen Morgenchoral und ein Tischgebet.«

»Oh, wenn das so ist«, sagte er mit einem treuherzigen Augenaufschlag, »würden Sie mich bitte künftig in Ihr Abendgebet einschließen?«

»Wenn Sie mit dem Wasserflugzeug mal am Badestrand des Seehospizes ankern«, erwiderte sie, »überlege ich es mir vielleicht.«

Für die Kinder wäre es eine Sensation, ein Flugzeug von Nahem betrachten und mit dem Piloten sprechen zu dürfen. Diese Aussicht würde sicher sogar manch wasserscheuen Knaben seine Abneigung überwinden lassen.

»Gut«, versprach Martin von Welser kurz entschlossen. »Morgen Nachmittag um drei drehe ich eine Runde über dem Seehospiz. Und wenn das Wetter gut ist, lande ich vor eurem Badestrand.«

Beschwingt kehrte Grete heim ins Seehospiz. Das Wasserflugzeug würde ordentlich für Aufregung sorgen! Im Arbeitszimmer von Dr. Hartmann brannte noch Licht. Sie klopfte, um ihrem Vorgesetzten die Abwechslung anzukündigen.

»Herein!«, vernahm sie seine sonore Stimme.

»Guten Abend, Dr. Hartmann.«

»Schwester Grete?« Er blickte vom Schreibtisch hoch und lächelte kurz abwesend. »Was gibt's? Ist alles in Ordnung?«

»Ja, durchaus. Ich wollte Ihnen nur etwas mitteilen.«

Sie berichtete von der bevorstehenden Überraschung. Der Hospizleiter nickte angetan.

»Feine Sache. Sollen sich alle kurz vor drei draußen aufstellen und winken.« Er nahm die Brille ab, rieb sich die Nasenwurzel. »Ach, übrigens … Gut, dass Sie hier sind. Ich wollte ohnehin noch etwas mit Ihnen besprechen. Nehmen Sie doch Platz.« Er wies auf einen genieteten Besucherstuhl. Verwundert ließ Grete sich auf dem blank gesessenen Lederpolster nieder. »Ich weiß, Sie lieben Ihre Arbeit und erledigen sie mit Hingabe«, hob er an, »aber ich möchte Sie bitten, sich künftig auch noch einem anderen Aufgabengebiet zuzuwenden.«

»Ja?« Sie hatte keine Ahnung, worauf er hinauswollte.

»Sie kennen doch Dr. Lubinus, nicht wahr? Gehörten Sie nicht sogar zu seinen ersten Patientinnen hier, damals, als er anfing?« Sie nickte angespannt. »Er will eine große Studie zur Untersuchung der Heilfaktoren des Seeklimas machen. Soll wohl irgendwann seine Habilitationsschrift werden, wenn ich das recht verstanden habe. Im Mittelpunkt stehen Asthma und Hautausschläge. Nun, wie auch immer …« Er erhob sich, um ein Buch in die Bibliothek zurückzustellen, und lief dann, wie es seine Art war, mit den Händen auf dem Rücken einige Schritte auf und ab. »Es ist ebenso in unserem Interesse, dass diese Studie zustande kommt. Mit gesicherten wissenschaftlichen Daten können wir ganz anders um Spenden werben.«

»Ja, sicher.« Grete saß kerzengerade.

»Dr. Lubinus braucht jemanden, der ihm dabei assistiert, Sie verstehen. Der den Schriftkram in Ordnung hält, Termine überwacht, die Tabellen führt, Messungen notiert et cetera pp.«

»Aha.« Ihr Mund fühlte sich auf einmal trocken an. Sie musste schlucken. »Das … ähm … das klingt wirklich interessant.«

»Ich dachte mir, eigentlich wären Sie dafür ganz gut geeignet.« Er blieb stehen. »Sind Sie einverstanden?«

In Gretes Ohren pochte es. »Ja«, brachte sie gerade noch hervor, »natürlich. Wenn ich nur weiter auch mit den Kindern …«

»Es lässt sich noch nicht genau abschätzen, wie zeitaufwendig Ihr Einsatz für Dr. Lubinus sein wird. Aber es spricht nichts dagegen, dass Sie sich weiterhin, vielleicht gelegentlich vertretungsweise, um Ihre Lieblinge von Pavillon 6 kümmern.«

»Danke, das ist schön.«

»Gut, dann haben wir das ja geklärt.« Fahrig grüßte er in ihre Richtung. »Erwarten wir also mit Freuden den Schauflug morgen Nachmittag. Ich werde die Oberschwester informieren.«

»Ja, vielen Dank … ähm …«

Sie schaute auf die gefüllten Bücherregale. Jetzt wäre die Gelegenheit …

»Ist noch was, Schwester Grete?«

»Ja, ich habe eine Bitte.« Sie lächelte freundlich. »Ich beschäftige mich gerade wieder eingehender mit Hauterkrankungen und mit den diversen Ausschlussdiagnosen, also dem schrittweisen Abgleichen anderer möglicher Ursachen wie zum Beispiel Geschlechtskrankheiten …«

»Jaja, ich weiß, was eine Ausschlussdiagnose ist … Nun also?«

»Dürfte ich mir dazu vielleicht etwas Fachlektüre ausleihen?«

Er schaute sie ein wenig verwundert an, doch dann nickte er zustimmend. »Ist ja sehr löblich, kann sicher nicht schaden«, brummelte er. »Bin jetzt beschäftigt, ich möchte in Ruhe fertigschreiben. Decken Sie sich gern morgen ein. In dieser Ecke da drüben müssten Sie fündig werden. Legen Sie mir einfach ein Pappkärtchen mit den entliehenen Buchtiteln dorthin, damit ich Bescheid weiß.«

Grete strahlte. »Danke, Dr. Hartmann, ganz herzlichen Dank!«

»Gute Nacht!«

»Gute Nacht, Schwester Grete.«

Als sie das Arbeitszimmer verlassen hatte, fühlte sie sich seltsam aufgekratzt und betäubt zugleich.

Beim Rundflug über dem Seehospiz konnte man den Piloten erkennen, so niedrig flog der Doppeldecker. Martin von Welser lachte und hob den Daumen. Die Kinder jubelten, die Schwestern ebenso, nur Oberschwester Luise bewahrte wie immer Contenance. Und tatsächlich landete das Wasserflugzeug wenig später auf der Nordsee vorm Hospizbadestrand. Als die begeisterte Schar sich im Eiltempo wie ein Lindwurm durch die Dünen dorthin geschlängelt hatte, war bereits der Anker des Flugschiffs geworfen worden, und Martin von Welser erwartete sie mit Siegerlächeln auf einem der Schwimmkufen stehend. Es war allerdings gerade ablaufendes Wasser, deshalb durften Kinder und Personal nicht baden. Fragen und Antworten konnte man sich trotzdem zurufen und das Wunderwerk der Technik aus relativer Nähe bewundern.

Nach diesem gelungenen Coup stieg Grete noch weiter in der Achtung der Kinder. Sie galt nun als die Freundin eines Piloten, und ihr lag nichts daran klarzustellen, dass es sich nur um eine, zumindest bislang, noch recht flüchtige Bekanntschaft handelte. Nach der Arbeit vertiefte sie sich in die Lektüre der Abhandlungen über die Symptome von Geschlechtskrankheiten.

Einige Tage später besuchte sie nach dem Abendbrot Familie Fisser. Hilrich saß apathisch in seinem Sessel. Die Frauen gingen in den Garten, vorgeblich um die ersten Maiglöckchen zu bewundern.

»Es kann so vieles sein oder auch nicht«, fasste Grete das Ergebnis ihrer Studien zusammen. Sie hatte eine Menge über mikroparasitäre Ursachen von Haut-, Haar- und Bartkrankheiten und die Übertragungsmöglichkeiten von Pilzerkrankungen in Barbierstuben gelesen. Eine Ansteckung mit Tuberkulose und Cholera beim Friseur, sagte die Fachliteratur, sei als möglich anzusehen, bei Milzbrand und Syphilis galt sie sogar als erwiesen. Es durfte ihrer Freundin kaum ein Trost sein zu erfahren, dass Hilrich sich möglicherweise eine Geschlechtskrankheit bei der Arbeit geholt haben konnte und nicht durch seine sexuellen Ausschweifungen. Frieda fragte sie über die Symptome von Syphilis aus, und Grete erklärte ihr, was sie darüber wusste. »Es hilft alles nichts, er muss sich gründlich von einem Arzt untersuchen lassen. Wie geht's dir und Lissy denn?«

Frieda atmete stockend ein. »Lissy ist traurig, weil ihr Papa traurig ist. Und ich bin traurig, weil Lissy traurig ist.«

»Und sonst? Ich meine gesundheitlich?«

»Gestern hab ich unsere Körper sorgfältig abgesucht, aber zum Glück keine Anzeichen von Ausschlag entdeckt.«

»Gott sei Dank!« Die Freundin umarmte sie. »Du, ich muss wieder los«, Grete wandte sich zum Gehen. Dann blieb sie stehen. »Ach! Das hab ich dir ja noch gar nicht erzählt … Max Lubinus kommt wieder nach Norderney. Ich soll ihm bei einer Studie assistieren, stell dir das vor!«

»Na, wenn das kein Zeichen ist!« Frieda brachte es bei all ihrer Traurigkeit fertig, ihr vielsagend zuzuzwinkern.

»Ach Unsinn …«, wehrte Grete ab, insgeheim fühlte sie sich aber doch ziemlich hibbelig. »Was ist eigentlich mit dem Friseurkurs? Fährst du nun endlich?«

Frieda schüttelte den Kopf. »Nein, ich kann Hilrich und Lissy jetzt wirklich nicht allein lassen. Manchmal ist er so seltsam unruhig, fast fiebrig, weißt du … Schwiegervater nimmt teil.«

»Schade. Ach, Frieda, kannst du mir vielleicht in den nächsten Tagen mal wieder das Haar schneiden und ein bisschen mehr Glanz reinbringen?«

»Sieh an, sieh an …«

Trotz all ihrer Probleme hatte der Schalk Frieda nicht verlassen. In ihren Augen glitzerte es.

Grete stupste sie empört von der Seite an. »Wäre sowieso fällig gewesen.«

»Klar.« Frieda lächelte. »Natürlich. Komm einfach mal abends vorbei.«

Grete begegnete Max Lubinus, als sie noch nicht beim Friseur gewesen war und überhaupt nicht damit gerechnet hatte. Spätabends nach einem Kontrollgang durch ihren Pavillon auf dem Rückweg ins Schwesternwohnheim hörte sie einen Mann und eine Frau leise lachen und sich unterhalten. Es war gegen Mitternacht. Vor dem Wohnhaus von Dr. Hartmann, das am Rande des Seehospizkomplexes lag, ging ein Paar, das die kleine Villa wohl gerade verlassen hatte, eingehakt in ihre Richtung. Unter einer Gaslaterne blieb es stehen.

»Grete!«, rief der Mann, an dessen Arm sich eine hübsche zierliche Frau festhielt.

»Dr. Lubinus!«, erwiderte Grete verblüfft.

Das Herz schlug ihr bis zum Hals. Gut sah er aus, immer noch jugendlich, aber doch zur Respektsperson gereift. Er trug den Vollbart inzwischen gepflegter als früher.

»Fräulein Lehmann«, korrigierte er sich.

Seine tiefe vertraute Stimme berührte etwas in ihrem Innern.

Ihre Blicke trafen sich. Immer noch faszinierend, diese dunklen Augen, dachte Grete. Der Sog war wieder da. Wahrscheinlich schauten sie sich etwas zu lange wortlos an.

»Willst du uns nicht vorstellen, Liebster?«, fragte das zierliche Wesen an seiner Seite keck.

Die junge Dame hatte dunkles Haar, große Augen und erinnerte Grete an die vollendet schönen Porzellanpüppchen, die man auf dem Jahrmarkt gewinnen konnte.

»Ach ja, natürlich.« Max machte sie miteinander bekannt. »Das ist Schwester Grete, von der Dr. Hartmann vorhin sprach.« An Grete gewandt erklärte er: »Wir waren heute Abend bei ihm und seiner Frau zum Abendessen eingeladen.«

»Ah, wie nett.« Grete nickte, ohne zu lächeln.

»Und das ist Fräulein Veronika Hohenfelde-Zollhaus ...«

»Angenehm«, erwiderte Grete schnell, um ihre Befangenheit zu überspielen. »Was für ein Zufall! Ich habe gerade gestern eine interessante Abhandlung von einem Prof. Hohen-felde-Zollhaus über Hauterkrankungen gelesen.«

»Die wird von meinem Vater gewesen sein«, erwiderte das Fräulein stolz.

»Veronikas Vater ist der Dekan unserer Fakultät in Leipzig«, sagte Max Lubinus. Er räusperte sich. »Und sie ist … ist … meine Verlobte.«

Grete wurde schwindlig. Sie stützte sich unauffällig am Laternenpfahl ab.

»Ich freue mich so, Sie kennenzulernen!« Das Fräulein reichte Grete die Hand. Es sprach herzlich und kultiviert, das leichte Sächseln allerdings irritierte Grete. »Sie sind also die Schwester mit Verbindungen nach ganz oben.«

»Wie bitte?«

»Na, Sie haben einen Flugzeugführer dazu gebracht, für die Hospizkinder eine Sonderschau zu machen. Alle Achtung!«

Grete war unangenehm berührt. »Na ja, es ergab sich gerade so«, wehrte sie ab. Gut, dass sie im Internat jahrelang Konversation geübt hatten. »Wie lange bleiben Sie auf Norderney?«

»Leider nur eine Woche, dann reise ich mit meiner Mutter weiter nach Hamburg und anschließend nach Hause. Im Herbst findet unsere Hochzeit statt, da gibt es noch sehr viel vorzubereiten.« Sie lachte ganz reizend. »Aber ich wollte mir doch die Insel, die solche Bedeutung für Max hat, einmal angesehen haben.«

»Fräulein Hohenfelde-Zollhaus und ihre Mutter logieren in der Villa Daheim«, ergänzte Max Lubinus. »Ich bin im Seehospiz wieder in meiner früheren Assistentenwohnung untergebracht.«

Inzwischen hatte Grete sich einigermaßen gefangen.

»Wenn ich Ihnen irgendwie behilflich sein kann«, bot sie der Leipzigerin höflich an, »wenn Sie etwas Bestimmtes auf der Insel suchen, wenden Sie sich gern an mich.«

»Danke, das ist gut zu wissen.«

»Ich muss dann auch weiter«, sagte Grete. »Gute Nacht!«

»Gute Nacht, Schwester Grete«, antwortete Max Lubinus förmlich.

»Schlafen Sie wohl!«, rief seine Verlobte ihr leise hinterher.

Grete verstand selbst nicht, warum die Neuigkeit sie so mitnahm. Es war doch ewig her, dass sie und Max, also Dr. Lubinus, damals … Sie nahm sich fest vor, ihre neue Arbeit für ihn betont sachlich und professionell anzugehen.

Als er sie Tage später in seinem Arbeitszimmer mit den wichtigsten Fragestellungen der geplanten Studie vertraut machte, schlug sie vor, dass sie sich wieder siezen sollten.

»Das macht, glaube ich, einen besseren Eindruck im Seehospiz.«

Er stutzte, nickte dann. »In Ordnung. Vielleicht vermeidet man damit unnötiges Gerede.«

Er kam um den Schreibtisch herum, stellte sich neben sie an einen dunkel gebeizten Besprechungstisch und breitete darauf verschiedene Papiere und Tabellenvordrucke aus. Sie nahm seinen herb-würzigen Duft wahr, diese Mischung wie von getrocknetem Holz, Kampfer und aufgeschäumtem Meer, die ihr die Sinne vernebelte. Wenn er jetzt die Arme ausbreiten würde, dachte sie, würde ich mich ihm an die Brust werfen. Meine Güte, wie unpassend! Um nicht aus Versehen dieser ebenso unheimlichen wie befremdlichen Anziehungskraft zu erliegen, machte sie abrupt einen Schritt zurück. Was er mit einem Stirnrunzeln quittierte.

Sein Gesicht war leicht sonnenverbrannt. Wahrscheinlich ging er wieder vor der Arbeit schwimmen. Dann würde sie wohl ihre Gewohnheit ändern und sich andere Badezeiten suchen müssen. Auf keinen Fall wollte sie ihm schon vorm Frühstück im Badeanzug begegnen.

Seine Nähe machte es ihr schwer, sich zu konzentrieren. Mit einem undurchdringlichen Blick musterte er sie. Sie rang mit sich. Es war ihr peinlich, das Thema anzusprechen, aber sie wollte nicht, gerade nun, da er doch verlobt war, dass noch irgendetwas Unausgesprochenes zwischen ihnen stand.

»Und, also … ähm … ich wollte nur noch mal sagen … Was unsere Verabredung von damals angeht …«

»Welche Verabredung?«, fragte er mit einer Miene, als hätte es eventuell einmal in grauer Vorzeit eine Jugendsünde gegeben, an die er sich gar nicht mehr richtig erinnern könnte. »Damals … das ist so lange her, Schwester Grete.«

»Ja, das stimmt.« Sie nahm es halb erleichtert, halb verärgert zur Kenntnis. Damit signalisierte er ja wohl auch, dass er sich nicht mehr an den Kuss erinnerte – oder erinnern wollte. »Ist alles schon nicht mehr wahr.«

Er lächelte unverbindlich und richtete seine Aufmerksamkeit erneut auf die vorbereiteten Schriftblätter. »Wir wollen uns in der Studie auf die drei Hauptwirkungskomplexe des Nordseeheilklimas konzentrieren. Erstens auf den thermischen, welcher Lufttemperatur, Luftbewegung und Wärmestrahlung beinhaltet. Zweitens auf alles, was die Lichtstrahlung betrifft.« Sein Blick prüfte, ob sie ihm folgen konnte.

»Und drittens?«

»Und drittens den chemischen oder Aerosol-Komplex, der alle gasförmigen, flüssigen und festen Bestandteile, vor allem natürlich den Salzgehalt, einschließt.«

»Erstaunlich, dass es eine derartige Studie nicht schon längst gibt«, antwortete Grete. Sie ging auf seinen sachlichen Tonfall ein, ordnete die Tabellen nebeneinander in drei Reihen. Das Thema interessierte sie wirklich, der Forschungsansatz gefiel ihr. »Wenn bestimmte Reizstoffe fehlen, wie etwa industrielle Gase, fallen sie trotzdem in die dritte Gruppe, oder?«

Er sollte bitte nicht glauben, dass sie zu dumm für diese Aufgabe war.

»Richtig«, bestätigte er. »Sie denken mit.« Der Ausdruck in seinen Augen wurde etwas wärmer. Sie musste sich zwingen, woandershin zu sehen, um nicht darin zu versinken.

»Mir ist übrigens an mir selbst etwas aufgefallen«, sagte sie schnell, »das hab ich auch an unseren kleinen Patienten beobachtet: Asthmaanfälle kommen seltener vor, wenn wir eine Westwetterlage haben.«

»Ja«, er ging an seinen Schreibtisch, um sich eine Notiz zu machen. »Wo ist denn dieser verdammte Stift? Ja, Nebel und hohe Luftfeuchtigkeit wirken sich ebenfalls günstig aus. Je mehr feinste Tröpfchen des Meerwassers in die Atemwege gelangen können, desto besser.«

Seine Verlobte war inzwischen wieder abgereist. Fehlte sie ihm schon so sehr? Verhielt er sich deshalb so gereizt?

Während Grete einen Karteikasten mit Patientendaten auf den Tisch stellte, überlegte sie, dass es sicher hilfreich für Max Lubinus' Karriere sein würde, ausgerechnet mit der Tochter des Dekans verheiratet zu sein. Vermutlich standen ihm in der wissenschaftlichen Welt schon allein dank dieser Verbindung alle Türen offen. Wie groß mochten wohl entsprechende Überlegungen bei ihm gewesen sein? Andererseits, das musste sie zugeben, verfügte das Leipziger Fräulein abgesehen vom gewöhnungsbedürftigen Dialekt auch für sich allein genommen über ausreichende Reize, einem Mann den Kopf zu verdrehen. Gedankenversunken schob sie einige Instrumente in einer Ecke zusammen.

»Schwester Grete«, sagte Max Lubinus vorwurfsvoll, »Sie bringen mir ja meine gesamte Versuchsanordnung durcheinander!«

»Oh, Entschuldigung.« Sie versuchte, alles wieder so zu arrangieren wie zuvor.

»Lassen Sie das!«, unterbrach er sie scharf. »Das muss ich selbst machen. Stellen Sie jetzt lieber den Ablaufplan wie besprochen zusammen.« Sie suchte sich im Zimmer nebenan ein ruhiges Plätzchen und fertigte eine Übersicht darüber an, wann wo welche Messungen anstanden. Damit war sie bis zum Feierabend beschäftigt. Sie gab sich große Mühe, zügig und sorgfältig zu arbeiten. Doch als sie ihm den Plan vorlegte, warf er kaum einen Blick darauf. »Legen Sie's dahin.«

»Haben Sie heute sonst noch etwas zu tun für mich?«

Er schaute nicht einmal auf von seinen Notizen. »Nein, das ist alles. Seien Sie bitte morgen früh pünktlich.«

Ich war bislang jeden Morgen pünktlich, dachte sie. Warum macht er solche Bemerkungen? »Aber sicher«, antwortete sie eine Spur kiebig. »Warum auch nicht?«

»Na, da Sie ausgehen ... Ihr Kavalier erwartet Sie schon.« Mit seinem Stift machte er eine Bewegung seitlich zum Fenster hinaus, ohne selbst zu gucken. »Hab schon gehört, dass bei Ihnen ein Pilot gelandet ist.« Sein Wortspiel schien ihn zu belustigen.

Grete sah draußen Martin von Welser in Fliegerjacke vor dem Portal auf und ab gehen. Er wollte sie zum Tanz in die Königlichen Strandhallen ausführen. Martin war nett und unterhaltsam. Sie hatte ihn absichtlich zum Feierabend vors Seehospiz bestellt. Dr. Lubinus sollte ihn sehen und bloß nicht auf die Idee kommen, dass sie unverheiratet war, weil sich kein Mann für sie interessierte. Das hatte wenigstens geklappt.

»Ach, so spät ist es schon?«

Erstaunt sah sie auf die Uhr. Sie musste sich noch umkleiden.

»Dann ist der alte Baumbriefkasten noch in Betrieb?«, fragte er mit leicht spöttischem Unterton.

»Das ist nicht mehr erforderlich«, erwiderte Grete patzig.

Sie war schließlich erwachsen. Was glaubte er eigentlich? Dass sie sich noch immer wie ein Backfisch aufführte? Ständig schaffte er es, ihr mit irgendwelchen Kleinigkeiten die Laune zu vermiesen.

»Dann wünsche ich viel Vergnügen«, sagte er.

»Danke, das werde ich haben.«

Es war ein Fehler gewesen, die neue Arbeit unter Max Lubinus anzunehmen. Der Mann strengte sie an. Seit sie ihm wiederbegegnet war, schlief sie schlecht und träumte wirr. Ach, wie sehnte sie sich nach ihren Kleinen von Pavillon 6!

Frieda

Gerade herrschte im Salon wenig Betrieb. Frieda stellte sich unter den Friseurteller neben die Eingangstür, um einen Augenblick die Sonne auf ihr Gesicht scheinen zu lassen und dem Kurkonzert zu lauschen. Mit jedem Tag, an dem sich Hilrichs Befinden verschlechterte, wogen die Wackersteine auf ihrem Herzen schwerer. Es war nicht leicht, mit einem Mann verheiratet zu sein, den man nicht liebte. Aber die Aussicht, am Ende einen Mann pflegen zu müssen, den man nicht liebte, war niederdrückend. Syphilis endete im Wahnsinn und in Hilflosigkeit. Frieda versuchte, sich nicht das Schlimmste auszumalen, sondern nur bis zum nächsten Tee zu denken. Ein Moment der Sammlung würden ihr helfen, den Tag besser durchzustehen.

Schräg gegenüber am Marktplatz hielten zwei Grünröcke, von der Kurverwaltung eingesetzte Ordnungskräfte, alle Kutscher an, weil das Geklacker von Pferdehufen den Musikgenuss stören würde. Sie mussten entweder warten oder einen Umweg fahren.

Jetzt spielte das Kurorchester eine Melodie von Paul Lincke, die Frieda mitten ins Herz traf. Die Erinnerung an die Zeit mit Joseph begleitete sie immer, selbst wenn sie nicht an ihn dachte. Sie war wie ein unsichtbarer, über dem Sinnlichen schwebender Extrakt, den sie seelisch wahrnehmen konnte. Etwas melancholisch, doch überwiegend erfreut schaukelte sie leicht zum Refrain im Walzertakt und sang leise mit.

»Lose, munt're Lieder singt man voller Lust, bunte, duft'ge Blumen steckt man an die Brust, gute, würz'ge Flaschen leert man bis zum Grund, holde, ros'ge Frauen küsst man auf den Mund!«

Ein gut aussehender Mann mit Hut und Gehrock kam federnden Schrittes auf sie zu und begrüßte sie – es war Max Lubinus! Er küsste ihr so galant die Hand, dass sie sich fragte, was Grete eigentlich immer an seinen Manieren auszusetzen gefunden hatte.

»Sie sind noch hübscher geworden, liebe Frieda, ich darf Sie doch so nennen?«

»Meine Güte, Dr. Lubinus!« Die Musik schwoll an, vielleicht wehte auch der Wind gerade stärker aus Richtung Kurhaus. Sie schien ihn ebenso zu berühren wie sie. Vergnügt stimmte er in die zweite Strophe ein.

»Wer so die wahre Poesie des Lebens hat genossen, ist auch im späten Alter nie versauert und verdrossen. Er wird sich mit der Jugend freu'n und die Erinn'rung lieben und wird die Streiche nicht bereu'n, die einstmals er getrieben.«

»Meine Güte, so alt sind wir doch noch gar nicht!«, bemerkte Frieda am Ende lachend.

»Natürlich nicht!« Lubinus lächelte zurück. »Aber ein gutes Lied wischt den Staub vom Herzen, in jedem Alter, nicht wahr?« Offenbar wusste er, dass ihr eigentlich ganz anders zumute war. Nun spielten sie auch noch »Glühwürmchen, flimmre«.

»Wie lange ist das jetzt her?«, fragte er.

Wie aufs Stichwort bog Lissy hüpfend um die Ecke. »Es müssen an die sechs Jahre sein«, antwortete Frieda. »Komm, Lissy, sag guten Tag!«

»Guten Tag, kleine Dame.« Er beugte sich zu ihr hinunter

und reichte ihr die Hand. »Ich kenne deine Frau Mama von früher, als sie noch nicht verheiratet war. Na, du bist ja ein hübsches, wohlgeratenes Mädchen!« Lissy, die an diesem Tag ein blaues Satinband in den dunklen Locken trug, knickste brav und beäugte den Doktor ebenso neugierig wie respektvoll. »Wie alt bist du denn?«

»Fünf!«

»Diese ausdrucksvollen Augen!«, sagte Max Lubinus verwundert. »Die kommen mir irgendwie bekannt vor ... Ach!«

Er wechselte einen Blick mit ihr. Frieda sah ihm förmlich an, dass er an Joseph dachte und sich den Rest blitzschnell zusammenreimte. Seine Augen fragten. Schweigend hob sie leicht beide Brauen, neigte etwas den Kopf, verzog kaum merklich den Mund. Bei dieser sparsamen Mimik, die gleichwohl seine Vermutung bestätigte, ließ sie es bewenden.

»Geh schon hoch, Lissy, Papa fühlt sich heut nicht so.« Sie seufzte ein wenig. »Hoffentlich ist er inzwischen aufgestanden. Vielleicht kannst du ihn etwas aufmuntern.«

»Ich sing ihm das Lied vor, das ich heute gelernt hab!«, rief Lissy zuversichtlich, während sie ins Haus ging.

»Hilrich liebt seine Tochter über alles.« Er nannte sie »min Muske«, meine kleine Maus, oder »min Tüddi«, mein Schatz. Erneut betrachtete Frieda Max Lubinus. Er hatte eine menschenfreundliche, gütige Ausstrahlung. Nicht eine Sekunde fürchtete sie, dass er ihr Geheimnis verraten würde. »Schön, Sie wiederzusehen. Grete hat mir schon berichtet.«

»Soso, was sagt sie denn?«

Dass er furchtbar anstrengend sei. Dass sie sich ständig über irgendwelche Kleinigkeiten aufregen müsse seinetwegen. Dass es ihr den Appetit verderbe und sie an Gewicht verlöre wegen der unterschwelligen Spannung, die ihre Zusammenarbeit begleitete.

»Sie sagt, dass die Arbeit mit Ihnen außerordentlich interessant ist«, antwortete Frieda freundlich. »Möchten Sie zu uns?«

»Ja, ich muss sowieso zum Haareschneiden.« Den Vollbart schien er sich selbst zu stutzen. »Und da dachte ich, bei der Gelegenheit könnte ich einmal unauffällig einen Blick auf die Ekzeme …« Er verstummte diskret.

»Ach«, sagte sie verlegen, »hat Grete mit Ihnen drüber gesprochen?« Sie hatte der Freundin erlaubt, Lubinus wegen Hilrichs Gesundheitszustand um Rat zu fragen – natürlich ohne dessen Homosexualität zu erwähnen –, weil sie einfach nicht mehr weiterwusste. Er nickte. »Danke, das ist sehr freundlich.« Traurig öffnete sie beide Hände. »Aber, wie gesagt, heute hat er nicht mal genug Antrieb, um im Salon zu arbeiten. Sie werden nichts tun können. Er ist sehr eigen geworden.«

»Hm, hm. Bedauerlich.«

»Nun gut, wenn Sie einen Haarschnitt möchten, treten Sie doch bitte ein.«

Ihr Schwiegervater übernahm und bat Max Lubinus, Platz zu nehmen. Als er nach einer Weile bei Frieda an der Registrierkasse bezahlen wollte, sagte sie, das ginge selbstverständlich aufs Haus. Er wollte abwehren, doch ein beißender chemischer Geruch, der aus dem Damensalon in den Verkaufsraum zog, irritierte ihn. Lubinus schnupperte mit angewiderter Miene.

»Was ist das?«, fragte er.

»Ach, Erwin färbt gerade einer von Hilrichs Kundinnen das Haar.«

»Macht er das öfter? Haare färben?«

»Hilrich? Ja, natürlich, er versteht von uns allen am meisten davon. Hat das beste Gespür für die Farbnuancen und was wem steht.«

»Heureka!«, rief Lubinus aus. »Ich hab mal was Interessantes in einer Zeitschrift für Hautärzte gelesen, darüber, wie giftig viele Haarfärbemittel sind! Man rief dazu auf, vor jeder Behandlung beim Kunden eine Läppchenprobe zu machen.«

»Davon hab ich nie gehört«, erwiderte Frieda erstaunt. »Wie soll denn das gehen?«

»Man tupft etwas Färbemittel hinters Ohrläppchen und wartet mindestens einen Tag ab«, antwortete Lubinus. »Wenn kein Ausschlag erfolgt, verträgt der Kunde oder die Kundin das Zeug. Menschen reagieren nun mal ganz unterschiedlich empfindlich, manchmal auch mit Verzögerung oder an anderen Stellen des Körpers.«

»Aha.« Frieda staunte.

»Läppchenprobe, das sollten wir einführen«, ließ sich Fritz Fisser vernehmen. Er hatte das Gespräch verfolgt und kam näher. »Ich dachte, die giftigen Inhaltsstoffe wären längst alle verboten. Jedenfalls erzählen uns die Handelsvertreter das immer.« Er schien nachzudenken. »Nun, ich gebe zu, die alten bleihaltigen Mittel färben gleichmäßiger und geben keine schwarzen Flecken, die hab ich 'ne Weile ganz gern benutzt.«

Frieda erinnerte sich daran, dass er ihr einmal gesagt hatte, die Warnungen davor seien übertrieben, es käme nur darauf an, dass man die Farbe gründlich genug ausspüle.

»Das ist schwer zu kontrollieren.« Lubinus lächelte unfroh. »Meist handelt es sich um sogenannte Geheimrezepte. Die Hersteller legen nie alles offen. Und Produkte aus dem

Ausland dürften noch gefährlicher sein.« Er schaute auf die Verpackungen in der Vitrine. »Wahrscheinlich sind da längst nicht alle Inhaltsstoffe aufgedruckt. Silberhaltige Haarfarben können zum Beispiel sogar Hörstörungen verursachen. Oder Kupferverbindungen …«

»Das sind die Färbemittel, die so schöne rotbraune Töne machen«, ergänzte Fritz Fisser.

»Mag sein, also alles mit Kupfersalz fördert Ekzeme, die hinterher oft Narben bilden.«

»Stimmt das wirklich? So 'n paar Wissenschaftler warnen zwar schon seit Jahren vor Parafarben …«, räumte der Schwiegervater mit skeptischer Miene ein.

»Para… was?«, fragte Frieda verständnislos.

»Mittel mit Paraphenylendiamin – also Anilinhaarfarben«, erklärte Max Lubinus.

»… aber die haben wir nie wirklich ernst genommen. Das ist doch unser täglich Brot«, beendete der alte Friseurmeister seinen Satz und kratzte sich am Kopf. »Gut, es gab mal einen Aufruf, die Paras nicht mehr am lebenden Haar einzusetzen. Nur darum haben sich viele Kollegen überhaupt nicht geschert.« Er versuchte, sich zu rechtfertigen. »Was willst du auch machen, wenn die Kundschaft genau das verlangt? Wenn Frau de Buhr sagt, das hab ich doch immer schon gekriegt, das will ich wieder, sollte ich ihr dann etwa sagen: Das ist aber Gift?«

»Alle Metallsalze sind gefährlich«, erklärte Max Lubinus. »Manche machen depressiv, verursachen Fieber, Unruhe oder den Beginn von Bronchialasthma.«

Während ihr Schwiegervater betroffen an seiner Unterlippe nagte, spürte Frieda, wie eine große Hoffnung ihr die Wackersteine vom Herzen rollte.

»Hilrichs Beschwerden könnten also nur vom Färben kommen?«, vergewisserte sie sich. »Würden sie denn wieder verschwinden, wenn er es sein ließe?«

»Das sollte er unbedingt versuchen«, riet Lubinus mit leuchtenden Augen. »Probieren geht über Studieren.«

Frieda lief um den Tresen herum, legte ihre Hände auf seine Schultern und küsste ihn dankbar auf beide Wangen. »Also, wenn das die Lösung ist, dann sind Sie ein Genie!«

»Sagen Sie das doch bitte auch Ihrer Freundin Grete.« Dr. Lubinus lächelte selbstironisch. »Sie scheint mich derzeit eher für einen Schwachkopf zu halten. Jedenfalls behandelt sie mich so.«

Trotz der Aufregung, die Frieda empfand, weil sich nun möglicherweise eine ganz einfache Lösung für ihr großes Problem ergeben hatte, stutzte sie in diesem Augenblick. Etwas an der Art, wie Lubinus sprach, ließ sie innehalten. Er strahlte irgendwas aus … Ihm liegt wirklich an Grete, schloss sie, er leidet genau wie sie unter den Spannungen.

Schon vier Wochen nach dem Gespräch war bei Hilrich eine deutliche Besserung eingetreten. In einer ruhigen Stunde nahm er Frieda zur Seite, um sich für ihre Unterstützung zu bedanken.

»Ich weiß, du hast es nicht leicht mit mir gehabt.«

Sie lächelte ihn an. »Ich bin einfach nur froh, dass es dir besser geht.«

Im Salon herrschte fortan wieder die gewohnte heitere Stimmung. Auch privat kamen sie gut miteinander aus, wenngleich distanzierter als früher. Als Frieda sich mit Grete traf, eigentlich hochgestimmt vom glücklichen Ausgang, erschrak sie über den fahrigen Zustand ihrer Freundin.

»Was ist denn mit dir los?«

»Nichts. Abgesehen davon, dass dieser Lubinus mich wahnsinnig macht.«

Weiteren Fragen wich sie aus.

In der Nacht darauf erwachte Frieda zu einer ungewohnten Zeit. Sie setzte sich auf, ihr war ganz merkwürdig zumute. Als hätte sie einen besonderen Traum gehabt, der ihr etwas sagen wollte. Und auf einmal sah sie vor ihrem geistigen Auge ein Hochzeitsfoto von Grete und Max Lubinus. Er mit Militärhaarschnitt und Schnauzbart, sie im schwarzen Kleid mit kurzem weißem Schleier.

Am folgenden Tag traf sie sich erneut mit Grete. Die konnte nur kurz ihre Aufsicht über eine kleine Spielgruppe abgeben und im Innenhof mit ihr reden.

»Du musst Lubinus endlich sagen, dass du damals zu der Verabredung kommen wolltest!«, forderte sie ihre Freundin auf.

»Was für ein Unsinn! Er ist sicher ein hervorragender Arzt und Wissenschaftler«, erwiderte Grete kühl, »aber ein ziemlich launenhafter, oft sogar arroganter Mensch. Das weiß ich jetzt. Den wollte ich nicht mehr geschenkt haben.«

»Du liebst ihn doch!«

»Was sagst du? Natürlich nicht! Als junges Mädchen war ich vielleicht mal etwas in ihn verliebt. Das ist ewig lange her.«

»Aber ich … ich hatte diese Vision … ein Hochzeitsfoto von euch beiden!«

»Frieda, ich möchte dich nicht kränken, doch ich bin eher an Wissenschaft interessiert. Dieser mittelalterliche Aberglaube mit Visionen, Wickwief und so weiter – entschuldige, aber das ist einfach nicht mehr zeitgemäß.« Grete schüttelte den Kopf. »Und außerdem ist er verlobt.« Sie verzog den Mund. »Das sächselnde Professorentöchterchen kommt übrigens im August wieder mit seiner Mutter nach Norderney.«

Frieda war ein wenig beleidigt. Sie meinte es doch nur gut. »Soll ich vielleicht mit ihm reden?«, schlug sie trotzdem vor.

»Bist du des Wahnsinns?«, gab Grete heftig zurück. »Willst du mich blamieren? Wenn du auch nur ein Wort verrätst, kündige ich dir die Freundschaft!« Entrüstet sah sie sie an, und Frieda begriff, wie bitterernst es ihr war. »Morgen werde ich übrigens Martin von Welser wiedertreffen. Er will mich auf einen Flug mitnehmen.«

»O Gott, fliegt bloß vorsichtig!« Frieda sah sie prüfend an. »Bist du in ihn verliebt?«

»Das weiß ich noch nicht«, antwortete Grete unwirsch. »Aber er ist wenigstens immer freundlich und rücksichtsvoll. Über ihn hab ich mich noch nie ärgern müssen.«

Im Inselsalon

Aufregung, nichts als Aufregung! Kaum zeichnete sich ab, dass Hilrich endlich wieder der Alte wurde – wofür Jakomina eher die Zaubermittel verantwortlich machte, die sie vom Wickwief hatte, als seinen Verzicht aufs Färben, aber das war ja letztlich auch egal, sie hatte es nicht nötig, ihren Anteil an seiner Genesung an die große Glocke zu hängen, Hauptsache, ihr Junge lachte wieder –, da erschoss so ein dummer serbischer Student in Sarajevo den Kronprinzen von Österreich-Ungarn, Erzherzog Franz Ferdinand, nebst Gemahlin. Und wieder redeten die Männer im Salon über nichts anderes als die Frage, ob es Krieg geben würde oder nicht.

Dabei lief nun gerade alles wie am Schnürchen. Die Insel war gut ausgebucht, kaum noch ein freies Bett zu bekommen. Ihre Tochter Frauke war gut verheiratet, schwanger und wohlauf. Das neue Gerät für die Elektrogesichtsmassage wurde von der Kundschaft hervorragend angenommen, sie mussten schon eine Warteliste führen.

Solange Jakomina sich erinnerte, disputierten die Männer über Krieg und Frieden. Doch diesmal machte es ihr mehr Angst als sonst. Vordergründig ließ sie sich ihre Befürchtungen nicht anmerken. Sie war schließlich Patriotin, wirkte tatkräftig im Vaterländischen Frauenverein mit, der wiederum die Übungen des Kriegervereins unterstützte, zu deren Sanitätskolonne auch Mucki, Hilrich und Erwin gehörten. In aller Bescheidenheit – sie hatte aus Vaterlandsliebe längst echte Risiken auf sich genommen. Im vergangenen Jahr, anlässlich der Hochzeit von Kaisertochter Viktoria Luise mit dem Welfensprössling Ernst August III., waren die beiden englischen Spione, die letztlich sie und Fritz durch ihren mutigen Einsatz auf Borkum hinter Gitter gebracht hatten, vorzeitig entlassen worden. Nach ihrer Meinung zu früh.

Aber richtig Krieg? Krieg bedeutete, dass Menschen aufeinander schossen, sich verletzten, töteten. Dass Familien unglücklich und Häuser zerstört wurden. Das konnte man sich nicht wirklich wünschen, oder? Andererseits, sollte das von Gegnern eingekreiste deutsche Volk durch einen Angriffskrieg bedroht werden, sähe die Sache natürlich anders aus. Dann würden sie alle wie ein Mann zusammenstehen und sich zu wehren wissen, aber wie!

Jakomina ließ sich ein nervenstärkendes Koniferenbad ein, schon das zweite in dieser Juliwoche. Das Ozofluin, das auf der letzten Hygienemesse in Dresden prämiert worden war, wirkte tatsächlich beruhigend auf sie. Sie griff nach den Tagebüchern der Luise von Toskana, die endlich enthüllen sollten, weshalb sie damals auf skandalöse Weise mit dem Lehrer ihrer Kinder den sächsischen Königshof verlassen hatte. Das würde sie auf andere Gedanken bringen.

Fritz roch es, als er durch den Hausflur ging, um Frieda zu suchen. Schon wieder dieser Fichtennadelduft. Dabei hatten sie erst Freitag, und normalerweise war Sonnabend der Badetag. Nun gut, sollte Jakomina noch eine Tüte Badesalz verschwenden, wenn es ihr dadurch besser ging. Nach der ersten großen Empörung über die Schüsse in Sarajevo vor fast vier Wochen beruhigte sich die allgemeine Stimmung langsam wieder etwas. Aber wo steckte seine Schwiegertochter? Im Salon warteten die Kunden.

Außer Atem kam Frieda mit feuchten Haaren und Lissy im Schlepptau durch den Hintereingang. »Entschuldige«, keuchte sie, »wir lernen gerade bei Dodo schwimmen, und unterwegs standen überall aufgeregte Grüppchen herum und haben uns den Weg versperrt. Scherls Lesehalle ist umlagert von Menschen.«

Der runde Verkaufs- und Lesepavillon des Berliner Scherl-Verlags gegenüber von Braams Buchhandlung am Ende des Damenpfads hängte fortlaufend neueste Nachrichten aus, die ihm von Depeschendiensten telegrafiert wurden.

»Gibt's denn was Neues?«

»Ich glaube, Österreich-Ungarn hat Serbien ein Ultimatum gestellt«, erklärte Frieda, während sie mit den Händen ihre Frisur richtete und in den Salon eilte. »Geh nach oben und zieh dir was anderes an, Lissy!«, rief sie noch. Erst als das Kind außer Hörweite war, sprach sie weiter. »Die Serben sollen bis morgen antworten und irgendwelche Zugeständnisse machen. Sonst gibt's Krieg.«

»Es wird keinen Krieg geben«, sagte Onno, der ihren letzten Satz vernommen hatte, voller Überzeugung. Obwohl längst Abendbrotzeit war, hockten er und Theo in der Warteecke des Herrensalons, um die Ereignisse zu bereden. »Würden sich all die Leute mit Geld und Einfluss sonst noch auf Norderney aufhalten?«

Fritz nickte. Der Kaufhausbesitzer Wertheim zum Beispiel und einer der Ullstein-Brüder aus der Berliner Verlegerfamilie kurten auf der Insel. Und natürlich von Bülow.

»Würde der Fürst wohl noch gelassen durch unsere Dünen reiten, wenn wirklich ein Krieg bevorstünde?«, bemerkte er.

»Sei dir man nicht zu sicher«, ließ sich ein Restaurantbesitzer vernehmen, dem Hilrich gerade mit dem Rasiermesser das Haar ausdünnte. »Ich habe zufällig mitgekriegt, wie von Bülow Graf von Wedel, ihr wisst schon, den Diplomaten, also wie er den gefragt hat, warum er in dieser heiklen Situation noch hier ist statt im Auswärtigen Amt.«

Fritz wusste langsam nicht mehr, was er glauben sollte. Die Inselzeitung spielte die Kriegsgefahr seit Tagen eher herunter. Theo wies in seinen Artikeln immer wieder darauf hin, dass Norderney schließlich keine befestigte Insel sei wie Helgoland oder Borkum und für die Marine kaum eine Rolle spiele. Selbst wenn es Krieg gäbe, wäre deshalb die Bedrohung gering. Aber einige Badegäste schimpften bereits, das sei Absicht, Fehlinformation, alles vom Bürgermeister gesteuert, damit die zahlenden Gäste nicht frühzeitig abreisten.

»Theo«, sagte Fritz, »nu' red mal Tacheles. Nur so unter uns. Du hast doch beste Kontakte. Glaubt man in Berlin, dass der Konflikt auf Serbien begrenzt bleibt?«

Eigentlich hofften das alle. Österreich-Ungarn und Serbien sollten das irgendwie regional unter sich ausmachen. Nun also ein Ultimatum. Säbelrasseln. Fritz kräuselte die Nase.

»Die Russen werden den Serben zur Seite stehen, auch im Kampf«, gab Hilrich zu bedenken. »Ist doch klar, die slawischen Völker halten zusammen.«

Und Deutschland hatte Österreich-Ungarn wieder mal gesagt: Macht, was ihr für richtig haltet, wir stehen als Verbündete hinter euch.

Theo seufzte. »Nach allem, was ich höre, sind unsere Politiker davon überzeugt, dass England sich raushalten wird.«

Das nahm Fritz mit Erleichterung zur Kenntnis. Eine Invasion der britischen Marine an seiner Heimatküste war für ihn nun einmal die schrecklichste aller Vorstellungen. Das musste um jeden Preis verhindert werden.

In der Woche, die nun folgte, veränderte sich die Stimmung wieder auf unerwartete Weise. Die Ereignisse überschlugen sich, eine schwindelerregende Abfolge von Ultimaten, außerplanmäßigen Parlamentssitzungen, diplomatischen Geheimtreffen, Beschlüssen und Abbrüchen von Beziehungen steigerten die Spannung ins Unerträgliche. Fritz konnte sich nicht mehr auf seine Arbeit konzentrieren.

Seit nach dem Attentat ungünstige Nachrichten von den Banken eintrafen, reisten zwar die ersten Badegäste vorzeitig ab, meist waren es aber nur die Familienväter, die ihre Frau und die Kinder noch weiter Urlaub machen ließen. Denn so richtig ernsthaft glaubte kaum jemand, dass es wirklich Krieg geben würde. Auch viele ausländischen Gäste ließen sich nicht so schnell aus der Ruhe bringen.

Als allerdings am Sonnabend Serbien in seiner Reaktion auf das Ultimatum nur teilweise den Forderungen Österreich-Ungarns nachgab und als dann auch noch bekannt wurde, dass der Kaiser seine Nordlandreise abgebrochen hatte, trafen immer mehr Telegramme ein. Sie lauteten fast alle gleich: *Lage ungünstig, sofort nach Hause kommen.* Auch in der Villa Edda bei von Bülows wurden jetzt die Koffer gepackt.

Abends waren die Lokale rappelvoll, Einheimische wie Gäste diskutierten miteinander. Fritz hielt es ebenfalls nicht mehr zu Hause. Es war Dienstagabend, als er an einem Hotel vorüberging und aus dem Saal die Stimme von Jann Berghaus vernahm. Der Schulrektor, der dem Gemeinderat angehörte, galt als kluger, warmherziger Mann, der stets den Ausgleich suchte. Fritz ging hinein, von Weitem erblickte er auch Theo. Jann hielt offenbar ganz spontan eine Rede. Er teilte den Anwesenden mit, dass Österreich-Ungarn soeben Serbien den Krieg erklärt hatte, und bezog dazu Stellung. Seine patriotischen Worte ließen Fritzens Brust anschwellen.

Jann Berghaus sprach von Hingabe ans Vaterland, von der Verbundenheit und der Schicksalsgemeinschaft des ganzen Volkes, von Bundestreue, von Glauben und Hoffnung auf einen guten Ausgang des bevorstehenden Kampfes.

Zum Schluss erhoben sich alle, um Kaiser Wilhelm II. und Franz Joseph dreimal hochleben zu lassen. Dann sangen sie voller Begeisterung beide Nationalhymnen, die deutsche und die österreichische. Es war erhebend. Fritz lief ein Schauer über den Rücken.

Am Donnerstag wurde bekannt, dass Russland mobilmachte, um Serbien zu schützen. Damit schwand die Hoffnung auf eine gütliche Wendung. Am Freitagnachmittag wurde offiziell bekannt gegeben, dass sich das Deutsche Reich im allgemeinen Kriegszustand befände. Jetzt verließen die Gäste fluchtartig Norderney.

Am Sonnabend, dem 1. August 1914, erklärte Deutschland den Krieg an Russland. Viele Menschen jubelten und sangen vaterländische Lieder, an irgendeiner Ecke der Insel wurde immer »Heil dir im Siegerkranz« geschmettert. Fritz empfand die Gewissheit wie eine Befreiung vom Albdruck der unerträglich gewordenen Spannung. Aber man sah auch ernste Mienen und konnte eine geradezu unheimliche Beklommenheit spüren. Die Schiffe fuhren nicht mehr nach Fahrplan, sondern ohne Unterbrechung zwischen der Insel und Norddeich hin und her – voll hin, fast leer zurück. Onno ließ wie viele seiner Kollegen die Leckereien aus der Hotelküche, die in den folgenden Tagen ohne Kundschaft verdorben wären, zu Schleuderpreisen verkaufen. Erwin verdarb sich mit zu viel Fleisch- und Austernpasteten den Magen.

Alle wehrfähigen Männer, die vom Landsturm und Reservisten eingeschlossen, mussten sich auf dem Schulhof einfinden – die einen zur Musterung, die anderen, um Instruktionen in Empfang zu nehmen, wann sie sich genau wo einzufinden hatten. Fritz ging hin, obwohl es für ihn keine gesetzliche Verpflichtung zum Dienst mehr gab, denn er spürte eine starke innerliche Verpflichtung. Mehrere hundert Insulaner aus allen Schichten trafen dort aufeinander – zumeist mit ernsten Mienen, in Alltagskluft oder Sonntagsstaat. Nur die Mützen, die sie nach ihrem Wehrdienst hatten behalten dürfen, verliehen ihnen eine Spur von Uniformierung.

Auf der Insel lagerten jedoch Uniformen und Ausrüstungen für jene meist älteren Männer, die als Soldaten der Inselwacht bleiben und im Seehospiz untergebracht werden sollten. Fritz war einer von ihnen, einer von einhundertfünfunddreißig. Er half gleich mit, als eine Abordnung gebildet und in den Westflügel der Schule geschickt wurde. Sie stiegen vom dritten Stockwerk aus ganz nach oben über eine geschlossene Wendeltreppe zum Dachboden empor. Hinter einer Eisentür gesichert, befanden sich dort die Kleiderkammer und die Waffen samt Munition für die Inselwache.

Frieda

Frieda radelte durch den Ort, in dem es vor Aufregung brodelte. Sie machte sich Sorgen um Grete. Und um die Männer ihrer Familie. Hilrich hatte sich wie ihr Bruder Dodo, der Geselle Erwin und viele andere Wehrtaugliche am Montagnachmittag im Hafen einzufinden. Hilrich und Erwin waren als Sanitäter für ein in Oldenburg stationiertes Ersatzregiment einberufen worden, Dodo sollte sich als Reservist in Wilhelmshaven bei der Marine melden.

Die meisten Verletzten gibt's immer an der Front, überlegte Frieda, das bedeutet, dass Hilrich künftig ständig in einer Gefahrenzone sein wird. Sie fühlte sich überhaupt nicht erhaben, sondern nur bedrückt. Ihr Mann, gerade genesen, musste in den Krieg ziehen. Ihr Schwiegervater konnte wenigstens auf der Insel bleiben, auch wenn er fortan kaserniert im Seehospiz leben würde. Aber was bedeutete das für Grete?

Vor dem Polizeigebäude spielten sich tumultartige Szenen ab. Frieda stieg ab und schob ihr Rad näher. Eine Gruppe augenscheinlich osteuropäischer Juden in Kaftanen, mit langen Bärten und Schläfenlocken protestierte lautstark.

»Wie dürfen nicht am Sabbat reisen! Das verstößt gegen unsere Gebote.«

»Aber der Kaiser will es so«, wiederholte der Inselpolizist mit aller Autorität, die ihm zur Verfügung stand. »Sämtliche Ausländer haben die Insel binnen vierundzwanzig Stunden zu verlassen.«

»Für uns steht Gottes Wort über dem des Kaisers!«, rief ein Mann mit russischem Akzent.

Entnervt ging der Polizist mit dem Inselkommandanten ins Gebäude, wohl um sich zu beraten. Lebhaft redeten die Juden weiter durcheinander. Viele wollten nicht zurück nach Russland, das sich nun im Krieg befand und seine Grenzen geschlossen hatte, sondern lieber ins friedliche Holland.

Der Polizist kehrte wieder, um bekannt zu geben, dass es für die orthodoxen Juden nach Sonnenuntergang, wenn der Sabbat endete, eine Sonderfahrt mit dem Dampfer geben würde. Große Erleichterung ob dieser weisen Entscheidung machte sich breit.

Und Frieda radelte weiter. Beim Wickwief holte sie die mit Zauberformeln betexteten Schutzbriefe ab, die Jakomina bei ihr für die Männer in Auftrag gegeben hatte.

»Die Briefe müssen sie am Leib tragen«, erklärte die weise Frau. »Dann helfen sie gegen Kugeln und andere Gefahren.«

Frieda glaubte nicht wirklich daran, aber sie nickte freundlich und steckte sie in ihre Tasche. Schaden konnten sie zumindest nicht.

»Was sagst du denn zu dem allen?« Sie hoffte auf eine Prophezeiung, dass der Krieg schon bald siegreich beendet sein würde.

»Bring deinen Dünengarten in Ordnung«, antwortete das Wickwief nur.

Frieda schwang sich wieder aufs Fahrrad. Wenigstens war das Wetter strahlend schön – ein gutes Omen. Wenig später erreichte sie das Seehospiz, wo Grete draußen eine Kinderschar in Zweierreihen zum Abmarsch an den Hafen ordnete.

»Was ist mit dir? Musst du die Insel auch verlassen?«, fragte Frieda außer Atem.

Kurz hatte es sogar zur Verwirrung aller Einheimischen geheißen, die ganze Insel sollte geräumt werden, doch dieser Befehl war rasch wieder zurückgenommen worden. Allerdings sollten keine Auswärtigen mehr, nicht mal Verwandte der Insulaner, ohne Sondergenehmigung nach Norderney kommen dürfen.

»Ich? Keine Ahnung, ich weiß nicht«, antwortete Grete. »Erst mal jedenfalls nicht. Wir evakuieren. Ich muss helfen, schubweise dreihundert Kinder aufs Festland zu bringen. In Norddeich übergeben wir sie an andere Aufsichtspersonen, die sie nach Hause begleiten.« Die ersten Männer von der Inselwacht tauchten bereits auf, um ihren Einzug ins Hospiz vorzubereiten. Sie desinfizierten die Schlafräume, räumten den Speisesaal um. Die Offiziere sicherten sich die Verwaltungsgebäude. »O Gott!«, murmelte Grete. »Hoffentlich bringen die nicht unsere Unterlagen in den Arbeitszimmern durcheinander.«

»Aber du bleibst?«

»Ich. Weiß. Es. Nicht!«, antwortete Grete gereizt. »Wenn's nach mir geht, ja. Meine Eltern wünschen natürlich, dass ich nach Hause komm. Was der kommandierende General des X. Armeekorps dazu befiehlt, entzieht sich derzeit noch meiner Kenntnis.«

»Was ist mit Dr. Lubinus?«

Grete sah sie mit großen, fast glühenden Augen an. »Er hat seinen Gestellungsbefehl als Stabsarzt erhalten, Montag geht's los. Er verabschiedet sich gerade von seiner Braut.«

Frieda kannte ihre Freundin gut genug, um zu wissen, dass sie kurz davorstand, in Tränen auszubrechen.

»Und dein Pilot?«

»Befindet sich schon auf dem Rückflug nach Berlin.«

»Um wen hast du mehr Angst?«

»Schwester Grete, ich muss mal!«

»Tut mir leid, Frieda, du siehst ja, hier ist der Teufel los. Um unser persönliches Glück geht es gerade nicht. Wir müssen alle unseren Teil zum großen Ganzen beitragen.«

»Schwester Grete«, rief die Oberschwester, die als Anführerin des Fußtrupps auftrat, »verschieben Sie Ihre Privatgespräche auf nach dem Krieg!«

»Einen kleinen Augenblick noch, bitte! Da muss jemand austreten.« Grete nahm das Kind, das unruhig von einem Bein aufs andere trat, an die Hand. »Nur Pipi? Wollen wir schnell in die Dünen verschwinden? Tschüss, Frieda, wir sehen uns.«

»Ja, spätestens Montagnachmittag im Hafen!«

Frieda sah sich um. Die ganze Welt war verrückt geworden. Sie ahnte, dass sich gerade der größte Wandel der Geschichte vollzog, den sie je miterleben würde. Aber noch konnte sie die Ausmaße nicht erfassen. Ein wenig fühlte sie sich wieder wie ein Gänsesängerküken, das aus dem Baumnest in die Tiefe fiel. Sie musste ihre Glieder schön am Körper halten und die Ruhe bewahren. Dann würde sie es schon irgendwie überstehen. Schließlich war sie unter einer Glückshaube geboren worden.

Sie dachte an Joseph. Damals war er Leutnant der Reserve gewesen. Wohin es ihn wohl dieser Tage verschlug? Sie war froh, dass die Männer, die ihr etwas bedeuteten, wenigstens alle auf der gleichen Seite kämpften. Unvorstellbar, wenn sie sich gegenseitig hätten beschießen müssen!

Noch einmal sah sie auf Grete, die mit dem Kind aus den Dünen zurückkehrte und sich gerade noch rechtzeitig in die losmarschierende Kolonne einreihte. Sie gab den Kleinen Zuversicht und Kraft. Frieda war stolz auf sie. Ihre Grete hatte mehr Glück verdient. Nachdenklich winkte sie ihr hinterher.

Über Nacht hatte sich alles verändert. Auf einmal lebten sie in außergewöhnlichen Zeiten – und die erforderten bekanntlich außergewöhnliche Maßnahmen. Eine Idee, die ihr am Morgen beim Lesen des *Extra-Blatts* zum Kriegsbeginn gekommen, doch noch ziemlich verwegen erschienen war, schrie nun plötzlich danach, in Angriff genommen zu werden. Wie gut, dass sie die Zeitung eingesteckt hatte! Kurz entschlossen machte sie sich auf den Weg.

»Wissen Sie, wo Dr. Lubinus ist?«, fragte Frieda einen Mann im Verwaltungsgebäude des Seehospizes.

»Ich glaub, er ist gerade zurückgekommen und spricht mit Dr. Hartmann. Gucken Sie mal im Telefonzimmer.« Frieda klopfte. Tatsächlich befanden sich dort beide Männer im Gespräch. »Frau Fisser, liebe Frieda«, sagte Max Lubinus freundlich. »Guten Tag. Kann ich etwas für Sie tun?«

»Ja, ich hoffe, ich störe nicht, aber ich würde gern unter vier Augen mit Ihnen sprechen.«

Die beiden Ärzte wechselten einen Blick. Dr. Hartmann nickte und entließ den Jüngeren. Er ging neben ihr durch den Flur, wo bereits Uniformierte am Werk waren. »Ich hab gehört, Sie werden auch am Montag …«

»Ja«, erwiderte er knapp. »Wie geht es Ihrem Mann?«

»Gut! Also, jedenfalls, was die Ekzeme und das alles angeht. Ihr Rat war goldrichtig. Dafür wollte ich mich noch einmal bedanken … falls wir uns nicht wiedersehen …«

»Das freut mich sehr zu hören.«

»Ist … ähm … Ihre Verlobte noch auf der Insel?«

»Ja, wir versuchen, einen Platz für die Rückreise zu ergattern. Mit der Überfahrt allein ist es ja nicht getan. Die Anschlüsse per Bahn für sie und ihre Mutter wollen auch organisiert sein. Und aktuell haben nun mal Militärtransporte Vorrang.«

»Es heißt ja, man bräuchte sich keine Sorgen zu machen – alle Gäste und die Saisonarbeiter sollen in den nächsten Tagen zügig die Insel verlassen können.«

»So wird es wohl sein.«

»Dr. Lubinus?«

»Ja?«

»Wir kennen uns schon so lange. Und die Zeiten sind außergewöhnlich.«

»Ja?«

»Bitte erlauben Sie mir ... aber verraten Sie mich bitte nicht bei Grete, falls es ...« Frieda errötete. Sie druckste herum. Dann fasste sie sich doch ein Herz. »Ich finde, Sie sollten wissen, dass Grete damals vor vielen Jahren zu Ihrem Rendezvous am Strand kommen wollte. Sie musste nur überstürzt mit ihren Eltern abreisen, weil irgendwas Dringendes mit ihrem Bruder in Deutsch-Südwestafrika war ... Ich sollte Ihnen damals Bescheid sagen, dass sie nicht kommen konnte. Doch ich war auch verhindert.« Max Lubinus blieb stehen, er sah sie erwartungsvoll an. »Ich weiß, Sie sind verlobt«, fuhr Frieda fort. »Aber ich habe eine besondere Gabe, ein Gespür für ... Ach, lassen wir das. Die Zeit ist zu knapp, um das zu erklären ... Glauben Sie mir einfach!«

»Wollen Sie mir sagen, dass ich Grete nicht gleichgültig bin?«, fragte er. Frieda nickte. »Und dass sie mich eventuell nicht für einen kompletten Schwachkopf hält?« Frieda schüttelte den Kopf, korrigierte sich schnell und nickte. Er musste kurz lächeln. »Und dieser Flieger?«

»Bedeutet ihr wahrscheinlich so viel wie … Entschuldigung … wie Ihre Verlobte Ihnen.« Was sie da sagte, war eine Unverschämtheit. Frieda wusste es wohl. Sie drückte den Rücken durch. Aber sie war sich nun mal sicher. »Wat mutt, dat mutt«, murmelte sie trotzig.

In seinen Augen veränderte sich etwas. Das Licht darin sprühte, als hätte jemand kleine Wunderkerzen angezündet. »Wo ist Grete?«, fragte er.

»Mit den Kindern auf dem Weg zum Hafen. Und übrigens …«, Frieda nahm das *Extra-Blatt* des *Inselboten* aus ihrer Tasche, »… falls Sie es nicht schon gelesen haben – in der rechten Spalte steht eine interessante Bekanntmachung.«

»Danke, Frieda!«

Diesmal legte er seine Hände auf ihre Schultern und küsste sie herzlich auf beide Wangen.

Grete

Am ersten Augustsonntag wurde das Seehospiz offiziell geschlossen. Grete spürte jeden Knochen einzeln, als sie gegen Abend vom letzten Kindertransport ins Schwesternheim zurückkehrte. Es wirkte leer und ruhig. Einige Türen zu geräumten Zimmern standen offen.

Erschöpft zog sie die Schwesternhaube vom Kopf, löste ihr Haar und ließ sich in voller Montur auf ihr Bett sinken. Das war geschafft. Und nun? Was sollte werden, was konnte sie tun? Einige Schwestern waren bereits abgereist, andere saßen auf gepackten Koffern. Nur wenige Kolleginnen, die nicht wussten, wohin, wollten wohl ebenso wie sie versuchen, auf der Insel zu bleiben. Sie hörte Schritte durch den Flur hallen. Männerschritte. Es klopfte an ihre Tür.

Sie stand auf und öffnete, Max Lubinus stand da. Er sah verändert aus mit seinem Militärhaarschnitt, den Vollbart hatte er bis auf einen Schnäuzer abrasiert. Sein Blick verriet ihr, dass er aufgewühlt war und ihr etwas Wichtiges sagen wollte. Ihr Herz schlug schneller.

»Ja?«

»Grete …«, begann er mit heiserer Stimme.

In diesem Moment tauchte hinten im Flur eine Gestalt auf. »Dr. Lubinus – Sie hier?«, rief Oberschwester Luise streng.

Männern, auch den Ärzten, war der Aufenthalt in der Nähe der Schwesternschlafzimmer untersagt. Verliebte Kater kommen in mancherlei Gestalt, pflegte die Leiterin des Schwesternheims zu sagen, man kann nicht wachsam genug sein.

Er drehte sich um. »Ich möchte Schwester Grete bitten, mir zu helfen«, erklärte er in dienstlichem Ton. »Wir müssen die Unterlagen für unsere Studie in Sicherheit bringen.«

»Natürlich«, sprang Grete ihm zur Seite. »Das hab ich auch schon überlegt. Wenn all die Karteikarten und Messergebnisse in die falschen Hände geraten ...«

»Ach so«, Oberschwester Luise hatte sie erreicht und musterte sie beide. »Na, dann helfen Sie ihm.«

Grete folgte Max Lubinus ins Arbeitszimmer, das bereits von Soldaten auf den Kopf gestellt worden war. Sie entdeckten die ohne System gestapelten Unterlagen, packten sie in zwei große Kartons um.

»Wohin damit?«, fragte Grete.

»Tja«, Max Lubinus überlegte. »Am besten erst mal in meine Wohnung. Ich kläre den Verbleib morgen mit Dr. Hartmann.«

Sie schleppten das Material in seine kleine Einliegerwohnung, die aus einem Wohnzimmer mit Schlafecke bestand. Grete lud ihren Karton auf dem Tisch ab. Ihre Glieder schmerzten, sie fühlte sich erschöpft und traurig und wollte gleich wieder gehen, um sich endlich hinzulegen. Doch im nächsten Moment wurde sie gewahr, dass über dem Bett ein gerahmtes Bild vom Norderneyer Leuchtturm hing. Das war ihre Zeichnung! Vielleicht lag ihm doch mehr an ihr, als sie geglaubt hatte.

Sie fragte sich, ob sie Max Lubinus noch einmal wiedersehen würde, bevor er in den Krieg zog. Vielleicht würde sie ihn überhaupt nie wiedersehen. Wenigstens sollte sie ihm Glück wünschen. Ihre Augen füllten sich mit Tränen.

Sie reichte ihm die Hand und wollte etwas sagen, aber sie brachte keinen Ton heraus. Es fühlte sich an, als wäre sie schlagartig verstummt. Ihr Unterkiefer begann zu zittern. Verzweifelt sah sie ihn an.

»Grete«, flüsterte er und nahm ihr Gesicht zwischen seine Hände. »Grete, nicht weinen.« Nun rollten ihr die Tränen die Wangen hinunter. Sie musste die Nase hochziehen. »Die vierte Frage, Grete«, sagte er leise mit einem derart liebevollen Blick, dass sie sich am liebsten darin aufgelöst hätte.

»Ja?« Heftiges Herzpuckern.

»Die vierte Frage …«, er zögerte einen Moment, »… lautet: Glaubst du, du kannst mich lieben? So, wie ich dich liebe?«

Statt zu antworten, zog sie wieder die Nase hoch. Ihre Beine gaben nach. Er fing sie auf, hielt sie fest umfangen, sie drückte sich an seine Brust und weinte und weinte. Ihr Schluchzen wollte gar nicht wieder aufhören. Seit Jahren hatte sie etwas unterdrückt, das sich nicht länger unterdrücken ließ. Jetzt brach es mit solcher Urgewalt hervor.

»Ja, ja, ja«, stieß sie zwischen den Schluchzern aus. Er küsste sie, sie umschlang seinen Hals, machte sich aber gleich wieder los. »Ich ersticke fast, ich muss mir die Nase putzen.« Er reichte ihr ein Taschentuch. Sie schnäuzte sich kräftig. Dann nahm er sie wieder in die Arme. Sie legte ihren Kopf an seinen Hals. Hier gehörte sie hin. Er war der Mann, den sie liebte und mit dem sie ihr Leben verbringen wollte. Eine Ewigkeit standen sie so da. Keine Gegenwehr mehr, endlich angekommen. Ohne sich zu regen, nahm sie eine Energie wahr, die sie verband. Sie fühlte sich schrecklich schwach, aber sie wusste, dass sie Max Lubinus begehrte, wie sie noch nie etwas begehrt hatte. Endlich hob er sie auf die Arme und trug sie zum Bett. »Aber wieso liebst du mich?«, fragte sie, als sie sich gegenüberlagen.

»Warum scheint die Sonne? Warum leuchtet der Mond?«, antwortete er ernst. »Ich weiß es nicht. Vielleicht ist es ein Naturgesetz. Vor Urzeiten von den Göttern beschlossen: Max soll Grete lieben. Jedenfalls komme ich nicht dagegen an.«

»Ich auch nicht«, flüsterte sie. Sie empfand so unendlich viel Liebe und Sehnsucht, als sie ihn ansah. Ein winziges Lächeln stahl sich in seine Augenwinkel. Sie umschlangen einander. Wie alles passte! Von Müdigkeit keine Spur mehr. Er liebkoste sie mit den Lippen, mit den Händen, Grete schmolz dahin. Sie erwiderte seine Küsse, die immer leidenschaftlicher wurden, temperamentvoll, gierig – es gab so viel nachzuholen, zu erfüllen … Sie spürte seine Lust und war bereit. Doch zu ihrer Überraschung unterbrach Max das Liebesspiel, er mäßigte sich. Langsam, verwirrt tauchte sie aus dem rauschhaften Gefühl auf. Ihr Kopf begann, wieder zu arbeiten. »Was ist mit deiner Verlobten?«

»Ich war gestern Abend bei ihr in der Pension. Ich habe sie gebeten, mich freizugeben.«

»O Gott. Die Ärmste! Wie hat sie reagiert?«

»Na ja, sie hat geweint und mich beschimpft.«

»Puh!«

»Aber sie wird es überstehen. Es war nie die große Liebe zwischen uns. Eher eine freundschaftliche Beziehung.«

»Warum?« Grete drückte die Bettdecke zwischen ihn und ihren Bauch, weil seine körperliche Nähe ihr sonst gleich wieder den Verstand vernebelt hätte. »Warum fällt dir deine vierte Frage ausgerechnet jetzt ein?«

»Frieda hat mir die Augen geöffnet.«

»Frieda? Ach! Und ich hatte ihr ausdrücklich verboten …«

»Gut, dass sie nicht auf dich hört.« Er nahm ihre Hand und führte sie an seinen Mund. »Grete, willst du mich heiraten?«

Ihr Herz setzte einen Schlag aus. »Ja.«

»Morgen?«

»Morgen?«

»Morgen Vormittag, um genau zu sein.«

»Wie bitte?« Das ging plötzlich alles so schnell. »Aber man müsste doch erst ein Aufgebot ... Und ... und überhaupt.«

»Und überhaupt ... ist Krieg.« Er strich ihr das Haar aus dem Gesicht. »Frieda hat mich auf eine Bekanntmachung aufmerksam gemacht. Stand gestern in der Zeitung: Im Falle einer Mobilmachung ist man vom Aufgebot befreit, der Standesbeamte kann uns sofort trauen. Willst du?«

Sie lachte und weinte zugleich. »Ja, ich will.« Er küsste sehr zärtlich, bedacht darauf, das Feuer nicht zu sehr zu entfachen. »Und morgen Nachmittag geht dein Schiff?« Was für eine absurde Situation, dachte Grete. Dass ich jetzt denken muss. »Dann haben wir ja nicht mal Zeit für unsere Hochzeitsnacht«, folgerte sie direkt vorwurfsvoll.

Er seufzte abgrundtief, fast schon komisch. »So ist es.«

Sie holte tief Luft. »Dr. Lubinus ... fändest du als Befürworter der Reformbewegung es eigentlich sehr frivol, wenn wir da etwas um einen Tag vorziehen würden?«

Er nahm nun ihre beiden Hände, führte sie abwechselnd an seine Lippen und seufzte noch einmal, diesmal eher schmerzerfüllt. »Es gibt nichts, aber auch gar nichts auf der Welt, was ich lieber täte. Trotzdem, wir sollten uns bezähmen.« Ungläubig schaute sie ihn an. »Es wäre unfair dir gegenüber«, fügte er hinzu.

»Das begreife ich nicht. Ich möchte es doch auch. Und wenn wir morgen sowieso heiraten, wäre es vom Moralischen her ja wohl ...«

»Ich habe so lange davon geträumt, dass ich keinerlei Einschränkung will, wenn es endlich in Erfüllung geht. Dann will ich dich mit Haut und Haaren lieben, grenzenlos!«

»Das ginge jetzt nicht?«

»Stell dir vor, du bekämest ein Kind.«

»Das wäre wunderbar.«

»Wir wissen nicht, wie sich dieser Krieg entwickelt. Schwanger oder mit einem Kind könntest du nicht arbeiten. Und stell dir vor, ich würde fallen.«

»Nein, das will ich mir nicht vorstellen.«

»Dann stündest du mittellos da. Als Witwe mit Kind würdest du nicht so leicht einen neuen Mann finden wie ohne.«

»Was machst du dir für abscheuliche Gedanken!«

»Ich möchte einfach nur das Beste für dich.« Er zog sie an seine Brust. Grete schmiegte sich an ihn, spürte seine Wärme, hörte sein Herz pochen. Sie nahm seinen Duft in sich auf, schmeckte seine Lippen, fühlte die Vibrationen seines Brustkorbs, wenn er sprach. Sie tastete unterm Hemd die Glätte seines festen Körpers und hoffte, dass ihre Hände und Fingerspitzen sich erinnern würden. Möglichst jede Minute, die ihnen noch blieb, wollte sie wach bleiben und sich mit allen Sinnen das Gefühl seiner Gegenwart einprägen.

Max hielt sie umfangen, und sie rührte sich nicht mehr, um sich auch dieses Gefühl inniger Geborgenheit zu merken. Er hielt sie noch, als regelmäßige Atemzüge verrieten, dass er eingeschlafen war. Ich hab mir immer einen edlen Mann gewünscht, dachte sie. Und nun bekomme ich ihn.

Frieda

Am Montag, dem 3. August, erklärte Deutschland Frankreich den Krieg, und Frieda steckte ihrer besten Freundin schnell noch ein rundes Spitzendeckchen, das Dr. Hartmanns Frau ihnen lieh, als Schleier im Haar fest. Sie redeten nicht viel. Ein Blick ins Gesicht der anderen reichte, um zu wissen, was in ihr vorging. Ihre Gefühle mussten einigermaßen unter Kontrolle gehalten werden, sonst drohten Explosionen, die sie ihren Lieben nicht zumuten wollten.

Frieda und Hilrich begleiteten Max und Grete als Trauzeugen ins Rathaus. Vor dem Standesamt standen junge Kriegspaare Schlange. Ebenso vor den Fotostudios, wo nicht nur Hochzeits-, sondern auch Familienerinnerungsbilder aufgenommen wurden. Im Inselsalon herrschte ebenfalls großer Ansturm, weil alle Männer einen militärischen Kurzhaarschnitt wollten. Doch gegen Mittag schloss Jakomina, die Letzte, die mit einem Lehrling die Stellung gehalten hatte, das Geschäft. Schließlich würde ihr einziger Sohn am Nachmittag Norderney verlassen. Fritz befand sich bereits bei der Inselwache im Seehospiz. Lissy kam mit einem Arm voller Blumen nach Hause, die sie auf Friedas Geheiß im Garten ihrer Oma Dirks und in den Dünen mit Spielkameraden gepflückt hatte. Sie banden schnell noch viele kleine Sträußchen daraus.

Frieda schenkte Hilrich ein Foto, das Theo vor einiger Zeit von ihnen mit Lissy und den Schwiegereltern im Inselsalon gemacht hatte.

»Damit du dich erinnerst.«

»Danke.« Hilrich steckte es hinter den Schutzbrief in ein Lederetui, das er in seiner Brusttasche verstaute.

»Hier ist Packmaterial, damit du deine Zivilkleidung aus der Kaserne nach Hause schicken kannst.« Frieda versuchte, ihre Angst zu verbergen, ihre Stimme klang ungewohnt dünn. »Und in der Tasche findest du Mundverpflegung für einen Tag, wie vorgeschrieben. Deine Mutter wollte noch eine Flasche Branntwein dazutun, aber der ist ja ausdrücklich verboten.«

Sein Blick richtete sich entschlossen durchs Fenster hinaus in die Ferne. »Ich werd denen schon zeigen, dass ich ein ganzer Kerl bin.«

Frieda hoffte, dass er nicht unnötig den Helden spielen würde. Aber sie sagte nichts. Sie würde für ihn beten. Doch auch das musste sie nicht aussprechen. »Pass gut auf dich auf«, sagte sie nur. Ihr saß ein dicker Kloß im Hals.

»Sicher. Mach dir keine Sorgen, min Sünrooske.« Zum ersten Mal nannte er sie beim Kosenamen ihrer Kinderzeit. »Dieser Krieg wird von kurzer Dauer sein, das sagen alle, die was davon verstehen. Wie ein reinigendes Gewitter. Wir siegen und sind bald wieder zu Hause.«

»Ja«, sie küsste ihn auf die Wangen, »hoffentlich.«

Am Hafen vor dem Fährdampfer drängten sich die Angehörigen der Soldaten, um Abschied zu nehmen. Eine Kapelle spielte Marschmusik, etliche Kurgäste versuchten, noch Plätze zu ergattern, wurden jedoch zugunsten der Soldaten abgewiesen. »Siegreich woll'n wir Frankreich schlagen« sangen die Männer, die schon an Bord waren. Lissy und andere Mädchen in Sonntagskleidern verteilten Blumensträuße.

Man sah strahlende wie verweinte Gesichter, begeisterte und beklommene Mienen. Frieda kannte fast jeden der Männer. Vielen winkte sie zu, einigen reichte sie noch einmal die Hand. Zum Schluss umarmte sie sogar Erwin und wünschte ihm Glück. Hilrich hob ein letztes Mal Lissy in die Höhe, küsste sie – »Min Muske!« –, musste hoch und heilig versprechen, wiederzukommen und nach dem Krieg mit ihr nach Berlin zu reisen. Die Kleine verstand noch nicht, dass Krieg gefährlich war. Sie strahlte, weil sie glaubte, dass der Vater nun ein Held war und ruckzuck die bösen Feinde schlagen würde.

Der junge Rass rief: »Wir wollen die Franzmänner schon vermöbeln!«

In seiner Nähe stand Felix Rosenau und dahinter ihr Bruder Dodo. Nun kamen Frieda doch noch die Tränen.

»Bitte, kehr heil zurück«, flüsterte sie, als sie ihr Taschentuch herausholte und damit Dodo zuwinkte.

Vor dem Hafen dümpelte das Vergnügungsboot ihres Vaters. An Bord befanden sich außer ihm ihre Großmutter, ihre Mutter und Rieka. Sie wollten dem Dampfer noch ein Stück Geleit geben.

»Lebe wohl!«, »Tschüss!«, »Auf Wiedersehen!«, klang es aus allen Richtungen.

Das junge Brautpaar konnte kaum voneinander lassen. Frieda hörte, was Max Lubinus seiner Liebsten zum Abschied sagte.

»Die Aussicht auf das, was mich erwartet, wenn ich wiederkomme, wird mich alles überstehen lassen.«

Jemand brüllte kurze Kommandos. Er musste sich losreißen.

Frieda litt mit Grete, und sie bewunderte sie. Die junge

Braut stand neben ihr, schön und bleich wie eine Madonna, ein inneres Leuchten ging von ihr aus. Ihr gelang, als Max sich an der Reling zeigte, ein umwerfendes Lächeln.

Das Fallreep wurde hochgezogen. Wieder erschallten Lieder. Alle möglichen Fahnen und Fähnchen wurden geschwenkt, darunter eine Innungsfahne mit eingesticktem Sinnspruch, den Frieda nur zur Hälfte entziffern konnte: ... *was einer nicht zustande bringt.*

Der Dampfer legte ab. Während er sich immer weiter entfernte und die Passagiere so klein wurden, dass man sie nicht mehr erkennen konnte, spürte Frieda, wie ihr das Herz Zentimeter um Zentimeter tiefer sackte. Was nun bevorstand, war vermutlich tausendmal schlimmer als eine Sturmflut. Wie sollten sie ohne Männer all das bewältigen, was auf sie zukam? Aber sie war auch so stolz auf die Ehemänner, Väter und Brüder, die tapfer ihr Leben riskieren wollten, da durfte sie nicht jammern.

Grete neben ihr atmete stockend durch. Sie schauten sich an. Wir halten zusammen, sagte ihr Blick. Frieda nahm ihre Hand. Lissy kam und griff nach ihrer anderen Hand. Jakomina stellte sich neben ihre Enkeltochter. Frauke, mit rot geweinter Nase, ihr Baby auf dem Arm, suchte Halt bei ihrer Mutter. Lieske sah zu ihnen herüber, Grete nickte ihr zu, und auch sie reihte sich ein. Als die Menschenansammlung sich aufzulösen begann, blieben die Frauen noch eine ganze Weile stehen. Der Wind ließ ihre Röcke flattern. Eine Böe blähte die Innungsfahne sekundenlang zu voller Schönheit auf. Und es gelang Frieda, auch den ersten Teil des Satzes zu lesen: *Geeinter Kraft gar oft gelingt ...*

NACHWORT

Zwei Tage nachdem ich das Manuskript für den ersten Band von *Der Inselsalon* an meine Lektorin geschickt hatte, entdeckte ich im Internet eine Illustration, wohl die Abbildung eines Plakats oder einer Anzeige, mit der sich der Norderneyer Friseur F. Sebes als »Friseur Sr. Exzellenz Fürst von Bülow« empfiehlt. Ich war wie vom Donner gerührt. Diese Verbindung von Friseur und Fürst gab's wirklich? Die war doch ausgedacht! Und dann überkam mich ein vertrautes Gefühl. Es beschleicht mich manchmal, wenn ich mit dem Schreiben eines Romanes fertig bin. Mir ist dann, als hätte ich meine Geschichte gar nicht erfunden, sondern gefunden – entdeckt, angelockt, aufgespürt und freigelegt. Als wäre sie, weil ich mich lange und intensiv mit dem Umfeld der Protagonisten beschäftigt hatte, einfach zu mir gekommen. Als hätte sie nur darauf gewartet, sich endlich zu zeigen.

Für mich selbst und für die geneigte Leserschaft möchte ich an dieser Stelle ausdrücklich festhalten, dass es sich bei der Friseurfamilie Fisser um eine erfundene Familie handelt, deren Mitglieder meiner Fantasie entsprungen sind, und nicht um die Familie Sebes – auch wenn ihr der Ruhm gebührt, im wahren Leben jenen Salon geführt zu haben, dem von Bülow auf Norderney vertraute.

Als ich mit der Idee für einen Roman über das Leben einer Friseurfamilie auf Norderney zu liebäugeln begann, wusste ich dank der Recherchen für meinen 2020 erschienenen Roman *Der Dünensommer*, dessen historischer Teil im Jahr 1959 auf der Insel spielt, schon einiges über die reiche Historie des Eilands. Unter anderem, dass der damalige deutsche Reichskanzler vor dem Ersten Weltkrieg dort seine Sommerferien zu verbringen pflegte. Ich fand die Vorstellung reizvoll, Weltpolitik, Prominenten- und Inseldorfklatsch in einem Friseursalon aufeinandertreffen zu lassen. Aber ich hatte keine Ahnung, ob es damals überhaupt schon Friseure auf Norderney gegeben hatte oder ob von Bülow, der ja stets mit etlichen Bediensteten anreiste, sich nicht vielleicht jeden Morgen von seinem Diener hatte barbieren lassen.

Im Prinzip darf Fiktion natürlich alles, ich hätte also auch irgendetwas erfinden können. Doch in der Art von Romanen, die ich gern schreibe, soll's möglichst zugehen, wie es tatsächlich hätte sein können. Mein Ehrgeiz besteht darin, Geschichten glaubhaft in ein sorgfältig recherchiertes Hintergrundgeschehen einzupassen und neben der Liebesgeschichte, die im Mittelpunkt steht, en passant zu verklaren, wie so was von so was kommt.

Deshalb war ich ganz glücklich, als ich herausfand, dass es auf der Insel einen Friseursalon Sebes gegeben hatte, der bereits im Jahr 1890 gegründet worden war. Er war nicht der einzige. 1882 arbeiteten laut Statistik der Ortshandwerkerschaft bereits drei, 1913 fünf Friseure auf Norderney, während der Saison auch mehr. Noch glücklicher war ich, als ich mit der über neunzigjährigen Ruth Sebes sprechen konnte, die den Salon nach dem Tod ihres Mannes, der ihn mit ihr in dritter Generation betrieben hatte, bis zum Ende des Jahres 2004 weiterführte. Wir trafen uns, sie erzählte Inspirierendes vom Friseuralltag und der Inselgeschichte – vor allem seit

1946, aus Schlesien nach Norderney verschlagen hatte. Aus der Zeit davor allerdings erfuhr ich wenig. Ich entdeckte noch ein paar Fotos, die in den Zwanzigerjahren gemacht worden waren, und fand eine Zeitungsmeldung zum hundertjährigen Jubiläum des Salons Sebes, doch mehr nicht.

Auch Frieda und die Familie Dirks sowie Grete mit ihrer Familie Lehmann aus Berlin sind rein fiktiv, ebenso die im Roman agierenden Insulaner. Natürlich gab es damals auch einen Leiter des Seehospizes und einen Redakteur der Inselzeitung – die übrigens nicht wie im Roman *Inselbote* hieß, sondern *Badezeitung und Anzeiger zugleich Kur- und Fremdenliste für das Königliche Nordseebad Norderney* –, doch die Protagonisten Dr. Hartmann und Theo Weerts sind nicht identisch mit ihnen. Wirklich gelebt hat dagegen der damalige Schulrektor und spätere Bürgermeister Norderneys Jann Berghaus, der sich später als Regierungspräsident des preußischen Regierungsbezirks Aurich und dann als Präsident der Ostfriesischen Landschaft große Verdienste erwarb.

Zur Frage nach Dichtung und Wahrheit gilt: Je berühmter die Figuren, desto authentischer ihre Geschichten. Alle erwähnten prominenten Kurgäste sind tatsächlich auf Norderney gewesen. Die geschilderten historischen Ereignisse und Skandale haben sich wirklich zugetragen, die Verbindungen zu meinen Hauptfiguren jedoch sind erfunden.

Also: Es gab den Blitzbesuch des Kaisers am 18. Juni 1906, den Korruptions- und Kolonialskandal um die Firma von Tippelskirch und Minister von Podbielski, die öffentliche Erregung über die Flucht der Luise von Toskana, Frau des Königs von Sachsen. Der Skandal um homosexuelle Berater und Offiziere um Kaiser Wilhelm II., besonders aus dem Liebenberger Kreis mit Philipp Fürst zu Eulenburg, erschütterte die deutsche Öffentlichkeit. Es hat die »Scheeferstündchen auf Norderney«-Anschuldigungen per Flugblatt gegen von Bülow und die Homosexuellenprozesse gegeben. Die *Daily Telegraph-Affäre* ist ebenso verbürgt wie der misslungene Attentatsversuch auf von Bülow durch den tot am Strand von Norderney aufgefundenen David Braun sowie die Geschichte von den britischen Spionen Brandon und Trench, die tatsächlich 1910 auf Borkum und in Emden festgenommen wurden.

Leider konnten Fritz und Jakomina Fisser daran keinen Anteil haben, weil sie nun mal Fantasiegestalten sind. Reichskanzler von Bülow hat nicht am Wettstreit der Strandkompanien teilgenommen und sich nicht für eine Ausrüstungsfirma Lehmann aus Berlin eingesetzt. Denn auch wenn die als Urlaubsspaß verkleidete frühmilitärische Erziehung damals sehr beliebt war – diese Veranstaltung ist erfunden.

Viele der erwähnten Hotels, Logierhäuser und anderen Gebäude, die Norderney zu einem einzigartigen mondänen Kurort machten, existieren nicht mehr. Die Gründe dafür sind vielfältig. In den Kriegs- und Nachkriegsjahren waren sie zum Beispiel als Soldatenunterkünfte, Lazarette oder durch erzwungenen Leerstand zweckentfremdet worden und heruntergekommen – das Geld für ihre Instandsetzung fehlte anschließend. Oft hatten auch Sturmfluten oder allein das raue Klima ihnen zugesetzt. Hinzu kam der Wandel des Zeitgeistes, der Geschmack änderte sich. Etliche Häuser kann man heute auf den zweiten oder dritten Blick hinter modernisierten Fassaden wiederentdecken. Ab Ende der

Sechzigerjahre erwies sich der Bau von Ferienapartments, besonders in Strandnähe, als einträgliches Geschäft, und so bestimmten immer mehr Hochhäuser mit Meerblick, sechs-, sieben-, sogar zwölfstöckig, die erste Reihe.

Wenn man die Ansichten von damals mit den heutigen vergleicht, kann einem schon das Herz bluten. Zahlreiche historische Fenster auf der Insel, Schautafeln mit Fotos von damals, lassen den einstigen Charme erahnen. Andererseits gibt es abgesehen von einigen geglückten Neubauten auch Beispiele für gelungenen Denkmalschutz. Das Conversationshaus wurde vor einigen Jahren stilvoll restauriert. Es beherbergt unter anderem eine wunderschöne Bibliothek. Die im Tudorstil erbaute Villa Fresena am Weststrand ist immer noch ein architektonisches Highlight. Heute heißt sie Haus Belvedere. Und nebenan steht noch die andere Villa, in der Reichskanzler Bülow logierte, die einstige Villa Edda, heute Hotel Meeresburg.

Einige der im Roman erwähnten Gebäude könnten Sie also bei einem Inselbesuch tatsächlich wiederfinden, andere nicht. Deshalb hier noch kurz eine Übersicht:

Das Ausflugslokal Wilhelmshöhe, 1880 errichtet als Dünenhalle und 1887 umgetauft, existierte bis 1916. Nachdem es mehrfach von Feuer und Sturmfluten zerstört worden war, wurde es nicht wieder aufgebaut.

Das Königliche Strandhallen-Etablissement von 1872 – später als Hotel Astoria mit dem Vergnügungspalast Haselhoff's Roter Teppich bekannt und nach dem Zweiten Weltkrieg Staatliche Strandhallen genannt –, hat seine 1882 angefügten halbkreisförmigen Glashallen bereits in den Zwanzigerjahren wegen Baufälligkeit abtragen lassen, das Gebäude wurde 1972 komplett abgerissen. Heute grünt in der Baulücke eine Wiese. Bis 1912 existierte ein zweiter Musikpavillon vor den Strandhallen, sodass man dort Kurkonzerte mit Meerblick genießen konnte.

Die Victoria-Halle, ein gastronomischer Großbetrieb am Damenstrand, 1903 erweitert beziehungsweise erbaut, fiel der Sturmflut von 1936 zum Opfer. Auch der breite Strand vor der Kaiserstraße litt, er wurde zunehmend von den Naturgewalten abgetragen. Das Badevergnügen verlagerte sich im Laufe der Jahre immer mehr in Richtung Nordstrand. Der Seesteg, auf dem tausend Personen Platz fanden, wurde seit 1895 jedes Frühjahr auf- und im Herbst abmontiert und den Winter über in einem Schuppen gelagert, der dort stand, wo sich heute das Rodehuus (Haus am Meer) befindet. Nach 1925 wurde der Seesteg nicht wiedererrichtet, weil die schmiede- und gusseisernen Pfeiler und die Holzbohlen für die Wandelgänge erhebliche Baumängel aufwiesen und zudem der Strand davor zu schmal geworden war.

Die Giftbude am Herrenbadestrand bewirtete Gäste bis 1934, später entstand an der Stelle ein Sanatorium. Ein gleichnamiges Lokal befindet sich heute am Weststrand.

Aus Scherls Lesehalle, einem 1908 errichteten runden Pavillon, wurde 1936 eine Milchbar, die Keimzelle für die heute noch beziehungsweise wieder bestehende, erweiterte Kultlocation gleichen Namens.

Aus dem Großen Logierhaus, dem Palais, wie man es damals auch nannte, hat sich das Thalasso Hotel Nordseehaus entwickelt. Das Kleine Logierhaus, in dem sich während der Kaiserzeit jahrelang die Hofconditorei Nicola Hoegel befand, wurde 1929 abgerissen, um Platz für das (inzwischen auch nicht mehr bestehende) erste Hallenwellenschwimmbad Europas zu machen. Hoegel betrieb zudem zwischen dem Conversationshaus und dem Kleinen Logierhaus einen Kaffeegarten, im beliebten Georgsgarten.

Wo früher das 1890 eröffnete vornehme Hotel Kaiserhof stand, das 1969 abgerissen wurde, befindet sich heute ein mehrstöckiger Komplex mit Ferienapartments. Die mit ihren Balkonen, Erkern und Zwiebeltürmchen so prägenden Holzvillen des Verlegers Müller-Grote in der Kaiserstraße neben dem Hotel Kaiserhof und die Villa Marina des Fürsten zu Inn- und Knyphausen (später beliebt als Alte Wein- und Teestube) westlich neben der Villa Fresena existieren nicht mehr. Damals hatte man übrigens überall in der Kaiserstraße auch vom Erdgeschoss aus Meerblick, was inzwischen nicht mehr der Fall ist, weil die Befestigungsanlagen zum Inselschutz verstärkt und erhöht worden sind.

Das Bazar-Gebäude am Kurplatz, früher auch Marktplatz genannt, ersetzte die Bretterbuden, in denen Händler vom Festland während der Saison ihre Waren anboten, darunter Tee, Nippes und Teppiche aus dem Orient. Daraus entwickelten sich feste Geschäfte mit einem schattenspendenden Wandelgang im Erdgeschoss. Oben war ein Hotel untergebracht. Heute ist das Gebäude Sitz der Stadtverwaltung Norderney.

Die Pferderennbahn mit Tribüne existiert schon lange nicht mehr. Das Gelände wird heute als Parkplatz genutzt.

Es ist nun einmal so – man sieht nur, was man weiß. Meinen ersten Inselurlaub erlebte ich im Jahrhundertsommer 1959 als kleines Kind auf Norderney. Auch wenn ich dort später noch häufiger Zeit verbringen durfte – mit Eltern und Geschwistern, als jugendliche Ferienjobberin in einem Strandhotel oder als erwachsene Urlauberin –, hatte ich doch nur sinnliche, mehr oder weniger zufällige Eindrücke gespeichert. Mir fehlte das Hintergrundwissen.

Glücklicherweise haben viele Menschen, darunter etliche Prominente, über ihre Erlebnisse auf dieser elegantesten der Ostfrieseninseln geschrieben. Andere erforschten historische Ereignisse, einige stellten Materialsammlungen oder Chroniken zusammen. Das alles hat mir enorm geholfen. Ohne diese »Vorarbeiten« wäre der *Inselsalon* nicht möglich gewesen.

Ganz besonders danke ich …

– Matthias Pausch, Leiter des Stadtarchivs Norderney und des sehr anschaulichen Bademuseums, für seine Unterstützung (im Archiv konnte ich alte Ausgaben der *Norderneyer Badezeitung* und eine beeindruckende Sammlung historischer Fotos durchsehen),

– Manfred Bätje, langjähriger Leiter des Stadtarchivs Norderney, Verfasser zahlreicher Norderney-Schriften,

– Hans-Helmut Barty, der eine umfangreiche Norderney-Chronik online pflegt (www.norderney-chronik.de),

– Michael Fleischer (†), vor allem für sein mit unglaublicher Akribie und historischem Weitblick verfasstes Buch *Berühmte Gäste Norderneys. Im königlichen Seebad 1800 – 1914*, Druck: Druckhaus Harms, 29393 Groß Oesingen, 2. Aufl. Norderney 2015,

– der Facebook-Gruppe »Norderney im Wandel der Zeit«, vor allem Elisabeth Schelkes, Jochen Pahl und Johnny Rass.

Außerdem sehr hilfreich waren die Veröffentlichungen von Else Galbas und die Norderney-Bücher von Jann Saathoff, die aus einer Serie für den *Norderney Kurier* hervorgegangen sind. Mit Genuss und Gewinn habe ich die 1930 erschienenen *Denkwürdigkeiten* von Bernhard von Bülow gelesen. Seine vierbändigen Lebenserinnerungen sind leider nur noch antiquarisch erhältlich.

Zum Thema Geschichte des Friseurhandwerks und allem, was damit zusammenhängt, hat mich der leider inzwischen verstorbene Heinz Zopf ganz wunderbar unterstützt. Der ausgebildete Friseur und pensionierte Oberstudienrat trug jahrzehntelang Exponate für das weltgrößte Friseurmuseum zusammen, das heute an der Deutschen Friseurakademie Neu-Ulm untergebracht ist (www.herr-zopfs-friseur-museum.de). Er versorgte mich mit Hintergrundmaterial und beantwortete geduldig jede Frage zur Historie der Haarkunst, wofür ich sehr dankbar bin.

Ob der Cherry Cobbler, dessen Rezept Sie hinten im Buch finden, genau so in der Hofconditorei Nicola Hoegel hergestellt wurde, kann ich nicht versprechen. Allerdings lohnt es sich, ihn zu backen. Dieses Rezept ist einfach, der Cobbler ist schnell fertig und schmeckt wirklich köstlich. Ich danke meiner Nachbarin Christine Golli, der langjährigen Leiterin des *FÜR SIE-Kochstudios*, dafür, dass sie es ausprobiert hat.

Schon seit Jahren begleitet ein bewährtes Team die Entstehung meiner Romane, und zwar so professionell und anspruchsvoll, zugleich mit so viel Empathie und Begeisterungsfähigkeit, dass die Arbeit Spaß macht! Dafür danke ich ganz herzlich

– der Literaturagentin Petra Hermanns
– der Blanvalet-Lektorin Johanna Bedenk und
– der Textredakteurin Margit von Cossart.

Was nützte das beste Manuskript, wenn es nicht gedruckt, beworben und unter die Leute gebracht würde? Deshalb auch allen anderen Mitarbeiterinnen und Mitarbeitern des Verlags Blanvalet, die zum Gelingen beitragen, vielen Dank!

Und dann wären da noch mein Erstleser und meine Erstleserinnen, deren Rückmeldungen mir während der einsamen Schreibphase immer sehr helfen. Auch diesmal geht wieder ein großes Dankeschön an Daniel, Johanna und Tjalda!

Liebe Leserin, lieber Leser, ich hoffe, dass Ihnen die Lektüre Freude bereitet hat. Über Ihr Feedback – ob durch eine Buchbesprechung im Internet etwa, auf Amazon oder einen Kommentar auf meiner Facebook-Seite www.facebook.com/Sylvialott.romane – würde ich mich sehr freuen. Bitte bleiben Sie dem *Inselsalon* gewogen. Denn bald geht's weiter mit Frieda, Grete, Jakomina, Lissy und den Männern, die sie lieben …

Herzlich
Ihre Sylvia Lott

Cherry Cobbler

Für die Füllung:
1 Glas Kirschen (680 g Einwaage)
oder
750 g frische Kirschen, entsteint und halbiert
1 EL Maisstärke
50 g Zucker
Abrieb von einer Biozitrone
2 EL Zitronensaft
1 Prise Salz

Für den Teig:
100 g Butter
125 g Weizenmehl
1 EL Backpulver
125 g Zucker
1 Pck. Vanillinzucker
1 Prise Salz
1 Ei
180 ml Milch

Kirschen in ein Sieb schütten, den Saft dabei in einem Topf auffangen. Kirschsaft und Zucker aufkochen lassen. Maisstärke mit etwas kaltem Wasser verrühren, zum Saft geben und ca. zwei Minuten unter Rühren kochen lassen. Kirschen und restliche Zutaten der Füllung zufügen, unterheben und abkühlen lassen.

Backofen auf 180 Grad (Umluft 160 Grad) vorheizen.

Für den Teig die Butter in einem Topf bei geringer Hitze schmelzen, etwas abkühlen lassen. Mehl und Backpulver in einer Schüssel vermischen. Restliche Teigzutaten zugeben und vermengen. Abgekühlte Butter zufügen und zu einem glatten Teig verrühren.

Eine Auflaufform (ca. 16 x 26 cm) mit Butter ausfetten. Den Teig hineinfüllen. Die Kirschmasse gleichmäßig darauf verteilen. Im Ofen 40–45 Minuten backen, bis die Oberfläche goldbraun ist. Im Ofen etwas abkühlen lassen und herausnehmen.

Der Cobbler schmeckt sehr gut lauwarm mit einer Kugel Vanilleeis. Sollte etwas übrig bleiben, kann man ihn auch kalt mit einem Klecks geschlagener Sahne genießen.

Leseprobe

Sylvia Lott
Sturm über dem Inselsalon
Band 2 der Norderney-Saga

Ein Friseursalon auf Norderney und starke Frauen, die in
schwierigen Zeiten für ihre Träume und die Liebe kämpfen.
Die große Familiensaga voll nostalgischem Inselcharme!

Der Erste Weltkrieg verändert Norderney, die Urlauber fehlen, Geld und Waren sind knapp, und Frieda arbeitet hart, um den familieneigenen Friseursalon Fisser über die schwere Zeit zu retten. Auch ihre Freundin Grete tut alles, um als Krankenschwester den Inselbewohnern und Soldaten zu helfen. Beide warten jeden Tag auf Nachricht ihrer Ehemänner, doch nur einer kehrt aus dem Krieg zurück. Die Revolution erreicht auch die Insel. Nach dem Umbruch kündigt sich ein neuer Aufschwung an, und Norderney avanciert wieder zum beliebten Seebad. Die Menschen sehnen sich nach Frieden und Fortschritt. Frieda weiß: Sie muss die Zeichen der Zeit nutzen, um den Salon ins neue Jahrzehnt zu führen …

Frieda

»Wir sehen uns dann heute Abend bei der Versammlung«, sagte Frieda, während sie ihrer Schwiegermutter Platz an der Registrierkasse machte und den Friseurkittel auszog.

»Ja«, antwortete Jakomina Fisser, »sei besser etwas früher da, es wird bestimmt voll. Und grüß deine Eltern schön.«

»Mach ich«, versprach Frieda. Sie setzte einen Strohhut auf ihr hochgestecktes flachsblondes Haar und rief durch den Flur in Richtung Küche. »Komm, Lissy, wir wollen zu Oma Meta und Opa Dirk. Du darfst heute bei ihnen übernachten.«

Hüpfend kam ihre fünfjährige Tochter in den Verkaufsraum des Inselsalons. Ihre braunen Locken wippten noch, als sie von hellem Glöckchenklang begleitet durch die Ladentür in den Laubengang traten, der das Eckgeschäft von zwei Seiten umgab. Im Damensalon, wo Frieda hauptsächlich arbeitete, wenn sie nicht an der Kasse stand, war an diesem Tag kaum Betrieb. Aber im Herrensalon brummte es, weil plötzlich alle Männer, auch die ganz jungen und alten, einen militärischen Kurzhaarschnitt wollten. Frieda strich Lissy über den Kopf, um sie zu beruhigen. Nicht nur ihr Kind war aufgedrehter als sonst. Alle Menschen befanden sich seit Tagen im Ausnahmezustand, sie selbst fühlte sich wie betäubt. Denn seit einer Woche herrschte Krieg.

Es war schwer zu begreifen. Frieda ahnte, dass ihr Verstand und ihre Seele dieses epochale Ereignis nur teilweise erfassen konnten. Die Bedeutung eines Krieges, in den beinahe die ganze Welt verwickelt war, überstieg einfach das menschliche Vorstellungsvermögen.

Sie schaute an der Eingangstür hoch und registrierte, dass der blank polierte Metallteller fehlte. Wahrscheinlich war das Zunftzeichen der Friseure schon die ganze Woche über vergessen worden. Kein Wunder, das morgendliche Aufhängen gehörte seit Jahrzehnten zu den Vorrechten ihres Schwiegervaters Fritz Fisser, und der hatte sich trotz seines fortgeschrittenen Alters am vergangenen Sonnabend, dem Tag der Mobilmachung, freiwillig für die Inselwache gemeldet. Er lebte nun kaserniert mit rund hundertfünfzig anderen Landwehrsoldaten, die allesamt von Norderney stammten, im Seehospiz. Man befürchtete nämlich, dass die Engländer versuchen würden, Deutschland von See her anzugreifen. Davor sollten die Männer der Inselwache sie schützen, beziehungsweise früh genug Meldung machen, damit Verstärkung anrücken konnte.

Frieda erschauderte bei diesem Gedanken. Die fröhliche Schrammelmusik noch im Ohr, die bis vor Kurzem aus den Hotelbars erklungen war, mussten sie auf einmal den Horizont nach feindlichen Kriegsschiffen absuchen.

Der mächtige Backsteinkomplex des Seehospizes, einer Kinderheilstätte, war quasi über Nacht geräumt worden. Die Schwestern hatten dreihundert Kinder zurück aufs Festland gebracht und anschließend selbst – wie die meisten Kurgäste – Norderney fluchtartig verlassen. Alle Schwestern mit Ausnahme ihrer besten Freundin Grete Lehmann. Ach nein, sie hieß ja jetzt Grete Lubinus, weil sie am Montagvormittag den Arzt Dr. Max Lubinus geheiratet hatte, der am Montagnachmittag, einberufen als Stabsarzt, mit einem

Dampfer zum Festland abgereist war. Ihre spontane Kriegs-
heirat hatte alle überrascht, Grete und Max wohl am meisten. Eine Eheschließung nach Kriegsrecht ohne Aufgebot.
Und ohne Hochzeitsnacht, die Ärmsten. Frieda seufzte voller Mitgefühl.

Lissy schaute sie fragend an. »Alles in Ordnung, mein
Schatz.« Mit einem Lächeln bemühte sie sich, Ruhe auszu-
strahlen.

Grete stammte aus einer wohlhabenden Berliner Unter-
nehmerfamilie. Sie konnte sogar eine adlige Mutter vorweisen und hatte sich, da junge Damen in ihren Kreisen
nicht zu arbeiten pflegten, die Schwesternausbildung und
ihren Wirkungsbereich im Seehospiz schwer ertrotzen müssen. Da nun die Soldaten der Inselwache im Hospiz untergebracht waren, wohnte die Freundin vorübergehend bei
ihnen, den Fissers. Sie schlief in Hilrichs ehemaligem Zimmer in der Wohnung der Friseurfamilie. Frieda und ihr Ehemann hatten nach ihrer Hochzeit einen eigens für sie angebauten Wohnbereich bezogen.

Hilrich war ebenfalls am Montag seinem Gestellungsbefehl gefolgt. Er hatte ihr schon eine Nachricht geschickt.
So wusste sie, dass er derzeit nach einer Zwischenstation in
Aurich in Oldenburg stationiert war. Gott sei Dank gehörte
er nicht zu jenen Soldaten, die bereits in Belgien an der Front
kämpften.

Vor dem Kurpark blieb Frieda kurz stehen und atmete
tief durch. Die Luft roch nach Salzwasser, Pferdeäpfeln und
Rosen. Es war ein wunderbarer Augusttag, ideales Wetter für
den Strand. Doch statt vornehmer Kur- und Badegäste sah
man nur Soldaten, Grüppchen debattierender Insulanerinnen und verloren wirkende Saisonkräfte, die wie Grete noch

keine Gelegenheit gefunden hatten, die Insel zu verlassen. Schließlich gebührte Militärtransporten nun auf den Fähren und für die Anschlusszüge Vorrang.

Eine Brise umschmeichelte Frieda. Im Gesicht und durch den Stoff ihrer hellen Bluse hindurch spürte sie die Sonne. Was für eine Verschwendung von Wärme und Licht! Sie gab sich einen Ruck. Mit Lissy an der Hand ging sie zügig an der Grünanlage mit dem lang gestreckten klassizistischen Conversationshaus und dem Bazar-Gebäude vorbei durch den Ortskern in Richtung Kaiserstraße.

»Das ist doch gar nicht der Weg zu Oma und Opa«, sagte Lissy in der Strandstraße.

»Richtig, wir wollen noch unseren reparierten Wecker abholen.«

Im Schaufenster des Uhrmachers Simons verkündete ein Schild: *Wegen Einberufung zur Armee bleibt mein Geschäft vorläufig geschlossen.* Frieda zuckte mit den Schultern. Dann eben nicht.

Eigentlich machte sie diesen Umweg zum Fischerhaus ihrer Eltern sowieso nur, weil sie das Bedürfnis verspürte, aufs Meer zu schauen. Die Nordsee hatte sie noch immer beruhigt. Sie brauchte jetzt deren Kraft, wollte die Wellen rauschen hören, den frischen Geruch und die endlose glitzernde Weite in sich aufnehmen. Das würde ihr hoffentlich auch diesmal helfen, ihre Gefühle zu ordnen und klarer zu erkennen, was getan werden musste.

»Mama, die sperren den Sommer ein!«

Entrüstet zeigte Lissy auf eine eben noch lichtdurchflutete Veranda, die von zwei Männern mit Brettern vernagelt wurde.

»Das macht nichts, ist sogar besser so«, erklärte Frieda.

Innerlich schüttelte sie den Kopf. Wie kam das Kind nur immer auf solche sonderbaren Vergleiche? Lissys Empfindsamkeit und Fantasie gefielen ihr einerseits, gewiss handelte es sich dabei um eine Mitgift ihres Vaters. Andererseits fürchtete sie, ihre Tochter könnte zu sensibel werden. Mehr Robustheit würde ihr besser durchs Leben helfen. Deshalb ging sie möglichst praktisch auf derlei poetische Gedankengänge ein. »Die Hotels und Logierhäuser dürfen, solange Krieg ist, keine Gäste mehr aufnehmen. Viele Besitzer gehen schon jetzt aufs Festland, Lissy, nicht erst im Winter wie sonst. Und auf diese Weise sind ihre Häuser besser vor den Herbststürmen geschützt.«

Sie erreichten die Kaiserwiese. Die Tennisplätze vor den Grandhotels mit Seeblick lagen verwaist da. Auch der Badestrand wirkte einsam, letzte Strandkörbe wurden auf einen Pferdewagen gehievt. Nur an Scherls Lesepavillon schräg gegenüber von Braams Buchhandlung und ein Stück weiter an Ullsteins Pavillon drängten sich Menschen. Dort in den Schaufenstern hingen stets die neuesten Nachrichten aus. Theo Weerts, der Redakteur des *Inselboten* und Stammkunde im Inselsalon, hatte sie bereits am Morgen, während er vom Lehrling rasiert worden war, über die aktuellen Ereignisse informiert. Besonders betroffen gemacht hatte sie die Nachricht, dass alle Bewohner Helgolands evakuiert und nach Hamburg gebracht worden waren. Wer nicht bei Verwandten oder Freunden unterkommen konnte, musste fortan in Altonaer Auswandererbaracken wohnen.

Helgoland verfügte über einen Kriegshafen, außerdem befand sich auf der Hochseeinsel die größte deutsche Seeflugstation. Im Vergleich damit hatten sie es auf Norderney gut. Sie durften bleiben, denn ihre Insel spielte für die Marine nur eine untergeordnete Rolle. Von den sieben bewohnten ostfriesischen Eilanden, zu denen Norderney gehörte, waren Borkum und Wangerooge in den vergangenen Jahren am stärksten aufgerüstet worden, weil sie in der Nähe der kriegswichtigen Häfen Emden und Wilhelmshaven lagen.

»Gehen wir noch an den Strand?«, fragte Lissy erwartungsvoll.

Frieda nickte. Das Kind rannte los, sie folgte gemessenen Schrittes.

Kurz vor der Holztreppe zum Abstieg brüllte sie ein Wachposten an, den sie vorher nicht bemerkt hatte. »Halt! Name? Woher und wohin?«

Frieda schreckte zusammen, Lissy blieb wie versteinert stehen, Tränen in den Augen. Nun erkannte Frieda den Uniformierten, der wichtigtuerisch aus dem Schatten eines zum Wachhäuschen umfunktionierten Badekarrens hervortrat – Hein de Vries, Schuster aus der Friedrichstraße, nicht gerade die hellste aller Leuchten.

»He, Hein, du kennst mich doch! Wir wollten nur mal …«

Er verzog keine Miene. »Hier ist Sperrgebiet, Zutritt verboten.«

»Nun hab dich nicht so, wir sind doch ganz harmlos.« Frieda hob die Hände. »Ist denn überall gesperrt?«

»Vom Januskopf bis zum Weststrand.«

»Ach so, das war mir nicht klar. Könnten wir nicht trotzdem kurz …«

»Das gilt für alle«, antwortete Hein. »Ich bin im Dienst«, fügte er hinzu, wohl um kundzutun, dass er sich nicht auf ein nachbarschaftliches Geplänkel wie in Friedenszeiten einlassen konnte.

Frieda fand das übertrieben. Doch nun marschierte auch

noch ein Trupp Soldaten im Gleichschritt über die Promenade.

»Na dann, tschüss!« Sie winkte Lissy heran, und sie gingen in Richtung Dünen.

Auf ihren beiden liebsten Aussichtsdünen, der Georgshöhe und der Kaap-Düne, allerdings standen, wie schon von Weitem zu erkennen war, militärische Posten. Sicher waren auch die jetzt für Zivilpersonen gesperrt. Frieda gab den Plan auf, noch ein paar Minuten in Ruhe aufs Meer hinauszublicken, und beschloss, Lissy auf dem schnellsten Weg zu ihren Eltern zu bringen.

Nach wenigen Minuten hatten sie das efeuüberwucherte alte Fischerhaus erreicht, das sich in die Dünen schmiegte. Im eingezäunten Vorgarten blühten Bauernblumen bunt durcheinander. Die Eingangstür stand offen, alle Schiebefenster waren geöffnet.

»Wir kochen gerade die ersten Pflaumen ein«, sagte ihre Mutter, als sie in die Wohnküche traten.

Normalerweise hätte sie an einem Tag wie diesem als Badefrau am Damenstrand gearbeitet, und der Vater wäre mit Sommerfrischlern in seiner Schaluppe auf Vergnügungstour vor Norderney hin und her gekreuzt. Stattdessen saß er draußen in der begrünten Laube neben dem Eingang.

Friedas jüngste Schwester Rieka brühte Tee auf. »Willst du auch zur Versammlung?«, fragte sie.

Frieda nickte. »Wir gehen alle«, sagte sie, und dann an ihre Mutter gerichtet: »Deshalb wollte ich fragen, ob Lissy wohl heute Nacht hier schlafen kann.«

»Aber natürlich! Immer gern. Komm her, min Tüddi!« Ihre Mutter ging in die Knie und umarmte Lissy, bevor sie sich wieder aufrichtete, um Frieda an sich zu drücken.

»Unsere Gäste sind alle abgereist. Wir haben Platz genug.«
Die Familie vermietete während der Saison drei Zimmer.
»Du kannst auch wieder zu Oma ins Bett kommen, wenn
du willst.« Als sie lächelte, erkannte man trotz des wettergegerbten Teints die Ähnlichkeit mit ihren hübschen Töch-
tern. Alle Dirks-Frauen hatten ein breites, freundliches
Gesicht, flachsblondes Haar, helle blaue Augen und Stups-
nasen. »Ihr könnt uns ja hinterher erzählen, was die schlauen
Leute gesagt haben.«

Friedas Großmutter Kea füllte unterdessen Pflaumen-
mus in Gläser. »Na, min lüttje Sünrooske«, sagte sie zur Begrüßung, und Frieda fühlte sich kurz wieder, als wäre sie in
Lissys Alter. Liebevoll küsste sie die alte Frau auf die Wange.
»Mhmm … es riecht so lecker fruchtig.«

»Nimm Teetassen mit raus«, bat Rieka.

Frieda holte das Geschirr aus dem Schrank und trug es
samt einem Stövchen zum Warmhalten in die Laube. Ihr
Vater bastelte dort am Gartentisch an einem Buddelschiff.
Dieser Nebenbeschäftigung, die immer noch ein paar Mark
einbrachte, ging er sonst nur im Winter nach.

»He!«, grüßte Frieda auf Norderneyer Art und klopfte einmal auf den Tisch.

Die blauen Augen ihres Vaters leuchteten auf. »He! Wir
haben in Belgien die Festung Lüttich eingenommen!« Stolz
strich er über seinen Vollbart. »Die Russen sind an der Front
im Osten zurückgedrängt. Und den Franzosen hat unsere
Marine in Nordafrika schon ordentlich Feuer unterm Hin-
tern gemacht.«

»Ja, ich hab's im Salon gehört.« Frieda deckte den Tisch
und setzte sich dann. »Wenn das so weitergeht, haben wir
den Krieg bald gewonnen.«

»Was denn sonst?«, brummte ihr Vater, während er eine Gabel in die Hand nahm.

Er hielt seine Pfeife mit den Zähnen im Mundwinkel fest, weil er nun beide Hände brauchte, um dem noch weichen Kitt in der Flasche die Form von Wellen einzuprägen.

»Opa, Opa!« Lissy beobachtete ihn fasziniert. »Darf ich nachher das Meer blau anmalen?«

Er schmunzelte. »Natürlich, min Wicht. Das machen wir zusammen, mit dem langen Pinsel. Der Kitt muss aber erst trocknen.«

Erfreut verschwand Lissy im Haus, bestimmt, um in der Küche Pflaumen zu naschen.

Die Erwachsenen setzten sich zusammen, und sie unterhielten sich beim Tee über den Krieg. »Habt ihr schon was von Hero und Dodo gehört?«, fragte Frieda.

Ihr ältester Bruder Hero befand sich auf großer Fahrt. Ihr Lieblingsbruder Dodo war zur Marine nach Wilhelmshaven eingezogen worden.

Ihre Mutter schüttelte den Kopf. »Vielleicht weiß Hero noch gar nicht, dass wir Krieg haben.«

»Übermorgen wird der Kurbetrieb auf Norderney offiziell eingestellt«, berichtete Rieka. »Dann bin ich meine Arbeit in der Hotelküche los.«

Sie schwiegen eine Weile, jeder hing seinen Gedanken nach. Trotz der großen patriotischen Begeisterung schwebte über allem unausgesprochen eine Sorge: Wovon sollen wir unseren Lebensunterhalt bestreiten, wenn wir kein Geld mehr verdienen können? Das beschäftigte alle Norderneyer, deren Existenz direkt oder indirekt vom Fremdenverkehr abhing. Deshalb fand auch am Abend eine öffentliche Volksveranstaltung im Gasthof Frisia statt. Eingeladen hatten der

Königliche Badekommissar, der zugleich Inselkommandant war, der Bürgermeister, der Vorsitzende des Kriegervereins und das Lehrerkollegium. Besprochen werden sollte, wie eine ganzseitige Anzeige im *Inselboten* ankündigte, die Frage: *Was können wir Norderneyer in dieser ernsten und schweren Zeit für unser deutsches Vaterland tun?*

Frieda brauchte nicht zu fragen, ob Vater und Mutter die Versammlung besuchen wollten. Es war klar, dass sie fernbleiben würden. Vor fast zwanzig Jahren hatte man Dirk Dirks im Frisia, dem beliebtesten Vereinslokal der Insel, Hausverbot erteilt, weil damals sein Name im amtlichen »Verzeichnis der Trunkenbolde« der Königlichen Landdrostei Aurich gestanden hatte. Auch wenn ihr Vater schon lange keinen Alkohol mehr trank und andere Leute die Flaschen für seine Buddelschiffe leeren ließ, mied er konsequent die Stätte seiner öffentlichen Schande. Und selbstverständlich war sie für seine Frau ebenfalls tabu.

Die Großmutter sprach als Erste. »Kommt Zeit, kommt Rat.«

Der dicke Kandis in Friedas Tasse knisterte, als Rieka ihr und den anderen Tee nachschenkte. »Wir sollten die Kluntjes in Zukunft sparsamer einteilen«, meinte ihre Mutter. »Die Preise sind in den letzten Tagen unverschämt gestiegen.« Wieder machte sich eine ungewohnte Stille breit.

»Hilrich ist jetzt in Oldenburg«, erzählte Frieda dann. »Als Sanitäter im Reservelazarett. Erwin, unser Geselle, übrigens auch.«

»Schön, dann kennt er da schon jemanden«, meinte die Mutter.

»Na ja«, gab Frieda zu bedenken. Sie bezweifelte, dass Hilrich erfreut darüber war. »Erwin ist gerade kein edler

Charakter, und nun arbeiten sie plötzlich im gleichen Rang.«

»Habt ihr im Inselsalon denn noch genug zu tun?«, wollte Rieka wissen.

»Doch, schon, nur anders als sonst.« Frieda schilderte kurz die veränderte Situation. »Die beiden Räume für Schönheitsbehandlungen können wir dichtmachen. Die Masseurin und die Kosmetikexpertin sind zurück aufs Festland. Die zwei hätten sicher auch nichts mehr zu tun ohne Kurgäste.« Selbst in Friedenszeiten kamen Insulanerinnen, abgesehen von der einen oder anderen Logierhausbesitzerin vielleicht, überhaupt nicht auf die Idee, für solchen Luxus Geld auszugeben. »Im Salon fehlen uns natürlich mit einem Schlag die wichtigsten Leute.«

Das waren vor allem die beiden Friseurmeister, ihr Schwiegervater und ihr Mann, aber auch die Gesellen Erwin, Willy und Menno, genannt Kruuskopp. Frieda biss sich auf die Lippen. Sie schämte sich ein bisschen. Es klang ja fast, als würde sie ihren Mann nur im Salon vermissen. Natürlich hatte sie ihn lieb, sie sorgte sich um ihn, er fehlte ihr, sie waren für immer miteinander verbunden. Schließlich bewahrte sie sein Geheimnis – so wie er ihres bewahrte. Ihre Mutter und ihre Großmutter wussten etwas davon. Aber nur ein Mensch wusste alles. Das war Grete. Frieda hatte ihr Hilrichs Geheimnis keineswegs verraten, Grete war irgendwann von allein draufgekommen. Na ja, und Gretes Mann Max, der wusste inzwischen auch alles. Was daran lag, dass er ein hervorragender, lebenskluger Beobachter war und es sich auf diese Weise erschlossen hatte. Diese beiden würden ihre Geheimnisse jedoch gut bewahren, da war sie sich sicher.

»Hauptsache, sie kommen bald alle heil zurück!«, fügte sie schnell hinzu.

»Jau«, ließ sich ihr Vater vernehmen.

Lissy kehrte mit pflaumenmusverschmiertem Mündchen aus der Küche zurück. »Papa will mal mit mir nach Berlin reisen, wenn der Krieg vorbei ist«, verkündete sie stolz.

»In der Kirche gibt's jetzt immer um sechs Uhr abends eine Kriegsgebetsstunde«, steuerte Rieka bei.

»Beten kann man überall«, erwiderte ihre Großmutter.

»Ist Grete noch auf der Insel?«, fragte die Mutter.

»Ja«, antwortete Frieda, »und ich wünschte, sie könnte trotz allem bleiben. Ehrlich gesagt, fänd ich es schrecklich, wenn sie nicht mehr hier wäre.« Sie hatten sich zehn Jahre zuvor als Vierzehnjährige während einer Kur der Berlinerin kennengelernt. Und trotz der Kluft hatte sich zwischen dem einfachen Fischermädchen und der reichen Unternehmertochter eine tiefe Freundschaft entwickelt. Seit fast drei Jahren lebte und arbeitete Grete nun schon im Seehospiz auf der Insel, dort hatte sie ihre Berufung gefunden. Friedas Brustkorb fühlte sich schwer an, wenn sie sich vorstellte, dass sie die kommende Zeit ohne Grete durchstehen sollte. Zum Zeichen dafür, dass sie keinen weiteren Tee wollte, legte sie den kleinen Löffel in ihre Tasse. »Ich glaub, wir müssen los, Rieka.«

»Och, geh du schon mal vor. Kannst mir ja einen Platz freihalten«, antwortete ihre Schwester. »Ich räum noch ab und zieh mir was anderes an.«

»Na gut.« Frieda erhob sich. Sie küsste und umarmte Lissy, zog das blaue Haarband in ihren windzerzausten Locken zurecht. »Sei schön brav, mein Schatz. Ich bin schon gespannt auf das Meer in Opas neuem Buddelschiff – ob da wohl auch etwas Grün in den blauen Wellen sein wird?«

Sie verließ das Haus und schlug einen schmalen Dünenweg ein, der sich am Ortsrand entlangschlängelte, als Abkürzung zum Frisia. Unterwegs gewahrte sie das Wickwief, das durch die einsame Landschaft wanderte und, wie Windfetzen ihr zutrugen, mit hoher, zittriger Stimme einen Choral sang. Die alte Jantje hatte gelegentlich einen Vörlopp. So nannten die Ostfriesen eine Vision – von einem Todesfall, einem Schiffsuntergang oder vorüberziehenden Leichenzug –, die sich später stets bewahrheitete. Jantje las auch aus Teeblättern die Zukunft und kannte sich mit allerlei Heil- und Zaubermitteln aus. Den meisten Insulanern war sie unheimlich. Der Pastor wetterte regelmäßig gegen sie. Aber sie genoss doch allgemein Respekt.

Frieda hatte ein gutes Verhältnis zu ihr. Besonders seit die Hellseherin ihre Schwiegermutter vor sechs Jahren davon überzeugt hatte, dass sie, die kleine Friseurgehilfin Frieda Dirks, Tochter eines trunksüchtigen Fischers, genau die Richtige für ihren Goldjungen Hilrich sei. Eigentlich hatte Jakomina Fisser sich ja immer eine bessere Partie für ihren einzigen Sohn erträumt. Doch sie war auch sehr abergläubisch. Und so hatte Frieda ein wenig nachgeholfen. Sie hatte das Wickwief Jantje um Unterstützung gebeten und versprochen, ihr alle zwei Monate mit der Brennschere zu Hause umsonst das Haar zu ondulieren.

Die geheimnisumwitterte Frau kannte sie schon seit ihrer Geburt. Frieda war nämlich unter einer Glückshaube, sozusagen noch in der Eihülle, in die Welt geglitten, was als ein außerordentlich gutes Omen galt. Jantje hatte damals der Hebamme die Glückshaube abgeluchst, sie getrocknet und einem Norderneyer Seefahrer verkauft, der sich dadurch vor dem Ertrinken geschützt fühlte.

Immer wieder mal hatte das Wickwief Frieda beim Frisieren gefragt, ob sie nicht Anzeichen für hellseherische Fähigkeiten verspüre. Schließlich fänden sich unter Menschen, die mit Glückshaube geboren waren, besonders oft welche mit dieser seltenen Gabe. Frieda hatte wahrheitsgemäß stets verneint. Da könne sie froh sein, hatte das Wickwief ihr daraufhin jedes Mal versichert, denn es sei wirklich kein Zuckerschlecken.

Das Einzige, was Frieda von anderen Menschen unterschied, war ihr Talent, Paare zusammenzubringen. Sie erkannte intuitiv, wer zu wem passte. Und dann half sie eben manchmal ein bisschen nach. Der Erfolg hatte ihr schon mehrmals einen schönen Hut beschert, das übliche Geschenk eines frisch vermählten Ehepaares als Dank fürs Verkuppeln. Fünf Hüte zierten bereits zu Hause die Wand am Treppenaufgang. Frieda musste lächeln. Aber ihre Miene gefror, als das Wickwief abrupt stehen blieb und zu singen aufhörte. Hatte Jantje etwa einen Vörlopp?

Frieda verharrte ebenfalls. Mit angehaltenem Atem beobachtete sie aus der Ferne die alte Frau, die eine Weile einfach weiter so dastand. Sie erinnerte sich daran, dass Jantje einmal von einem magischen Ort auf der Insel gesprochen hatte – dort war angeblich das, was noch kommen würde, bereits Vergangenheit. Wer dort stünde, der würde es schon wissen, hatte sie geraunt.

Frieda hatte die Geschichte damals eher ins Reich der Spökenkiekerei verwiesen, denn sie wusste, dass Jantje gern etwas übertrieb und allerlei Hokuspokus machte, um die Erwartungen ihrer Kundschaft zu erfüllen. Aber vielleicht war ja doch etwas dran und dort drüben jene geheimnisumwobene Stelle … Verlockende Vorstellung, einfach kurz in die Zukunft sehen zu können. Vielleicht sollte sie es auch mal ausprobieren.

Jantje senkte den Kopf, hob ruckartig die Unterarme, ließ sie aber gleich wieder fallen. Nun drehte sie sich hastig um und strebte eilig zurück in die Richtung, wo ihr Häuschen stand. Nach einem Vergnügen sah das nicht aus. Frieda lief eine Gänsehaut über den Rücken und die Oberarme, ihr Puls beschleunigte sich. O nein, sie wollte nicht in die Zukunft sehen können! Sie wollte mit frischem Mut von Tag zu Tag tun, was getan werden musste, um ihre Familie und sich durch den Krieg zu bringen. Sie blieb an Ort und Stelle.

Demütig schickte sie ein Stoßgebet gen Himmel. »Lieber Gott, mach, dass wir es heil überstehen. Bring mir meinen lieben Hilrich gesund zurück, lass meine Brüder und meinen Schwiegervater unversehrt, beschütze Lissy und mich, gib uns genug zu essen und ausreichend Kraft, alle Schwierigkeiten zu meistern. Bitte schick Joseph einen Schutzengel extra. Lass Deutschland gewinnen, und beschütze auch unseren Kaiser.« Allmählich normalisierte sich ihr Herzschlag. »Ach, und noch was … Könntest du bitte dafür sorgen, dass Grete auf der Insel bleibt? Amen.«

Grete

Endlich! Grete drückte die Fahrkarten an ihre Brust. Nach einer Woche des vergeblichen Anstehens, Wartens und Nachfragens hatte sie eine Fähr- und eine Zugfahrkarte für die Heimreise nach Berlin ergattert. Obwohl – wenn sie ganz ehrlich war, dann musste sie zugeben, dass sie sich nicht wirklich freute. Gewiss wäre es schön, Mutter und Vater wiederzusehen. Aber ihr Vater hatte bestimmt keine Zeit, weil sich die Lehmann'schen Werke derzeit mit Sicherheit vor Aufträgen für militärische Ausrüstungen – Spaten, Zelte, mobile Möbel, Uniformen – nicht retten konnte. Ihr mittlerer Bruder Eduard, im diplomatischen Dienst des Auswärtigen Amtes in Berlin tätig, würde beschäftigter denn je sein. Und ihr großer Bruder Ludwig, genannt Lulu, sowie der jüngere Hans-Heinrich saßen weit entfernt in Deutsch-Südwestafrika fest, wo sie ein Kaufhaus mit Ausrüstungsgegenständen für Diamantensucher aufbauten. Was also sollte sie in Berlin?

Der Gedanke an die Bälle und Teestunden, während derer ihre Eltern sie an den Mann zu bringen versucht hatten wie eine lädierte Ware, bereitete ihr noch immer Übelkeit. Andererseits würden wohl keine Vergnügungsveranstaltungen mehr stattfinden aus Respekt vor den Soldaten im Feld. Allenfalls langweilige Wohltätigkeitsbazare, in den Augen ihrer Mutter das einzig angemessene öffentliche Betätigungsfeld für verheiratete Frauen – auch das fand sie wenig verlockend. Wahrscheinlich würde ihr Asthma zurückkehren, ebenso die grässlichen Ekzeme, die sie jahrelang geplagt hatten, bis sie endlich dauerhaft im Heilklima Norderneys leben und als Schwester im Seehospiz das tun konnte, was sie für sinnvoll hielt.

Aber das Hospiz war nun zweckentfremdet, sie verfügte weder über ein eigenes Quartier noch über Einkommen. Die Gastfreundschaft der Fissers mochte sie auf keinen Fall überstrapazieren. Grete seufzte. Deshalb war es wohl doch das Vernünftigste, in den Schoß – und die komfortable Villa – der Familie zurückzukehren.

Ihre Eltern wussten noch nicht von ihrer spontanen Heirat mit Max Lubinus. Telefon- und Postverbindungen dienten jetzt vor allem dem Militär und funktionierten für Privatleute nur schleppend. Deshalb hatte sie es gar nicht erst versucht. Eine solche Nachricht sollte man auch besser persönlich mitteilen, fand sie. Die Wahrheit war, dass sie schrecklich dagegen ansah. Immerhin, Max hatte einen Doktortitel. Aber er war ein einfacher Ostfriese, eine Halbwaise, die von einem Pastor adoptiert worden war. Er konnte keinen vorzeigbaren Stammbaum präsentieren und besaß kein Geld. Ihm fehlte der gesellschaftliche Schliff, auf den ihre Mutter so viel Wert legte.

Mit Stipendien und viel Fleiß hatte Max es von seiner Ausgangsposition aus betrachtet weit gebracht. Das würde eventuell die Anerkennung ihres Vaters hervorrufen, jedoch nicht ausreichen, um in den Augen ihrer Familie auch nur annähernd den Anforderungen als ihr Ehemann zu genügen. Es würde also Ärger geben in Berlin.

Grete setzte sich auf eine Parkbank. Nachdenklich schaute sie auf die Schlange der Wartenden vor dem Schalter. Auch an diesem Tag erhielt nicht jeder, der wollte, eine Fahrkarte. Etliche Menschen zogen mit enttäuschter Miene von dannen.

In den vergangenen Monaten war Grete Max' Assisten-
tin im Seehospiz gewesen. Sie hatten an einem Forschungs-
projekt über den Einfluss des Seeklimas auf die Asthma-
erkrankungen von Kindern gearbeitet. Noch vor einer Woche
wäre ihr nicht im Traum eingefallen, dass sie ihren Vorgesetzten jemals heiraten würde. Dieser Kerl hatte sie ständig nur aufgeregt und geärgert. Sie kannte ihn schon länger.
Als er noch angehender Arzt gewesen war und sie als husten-
der, verschorfter Backfisch zur Kur im Seehospiz, da hatte sie
zu seinen ersten Patientinnen gehört. Er hatte ihr damals Bücher über die Reformbewegung geliehen. Die Lektüre hatte
ihr Denken allmählich in eine andere als von ihren Eltern
und Erziehern gewünschte Richtung gelenkt. Zugegeben,
damals hatte es zwischen ihnen schon mal zu prickeln angefangen. Doch nach einem einzigen leidenschaftlichen Kuss
am Strand, der wirklich ewig zurücklag, hatte sie bei ihrer
erneuten Begegnung in diesem Frühjahr geglaubt, sie würde
durchaus sachlich die Tabellen für seine Studien führen können. So lange hatten sie sich aus den Augen verloren gehabt,
und mittlerweile war er verlobt gewesen mit der hübschen
und klugen Tochter eines Dekans der Universität Leipzig.

Nur Frieda, ihr liebe, gute Freundin, hatte den wahren
Grund für ihre Gereiztheit durchschaut. Und obwohl sie ihr
ausdrücklich verboten hatte, sich einzumischen, verdankte
sie es letztlich Friedas Gespräch mit Max am Tag des Kriegs-
beginns, dass er seine Verlobung gelöst und tatsächlich ihr,
Grete, seine Liebe erklärt hatte. Schlagartig hatte sie begriffen, dass sie ihn liebte wie noch nie einen Mann zuvor.
Nur ihr anerzogener Hochmut hatte sie so lange blind und
störrisch gemacht.

Verrückt, wie sich das Leben innerhalb kurzer Zeit gleich

zweifach so radikal verändern konnte. Sie hatten Krieg, und sie war verheiratet! Beides wäre ihr noch vor Kurzem völlig absurd erschienen.

Sie dachte die meiste Zeit nicht daran, dass die Welt in Flammen stand. Sie fühlte nur, dass ihr Herz brannte. Vor Liebe und Sehnsucht. Wie dumm, wie dreimal dumm, dass sie ihre Hochzeitsnacht nicht einfach vorgezogen hatten! Max, ihr edler Ritter, hatte nicht gewollt, dass sie unter diesen Umständen schwanger wurde, weil sie, im Falle, dass er fiel, schlechter dran sein würde. »Du wärest nicht frei, um arbeiten zu gehen, und du würdest mit einem Kind nicht so leicht einen neuen Mann finden«, hatte er gesagt. Letzten Sonntag war das gewesen. Und doch in einer anderen Zeit. Als er ihr seine Sichtweise erklärt hatte, war sie noch tief berührt gewesen von seiner Selbstbeherrschung und seinem Verantwortungsbewusstsein. Jetzt fand sie es unendlich bedauerlich. Wie gern hätte sie ihn mit allem, was ihr zur Verfügung stand, geliebt. Meine Güte, sie war schon vierundzwanzig und immer noch Jungfrau!

Eine Frau mittleren Alters ließ sich neben ihr auf die Bank plumpsen. Offenbar war sie fertig mit den Nerven. Sie atmete ruckweise ein. Mühsam beherrscht, zückte sie ein Taschentuch und betupfte ihre Augen.

»Ham Se 'ne Fahrjelejenheit erjattert?«, fragte sie.

»Ja, hab ich, endlich.«

Verlegen griff Grete sich an den Kopf, um die Schwesternhaube zurechtzurücken. Doch ihre Finger berührten fein geflochtenes Stroh und ein Ripsband. Es war noch ungewohnt, dass sie seit Montag keine Schwesterntracht mehr trug, sondern ein ganz normales Sommerkleid und einen Hut.

»Se Jlückliche!« Mit unverhohlenem Neid sah die Frau

sie an. »Ick muss nach Hause, nach Berlin! War hier Köchin im Europäischen Hof, mein Bruder hat sich im Sommer um unsere kranke Mutter jekümmert. Nu issa bei de Soldaten, und … und unsere Mutter weeß sich alleene doch nich zu helfen …« Sie brach in Tränen aus.

Grete brauchte nicht zu überlegen. »Hier«, sie hielt der Frau ihre Fahrkarten hin, »nehmen Sie meine.«

»Aber … aber det kann ick doch nich annehm …«

»Doch! Bei mir kommt's auf einen Tag mehr oder weniger nicht an. Dann stell ich mich eben morgen wieder an.«

Das war gelogen. In diesem Moment wurde ihr klar, dass sie auf Norderney bleiben wollte. Hier fühlte sie sich Max am nächsten, auch wenn er nicht körperlich anwesend war. Hier lebte ihre beste Freundin. Hier ging es ihrer Seele und ihrem Körper am besten. Es musste eine Möglichkeit geben. Bestimmt würde sich irgendeine bezahlte Tätigkeit für sie finden.

»Aber … dann will ick wenigstens dat Jeld dafür …«, sagte die Frau aufgeregt. Sie kramte in ihrem Portemonnaie und zählte ihr den Betrag passend ab. Mit blanken Augen stammelte sie: »Ick … ick bin Ihnen ja … so dankbar!«

Grete lächelte froh, dann stand sie auf. Die Frau brachte es sonst noch fertig und küsste ihr die Hände. »Gern geschehen.«

»Wissen Se eejentlich«, sagte die Frau bewundernd, »dat Se aussehn wie Schneewittchen?«

Das hörte Grete in der Tat nicht zum ersten Mal. Ihr schwarzes Haar und der helle Teint, vielleicht auch die ovale Gesichtsform, hatten ihr schon häufiger ähnliche Komplimente beschert. Dabei war es gar nicht einfach, auf Norderney einen hellen Teint zu bewahren, zumal, da sie eine Neigung zu Sommersprossen hatte. Aber, ach, das gehörte inzwischen den Eitelkeiten einer vergangenen Ära an.

Sie nickte freundlich. »Ich wünsche Ihnen eine angenehme Heimreise.«

Mit dem Gefühl großer Erleichterung machte Grete sich auf den Weg zur Volksversammlung.

Obwohl sie eine halbe Stunde vor Beginn ankam, war der Saal des Gasthofs Frisia, in den wohl tausend Menschen passten, bereits brechend voll, und es strömten noch immer Besucher aus allen Himmelsrichtungen herbei. Grete schaute sich um. Nach einer Weile erblickte sie Frieda mit Rieka, Jakomina Fisser und deren Tochter Frauke. Die Frauen hatten Stehplätze hinten im Saal. Grete winkte ihnen zu, drängte sich in der schnatternden Menge durch Duftwolken, die mal an Blumen und Seeluft erinnerten, mal an Tabak, Räucherfisch, Bohnerwachs oder Schweiß, und stellte sich neben ihre Freundin.

»Meine Güte, was für'n Andrang«, sagte sie nach der Begrüßung erhitzt.

»Das hab ich auch noch nicht erlebt.« Jakomina Fisser schüttelte den Kopf. »Und ich leb schon seit zweiundfünfzig Jahren auf der Insel.«

»Der letzte Krieg ist dreiundvierzig Jahre her«, steuerte Frauke bei.

»Du, ich will sehen, dass ich bleiben kann«, vertraute Grete Frieda flüsternd ihren neuesten Beschluss an, und Frieda fiel ihr um den Hals vor Freude. »Ja! Du kannst bei uns wohnen, solange du willst.«

Die Veranstaltung begann damit, dass der aktuelle Kaiserliche Erlass an das Heer und die Marine verlesen wurde. »Unsere heiligsten Güter, das Vaterland und den eigenen Herd, gilt es, gegen einen ruchlosen Überfall zu schützen.

Feinde ringsum! Das ist das Kennzeichen der Lage. Ein schwerer Kampf und große Opfer stehen uns bevor.«

Beklommen wechselten Grete und Frieda einen Blick. Jemand stimmte »Ich hab mich ergeben mit Herz und mit Hand …« an. Alle sangen inbrünstig mit: »… dir Land voll Lieb' und Leben, mein deutsches Vaterland.« Als das Lied endete mit »Lass Kraft mich erwerben in Herz und in Hand, zu leben und zu sterben fürs heil'ge Vaterland!«, da gab es wohl keinen Menschen im Saal, der nicht feuchte Augen hatte.

Endlich ergriff Jann Berghaus, der Schulrektor, das Wort. Er erklärte zunächst, auch für einfache Gemüter nachvollziehbar, die Situation. »Mit einem Schlage ist alles, was unser Volk spaltete, hinweggefegt, es gibt keine religiösen, politischen, wirtschaftlichen Gegensätze mehr, es ist ein Volk, ein Vaterland, alle geschart um unseren geliebten Kaiser. Serbischer Mord, Russland als Schützer der Mordgesellen, welche Tücke, Englands Kriegserklärung ohne Grund! Warum fallen sie alle über uns her?« Grete spürte, wie in ihrem Innern bei diesen Worten Empörung aufwallte. Ebenso gebannt wie die Menge im Saal folgte sie Berghaus' Rede. »Der Neid und der Hass sind die niedrigen Motive. Lange schon stehen sie mit uns im Kampfe auf wirtschaftlichem, kulturellem und künstlerischem Gebiete und sind unterlegen, jetzt greifen sie zur rohen Gewalt, doch wir hoffen zu Gott, dass ihnen auch dieser Versuch nimmer gelingen möge!« Die Zuhörer applaudierten, viele riefen Zustimmendes. »Was können wir nun hier noch tun, auf Norderney?«, fragte Berghaus. »Wir wollen unsere Hände und Herzen erheben, mitarbeiten, mitkämpfen, wollen traute Wacht halten am Meeresssstrande, wollen einmütig geloben: Mit Gott für Kaiser und Reich! Unser geliebter Kaiser, er lebe hoch!«

Ein begeistert geschmettertes Kaiser-Hoch hallte durch den Saal. Sie sangen »Deutschland, Deutschland über alles«, und dann ging es an die ganz praktischen Dinge. Mehrere Redner unterbreiteten ihre Vorschläge. Alle dienstfreien Männer und Frauen wurden aufgefordert, auf dem ostfriesischen Festland bei der Ernte zu helfen. Eine Aufgabe, die Grete nicht sonderlich lockte.

»Ich mach mit!«, rief aber Rieka, die im Frühjahr mit der Schule fertig geworden war.

Der Bäckermeister und der Bürgermeister versicherten, Sorgen wegen der Brotpreise seien völlig überflüssig. Dann diskutierte man darüber, wie jenen armen Familien auf der Insel geholfen werden könnte, deren einziger Ernährer nun im Krieg war, die also aller Voraussicht nach zum Herbst und Winter hin in Not geraten würden. Man beschloss, ein Aktionskomitee zur Linderung der Armut zu gründen. Zwölf Männer wurden gewählt, die versprachen, eng mit dem Vaterländischen Frauenverein zusammenzuarbeiten.

Während Grete lauschte, dämmerte ihr mehr und mehr, wie schwierig es sein würde, jetzt noch einen bezahlten Arbeitsplatz zu finden. Aber als zwei ältere auf der Insel praktizierende Ärzte begannen, ihre Überlegungen zu Norderney als Station für Verwundete darzulegen, war sie wie elektrisiert. Bestimmte Heime und Häuser hatten die Behörden bereits als Lazarettstationen in Aussicht genommen, und ein Lehrer forderte Kurse zur Ausbildung in der Krankenpflege. Das war genau ihr Metier, auf diesem Gebiet musste sich doch eine Tätigkeit für sie finden lassen! Aufgeregt stupste sie Frieda an, die ihr aufmunternd zublinzelte.

Es sollte im Frisia ein Büro eröffnet werden, in dem man fortan Geldspenden, Lebensmittel und Kleidung für Bedürftige abgeben konnte. Und Wäschestücke, welche die Frauen und Jungfrauen von Norderney in Heimarbeit oder zu bestimmten Stunden auf zwanzig eigens dafür zur Verfügung gestellten Nähmaschinen im evangelischen Gemeindehaus anzufertigen gebeten wurden. Außerdem würde viel Charpie, gezupfte Baumwolle, für die Versorgung von Wunden, benötigt werden. Wer ein oder mehrere Zimmer für Soldaten, die sich auf dem Wege der Besserung befanden, freihatte, sollte sie in dem Büro anmelden.

»Das machen wir!«, tat Jakomina laut vernehmlich kund. »Wir stellen Hilrichs Zimmer zur Verfügung. Das wird ganz in seinem Sinne sein. Grete reist ja ab.«

In Gretes Sinn war das allerdings weniger. Schon wieder wurde es kompliziert. Sie biss sich auf die Unterlippe, hörte weiter konzentriert zu. Nun ging es darum, dass man bei der Meldung angeben sollte, ob man das Zimmer mit oder ohne Pflege anbot. Erneut schöpfte sie Hoffnung.

Schnell kristallisierte sich heraus, dass dieses Angebot kostenlos oder lediglich für ein geringes Entgelt erwartet wurde. Erneut sank Gretes Mut. Wie sollte das gehen? Von nichts konnte sie nicht leben. Dann wiederum kam sie sich schrecklich egoistisch vor. Gern hätte sie in dieser »großen Zeit der Opferfreudigkeit«, die fortwährend beschworen wurde, mehr Freudigkeit empfunden.

Als dann zum Schluss alle das Lied »Fest steht und treu die Wacht am Rhein« sangen, da riss die Stimmung auch sie mit. Schließlich riskierte der Mann, den sie liebte, sein Leben für das Vaterland. Mit tiefem Ernst gelobte sie, treu und fest am Nordseestrand zu stehen, um ihren Beitrag zum Wohle Deutschlands zu leisten.

Wieder einmal war es Frieda, die ihrem Leben eine entscheidende Wendung gab. Schon in der Teepause des folgenden Vormittags kam sie nach oben und klopfte an ihre Zimmertür. Grete saß an einem Tischchen unter der Dachschräge und schrieb ein paar Zeilen über die Volksversammlung an Max. Sie teilte ihm morgens und abends schriftlich alles mit, was sie erlebte, dachte und fühlte. Durch die Briefe war ihr ein wenig so, als könnte sie sich mit ihm unterhalten.

Regentropfen prasselten gegen das Fenster. Lissy, die wegen des schlechten Wetters nicht draußen spielte, leistete ihr Gesellschaft. Sie lag bäuchlings auf dem Teppich und verschönte mit Buntstiften in einem Malbuch die Soldaten des Alten Fritz.

»Ist ja gemütlich bei euch beiden«, sagte Frieda, die eine Tasse Tee mitgebracht hatte. »Du, Grete, Dr. Seut ist doch Stammkunde bei uns. Solange ich mich erinnern kann, lässt er sich jeden Morgen im Salon rasieren.«

Grete wusste, dass der Inselarzt Dr. Hermann Seut neben dem alten Tabakhändler Jan Gerdes, dem Hotelbesitzer Onno Remmers und dem Redakteur der Inselzeitung Theo Weerts zum legendären politischen Quartett gehörte, das seit Jahren allmorgendlich beim Barbieren mit Fritz Fisser die Ereignisse auf Norderney und in der Welt kommentierte.

»Ja?« Dankbar nahm sie den Tee entgegen.

Frieda setzte sich auf die schön bestickte dunkelgrüne Seidenüberdecke, die auf dem Bett lag. »Er ist doch in das Aktionskomitee gewählt worden, und er gibt die Pflegekurse für Freiwillige. Sie haben schon achtzig Anmeldungen. Ist das nicht unglaublich?«

»Wie will er das denn alles schaffen?«

Grete fragte sich, ob der Arzt vielleicht Unterstützung benötigte. Friedas Blick verriet ihr, dass sie schon die gleiche Überlegung angestellt hatte. Ihre Freundin lüpfte eine Braue.

»Er weiß Bescheid über alles, was mit Medizin auf der Insel zu tun hat. Und heut Morgen hab ich ihm von dir erzählt. Er sagte, die evangelische Kirchengemeinde würde eine fest angestellte Krankenschwester suchen.«

»Nein!« Gretes dunkle Augen weiteten sich.

»Doch! Du sollst ihn morgen eine halbe Stunde vor seiner Nachmittagssprechstunde besuchen. Ich wette, wenn er einen guten Eindruck von dir hat, und daran besteht ja wohl kein Zweifel, dann legt er beim Pastor und dem Kirchenrat ein Wort für dich ein.«

»Oh, Frieda, du bist so ein Schatz! Das wäre die Lösung!«

Lissy, angesteckt von der Aufregung der Frauen, sprang hoch. Grete hob sie aufs Bett, weil sie wusste, dass das Kind zu gern darauf herumhopste.

»He! Nicht so wild!«, protestierte Frieda. Doch Grete zog rasch ihre Schuhe aus und stieg ebenfalls aufs Bett, um mitzuhüpfen. »Untersteh dich, Frau Dr. Lubinus!« Frieda drohte ihr lachend. »Hat man dich dafür auf ein Schweizer Internat geschickt?«

Grete schnappte sich eine Schlummerrolle. »Klar, wir haben jeden Abend eine Kissenschlacht gemacht. In dieser Disziplin bin ich Schweizer Meisterin!«

Frieda zog sie am Rock zu sich runter, um ihr die Rolle zu entreißen, Lissy warf kichernd das Paradekissen zwischen sie. Abwechselnd schlugen sie sich damit, jagten sich Kissen ab, balgten und kitzelten sich gegenseitig durch.

»Dass du so albern sein kannst!«, rief Frieda japsend.

»Selber albern!«

Nach all den Aufregungen und Sorgen, dem Todernst und

Pathos der vergangenen Tage bot die Toberei ein befreiendes Ventil. Schließlich lagen alle drei lachend und keuchend miteinander verschlungen auf dem Bett.

»Nicht Oma verraten, ja?«, flüsterte Frieda, als sie sich und Lissy wieder salonfähig machte.

»Nein!« Ihre Tochter umarmte sie stürmisch. »Das ist unser Geheimnis, Mama.« Ihre Augen, die ein dunkleres Blau hatten als Friedas, strahlten glücklich.

Ich möchte auch Kinder, dachte Grete. Sie hatte diesen Wunsch bereits abgeschrieben gehabt, denn sie hatte sich ja um die Kleinen im Seehospiz kümmern können. Überhaupt war der Wunsch nie sehr intensiv gewesen – aber jetzt fühlte sie ihn wie eine Pfeilspitze im Herzen, schmerzhaft und süß zugleich. Ach, wenn Max doch endlich wiederkäme! Wenn sie sich endlich richtig lieben könnten. Sie hatten schon so viel Zeit vergeudet.

Frieda hatte wenigstens Lissy. Und Hilrich hatte seiner Familie schon eine Nachricht geschickt, während sie noch immer ohne Botschaft von Max war.

Frieda schien ihre Gedanken zu lesen. »Er ist noch nicht mal eine Woche weg«, sagte sie.

Grete seufzte, dann lächelte sie tapfer. »Du hast ja recht. Ich brauche unbedingt was zu tun, damit ich auf andere Gedanken komme.«

Klug und weitblickend helfen, lindern, sorgen – das war nun die Aufgabe der Frauen. So hörte man es überall, so stand es in den Aufrufen in der Zeitung. Und genau das wollte Grete tun. Deshalb war sie glücklich, als sie die Stelle als Gemeindeschwester bekam und sofort anfangen durfte. Die Bezahlung reichte für eine möblierte Balkonwohnung in einem

Logierhaus am Damenpfad. *Der Neuzeit entsprechend ein-gerichtete hohe, luftige Zimmer mit Zentralheizung, vollständig eingerichtete Küche und vorzügliche Betten nur mit Rosshaar-matratzen*, hieß es im Hausprospekt. Besonders gefiel ihr ein gemütlicher Sessel, von dem aus sie durch hohe Fens-ter zu beiden Seiten der zweiflügeligen Balkontür aufs Meer hinausschauen konnte. Der Balkon war seitlich verglast und schützte damit vorm Seewind.

Gretes neue Aufgaben waren vielfältig. Der Pastor schickte sie in die Häuser von Gemeindegliedern, in deren Fami-lie Pflege benötigt wurde. Sie sollte und musste sich aber auch flexibel auf die Bedürfnisse der Zeit einstellen. Das be-deutete unter anderem, dass sie einmal in der Woche einen Charpie-Abend zu organisieren hatte.

Diese Abende fanden im Gemeindehaus statt, einem mo-dernen vierstöckigen Backsteinbau, und waren auf Anhieb sehr gut besucht. Frieda kam auch. Die Frauen und jungen Mädchen brachten alte Leinwand- und Baumwollstoffe mit, die sie zuvor gründlich ausgekocht hatten. Diese Stoffe wur-den dann in acht bis zehn Zentimeter breite Streifen ge-schnitten oder gerissen und gezupft.

Dabei herrschte eine gute Stimmung. Alle fühlten sich ge-tragen davon, einer großen gemeinschaftlichen Aufgabe zu dienen. Sie tauschten Neuigkeiten aus, und obwohl ihnen der Ernst der Lage bewusst war, lachten sie doch viel. So saßen sie da, redeten und zupften. Manchmal sangen sie auch und zupften. Das Ergebnis war ein hervorragendes, watte-ähnliches Material für die Wundpflege. Grete empfand Stolz, als sie das erste Paket mit Charpie ans Lazarett nach Aurich aufgeben konnte.

Endlich überwand sie sich und schrieb ihren Eltern. Sie

teilte ihnen mit, dass sie Dr. Max Lubinus geheiratet hatte, obwohl sie insgeheim befürchtete, dass ihre Familie sie verstoßen würde. Das wäre durchaus keine unangemessene Reaktion auf ihr Verhalten. Sie wusste von mindestens zwei Fällen sicher und hatte von wesentlich mehr gehört. Töchter aus besseren Kreisen, die es gewagt hatten, mit einem nicht standesgemäßen Mann durchzubrennen, um zu heiraten oder, noch schlimmer, nicht zu heiraten, waren für ihre Eltern gestorben. Ihr Name durfte in Gegenwart von Angehörigen nicht mehr erwähnt werden. Es hieß, diese Strafe müsste sein, um den guten Ruf der Familie zu wahren.

Besorgt wartete Grete nun also auf einen Brief aus Berlin.

Ihre neue Arbeit war ungewohnt. Manche Insulaner murrten, weil der Pastor ihnen eine Auswärtige schickte, mit der sie sich nicht auf Plattdeutsch unterhalten konnten. Grete behandelte solche Nörgler, wie sie im Seehospiz bockige Kinder behandelt hatte. »Gar nicht drum kümmern und klare Anweisungen geben«, wie sie Frieda verriet.

Doch meist lief es gut. Sie vermochte ja tatsächlich zu helfen und zu lindern. Außerdem herrschte in diesem August eine besondere Atmosphäre, im Reich wie auf der Insel. Die Erfolgsmeldungen von der Front beflügelten die Norderneyer. Was an Spenden zusammenkam, verblüffte sogar das Aktionskomitee.

Nur die Abende und Nächte waren schwer, weil sie dann Zeit hatte, an Max zu denken, sich Sorgen um ihn zu machen, vor Sehnsucht fast zu sterben und sich dann auch noch auszumalen, wie ihre Familie sie ächten würde.

Endlich fand Grete einen an sie gerichteten Briefumschlag auf dem Tischchen im Flur des Logierhauses, wo der Postbote immer alle Post ablegte. Schnell ging sie in ihre Wohnung, öffnete die Balkontür, setzte sich noch mit Hut in den Sessel. Sie atmete einmal tief durch, bevor sie den Brief öffnete.

Die Antwort fiel weniger harsch aus als befürchtet. Natürlich hörte sie beim Lesen den beleidigten Unterton in der Stimme ihrer Mutter, die einen anderen Schwiegersohn vorgezogen und liebend gern die Hochzeit ihrer einzigen Tochter ausgerichtet hätte. Aber angesichts der besonderen Umstände und der Tatsache, dass Max nun immerhin Stabsarzt war, schien sie bereit zu sein, den harten Brocken zu schlucken. Vielleicht hatte sie auch schon vor einiger Zeit die Hoffnung, Grete zu verheiraten, ganz aufgegeben gehabt und war deshalb erleichtert, was sie selbstverständlich nie zugeben würde.

Warum musstet Ihr ausgerechnet am Tag der Mobilmachung heiraten?, schrieb ihre Mutter. *Das trägt den Beigeschmack einer unüberlegten Handlung. In den Stand der heiligen Ehe sollte man zu jeder Zeit nur mit Bedacht treten.*

Sie könne nur hoffen, dass ihr Mann gut für sie sorgen werde. Und dass sie ihren Schritt niemals bereuen müsse.

Dein Vater lässt ausrichten, da Ihr es nicht für nötig befunden habt, der altmodischen Sitte zu folgen und ihn vorher um seine Zustimmung zu bitten, geht er davon aus, dass Ihr auch auf so altmodischen Firlefanz wie eine Mitgift verzichten möchtet.

Ach, dachte Grete halb beschämt und halb aufgebracht, ihr habt noch immer nicht verstanden, was mir wirklich wichtig ist. Gleich darauf fragte sie sich, ob sie damit eigentlich auch enterbt war. Und sie musste etwas weinen. Vor allem weil sie ihre Eltern enttäuscht hatte.

Der Brief ging auf der Rückseite weiter. *Was Deine Brüder in Deutsch-Südwest angeht*, teilte die Mutter weiter in ihrer eleganten gleichmäßigen Schrift mit, *so müssen wir uns um sie gottlob keine allzu großen Sorgen machen. Dein Vater verfügt über beste Kontakte in die Region, er hat entsprechende Erkundigungen eingezogen. Auch Eduard, der noch nicht im Felde ist, weil man seine Dienste im Auswärtigen Amt mehr benötigt, hat uns diesbezüglich beruhigt. Ludwig und Hans-Heinrich wird der Krieg dort unten wohl nicht gefährlich werden.*

Pass gut auf Dich auf.

Deine Mutter

Na, immerhin. Klang das nicht ein bisschen nach einem Waffenstillstand? »Pass gut auf Dich auf« – das bedeutete doch wohl, dass sie nicht gestorben war für ihre Eltern und sie sich trotz allem weiter um sie sorgten. Grete putzte sich die Nase.

Jetzt war erst mal Krieg. Ihn zu überstehen, darauf mussten sie ihre ganze Kraft richten. Alles andere würde sich später klären.

Es klopfte an der Tür. Eine Dame aus dem Vorstand des Vaterländischen Frauenvereins trat ein. Grete bot ihr einen Platz und Tee an.

Es hatte sich herumgesprochen, dass sie Dr. Seut bei seinen Pflegerinnenkursen zur Hand ging. Er unterrichtete immer nur zwanzig Teilnehmerinnen gleichzeitig. »Wäre es Ihnen wohl möglich, auch uns behilflich zu sein? In Zusammenarbeit mit Dr. Seut und dem Roten Kreuz möchten wir Freiwillige zu Hilfsschwestern und Helferinnen ausbilden.«

»Selbstverständlich, sehr gern!«, antwortete Grete.

Je mehr sie zu tun und je weniger Zeit sie zum Nachdenken hatte, desto besser.

Und so arbeitete sie rund um die Uhr. Weil vieles neu war, hatte sie ein anderes Zeitgefühl. Als vier Wochen seit Kriegsbeginn vergangen waren, schienen es in ihrer Wahrnehmung schon Monate zu sein.

Wenn sie noch genügend Energie aufbringen konnte, erinnerte sie sich abends im Bett an die einzige Nacht, die sie mit Max verbracht hatte. Angekleidet, aber Arm in Arm, Körper an Körper. Sie rief sich jede Kleinigkeit ins Gedächtnis zurück, ging dafür jeden Sinn einzeln durch. Und dann vergoss sie vor Sehnsucht ein paar Tränen. Er hatte ihr noch immer nicht geschrieben, und sie wusste nicht, wo er sich derzeit mit seinem Lazarett befand.

Wenn Sie wissen möchten, wie es weitergeht, lesen Sie:

Sylvia Lott
Sturm über dem Inselsalon
Erscheint im Juli 2022
978-3-7341-0891-4
Blanvalet